Madge Swindells
Zeit der Entscheidung

Madge Swindells

Zeit der Entscheidung

Roman

Aus dem Englischen
von Wolfgang Neuhaus

Ehrenwirth

Die Deutsche Bibliothek – CIP-Einheitsaufnahme

Swindells, Madge:
Zeit der Entscheidung / Madge Swindells. Aus dem Engl. von
Wolfgang Neuhaus. – München: Ehrenwirth, 2000
ISBN 3-431-03597-3

Die Originalausgabe erschien 1998 unter dem Titel *Sunstroke* bei Little,
Brown and Company, London.

ISBN 3-431-03597-3

Internet: www.ehrenwirth.de

Umschlaggestaltung: Gisela Kullowatz, Bergisch Gladbach
Umschlagfoto: Tony Stone
Redaktionelle Bearbeitung: Anja Hrbek Rigi Luperti
Satz: ew print & medien service gmbh, Würzburg
Druck: WS Bookwell
Printed in Finland

Danksagungen

Mein Dank gilt meiner Tochter Jenni, die mir geholfen hat, seit sie lesen kann, und die sich inzwischen sehr gut darauf versteht, mit einer Mama umzugehen, die sich als Schriftstellerin betätigt – und mit allen Schwierigkeiten, die sich daraus ergeben. Sie hilft mir bei der Lösung inhaltlicher Probleme und beim Ersinnen von Romanfiguren; sie sorgt dafür, dass unsere Freunde sich in diesen Figuren nicht wiedererkennen, und baut mich auf, wenn ich den Mut verliere.
Deshalb, Jenni Swindells, mein herzlicher Dank für Deine ständigen Ermutigungen, für Deine moralische Unterstützung, Deine redaktionelle Mithilfe und besonders für Deine fantasievollen Ideen, was den Romaninhalt angeht.
Mein Dank gilt auch Jeffrey Sharpe für seine unschätzbar wertvolle Kritik sowie John und Susan Wynne-Edwards, die den Samen gesät haben, aus dem dieser Roman gewachsen ist, und Lawrie Mackintosh für seine Hilfe bei den Recherchen.

Prolog

Kapstadt, 30. Juni 1993

Mit ausdrucksloser, unbeteiligter Miene verkündet der Richter mein Urteil. »Nina von Schenk-Möller, ich habe bei meinem Urteilsspruch zu Ihren Gunsten berücksichtigt, dass Sie nicht vorbestraft und noch jung sind. Gegen Sie spricht allerdings die Schwere Ihrer Verbrechen. Hiermit werden Sie in zwei Fällen der Spionage gegen die Republik Südafrika und in vier Fällen des Betrugs für schuldig befunden. Ich verurteile Sie zu sechs Jahren Gefängnis.«

Bewaffnete Beamte führen mich von der Anklagebank fort und die Treppen zu den Zellenblocks hinunter. Laut scheppernd fällt die Gefängnistür hinter mir zu. Ich starre sie an, kann den Blick nicht davon losreißen. Die Anspannung in meinem Inneren ist wie ein stählerner Draht, der sich vom Hals bis zu den Fersen spannt und immer straffer angezogen wird. Ich kann es ertragen – genauso, wie ich die Ungerechtigkeit und den Verrat ertragen konnte. Doch der Schmerz um meinen Jungen ist nicht auszuhalten.

Wo bist du, Nicky? Ich fühle, dass du noch lebst. Weinst du um mich? Hast du Angst? Lieber Gott, beschütze mein Kind, meinen süßen kleinen Sohn. Hilf mir, das alles durchzuhalten, bis ich wieder frei bin und meinen Jungen suchen kann. Hilf mir, dass ich nicht den Verstand verliere. Wenn ich das alles nur begreifen könnte! Warum, Herrgott?

Erster Teil

1.

Es gab eine Zeit voller Fröhlichkeit, als die Zukunft wie ein lockender Stern am Himmel meiner unbeschwerten Jugend strahlte und ich, die Novizin des Lebens, die Welt mit neuen Besen kehrte. Ich war von der beruhigenden Gewissheit erfüllt, dass ein allwissendes und gütiges Schicksal über mich wachte. Ich war sicher, dass die Bande zwischen meinen Eltern unzerreißbar seien. Ich war überzeugt davon, als Erwachsene ein erfülltes Leben zu finden. Ich glaubte fest daran, dass kluge Menschen die Geschicke der Welt leiteten. Und vor allem glaubte ich an die alles heilende Kraft der Liebe.

Ich wuchs in den nebligen Bergen von Torrindon im schottischen Hochland auf. Ich wusste, wo der Goldadler in den unzugänglichen Gipfelregionen des Liathach sein Nest baute. Oft beobachtete ich, wie der Adler über den See schwebte und im Wald verschwand, um dort auf Jagd zu gehen, und kurz darauf vernahm ich die schrillen Todesschreie eines Kaninchens oder eines Hasen, die abrupt verstummten. Manchmal, an Frühlingsabenden, hörte ich die zornigen Rufe des Adlers und wusste, dass er wieder töten musste, wollten er und seine Jungen nicht sterben.

Die Sommer waren die schönste Zeit des Jahres. Oft schlich ich mich aus dem Haus, um in den Nächten, in denen es nie völlig dunkel wurde, auf Streifzüge zu gehen. Ich sah Hirsche und Rehe und wilde Ziegen, die zum Seeufer herunterkamen, um dort zu grasen und zu trinken. Ich wurde braun gebrannt, kräftig und abgehärtet; ich hatte Kratzer am ganzen Körper, und mein dunkelrotes Haar wurde lang und widerspenstig und gebleicht von der Sonne.

Als Einzelkind, das noch dazu in einem abgeschiedenen Haus aufwuchs, wusste ich kaum etwas darüber, was üblicherweise die Jungen taten und was die Mädchen. Statt mit Puppen zu spielen,

lernte ich, im Kanu auf reißenden Bergflüssen zu paddeln und an den stürmischsten Tagen mit Vaters kleiner Jacht auf dem See zu segeln. Ich bestieg sämtliche Gipfel in der Gegend und ging im eiskalten Wasser der Bergseen schwimmen. Ich konnte mit der Schleuder besser umgehen als jeder Junge, den ich kannte. Ich lernte, den Fährten der Wilderer zu folgen und ihre Fallen unschädlich zu machen. Ich lernte, Holz zu hacken und Bretter zu sägen. Doch eines lernte ich nie: Angst zu haben. Die Angst war etwas für Schwächlinge und Versager. Wir Ogilvies kannten keine Angst. Und so wurde ich stark und zäh und selbstbewusst – und ein bisschen überheblich – in meinem Hafen des Glücks, dem alten Herrenhaus meiner Eltern, das zwischen den Fichten am Ufer des Sees stand.
Die Winter waren eine Zeit der Ruhe und Beschaulichkeit, wenn das Kaminfeuer loderte und das Haus vom würzigen Duft brennender Fichten-, Eiben- und Wacholderzweige erfüllt war. Oft lag ich dann auf einem schwarzen Läufer aus Schaffell vor dem Kamin, las stundenlang und lernte neue Freunde kennen: David Copperfield, Tam O'Shantner und Wandering Willie. Spätabends schwelte die Glut unter großen Torfstücken im Kamin; am frühen Morgen, bevor ich mich auf den Weg zur Schule machte, verbreitete sie immer noch wohlige Wärme. Im Winter war Mutter des Öfteren zu Hause, und manchmal schaute Vater herein, um die Ehrerbietung und Bewunderung zu genießen, die heimkehrende Krieger sich verdient haben.
Wir lebten ein abgeschiedenes Leben in Ogilvie Lodge. Der einzige Ort im weiteren Umkreis hieß Torrindon. Dort ging ich zur Schule. Meine Mutter liebte den Trubel und die Gesellschaft anderer Menschen und war deshalb oft tagelang fort, um dann mit einer großen Ladung Einkaufstaschen und Hutschachteln und in Seidenpapier gewickelten Geschenken nach Hause zu kommen, wobei ihre Augen unter ihrer modischen Frisur funkelten. Während sie mir dann ihre neuen Kleider, ihren neuen Schmuck und die nutzlosen Geschenke zeigte, die sie mir mitgebracht hatte, war das Haus von den Klängen schwungvoller Tanzmusik erfüllt, und Mutter pochte mit der Schuhspitze im Takt auf den Fußboden.

Sie war eine Träumerin, die ein Dutzend Leben gleichzeitig lebte. Als junges Mädchen saß ich manchmal mit ihr zusammen und lauschte gespannt, wenn sie sich Geschichten darüber ausdachte, was mit mir und ihr und Daddy hätte sein können, würden wir nicht so abgeschieden leben, und ich betrachtete ihr langes, rot schimmerndes Haar und ihre großen blauen Augen, die sehnsüchtig durchs Fenster auf die schneegekrönten Berggipfel blickten.

Warum hatte sie sich für Vater entschieden? Vielleicht, weil er beim britischen Geheimdienst arbeitete. Vielleicht, weil das Königshaus ihm für seine Verdienste um die Krone drei Orden verliehen hatte. Vater war ein besonderer Mann – Sportler, Geheimdienstagent, Commander bei der Marine, der örtliche Friedensrichter, wenn er zu Hause war, und der beste Schütze im Distrikt. Er beherrschte mehrere Sprachen fließend und war in jeder Hinsicht Perfektionist. Aber er war auch ein harter Mann, der hohe Ansprüche an sich selbst und andere stellte. Doch bei aller Strenge hatte er viel Sinn für Humor, und unsere Familie wurde in Torrindon und der Umgegend geliebt und verehrt. Ich bewunderte meinen gut aussehenden Vater mit seinen fröhlichen braunen Augen und dem hellbraunen Haar.

Maria, unsere Haushälterin, liebte ich wie eine Mutter. Da meine Eltern so viel unterwegs waren, übernahmen Maria und Mac, ihr Mann, häufig die Rolle von Pflegeeltern. Sie waren freundlich und warmherzig. Die Küche war Marias Königreich – ein großer Raum, der uns als Wohnzimmer diente, wenn meine Eltern nicht daheim waren. Mac war Hausmeister und Gärtner und Chauffeur in einer Person. Ich kannte ihn immer nur als Mac. Unter seiner liebevollen, aber sorglosen Anleitung baute ich ein Baumhaus, als ich zehn Jahre alt war, und schoss meinen ersten – und letzten – Vogel, um den ich tagelang weinte.

Als ich elf Jahre alt war, entdeckte ich einen Otter am Ufer des Torrindon Loch – so hieß der See, an dem unser Haus stand. Das arme kleine Wesen saß in einer Falle und war halb tot vor Kälte und in tiefem Schock. Ich befreite das Bein des Otters aus der Falle; dann wickelte ich das Tierchen in meinen Pullover und nahm es mit nach Hause, wobei mir die Tränen über die Wangen liefen.

Maria kam aus dem Haus gerannt, als sie mich weinen hörte. »Nina! Was ist denn, mein Schatz?«
»Hol eine Schachtel! Mach schnell, bitte! Ich habe einen Otter gefunden ... Er saß in einer Falle. Ruf Mac! Schnell, schnell, wir müssen ihn zum Tierarzt bringen! Vielleicht kann der ihm helfen. Das arme Tier hat schreckliche Schmerzen.«
Mac fuhr mit mir in die Stadt, wo die Wunde des Otters von unserem Tierarzt, Dr. MacIntyre, genäht und verbunden wurde. Er gab dem Otter eine Überlebenschance von fünfzig Prozent. Vier Tage lag er in einem Korb neben meinem Bett, knabberte lustlos Heringe und Forellenfilets und versteckte sich, wenn ich zur Schule ging. Nach zwei Monaten hatte er sich so prächtig erholt, dass er einen Platz in unserem Haus beanspruchte, nachdem er einen heftigen Streit mit unserer Deutschen Dogge ausgetragen hatte, die den Namen »Brigit« trug, nach einer keltischen Göttin. Meinen neuen Freund nannte ich »Otto den Tapferen«. An Winterabenden legte ich mich auf das Schaffell am Kamin und las Otto und der frierenden alten Brigit im schwachen Licht der Flammen meine Lieblingsgeschichten vor: *Ivanhoe, Entführt* und *Der Wind in den Weiden.*
Eines Tages – ich war dreizehn Jahre alt – verschwand Otto. Es war später Herbst. Ich suchte das gesamte Ufer des Sees nach ihm ab, kämpfte mich durch Dornengestrüpp und dichten Adlerfarn und stapfte durch morastige Senken voller faulender abgefallener Blätter. Ich sah die scheuen Eichhörnchen, die für die lange dunkle Jahreszeit Eicheln und Bucheckern sammelten, und ich beobachtete die wilden Ziegen in ihrem prächtigen glänzenden Winterfell. Schließlich entdeckte ich Ottos Leiche in einer der Senken. Ihm war beinahe der Kopf vom Rumpf getrennt worden, offenbar vom Hieb mit einem Spaten. Sofort hatte ich unseren Nachbarn in Verdacht, den Bauern John Gilmore.
Ich wickelte Otto in meinen Mantel, machte mich auf den Weg zu Gilmore, der am Kamin saß und Tee trank, und schleuderte ihm meine Anschuldigung entgegen.
»Sie haben Otto ermordet! Das melde ich dem Tierschutzverein! Sie sind ein grausamer, widerlicher Mann!«
Der Bauer und seine Frau reagierten bestürzt. »Aber diese Vie-

cher sind Schädlinge, Mädel. Und ich wusste ja nicht, dass es dein Otto ist. Komm, wir werden ihn anständig beerdigen.«
Sie überredeten mich, ihnen Ottos sterbliche Überreste auszuhändigen, die sie dann in ihrem Rosengarten vergruben.
Später wurde mir klar, dass der Spaten des Bauern letztendlich ein Segen gewesen war. Denn wie hätte mein armer zahmer Otto in Freiheit überleben sollen?
Wenige Wochen später wurde mein Vater bei einem Autounfall zum Krüppel, und unsere heile Welt fiel auseinander.

Die nächsten Monate waren bitter. Vater wurde mürrisch und in sich gekehrt. Mutter nörgelte und weinte und unternahm wochenlange, weite Reisen. Wenn sie nicht da war, erfüllte Maria gänzlich die Mutterpflichten. »Was würde das arme Mädchen ohne uns anfangen?«, hörte ich sie einmal sagen. »Es ist eine Schande!«
Einen Monat später packten Maria und Mac ihre Habseligkeiten und erklärten mir, sie würden uns verlassen.
»Warum?«, fragte ich verwundert.
»Weil deine Eltern uns gekündigt haben, mein Kind.«
»Ich gehe mit euch, Maria.«
Sie lachte. »Du bist nicht unsere Tochter, Kleines. Wir haben eine neue Arbeitsstelle gefunden und können dich nicht mitnehmen, und wenn du es noch so gern möchtest.«
Ich schloss daraus, dass Maria und Mac mich nicht mitnehmen *wollten*. Offenbar war ihre Liebe zu mir gleichsam mit einmonatiger Kündigungsfrist gestorben. Voller Verzweiflung wanderte ich um den See herum und versuchte, mit dieser unerwarteten Zurückweisung fertig zu werden. Als ich Stunden später nach Hause kam, wollte ich Mutter zur Rede stellen. Zu meinem Erstaunen packte auch sie ihre Sachen. Als ich zu ihr aufs Zimmer kam, stand sie vor dem Spiegel, während ihr Koffer auf dem Bett lag. Ich trat neben Mutter, und wieder einmal fiel mir auf, dass ich fast schon so groß war wie sie. Doch Mutter war zierlich, ich dagegen war kräftig gebaut.
»Wir ziehen nach Bristol, Nina, und werden bei Onkel Theodore wohnen.« Mit ihren wunderschönen blauen Augen blickte sie

mein Spiegelbild an. »Du wirst ihn sehr mögen, Nina, und wir werden ein glückliches Leben führen. In Bristol gibt es viele Geschäfte und viele schicke Sachen. Und du wirst eine Menge Freunde finden.«

»Ich hasse Einkaufen, und neue Sachen brauche ich nicht.«

»Aber sieh dir an, wie kurz dein Kleid geworden ist. Du liebe Güte, wie schnell du wächst, Nina! Wenn du größer bist als die Jungs, findest du nie einen Mann. Nun mach nicht so ein Gesicht. Sei ein braves Mädchen. Du siehst gar nicht hübsch aus, wenn du eine Schnute ziehst. Außerdem kann ich es nicht leiden, wenn du die beleidigte Leberwurst spielst.«

»Ich möchte zu Hause bleiben. Bei Dad.«

»Aber Schatz. Dein Vater und ich trennen uns. Du musst bei einem von uns bleiben, und dein Vater ist ein schwer kranker Mann. Wen hast du eigentlich lieber, Daddy oder mich?«

Wie sollte ich ihr die Wahrheit beibringen?

Einen Tag später, als die schreckliche Trennung kurz bevorstand, trug ich das Problem meinem Vater vor. »Schick mich nicht weg, Daddy. Ich kümmere mich um dich. Wir werden prima miteinander auskommen. Ganz bestimmt!«

Vater lehrte mich die harte Wirklichkeit des Lebens, als er mich mit wenigen kühlen Worten zwang, mich der neuen Welt zu stellen.

»Heutzutage sind Scheidungen etwas Alltägliches«, sagte er. »Deine Mutter und ich sind nicht die Ersten, und wir werden nicht die Letzten sein – allenfalls in unserer Familie. Du musst darunter leiden, ich weiß. Aber vergiss nicht, du bist eine Ogilvie. Und hier draußen hast du sowieso ein zu einsames Leben geführt. Du bist besser beraten, bei deiner Mutter zu bleiben.«

»Und wann sehe ich dich?«, fragte ich voller Schmerz.

»Mich?« Er schien ehrlich verwundert. »Hör zu, Nina. Im Leben ist es selten so, wie man es sich wünscht. Will man durchkommen, muss man die Veränderungen hinnehmen und das Beste daraus machen. Streng dich in der Schule an und versuch, gut mit deinem Stiefvater auszukommen. Du bist bald erwachsen, und dann wirst du ein freier Mensch sein.«

»Aber ich liebe dich, Dad.« Ich streckte die Hände aus und legte

sie ihm auf die Wangen, während ich gegen den Aufruhr in meinem Inneren kämpfte.
Ich weiß noch, wie Vater mich seltsam anschaute. »Bald bist du eine Frau«, sagte er nur. »Und Frauen vergessen die Liebe schnell.«
Wie kalt er war. In diesem Augenblick hasste ich ihn.
Ich bestand darauf, ein Internat zu besuchen. Hin und wieder bekam ich Vater zu sehen, doch er schien in seiner eigenen Hölle auf Erden gefangen und konnte nicht einmal die Hand zu einer zärtlichen Geste ausstrecken – am allerwenigsten bei einer jungen Frau, die ihrer Mutter so sehr ähnelte wie ich. Meine Verzweiflung machte mich wild und unberechenbar. In der Schule wurde ich zur treibenden Kraft bei den verwegensten Streichen und Abenteuern, bis die Rektorin erschrak, wenn sie mich nur kommen sah.
Mein Vater widmete sich der Malerei und wurde mehr und mehr zu einem Einsiedler, der in drei Zimmern unseres großen alten Hauses lebte. Das Putzen, Kochen und Fahren übernahm ein Ehepaar aus der Gegend. Ich besuchte Vater einmal im Monat, doch unsere Treffen waren stets schmerzlich. Nie konnten wir die Mauern niederreißen, die zwischen uns standen; dennoch war ich jedes Mal traurig, wenn ich mich von ihm verabschieden musste.
Inzwischen wusste ich, dass auf der Welt nur die Sieger zählten. Welcher Gott die Erde erschaffen hatte – er kannte keine Gnade mit den Schwachen oder Verkrüppelten oder welche Spezies man auch anführen möchte. Hatte Gott es nicht so eingerichtet, dass lebende Wesen einander fraßen? Dass sie lebten oder starben, je nachdem, wie stark und rücksichtslos, wie gerissen und intelligent sie waren? Töten oder getötet werden, fressen oder gefressen werden, siegen oder besiegt werden – es war eine Welt, die ich begreifen konnte, eine Welt, in der die Logik regierte und in der Rührseligkeiten fehl am Platze waren. Es war eine Welt, in der ich zu den Siegern zählen konnte.
Deshalb suchte ich, so wie der Goldadler, in den höchsten Berggipfeln nach meinem eigenen Revier und fand es.

2.

FINANCIAL TRIBUNE
London, 15. Dezember 1989

Das schrecklichste Raubtier im Dschungel der Anlageberatung und des Investment-Managements ist Nina Ogilvie, stellvertretende Direktorin der Abteilung für Vermögensverwaltung der Bertram's Bank. Mit 28 Jahren hat Ogilvie die Kontrolle über das Kapital von nicht weniger als 500 Pensionsfonds, das sich auf insgesamt mehr als fünfzig Milliarden Pfund beläuft. Wer die Macht über die Pensionsfonds besitzt, der hat die wahre wirtschaftliche Macht in dieser Stadt. So mancher Topmanager musste bereits den Hut nehmen, wenn die Bilanzen des von ihm geführten Unternehmens nicht den Erwartungen Ogilvies entsprachen.

Geradezu beispielhaft ist ihr letzter Coup – die Übernahme der landesweiten Sidor-Supermarktkette. Ogilvie hielt den bisherigen Aufsichtsratsvorsitzenden der Ladenkette, Sir Reginald Sidor, für inkompetent, sodass sie ein Übernahmeangebot unterstützte, das Cedric Jedrow unterbreitet hatte. Kaum ließ Jedrow in der Öffentlichkeit durchsickern, Nina Ogilvies Rückendeckung zu besitzen, war die Übernahme der Ladenkette so gut wie unter Dach und Fach. Sir Reginald, von Jugend an darauf vorbereitet, das Geschäftsimperium seines Vaters zu leiten, fand sich über Nacht auf der Straße wieder ...

»Verdammter Mist!«

Da stand noch viel mehr. Ich konnte es nicht fassen, dass die Presse einen solchen Blödsinn über mich schrieb. Kurz ließ ich den Blick über die Kommentare schweifen. Dann drückte ich auf die Taste der Gegensprechanlage, um mit meinem Chef Eli Bertram zu reden.

»Nina?« Elis Stimme. »Ich wollte Sie gerade zu mir bestellen ...«

»Ich weiß auch, warum.«

»Kommen Sie, sobald Sie Zeit haben.« Seine Stimme klang gereizt.

»Ich bin schon unterwegs«, sagte ich.
Ich eilte in das Bad neben meinem Büro. Es war acht Uhr früh, und ich war gerade erst gekommen. Draußen fegte ein heftiger Südwestwind mit achtzig Sachen durch die Straßen Londons, und mein Haar stand mir vom Kopf ab, als hätte ich eine Hochspannungsleitung berührt. Seufzend betrachtete ich mich im Spiegel. Ich hatte alles, was ich verabscheute: wirres dunkelrotes Haar, blasse Haut, grüne Augen. An diesem Tag sah ich sogar noch blasser aus als gewöhnlich, und in meinem Blick lag Furcht. Ich hatte das unbestimmte Gefühl, dass sehr schlechte Neuigkeiten auf mich warteten. Hatte es mit diesem Zeitungsbericht zu tun?
»Ruhe bewahren, Nina«, sagte ich zu meinem Spiegelbild.
Als ich die Treppe ins Erdgeschoss hinuntereilte, dachte ich an Eli und meinen Job und an die überaus negative Publicity für mich und die Bank. Eli Bertram war ein Mann, den ich bewunderte, weil er sich nur von Logik und kühler Vernunft leiten ließ. Er war der einzige Überlebende einer jüdischen Bankiersfamilie. Als junger Mann war er vor den Nazis aus Hamburg quer durch Europa geflüchtet und schließlich nach Großbritannien gelangt, wo er in die Royal Air Force eintrat und bis zum Ende des Zweiten Weltkriegs als Bordschütze Dienst tat. In den harten Nachkriegsjahren hatte er mit Erfolg die elterliche Bertram's Bank neu gegründet, diesmal in London. In den späten sechziger Jahren bildete er seine Abteilung für Vermögensverwaltung und Anlageberatung, der ich angehörte.
Vor sieben Jahren hatte ich als unbedarfter Neuling bei Elis Bank angefangen, nachdem ich meinen Hochschulabschluss in Betriebswirtschaft gemacht hatte. In dem Klima der kühlen Vernunft war ich rasch gediehen und hatte eine steile Karriere gemacht. Doch ich ließ mich nicht ausschließlich von Vernunft und Logik leiten, sondern stets auch von meiner Intuition – und die sagte mir jetzt, dass mir gewaltiger Ärger bevorstand.
Als ich Elis Büro betrat, brannten meine Wangen. Eli erhob sich schwungvoll. Trotz seiner dreiundsiebzig Jahre war er noch immer ein athletischer und gut aussehender Mann mit durchdringenden schwarzen Augen und dichtem weißem Haar.
»Tja, Nina, wir haben ein echtes Problem. Jetzt, wo die Medien

auf Sie aufmerksam geworden sind, haben wir möglicherweise bald die ganze Pressemeute am Hals.« Elis Augen funkelten belustigt. »Man wird Bilder von Ihnen veröffentlichen wollen, zumal Sie äußerst fotogen sind. Man wird in Ihrem Privatleben herumschnüffeln. Würde ein Reporter Sie beobachten, wie Sie ... sagen wir, mit Neville Wimpey zu Abend essen, würden die Aktien seines Unternehmens in Schwindel erregende Höhen steigen und dann doppelt so schnell in den Keller fallen. Ich weiß, dass Sie niemals Interviews geben, aber die Presseleute kennen Mittel und Wege, über jeden etwas herauszufinden. Der Artikel über Sir Reginald Sidor hat es ja bewiesen.« Er setzte sich wieder, verschränkte die Hände hinter dem Kopf und blickte mich fragend an. »Aber wir werden ihnen einen Strich durch die Rechnung machen, Nina. Ich nehme an, Sie sind sich im Klaren darüber, dass Sie sich mit Sidor einen gefährlichen Feind geschaffen haben?«

»Ja. Aber was das betrifft, muss er sich ans Ende der Warteschlange stellen.«

Eli bedachte mich mit einem knappen Lächeln, und ich fühlte mich ein bisschen besser.

»Das ändert aber nichts daran, dass Sir Reginald gestern im Unterhaus vor der Gefahr einer zunehmenden Macht der Anlageberater gewarnt hat. Er hat viel Zustimmung gefunden, und das könnte Probleme für uns bedeuten.«

»Verlierer jammern immer. Das haben Sie mich gelehrt, Eli.«

»Stimmt. Na ja ... jedenfalls, ich habe da eine Idee. Kaffee, Nina?«

»Ja, gern.«

Eli drückte auf einen Knopf an der Gegensprechanlage und ließ uns von seiner Sekretärin Kaffee bringen. »Ich habe noch mehr schlechte Nachrichten«, fuhr er dann fort. »Aber die können wir gern ein andermal besprechen, wenn es Ihnen lieber ist.«

»Erzählen Sie's mir jetzt. Dann haben wir es vom Tisch. Ich habe gelernt, ziemlich gut mit den Höhen und Tiefen meines Jobs fertig zu werden.«

»Die Sache betrifft Ralph Dorrington.«

Ich hatte das Gefühl, Eli hätte mir einen Eimer kaltes Wasser ins Gesicht geschüttet. Wusste er es? Wussten es alle? Affären zwischen Arbeitskollegen wurden gar nicht gern gesehen, aber Ralph und ich waren diskret gewesen. Unser beider Privatleben spielte sich weit entfernt von den neugierigen, sensationslüsternen Augen dieser Stadt ab. Ich erhob mich mit einer raschen, unwirschen Bewegung und blickte durch das Doppelglasfenster auf die kahlen Äste des Ahorns, die im Wind zitterten.

»Ralph ist nichts für Sie, Nina. Warum suchen die klügsten Frauen sich immer die größten Dummköpfe aus?« Eli versuchte höflich zu sein, aber er war einfach nur unverschämt.

»Warum suchen manche Männer sich Fleisch gewordene Blondinenwitze aus?«, erwiderte ich respektlos. Ich brauchte mich nicht umzudrehen; ich wusste auch so, dass ich einen Treffer gelandet hatte. Mit seiner dritten Ehe hatte Eli sämtliche Angestellten der Bank schockiert.

»Jetzt hören Sie mal gut zu, Nina. Sie haben mit achtundzwanzig Jahren schon sehr große Macht. Sie sind meine eigene Entdeckung – eine Frau von seltener Auffassungsgabe. Und Sie haben eine untrügliche Nase für gute Geschäfte. Ich glaube, man kann es mir nachsehen, wenn ich väterliches Interesse an meinen besten Mitarbeitern zeige.«

»Reden wir jetzt über meinen Job? Zwischen geschäftlichen und privaten Dingen liegen Welten. Wenn Ralph mich vögelt, hat das nichts mit unserem Job zu tun.« Angesichts meiner Wortwahl wurde ich rot. »Und das mit dem väterlichen Interesse sollten Sie sich sparen, Eli. Das passt nicht zu Ihnen. Ich mag Sie lieber so, wie Sie sind. Und noch etwas. Da wir nun schon mal so offen miteinander reden ... haben Sie einen Privatdetektiv beauftragt, Ralph und mir nachzuspionieren?«

»Ja«, sagte er mit einem herausfordernden Blick.

Eigentlich hatte ich mit nichts anderem gerechnet; dennoch brachte sein Geständnis mich auf die Palme. Ich hatte Eli immer bewundert.

»Ich glaube, mit Ihrer Spürnase hätten Sie sogar bei den Nazis Karriere machen können.« Es war eine mehr als dumme Bemerkung, und kaum hatte ich die Worte gesagt, fragte ich mich auch schon, wo ich einen neuen Job finden könnte, der so gut bezahlt wurde wie dieser.

Elis Augen waren mit einem Mal so kalt wie Gletschereis. Und seine Stimme klang nicht minder frostig.

»Geben Sie sich keine Mühe, Nina. Ich kenne Ihre Taktik. Schließlich habe ich sie Ihnen beigebracht. Den Gegner schockieren und dadurch unachtsam machen, dann eine Rauchbombe werfen und aus dem Nebel heraus scharf schießen.« Er blickte mich fest an. »Und jetzt halten Sie den Mund, und hören Sie mir gut zu. Für viele Leute, die bei uns ihr Geld investieren, steht die Existenz auf dem Spiel. Also muss ich wissen, ob ein Trottel wie Dorrington hier arbeitet, weil er gut im Bett ist oder weil er was auf dem Kasten hat. Nun, jetzt weiß ich ja Bescheid. Der Mann ist ein aufgeblasenes Arschloch, das sich als Banker verkleidet hat, und Sie haben ihn beschützt.«

Was sollte ich dazu sagen? Eli hatte ja Recht.

»Es kommt noch schlimmer. Der Kerl treibt es auch mit Ihrer Sekretärin.«

»Was?« Ich hatte alle Mühe, die Beherrschung zu wahren – und das nicht nur wegen der niederschmetternden Neuigkeit über Ralph und meine Sekretärin. »Sie lassen Mitarbeiter ausspionieren! Erwarten Sie etwa, dass die sich das einfach gefallen lassen und treu zu Ihnen und der Bank stehen? Leben Sie wohl, Eli. Sie bekommen noch heute meine schriftliche Kündigung.« Ich ging zur Tür.

»Nun warten Sie doch, Nina. Davonzulaufen ist keine Lösung.«

Widerwillig blieb ich stehen.

»Setzen Sie sich. Hören Sie mich wenigstens zu Ende an. Ihr Einverständnis vorausgesetzt, werde ich Sie für ein paar Wochen nach Südafrika schicken. Es ist nur eine Frage der Zeit, bis das Land sich der Weltwirtschaft öffnen muss. Niemand kann Veränderungen ewig lange aufhalten. Mein Agent in Südafrika, Bernie Fortune, hat ein sehr interessantes Geschäft angeleiert. Wie Sie wissen, haben sich eine Reihe amerikanischer und britischer Unternehmen aufgrund der wirtschaftlichen Sanktionen aus Südafrika zurückgezogen. Das haben sich einige dortige Investoren zunutze gemacht. Sie haben die Firmen für einen Spottpreis erworben. Auf diese Weise ist ein gewaltiges wirtschaftliches Potential entstanden. Aber die Südafrikaner können die Probleme nicht allein bewältigen. Sie brauchen ausländische Investoren und Finanzexperten. Bernie setzt alles daran, dass die Südafrikaner uns den Auftrag geben, beides zu beschaffen – Geld und Fachwissen. Er ist überzeugt davon, dass wir bei der Sache ein Vermögen machen können. Fliegen Sie nach Südafrika, Nina. Sondieren Sie die Lage. Und halten Sie Augen und Ohren offen. Falls eine andere südafrikanische Regierung an die Macht kommt, müssen wir imstande sein, blitzschnell darauf zu reagieren. In diesem Land gibt es unermessliche Bodenschätze, die zum Teil noch gar nicht erschlossen sind. Südafrika braucht vor allem Geld, Geld und nochmals Geld. Wer dort als Erster den Fuß in der Tür hat, wird den Rahm abschöpfen.«

Wenn Eli sich mit einem neuen Projekt beschäftigte, konnte nichts und niemand ihn davon ablenken. Während ich den Kaffee trank, hörte ich ihm nur mit halbem Ohr zu, denn ein Teil von mir trauerte Ralph nach und hoffte gegen alle Wahrscheinlichkeit, dass Eli einmal falsch lag, aber das war nie der Fall. Und als er schließlich ein Bild schier unermesslicher Gewinnmöglichkeiten in Südafrika vor meinem inneren Auge entstehen ließ, hatte er meine ungeteilte Aufmerksamkeit.

»Wenn ich Sie so reden höre«, sagte ich, »komme ich mir wie Ali Baba vor. Jetzt brauche ich nur noch den Zauberspruch.«

»Den kenne ich nicht«, erwiderte er bescheiden. »Ich bin bloß Eli Bertram, und ich kann Ihnen nur den guten Rat geben, sich vor den vierzig Räubern in Acht zu nehmen.«

Mir wurde wieder einmal deutlich, was für ein vielschichtiger Mensch Eli war, was für ein autokratischer und dennoch fürsorglicher Chef. Er konnte ein unverbrüchlich treuer Freund sein – oder ein unversöhnlicher Feind. Deshalb wurde er in der Stadt geliebt und gefürchtet. Doch ich würde ihm niemals verzeihen können, dass er mir hatte nachspionieren lassen. Du wirst zu einer anderen Bank wechseln, versprach ich mir. Du wirst kündigen, sobald du aus Südafrika zurück bist.

»Wenn Sie nach London zurückkehren, ist diese Sidor-Geschichte Schnee von gestern«, sagte Eli mit einem selbstzufriedenen Grinsen. »Und dann werden Sie auch Ralph Dorrington vergessen haben, und alles geht wieder seinen gewohnten Gang. Ein Monat in südlicher Sonne wird Ihnen gut tun.«

3.

Ein »Abschiedsessen« hatte Ralph es genannt. Als der Ober mich an unseren Lieblingstisch führte, dachte ich über die möglichen Bedeutungen dieses Wortes nach. Was meinte Ralph mit »Abschied«? Meine bevorstehende Reise nach Südafrika? Du wirst es früh genug erfahren, sagte ich mir.

Ralph und ich hatten uns schon oft in diesem bescheidenen italienischen Restaurant in der Nähe des Bankhauses getroffen. Heute waren fast alle Tische besetzt. Ich bemerkte, wie mehrere Frauen verstohlen mein smaragdgrünes Chanel-Kleid beäugten.

»Hallo Schatz. Ich hoffe, ich habe dich nicht warten lassen.« So weit, so gut.

Ralph erhob sich und setzte sein üblicherweise für Kunden reserviertes Lächeln auf. Dann verzog er das Gesicht zu einem gespielt mitfühlenden Ausdruck. Vermutlich würde er gleich seinem Bedauern Ausdruck verleihen, wie es in alten Zeiten bezahlte Trauerweiber bei der Beisetzung wildfremder Leute getan hatten. Es war nicht zu übersehen, dass er mir etwas vorspielte. Ich erkannte es daran, wie er den Kopf leicht zur Seite drehte und mich aus den Augenwinkeln musterte, und wie er mit beiden Händen die meine ergriff. Doch hinter dieser Fassade erkannte ich seine wilde Freude darüber, es mir heimzahlen zu können.

Was heimzahlen? Dass ich ihn als Liebhaber nicht in den Himmel gehoben hatte? Das männliche Ego ist ein zerbrechlich Ding; jeder Kerl braucht ständig eine gewisse Dosis an weiblicher Bewunderung. Wenn man einen Mann den ganzen Abend reden lässt, kommt irgendwann die Bemerkung, wie faszinierend man doch sei. Doch zeigt man den Kerlen auf irgendeine Weise die eigene Überlegenheit, fühlen sie sich auf den Schlips getreten. Jemand anderen zu bewundern, war ohnehin nie meine Stärke gewesen.

Also stimmt es, ging es mir durch den Kopf, als ich mich setzte. Also hat Eli Recht. Ralph hat es mit meiner Sekretärin getrieben. Ich verspürte einen Anflug von Schmerz, der aber rasch vom Zorn über meine eigene Dummheit verdrängt wurde. Während Ralph die Weinkarte studierte, las ich die Speisekarte und wartete.

Ralph hatte sich sein Studium finanziert, indem er als Gelegenheits-Dressman arbeitete. Er sah gut aus: das dunkelbraune Haar vom Wind leicht zerzaust, der offene, vertrauenerweckende Blick eines Gentleman, ein markantes Gesicht und ein gewinnendes Lächeln. Außerdem besaß er den Schwarzen Gürtel in Karate und hielt sich fit. In der Bank hatte sein selbstsicheres Auftreten die Kollegen dazu verleitet, an seine nicht vorhandenen beruflichen Fähigkeiten zu glauben. Er spielte die Rolle des Bankers perfekt, doch er vermasselte seinen Auftritt, weil er einfach nicht zugeben wollte, dass auch er sich irren konnte. Und er machte nie seine Hausaufgaben.

Der Weinkellner stand wartend am Tisch. Ralph bestellte mit großer Geste und wandte sich dann mir zu.

»Du siehst umwerfend aus, Nina.«

Ich nickte kühl. Ich wusste, dass ich etwas verloren hatte, was mir viel bedeutete: das Gefühl, fraulich und begehrenswert zu sein. Ralph hatte mir dieses Gefühl gegeben, und schon deshalb würde er mir fehlen. Der kommende Monat, den ich fern von London in Südafrika verbringen sollte, bot mir vielleicht die Gelegenheit, einmal sehr gründlich über mich nachzudenken.

»Hör mal, Ralph, ich habe schlechte Neuigkeiten für dich. Gestern Morgen hat Eli mir gesagt, dass er dich entlassen wird. Wegen des Flops mit der Sherborne-Versicherung und wegen des Schwindels mit dem Jachthafen auf den Bahamas. Eli meint, du hättest den Betrug durchschauen müssen. Ich habe ihn gebeten, dir noch zwei Monate zu geben, damit du selbst kündigen kannst. Er ist einverstanden. Er gibt dir die Chance, das Gesicht zu wahren und woanders einen neuen Anfang zu machen. Du könntest ja sagen, du hättest gekündigt, weil ... nun ja, weil Diana für mich arbeitet.«

Langes Schweigen. Ich beschloss, den Mund zu halten und abzuwarten. Schließlich schmetterte Ralph die flache Hand auf die Tischplatte, dass Geschirr und Gläser klirrten.

»Du hast also herausgefunden, dass Diana und ich ein Verhältnis haben? Großer Gott! Jetzt wird mir alles klar. Dieses Miststück! Es gibt nichts Schlimmeres als wütende Weiber. Erzähl mir davon.«

»Nein, Ralph. Ich wollte dich gerade anrufen, als du mich angerufen hast.«
Ich wollte ihm nicht ins Gesicht sagen, dass ich ihn schon seit Wochen vor Eli beschützte. So tief konnte ich nicht sinken, oder doch?
»Ich beschütze dich schon seit Wochen vor Eli. Ich habe versucht, deine beiden geschäftlichen Flops zu vertuschen, aber er hat es herausgefunden.«
»Na ja, in Zukunft brauchst du mich ja nicht mehr zu ... *beschützen.*«
Ich holte tief Luft. Wie schaffte der Kerl es bloß, seine selbstgerechte Art zu wahren und so zu tun, als wäre ich der Übeltäter? Diskussionen waren zwecklos, das wusste ich, denn Ralph glaubte immer, was er glauben wollte. Deshalb war er als Anlageberater eine Gefahrenquelle.
»Lass uns bestellen«, sagte er mürrisch.
»Salat Niçoise und ein Mineralwasser.«
»Das Übliche? Kühl und beherrscht wie immer, Nina, was? Selbst in einer Krise. Kein Wunder, dass sie dich die ›Eisige Jungfrau‹ nennen.«
Ach, wirklich? Und wer waren *sie*?
»Was für eine Krise?«
Ralph zuckte zusammen. »Du lieber Himmel, Nina, du weißt es noch nicht?«
»Was?«
»Diana und ich müssen heiraten«, sagte er. »Sie ist schwanger. Ich würde das eine Krise nennen. Du nicht?«
»Für dich, ja. Nicht für mich. Erst recht nicht für Diana. Sie ist dumm, fett und hässlich.«
Ich hatte zu laut gesprochen. Die Gäste an den Nebentischen schauten zu uns herüber, und ich wurde rot.
Jetzt wurde Ralph wütend. »Aber sie ist wenigstens eine Frau und kein Geldautomat! Und sie wird mir eine gute Ehefrau sein!« Er genoss seine Grausamkeit. »Diana wird mir nie vormachen wollen, dass sie cleverer ist als ich. Bei ihr muss ich mich auch nicht jede Nacht aufs Neue beweisen.«
In diesem Augenblick starben meine Empfindungen für Ralph an

Wut und Scham. Für einen kurzen Moment trauerte ich seinem gut gebauten Körper nach. Mögen Männer keine erfolgreichen Frauen? Können sie es niemals ertragen geschlagen zu werden? Oder war Ralph eine Ausnahme?
»Diana wird mich als Mann zu schätzen wissen. Weißt du, Nina, du brauchst dir nicht die Schuld daran zu geben, dass es zwischen uns aus ist«, fügte er in gönnerhaftem Tonfall hinzu. »Ich wäre sowieso nicht bereit gewesen, den rücksichtslosesten weiblichen Finanzhai dieser Stadt zu heiraten.«
»Ich hätte dich auch nie danach gefragt. Du warst gut im Bett. Aber das ist auch schon alles.« Es war eine Lüge, aber er glaubte mir und wurde rot.
»Weißt du, Nina, du brauchst gar keinen Partner. Du hast nie einen gebraucht. Da liegt dein Problem. Wahrscheinlich hätte ich es dir schon früher sagen sollen. Hat Diana ...?« Wieder erschien dieser gespielte, falsche Ausdruck auf seinem Gesicht. »Diana und ich ...« Er verstummte.
Diana und ich sagte zwar alles, doch Ralph war offenbar entschlossen, mir in allen Einzelheiten zu schildern, was er an meiner Sekretärin so sehr liebte.
»Wenn ich *ihr* mal weh tun sollte, wird sie weinen, und dann werde ich mir wie der letzte Dreck vorkommen und alles tun, um es wieder gutzumachen. Du hast immer gleich mit schweren Geschützen zurückgefeuert. Du bist der Typ, der eine Mücke mit einem Marschflugkörper abschießt. Du musst *immer* der Sieger sein.«
»Auf deine Ehe«, sagte ich ironisch und hob mein Glas, trank und bekam einen Schluckauf. Ausgerechnet jetzt. Ich nahm die Serviette und drückte sie mir auf den Mund, versuchte, meinen Zorn im Zaum zu halten.
In diesem Augenblick kam mir mit der Plötzlichkeit einer mystischen Offenbarung eine neue Einsicht. Ein Mann wie Ralph würde nie mit einer Frau leben können, die ihm überlegen war und in der Ehe das Sagen hatte. War er nur deshalb mit mir ins Bett gegangen, weil er wusste, dass er eine mächtige Beschützerin brauchte, um nicht von Eli vor die Tür gesetzt zu werden? Und wann hatte er die Zeit gefunden, mit Diana zu schlafen? Plötzlich

musste ich an seinen prall gefüllten Terminkalender denken: montags und mittwochs Karate, dienstags und donnerstags Squash und Jogging an den Wochenenden. Doch Ralph bekam einen Schmerbauch. Das hätte mir angesichts dieser vielen sportlichen Aktivitäten zu denken geben müssen.

»Du wirst fett. Warum fällt mir das erst jetzt auf?«

»Deine überheblichen Gehässigkeiten kannst du dir sparen, Nina!«

Wie oft hatte er mir solche Bemerkungen an den Kopf geworfen? Und weshalb hatte ich dem Mistkerl das immer wieder durchgehen lassen? Dieses »Abschiedsessen« war Zeitverschwendung. Es gab nichts mehr zu sagen. Ich erhob mich.

»Du bist ein Betrüger, Ralph. Du hast auch mich betrogen, aber was macht das schon. Ich wünschte nur, du würdest endlich aufhören, dich selbst zu betrügen. Offenbar glaubst du tatsächlich den Schwachsinn, den du dir selbst vormachst. Eli hat dich gefeuert, weil du zu viele Fehler gemacht hast. Als Anlageberater bist du eine Niete. Sieh den Tatsachen endlich ins Gesicht, und such dir einen anderen Job, Ralph. Lebwohl.«

Es wäre ein klasse Abgang gewesen, aber natürlich musste ich mich noch einmal umdrehen und ihm die Hand auf die Schulter legen, ich dumme Kuh. »Keine Feindschaft, Ralph. Trennen wir uns als Freunde. Danke für die schönen Stunden. Danke, dass du mir das Gefühl gegeben hast, eine Frau zu sein. Alles Gute.«

Seine Augen leuchteten auf, was ich für einen Ausdruck des Gerührtseins hielt, ich dämliche Ziege. »Danke, Nina«, sagte er und umfasste mein Handgelenk. »Obwohl es eine Herkulesarbeit war, dir die Illusion zu verschaffen, eine Frau zu sein. Lange hätte ich das sowieso nicht mehr durchgehalten.«

Ich schüttete ihm seinen Wein ins Gesicht. Bastard!

Später sagte ich mir, dass es schlimmer hätte kommen können. Man stelle sich vor, die Szene hätte sich im Hilton abgespielt oder im Annabelle's.

4.

An einem regnerischen, stürmischen Dezemberabend machte ich mich auf die Reise nach Kapstadt. Als ich an Bord der Maschine ging, packte mich das seltsam erregende Gefühl, in neue, unbekannte Gefilde vorzustoßen, und ich war froh, England, die Presse und die Kälte eine Zeit lang hinter mir zu lassen.

Als ich Platz genommen hatte und den Gurt anlegte, dachte ich an das letzte Wochenende zurück. Es war katastrophal verlaufen. Ich war nach Edinburgh geflogen, um meine Mutter und John zu besuchen, ihren dritten Ehemann. Da ich nicht in Mutters Haus wohnen wollte, hatte ich mir im Mount Royal Hotel an der Princes Street ein Zimmer genommen und mich für neunzehn Uhr mit Mom und John im Hotelrestaurant verabredet. Ich hatte eine Illustrierte mitgenommen, denn meine Mutter kam niemals pünktlich. Doch nach einer Stunde Wartezeit fragte sogar ich mich, ob irgendetwas passiert war. In diesem Augenblick stieg mir der vertraute Duft von Chanel No. 5 in die Nase, und ich hörte das leise Säuseln von Nylon auf Nylon und das Klicken von Moms hohen Absätzen.

Mutter benutzte hemmungslos weibliche Hilfsmittel für gutes Aussehen: teure Kleider und Schuhe, Schmuck, Make-up, Chiffon-Halstücher. In ihrem taubenblauen Versace-Kostüm und der weißen Seidenbluse sah sie fantastisch aus. Immer noch drehten Köpfe sich nach ihr um, wenn sie vorüberschritt. Als junge Frau war sie umwerfend schön gewesen, doch Gott allein weiß, welche Mühen es sie kostete, sich ihre Schulmädchenfigur, ihren jugendlichen Teint und ihren straffen Hals zu bewahren und das Grau aus ihrem dunkelroten Haar fernzuhalten. Was bei Mutters Überlebensstrategie an Planung und Vorbereitung erforderlich war, hätte in meinem Job vermutlich zu einem millionenschweren Geschäftsabschluss gereicht. Aber daran war ja nichts Schlimmes; deshalb fragte ich mich, weshalb ich im Geist meine Krallen schärfte. Fünf Sekunden später wusste ich die Antwort.

»Du siehst schlecht aus, Schatz.« Mutter trat einen Schritt zurück, legte den Kopf schief, musterte mich und zog eine Schnute wie ein kleines Mädchen. »Und du bist zu dünn für deine Größe.«

»Findest du?«
Irgendetwas an Mutters geringer Körpergröße und ihrer ultrafemininen Einstellung hatte mir immer schon das Gefühl vermittelt, zu groß zu sein. Sie umarmte mich und küsste mich stilvoll auf beide Wangen, wobei ihr Haar meine Nasenlöcher kitzelte. Ich kämpfte so mühsam gegen das Niesen an, dass mir Tränen in die Augen traten. John hielt sich im Hintergrund. Er war ein großer, unbeholfener Mann mit rotem Gesicht, das jetzt noch die Spuren einer schlimmen Akne aufwies.
»Ich glaube, wir sollten sofort in den Speisesaal gehen.« Ich hakte mich bei Mutter ein. »Hier entlang.«
»Erzähle uns, was es Neues gibt«, sagte sie geziert. »Wann werdet ihr heiraten, du und Ralph? John und ich sterben vor Neugier. Wie geht es deinem Schatz überhaupt?«
»Wir haben uns getrennt. Mein Schatz hat meine Sekretärin gebumst. Eli hat den Dreckskerl gefeuert.«
Das reichte, um die Konversation zu beenden, bis wir an unserem Tisch waren.
»Ich habe immer schon gewusst, dass dieser Mann nicht der Richtige für dich ist«, murmelte Mutter tapfer, nachdem wir uns gesetzt hatten.
Ich war überrascht. Ließ sie mich tatsächlich ungeschoren davonkommen?
»Das Problem ist nur, dass du seine Chefin warst. Und wir sollten uns nichts vormachen – manchmal kannst du sehr herrisch und schrecklich einschüchternd sein. Liegt an deinem klugen Kopf, fürchte ich. Eine Frau sollte nicht so viel Verstand besitzen wie du. Es war schwierig genug, mit deinem Vater zu leben, und der war ein Mann.«
Aber nicht Manns genug für dich, Mom. Erst recht nicht mehr nach seinem Unfall. Doch dieses Thema hatte ich meinen Eltern gegenüber nie zur Sprache gebracht.
»Schnee von gestern, Mutter. Ich möchte nicht darüber reden. Bestellen wir lieber den Wein, ja?«
John ließ ein dröhnendes Lachen vernehmen. »Ja, hör endlich auf, Rebecca. Wenn Nina einen Mann will, wird sie ganz sicher einen bekommen.« Seine fette rote Pranke legte sich auf meine

Hand. »Sie sieht entzückender aus als je zuvor, ist dir das noch nicht aufgefallen? Nina kommt ganz auf dich. Sie ist nur eine frischere, jüngere Ausgabe von dir.«

Das musste gesessen haben, doch Mutter trug es mit Fassung. John war ein launischer, schwieriger und verwöhnter Mistkerl, der meine Mutter brauchte – genauer gesagt, ihr Geld –, sie aber wegen ihres Alters hasste. Und jetzt bestrafte er sie, indem er mit mir flirtete. Natürlich würde Mutter sich später an ihm rächen. Ich kam mir wie ein Häufchen Elend vor, als ich dasaß und mich an meine Rolle als neutrale Dritte klammerte.

»Glaub mir, Nina, es ist nicht das Ende der Welt, wenn man auf die Dreißig zugeht. Du hast eine Enttäuschung hinter dir, aber dir wird schon noch der Richtige über den Weg laufen. Ich habe Frauen und Männer gekannt, die sogar schon über dreißig waren, als sie geheiratet haben.«

Kann die eigene Mutter dich nicht leiden? fragte ich mich nicht zum ersten Mal. Ich griff so impulsiv nach meinem Weinglas, dass es umkippte. »Oh, verdammt!« Weshalb nahm ich mir ihre Worte eigentlich so zu Herzen? »Wir leben in verschiedenen Welten, Mutter. Für mich zählen keine Ehemänner, für mich zählt nur Profit.«

»Bekommst du eigentlich noch deine Periode? Oder bringt dein Körper nur noch Bilanzen hervor?«

Das saß, aber der Schmerz über Johns Bemerkung stand Mutter noch deutlich ins Gesicht geschrieben, und ich wollte ihr nicht noch mehr wehtun, indem ich ihr eine passende Antwort gab. Also entschied ich mich für die bedingungslose Kapitulation und blieb stumm, während Mutter mir den ganzen Abend verbale Florettstiche verpasste. Schließlich, gegen zehn Uhr – nachdem ich mir ihren endlosen Monolog über die passende Mode für einen Typ wie mich angehört hatte –, versetzte Mutter mir den tödlichen Stich.

»Du hast den ganzen Abend kein einziges Mal gelacht, Nina. Du hattest nie viel Sinn für Humor, aber dieser Job in der Stadt hat dich ja schrecklich abgestumpft. Gott sei Dank, dass du für ein paar Wochen aus dieser Mühle herauskommst.«

Sie schob den Stuhl zurück und stand auf.

Auch ich erhob mich und murmelte ein paar Abschiedsworte. Am nächsten Morgen flog ich nach Inverness, um Dad zu besuchen.

Vater saß vor seiner Staffelei, als ich sein Atelier betrat. Er schaute über die Schulter und musterte mich kurz von oben bis unten; dann wandte er sich wieder seinem Gemälde zu.
»Es war nicht nötig, sich auf den weiten Weg hierher zu machen«, sagte er mit seiner ausdruckslosen Stimme. »Aber es ist nett, dass du gekommen bist.«
Vater malte Tierbilder, hauptsächlich Vögel. Seine Gemälde waren fotorealistisch, könnte man sagen; aber die Tiere sahen so leblos aus wie die armen ausgestopften Viecher, die er als Modelle benutzte. Und wie traurig er selbst aussah! Sein schütteres graues Haar war wirr, und sein langes, knochiges Gesicht war hagerer als je zuvor. Seine wachen, aber wehmütigen Augen lagen tief in den Höhlen und erinnerten mich an die einer Eule. Man konnte sich schwer vorstellen, dass dieser Mann einst Commander Charles Ogilvie gewesen war, Träger des Kriegsverdienstordens, des Fliegerkreuzes und der Tapferkeitsmedaille, eine beinahe legendäre Gestalt im britischen Geheimdienst.
Außer seiner Haushälterin Angela Joyce und deren Ehemann Trevor, die in einem Cottage auf dem Anwesen wohnten, hatte Vater keinen Menschen. Er lebte allein und wurde immer introvertierter. Im Zimmer vermischten sich die Gerüche von Staub, abgestandener Luft, Ölfarben und Terpentin mit der Atmosphäre von Verzweiflung und Einsamkeit. Eine rasche Erkundung der Küche bestätigte meine Befürchtungen. Im Haus waren keine Lebensmittel.
War Dad das Bargeld ausgegangen? Anders konnte es nicht sein. Am Hungertuch nagte er nicht. Er war wohlhabend, hatte eine hübsche Summe geerbt und besaß Aktien. Außerdem gehörten ihm fünfhundert Hektar Farmland, das er zum Teil an Bauern aus der Gegend verpachtet hatte. Überdies besaß er Zuchtvieh und bezog eine stattliche Rente.
»Du hast nichts im Haus, Dad. Soll ich dir irgendwas besorgen?«
»Nein.«

»Wo ist denn Mrs. Joyce?«
»Hat die Grippe.«
»Du brauchst Lebensmittel. Ich besorge dir welche. Leihst du mir deinen Wagen?«
»Die Mühe kannst du dir sparen. Mrs. Joyce kommt morgen wieder. Und wenn ich in der Zwischenzeit irgendetwas brauche, kann ich Trevor Bescheid sagen. Er muss sich hier irgendwo herumtreiben.«
»Warum kommst du nicht nach London und wohnst bei mir, Dad?«
»Weil ich Ogilvie Lodge nicht aufgeben will.«
»Aber du würdest dich in London wohl fühlen. Ich habe eine wunderschöne Penthouse-Wohnung in Hampstead, mit Blick auf Heath. Man hat eine meilenweite, herrliche Aussicht. Und die Blumen sind wundervoll. Es ist, als würde man auf dem Land leben.« Er gab keine Antwort, also kochte ich uns Tee, und wir unterhielten uns eine Stunde über Belanglosigkeiten. Schließlich versuchte ich, Dad von meiner unseligen Affäre mit Ralph zu erzählen.
»Ich habe diesen Mann in der Bank kennen gelernt. Ralph war ein Kollege. Ein humorvoller, gut aussehender Bursche. Ich dachte, aus uns beiden könnte etwas werden. Aber er hat mich wegen meiner Sekretärin sitzen lassen. Deshalb bin ich froh, eine Zeit lang aus London wegzukommen. Eli hat ihn gefeuert, weil er in seinem Job nichts taugte, aber Ralph gab mir die Schuld. Ich werde ihn trotzdem vermissen.«
»Das solltest du nicht. Dieser Ralph hat dir einen großen Gefallen getan«, sagte Vater mit seiner leisen, präzisen Stimme.
Später, als Trevor im Wagen wartete, um mich zum Flughafen zu fahren, gab ich Dad einen Kuss auf die Wange. Ich hätte ihn liebend gern umarmt, aber er malte unverdrossen weiter, und ich hatte Angst, gegen den Pinsel zu stoßen und sein Bild zu vermasseln.
»Tja, dann ...«
»Pass auf dich auf«, sagte er. Mehr nicht.

Ich stand in dem kleinen Waschraum des Flugzeugs, um mich vor der Landung ein bisschen frisch zu machen und mein Gesicht und die Frisur aufzupolieren, als eine Glocke schrillte. *Bitte anschnallen*, leuchtete ein Schild über dem winzigen Waschbecken auf. Sekunden später schwankte und bockte das Flugzeug, und mein Kosmetikzeug fiel prasselnd auf den Boden. Ich blickte in den Spiegel. Ein hageres Gesicht mit großen, müden Augen, verquollen und blutunterlaufen, starrte mich an.
Ich raffte meine Utensilien zusammen, verließ den Waschraum, quetschte mich an einer Stewardess vorbei und arbeitete mich schwankend zu meinem Sitz vor. Die Nacht war mir endlos lang erschienen, und ich hatte kein Auge zugetan. Ein lächelnder Steward schob einen kleinen Wagen über den Mittelgang und reichte den Fluggästen Orangensaft. Das anschließende Frühstück und der Kaffee hoben meine Stimmung, und kurz darauf kreisten wir über dem Tafelberg von Kapstadt und setzten zum Landeanflug an.

5.

Eine Böe des berühmten Südwesters erwischte mich voll und hätte mich beinahe von der Gangway gefegt. Oh Mann! Ich drückte meine Handtasche an die Brust und kämpfte mich voran. Als ich durch die Passkontrolle war, schnappte ich mir einen Handwagen, nahm mein Gepäck vom Laufband und bewegte mich in Richtung Ausgang. Ich war erstaunt, wie rasch und problemlos alles ablief. Die Tür glitt auf, und ich eilte hindurch.
»Hier, Nina! Hier!« Ein Mann kam auf mich zu und schüttelte mir die Hand. »Ich bin Bernard Fortune, Ihr Gastgeber. Und ... nun ja, Ihr Freund, wenn Sie möchten. Sagen Sie Bernie zu mir. Kommen Sie, ich möchte Ihnen meine Frau Joy vorstellen. Tja, Nina, die Presse hat Wind davon bekommen, dass Sie heute hier eintreffen. Die Flughafenleitung hat uns einen Raum für eine Pressekonferenz zur Verfügung gestellt. Wenn Sie mir bitte folgen wollen.« Er packte meinen Handkarren.
Die Presse? *Verdammt.*

»Guten Morgen, Mr. ... Bernie«, sagte ich.
Das also war Elis hiesiger Agent. Ich musterte ihn unauffällig: gebräunte Haut, durchschnittlich groß, muskulös – wahrscheinlich vom Gewichtestemmen im Fitnesscenter –, buschige Brauen, raubtierhafte, stechende Augen, behaarte Brust, Arme und Handrücken. Was er am Körper an Haaren zu viel hatte, hatte er auf dem Kopf zu wenig: Bernie besaß eine schimmernde Glatze. Er war ein Bursche, vor dem man sich in Acht nehmen musste, wie ich instinktiv spürte. Ein Mann, der jeden rücksichtslos in den Boden stampfte, der ihm in den Weg geriet.
»Tut mir leid, dass wir Ihnen wegen der Pressekonferenz nicht vorher Bescheid sagen konnten«, erklärte Bernie, »aber dass Sie hierher nach Kapstadt kommen, ist für uns von allergrößter Wichtigkeit. Das Licht am Ende des Tunnels sozusagen. Seit einem halben Jahrhundert sind wir Südafrikaner die Aussätzigen der Erde, und wir haben genug davon, das kann ich Ihnen sagen. Die verdammten Sanktionen machen der Wirtschaft des Landes schwer zu schaffen. Dabei ist Südafrika die reinste Goldgrube. Einige Leute haben das früh genug erkannt, Nina. Sie werden diese Männer bald kennen lernen. Ich hoffe, mit Ihrem Eintreffen wird sich hier einiges ändern. Genau das sollten Sie der Presse mitteilen, damit die westliche Welt endlich auf uns aufmerksam wird; denn was wir vor allem brauchen, sind Investoren.«
Ich konnte Bernies Redeschwall kaum folgen. In unserem Job plappert man nur dann so viel, wenn man seine Zuhörer aus dem Konzept bringen will. Was hatte Bernie mit mir vor? Und welcher Idiot ruft eine Pressekonferenz ein, bei der eine Frau Rede und Antwort stehen soll, die eine ganze Nacht in einem Flugzeug verbracht hat? Morgen wäre auch noch früh genug gewesen.
»Weshalb diese Eile? Ich bin noch einen ganzen Monat hier, Bernie.«
Er wurde rot und grinste entwaffnend.
»Wir müssen die Suppe löffeln, solange sie heiß ist, Nina. Es steht zu viel auf dem Spiel.«
Bernies Frau Joy machte einen überängstlichen und angespannten Eindruck. Sie trug einen samtblauen Trainingsanzug, der zur Farbe ihrer Augen passte wie auch die Schleife in ihrem nach hinten

gebundenen Haar. Sie besaß ein recht anziehendes Gesicht, war aber dünn genug, um als Magersüchtige durchzugehen, was zur Folge hatte, dass die Haut in faltigen Lappen unter ihrem Kinn hing, schlaffe Säcke unter ihren Augen bildete und ihren Hals wie den eines Truthahns erscheinen ließ. Kein Problem für einen guten Schönheitschirurgen, hätte meine Mutter gesagt.

Das Pressekorps, das mein Erscheinen in die »westliche Welt« verbreiten sollte, bestand aus zwei müde aussehenden Männern und drei jungen Frauen. Irgendjemand schob mich zwischen Bernie und Joy hinter einen Schreibtisch.

»Ich möchte Ihnen die Frau vorstellen, derentwegen Sie gekommen sind«, sagte Bernie mit honigsüßer Stimme. »Miss Nina Ogilvie. Wie ich Ihnen schon sagte, ist Nina die größte Senkrechtstarterin in der Londoner Finanzwelt.«

Ich warf Bernie einen düsteren Blick zu, doch er hielt die Augen auf die Pressevertreter gerichtet. »Nina hat zwar die ganze Nacht im Flugzeug verbracht, steht Ihnen aber gern zur Verfügung, weil sie besser als jeder andere weiß, welche Möglichkeiten sich in diesem Land und für dieses Land bieten.«

Die Fragen kamen anfangs zögernd, doch zehn Minuten später war immer noch kein Ende in Sicht. »Danke für Ihr Interesse. Guten Morgen«, sagte ich schließlich erschöpft, stand auf und ging zur Tür.

»Wie werden Sie damit fertig, als Frau in einer Männerwelt zu arbeiten?«, rief eine weibliche Stimme in meinem Rücken.

Ich drehte mich um, eine zynische Bemerkung auf der Zunge, die ich jedoch hinunterschluckte, als ich sah, wie jung und verletzlich die Reporterin aussah.

»Wie ich damit fertig werde? Indem ich versuche, die Männer mit ihren eigenen Waffen zu schlagen«, sagte ich. »Sie dürfen mich wörtlich zitieren.«

Ich lächelte und verließ das provisorische Konferenzzimmer.

Ich wurde in einen auf Hochglanz polierten Siebener-BMW gesetzt und einem riesigen Neger mit schräg stehenden Augen und einem kleinen Spitzbart vorgestellt. Er trug eine Chauffeursuniform, die ihm viel zu klein war.

»Das ist Cäsar, unser Fahrer. Er steht Ihnen zur Verfügung, wohin Sie auch wollen«, sagte Bernie, ohne den Schwarzen eines Blickes zu würdigen.
»Guten Morgen, Cäsar.« Ich streckte die Hand aus, und er bedachte mich mit einem erstaunten Lächeln.
Auf der Fahrt durch den morgendlichen Verkehr legte Bernie mir plötzlich seine heiße Hand aufs Knie. »Was für ein Mädel Sie sind!«, sagte er. »Das war eine prima Vorstellung vorhin. Der alte Eli kann sich glücklich schätzen, dass er Sie hat.«
Ich stieß Bernies Hand weg und hoffte, dass Joy seine plumpe Anmache nicht bemerkt hatte.
Einige Zeit später kamen wir an deprimierenden Slums vorbei. Meile um Meile primitiver, dreckstarrender Hütten, zwischen denen es von zerlumpten Schwarzen nur so wimmelte.
»Der neueste inoffizielle Vorort von Kapstadt«, sagte Bernie mit deutlicher Herablassung. »Auf dem Land besitzen diese Leute ein paar Kühe, ein Stückchen Ackerland, und vor allem leben sie in ihrer Heimat. Aber was tun sie? Sie strömen in die Städte, wo es keine Jobs für sie gibt. Was Sie da draußen sehen, ist das Ergebnis.«
Schweigen ist Gold, sagte ich mir, zumal ich eine Fremde war.
Wir ließen die Slums hinter uns und gelangten in weitaus angenehmere Wohngegenden. Als wir in die Stadt einfuhren, kam es mir vor, als würde ich auf einem anderen Planeten landen: von Eichen gesäumte Prunkstraßen, exotische Architektur, hektargroße gepflegte Rasenflächen mit blühenden Sträuchern, Villen im spanischen, marokkanischen, altenglischen und frühholländischen Stil. Doch bei allen Unterschieden gab es hier eine Gemeinsamkeit: Reichtum.
»Das ist Constantia«, sagte Joy zu mir, und in ihrer Stimme lag Selbstgefälligkeit. »Hier wohnen wir. Sehen Sie die Villa da drüben? Da sind Lord und Lady Melcroix zu Hause. Und dahinten wohnt die Herzogin von ...«
Und, und, und. Joy hatte eine Schwäche für Titel. Wenn man ihr Glauben schenken durfte, hatte sich hier die Hälfte der britischen Blaublüter einen Platz an der Sonne gesichert. Schließlich bogen wir in die Einfahrt zu einer riesigen spanischen *hacienda* ein. Der

gepflegte Rasen hätte Wimbledon zur Ehre gereicht, und der Swimmingpool besaß olympiareife Ausmaße. Cäsar hielt mir die Wagentür auf.

»Cäsar, diese Dame hat einen Flug von sechstausend Meilen hinter sich. Kümmern Sie sich gut um sie.« Bernie schaute mich an und grinste. »Ich sehe Sie beim Abendessen, Nina. Joy wird Sie zum Einkaufen mitnehmen und sich um alles andere kümmern.« Er nickte seiner Frau kühl zu.

»Bernie«, sagte ich, »ich kann ja verstehen, dass Südafrika Probleme hat, zum zwanzigsten Jahrhundert aufzuschließen, aber ich glaube, Sie sollten sich endlich darüber klar werden, dass nicht die Frau eines Kollegen Sie besucht, sondern dass ich selbst der Kollege bin. Und ich bin nicht hier, um einzukaufen.«

»Nina ... Nina ... als Erstes werden Sie einige sehr mächtige Männer aus der südafrikanischen Finanzwelt auf gesellschaftlicher Ebene kennen lernen. Für heute Abend haben Joy und ich die wichtigsten Gentlemen zum Dinner eingeladen. Morgen früh fahren wir mit Ihnen in den Timbavati-Wildpark. Jeder einflussreiche Mann, den Sie kennen lernen *müssen*, wird dabei sein – in einer entspannten und zwanglosen Atmosphäre, in der man sich Freunde schaffen kann.« Er bedachte mich wieder mit einem entwaffnenden Lächeln. »Also nutzen Sie den Tag, um sich auf alles vorzubereiten. Joy wird mit Ihnen einkaufen fahren, weil Sie verschiedene Sachen brauchen: Khaki-Shorts, eine strapazierfähige Bluse, einen Tropenhelm, ein Paar feste Stiefel. Andere Länder, andere Sitten. Besorgen Sie sich die Sachen. War mir ein Vergnügen.«

Er fuhr davon, und ich blickte ihm wutschäumend hinterher.

6.

»Dinner um neunzehn Uhr«, hatte Bernie gesagt. Weil ich nicht wusste, wie man sich hierzulande zu solchen Anlässen kleidete, ging ich auf Nummer sicher und entschied mich für ein schwarzes Cocktailkleid. Die schwüle Hitze und die Dusche hatten mein lockiges Haar trotz aller Bemühungen in eine widerspenstige dunkelrote Krause verwandelt, und mein Gesicht war von dem langen Flug immer noch gerötet und leicht gedunsen. Schließlich band ich mir das Haar mit einer weißen Schleife aus Chiffon im Nacken zusammen und legte eine Perlenkette und Ohrringe an.

Bernie wartete bereits auf mich. »Kommen Sie«, sagte er und drängte mich entschlossen zu einer Tür, aus der Stimmen drangen. »Sie sind spät dran. Die Show muss beginnen.«

Ich musste lächeln, als ich Bernies Salon betrat. Das Dekor schrie mir förmlich entgegen, dass die Fortunes es geschafft hatten: holzvertäfelte Wände, Perserteppiche auf dem marmorgefliesten Fußboden, alte Gemälde in schweren vergoldeten Rahmen. Joy trug ein mitternachtsblaues Seidenkleid und war mit Schmuck behangen wie ein Christbaum. Sie eilte zwischen den Gästen umher und spielte mit bewundernswertem Geschick die Dame von Welt.

Ein rascher Blick in die Runde zeigte mir, dass die anwesenden Damen allesamt blendend aussahen. Keine von ihnen hatte die Mitte der Zwanzig überschritten. Zweifellos waren sie die zweiten oder dritten Ehefrauen ihrer Gatten, die älteren Semesters waren. Zwischen diesen jungen Frauen wirkte Joy wie Unkraut in einem Rosengarten, mochte sie sich auch noch so verbissen an die Illusion klammern, jung und attraktiv zu sein.

»Sehen Sie!« Stolz ließ Bernie den Blick über seine Gäste schweifen. Er senkte die Stimme. »Die meisten sind hässliche und skrupellose alte Böcke, aber sie sind gute Freude von mir. Millionenschwere Burschen. Seien Sie nett zu ihnen.«

Offenbar waren die weiblichen Gäste lediglich Staffage. Ein Ober in weißer Livree, komplett mit Handschuhen und Kummerbund, kam mit einem silbernen Tablett und bot uns Drinks an. Als ich ein Glas nahm, erkannte ich verdutzt, dass ich Cäsar vor mir hatte, den Fahrer, den ich zuletzt in Khaki-Shorts bei der Gartenarbeit gesehen hatte.

»Danke, Cäsar. Ein Mann für alle Gelegenheiten, stimmt's, Bernie?«

Bernie errötete. »Sie sollten dieses Land erst besser kennen lernen, bevor Sie Kritik üben, Nina.«

Mit einem widerwilligen Nicken gab ich Bernie zu verstehen, dass er Recht hatte. Er nahm meinen Arm und führte mich durchs Zimmer zu einem der Gäste. »Ich möchte Ihnen Theo Hamilton vorstellen, Nina. Theo besitzt die Schürfrechte an mehreren Diamantenminen ...«, plapperte Bernie fröhlich drauflos. »Hallo Theo. Das ist Nina Ogilvie, der neueste und einzige weibliche Senkrechtstarter in der Londoner Finanzwelt. Du solltest dich gut mit Nina stellen, alter Junge!«
»Hallo Theo.« Ich reichte ihm die Hand. »Sich gut mit mir zu stellen, bringt überhaupt nichts. Für mich zählt nur der Profit.«
Bernie, dieser Blödmann, schluckte schwer, doch Theo schien von meiner Bemerkung unbeeindruckt, denn er versuchte, wenn auch etwas verkniffen, seinen Charme spielen zu lassen. Er sah aus wie ein römischer Gladiator aus einem alten Hollywoodfilm – ein Gladiator, der seine besten Tage allerdings längst hinter sich hatte.
»Bernie und ich kennen uns seit zwanzig Jahren«, sagte Theo. »Unter seiner rauen Schale hat er einen weichen Kern. Manchmal redet er ein bisschen viel, aber er ist ein netter Kerl. Meinen Sie nicht auch ...?«
Die unsägliche Konversation fand ein Ende, als Bernie mich zum nächsten Tycoon schleifte.
»Das ist Steve Watson, Nina. Er hat ein Vermögen mit texanischem Öl gemacht.«
Steve ragte wie eine überdimensionale Bohnenstange vor mir auf, wobei er mich mit durchdringenden Raubtieraugen musterte, die keinen Zweifel daran ließen, dass er mit allen Wassern gewaschen war.
»Nun mach mal halblang, Bernie«, sagte Steve, doch ohne Erfolg.
»... besitzt ein Dutzend Minen und eine Fluglinie«, plapperte Bernie weiter. »Steve ist gut und gern hundert Millionen Dollar schwer.«
»Trotzdem sind wir nach Ninas Maßstäben neureiches Gesocks. Habe ich Recht, Nina?« Steve grinste mich an.
»Wem die Jacke passt, Steve, der soll sie sich anziehen ...«
Bernie zerrte mich hastig weiter.
Joshua van der Walt, Vorstandsvorsitzender der mächtigsten Bank

des Landes, nahm die Pose eines Monarchen ein, während er Bernies Monolog lauschte und dann meine Hand mit seiner riesigen Pranke schüttelte. »Guten Abend«, sagte er mit dröhnender Stimme.

»Allein Joshuas Privatvermögen beträgt hundert Millionen südafrikanische Rand«, flüsterte Bernie mir zu, als wir weitergingen. Es nahm kein Ende. Der nächste Magnat, der mir vorgestellt wurde, war David McFarlane, dessen runder Kopf auf breiten, massigen Schultern und einem tonnenförmigen Körper saß. David kaufte und verkaufte Minen und Bergbaumaschinen, wie Bernie mir erklärte.

»Lassen Sie sich von Bernie nichts vormachen. Ich bin bloß ein besserer Kaufmann. Genau wie alle anderen hier. Nicht wahr, Bernie?« David legte eine Hand auf die Schulter seiner frisch angetrauten dritten Ehefrau, die mit anderen Gästen parlierte, und drehte sie zu mir herum.

»Schatz, ich möchte dir Nina Ogilvie vorstellen. Nina, das ist Sophia. Ihr zwei werdet euch großartig verstehen.«

Davids neueste Gattin trug ein kunstvolles schwarzes, ärmelloses Kleid und üppigen Brillantschmuck, einschließlich Diadem. Sie sah aus, als hätte sie sich für eine Hochzeit in der königlichen Familie gekleidet. »Ich bin entzückt, meine Liebe«, sagte sie, beugte sich zu mir vor, deutete so etwas wie einen Kuss auf meine Wange an, wobei sie zur Decke starrte, und kehrte mir dann wieder den Rücken zu.

Ich hatte inzwischen den starken Verdacht, dass der Früchtepunsch nicht so harmlos war, wie er schmeckte. Der Alkohol und die Hitze machten mich benommen und ließen lila Flecken auf meinen Armen erscheinen. Ich fragte mich voller Entsetzen, was mir ein Blick in den Spiegel enthüllen würde, während mir Schweißtropfen zwischen den Schulterblättern über den Rücken liefen und sich unter den Achselhöhlen sammelten. Ob man es sehen konnte?

Bernie schob mich weiter und senkte die Stimme plötzlich zu einem ehrfürchtigen Raunen, was mich einigermaßen in Erstaunen versetzte. »Ich werde Sie jetzt Wolf Möller vorstellen«, murmelte er. »Gerüchten zufolge hat er sich eine goldene Nase verdient,

indem er gegen die Wirtschaftssanktionen verstoßen und auf dunklen Kanälen Erdöl ins Land geschafft hat. Aber niemand weiß, was da wirklich gelaufen ist. Angeblich hat Wolf sehr gute politische Verbindungen. Er ist so etwas wie die unbekannte Größe in der Hochfinanz Südafrikas.«
Ich blickte in ein Paar dunkelblaue Augen, in die plötzlich ein Lächeln trat. Ich schaute länger in dieses attraktive Gesicht, als ich eigentlich gewollt hatte; denn ich war fasziniert von Möllers jungenhaftem Grinsen. Er hatte hellbraunes, kurz geschnittenes Haar und mochte erst Mitte dreißig sein. Auf seinem Gesicht spiegelten sich Humor und eiserne Härte zugleich. Ich hatte das Gefühl, endlich einen Verbündeten auf feindlichem Territorium gefunden zu haben.
Als Bernie wieder seinen Spruch losließ, ich sei die »größte Senkrechtstarterin der Londoner Finanzwelt«, nahm Wolf Möller mich beim Arm. »Du bringst Miss Ogilvie in Verlegenheit, Bernie. Außerdem habe ichs in der Zeitung gelesen, wie alle anderen auch. Darf ich mir unseren Gast für einen Moment ausborgen?«
Möller kehrte dem verdutzten Bernie den Rücken zu und führte mich über die Terrasse in den Garten.
»Puh! Einen größeren Gefallen hätten Sie mir nicht tun können.«
»Bernie hört sich gern reden, und die anderen ...« Er verstummte und drückte meinen Arm.
»Lauschen Sie mal«, sagte er leise. »Ein Kanarienvogel. Die kriegt man hier nicht oft zu hören.«
Während wir dem melodischen Gesang lauschten, stieg mir der Geruch von Möllers Aftershave in die Nase, und ich sah, wie seine seltsam strahlenden Augen und sein Gesicht dunkler wurden, während er zu den Bäumen blickte. Binnen weniger Minuten war das Zwielicht der Abenddämmerung gewichen, und der Kanarienvogel verstummte.
»Sollen wir zum Pool hinuntergehen, Miss Ogilvie? Da unten ist es kühler. Entschuldigung ...« Er nahm mein Glas und schüttete den Inhalt auf den Rasen. »An der Stelle wächst jetzt kein Gras mehr.« Er kicherte. »Ich habe mit Cäsar gesprochen, dem unterwürfigen Sklaven der Fortunes. Der Punsch besteht aus Aquavit, Champagner, Cognac, Tequila, Orangensaft ... Ich rate Ihnen,

sich an den Fruchtsaft zu halten, Miss Ogilvie, bis es ein wenig kühler wird.«

Als wir im schwindenden Licht des Tages zum Pool schlenderten, fragte ich mich, woher Möllers Akzent stammen mochte. Sein Englisch klang wie das eines Deutschen, der lange Zeit in den USA verbracht hatte; sicher war ich mir allerdings nicht.

»Kein Wunder, dass mir ein bisschen schwindlig ist. Und diese Hitze! Ist es um diese Jahreszeit hier immer so heiß?«

»Am Kap eigentlich nicht, aber weiter im Norden. Da sind die frühen Abende wie geschaffen, in einem kleinen Boot zum Angeln aufs Meer zu fahren oder zum Schnorcheltauchen, oder um am Strand zu joggen, oder«, er grinste, »um sich zu lieben. An solchen Abenden ist eigentlich alles schön, nur eines nicht: in einem überfüllten Zimmer voller schwitzender *nouveaux riches* herumzustehen. Anfangs habe ich bereut, dass ich Bernies Einladung gefolgt bin, bis ich Sie gesehen habe. Sie sind ein seltenes Phänomen. Eine Frau von vollkommener Schönheit.«

»Oh! Immer langsam mit den jungen Pferden. Reden wir lieber darüber, was Sie gerade über dieses Land gesagt haben. Kennen Sie Afrika wirklich so gut?«

Wieder lachte er. Er besaß ein dunkles, sinnliches Lachen, faszinierend und anziehend zugleich.

»Gab es jemals einen Menschen, der Afrika gut gekannt hat ...? Ehrlich gesagt, das bezweifle ich. Ich habe den ganzen Kontinent ausgiebig bereist und war immer wieder erstaunt über seine Größe. Ich liebe und fürchte und hasse Afrika. Es ist wie ein hartnäckiger Virus. Hat man ihn erst einmal im Blut, wird man ihn so schnell nicht wieder los.«

»Dann lassen Sie uns zur nächsten Frage übergehen ... Kann man am Kap gut Schnorcheltauchen?«

»Eigentlich nicht. Das Wasser ist zu kalt. Da muss man schon in den Norden hinauf, an die Küste des Indischen Ozeans.«

»Wissen Sie, Mr. Möller, den Ausdruck *nouveau riche* habe ich seit meiner Schulzeit nicht mehr gehört, als ich mal mit dem Sozialismus geliebäugelt habe. Gehe ich recht in der Annahme, dass dieser Begriff eine osteuropäische Herkunft und aristokratische Wurzeln verrät?«

Er blickte mich ernst an. »Nein. Ich bin Deutscher. Stört Sie das, Miss Ogilvie?«
»Sollte es mich stören?«
»Ja. Vielleicht.«
»Ich glaube, es wird Zeit für das Dinner, Mr. Möller.«
»Lassen Sie uns noch ein bisschen hier draußen bleiben, Miss Ogilvie. Übers Geschäft zu reden, ist immer noch Zeit. Unterhalten wir uns über andere Dinge. Zum Beispiel darüber, wie anziehend Sie sind. Ich bin von der Schönheit besessen, wissen Sie, vor allem von weiblicher Schönheit.«
»Wir alle sind von irgendetwas besessen, Mr. Möller. Bei mir ist es die Arbeit.«
»Das ist keine Besessenheit, das ist bloß eine vorübergehende Anomalie. Eines Tages wird Ihnen ein Mann über den Weg laufen, der Sie viel mehr fasziniert als die Arbeit, und dann werden Sie ihn heiraten.«
Irgendwie war dieser Bursche – im Zusammenspiel mit der wundervollen tropischen Nacht in diesem duftenden Garten – drauf und dran, meine Schutzwälle niederzureißen. Ich wandte mich um, wollte ins Haus zurück, doch er hielt mich an der Hand fest.
»Laufen Sie nicht weg.«
»Glauben Sie ja nicht, dass ich gern wieder ins Haus gehe, Mr. Möller. Schon wegen Bernie, der die seltene Gabe hat, mich ständig in Verlegenheit zu bringen. Aber ich bin hierher gekommen, um Geschäfte zu machen. Gehen wir wieder zu den anderen. Danke, dass Sie mir eine Atempause verschafft haben. Es war mir ein Vergnügen.«
Er verneigte sich. »Das Vergnügen war ganz auf meiner Seite. Und das ist aufrichtig gemeint, nicht bloß als höfliche Floskel, wie ihr Briten sie so gern und oft benutzt.«
Eigentlich hätte ich meine Landsleute in Schutz nehmen müssen, aber mir stand jetzt nicht der Sinn nach Patriotismus. Ich war zu sehr mit der Frage beschäftigt, was ich von Wolf Möller halten sollte, dem angeblichen Erdölschmuggler und rätselhaftesten Mann unter den südafrikanischen Superreichen.
»Bernie ist durch und durch afrikanisiert«, sagte Möller, als wir zurück zum Haus gingen. »In der traditionellen afrikanischen

Gesellschaft nimmt ein wichtiger Mann oft die Dienste eines bezahlten Lobsängers in Anspruch, eines sogenannten *imbongi*, der vor ihm herschreitet und aller Welt den Reichtum, die Macht und die guten Taten seines Auftraggebers verkündet. Bernie leistet diesen Dienst unaufgefordert und kostenlos. Stellt sich die Frage, warum er das tut. Könnte es sein, dass die fünfzig Milliarden Pfund, über die Sie verfügen können, eine neue Heimat in Südafrika suchen?«

Ich schaute Möller misstrauisch an und sah ein belustigtes Funkeln in seinen Augen. Dann ertönte der Gong, der zum Dinner rief. Gedämpft und melodisch drang der Klang bis zu uns.

»Darf ich Nina zu Ihnen sagen? Ein wunderschöner Name. Einige Sprachwissenschaftler behaupten, er stamme er aus dem Hebräischen. In diesem Fall würde die wörtliche Übersetzung ›junges Mädchen‹ oder ›Enkelin‹ lauten. Aber in Wahrheit stammt der Name aus dem Babylonischen und bedeutet so viel wie ›Göttin der tiefen Wasser‹. Der Name passt zu Ihnen, Nina.«

Was meinte er damit? »Sind Sie deutscher Jude?«

Er schüttelte den Kopf. »Ich spreche Hebräisch, weil ich eine Zeit lang in Jerusalem gearbeitet habe.«

Ich dachte über diesen seltsamen, faszinierenden Mann nach, als wir schweigend weitergingen. Du siehst gut aus, Wolf Möller, aber du bist ausgekocht und gefährlich, sagte ich mir schließlich. Ich werde mich vor dir in Acht nehmen.

So sehr hatte ich mich noch nie selbst belogen.

7.

Achtzehn Stühle standen an dem Tisch aus Ebenholz. Das Licht kristallener Kronleuchter brach sich in schimmernden geschliffenen Gläsern und ließ die silbernen Bestecke funkeln. Ich saß zwischen Joshua und David, gegenüber von Steve und Sophia. Drei schwarze Ober in Livree und mit weißen Handschuhen, darunter der getreue Cäsar, trugen uns Hummersuppe auf, wobei sie von einem nur für das heutige Dinner verpflichteten original englischen Butler mit Argusaugen beobachtet wurden. Dann wurde

der Fisch serviert und wieder abgetragen. Und die ganze Zeit bombardierte David mich mit Fragen über meine Arbeit.
»Wir werten Statistiken aus, analysieren die neuesten Entwicklungen auf dem Kapitalmarkt und versuchen, zukünftige Gewinnquellen zu ermitteln. Das ist im Wesentlichen alles.«
»Ist ›wir‹ ein Plural Majestatis?«, stichelte Joshua.
Es war wieder sehr heiß im Zimmer. Mein Blick fiel auf ein großes Ölgemälde, ein Stillleben, offenbar englischer Herkunft. Es zeigte zwei Rebhühner und eine tote Moschusente, die auf einem Küchentisch lagen. Ich konnte beinahe das verwesende Fleisch riechen.
»Sagen Sie mal, Nina«, fragte Steve beiläufig, »bekommen Sie von dankbaren Kunden manchmal Provisionen oder Gewinnanteile?«
»Nein.« Ich versuchte, mein Lächeln zu verbergen. Was Finesse betraf, mussten diese Burschen noch einiges lernen.
»Mit anderen Worten, Sie machen für andere das große Geld«, meinte Theo. »Sie sind eine normale Angestellte ... allerdings mit großen Machtbefugnissen, nicht wahr?«
Sie ließen nicht locker, das musste ich ihnen lassen, und sie arbeiteten Hand in Hand. Ich spürte, wie die Gäste mich mit gespannten Blicken musterten.
»Und entsprechend hohem Einkommen«, sagte ich. »Was das angeht, kann ich mich nicht beklagen.« Mit einer Viertelmillion Pfund Jahresgehalt kam ich wirklich ganz gut über die Runden.
Geschickt nahm David den Faden auf. »Aber ein Gehalt kann niemals eigenes Kapital ersetzen, Nina. Nur wer Kapital hat, kann es wirklich zu etwas bringen. Aber das brauche ich Ihnen ja nicht zu sagen, nicht wahr? Und in diesem Land sieht man die Dinge anders. Hier weiß man den Wert eines tüchtigen Mannes wirklich zu schätzen – oder sollte ich sagen, einer tüchtigen Frau? Wir haben hier nur wenige fähige Finanzexperten. Wer über das erforderliche Know-how verfügt, Gelder ... sagen wir mal, geschickt zu verbuchen, kann bei uns sehr, sehr reich werden.«
»Das ist die netteste Umschreibung für ›Bestechung‹, die ich je gehört habe.«
David blickte schockiert drein. »Ich rede nicht von Bestechung,

Nina. Aber wenn Sie einer Gruppe von Investoren zu großen Gewinnen verhelfen, ist es nur recht und billig, dass Sie ein Stück vom Kuchen abbekommen. Außerdem ist es ein Sicherheitsmechanismus.«
Sie wollten es mir leicht machen, aber für meine Begriffe stanken Bernie und seine Freunde noch schlimmer zum Himmel als die Rebhühner und die Ente auf dem Ölgemälde.
Plötzlich schienen mich die anwesenden Herren vergessen zu haben, denn sie redeten über aktuelle Geschäfte, die sie miteinander führten. Wieder ging es nur um Geld, Geld, Geld. In ihrer Vorstellungswelt musste alles und jedes – Flora und Fauna und Mineralien – Profit bringen. Dann unterhielten sie sich fachkundig über Antiquitäten und über die wachsenden Umsätze von Cabernet-Weinen auf dem südafrikanischen Markt, wodurch auch der Anbau ausländischer Rebsorten gute Verkaufsaussichten versprach, und über die Notwendigkeit, neue Wildparks anzulegen und die Preise für Zebras und Giraffen auf den lokalen Auktionen zu erhöhen. Ich erfuhr, dass fette Gewinne kassiert wurden, indem man Jägern aus Übersee die Abschussrechte an Wildtieren verkaufte. Diese Leute zeigten ihren Reichtum mit geübter Lässigkeit, und falls sie mich dadurch verwirren wollten, hatten sie Erfolg. Zugleich aber stieß es mich ab.
»Was für ein entzückendes Kleid, meine Liebe.« Sophia konnte also doch reden. »Ein ungewöhnlicher Schnitt«, fügte sie hinzu. »Wie bei den Kleidern aus den fünfziger Jahren.«
Ah, sie wollte Krieg! »Ich bin keine Sklavin der Mode, Sophia. Ich lasse meine Kleider von Catherine Walker entwerfen, und es kommt mir nur darauf an, dass die Sachen mir stehen.«
»Sie bevorzugen englische Modeschöpfer? Eine wahre Patriotin!« Sie grinste mich herablassend an.
»Lieber patriotisch als idiotisch«, murmelte ich.
Bernie erhob sich, ein Tranchiermesser in der Hand, nachdem Cäsar ein großes Silbertablett mit einem am Spieß gebratenen Lamm in den Salon gebracht hatte.
»Weil niemand das Fleisch so gut anschneiden kann wie ich«, sagte Bernie, »übernehme ich das selbst.« Er holte schwungvoll mit dem Messer aus, als das Quietschen von Autoreifen draußen auf

der Straße ihn abrupt innehalten ließ. Augenblicke später ertönte ein blechernes Krachen, gefolgt von mehreren dumpfen Aufprallgeräuschen. Ein greller Schrei erklang und verstummte schlagartig, gefolgt von lautem Stöhnen und Hilferufen.
Joy seufzte. »Oh nein. Ausgerechnet jetzt! Lass das Lamm nicht kalt werden, Schatz.«
In fassungslosem Schweigen starrte ich sie an. Ihre Gleichgültigkeit machte mir beinahe Angst. Ich sprang auf. »Wir müssen etwas tun!«
»Sie sind fremd hier«, sagte Joshua und drückte mich auf den Stuhl zurück. »Hören Sie gar nicht hin. Gleich ist wieder Ruhe.«
»Wundervoll, Joy! Das Lamm riecht köstlich.« Zustimmung heischend ließ Bernie den Blick in die Runde schweifen. Offenbar entsprach es hierzulande der Etikette, sich bei einer Dinnerparty an einem Lamm zu delektieren, während draußen auf der Straße jemand im Sterben lag. »Auf geht's'!« Bernie begann zu säbeln.
Die Schreie wurden lauter, verzweifelter.
»Cäsar!«, wandte Bernie sich herrisch an sein Faktotum. »Sieh nach, was da los ist. Wir kommen hier auch ohne dich zurecht. Falls nötig, ruf die Polizei und den Notarzt an.«
Ein lautes, schmerzerfülltes Heulen ließ mich erneut aufspringen.
»Was da draußen geschieht, geht uns nichts an, Nina«, sagte Joshua. »Wir wollen Joy doch nicht ihr Dinner verderben.«
»Verzeihung!« Ich schüttelte seine Hand ab.
Wolf ging bereits zur Tür. Ich folgte ihm und hörte, wie sich auch Joshua zu uns gesellte. »Bleiben Sie dicht in meiner Nähe!«, befahl er. »Und seien Sie vorsichtig.«
Als wir die Auffahrt hinunterrannten, sahen wir an der Straße eine Taschenlampe flackern. In ihrem Licht war ein Kleinbus zu erkennen, der sich regelrecht um einen Baum gewickelt und ihn dabei umgeknickt hatte, sodass der Stamm auf die Mauer des Nachbarhauses gestürzt war. Die Verletzten lagen auf der Straße. Ich sah schrecklich viel Blut. Nachbarn kamen zu Hilfe, und gemeinsam trugen wir die Unfallopfer auf den grasbewachsenen Fahrbahnrand.
Plötzlich glaubte ich, hinter einem Strauch neben dem umgeknickten Baum ein gedämpftes Stöhnen zu hören, das aus dem

Straßengraben drang. Ich schützte mein Gesicht mit den Armen und wühlte mich durch die Büsche. Dann sah ich eine dunkle Gestalt, die sich über eine verletzte Frau beugte, und für einen Augenblick glaubte ich, einen Helfer und ein Unfallopfer vor mir zu haben.

»Ist sie schwer verletzt?«, rief ich.

Die dunkle Gestalt fuhr zu mir herum. Es war ein Mann, ein Schwarzer, der Handtaschen, Ringe und Halsketten in den Händen hielt. Das Weiß in seinen Augen funkelte in einem Meer aus Dunkelheit. Mit zwei Schritten war er bei mir. Ein blitzschneller Schlag mit der Faust, und ich wurde gegen den Baumstamm geschleudert. Dann sah ich den kahl rasierten Kopf des Mannes dicht vor mir und spürte seinen heißen, übelriechenden Atem im Gesicht. Sein widerlicher Schweißgeruch stieg mir in die Nase. »Weiße Hure!«, stieß er hasserfüllt hervor, legte seine Beute zur Seite, packte meine Perlenkette und fummelte in meinem Nacken nach dem Verschluss, während er mir mit der anderen Hand zwischen die Beine griff. Ich wand mich, versuchte mich zu wehren und brachte vor Entsetzen keinen Laut hervor, während sein Opfer um Hilfe schrie. Alles erschien mir unwirklich, wie ein schrecklicher Traum.

Vor meinem Gesicht blitzte ein Messer auf. Mit beiden Händen bekam ich das Handgelenk des Mannes zu fassen und versuchte, ihn von mir herunterzustoßen. Ich keuchte vor Anstrengung, aber das Messer senkte sich langsam auf mein Gesicht hinunter. Wie durch Watte hörte ich schnelle Schritte, die rasch lauter wurden. Jemand kam in unsere Richtung gerannt. Mein Angreifer ließ das Messer fallen, schnappte sich seine Beute und flüchtete in dem Moment in die Dunkelheit, als Wolf in den Graben sprang.

»Sind Sie verletzt?«

»Nein«, erwiderte ich keuchend, holte tief Luft und hob das Messer auf. »Der Kerl wollte mich erstechen! Warum, um Gottes willen?«

Joshuas Gestalt erschien hinter Wolf. »Diese *tsotsis* rauben die Schwachen aus«, sagte er schwer atmend, »und töten sie. Sie hätten in unserer Nähe bleiben sollen, Nina. Ich habe Sie gewarnt.«

Gott sei Dank konnte niemand sehen, wie schockiert ich war.

Aus einem Nachbarhaus war ein Arzt zur Unfallstelle gekommen, und wir hörten die Sirenen von Polizei- und Notarztwagen, die rasch näher kamen. Ich schleppte mich zurück zum Haus, ging ins Bad, machte mich frisch, so gut ich konnte, und musterte mich im Spiegel. Ich sah wieder einigermaßen gefasst aus.
»Können Sie sich das vorstellen?«, sagte ich, als ich an den Tisch zurückkehrte. »Ein Mann hat die Unfallopfer ausgeraubt ...«
»Das ist doch nun wirklich nichts Besonderes«, unterbrach mich Joy und warf mir einen bedauernden Blick zu.
Man hatte mein Essen warm gehalten: Erbsen, Kürbis, Bratkartoffeln, Lamm mit Bratensauce. Ich trank mein Glas aus, und David schenkte mir nach. Der Wein war stark und trocken, und allmählich kehrte die Röte in meine Wangen zurück.
»Mein neuester edler Tropfen«, ließ David mich wissen. »Wir haben unsere Weine in Italien gekauft. Sie müssen uns recht bald besuchen, Nina, und sich unser Haus anschauen. Sophia richtet es zur Zeit ganz neu ein.« Stolz betrachtete er sein junges Starlet, das ihn mit einem strahlenden Lächeln belohnte.
Selbst nach dem Essen wurde ich das seltsame Gefühl nicht los, mich in einer unwirklichen Gesellschaft zu befinden.
Erst jetzt kam Wolf zurück an den Tisch. Ich beugte mich zu ihm hinüber und versuchte ihm etwas zu erklären, was mir verschwommen bewusst wurde. »Diese prächtige Villa ... dieses Leben in Sicherheit und Überfluss ... das alles sind bloß Illusionen. Es kommt mir so vor, als wären wir Passagiere auf einer Luxusjacht, die über ein tückisches Meer fährt.«
»Beruhigen Sie sich, Nina. Sie haben einen Schock erlitten. Denken Sie nicht mehr an diesen Vorfall.«

7.

Am nächsten Morgen flogen wir um sechs Uhr früh von Kapstadt ab und waren rechtzeitig zum Frühstück in Johannesburg.
»Wo ist Wolf?«, fragte ich Joy. Weit und breit war nichts von ihm zu sehen.
Joy warf mir einen forschenden Blick zu. »O je, ich habe ganz

vergessen, ihn einzuladen. Tja, jetzt ist es zu spät. Tut mir leid, Nina.«
Als wir das Frühstück beendet hatten, regnete es. Ein Minibus brachte uns zu einer Rollbahn, auf der Steves Privatjet stand, der uns zum Timbavati-Wildpark bringen sollte. Nachdem die Maschine abgehoben hatte, versuchte der Pilot vergeblich, eine Gewitterfront zu überfliegen. Der Jet schlingerte und taumelte in den Turbulenzen. Über, neben und unter uns huschten blauschwarze Wolken vorüber, die zu leben schienen; es sah aus, als würden sie die Maschine hin und her stoßen, sich auf uns stürzen und in unseren Gesichtern explodieren. Sie zogen sich zurück, formierten sich neu und stürmten wieder auf uns ein. Es wurde nahezu stockdunkel; gegabelte Blitze zuckten grell leuchtend auf und stachen nach der Maschine. Mir fiel ein Stein vom Herzen, als wir gegen Mittag aus der Schlechtwetterfront in den Sonnenschein flogen.
»Puh!«, stieß Bernie hervor. »Das war haarig.« Ich sah, dass er fast eine ganze Flasche Scotch geleert hatte.
Wir landeten auf einer kurzen Rollbahn im Verwaltungs- und Wohnbereich des Wildparks. Als ich aus der Maschine stieg, spülte eine Woge schwüler Hitze über mich hinweg. Es war ein Gefühl, als würde man eine Sauna betreten. Meine Lungen brannten, meine Nase war trocken, und mir schmerzten die Augen.
Bernie legte mir seinen verschwitzten, heißen Arm um die Schultern und sagte in verschwörerischem Tonfall: »Ich habe jeden eingeladen, den Sie kennen lernen sollten. Alles, was Rang und Namen hat, ist gekommen. Ein paar kleine Fische sind auch dabei. Beachten Sie sie gar nicht. Zum ersten Beschnuppern gibt es heute ein paar Drinks und ein Mittagsbuffet. Zufrieden?« Sein Whiskyatem schlug mir ins Gesicht.
»Wenn ich einen großen Bruder brauche, komme ich zu Ihnen. Ich versprechs, Bernie«, sagte ich so leise, dass Joy mich nicht hören konnte.
Bernies kumpelhaftes Getue verflüchtigte sich. Für einen Augenblick verlor er die Kontrolle über sich selbst, und seine Augen funkelten vor Wut. Dann legte sich wieder die Maske der Jovialität auf sein Gesicht. »Einverstanden«, sagte er.
Mein Zorn verrauchte, als ich eine Giraffe sah, deren langer Hals

über einen nur wenige Meter von uns entfernten Zaun ragte. Das Tier beäugte uns mit einem Ausdruck sanftmütiger Neugier. Ein Gefühl freudiger, gespannter Erwartung überkam mich, als wir uns in einen Jeep quetschten und über eine Anhöhe mit Blick auf den Fluss fuhren. Als wir an einem Waldstück hielten, wies Joy auf eine von mehreren Hütten, die in der Nähe standen. »Da wären wir«, sagte sie und reichte mir einen Schlüssel. »Merken Sie sich die Nummer, Nina. Wir treffen uns in zwanzig Minuten im Lodge. Vor dem Essen gibt es ein paar Drinks. Und ziehen Sie um Himmels willen etwas Lässiges, Luftiges an. Ihre Bond-Street-Klamotten passen nicht in den Urwald. Tragen Sie Shorts und T-Shirt. Anderenfalls wird die Hitze Sie umhauen – ganz abgesehen davon, dass Sie sich lächerlich machen.«
Bernie warf ihr einen scharfen Blick zu, und Joy hielt sofort den Mund.
»Danke für den Tipp, Joy. Nett von Ihnen.«
Ich hatte einen wundervollen Blick auf den Fluss. Vermutlich hatte ich die am schönsten gelegene Hütte bekommen. Bernie scheute wirklich keine Mühen, für mein Wohlbefinden zu sorgen. Auch das Innere der Hütte war sehr ansprechend: ein großes rundes, mit einer Strohmatte ausgelegtes Wohnschlafzimmer, möbliert mit Rohrsesseln, gemütlichen Stühlen, einem Bett und einem Schrank. Ich schlenderte den grasbewachsenen Hügelhang hinunter und blieb an dem Zaun stehen, der einen Blick auf den Fluss tief unter mir gewährte.

Ein Büffel kommt aus dem Schilf; im strahlenden Sonnenlicht schimmert sein Fell wie poliertes Silber. Voller Anmut geht er zum Flussufer; er bewegt sich, als würde er schweben, wie ein Wesen in einem Traum. Ich verspüre den sehnlichen Wunsch, ein Teil dieser Schönheit zu sein, doch so verlockend sie auch ist, sie ist dem Menschen verschlossen. Gerüche und Geräusche umhüllen mich: der würzige Duft von Kräutern, der scharfe Geruch des Wasserbüffels, das berauschende Zirpen der Grillen, der überwältigende Gesang der Vögel. Die Intensität dieses Augenblicks verschlägt mir den Atem. Ich lasse mich treiben, verschmelze mit der Umgebung, werde eins mit dem Dschungel. Ich bin kein Zuschauer mehr. Ich bin ein Teil des Paradieses.

9.

Die Cocktailparty hingegen hätte eher in die Hölle gepasst. Ich blieb im Türeingang stehen, als mir plötzlich klar wurde, dass mir Shorts und T-Shirt wohl doch eher nicht standen. Verglichen mit diesen Paradiesvögeln, deren Sonnenbräune durch die leuchtenden Farben ihrer eleganten Freizeitkleidung noch hervorgehoben wurde, sah ich wie eine Frau aus, die längere Zeit lebendig begraben war. Ich hätte mir wohl besser eine lange Hose anziehen sollen, aber es war zu spät – und auch zu heiß.

Eine Frau, die in meiner Nähe stand, drehte sich zu mir um. »Mein Gott.« Sie stieß ein schrilles, wieherndes Lachen aus. »Sind Sie gerade aus Alaska eingeflogen?«

»So komme ich mir jedenfalls vor.«

Wieder nahm Bernie sich meiner an und stellte mich vor. Die anwesenden Damen stuften mich in ihrer gesellschaftlichen Werteskala offensichtlich als drittklassig ein. Was war ihr Maßstab? Reichtum, wie ich rasch erkannte, und nicht Bildung, Herkunft oder die eigene Leistung. Deshalb war ihre Konversation mir fremd, als sie sich über die Vorzüge diverser Feinkostlieferanten, über original englische Butler und die Vor- und Nachteile von Schönheitsfarmen unterhielten und darüber, wo man während der Schulferien am besten seine Kinder loswerden konnte.

Die Ehemänner in ihrem modisch-sportiven khakifarbenen Dschungel-Outfit schienen sich ohne die Damen wohler zu fühlen; sie hatten sich an der Bar versammelt. Es waren tief gebräunte, raubtierhafte Männer mit markanten Gesichtern, kräftigen, behaarten Armen und Beinen und sehnigen Muskeln. Dieses raue Land hatte eine seltsame Wandlung bewirkt: Die Männer waren größer, härter und stärker als ihre europäischen Vorväter. Ich spürte, dass für sie sogar das Leben eine Art Vermögenswert war; Kapital, das man Gewinn bringend anlegen musste, um den größtmöglichen Profit zu erzielen.

»Hallo Nina.« Bernie kam von der Bar zu mir herüber. »Setzen Sie sich zu uns.« Er nahm meinen Arm. »Das ist Johan. Er ist ein sehr einflussreicher Mann und obendrein ein netter Kerl.«

»Spar dir die Lobeshymnen, Bernie.«

Johan war ein massiger, brutal aussehender Bursche mittleren Alters mit grau meliertem, kurz geschorenem Haar und schiefer Boxernase. Er musterte mich kühl von oben bis unten. Wahrscheinlich hatte er mit diesem einen raschen Blick abgeschätzt, wie viel meine Kleidung gekostet hatte, wie alt ich war, wie hoch mein IQ lag und welche Stärken und Schwächen ich besaß. Dann kam er hinter der Bar hervor, nahm mich beim Arm und führte mich zu einer Sitzbank, die mit irgendeinem haarigen Fell bedeckt war, das mich an den nackten Beinen kratzte.
Johan zog ein Wägelchen zu sich heran, auf dem Flaschen und Speisen standen. Er schenkte ein Glas Wein ein und reichte es mir.
»Probieren Sie, Nina. Ich bin gespannt auf Ihr fachmännisches Urteil. Der Wein stammt von meinem eigenen Gut.«
Ich nippte. »Hmmm! Schmeckt vorzüglich.« Offensichtlich galt es in diesem Land als höchstes Statussymbol, ein eigenes Weingut zu besitzen.
Johan lächelte ein bisschen mitleidig. Ich erkannte, dass meine Bemerkung für ein »fachmännisches Urteil« wohl etwas zu dürftig ausgefallen war.
»Probieren Sie mal das hier, meine Liebe«, sagte er mit herausforderndem Unterton. »Ich wette, so etwas haben Sie noch nie gegessen.«
Er spießte ein großes Stück rohes Fleisch mit einer Gabel auf, hielt es über einen Topf mit Marinade, der neben ihm stand, tunkte das Fleisch hinein und ließ es abtropfen. Dann beobachtete ich mit fasziniertem Entsetzen, wie die Gabel sich auf mein Gesicht zubewegte.
»Mund auf!«, befahl er.
Johan hielt seine zum Kelch geformte linke Hand unter das Fleischstück, damit keine Marinade auf meine Kleidung tropfte, während er mir die Gabel vor den Mund hielt.
»Mm-mmm!« Ich schüttelte den Kopf und presste die Lippen zusammen.
»Seien Sie kein Feigling. Machen Sie den Mund auf.«
»Es schmeckt fantastisch!«, riefen die Herren von der Bar aus. »Probieren Sie!« – »Sie müssen es versuchen!«
Eli, du schuldest mir eine Gefahrenzulage.

»Tun Sie Johan den Gefallen, Nina«, sagte Bernie, und es klang wie eine Bitte.
»Das Fleisch ist herzhaft und deftig. Und wissen Sie, warum?«, sagte Johan. »Nicht weil es roh ist, sondern weil der Bock keine Gelegenheit bekam, Angst vor dem Sterben zu haben. Die Angst verdirbt das Fleisch. Ich finde, Schlachthöfe sollte man verbieten. Die Furcht des Tieres, wenn es das Blut riecht ... der Schock, die Artgenossen sterben zu sehen und zu wissen, dass man selbst bald an der Reihe ist ...«
O Gott. Dann kam mir die rettende Idee. »Ist das Fleisch koscher?«, unterbrach ich Johans Redefluss. »Nicht? Schade. Ich fürchte, in diesem Fall ...« Ich erhob mich und verkniff mir ein Grinsen, als ich sah, wie peinlich Bernie die Sache war.
Ich ging zur Tür, wandte mich noch einmal um und schaute zur Bar zurück. Die Herren schienen sich nicht wohl in ihrer Haut zu fühlen – wie Schauspieler, die ihren Einsatz verpasst hatten. Das Ganze kam mir wie eine Scharade vor, wie ein Maskenspiel, das mir eine verborgene Botschaft vermitteln sollte. Auch ich sollte eine Rolle in diesem Stück spielen. Aber welche?

10.

Ich setzte meinen Tropenhelm auf, verließ die Partygäste und spazierte über den grasbewachsenen Hügelhang bis zu einem kleinen Hain hoher, anmutiger Bäume; die Äste und Zweige bogen sich unter der Last exotischer Früchte und schienen in den tiefen Schatten des Waldstücks zu schaudern. Der Wind wehte durch die stacheligen Arme der Akazien, verstreute gelbe Blüten, schaukelte die Nester der Webervögel und ließ Wellen über die Grasflächen laufen. Zwischen den Bäumen befand sich ein Wildpfad, der durch hohen Farn hindurch den steilen Hang hinunterführte und an einem nahezu ausgetrockneten Nebenarm des Flusses endete. Ich rutschte den Abhang hinunter und gelangte an das schattige Ufer. Hoch über mir funkelten im Sonnenlicht die riesigen im Wind wogenden Blätter der Urwaldbäume.
Es war fast vollkommen still. Ich zog die Stiefel aus und ging ein

Stück das Ufer hinauf zu einem Wäldchen aus wunderschönen tropischen Palmen. Ich sah Affen, die mich neugierig von einem Baum aus beäugten; aber dann bekam ich es plötzlich mit der Angst zu tun. Rasch machte ich kehrt und eilte zum Ende des Wildpfads zurück. Ich fragte mich, weshalb ich diesen Anflug von Furcht verspürt hatte. Weit und breit war nichts Bedrohliches zu sehen. Ich setzte mich auf einen Felsblock in den Schatten und genoss den Wind, die Stille und das Gefühl des Alleinseins.

Plötzlich erwachte der Urwald zum Leben. Die Affen huschten davon; Vögel kreischten und flatterten auf, und hinter mir knackten Äste und Zweige mit pistolenschussartigen Lauten. Ich sprang auf, raste hinter einen Strauch und versuchte, die aufkeimende Panik zu unterdrücken.

Augenblicke später trat Wolf aus dem dichten Farn, ein Jagdgewehr über der Schulter und ein Fernglas um den Hals. Vor Erleichterung hätte ich beinahe laut aufgeschrien. Ich wollte schon zu ihm hinüberrufen, überlegte es mir dann aber anders. Meine Gefühle waren zu aufgewühlt. Ich musste warten, bis die Wogen in meinem Inneren sich geglättet hatten, und blieb in meinem Versteck.

Als ich den hoch gewachsenen, schlanken Mann beobachtete, fiel mir auf, wie anmutig er sich bewegte, mit lässiger Kraft. Er war barfuß und trug nur kurze Shorts und eine offene Weste aus Khaki über dem nackten Oberkörper. Sein Haar sah im Sonnenlicht heller aus, seine Haut dunkler, und seine Augen strahlender.

An der Stelle, von der aus ich die Palmen bewundert hatte, entdeckte er meine Fußabdrücke, blieb stehen und betrachtete sie eingehend. *Er* ist ein Teil des Dschungels, ging es mir durch den Kopf – wachsam wie eine Antilope, geschmeidig wie eine Raubkatze. Augenblicke später krachten Zweige; der Strauch teilte sich, und Wolf schaute auf mich hinunter.

»Ah. Endlich habe ich Sie gefunden, Nina. Sie können von Glück sagen. Wissen Sie nicht, dass Sie gegen die Regeln verstoßen haben? Sie könnten längst tot sein – und aufgefressen.«

Ich versuchte zurückzuschlagen. »Und Sie platzen einfach in eine Party hinein. Joy sagte mir, Sie seien nicht eingeladen.«

»Dann haben Sie Joy also gefragt?« Er bedachte mich mit einem seltsamen Lächeln, als würde er eine sehr wichtige Information in seinem geistigen Aktenschrank verstauen. »Das freut mich, Nina. Ich habe Sie ebenfalls vermisst. Zum Glück hat Bernie nicht das ganze Camp für sich und seine Gäste gemietet, sodass ich noch eine Hütte für mich bekommen habe. Ich bin tatsächlich in die Party hineingeplatzt, wie Sie es vorhin so nett formuliert haben. Und ich habe gesehen, wie Sie davongeschlichen sind. Als Sie nicht zurückkamen, habe ich mir Sorgen gemacht. Aber zum Glück scheint Ihnen ja nichts passiert zu sein. Darf ich mir mal Ihre Beine anschauen?«

Ich musste lachen. »Können Sie mir *einen* guten Grund dafür nennen?«

»Sogar zwei. Schlangenbisse und Insektenstiche.«

»Hätte mich eine Schlange gebissen, hätte ichs gemerkt, meinen Sie nicht auch?«

»Seltsamerweise merken die Leute es oft gar nicht. Sehen Sie sich das Schilf und das hohe Gras an. Vielleicht sitzen Sie in einem Schlangennest und wissen es gar nicht. Sie sind weit weg von zu Hause, und der Dschungel ist kein Zoo.« Es machte ihm offenbar Freude, mir Angst einzujagen. »Übrigens haben Sie einen Zeckenbiss am Knöchel. Gut möglich, dass es hier von diesen Viechern nur so wimmelt.«

»Sie machen Witze!« Ich schaute mich um und sah, dass sich am Ende jedes Grashalms ein kleiner schwarzer Knoten befand. Entsetzt sprang ich auf und rieb mir wie verrückt die Shorts und die Beine ab.

»Halten Sie still. Oh, oh. An den Oberschenkeln haben die Zecken Sie auch erwischt. Man sollte meinen, dass man es spürt, wenn sie einen beißen, nicht wahr? Ist aber nicht so. Ich fürchte, Sie werden ein paar hässliche Narben zurückbehalten. Und wenn Sie in ungefähr einer Woche Übelkeit spüren, müssen Sie zum Arzt. Mit dem Fieber, das man von Zeckenbissen bekommen kann, ist nicht zu spaßen, besonders nicht beim ersten Mal.«

»Haben ... haben Sie dieses Fieber denn schon gehabt?«

»Lässt sich gar nicht vermeiden, wenn man sich längere Zeit im Urwald aufhält. Manche Leute sagen, nach dem ersten Mal wird

man immun dagegen, aber mich hat es schon mehrere Male erwischt.« Er ging zu dem Felsblock, auf dem ich gesessen hatte. »Kommen Sie mal her, Nina. Sie haben auf diesem Felsen gesessen, stimmts? Wissen Sie, dass Sie beobachtet wurden?«
»Mein Gott! Von wem?«
Er reichte mir sein Fernglas. »Schauen Sie mal durch. Dahinten, unter dem Baum.« Mit dem ausgestreckten Arm wies er flussaufwärts.
Ich nahm den Feldstecher, stellte die Schärfe ein und blickte in die lauernden gelbbraunen Augen eines männlichen Löwen. Adrenalin schoss durch meine Adern. Am liebsten hätte ich die Flucht ergriffen, riss mich aber zusammen. Ich zählte vier Löwinnen, aber wahrscheinlich waren es noch mehr. Ich schluckte und reichte Wolf den Feldstecher zurück.
»Die haben mich beobachtet?«
»Ja.«
»Wie ... kommen wir denn von hier weg? Werden die Löwen uns nicht angreifen?«
»Wahrscheinlich nicht. Es ist Mittag, da jagen sie nicht. Und sie fürchten sich vor dem *Homo stupido* genauso sehr wie vor dem *Homo sapiens.*«
»Danke für das Kompliment.«
»Gehen wir. Bleiben Sie dicht bei mir.«
»Wie ein Schatten. Ist das Gewehr geladen?«
»Natürlich.«
Wolf stieg voraus, kämpfte sich durch Farn und Sträucher den steilen Hang hinauf und zog mich hinter sich her. Auf halber Höhe des Hanges hockte er sich im Schatten einiger Sträucher auf den Boden.
»Hier dürften wir sicher sein. Bei Tageslicht meiden die Löwen das Camp. Aber gehen Sie nie wieder allein auf Erkundungstour.« Er ließ sein samtiges, angenehmes Lachen hören. »Im Herzen sind Sie ein Mädchen vom Lande, Nina, auch wenn Sie in der Welt des Big Business leben. Aber Sie müssen noch viel über den Dschungel und das südafrikanische Buschveld lernen. Wenn Sie einen Lehrer brauchen, stelle ich mich freiwillig zur Verfügung. Der Dschungel kann tückisch und gefährlich sein.«

»Ich weiß, dass ich eine Dummheit begangen habe.« Ich blickte mich wehmütig um. »Aber die Partygäste legen sich aufs Ohr, wenn sie gegessen und getrunken haben. Sie wollen sich erst um fünf Uhr auf den Weg in den Park machen. Vorher ist sowieso nicht viel zu sehen, haben sie gesagt. Aber das stimmt nicht. Da sind die Bäume, die Vögel ... Ich wollte es unbedingt sehen.«
»Ich fahre Sie herum, wann immer Sie möchten. Von mir aus jetzt gleich. Ich habe am Flugplatz einen Jeep gemietet.«
»Ich würde Ihr Angebot ja gern annehmen, aber ich bin Bernies Gast.«
»Zum Mittagessen ist es zu spät. Wo also liegt das Problem?«
»Warum lassen Sie nicht locker, Wolf?«
Er lächelte. »Wenn Sie diese Frage nicht selbst beantworten können, Nina, kann ich Ihnen auch nicht helfen. Und würde ichs versuchen, würden Sie sich die Frage stellen, was ich damit bezwecken.«
Da hatte er Recht. Ich fragte mich jetzt schon, was er mir verkaufen wollte.
Er lächelte entwaffnend, doch ich ließ mich nicht davon täuschen. Er war nicht so offen und geradeheraus, wie er mir vormachte.
»Seien Sie bitte vorsichtig, Nina. Ich mag Sie. Und ich sage es nur noch einmal, also merken Sie es sich: Sie sind hier im Dschungel.« Er streckte den Arm aus und nahm meine Hand.
»Und Sie haben mich gerettet.« Ich lachte zittrig, denn seine Berührung ließ mir das Herz bis zum Hals schlagen.
»Es gibt viel gefährlichere Dschungel als den hier. Und Sie sind die Beute. Sagen Sie später nicht, ich hätte Sie nicht gewarnt.«
Seine Bemerkung verwirrte mich. Für einen Moment kam mir der seltsame Gedanke, er habe sie auf sich selbst bezogen. Dann aber wurde mir klar, dass er zweifellos Bernies Freunde meinte.
»Na los, Nina. Kommen Sie. Ich fahre Sie, wohin Sie wollen.«
Als er mir das letzte Stück des Steilhangs hinaufhalf, fühlte ich mich auf eigenartige Weise zu ihm hingezogen. Ich wusste, dass ich auf diesem feindlichen Territorium einen Freund gefunden hatte.

11.

Am frühen Nachmittag war die Hitze noch schlimmer geworden. Die Sonne sengte so unbarmherzig auf das Land nieder, dass es förmlich nach Wasser schrie. Doch die dunklen Gewitterwolken hingen in weiter Ferne am Horizont.

Wolf war der perfekte Führer. Er kannte die Namen sämtlicher Vögel, ihre typischen Rufe und Eigenarten; er wusste die Namen der Bäume, Sträucher und Blumen, und er hatte die Gabe, Ungewöhnliches zu entdecken: fingernagelgroße Baumfrösche, die aus einem Kokon aus Speichel zum Vorschein kamen und zu einem Wasserloch in der Nähe hüpften; ein Nest mit jungen Geiern, weiß und flaumig, das sich in der Krone eines halb verfaulten Baumes befand; ein Leguan in einem seichten Bach.

»Hoffentlich regnet es bald«, sagte ich. »Es macht mich traurig, wenn ich die riesigen verdorrten Grasflächen sehe. Die Tiere haben kaum etwas zu fressen.«

Wolf nickte. »Die Grausamkeit der Schöpfung ist ein Rätsel für mich, Nina. Der christliche Gott der Liebe, zu dem ich bete, hat eine Welt voller Gnadenlosigkeit erschaffen. Die Starken fressen die Schwachen. Und wenn wir, als intelligente Wesen, irgendein System der Güte und Sicherheit errichten – politisch, sozial, wie auch immer –, werden wir träge und degeneriert. Manchmal glaube ich, die einzige erstrebenswerte Tugend ist der Siegeswille.« Er wischte sich mit einem ölverschmierten Tuch die Stirn ab. »Himmel, ist das heiß.«

»Ich habe schon als Kind die Erfahrung gemacht, dass man immer der Sieger sein sollte. Ich wollte so stark und unbezwingbar sein wie die Goldadler, die in den Bergen meiner schottischen Heimat leben.«

»Und heute, wo Sie älter sind?«

»*Muss* ich siegen. Ich arbeite in einem harten Job, aber die Arbeit macht mir Spaß. Es gefällt mir, meinen Verstand mit dem der Konkurrenz zu messen.«

»Und was ist mit alldem anderen?«

Ich runzelte die Stirn. »Was meinen Sie damit?«

»Die Männer natürlich. Den Wunsch, begehrenswert und sexy

zu sein. Den Wunsch nach einer Beziehung. Das alles scheint bei Ihnen Winterschlaf zu halten.«

»Für mich sind das eher Hindernisse. Ohne Beziehungskisten komme ich besser zurecht.« Ich lachte ein wenig gezwungen und konnte beinahe die Worte meines Vater hören: *»Bald bist du eine Frau, und Frauen vergessen die Liebe sehr schnell.«* Die Erinnerung schmerzte noch immer, aber ich hatte nicht die Absicht, es Wolf zu erzählen.

»Sie lachen wie Sophia. Ich kann die Frau nicht ausstehen. Mein Gott, stellen Sie sich eine Welt vor, die nur von Leuten wie Bernies Freunden und ihren zickigen Weibern bewohnt wird.«

»So übel sind sie gar nicht, wenn man sie erst ein bisschen besser kennen gelernt hat.« Ich wechselte das Thema, denn er wurde mir zu persönlich. »Aber es ist zu heiß, um solche Gespräche zu führen. Eine so lähmende Hitze habe ich noch nie erlebt. Sogar das Atmen tut weh. Meine Lungen sind wie verbrannt.«

Ich weigerte mich standhaft, noch mehr über mich selbst preiszugeben, und so erzählte Wolf mir den Rest des Nachmittags von seiner ostdeutschen Heimat und dem Gutshof, auf dem er aufgewachsen war, von seiner idyllischen Kindheit und von seiner Mutter, die er bewundert, die ihn aber verzogen hatte. Doch mitten in seinem Monolog schlief ich vor Erschöpfung ein.

Am späten Nachmittag wurde ich geweckt, als Wolf mich am Arm rüttelte.

»Aufwachen, Nina! Schauen Sie mal, da vorn!«

Ich spürte seine Aufregung, als ich den Blick über die Bäume und Sträucher schweifen ließ, doch ich konnte nichts Ungewöhnliches entdecken. Wolf legte mir den Arm um die Schultern und zog mich zu sich herüber.

»Da vorn! Unter dem Baum.«

Ich war ihm so nahe, dass ich seine Muskeln spüren konnte. Er roch nach Benzin, Motoröl und Mann. Es erregte mich so sehr, dass ich ein angenehmes Ziehen im Unterleib spürte und nur mit Mühe das Verlangen niederkämpfen konnte, ihn zu berühren – seine Wange, seine Lippen, sein Haar.

Ich schaute zu dem Baum, auf den er gezeigt hatte, und stieß einen bewundernden, beinahe ehrfürchtigen Ruf aus. Die Löwin war groß und majestätisch, und ihre gesprenkelten, schimmernden gelbbraunen Augen starrten mit einem Ausdruck von Hochmut genau in die meinen. Augenblicke später drehte sie sich zur Seite und trottete auf die Straße vor uns, während vier weitere Löwinnen aus den Sträuchern hervorkamen.

»Sie wissen genau, wohin sie wollen«, flüsterte Wolf. »Sie sind hinter irgendetwas her. Vielleicht haben wir Glück.«

Langsam fuhr er den Tieren nach, die sich geschmeidig über die Straße bewegten, wobei er respektvollen Abstand hielt. Doch fünfhundert Meter weiter huschte die ranghöchste Löwin plötzlich von der Straße und verschwand in dichtem Gestrüpp, gefolgt von ihren Gefährtinnen.

»Mist!«, fluchte Wolf und hielt. »Wir warten hier. Vielleicht kommen sie zurück.«

Wieder legte er den Arm um mich und zog mich zu sich heran. Ich spürte, wie er zögerte; dann beugte er sich zur Seite und küsste mich sanft auf die Kehle. Als ich keuchend den Atem ausstieß, legte er mir die Hände auf beide Wangen und küsste mich auf den Mund. Die Zeit schien stillzustehen, als ich seinen Kuss leidenschaftlich erwiderte.

Schließlich löste er sich von mir. »Gehen wir sie suchen, ja?«, sagte er grinsend, zwinkerte mir zu und faltete eine Karte auseinander. »Zwei Kilometer von hier ist ein Wasserloch – genau in der Richtung, die sie eingeschlagen haben.«

Ich strich mir das Haar glatt und wünschte, ich hätte mich zurückgehalten, während Wolf in halsbrecherischem Tempo über eine unbefestigte Nebenstraße fuhr, die sich zwischen Sträuchern und krüppeligen Bäumen hindurchwand und über kleine Erhebungen führte.

Als wir das Wasserloch unter einem überhängenden Felsen entdeckten, war ich außer Atem und von oben bis unten mit Staub bedeckt. Wolf hielt den Jeep an einer Stelle, von der wir einen ungehinderten Blick auf den Tümpel hatten.

»Jetzt heißt es warten. Sieh mal da drüben, Nina.«

Unter einer Baumreihe schien sich ein Schatten zu bewegen; plötzlich verschwand er, als eine riesige schwarze Gestalt aus dem

Schutz der Sträucher hervorkam. In der hitzeflirrenden Luft erkannte ich, dass es ein Büffel war, ein altes und mageres Tier, das der Durst zum Wasserloch getrieben hatte. Mit müden, schleppenden Schritten und mit gesenktem Kopf bewegte der Büffel sich voran, wobei er mit fiebrigen, blutunterlaufenen Augen die Umgebung beobachtete.

»So jämmerlich, wie der aussieht, muss er einen weiten Weg hinter sich haben«, sagte Wolf. »Ich habe gehört, dass die Hälfte aller Wasserlöcher ausgetrocknet ist.«

Der Büffel trank ausgiebig und blieb dann im seichten Wasser stehen, als könnte er sich nicht mehr von der Stelle rühren.

Wolf spannte das Dach aus Zeltplane über die Fahrerkabine. »Das kann noch eine ganze Weile dauern. Stört es dich, wenn ich ein bisschen schlafe? Du kannst dich an mich lehnen, falls es dir nicht zu heiß ist.« Er zog mich an sich, sodass mein Kopf an seiner Schulter ruhte.

Ich genoss die körperliche Nähe, während die brutale Hitze weiter zunahm. Irgendwann fielen mir die Augen zu, und ich versank in einen ohnmachtähnlichen Schlaf.

Wütendes Fauchen und Knurren weckte mich. Ich schaute zum Wasserloch und sah, wie der alte Büffel den Angriff zweier Löwinnen abzuwehren versuchte. Meine Müdigkeit verflog schlagartig und wurde von Furcht und Faszination verdrängt. Ich beugte mich aus dem Fenster und wünschte mir mit aller Kraft, dem erschöpften Büffel möge die Flucht gelingen.

Wieder und wieder griffen die Löwinnen ihn an, doch der Büffel wehrte sie tapfer mit Hörnern und Hufen ab. Dann aber ermüdete er und hielt schließlich schwankend inne. Den Kopf gesenkt, stieß er ein zorniges Brüllen aus.

Plötzlich sprang eine junge Löwin vor und schnappte nach der Kehle des Büffels, doch er wich zur Seite aus und riss ihr das Fell mit dem linken Horn auf. Die verletzte Raubkatze sprang fauchend zurück, doch augenblicklich attackierte die Anführerin des Rudels den Büffel und verbiss sich in seinem Hals. Verzweifelt versuchte der Büffel, die Löwin abzuschütteln, aber deren Krallen rissen ihm schreckliche Wunden an Hals und Brust. Dann grub sie ihre Zähne in die Halsschlagader des Opfers. Für einen

Moment sah ich nur Blut, stampfende Hufe, Staub und aufspritzendes schlammiges Wasser, das sich rot färbte, als der verwundete, entkräftete Büffel sich in tieferes Wasser zu retten versuchte, um die Angreiferin zu ertränken. Doch Augenblicke später knickten seine Vorderläufe ein, und mit einem verzweifelten Stöhnen sank er auf die Knie und kippte zur Seite. Sofort verbiss die Löwin sich in seinen Bauch und zerrte ihre Beute zum Rand des Wasserlochs, wobei sie die Zähne bereits tief in das Fleisch grub.

Der Büffel stieß ein letztes verzweifeltes Brüllen aus; dann gab er den Kampf auf, und sein Leib erschlaffte.

Ich hatte Mitleid mit dem Opfer und zitterte am ganzen Körper. Zwar schämte ich mich meiner Schwäche, aber das Zittern hielt an. »Er hat so tapfer gekämpft. O Gott, es war schrecklich.«

»Aber jetzt ist es wundervoll. Sieh nur.« Zwei weitere Löwinnen huschten zu dem toten Büffel, gefolgt von vier putzigen Jungen, die fast über die eigenen Beine stolperten.

Während wir das Festmahl der Löwen beobachteten, verspürte ich eine seltsame innere Leere, als wären meine alten Wertvorstellungen zusammen mit dem Büffel gestorben. Ich hatte etwas erlebt, das mir grundlegende und elementare Bedürfnisse offenbart hatte, die viel wichtiger waren als das Einschätzen von Vermögensverhältnissen und Kreditwürdigkeit. Ich fühlte mich verwundet und schuldig zugleich.

Als wir uns auf die Rückfahrt machten, rangelten sich Schakale um den Kadaver des Büffels, und der Himmel im Westen färbte sich blutrot. Die Sonne ging unter, und binnen Minuten senkte sich die Nacht über das Land.

12.

Wenn man sich in der Weite Afrikas mit anderen Menschen an ein Lagerfeuer setzt, macht man eine Veränderung durch. Bekannte werden zu Freunden, und mit Freunden verschmilzt man zu einer Art mystischer Gemeinschaft. Vielleicht lag es am Flammenschein oder an der körperlichen Nähe zu den anderen, mit denen ich auf den grob gezimmerten Holzbänken saß, oder an den Rufen und Schreien der Raubtiere um uns herum. Ein Wildschwein drehte sich am Spieß über den Flammen, während auf einem Grill Koteletts und Würste brutzelten. Ich hatte Joy, die im Grunde ihres Herzens Romantikerin war, nicht groß drängen müssen, die Sitzordnung zu ändern: Wolf saß jetzt rechts von mir, Theo zu meiner Linken; uns gegenüber hatte David Platz genommen. Bernies Miene spiegelte Missmut; aber er wusste, dass er nichts mehr ändern konnte.

»Das ist ein ganz neuer Sternhimmel für Sie, Nina, nicht wahr?«, sagte David mit seiner dröhnenden Stimme. »Oder haben Sie das Kreuz des Südens schon mal gesehen?«

»Nein«, erwiderte ich. »Ich weiß nicht einmal, wie es aussieht.«

Wolf zog mich an sich und wies zum Himmel. »Da ist es«, sagte er. »Siehst dus?«

»Nein ... warte mal ... doch, ich glaube schon.« Der Anblick des Sternhimmels war atemberaubend.

»Bei den Eingeborenen gibt es eine uralte Geschichte über das Kreuz des Südens«, erklärte David. »Für sie ist es das heiligste aller Sternbilder. Einige Stämme betrachten es als den Baum des Lebens, der im Himmel gepflanzt wurde, um Wanderern in der Nacht den Weg zu weisen und ihnen ...«

Davids Vortrag endete abrupt, als in der Nähe ein Gewehrschuss aufpeitschte. »Er hat ihn erwischt!«, rief er. »Gut! Dann kann ja alles wieder seinen gewohnten Gang gehen.«

Kurz darauf kam Johan ins Camp, sein Gewehr in der Hand und einen toten Pavian über der Schulter. Er ließ den Kadaver zu Boden fallen. Ich sah, dass das Tier missgestaltet war.

»Begrab ihn schnell«, sagte er zu Theo, »und tief.«

»Was ist passiert?«, fragte ich David.

»Dieses verwachsene Vieh hat sich im Camp herumgetrieben«, antwortete er. »Unsere Träger, die Arbeiter und das Dienstpersonal hielten ihn für einen *tokoloshe* und haben sich vor Angst aus dem Staub gemacht. Es ist kaum noch ein Schwarzer im Camp.«

»Was ist ein *tokoloshe*?«

»Abergläubischer Blödsinn«, sagte Wolf. »So etwas gibt es nicht.«

»Ein *tokoloshe* ist ein ausgegrabener Leichnam«, erklärte Joy.

»Ein böser Geist«, sagte jemand anders.
»Ein Fluch.«
»Ein Gespenst.«
»Ein Zombie.«
Genau schien es niemand zu wissen.
»Nein, nein, das stimmt alles nicht«, sagte David. »Ein *tokoloshe* ist weder mystisch noch übernatürlich. Es ist eine boshafte Kreatur, die manchmal in menschlicher Gestalt erscheint, aber meist in Gestalt eines Pavians. Ein *tokoloshe* ist ein Wesen, das in jungen Jahren von Entbehrungen und Grausamkeiten geprägt wurde. Die Eingeborenen sind wirklich kluge Leute! Sie wissen, dass aus einem Kind ein Sklave des Teufels werden kann, wenn man es in jungen Jahren ständig mit dem Bösen konfrontiert.«
»Das glaube ich sofort, David«, sagte ich.
Wolfs zornige Reaktion überraschte mich. »Hör endlich mit diesem Blödsinn auf, Nina«, sagte er schroff.
»Es ist kein Blödsinn, Wolf«, widersprach Joy. »Selbst in der modernen Gesellschaft würde ein Kind sich zum Monster entwickeln, wenn es von klein auf nur Schmerz und Grausamkeiten ausgesetzt wird.«
»Das stimmt. Insofern wäre es kein rein afrikanisches Phänomen, Wolf«, sagte ich. »In Europa sind die Gefängnisse überfüllt mit Jugendlichen aus verkrachten Elternhäusern.« Ich zwinkerte ihm zu, doch er starrte mich zornig an.
»Wenn David es sagt, *muss* es natürlich stimmen«, stieß er wütend hervor. »Ich muss mich ehrlich über euch wundern, Leute. Seid ihr tatsächlich so bescheuert und glaubt an einen solchen Schwachsinn? Ich jedenfalls habe nicht die Absicht, mir diesen Quatsch noch länger anzuhören. Gute Nacht allerseits.«
Ich staunte, dass Wolf so grob sein konnte. Als ich beobachtete, wie er davonstapfte, rechnete ich damit, dass er sich umdrehte, zu uns zurückkam und sich lächelnd entschuldigte. Aber er kam nicht zurück.
»Was ist denn in den gefahren, Nina?«, fragte Joy.
Ich zuckte die Achseln und versuchte, mir meine Verwirrung und meinen Schmerz nicht anmerken zu lassen.
»Die Sache ist die«, fuhr David fort, als wäre nichts geschehen.

»Wir Christen glauben an eine gottgegebene Kraft, die in uns allen ist, und an den letztendlichen Sieg des Guten über das Böse. Die Eingeborenen dagegen glauben an eine amoralische Macht, unpersönlich und übermächtig, die zum Guten oder zum Schlechten benutzt werden kann. Deshalb haben sie so schreckliche Angst vor dem Bösen. Die Arbeiter hielten diesen armen missgestalteten Pavian für einen bösen Geist, einen *tokoloshe.* Deshalb sind sie geflüchtet. Und deshalb mussten wir das Tier töten.«
Erst nach dem Essen kam ein wenig Partystimmung auf, und unser Lachen klang hinaus in das weite dunkle Land. David und Theo erwiesen sich als witzig und humorvoll, und Bernie war erstaunlich schlagfertig. Sogar die sonst so verschlossene Joy ging aus sich heraus. Ich blieb lange bei den anderen sitzen, denn ich hoffte noch immer, dass Wolf sich wieder zu uns gesellte, doch er kam nicht. Schließlich nahm ich mir einen Pappteller, legte ein paar Koteletts, Würstchen und ein Stück vom gebratenen Wildschwein darauf und wickelte den Teller in Papierservietten. Dann erhob ich mich und wünschte den anderen eine gute Nacht.
»Oh, Sie haben aber einen gesunden Appetit!«, rief Joy. Sie stand auf, kam zu mir und umarmte mich kurz. »Seien Sie vorsichtig, Nina«, flüsterte sie, bevor sie sich von mir löste.
Ich wollte Joy fragen, was sie damit meinte, doch sie ging bereits wieder zu den anderen ans Lagerfeuer.

In dieser Nacht fand ich kaum Schlaf. Eine Meerkatzenfamilie plünderte die Abfalleimer im Camp; Buschschweine rannten quiekend und grunzend vorüber, und das gespenstische Heulen der Hyänen schien in meinem Kopf widerzuhallen. Und es war noch immer drückend heiß. Während ich auf dem Bett lag, dachte ich an Wolf und daran, was ich für ihn empfand. War es Liebe oder nur sexuelle Lust? Glaubte ich überhaupt an die Liebe? Ich war mir nicht sicher. Hatte Wolf Recht mit seiner Behauptung, ich hätte eine Mauer um mich herum errichtet, um Gefühle abzuwehren? Suchte ich Zuflucht in meinem Beruf, in Zahlen und Bilanzen, um Empfindungen von mir fern zu halten? Irgendwann schlief ich ein und träumte ...

Ich streifte über das Buschveld, als plötzlich die Dunkelheit hereinbrach. Ich erkannte, dass ich in einem fast ausgetrockneten Flussbett stand. Plötzlich konnte ich spüren, dass Löwen sich an mich heranpirschten, versteckt im hohen Gras. Von Entsetzen gepackt, rannte ich in wilder Panik los, doch die Löwen holten auf. Schon konnte ich ihren heißen, fauligen Atem riechen, als plötzlich Wolfs Stimme in der Nähe erklang. Vor mir teilte sich das hohe Gras, aber der Freudenschrei gefror mir auf den Lippen. Es war der missgestaltete Pavian, der vor mir stand, doch er hatte Wolfs Augen ...
So sind Träume in afrikanischen Nächten.

Später frischte der Wind auf und fuhr heulend um die Hütte. Wieder erwachte ich, als ich ein Rascheln auf dem Rieddach hörte. Plötzlich fiel irgendetwas auf mich herunter, das einen unsäglichen Gestank verströmte, und ich spürte borstiges, fettiges Haar im Gesicht. Ich schrie auf, packte das stinkende Etwas und schleuderte es wild zur Seite.
»Oh Gott!«, stieß ich hervor und sprang auf. Am ganzen Leib zitternd, tastete ich mich in der Dunkelheit an der runden Wand der Hütte entlang bis zur Tür und drückte auf den Lichtschalter. Auf das Schlimmste gefasst, schaute ich zu meiner Schlafstelle hinüber. Die Überreste eines leeren, verrotteten, zerbröckelten Vogelnests lagen auf dem Bett und dem Fußboden verstreut: alte, verfilzte Federn, kleine Knochen und eingetrockneter Vogelmist. Das Nest einer Eule? Wahrscheinlich hatte der heftige Wind es vom Dach gerissen und ins Zimmer geweht.
»Nina! Alles in Ordnung? Nina? Antworte, oder ich breche die Tür auf.« Wolfs Stimme.
»Einen Augenblick. Ich komme.« Ich schnappte mir ein Badetuch, wickelte mich darin ein, machte die Tür auf und starrte auf Wolfs große Gestalt, die sich schwarz gegen den Himmel abzeichnete. Seine Augen erinnerten mich an meinen Traum.
»Du lieber Himmel, was ist denn mit dir passiert? Du siehst aus, als hätte der *tokoloshe* dich erwischt.«
»Für einen Augenblick glaubte ich das wirklich.«
Wolf lachte, während er mir Federn aus dem Haar zupfte. »Was für ein Gestank.«

»Es war schrecklich, Wolf«, womit ich aber eher den grässlichen Traum meinte als das verrottete Vogelnest. »Es war so dunkel, dass ich die Hand nicht vor Augen sehen konnte, und plötzlich fiel dieses ... Ding auf mich herunter. Ich wusste gar nicht, was es war. Zuerst dachte ich, es wäre eine große haarige Giftspinne oder etwas noch Schlimmeres ...« Ich zog ihn ins Innere der Hütte. »Schau dir das Bett an. Voller verfilzter alter Federn und Vogelschiss.«

»Kein Grund zur Panik. Federn können dir nicht wehtun. Genauso wenig wie ein toter Pavian.«

»Mach dich nicht über mich lustig«, erwiderte ich und betrachtete das verdreckte Bett. »Ich werde jetzt erst mal sauber machen. Danke, dass du gekommen bist.«

Wolf schaute sich die Überreste des Vogelnests genauer an. »Das Nest ist schon seit Monaten leer.« Er blickte zur Decke. »Seltsam, dass keiner vom Reinigungspersonal es bemerkt hat, schon des Gestanks wegen.«

Ich verspürte plötzlich einen scheußlichen Juckreiz und musste so heftig niesen, dass ich nach Atem rang. Mir lief die Nase, und meine Augen tränten so sehr, dass ich kaum noch sehen konnte. Dann spürte ich, wie starke Hände mich packten und zur Dusche schoben. Ich hörte das ratschende Geräusch, als Wolf ein Streichholz anriss und den Gasboiler anzündete. Kurz darauf spülte warmes Wasser mir den Schmutz, den Staub und die verfilzten Federn aus dem Haar. Das Badetuch, das ich mir umgeschlungen hatte, rutschte zu Boden, als Wolf mich weiter unter die Dusche schob. Es machte mir nichts aus, dass ich splitternackt war. Ich wollte nur den scheußlichen Gestank, den Dreck und den widerlichen Juckreiz loswerden.

Dann bemerkte ich, dass Wolf zu mir unter die Dusche kam. Ich spürte seinen Körper dicht neben dem meinen. Auch er war nackt. Als sein erigiertes Glied mich an der Hüfte berührte, schauderte ich vor Erregung.

»Oh, Verzeihung«, murmelte er dicht an meinem Ohr. »Aber nackte Frauen machen mich an.«

»Und mich nackte Männer.« Voller Begierde zog ich ihn an mich, während das heiße Wasser auf unsere Körper prasselte. Ich genoss die Berührung seiner glatten nassen Haut, erwiderte seinen Kuss voller Leidenschaft. Aber das war uns nicht genug, längst nicht genug. Voller Lust drängte ich mich an ihn, umklammerte seine Hüften mit den Beinen, als er mich hochhob, und stöhnte laut auf, als er in mich eindrang.

13.

»Möchtest du Kaffee, Wolf?«
Die Morgendämmerung war nicht mehr fern, und wir hatten beschlossen, ins Buschveld zu fahren, sobald die Tore des Camps geöffnet wurden, um rechtzeitig wieder im Lager zu sein, damit wir mit den anderen frühstücken konnten. Wolf saß auf der Veranda und schaute durch seinen Feldstecher zum Fluss. Als er meine Stimme hörte, setzte er das Fernglas ab, drehte sich zu mir um und lächelte mich strahlend an.
»Das war eine wunderschöne Nacht, Nina, nicht wahr? Ich hatte das Gefühl, dass dich noch nie ein Mann so sehr erregt hat. Nein, sag jetzt nichts. Das würde bloß den Zauber zerstören.« Er warf einen raschen Blick auf die Uhr. »Ja, ich hätte gern eine Tasse Kaffee. Dann gehe ich duschen, und wir können rechtzeitig am Tor sein, wenn es geöffnet wir. Je früher wir aus dem Camp fahren, umso mehr Tiere bekommen wir zu sehen.«
Er wandte sich um und beobachtete den Fluss wieder durch sein Fernglas. Ich betrachtete den silbernen Schimmer des Mondlichts auf seinen Schultern und seinem Haar. Er sah fantastisch aus. Ich brauchte ihn bloß anzuschauen, und schon wieder stieg Begierde in mir auf ... das Verlangen, seinen Körper zu spüren, seine Hände. Wie zärtlich diese Hände waren, wie kundig und erfahren ... Für einen Augenblick verlor ich mich in mädchenhaften Schwärmereien und musste über mich selbst lächeln. Ich hatte meine Jungfräulichkeit in der Nacht vor den Abschlussprüfungen an der Oberschule für Mädchen verloren. Wahrscheinlich war es Prüfungsangst gewesen, die mich dazu getrieben hatte, mit einem Jungen aus dem benachbarten Gymnasium hinter der Turnhalle unter eine Hecke zu gehen. Der Junge hatte sich alle Mühe gege-

ben, aber für mich war es ein höchst unbefriedigendes Erlebnis gewesen. Doch es hatte den Geist aus der Lampe befreit – einen Geist, der monatelang schlafen konnte und dann beim Anblick wahrer männlicher Schönheit zitternd und bebend vor Begierde zum Leben erwachte. Ich hasste mich dieser Schwäche wegen. Sie war eine ständige schlummernde Gefahr, die mich irgendwann vernichten konnte und die so zerstörerisch war wie die Sankt-Andreas-Falte.

»Ich hatte dich eigentlich schon gestern Abend bei mir erwartet, Wolf, deshalb hab ich dir ein paar Koteletts und Würstchen mitgebracht. Der Teller steht in der kleinen Nische hinter dem Herd.«

»Kluges Mädchen. Wieso hast du gestern Abend mit meinem Erscheinen gerechnet?«

»Ich dachte, du wolltest dich entschuldigen.«

Wolf kam von der Veranda herein, nahm den Teller aus der kleinen, mit einem Drahtgitter gesicherten Nische über dem Herd, aß genüßlich ein kaltes Kotelett und trank dazu die Tasse Kaffee, die ich ihm hingestellt hatte. »Möchtest du auch eins?«, fragte er.

»Nein, danke. Ich habe gestern Abend genug gegessen. Heute Morgen halte ich mich nur an den Kaffee.«

»Weißt du, ich wollte gestern Abend wirklich noch zu dir kommen. Hätte ich gewusst, dass du was zu futtern hast, wäre ich viel früher aufgekreuzt.«

»Typisch.«

»David ist mir schrecklich auf die Nerven gegangen. Ich hasse diesen abergläubischen Schwachsinn.«

»Ich hatte den Eindruck, David weiß sehr viel über Afrika.«

»Das hört sich bloß so an. Weißt du vielleicht etwas über die uralten religiösen Vorstellungen der Eingeborenen?«

»Überhaupt nichts.«

»Siehst du? Deshalb glaubst du David seine Schauergeschichten, wie alle anderen auch. Nur ich nicht. Ich weiß eine Menge über die Stammesbräuche hier in Südafrika und über Flora und Fauna. Es ist nicht das erste Mal, dass David sich irgendwas aus den Fingern saugt, um sich interessant zu machen.«

»Dann sollte ich seine Geschichten wohl mit Vorsicht genießen.«

»Genau. Aber gestern Abend warst du von seinem Blödsinn so hingerissen, dass es mich auf die Palme gebracht hat. Tut mir Leid.«
Er nahm mich in die Arme und hielt mich fest. Wieder durchströmte mich Erregung; mein Atem ging schneller, und ich presste mich an ihn. Seine Schultern und sein Rücken waren hart wie Stahl.
»Du siehst gar nicht wie ein Muskelprotz aus. Wie kommt es, dass du so durchtrainiert bist?«
»Ich gehe ins Fitnesssstudio«, sagte er, doch es war eine Lüge, das konnte ich spüren.
Kümmere dich um deine eigenen Angelegenheiten, Nina, ermahnte ich mich.
»Wir sind erwachsene Menschen, Nina«, sagte Wolf. »Wir haben beide einen starken Willen, können uns durchsetzen und sind erfolgreich. Trotzdem spüre ich, dass du dich vor einer engeren Bindung fürchtest. Habe ich Recht? Hast du schlechte Erfahrungen gemacht?«
»Nein, es ist nur ... wir sind uns noch ziemlich fremd. Wir kennen uns ja kaum.«
»Soll das ein Versuch sein, mich in Schach zu halten? Glaubst du wirklich, dass es keine anderen Möglichkeiten gibt, einander kennen zu lernen, als miteinander zu schlafen und zu reden? Bist du der Meinung, das Ich eines Menschen besteht nur aus dem, was man von ihm sehen, berühren kann? Und welche Meinungen er vertritt? Was ist mit unseren Gefühlen? Mit unseren Gedanken, unserer Intuition? Ich glaube nicht, dass wir uns fremd sind, Nina. Ich glaube, du hast ein sehr gutes Gespür und viel Einfühlungsvermögen, was mich betrifft. Mir jedenfalls kommt es so vor, als würde ich dich schon mein Leben lang kennen.«
Ich beschloss, aufrichtig zu sein. »Aber man darf Liebe nicht mit Lust verwechseln. Eine solche Beziehung hätte keine Zukunft. Sex ist nicht das Wichtigste.«
»Jetzt erstaunst du mich aber, Nina. Ohne Sex gibt es keine Liebe zwischen Mann und Frau. Das ist ganz natürlich.« Er grinste. »Oder kennst du auch nur eine berühmte Liebesgeschichte, in der Sex und Begierde keine Rolle spielen? Die Sinnlichkeit hat

große Kunstwerke geschaffen, hat sogar Geschichte geschrieben. Du solltest sie nicht herabwürdigen. Ich liebe dich wegen deiner wunderschönen grünen Augen, deines hübschen Gesichts, deines roten Haares und deiner fantastischen Figur. Wegen deiner guten Nase für Gewinn bringende Investitionen könnte ich dich längst nicht so sehr lieben.«

»Und wie steht es mit den inneren Werten? Und mit der Moral?«

»Wieso? Ich will ja keine Nonne vögeln.«

»Du machst dich über mich lustig.«

»Ich habe manchmal das Gefühl, dass du sehr allein bist, sehr einsam. Wann bist du so geworden, Nina?«

Ein Gefühl des Unbehagens stieg in mir auf. Vielleicht war ich einsam geworden, als Otto starb. Vielleicht schon eher.

»Du redest Unsinn, Wolf.«

»Da bin ich anderer Meinung. Vielleicht kann ich dir helfen, Nina, dir eine Zukunft bieten, die für uns beide ...«

»Hör auf. Ich bleibe nicht lange in Südafrika.«

»Bist du sicher?«

»Natürlich.«

»Warten wirs ab. Ich gehe jetzt duschen.«

Ich setzte mich auf den Stuhl und lehnte mich zurück. Ich befand mich in jenem seltsamen Zustand zwischen Schlaf und Wachsein, dachte über Wolf nach und darüber, wie es zwischen uns beiden gewesen war. Und ich fragte mich, wie ich meinen Aufenthalt in Südafrika verlängern könnte.

Plötzlich beginnt ein Vogel zu singen. Ich schaue zum Horizont und sehe, dass der Himmel im Osten eine blassgraue Farbe angenommen hat. Ein weiterer Vogel erwacht, dann noch einer, bis schließlich eine klangvolle Symphonie aus hundert Vogelkehlen den neuen Tag begrüßt. Der Himmel wird rosa, dann rot, denn leuchtend violett. Ein Elefant trompetet, und das Lager erwacht zum Leben. Der neue Morgen ist angebrochen, und fasziniert betrachte ich dieses Bild unglaublicher Schönheit.

14.

Am Montagabend waren wir zurück in Constantia, dem letzten Außenposten der Kolonisation, der mir wie der einzige überlebende Dinosaurier auf Erden erschien – ein archaisches Wesen, das sich auf alten, ausgetretenen Pfaden stur und unerschütterlich durch eine sich atemberaubend schnell wandelnde Welt bewegte.
Der Alltag holte mich wieder ein: Am nächsten Morgen um acht machte ich mich auf den Weg in die Stadt und führte mehrere anstrengende geschäftliche Besprechungen.
Jeden Tag kehrte ich gegen vier Uhr nachmittags zu Joy zurück, die überglücklich war, dass ich ihr Gesellschaft leistete. Wir gingen schwimmen, reiten, spielten Tennis oder machten mit dem Hubschrauber, der Bernie und Theo gemeinsam gehörte, Rundflüge über das Kap der Guten Hoffnung. Und jeden Abend beehrten wohlhabende südafrikanische Geschäftsleute Bernie, Joy und mich beim Dinner.
Am Mittwochmorgen legte Bernie einen großen Umschlag vor mich auf den Frühstückstisch.
»Theo hat mich gebeten, Ihnen das hier zu geben. Er hofft sehr, dass Sie Interesse haben, in seine Holdinggesellschaft zu investieren. Ich habe ihm gesagt, dass Sie Fakten und Zahlen benötigen, bevor Sie mit ihm reden können ... *voilà*! Hier sind Theos Unterlagen.«
Die Bilanzen versprachen unglaublich profitable Geschäfte. Doch was Theo mir an Informationen geliefert hatte, erschien mir nicht ganz glaubhaft, sodass ich mich fragte, wie ich seine Informationen überprüfen könnte.
Ein paar Tage später flog ich zu geschäftlichen Meetings nach Johannesburg und verbrachte einen Großteil meiner freien Zeit damit, mir die Bilanzen sämtlicher Unternehmen zu beschaffen, die unter dem Dach von Theos Holding vereint waren. Ich stellte fest, dass die Firmen, die Theo gekauft hatte, zum Zeitpunkt der Übernahme hoch verschuldet waren. Die Gesamtsumme der Verbindlichkeiten belief sich auf 200 Millionen Rand. Was hatte das denn zu bedeuten?
Nach einigen opulenten Mittag- und Abendessen auf meine

Kosten und einem Besuch bei der Johannesburger Außenstelle eines britischen Nachrichtendienstes kannte ich die Geschichte.

Einige Jahre zuvor hatten sich die meisten amerikanischen, britischen und kontinentaleuropäischen Unternehmen aufgrund der wirtschaftlichen Sanktionen aus Südafrika zurückgezogen. Die Firmen standen zum freien Verkauf, und Bernies Freunde hatten kräftig hingelangt – mit der Folge, dass sie wegen der Schuldenlasten schwere Verluste hinnehmen mussten, da Investoren ausblieben, um die aufgekauften Firmen anzukurbeln.

Es war Joshua, der Banker, der schließlich auf eine brillante Idee kam: Sämtliche Geschädigten schlossen ihre Unternehmen zu einer Holdinggesellschaft zusammen, um die Höhe der Einbußen durch Kontenschiebereien und frisierte Bilanzen so lange zu verschleiern, bis das angeknackste Image Südafrikas sich wieder erholt hatte, um sich dann auf die Suche nach einem Trottel aus Übersee zu machen, der die Mehrheitsanteile an der hoch verschuldeten Holding erwarb.

Aber weshalb, fragte ich mich verwundert, hatte Bernie unter diesen Umständen Eli den geschäftlichen Einstieg empfohlen und eine »langfristige und profitable Zusammenarbeit« der Holding mit Elis Bank prophezeit? Das Gegenteil war der Fall: Stieg Eli ins Geschäft ein, wälzten Joshua und seine Kumpane ihre Verluste auf Elis Bank ab. Aber auch Bernie zählte zu den Geschädigten. Seine in Konkurs gegangene Grundstücks- und Immobiliengesellschaft gehörte ebenfalls zur Holding ...

Und mich hatte man zur guten Fee erwählt. Ich beschloss, kein Wort zu sagen, bis Bernie sich mit mir in Verbindung setzte.

Als ich wieder in Kapstadt war, bat Bernie mich vor dem Mittagessen zu einem »Gespräch unter vier Augen«.

»Theo macht mir Feuer unter dem Hintern, Nina«, sagte er. »Haben Sie sich inzwischen seine Bilanzen angeschaut? Und haben Sie mit Eli über unser Geschäft gesprochen?«

»Das ist nicht nötig«, erwiderte ich kühl. »Darüber kann ich durchaus selbst entscheiden.«

»Au weia.« Er pfiff leise durch die Zähne. »Sie müssen mich für

einen ziemlichen Trottel halten. Aber ich habe nicht oft mit Top-Finanzexperten wie Ihnen zu tun.«
Blöder Hund. »Ich bin keine Top-Finanzexpertin. Ich mache bloß gründliche Analysen. Das ist mein Job.«
»Und? Was halten Sie davon?«
»Wovon?«
»Aber, aber, Nina. Sie wissen schon. In Theos Holdinggesellschaft zu investieren.«
»Warum reden Sie immer von ›Theos Holdinggesellschaft‹? Es ist eure gemeinsame Holding, und wie es aussieht, hat Theo von euch allen die geringsten Verluste zu befürchten. Warum sagen Sie nicht ›Joshuas Holding‹? Er hält zwanzig Prozent und würde am meisten verlieren, weil seine Bank auf der Kippe steht. Oder wie wärs mit ›Bernies Holding‹? Schließlich sind auch Sie stolzer Besitzer von acht Prozent.«
Bernie wurde blass. »Woher haben Sie diese Informationen?«
Ich überging seine Frage. »Sie und Ihre Freunde, ihr habt eure Verluste in einen Topf geworfen, eure Holding gegründet, einen gewaltigen Werbefeldzug unternommen, um einen Käufer zu finden, und Theo als das Finanzgenie hingestellt. Warum gerade ihn?«
»Weil er der Captain ist.«
Ich hatte keine Ahnung, was er damit meinte. »Ich weiß, was ihr vorhabt, Bernie. Sobald ihr fünfzig Prozent eurer Holding an irgendeinen Trottel verscherbelt habt, wollt ihr eure eigenen Anteile heimlich verkaufen und euch den Dreck von den Händen waschen. Die Sache hat nur einen Haken, Bernie. Niemand kann die Firmen, die zur Holding gehören, aus den roten Zahlen holen.«
»Theo ist wirklich ein Finanzgenie. Er wird das schon irgendwie hinkriegen.«
»Das möchte ich erleben. Und warum habt ihr mich dann überhaupt kommen lassen?«
Bernie schob beleidigt ab. Während ich mir die ganze Sache durch den Kopf gehen ließ, schaute ich mich im Zimmer um. Mein Blick fiel auf ein großes Foto an einer Wand. Es zeigte eine Gruppe junger Männer in Sportkleidung, die selbstbewusst in die

Kamera lächelten. War das nicht ein jugendlicher Bernie in der vorderen Reihe? Und wer hielt den Rugbyball? Natürlich, es war Theo, der Mannschaftskapitän. Und ich sah David in der hinteren Reihe und auch Joshua. *Rugby-Mannschaft der Westprovinz*, stand unter dem Foto, und *Blutsbrüder fürs Leben*, aber die Jahreszahl war nicht mehr zu entziffern.

Als Bernie wieder ins Zimmer kam, lachte ich. »Ich habe gehört, dass Rugby eine wichtige Sache für euch Jungs in Südafrika ist, aber ›Blutsbrüder fürs Leben‹ finde ich denn doch ein wenig übertrieben.«

»Was sind Sie eigentlich? Eine Hexe oder so was?«, knurrte er mich an, denn ich hatte ihn kalt erwischt.

»Wie können Sie Blutsbruder Joshua dann so in die Scheiße reiten lassen? Früher oder später werden die Schulden ihn in den Ruin treiben – ob mit oder ohne ausländische Investoren. Wie können Sie einen Freund in den Abgrund fallen lassen, Bernie?«

Bernie bedachte mich mit einem eigenartigen, unergründlichen Blick, der mich erkennen ließ, dass es irgendeinen Plan zu Rettung Joshuas gab. Von selbst war Bernie bestimmt nicht bereit, mir seine Strategie zu offenbaren. Also bohrte ich weiter.

»Eli würde nie mit jemandem Geschäfte machen, der einen Partner hängen lässt. Sollte das wirklich der Fall sein, und Eli erfährt davon, können Sie einpacken.«

Es war ein Schlag unter die Gürtellinie, das war mir klar. Nicht die feine englische Art – aber an die hielt Bernie sich ja auch nicht. Doch ich kannte noch eine Menge anderer Einschüchterungsmethoden; deshalb brauchte ich nur eine halbe Stunde, um die Informationen aus Bernie herauszuholen.

»Joshua ist durch einen geheimen Deal mit der staatlichen Reservebank abgesichert. Sie bürgt für Privatbanken, wenn diese erhebliche Außenstände aufweisen«, gestand Bernie mit beschämter Miene. »Um die Bürgschaftssumme zu bekommen, müssen die Verluste allerdings groß genug sein. Das ist das Entscheidende.«

Plötzlich fügte sich alles ins Bild. Oh Eli, sagte ich mir. Das sind mindestens fünfzehn von den zwanzig Räubern, mit denen Ali Baba es zu tun hatte. Und du hast mich davor gewarnt.

Die Weihnachtszeit war eine endlose Aneinanderreihung von Partys und Empfängen. Den Höhepunkt bildete der Ball im Haus der Fortunes an Silvester. Ich war sicher, an diesem Abend Wolf wiederzusehen, doch er kam nicht und niemand wusste, wo er sich aufhielt. Ach, egal, es spielt sowieso keine Rolle, sagte ich mir, stürzte mich im neuen Jahr in die Arbeit und vermittelte Eli in den Tagen darauf ein paar lukrative Investmentgeschäfte.
Als Wolf schließlich anrief, fühlte ich mich schon beim Klang seiner Stimme in die wundervollen Tage im Wildpark zurückversetzt.
»Hallo Nina. Wie gehts?«
»Mir geht es prima. Und dir? Du hast die Weihnachtstage bestimmt bei deiner Familie verbracht, oder nicht?«
Diese Frage ist unter deiner Würde, sagte ich mir. Aber jetzt war es zu spät.
Ich vernahm ein leises Lachen am anderen Ende der Leitung. »Ich war in Europa, Nina. Ich brauche deine Hilfe.«
»Was meinst du damit?«
»Ich brauche dringend einen Geldgeber, um eine sehr viel versprechende Schürfstelle in Namibia erschließen zu lassen. In Namaqualand, um genau zu sein. Ich würde dir den Claim gern mal zeigen. Vielleicht kannst du mir bei der Gelegenheit einen Tipp geben, wie ich Investoren finden kann.«
Es war ein geschäftlicher Anruf. Zum Teufel!
»Wie wärs, wenn wir zu Mittag essen, Nina?«
»Warum nicht?«, erwiderte ich kühl.
»Das heißt ... da fällt mir etwas Besseres ein. Wenn du dir fünf Tage frei nehmen könntest, machen wir einen längeren Ausflug zur Schürfstelle. Wir könnten dorthin fliegen und ein paar Tage in der Gegend verbringen. Es ist ein faszinierender Landstrich. Und falls du einen Vorwand für die Reise brauchst – in Namibia gibt es eine Menge interessante Möglichkeiten für Investoren.«
»Ich brauche keinen Vorwand.«
»Gut. Aber ich muss dich warnen. Um diese Jahreszeit ist es glühend heiß in Namaqualand. Und es gibt keinerlei Bequemlichkeit. Wir müssen im Freien übernachten. Hast du immer noch Lust?«

Nicht darauf, im Freien zu schlafen, aber auf dich. »Hört sich faszinierend an«, log ich.
»Wie wärs, wenn wir Sonntagmorgen fliegen?«
»Wäre mir recht.«
»Großartig! Ich melde mich noch mal, und wir sprechen über die Einzelheiten. Bis dann.«
»Bis dann.«
Ich legte auf und starrte aus dem Fenster. Warum hatte Wolf mich eingeladen, ihn nach Namaqualand zu begleiten? Weil er Bargeld brauchte, um die Schürfstelle zu erschließen? Zumindest war ich mir über meine eigenen Motive im Klaren, weshalb ich ihn begleiten wollte: Ich sehnte mich nach seinem geschmeidigen Körper. Ich wollte von seinen zärtlichen Händen und seinen sinnlichen Lippen berührt werden.
Ich ging zu Bett und versuchte vergeblich, die Gedanken an Wolf beiseite zu schieben. Zwar hatte ich mir geschworen, mich nur noch um geschäftliche Dinge zu kümmern – nun aber konnte ich es bis Sonntagmorgen kaum mehr erwarten.
Es war eine stille und milde Nacht, und der Vollmond, dieser Verführer, stellte am sternklaren afrikanischen Himmel seine ganze exotische Pracht zur Schau, als er gemächlich seine Bahn zog. Ich betrachtete ihn neidvoll, während ich schlaflos im Bett lag und versuchte, mein Verhältnis zu Wolf aus allen Blickwinkeln zu betrachten. Ich erkannte, dass ich beinahe besessen von ihm war, und fragte mich, wie es so schnell dazu kommen konnte. Ich versuchte, mir über die eigenen Gefühle klar zu werden und sie in den Griff zu bekommen, hörte mich aber schließlich flüstern: »Wolf, Wolf ...«

15.

Es war Sonntagmorgen. Im fahlen Licht der Dämmerung beobachtete ich Wolf, der voller Stolz sein uraltes, in Südafrika gebautes Buschbock-Propellerflugzeug betrachtete, das immer noch die Tarnfarben aus dem Zweiten Weltkrieg trug und ein paar Kugellöcher aufwies. Ich gab mir alle Mühe, seine Begeisterung zu teilen, doch als mir beim Anblick der alten Mühle unwillkürlich das Wort »Metallermüdung« durch den Kopf ging, lief mir ein kalter Schauer über den Rücken.

»Ich habe sie für 'nen Apfel und 'n Ei bekommen«, sagte Wolf und strich zärtlich mit der Hand über eine Tragfläche. »Ein älteres, aber absolut flugtaugliches Modell.« Er warf mir einen teils erheiterten, teils entschuldigenden Blick zu. Wolf war ein Draufgänger, entschlossen, jeder Situation den größtmöglichen Nervenkitzel abzugewinnen. Seine blauen Augen funkelten vergnügt, und seine weißen Zähne schimmerten, als er mit einem jungenhaften Grinsen hinzufügte: »Sie hält bestimmt noch tausend Meilen durch, bevor sie endgültig den Geist aufgibt.«

Als hätte ichs geahnt. »Du lieber Himmel!«, stieß ich hervor. »Und du erwartest von mir, dass ich in diese Klapperkiste einsteige?« Zu spät bemerkte ich, dass ich auf dem Daumennagel kaute, und schob die Hand rasch in die Tasche.

»Keine Panik. Um ehrlich zu sein, ich hab die Maschine generalüberholen und alle verschlissenen Teile auswechseln lassen. Du brauchst keine Angst zu haben, Nina.«

Ich wollte mich nicht als Feigling erweisen, also stieg ich ein und quetschte mich in den Sitz. Beim Abheben hätte die Maschine um ein Haar die Baumkronen am Ende der Start-und-Lande-Bahn gestreift, gewann dann aber rechtzeitig an Höhe. Mein Magen schlug Purzelbäume, als die Buschbock von Aufwinden emporgerissen wurde und Augenblicke später in tiefe Luftlöcher stürzte.

»Turbulenzen! Liegt am kalten Wind, der vom Meer kommt!«, rief Wolf mir ins Ohr, während er in Richtung Küste flog. Bald darauf lagen die Berge hinter uns, und ich blickte auf schier unendlich weites, ebenes Farmland hinunter. Am dunstigen Himmel war kein Wölkchen zu sehen, sodass ich in der Ferne das graue Meer erblicken konnte. Ich blinzelte, als am Horizont die blutrote Sonne aufging.

Einige Zeit später flogen wir mit 260 Stundenkilometern in nördlicher Richtung die Küste entlang, über endlose Strände hinweg, die menschenleer in der Gluthitze lagen. Da und dort ragten Klippen und winzige felsige Inseln vor der Küste auf; einige waren weiß von Vogelmist, andere schwarz von Seehundkolonien. Im Binnenland erstreckten sich weite Kiesebenen und niedrige, kahle Hügel bis zum Horizont; nur hier und da waren einsame Siedlerstellen zu sehen: steinerne Hütten, die dicht an dicht standen.

»Es muss verdammt hart sein, hier zu leben!«, rief ich Wolf über das Dröhnen des Motors zu.

»Ja, für die Leute, die jetzt dort leben.« Wolf wies auf eine der Siedlerstellen. »Vor hundert Jahren aber hat es sich noch gelohnt, die Claims auszubeuten. Damals kamen Minenarbeiter aus Cornwall hierher. Als die Minen erschöpft waren, sind viele in die Heimat zurückgekehrt, aber das menschliche Treibgut, das sie nach ihrem kurzen Aufenthalt hinterlassen haben, blieb in den Buchten und an den Küsten zurück. Die Männer arbeiten heute als Fischer. Das Problem ist allerdings, den Fisch zu verkaufen. Ich habe einigen Geschäftsleuten vorgeschlagen, eine Fischmehlfabrik zu errichten. Dann gäbe es wenigstens einen Absatzmarkt für den Fang.«

Ich konnte den Schmerz in Wolfs Augen sehen, als er auf die armseligen Hütten hinunterblickte. Sein Mitleid faszinierte mich und zog mich an – vielleicht deshalb, weil es in meiner Welt keinen Platz für solche Gefühle gab. Bislang hatte auch für mich das einzige Ziel meiner Arbeit darin bestanden, so viel Gewinn wie nur möglich zu machen. Wolf dagegen schien nicht nur das Profitstreben zu kennen. Er war anders als Bernie und seine Clique.

Stunde um Stunde flogen wir nach Norden. Es wurde heißer, und selbst in der Maschine musste ich gegen die aufkommende Müdigkeit ankämpfen. Schließlich schlummerte ich ein, bis Wolfs Hand meinen Arm drückte.

»Aufwachen«, sagte er. »Wir landen gleich.«

Kurze Zeit später holperte die Buschbock über eine unebene Landebahn. Wolf ließ die Maschine ausrollen und lenkte sie dann im Schritttempo zu einem langen, niedrigen Hangar aus rostigem Blech, neben dem ein heruntergekommenes Farmhaus stand. Dann beugte er sich zu mir herüber, streckte den Arm aus und öffnete die Tür auf meiner Seite. Augenblicklich fuhr ein Schwall

glutheißer Luft ins Innere der Kabine. Verglichen mit dieser Hitze war es im Wildpark angenehm kühl gewesen.
»Du lieber Himmel«, sagte ich und ließ den Blick über die hitzeflirrende Wüstenlandschaft schweifen, »hier kommt man sich ja vor wie Lawrence von Arabien.«
Ein alter Mann in Tropenkleidung und sandfarbenem Haar kam mit schlurfenden Schritten auf uns zu und nahm unser Gepäck aus der Maschine. Als wir das Farmhaus erreichten, war ich schweißgebadet.
Ich betrachtete die dreißig Zentimeter dicken Wände, die von Ameisenlöchern übersät waren, den kahlen, rauen Betonfußboden und das alte Strohdach, das von einem dichten Netz aus Spinnweben überzogen war. Ich schauderte, als eine handgroße Spinne in eine Ecke huschte. »Hier haben tatsächlich Menschen gewohnt und gearbeitet? Ich kann mir gar nicht vorstellen, wie das Leben hier gewesen ist. Wahrscheinlich haben die Leute von Sonnenaufgang bis Sonnenuntergang geschuftet. Was meinst du?«
»Wahrscheinlich. Komm mit, und sieh dir das mal an.«
Ich folgte Wolf in ein angrenzendes Zimmer, in dem alte Fotos an den Wänden hingen. Vergilbt und verblichen, zeigten sie eine Familie, die in der Mode des vergangenen Jahrhunderts gekleidet war. Die Männer blickten ernst, beinahe düster in die Kamera; in den müden Gesichtern der Frauen spiegelten sich Hoffnungslosigkeit und Verzweiflung. Ich sah ein paar alte Blechdosen, Besteck, einen Eimer und Kisten voller primitiver Küchengeräte.
»Wer waren diese Leute?«
»Minenarbeiter aus Cornwall, die hier um die Jahrhundertwende nach zinnhaltigem Erz geschürft haben. Die Familie hatte damals genug Bargeld zusammengespart, um dieses Land hier zu kaufen, aber die Trockenheit und die Hitze haben sie schließlich besiegt. Sie haben alles aufgegeben und ihre Habseligkeiten zurückgelassen. Arme Trottel! Sie haben nie erfahren, dass sie auf einer kostbaren Schürfstelle saßen. Hier gibt es seltene Erden, Nina, auf einem Gebiet von fünfzehntausend Hektar. Stell dir mal diese riesige Fläche vor. Fünfzehntausend Hektar! Wir stehen auf einem der wertvollsten Vorkommen auf der südlichen Halbkugel!«

»Was sind seltene Erden?«, fragte ich.
»Hauptsächlich radioaktive Elemente, laienhaft ausgedrückt. Lanthan, Thulium und so weiter. Einige werden zur Herstellung von Magneten benutzt. Aber es müssen mindestens zehn Millionen Dollar investiert werden, um diese Schürfstelle zu erschließen, Maschinen und Geräte zu kaufen, eine Produktionsstätte zu errichten, Fachleute und Arbeiter hierher zu holen ...«
Ich betrachtete die Fotos. »Diese armen Menschen. Ich komme nicht von dem Gedanken los, was sie hier erlebt haben müssen ... wie sehr sie sich nach der Heimat gesehnt haben müssen, nach dem Regen und den fruchtbaren Böden in Cornwall.« Ich ging zurück ins andere Zimmer, setzte mich auf einen Stuhl und blickte hinaus auf die kahlen Ebenen. Plötzlich bemerkte ich, dass Wolf mich seltsam betrachtete.
»Du hasst diese Gegend.«
»Eigentlich nicht. Aber diese schreckliche Abgeschiedenheit ...«
»Keine Bange. Heute Abend sind wir wieder in der Zivilisation.«
»Ich dachte, du wolltest länger hier bleiben.«
»Das ist nichts für dich, das sehe ich. Ich hole rasch die Berichte des Geologen. Du könntest inzwischen ja darüber nachdenken, ob du mögliche Investoren kennst.«
Ich schaute ihm nach, als er davonging. Du bist ein Dummkopf, Nina!, sagte ich mir. Ich hatte geglaubt, die Tage im Wildpark hätten eine tiefere Bedeutung besessen, was Wolfs Verhältnis zu mir anging, aber ich hatte mir selbst etwas vorgemacht. Von Geologie und Geschäftsinteressen schändlich verraten, wünschte ich mir, ich hätte Wolf gar nicht erst begleitet.

Wolf hatte seine Hausaufgaben gemacht. Die positiven Berichte unabhängiger Gutachter wurden von einem Geologen bestätigt, mit dem Wolf hierher geflogen war.
»Wolf«, sagte ich, »meine Bank investiert nicht in Unternehmungen wie diese hier, aber ich könnte versuchen, dir Geldgeber zu beschaffen. Es gibt eine Gruppe Schweizer Minenunternehmer, die großes Interesse haben, in Afrika Fuß zu fassen. Außerdem kenne ich ein paar schwerreiche Leute in London, die bereits in Mosambik und Sambia investiert haben. Irgendjemand wird si-

cher Interesse haben. Möchtest du die Schürfstelle verkaufen, oder willst du Anteile an der Mine halten?«

»Ich will verkaufen, Nina. Ich habe noch zu viele andere Eisen im Feuer. Außerdem habe ich ein Auge auf ein riesiges Kupfervorkommen geworfen und brauche das Geld. Komm, gehen wir. Ich fahre mit dir über die Schürfstelle. Dabei kann ich dir Näheres über meine Pläne erzählen. Übrigens – tut mir Leid, dass ich unsere Freundschaft benutze, um übers Geschäft zu reden.«

Also war es für ihn bloß noch Freundschaft. Ich zwang mich zu einem Lächeln.

16.

Die Sonne hatte ihren höchsten Punkt am Himmel längst überschritten, aber der späte Nachmittag brachte kaum Linderung von der Backofenhitze. Offenbar wollte Wolf, dass ich jeden verdammten Hektar seiner Schürfstelle bewunderte.

»Schau mal!« Er wies in Richtung Meer und reichte mir seinen Feldstecher. »Schakale.« Ich sah vier abgemagerte, zerzauste, bejammernswerte Kreaturen, die sich um den Kadaver eines Seehunds balgten.

»Kein Vergnügen, sich in einer solchen Gegend als Schakal durchs Leben schlagen zu müssen«, murmelte ich.

Meine Bemerkung schien ihn zu verunsichern, denn er unternahm den heldenhaften Versuch, mich aufzumuntern. »Lass uns was essen. Ich bin ein ziemlich guter Koch. Man nehme einen Tintenfisch, einen Topf heißes Wasser, und *voilà – consommé à la Möller.*«

Es war ein seltsames Gefühl, an der Brandung zu stehen, einen Fuß im kalten Wasser, den anderen auf dem glühend heißen Sandstrand.

»Kühlen wir uns ein bisschen ab«, sagte Wolf, zog sich aus und sprang in die schäumenden Brandungswellen. Natürlich war er ein guter Schwimmer. Er schien auf fast allen Gebieten ein Könner zu sein.

Er ließ sich bäuchlings von einer Welle an den Strand tragen. »Komm schon, Nina. Wer bei dieser Hitze die Gelegenheit zum Schwimmen hat, sollte sie nutzen.« Er hatte vollkommen Recht, aber mein Bikini befand sich in meinem Gepäck, das in der Hütte stand, und meine Unterwäsche war dünn und durchsichtig.

»Nur keine falsche Scham, Nina. Ich hab ja schon alles von dir gesehen!«, rief Wolf mir lächelnd zu.

Ich zog mich aus. Als ich in eine Brandungswelle sprang, raubte die plötzliche Kälte mir für einen Moment den Atem. Das Wasser war kristallklar und voller Fische. Als Wolf mit einem Fangnetz weiter aufs Meer hinausschwamm, folgte ich ihm, tauchte unter und beobachtete, wie er zwei Langusten ergriff, die vor dem Eingang einer kleinen Unterwasserhöhle lagen, und sie ins Netz steckte; dann schob er die Hand in den Höhleneingang und zog einen kleinen Tintenfisch hervor.

Taub vor Kälte, schwammen wir zurück an den Strand und zogen uns an. Ich half Wolf, Treibholz für ein Feuer zu sammeln, und joggte dann eine Zeit lang am Strand. Als ich zurückkam, kochten die Langusten bereits in einem Eimer Wasser, den Wolf übers Feuer gehängt hatte. Ihre Schalen hatten eine leuchtend rosa Farbe angenommen.

Zu meinem Entsetzen nahm er den Tintenfisch und wollte ihn lebend in das kochende Wasser werfen, doch das Tier hielt sich am Eimerrand fest und versuchte verzweifelt, sich herauszuziehen.

»Verdammt!« Wolf wollte den Tintenfisch in den Eimer stoßen, doch ich packte das Tier mit raschem Griff und warf es zurück ins Meer.

»Warum hast du das getan, Nina?«, fragte er verwundert.

»Wenn du mir diese Frage stellen musst, wirst du die Antwort nie begreifen«, erwiderte ich.

»Ich kann übertriebene Feinfühligkeit nicht ausstehen«, sagte er düster. »Wenn ich an die inkonsequenten Trottel denke, die gegen Pelzmäntel protestieren, aber Lammkeule essen, könnte ich ausrasten.« Er schimpfte noch eine Zeit lang weiter, aber ich hörte gar nicht hin.

Als er sich wieder beruhigt hatte, nahm er eine Flasche Wein,

zwei Tomaten und zwei Brötchen aus einer Kühlbox, und wir aßen den Umständen entsprechend stilvoll.
»Was ist los mit dir, Nina?«, fragte er schließlich und drückte meine Hand. »Du bist verletzend, und ich weiß nicht, warum. Weshalb hast du mich überhaupt begleitet?«
Er schenkte mir Wein nach und wartete auf meine Antwort. Doch wenn ich mit unmöglichen Fragen konfrontiert werde, kann ich eisern schweigen.
»Warum bist du mitgekommen, Nina?«, fragte er noch einmal.
»Welche Antwort willst du hören?«
Er lächelte. »Zum Beispiel, dass du lieber mit mir in dieser Einöde ein karges Mahl ißt, als mit einem einflussreichen Banker in einem Londoner Nobelrestaurant zu speisen. Aber vielleicht hätte ich dich wirklich nicht einladen sollen, mit mir hierher zu fliegen.«
»Warum hast du's dann getan?«
»Willst du die Wahrheit wissen?«
»Die ganze Wahrheit und nichts als die Wahrheit.«
»Ich hatte einen Hintergedanken.«
»Das habe ich gesehen. Fünfzehntausend Hektar.« Ich war immer noch ein bisschen sauer auf ihn.
Er ignorierte die Stichelei. »Ich bestreite meinen Lebensunterhalt vor allem damit, Schürfstellen zu erkunden, zu vermessen, anzukaufen und weiterzuverkaufen.«
Ich schwieg, zog mit dem Finger Kreise in den Sand.
»Ich hoffe, dass du mich jetzt öfter begleitest, Nina. Wie wärs?«
Ich schwieg.
»Also gut, dann will ich dir die volle Wahrheit sagen. Ich bin verrückt nach dir. Würdest du einen Mann wie mich heiraten, Nina?«
Für einen Moment war ich dermaßen schockiert, dass ich keinen klaren Gedanken fassen konnte. Ich sehnte mich nach Wolfs Körper, nach seinen Zärtlichkeiten, aber nicht nach einer festen Bindung. Ich wollte ihn nicht verlieren, hatte aber nicht die Absicht, ihn oder einen anderen Mann zu heiraten. Der Gedanke an eine dauerhafte Beziehung ließ mich kalt.
»Wie gefällt dir der Vorschlag?«

»Ich müsste darüber nachdenken.«
»Dann sieh zu, dass du mindestens sechs Monate Zeit zum Nachdenken hast.«
Hilfe! In sechs Monaten musste ich längst wieder in London sein.
»Tut mir Leid, Wolf. Ich bin nicht aufrichtig dir gegenüber. Ich hab dich sehr gern, aber es ist der falsche Ort und der falsche Zeitpunkt, über solche Dinge zu sprechen. Ich liebe meine Arbeit. Ich kann und will sie nicht aufgeben. Außerdem bedeutet eine heiße Nummer für mich noch längst keine tiefere innere Bindung. Jeder von uns entwickelt sich weiter, und manchmal entwickeln wir uns anders, voneinander weg. Ich lebe in der Gegenwart, nicht in der Zukunft.«
»Vielleicht wirst du diese Worte noch bedauern, Nina. Aber es ist gut, dass du so aufrichtig bist. Außerdem ... bei einer Frau wie dir muss man wohl auf eine Abfuhr gefasst sein.«
Ein hungriger, verlangender Ausdruck trat in seine Augen, und er lächelte sein jungenhaftes Lächeln. »Wie wärs mit einer zweiten heißen Nummer?«
Plötzlich lag er neben mir im Sand, streckte die Hand aus und fasste nach meinem Fußknöchel, drückte mein Bein zur Seite, ließ den Mund über meine Wade bis hinauf zur Innenseite meines Oberschenkels wandern; dann bewegten sich seine Lippen, seine Zunge hinunter zu meinen Zehen und langsam wieder hinauf zu den Oberschenkeln. Ich wand mich vor Wonne und versuchte, ein wohliges Stöhnen zu unterdrücken.
Er zog mir das T-Shirt über den Kopf, knöpfte meinen BH auf und küsste meine Brüste, während er mir die Shorts herunterstreifte.
»Hier gibt es auf Hunderten von Meilen im Umkreis keine Menschenseele«, versicherte er mir, als auch er sich auszog. »Nur Schakale und den alten Pete. Aber der wird seine Bruchbude neben dem Hangar nicht verlassen.«
Nackt im hellen Sonnenlicht zu liegen, ist ein außerordentlich sinnliches Erlebnis. Der Wind streichelte meine bloße Haut, und ich fühlte mich lebendiger als je zuvor. Als Wolf mich in die Arme nahm, wurde ich von Leidenschaft und Begierde überwältigt; mein Verstand war wie ausgelöscht. Ich war nur noch ein Körper,

der von unglaublicher Erregung durchströmt wurde und gierig nach mehr verlangte, immer mehr. Und Wolf, dieser gefühlvolle und erfahrene Liebhaber, gab mir alles, was ich begehrte.

Die Sonne war untergegangen, doch immer noch lagen wir eng umschlungen am Strand. Ich summte ein Liebeslied, und mein Inneres war voller Harmonie und Frieden. Der goldene Schimmer des Abendhimmels verwandelte die Landschaft wie durch ein Wunder in einen Ort von unglaublicher Schönheit. Bis jetzt waren mir die intensiven, leuchtenden Farben der Felsen und das tiefgrüne Moos auf den Steinen noch gar nicht aufgefallen. Welche Pracht die Natur, welche Zähigkeit das Leben in dieser kargen und rauen Umgebung entwickelte.
Doch bevor ich zu sehr ins Schwärmen geriet, mahnte ich mich zur Vorsicht.
»Du musst verstehen, Wolf, dass die Karriere für mich an erster Stelle steht«, erklärte ich behutsam. »Meine Karriere ist mein Leben. Ich habe hart gearbeitet, um dorthin zu kommen, wo ich jetzt bin. Ich kann nicht so dumm und verantwortungslos sein, das alles fortzuwerfen.«
»Dann lass uns die Zeit genießen, die uns beiden noch bleibt.«
Ich kann nicht behaupten, dass seine Antwort mir gefiel.

17.

Am ersten Morgen nach meiner Rückkehr nach Kapstadt machte ich eine äußerst seltsame Entdeckung. Wolfs Schürfstelle war tatsächlich überaus wertvoll – nur gehörten ihm die Schätze gar nicht, die im Boden schlummerten. Er war bloß Eigentümer der Kiesebenen und des halb verfallenen Farmhauses. Wolf hatte das Land erst vor kurzem gekauft; die Schürfrechte jedoch hatte eine südafrikanische Minengesellschaft bereits sechs Jahre zuvor erworben.
Wie konnte ein Mann mit Wolfs Wissen und Erfahrung einen solchen Fehler begehen? Ich rief ihn an und berichtete ihm von meiner unerfreulichen Entdeckung.

»Verdammt!«, fluchte er. »Diese Schweinehunde haben mich übers Ohr gehauen!« Der Rest war auf Deutsch. »Aber Gott sei Dank kann ich den Verlust verkraften«, sagte er, als er sich wieder halbwegs beruhigt hatte. »Ich hätte dich mitnehmen sollen, als ich die Lagerstätte gekauft habe. Könntest du mir helfen, aus dem Schlamassel rauszukommen?«

»Ich kann es versuchen.«

In den nächsten beiden Tagen brachte ich bei der Minengesellschaft in Erfahrung, wie viel sie für die Schürfrechte verlangte. Die Summe entsprach in etwa dem Gewinn, den Wolfs Geologe veranschlagt hatte. Dann rechnete ich das Geld hinzu, das Wolf für das Land bezahlt hatte, und legte noch einen Gewinn für ihn drauf. Anschließend bot ich zwei mir bekannten Schweizer Minenunternehmern die Lagerstätte an. In Pfund Sterling klang der Preis gar nicht übel, sodass die beiden Schweizer nach Südafrika geflogen kamen.

»Falls das Geschäft so lohnend ist, wie Sie versprochen haben, Nina, kaufen wir«, sagte Hans Zogg.

Ich rief Wolf an und berichtete ihm von den erfreulichen Entwicklungen. Jetzt brauchten wir bloß noch auf die Entscheidung der Schweizer zu warten. »Übrigens, Nina, ich wollte dich gerade anrufen. Ich würde dich gern zum Essen einladen. Hast du heute Abend Zeit?«

Hatte ich. Und auch die ganze Nacht. Und kurze Zeit später war es selbstverständlich, dass Wolf und ich unsere Freizeit gemeinsam verbrachten.

Wenn ich glücklich bin, wird mein Gesicht zum Spiegel meiner innersten Empfindungen. Im Unterschied zu Zorn oder Niedergeschlagenheit kann ich mein Hochgefühl einfach nicht verbergen. In diesen Wochen war ich rundum glücklich, und alle meine neuen Freunde in Südafrika fragten mich, ob ich verliebt sei. Jedes Mal sagte ich bloß: »Nein.« Und jedes Mal log ich.

Wolf und ich kamen uns näher, als wir die besten Restaurants besuchten, tanzen gingen und an gesellschaftlichen Ereignissen teilnahmen. An den Wochenenden flogen wir in irgendeine abgelegene Gegend des Landes, um neue Lagerstätten zu erkunden. Ich bekam allmählich Übung darin, ein Zelt aufzuschlagen, ein Kochfeuer zu entfachen und mich meilenweit durch schwieriges Gelände zu schlagen. Ich lernte sogar, Wild zu schießen.

Als ich eines Abends ausnahmsweise mit Joy und ihrem Mann aß, da Wolf geschäftlich unterwegs war, fragte sie neugierig: »Wie kommen wir zu der Ehre, dass Sie uns mal wieder Gesellschaft leisten, Nina?«

»Wolf ist in Deutschland.«

»In Deutschland? Dann gebt ihr wohl bald eure Verlobung bekannt?«

»Nein«, sagte ich verwundert. »Wie kommen Sie darauf?«

»Was sollte Wolf sonst in Deutschland? Wahrscheinlich kümmert er sich um irgendwelche bürokratischen Formalitäten, was eure Staatsbürgerschaften angeht und so weiter«, erwiderte Joy. »Wolf gehört zu den Leuten, bei denen immer alles ganz legal vonstatten gehen muss.«

Prophetische Worte! Am Abend darauf machte Wolf mir einen Heiratsantrag. Als ich ihn abwies, ließ er sich tagelang nicht blicken.

Weshalb kommen meine Ängste immer nur nachts aus ihrem Versteck, wenn ich verletzlich bin? Ich erwachte gegen vier Uhr morgens, konnte nicht mehr einschlafen und starrte in die Dunkelheit. Ich wurde von dem starken Verdacht geplagt, dass Wolf versucht hatte, mich mit der Mine in Namaqualand hereinzulegen. Hätte ich die Sache nicht so sorgfältig nachgeprüft, hätte ich möglicherweise meinen guten Ruf ruiniert.

»Sei vorsichtig, Nina«, schien eine Stimme in meinem Kopf zu flüstern.

Ich listete im Geist auf, was ich bislang über Wolf wusste. Er war Geologe und Geschäftsmann. Er war auf einem großen Gutshof in Beeskow in der ehemaligen DDR geboren und aufgewachsen. Er hatte sein Diplom und seinen Doktortitel an einer sächsischen Universität erworben, war nach Südafrika gekommen, um nach Erzlagerstätten zu suchen, und hoffte auf den großen Durchbruch.

Aber was war mit dieser Geschichte über den angeblichen Erdölschmuggel, die Bernie mir an dem Abend erzählt hatte, als ich Wolf das erste Mal begegnet war?

Vor zwei Tagen, beim Mittagessen, hatte ich versucht, ihn aus der Reserve zu locken, und schließlich gab Wolf zu, dass Bernie Recht hatte. Er hatte tatsächlich gegen die internationalen Sanktionen verstoßen und auf dunklen Kanälen Erdöl in Südafrika eingeschleust. »Aber ich habe ein schlechtes Gewissen«, hatte er mir versichert. »Ich habs nur deshalb getan, weil ich Bargeld brauchte.«

Wolf war der aufregendste Mann, den ich je kennen gelernt hatte und der mit seinem Charme fast alle Hindernisse überwinden konnte. Auf der anderen Seite war er verschlossen, ja undurchsichtig und verbarg sein wahres Ich. Mir war es noch nicht gelungen, hinter seine Fassade zu blicken.

Vor kurzem hatte er mich zu überreden versucht, mir das alte, halb verfallene Haus anzuschauen, das er sich in der Nähe von Joys und Bernies Villa gekauft hatte. Ob ich ihm helfen wolle, das Haus zu renovieren, hatte er gefragt. Ich wusste, es würde mir Freude machen, aber es bestand die Gefahr, dass ich mich in das Haus verliebte.

Und nicht nur in das Haus.

Als ich die Treppe hinunterstieg, um zu frühstücken, war Joy nirgends zu sehen. Es war ein schöner Morgen; deshalb bat ich das Hausmädchen um einen Toast und eine Tasse Kaffee und ging zur Tür, um mich auf eine Bank im Garten zu setzen. Erst jetzt bemerkte ich, dass Joy in einem angrenzenden Zimmer telefonierte.

»Bitte ...!« Ihre Stimme war kaum mehr als ein Flüstern. »Ich liebe dich, Louis. Habe ich dir das nicht bewiesen? Ich habe so viel für dich getan. Bitte, tu mir das nicht an!«

Ich schämte mich, dass ich zum unfreiwilligen Lauscher geworden war, schlich mich hinaus in den Garten und setzte mich auf die Bank. Cäsar jätete Unkraut in den Blumenbeeten. Ich winkte ihm zu und bedankte mich für die Blumen, die er im Garten gepflückt und mir vom Hausmädchen aufs Zimmer hatte bringen lassen.

Joys Augen waren verquollen, als sie zu mir kam. Sie sah todunglücklich aus.
»Hätten Sie Lust, mich ins Fitnessstudio zu begleiten?«, fragte sie. »Anschließend gehen wir auf die Sonnenbank. Sie könnten noch ein wenig Bräune vertragen ...« Plötzlich senkte sie die Stimme. »Helfen Sie mir, Nina. Ich hätte gern Ihren Rat in einer Sache, die ...« Ihre Stimme verebbte, doch sie blickte mich flehend an.
»Ja, sicher. Ich werde meinen Termin absagen, Joy. War ohnehin nicht so wichtig. Es ging bloß um Nachforschungen.«

Das Dekor war silbern und schwarz; der Trainingssaal hatte die Größe von zwei Tennisplätzen; die Geräte waren neu und das Beste, was man für Geld bekam, und die Besucherinnen waren sichtlich wohlhabend. Doch es waren Plastikfrauen, Masken anstelle von Gesichtern: chirurgisch verschönerte Nasen, geliftete Wangen und Hälse, gestraffte Lider, sodass die Augen einen leicht orientalischen Einschlag besaßen.
Seit meine Mutter sich einem Facelifting unterzogen hatte, konnte ich kosmetische Chirurgie auf eine Meile Entfernung erkennen; aber hier war sie die Regel und nicht die Ausnahme. Ich beobachtete, wie die Frauen planlos und lustlos ihre Runden drehten und von einem Fitnessgerät zum anderen wechselten. Sie waren gar nicht bei der Sache. Weshalb, fragte ich mich, machen sie sich dann überhaupt die Mühe?
Mein Trainer – schlank, gebräunt und arrogant – machte mir verschiedene Übungen vor, ohne seinen selbstverliebten Blick von seinem Spiegelbild zu nehmen. Seine Goldkettchen funkelten, seine Augen strahlten, und ein-, zweimal lächelte er sich im Spiegel an.
In kürzester Zeit hatte ich meine Trainingsrunde absolviert. Die Sonnenbänke erwiesen sich als unerträglich heiß, sodass ich Kopfschmerzen davon bekam. Mit unsicheren Schritten ging ich zu den Umkleidekabinen, duschte, zog mich an und machte mich auf den Weg zur Cafeteria, wo sich alle Damen, Joy eingeschlossen, zum Kaffee versammelt hatten.
Die spürbare Spannung unter den Anwesenden verwirrte mich

anfangs, bis ich erkannte, dass die ungeteilte Aufmerksamkeit sämtlicher Frauen auf die Tür der Männer-Umkleidekabine gerichtet war, durch die in unregelmäßigen Abständen junge Burschen in Trainingskleidung zum Vorschein kamen – wie Gladiatoren, die eine Arena betraten –, lässig ein Handtuch über die Schulter geworfen, mit schwitzenden Gesichtern und nass glänzendem Haar. Die Frauen, raubtierhaft wie Wildkatzen, glitten von ihren Stühlen, um sich an ihre Beute heranzupirschen.
Ich konnte Joys Erregung spüren, als sie mit den Fingern nervös auf der Tischplatte trommelte.
»Gehen wir, Joy«, schlug ich vor, machte mir aber keine großen Hoffnungen.
Joys Finger berührten mein Handgelenk. »Lassen Sie uns noch ein bisschen bleiben, Nina«, bettelte sie. »Es ist sehr wichtig für mich.«
Wieder schwang die Tür der Männer-Umkleidekabine auf. Ich hörte, wie Joy tief Atem holte, und sah, wie sie die Schultern durchdrückte. Ihr Körper versteifte sich. Sehnsüchtig starrte sie auf die kräftige Gestalt im Türeingang.
Adonis persönlich hätte von seinem Sexappeal nicht überzeugter sein können. Ist der Mann Grieche oder Italiener? fragte ich mich. Die goldenen Anhänger, die er an Kettchen um den kräftigen Hals trug, verschwanden beinahe in seinem dichten schwarzen Brusthaar. Seine Haut war tief gebräunt, sein Haar schwarz und gewellt, und sein Gesicht zeigte einen hochmütigen Ausdruck. Der Ausbeulung in seiner Badehose nach zu urteilen, war er von der Natur reichlich bedacht worden. Er ließ den Blick über die Frauen schweifen und steuerte dann auf eine von ihnen zu, aber es war nicht Joy.
Ich hörte ein leises Knacken, als Joy sich auf der Tischplatte einen Fingernagel abbrach. Offenbar war der Schönling dieser Louis, mit dem sie vorhin telefoniert hatte. Er schaute zu uns herüber, zuckte grinsend die Achseln, winkte flüchtig und ging weiter zu der anderen Frau.
»Aha!«, zischte Joy. »Er bumst Maria Bradford! Sehen Sie die Frau? Die blöde Ziege! Sie ist Direktorin einer Immobilienagentur. Angeblich ein Finanzgenie. So ein lausiger Mistkerl!« Joy wollte aufspringen, doch ich hielt sie fest.

»Machen Sie keine Szene, Joy.«
»Ist es so offensichtlich, dass ich ...?«
»Ja. Und ich habe zufällig Ihr Telefongespräch mitgehört, als Sie mit diesem Louis gesprochen haben. Ich kann Sie verstehen, glauben Sie mir.«
Als wir zum Wagen gingen, erzählte Joy mir ihre ganze Leidensgeschichte. Dass sie Bernie gleichgültig sei. Dass sie eine Frau sei, die in die Jahre komme, und keine Familie habe, keinen Menschen, der sich um sie sorge, und dass sie den lieben langen Tag nichts zu tun habe, weil alles von Bediensteten und dem Hausmädchen erledigt würde. Das Gefühl, nicht gebraucht zu werden, habe sie in Louis' Arme getrieben. Sie erzählte mir von dem vielen Geld, das sie für diesen Kerl verschleudert hatte. Sie hatte ihm sogar einen Wagen auf Kredit gekauft, und nun weigerte sich der Bastard, ihr die Summe zurückzuzahlen.
Sie tat mir Leid.
»Die Zeit vergeht wie im Flug«, sagte sie seufzend. »Aber das fällt einem erst auf, wenn die Männer einen nicht mehr anschauen. Und Bernie ... er schläft mit einer viel Jüngeren. Sie war mal eine seiner Sekretärinnen.« Joy schien das Bedürfnis zu haben, mir alles zu erzählen. »Das Mädchen hat ihm völlig den Kopf verdreht. Wenn er den Mut hätte, mich sitzen zu lassen, würde er das kleine Miststück heiraten. Falls sie es schafft, sich von ihm schwängern zu lassen, tut er's vielleicht sogar. Bernie wollte immer Kinder haben, aber ich nicht. Jetzt tut es mir leid. Die meisten von Bernies Freunden sind das zweite Mal verheiratet. Aber das ist Ihnen bestimmt nicht entgangen.« Tränen liefen ihr über die Wangen.

Aber auch ich hatte Kummer, und es dauerte nicht lange, bis Joy es bemerkte. Am Tag darauf kehrte ich ungewöhnlich früh am Nachmittag zur Villa der Fortunes zurück und setzte mich mit Joy in den Garten, um draußen Tee zu trinken.
»Warum sind Sie so bedrückt?«, fragte Joy.
»Wolf hat nichts mehr von sich hören lassen, seit ich seinen Heiratsantrag abgelehnt habe.«
»Sie lieben ihn, nicht wahr?«

»Ich glaube schon.«
»Warum heiraten Sie ihn dann nicht?«
»Es ist mir zu früh. Außerdem muss ich an meine Karriere denken. Ich hänge an meinem Job und will ihn nicht aufgeben.«
Joy nahm meine leere Tasse, kippte die Teeblätter auf die Untertasse und betrachtete sie aufmerksam.
»Ich sehe, wie Sie im Büro Ihre Abschiedsparty geben, weil Sie Ihren Beruf an den Nagel hängen. Sie sehen verängstigt und einsam aus. In welchem Alter wollen Sie bei der Bertram's Bank aussteigen?«
»Du liebe Güte, Joy!« Ich lachte. »Eine gute Wahrsagerin sind Sie wirklich nicht. Bis ich bei Eli aufhöre, vergehen noch Jahrzehnte.«
»Mag sein. Aber die Zeit wird kommen. Welche Erinnerungen werden Ihnen dann bleiben? Bilanzen, Vorstandssitzungen? Werden Sie dann Kinder haben? Ach Gott, ich wünschte, ich hätte mich damals für Kinder entschieden.«
»Hören Sie auf, sich selbst zu bemitleiden, Joy.«
»Warten Sie noch auf den Richtigen?«
»Ich glaube nicht, dass ich jemals einem besseren Kandidaten als Wolf begegnen werde. Aber das hat nichts zu sagen.«
Sie warf mir einen fragenden Blick zu.
»Manchmal muss man anderen Menschen wehtun, Joy. Um die Wahrheit zu sagen – ich könnte es nicht ertragen, den Job bei der Bertram's Bank an den Nagel zu hängen.«
Sie schenkte mir ein dummes verstohlenes Lächeln und wechselte das Thema.

Ich stürzte mich in die Arbeit und schaffte es sogar beinahe, die Gedanken an Wolf zu verdrängen. Allmählich wurde ich in örtlichen Geschäftskreisen zu einer bekannten Größe, und bald wandten die Kunden sich mit ihren Wünschen und Vorschlägen direkt an mich, ohne erst Bernie einzuschalten. Das war ein Problem; aber ich konnte nichts daran ändern.
Dann bekam ich die Nachricht, dass die Schweizer Minenunternehmer, denen ich Wolfs Schürfstelle in Namaqualand angeboten hatte, den geforderten Kaufpreis akzeptierten. Der Handel war

perfekt. Ich rief Wolf an und berichtete ihm die erfreuliche Neuigkeit. Wir verabredeten uns zum Mittagessen in Mariner's Wharf. Als wir auf der Terrasse mit Blick auf den Hafen saßen, beobachteten wir ein paar Delfine, die einen Fischschwarm umkreisten, während hungrige Möwen sich an der Jagd beteiligten, indem sie sich im Sturzflug auf die Fische stürzten. Beim Essen – es gab Krabben, Garnelen und Tintenfisch – erzählte Wolf mir wieder von dem alten Haus, das er sich in Constantia gekauft hatte, und von seinen Plänen, das Gebäude zu renovieren und auszubauen.

»Sollen wir uns heute Nachmittag frei nehmen und uns das Haus mal anschauen?«, fragte er.

»Ich kann nicht. Ich habe einen geschäftlichen Termin. Wolf, können wir nicht einfach Freunde bleiben? Oder gibt es in deiner Welt nur alles oder nichts?«

»Natürlich nicht. Aber ich gebe niemals auf. Wenn du mich nicht angerufen hättest, Nina, hätte ich mich früher oder später bei dir gemeldet. Ich ... ich muss immerzu an dich denken. Denkst du nicht auch manchmal an mich?«

»Ja«, gab ich zu. »Aber ich bin für eine feste Beziehung noch nicht bereit. Es ist viel zu früh für mich.«

»Ich kann dich ja verstehen, Nina, aber gibt es denn keine Möglichkeit, beides unter einen Hut zu bringen ... ich meine, mich zu heiraten und weiter in deinem Beruf zu arbeiten? Könntest du nicht hier bleiben und als Bevollmächtigte für Eli Bertram arbeiten? Gestern habe ich Bernie getroffen. Er sagte mir, er hängt seinen Job bei Bertram an den Nagel, weil er sich viel zu sehr um seine eigenen Geschäfte kümmern muss.«

Ich war überrascht. »Ich hoffe, Joy hat Bernie nicht wegen mir dazu überredet.«

»Aber nein. Ob Bertram Interesse hätte, dir Bernies Job anzubieten? Was meinst du?«

»So einfach ist das nicht. Eli hat mich diese Woche schon zweimal angerufen und verlangt, dass ich sofort nach London zurückkehre. Ich habe ihn gebeten, mir noch ein wenig Zeit zu geben, weil ich ein paar lukrative Geschäfte in Aussicht habe. Ich glaube schon, dass er mir den Job geben würde, wenn er sicher sein könnte, dass ich hier bleibe und weiter für ihn arbeite. Aber es wäre ihm lieber, ich würde nach London zurückkehren.«

Der gute alte Eli. Ich hatte ihm längst verziehen, dass er mir damals nachspionieren ließ. Und ich würde ihn vermissen, wenn ich in Südafrika bliebe – genauso, wie ich die Londoner Szene vermissen würde.

»Ich fühle mich hier isoliert, Wolf. Was echte berufliche Herausforderungen angeht, bin ich hier weit vom Schuss.«

Der hoffnungsvolle Ausdruck verschwand aus Wolfs blauen Augen. »Genau das, was ich in Namaqualand zu dir gesagt habe. Was sind schon Liebe und Ehe verglichen mit der unglaublichen Erregung, immer mehr Geld für Eli Bertram zu scheffeln.«

Er küsste mich sanft auf die Lippen und rief nach der Rechnung. »Machen wir uns wieder an die Arbeit«, sagte er, »sonst könnte es ja sein, dass dir ein paar Rand durch die Lappen gehen.«

18.

Es fiel mir schwer, mich meinen Gefühlen zu widersetzen. Ich wusste, dass man das seltene Geschenk der Liebe hegen und pflegen sollte. Doch wie sehr ich auch darüber nachdachte, ob ich meine Beziehung zu Wolf nicht doch über meine Karriere stellen sollte – den Widerwillen, meine persönliche Freiheit aufzugeben, konnte ich nicht überwinden. Bis jetzt hatten die Männer in meinem Leben nur eine passive Rolle gespielt: Prinzgemahle, einer wie der andere. Bei Wolf aber sah die Sache anders aus. Ich erkannte, dass ich entweder den Sprung ins kalte Wasser wagen musste, oder unsere Beziehung ging in die Brüche. Und bei dem Gedanken an das schreckliche Fitness-Center mit den einsamen alternden Frauen und den Schönlingen, die sich von ihnen aushalten ließen, lief es mir kalt über den Rücken.

Wolf hatte es eilig, und ich hätte mehr Zeit gebraucht, aber früher oder später *musste* ich mich für ihn oder für London entscheiden.

Am nächsten Morgen rief Eli an. Er bestätigte mir, dass Bernie gekündigt hatte.

»Sie müssen einen Nachfolger finden, Nina. Suchen Sie die vier besten Kandidaten aus, und schicken Sie mir die Leute zu Vorstellungsgesprächen nach London.«

»Dann müssen Sie mir noch mehr Zeit geben, Eli. Und bis wir einen Nachfolger gefunden haben, könnte ich ja Bernies Job übernehmen.« Ich gab mir einen Ruck. »Vielleicht wäre ich selbst die geeignetste Nachfolgerin für Bernie ...«

»Nein. Ich brauche Sie hier in London, Nina.«

»Verstehen Sie mich nicht falsch, Eli. Ich liebe meinen Job. Aber die Arbeit ist nicht alles. Ich brauche auch ein Privatleben. Ich komme vorerst nicht nach London zurück, sondern übernehme selbst Bernies Nachfolge. Vielleicht ist es die verkehrte Entscheidung, aber geben Sie mir Zeit, es herauszufinden.« Es fiel mir nicht leicht, Eli vor vollendete Tatsachen zu stellen, aber mir blieb keine Wahl.

»Ich brauche Sie hier in London, Nina!«

Wenngleich Elis Stimme über die große Entfernung hinweg dünn und blechern klang, konnte ich seine Verärgerung heraushören.

»Ich will die Sache überschlafen«, sagte ich. »Morgen teile ich Ihnen per Fernschreiben meine endgültige Entscheidung mit.«

Elis Antwort fiel kurz und schroff aus: »Überlegen Sie gut, was Sie tun, Nina. Es könnte sein, dass Sie einen leichten Sonnenstich haben. Eine Kündigung Ihrer Stelle hier in London werde ich zum gegenwärtigen Zeitpunkt nicht annehmen. Falls Sie in Südafrika bleiben und Bernies Job übernehmen, dann nur vorübergehend, für einen Zeitraum von sechs bis zwölf Monaten. Ihre Stelle hier in London bleibt so lange unbesetzt. Halten Sie mich auf dem Laufenden, was Ihre Pläne für die weitere Zukunft angeht.«

Als Wolf mich am Tag darauf anrief, war ich überglücklich, seine Stimme zu hören. Er schlug vor, uns an seinem Haus in Constantia zu treffen.

»Aber ich muss dich warnen, Nina. Es ist ein ziemliches Chaos. Das Haus ist noch nicht renoviert, und das Grundstück muss erst noch entrümpelt werden.«

Er hatte Recht. Es *war* ein Chaos, aber es war nicht ohne Reiz. Ich traf früh an der alten Villa ein, schlenderte durch kniehohes

Gras, wo einst der Rasen gewesen war, und scheuchte dabei Perlhühner auf. Der riesige, verschachtelte Garten grenzte im hinteren Teil an ein Weingut, und durch ein Tor gelangte man auf Gehwege, die gewunden einen bewaldeten Berghang hinaufführten. Der Swimmingpool war verwahrlost, der Beton rissig. Offenbar war er seit Jahren nicht benutzt worden, konnte aber – wie Haus und Grundstück – wieder auf Vordermann gebracht werden.

Ich entdeckte eine unverschlossene Tür und betrat das Haus. Die Fenster waren blind von Staub, doch als ich die Scheiben abwischte, hatte ich einen herrlichen Blick auf die Berge, und weit entfernt im Norden konnte man das azurblaue Schimmern des Indischen Ozeans sehen. Die Zimmer besaßen hohe Decken und anmutige Fenster mit Rahmen aus Edelholz. Die Fußböden waren mit rötlichen steinernen Fliesen ausgelegt. Das gesamte Innere verströmte die Atmosphäre einer versunkenen stilvollen und eleganten Epoche. Es war vollkommen still; ich hörte nur die Vögel im Garten singen.

Wolf kam später als verabredet. Er entdeckte mich, als ich Staub und Schmutz von einem besonders schönen Buntglasfenster wischte.

»Heirate mich, Nina«, sagte er statt einer Begrüßung.

Ich lachte. »Langsam, langsam. Ich wollte dir einen Kompromiss vorschlagen. Ich werde eine Zeit lang mit dir zusammenleben. Sind wir glücklich miteinander, heirate ich dich. Und noch eins. Ich werde meinen Job nicht aufgeben. Das darfst du nicht zur Bedingung machen. Ich habe Bernies Stelle als Eli Bertrams Agent übernommen. Du hattest Recht: Bernie hat gekündigt.«

Wolf war wild vor Freude. Er nahm mich in die Arme, hob mich hoch und wirbelte mich im Kreis herum.

»Dann lass uns über die Einzelheiten sprechen«, sagte er. »Auch eine erfolgreiche Beziehung basiert auf gründlichen Verhandlungen. Wahrscheinlich brauchen wir eine Sekretärin, um einen Vertrag aufzusetzen.«

»Willst du mich kaufen oder heiraten?«

»Punkt eins: Ich stehe auf Doppelbetten.«

»Ich auch.«

»Punkt zwei: Ich möchte mindestens vier Abende die Woche zu Hause sein.«
»In Ordnung. Es liegt sowieso eine Menge Arbeit vor mir.«
»Ich reise gern und viel.«
»Da sagst du mir nichts Neues.«
»Ich mag Kinder.«
»Ich auch.«
»Zwei? Drei, vier?«
»Abwarten.«
»Tja, das wärs im Wesentlichen, Nina.«
»Im Wesentlichen, ja.«
»Und wann fangen wir mit unserer Ehe auf Probe an?«
»So bald wie möglich.«
»Aber ich möchte nicht, dass wir einfach zusammenziehen. Wir sollten irgendwie einen Trennstrich unter unser bisheriges Leben machen. Wie wärs mit einem gemeinsamen Urlaub?«
»Sehr gern, Wolf. Wie lange könntest du denn Urlaub machen?«
»Drei Wochen, würde ich sagen. Und du?«
»Vier Wochen, falls wir sie brauchen.«
»Ich habe mir vor ein paar Tagen einen Landrover gekauft, Nina, und muss in Kürze in den Norden reisen. Wie würde dir ein Trip durch Afrika gefallen? Durch mehrere Naturparks, zu den Viktoria-Fällen, vielleicht in die Kalahari ...«
»Das wäre fantastisch!«

19.

Drei Wochen später holperten wir über eine staubige behelfsmäßige Straße in Chobe, Botswana. Wir fuhren durch dichten Wald und kamen an Sumpfland vorüber, in dem das Licht gelbgrün zu leuchten schien und das Schilf im Wind wogte. Nachdem wir die Kuppe eines Hügels erreicht hatten, führte die Straße in weitem Bogen in nördliche Richtung; vor uns sahen wir Baumwipfel, die steil zu einem breiten, träge dahinströmenden Fluss abfielen. Wir konnten das gelbe Band der unbefestigten Straße erkennen, die gewunden durch den tiefgrünen Wald führte, der sich am Horizont schwarz gegen den leuchtend roten Himmel des nahenden Sonnenuntergangs abzeichnete. In der Ferne konnten wir am Flussufer ein großes, wunderschönes Hotel erblicken, das im Stil einer spanischen *hacienda* erbaut war; weiter flußaufwärts befand sich der Caprivi Strip, der Botswana von Angola trennt.

Wolf fuhr schneller, um das Hotel noch vor Sonnenuntergang zu erreichen. Wir jagten den Hügelhang hinunter und scheuchten dabei Antilopen und Paviane auf, die in sämtliche Richtungen flitzten. Verschwitzt und staubbedeckt gingen wir schließlich zur Rezeption und erfuhren, dass der hoteleigene Raddampfer jeden Moment zur abendlichen Flussfahrt bei Cocktails und Champagner ablegte. »Das schaffen wir noch«, sagte Wolf kurz entschlossen. Wir ließen unser Gepäck an der Rezeption stehen, rannten los und erreichten das Ende des Laufstegs, als der Dampfer sich gerade von dem hölzernen Kai entfernte.

»Spring!«, rief Wolf und packte meine Hand.

Die Passagiere waren Europäer und Asiaten, die zum ersten Mal in Afrika waren. Sie stießen begeisterte Rufe aus, als sie Impalas am Ufer sahen. Ich lächelte über ihre naiven Bemerkungen.

Elefantenherden wateten ins tiefere Wasser des Flusses, um ihr abendliches Bad zu nehmen. Die Elefantenkühe stupsten ihre kreischenden Jungen mit den Rüsseln aufmunternd vor sich her. Träge tauchten die Köpfe von Nilpferden auf, die protestierend die gewaltigen Mäuler aufrissen, als wir vorüberfuhren. In den Wipfeln sämtlicher Bäume, die das Ufer säumten, saßen Fischadler. Wir fragten uns, weshalb so viele dieser Tiere sich hier versammelt hatten, bis der Bootsmann ein paar Eimer voller Fische holte und den Inhalt schwungvoll über die Reling kippte, worauf die großen Vögel aus den Wipfeln aufflogen, um sich ihren Anteil am Futter zu holen, während die Kameras der Touristen klickten und surrten.

Es war dunkel, als wir zum Hotel zurückkehrten – müde, aber glücklich und in Champagnerlaune. Wir aßen bei Kerzenlicht zu Abend und gingen dann auf unser Zimmer mit Blick auf den Fluss.

»Oh Wolf«, sagte ich atemlos, »es ist wunderschön hier. Danke, mein Schatz.«

Zu erschöpft, um uns zu lieben, schliefen wir Arm in Arm ein.

In unserer vierten Nacht in Chobe wachte ich plötzlich auf und bemerkte, dass Wolf nicht mehr neben mir lag. Im Badezimmer brannte kein Licht. Ich setzte mich auf, lauschte in die Dunkelheit und hörte plötzlich, wie Wolf auf Zehenspitzen die steinerne Treppe in den Garten hinunterschlich. Unter dem Fenster unseres Zimmers stand eine Bank auf dem Rasen, und als ich Wolf Augenblicke später leise pfeifen hörte, wurde mir klar, dass er dort auf jemanden wartete. Dann erklang ein leiser Ruf, den Wolf beantwortete. Als er den Unbekannten schließlich begrüßte, konnte ich heraushören, dass die beiden sich kannten, auch wenn ich nicht verstehen konnte, was sie sagten, denn sie unterhielten sich in einer mir unbekannten Sprache.

Plötzlich wurde mir übel, und ich eilte ins Badezimmer. In letzter Zeit hatte ich mich öfter müde und zerschlagen gefühlt und häufig unter Kopfschmerzen, Übelkeitsanfällen und Schlaflosigkeit gelitten. War ich etwa schwanger? Aber es war erst drei Wochen her, seit ich die Pille abgesetzt hatte; demnach war es zu früh, dass mein Körper die Symptome einer Schwangerschaft zeigen konnte. Vielleicht hatte ich mich im Urlaub mit einer dieser Tropenkrankheiten angesteckt. Oder waren die verflixten Zeckenbisse schuld, die ich mir bei unserem ersten Ausflug in den Wildpark eingefangen hatte? Unsinn, sagte ich mir. Du hast beim Abendessen zu viel Wein getrunken. Ich beschloss, die nächsten vierzehn Tage keinen Alkohol mehr anzurühren. Ich wusch mir das Gesicht, zog ein Nachthemd an, knipste das Licht im Schlafzimmer an, legte mich ins Bett und wartete. Doch Wolf kam und kam nicht. Schließlich sah ich ein, dass es unsinnig war, sich den Kopf zu zerbrechen. Die Sache war glasklar: Wolfs Treffen mit dem Unbekannten war kein Zufall gewesen. Ich ließ mir vom Zimmerservice ein Sandwich und ein Glas heiße Milch bringen, setzte mich in das hintere Zimmer, las in einem Buch und wartete.

Bei Anbruch der Morgendämmerung kam Wolf aufs Zimmer zurück. Als er sah, dass ich wach war, legte sich ein verärgerter Ausdruck auf sein Gesicht.

»Was ist los, Wolf? Mit wem hast du gesprochen?«

»Ich? Mit jemandem gesprochen? Das musst du geträumt haben.«

»Lüg mich nicht an. Da unten auf der Bank ... vor ein paar Stunden, mitten in der Nacht. Du hast dich mit jemand getroffen, den du kennst. Du hast leise gepfiffen, damit dieser Jemand wusste, dass du hier warst. Das alles hattest du im Voraus geplant, nicht wahr? Unser Reiseziel, dieses Hotel ... sag jetzt bloß nicht, wir seien zufällig hier gelandet.«
Er blickte mir schweigend in die Augen, bis es mir auf die Nerven ging.
»Starr mich nicht so an wie ein ...«
»Wie ein was?«
»Wie ein Fremder. Und guck nicht so böse. Ich gehe jetzt wieder ins Bett.«
Als ich das Zimmer durchquerte, sah ich Wolfs Aktenkoffer auf dem Fußboden liegen. Mit dem Fuß schob ich ihn zur Seite. Er war leer. Doch er hatte ihn seit Tagen wie ein Schießhund bewacht.
»Was hast du die ganze Nacht da draußen gemacht?«
»Ist nicht weiter wichtig«, erwiderte er mit seltsamer Stimme. Mit düsterem Gesicht hob er seinen Aktenkoffer auf und schob ihn auf die Garderobenablage.
»Warum hast du mir nicht gesagt, dass du Russisch sprichst?«
»Russisch? Nein, Nina. Wir haben uns in einem angolanischen Stammesdialekt unterhalten.«
»Also hast du dich doch mit jemand getroffen! Du und dieser andere Kerl, wer immer er gewesen ist, ihr habt euch auf Russisch unterhalten. Die Sprache hast du doch bestimmt in der Schule gelernt, nicht wahr? Damals, zu DDR-Zeiten. Angolanischer Stammesdialekt! Willst du mich für dumm verkaufen?«
»Tu das nicht noch einmal, Nina«, sagte er plötzlich.
Sein eisiger Tonfall ließ mich schaudern. »Was?«
»Mir nachspionieren.«
»Ich habe dir nicht nachspioniert, aber ich bin auch nicht blöd. Ich bin plötzlich wach geworden. Du warst nicht mehr im Bett. Ich habe mich gefragt, wo du sein könntest. Dann habe ich deine Schritte unten im Garten gehört und mitbekommen, wie du diesen anderen Mann begrüßt hast. Du hast ein paar Worte mit ihm gewechselt und bist dann die ganze Nacht mit ihm fort gewesen.

Da werde ich mich doch wohl fragen dürfen, was hier eigentlich gespielt wird.«
Als ich zum Bett gehen wollte, überkam mich erneut eine Woge der Übelkeit. Ich presste eine Hand vor den Mund, stürmte ins Bad und schlug die Tür hinter mir zu.
Wolf folgte mir ins Bad. Während ich mich übergab, hielt er meine Schultern und streichelte mir übers Haar. Als ich meinen Magen geleert hatte, wischte er mir mit einem feuchten Tuch den Mund und die verschwitzte Stirn ab. Dann zog er mir das Nachthemd aus und wickelte mich in ein frisches Badetuch.
»Nina.« Seine Stimme war wieder sanft. »Du bist krank. Mein armer Schatz. Du bist kreidebleich.« Er legte mir den Arm um die Schultern und wischte mir behutsam das erhitzte Gesicht mit einem feuchten Lappen ab.
»Ich fühle mich schrecklich, Wolf. Immer wenn ich aufwache, muss ich mich übergeben.« Ich umarmte ihn, hielt mich an ihm fest, doch ein Teil meiner selbst schien sich von mir gelöst zu haben und uns beide misstrauisch zu beobachten. Ich schauderte. Warum kapitulierte ich? Warum hakte ich nicht nach, bohrte weiter? Aus Angst, die Wahrheit zu erfahren?
»Komm wieder ins Bett, Schatz. Ich muss dir etwas über mein früheres Leben erzählen.«
Als wir im dunklen Zimmer eng umschlungen im Bett lagen, begann Wolf: »Wie du weißt, bin ich in der ehemaligen DDR aufgewachsen. Ich habe den Kommunismus hassen gelernt. Ich hasse alle Unterdrücker. Ich hasse sie mit einer Leidenschaft, wie du es dir nicht einmal vorstellen kannst. Glückliche Nina. Du hast nie hassen gelernt. Aber ich verabscheue Unterdrückung und Ausbeutung, besonders jede Form des Kolonialismus. Deshalb, Nina, helfe ich afrikanischen Freiheitsbewegungen hier im Süden. Aber es wäre zu kompliziert, dir zu erklären, auf welche Weise ich den Leuten helfe.«
»Aber das ist gefährlich.«
»Ja.«
»Hilfst du auf legale Weise?«
»Kommt darauf an, auf welcher Seite man steht, wenn man sich diese Frage stellt. Aber ich muss diesen Kampf führen, Nina.

Denn man muss zu seinen Überzeugungen stehen. Hab Vertrauen zu mir. Ich bin auf der Seite der Unterdrückten. Ich helfe den Armen, Leidenden, Geknechteten.«
Ich kuschelte mich an ihn und kämpfte gegen meine Zweifel und mein Misstrauen. Wenn Wolf tatsächlich so etwas wie ein moderner afrikanischer Robin Hood war, der gegen Unterdrückung und Ausbeutung kämpfte, weshalb half er dann der rechts gerichteten südafrikanischen Regierung, indem er gegen die internationalen Wirtschaftssanktionen verstieß und Erdöl ins Land schmuggelte?
Doch als wir wieder miteinander schliefen, verflogen alle meine Zweifel und meine Verwirrung. Später, als ich wach im Bett lag, stellte ich mir selbst ein Ultimatum. Vertraue ihm, oder verlasse ihn, Nina. Entscheide dich endlich. Es gibt nur das eine oder das andere.
Schließlich traf ich meine Entscheidung und schlief ein.

20.

Irgendetwas stimmte nicht. Irgendetwas war anders. Mit misstrauischen Blicken ging ich um den Landrover herum. »Da ist jemand im Wagen gewesen. Hat ihn vielleicht durchsucht.«
»Wie kommst du darauf?«
Ich blickte Wolf verdutzt an. »Siehst du denn nicht den Unterschied?«
»Ich habe den Wagen sauber gemacht und ein paar Kleinigkeiten repariert.«
Da war er wieder, dieser angespannte Gesichtsausdruck, der mich zur Vorsicht mahnte. Ich stieg ins Auto, setzte mich auf den Beifahrersitz, lehnte mich zurück und versuchte zu ergründen, weshalb mir der Landrover verändert vorkam.
»Hast du den Eimer mitgenommen, Nina?«
»Ja. Liegt hinten im Wagen.«
»Fühlst du dich besser, oder willst du ihn vor den Sitz stellen?«
»Es geht mir gut.« Versuchte er, meine Aufmerksamkeit von dem Wagen abzulenken?

»Warum hast du die Matte herausgenommen?«
»Welche Matte?«
Ich seufzte. »Das kleine Stück Teppich, das vor meinem Sitz auf dem Wagenboden gelegen hat. Sagt dir das was?«
»Kann sein, dass ich die Matte ausgeklopft und dann vergessen habe, sie wieder vor den Sitz zu legen.«
»Während du sämtliche Fenster poliert, die Wischblätter gewechselt, den abgerissenen Innenspiegel befestigt, den wackligen Schalthebel festgeschraubt und den Riss im Polster genäht hast.«
»Genau.«
Ich stieg aus und ging zum Heck des Wagens. Das Nummernschild war dasselbe wie zuvor. Sogar die Aufkleber auf den Scheiben waren dieselben.
»Wie kann ein altes Auto sich in ein neues verwandeln? Durch Aladins Wunderlampe?«
»Was soll denn das, Nina? Es ist das gleiche Auto wie zuvor! Das gleiche Baujahr, dasselbe Modell, die gleiche Kilometerleistung. Glaub es oder glaub es nicht – das ist *unser alter Wagen.*«
Ich ging wieder nach vorn, schaute mir die Kühlerhaube an. Ich war wütend und hilflos. Schließlich schnippte ich mit dem Finger unter Wolfs Nase. »Lass diese Spielchen. Was geht hier vor? Waffenschieberei? Diamantenschmuggel? Drogen?«
»Spinnst du, Nina?«
Ich schaute auf die Uhr. Es war Punkt sieben. Der Tag, der so viel versprechend begonnen hatte, war jetzt schon ruiniert. Wir hatten im Pool des Hotels geschwommen, anschließend gefrühstückt, unsere Sachen gepackt und die Rechnung bezahlt, um in Richtung der südafrikanischen Grenze und von dort zu den Viktoria-Fällen zu fahren. Eine mehrtägige und anstrengende Tour. Doch Wolf sah gar nicht müde aus, wenngleich er in der vergangenen Nacht kaum geschlafen hatte.
Ich setzte mich in den Wagen, und Wolf schwang sich auf den Fahrersitz und fuhr los.
»Sag mir ein für alle Mal die Wahrheit, Wolf. Was geht hier vor?«
»Entspann dich und lass die dummen Fragen. Hol lieber den Eimer nach vorn.«
Ich beugte mich nach hinten, packte den Eimer, schleuderte ihn

aus dem Wagen und ballte die Hände zu Fäusten, obwohl ich mich üblicherweise nie so gehen ließ. War es meine Schwangerschaft, die mich so überreizt reagieren ließ?
Wolf bremste behutsam und fuhr an den Straßenrand. Mit ausdruckslosem Gesicht ging er ein paar Schritte zurück, um den Eimer zu holen.
»Lass das Ding bloß draußen, Wolf. Wage es ja nicht, ihn wieder ins Auto zu legen.«
»Du bist schwanger, nicht wahr?«, sagte Wolf mit ruhiger Stimme.
Ich nickte.
Wolf lächelte. »Die Schwangerschaft ist eine schwierige Zeit. Für beide Partner.« Er legte den Eimer auf die Rückbank. »Offenbar treten bei dir schon psychische Veränderungen auf.«
»Was meinst du damit?«
»Gereiztheit. Hysterie. Du bildest dir Dinge ein, die es nicht gibt. Was letzte Nacht betrifft ... die Sache ist ganz einfach. Ich konnte nicht schlafen und habe bis zum frühen Morgen an dem Auto gearbeitet. Und was deinen sogenannten ›Russen‹ angeht ... der war ein Hotelportier und hat mir bei den Reparaturen geholfen. Ich kann verstehen, dass du nervös und verwirrt bist, Nina. Deine Schwangerschaft, die Hitze, die schrecklichen Übelkeitsanfälle. Wir könnten bei einem Arzt in Chobe vorbeischauen, wenn du möchtest.«
Seine Geschichte war an den Haaren herbeigezogen. »Ich dachte, du hättest gestern Nacht mit einem deiner afrikanischen Freiheitskämpfer gesprochen.«
»Das habe ich auch, Nina. Sei mir nicht böse, dass ich dir nicht alles erzählen kann. Aber zu meiner Aufgabe gehören unter anderem der Kauf und Verkauf von Waffen und Gerät im Auftrag von Armscor – wie du sicher weißt, der einzige Waffenproduzent in Südafrika. Meine Arbeit ist streng geheim, Nina. Ich kaufe sogar Ersatzteile und Benzin für Militärfahrzeuge. Ich dürfte dir kein Sterbenswörtchen darüber sagen, also erzähl bitte niemandem davon. Wenigstens eins kann ich dir ruhigen Gewissens sagen: dass ich dich liebe.«
Ich war völlig verwirrt. »Du ... hast Recht«, sagte ich schließlich

stockend. »Ich fühle mich ... Es kommt mir so vor, als hätte ich mich in eine andere verwandelt.«
»Ja. Du hast noch nie so wunderbar ausgesehen.«
»Ich möchte nicht wunderbar aussehen. Ich möchte nur ich selbst sein.«

Auf der langen Fahrt nach Johannesburg – über Messina und in Richtung der Viktoria-Fälle – versuchte Wolf mich aufzumuntern. In einem Trödelladen in Bulawajo kaufte er einen alten handbemalten Nachttopf und steckte Blumen hinein, bevor er ihn mir schenkte. »Jetzt kannst du den verdammten Eimer meinetwegen aus dem Fenster werfen«, meinte er lächelnd. In den letzten Tagen hatte er sich alle Mühe gegeben, mich heiter zu stimmen.
»Ich habe dir deinen Urlaub vermiest«, sagte er später, nachdem wir uns in einem Hotel in der Nähe der Viktoria-Fälle ein Zimmer genommen hatten, in dem wunderschönen Garten am Swimmingpool saßen und zu Mittag aßen. »Ich mache es dir wieder gut, Nina, das verspreche ich dir. Sobald wir in Kapstadt sind, heiraten wir.«
»So war es nicht abgemacht, Wolf. Wir hatten uns darauf geeinigt, erst eine Zeit lang zusammenzuleben.«
»Aber du bist schwanger, Nina. Wenn wir nicht heiraten, bin ich nicht der rechtmäßige Vater meines eigenen Kindes. Ich hätte kein Vormundschaftsrecht. Wenn dir irgendwas passierte – was Gott verhüten möge –, könnte ich das Kind nicht einmal zu mir nehmen.«
»Versuch nicht, mir Schuldgefühle einzureden. Ich will nicht, dass ich mir vorkomme, als säße ich in einer Falle.«
»Und was ist mit der Verantwortung gegenüber deinem Kind? Hat es nicht das Recht auf einen Vater?«
Ich schwieg, nippte an meinem Lemon-Soda und blickte zu einer Gruppe Afrikaner in Stammeskleidung hinüber, die gerade ihre Trommeln aufstellten, um für die Hotelgäste zu spielen.
Was war der Grund dafür, dass ich Angst vor einer Bindung hatte? Lag es daran, dass die Ehe meiner Eltern unglücklich gewesen war? Nein, ich musste der Wahrheit ins Auge blicken: Ich hatte

Angst vor mir selbst – vor meinem neuen Selbst. Wieder spürte ich, wie eine Veränderung mit mir vorging, wie ich plötzlich mütterliche Gefühle empfand, gepaart mit der Sehnsucht nach Geborgenheit, nach einem Zuhause und dem Verlangen nach Wolfs Liebe und Schutz. Mit einem Mal erschien mir dies alles wichtiger als die ständige Jagd nach Profit, die dauernde Suche nach Investitionsmöglichkeiten.

»Warum bist du eigentlich so versessen darauf, mich zu heiraten?«, fragte ich. »Liegt es daran, dass du dich nach Harmonie sehnst? Nach einem glücklichen Familienleben wie in deiner Kindheit? Willst du mir nicht mehr darüber erzählen, wie du aufgewachsen bist?«

»Meine Mutter war eine sehr schöne und starke Frau«, sagte Wolf, »die ihre Familie mit fester Hand geführt hat. Aber wir haben sie geliebt und bewundert, weil sie gerecht und in ihrem Herzen sanftmütig war. Ich war ein verwöhntes Einzelkind, weißt du. Doch ich war niemals einsam, hatte viele Freunde. Am liebsten aber war ich mit meinem Vater zusammen. Er hat mich das Angeln gelehrt, das Jagen, das Skifahren ... alles, was ein Vater seinen Sohn lehren sollte. Aber er war eher wie ein Freund für mich, und er hat meine Mutter verehrt. Wie alle anderen. Vater konnte nie begreifen, weshalb gerade er das Glück gehabt hatte, eine so wunderbare Frau zu bekommen.«

Wieder erzählte Wolf von seiner Mutter, wie schon des Öfteren in den vergangenen Wochen. Dennoch kam diese Frau mir irgendwie unwirklich vor, eher wie die gute Fee in einem Märchen oder wie eine Frau, die ein Waisenkind sich als Mutter erträumt. Ich fragte mich, weshalb ich dieses Gefühl hatte, fand aber keine Antwort.

Nachdem wir zwei Tage an den Viktoria-Fällen verbracht hatten, setzten wir unsere Heimreise fort. Meine Übelkeitsanfälle ließen nach und hörten schließlich ganz auf. Als wir in Kapstadt eintrafen, fühlte ich mich wie neugeboren. Die gefühlsduselige Fremde verschwand, und die nüchterne Geschäftsfrau Nina Ogilvie nahm wieder ihren rechtmäßigen Platz in meinem Inneren ein.

Ich hatte meine Probleme fast schon vergessen, als Wolf mich

wieder daran erinnerte, indem er völlig unerwartet – und unwillkommen – erklärte: »Ich finde, es ist Zeit, dass ich deine Eltern kennen lerne, Nina.«
Ich versuchte, mir meinen Widerwillen nicht anmerken zu lassen. Ich fühlte mich glücklich und wollte nicht, dass dieses Glück durch Erinnerungen an meine traurige Jugend vergiftet wurde.
»Meine Eltern und ich haben kein besonders enges Verhältnis, Wolf«, sagte ich. »Außerdem führe ich schon viel zu lange mein eigenes Leben.«
Ich hätte mir den Atem sparen können. Wolf war entschlossen, meine Eltern kennen zu lernen. Die »Flitterwochen« waren zu Ende.

21.

Wir flogen nach Edinburgh. Vom Hotel aus versuchte ich bei meiner Mutter anzurufen, bekam aber nicht sie an den Apparat, sondern ihren Mann John.
»Oh Nina. Ich kann dir gar nicht sagen, wie Leid es mir tut. Wie hast du es herausgefunden?«
Panik stieg in mir auf. »Was herausgefunden?«
»Dass Rebecca krank ist.«
»Krank? Was ist denn passiert?«
»Du weißt es noch gar nicht. O Gott. Dann muss ich dir wohl die schlechte Nachricht überbringen. Deine Mutter hat vor zehn Tagen einen Schlaganfall erlitten. Unglaublich, nicht wahr? Sie ist auf dem Weg der Besserung, hat aber noch einen weiten Weg vor sich. Telefonieren kann sie noch nicht. Sie hat noch Probleme beim Sprechen, weißt du.«
Ich war schockiert und fassungslos, als John mir erklärte, dass der Schlaganfall Mutters rechte Körperhälfte gelähmt hatte; er habe private Krankenpflegerinnen eingestellt, die sie rund um die Uhr betreuten.
»Du hättest mich anrufen sollen«, sagte ich.
»Du kennst doch deine Mutter. Sie wollte auf gar keinen Fall, dass du davon erfährst. Wir können nur beten, Nina.«

»Ich komme sofort zu euch. Kann ich noch jemanden mitbringen?«
»Lieber nicht.«
»Wird Mutter mich erkennen?«
»Ja. Aber auch ihr Sehvermögen ist stark beeinträchtigt.«
»O Gott.«
»Warum bist du in Schottland, Nina? Machst du Urlaub?«
»In gewisser Weise. Eine Art ... Hochzeitsreise vor der Hochzeit, wenn man so will.«
»Du willst heiraten? Warum hast du uns nichts davon gesagt?«
»Deshalb sind wir hergekommen. Wir wollten es euch sagen. Ob ich Mutter davon erzählen soll?«
John zögerte. »Nein«, sagte er schließlich. »Ich glaube nicht. Warte lieber noch. Es könnte sie zu sehr aufregen. Und jetzt mach dich auf den Weg zu uns. Rebecca wird sich freuen, dich zu sehen.«

Das schreckliche Erscheinungsbild meiner Mutter rührte mich zu Tränen. All die Jugendlichkeit, an die sie sich so sehr geklammert hatte, war verflogen. Sie war furchtbar hager, und ihr Gesicht war von der teilweisen Lähmung verzerrt. Ich versuchte, mein Erschrecken, meine Tränen und meine Trauer nicht zu zeigen, als ich lächelte und ihr versicherte, man könne ihr jetzt schon ansehen, dass sie auf dem Weg der Besserung sei.
»Ich sehe alt aus, nicht wahr?«, sagte sie mit schwacher, verzerrter Stimme. »Ich kann es in deinen Augen lesen.«
Ich schüttelte den Kopf. »Das ist nicht wahr, Mom.« Wie oft hatte Mutter mir diese Frage schon gestellt! Vielleicht war ihre Angst vor dem Alter mit ein Grund dafür gewesen, dass ich bis zum Ende meiner Schulzeit ein schlaksiger, unscheinbarer Teenager geblieben war, der sich nicht schminkte und keine Schuhe mit hohen Absätzen trug: Ich hatte Mutters Ängste nicht noch schlimmer machen wollen.
Umso mehr tat mir nun ihr Anblick weh. Der Schmerz wühlte und pochte wie eine entzündete Wunde in einem verborgenen Teil meiner Psyche. Ich bekam meine Gefühle einfach nicht in den Griff und erkannte, dass eine viel tiefere innere Bindung

zwischen Mutter und mir bestand, als ich bisher angenommen hatte.
Sie blickte mich kummervoll an, als ich ihre gelähmte, starre Wange streichelte, ihr kleine Unwahrheiten sagte und falsche Komplimente machte, während mein Inneres um sie trauerte. Ich konnte in ihren Augen lesen, dass sie mehr von mir wollte, viel mehr – aber was hätte ich ihr noch sagen sollen?
Das kalte, triste Wetter passte zu meiner gedrückten Stimmung. Düstere Wolken zogen über einen bleigrauen Himmel und erinnerten mich an verlorene Sommer, vertane Chancen und verleugnete Liebe.
Als ich an Mutters Bett saß, ihre Hand hielt und ihr Mut zusprach, stiegen Erinnerungen aus der Vergangenheit in mir auf wie Abfälle aus einem versunkenen Wrack, dessen rostiger Rumpf einen neuen Riss bekommt: kleine Verletzungen, tiefe Wunden, lang gehegter Groll. Einerseits verspürte ich den Wunsch, Mutter zu helfen; anderseits hatte ich das Verlangen, zu gehen und nie wiederzukommen – beides mit der gleichen Intensität. War es Schuld, die Schatten des Kummers auf meine Seele warf? Oder war es Liebe? Ich hätte es zu gern gewusst.
An diesem Abend wollte ich geliebt werden und selbst Liebe geben. Ich wollte mich jung fühlen, wollte spüren, wie das Leben kraftvoll durch meine Adern strömte ... und versuchte mich davon zu überzeugen, dass nicht ich im Sterben lag, sondern Mutter. Aber es gelang mir nicht.

Am nächsten Morgen flogen Wolf und ich nach Inverness, wo uns innerhalb und außerhalb meines elterlichen Hauses eine frostige Atmosphäre empfing. Ich wurde schmerzlich daran erinnert, dass es kein Mittel gibt, um die Bitternis der Einsamkeit zu lindern, sondern dass sie die Seele langsam austrocknet. Das Gesicht meines Vaters verzog sich zu einem maskenhaften Lächeln, als ich ihm Wolf vorstellte. Ich konnte sehen, dass Dad sich Mühe gegeben hatte, sich gut zu kleiden. Wenn er wollte, konnte er perfekt die Rolle des vornehmen, angesehenen Landjunkers spielen, doch seine Augen verrieten, wie trostlos sein Leben war.

»Kommt rein. Macht es euch bequem. Das Mittagessen ist gleich fertig. Es gibt Forelle und Spinat. Ich hoffe, Sie haben nichts gegen schlichte Kost, Wolf. Wenigstens stammen der Fisch und das Gemüse von meinem eigenen Grund und Boden.«
Erst jetzt nahm Vater Wolf genauer in Augenschein, betrachtete ihn mit einem langen, festen Blick und fällte schließlich sein Urteil, indem er die Lippen zu einem Ausdruck der Missbilligung zusammenkniff.
Wolf, der ein überaus gutes Gespür für die Gefühle und Empfindungen anderer Menschen besaß, versuchte sofort, sich bei Dad Sympathien zu erwerben.
»Lawrence Ogilvie«, sagte er mit ehrfürchtigem Unterton und betrachtete ein Gemälde, das im Flur hing. »Das ist Ihre Signatur, nicht wahr? Sie malen? Wie wundervoll Sie das Licht des Winters getroffen haben ... und die blassen Farben der Berge. Es sieht genauso aus wie die Landschaft, die Nina und ich auf der Herfahrt gesehen haben.«
»Hmmm. Kommen Sie hier entlang. Was möchten Sie trinken? Ich habe einen ausgezeichneten Scotch. Das Geschenk einer Freundin von der Isle of Skye.«
»Nina sagte mir, Sie züchten Rinder. Ich habe mir überlegt, ob ich es in Botswana mit der Rinderzucht versuchen sollte. Natürlich haben wir dort ganz andere Probleme als Sie hier in Schottland. Aber so oder so – es ist ein hartes Geschäft.«
Offenbar war Wolf entschlossen, sein Wissen zu demonstrieren, was die Probleme von Viehzüchtern betraf – wahrscheinlich hatte er darüber gelesen –, aber Dad ließ sich nicht beeindrucken.
Ich unterbrach Wolfs Redeschwall. »Du weißt, dass Mutter einen Schlaganfall erlitten hat, nicht wahr?«, fragte ich Vater.
»John hat es mir geschrieben. Ich weiß gar nicht, warum. Wir haben sonst überhaupt keine Verbindung. Wir besuchen uns nicht, schreiben uns nicht ...«
Ich packte Vaters Arm. »Dad, Mutter ist schwer krank. Du solltest sie besuchen.«
»Weshalb? Das wäre unverschämt.«
»Was? Ihr zu verzeihen?«
Wolf erkannte, dass Vater und ich unter vier Augen sein wollten,

und erklärte, er würde zum See spazieren. Unsere Blicke trafen sich. Wolf nickte mir aufmunternd zu, und ich dankte ihm im Stillen.

Nachdem er gegangen war, betrachtete ich Dads Gesicht und sah die Besorgnis auf seiner Miene – eine Besorgnis, die jedoch mir galt, nicht Mutter. »Mach dir keine Sorgen, Dad. Ich bin sehr glücklich. Wolf ist ein wunderbarer Mann. Wenn du ihn erst näher kennen gelernt hast, wirst auch du ihn mögen. Er ist aufrichtig, freundlich und hat viel Gefühl. Er setzt sich für die sozial Benachteiligten im südlichen Afrika ein und engagiert sich für den Umweltschutz und die Wildtiere.«

»Und er nimmt weite Reisen in Kauf, nur um den Besorgten und Mitfühlenden zu spielen. Warum tut er das, Nina?«

»Um Himmels willen, Dad. Wie kannst du so etwas sagen?«

»Sei vorsichtig, Nina.« Er legte eine Hand auf meine – eine Geste, die ich gar nicht von ihm kannte und die mich erstaunte. »Es ist nicht zu übersehen, wie verliebt du bist, aber der Mann hat irgendetwas zu verbergen. Sei vorsichtig. Gib auf dich Acht ... und auf dein Geld. Lass es in England, vielleicht wirst du es eines Tages noch brauchen. Denk daran, hörst du?«

Seine Worte versetzten mir einen gehörigen Dämpfer, und es fiel mir nicht leicht, die zornige Erwiderung hinunterzuschlucken, die mir auf der Zunge lag, aber ich dachte daran, dass ich ihn nach diesem Treffen wahrscheinlich für lange Zeit nicht mehr sehen würde.

»Du traust keinem Menschen, Dad«, sagte ich. Dann drückte ich seine Hand, um meinen Worten die Schärfe zu nehmen, als ich hinzufügte: »Und du hast mich nie richtig geliebt.«

Er erwiderte nichts, lächelte nur seltsam und voller Bitterkeit. Dieses Lächeln verfolgte mich für den Rest des Tages, als wir uns zusammen mit Wolf die Rinder und Schafe anschauten, ein Stück das Seeufer entlangspazierten und uns anschließend bei Tee und Gebäck an den Kamin setzten.

Nach dem Abendessen verabschiedeten wir uns von Dad und fuhren zum Hotel zurück.

»Nur mein Vater kann gefühlsmäßige Bindungen so gründlich und nachhaltig abschneiden«, begann ich wütend, kaum dass wir losgefahren waren und Ogilvie Lodge noch in Sicht war. »Warum kann Dad nicht lernen, mit neuen Regeln umzugehen? Irgendwann gelingt es den meisten Männern, ihre Exfrauen und deren Gatten wenigstens in den weiteren Familienkreis einzubeziehen ... Sie irgendwo zwischen Geschwistern und Vettern anzusiedeln. Warum schaffen es andere Männer, die einstigen Ehefrauen und ihre neuen Partner zu tolerieren, und sei es nur zum Wohle der eigenen Kinder, oder um für ein Gefühl familiärer Beständigkeit in einer Welt zu sorgen, die sich rasend schnell verändert? Dad kann das nicht. Natürlich nicht. Er kann nämlich niemals verzeihen.«

»Ja, er ist ein ziemlich schwieriger Mann. Aber er ist dein Vater, deshalb habe ichs versucht.«

Unsere düstere Stimmung hielt an, bis wir unser Hotelzimmer betraten, den Fernseher einschalteten und uns die Wiederholung einer Reportage anschauten, in der gezeigt wurde, wie Nelson Mandela nach siebenundzwanzig Jahren Haft aus dem Gefängnis entlassen wurde.

»Ich habe Sehnsucht nach Südafrika. Lass uns von hier verschwinden«, sagte Wolf und umarmte mich.

»O ja. Gleich morgen früh.«

»Noch heute Nacht.«

»Dann los!«

»Eins nach dem anderen«, sagte Wolf und legte mich aufs Sofa. Wir liebten uns mit wilder, verzweifelter Leidenschaft. Erst dann packten wir unsere Koffer, bezahlten bei dem verwunderten Nachtportier die Hotelrechnung und machten uns auf den Weg zum Flughafen.

Als wir in der Maschine saßen und an unseren Drinks nippten, kuschelte ich mich an Wolfs Schulter und versuchte mich zu entspannen, doch immer wieder kam mir die Warnung meines Vaters in den Sinn. »Der Mann hat irgendetwas zu verbergen ...« Ich schüttelte den Kopf. Dad war von Natur aus ein misstrauischer, nachtragender Mann, und wahrscheinlich war er noch kälter und verbitterter geworden, weil Mutter ihn verlassen hatte. In diesem Augenblick beschloss ich, mich endgültig für meine Liebe zu Wolf zu entscheiden. Von nun an, schwor ich mir, wirst du

dein Heim wie deinen Augapfel hüten und jedes Opfer bringen, das gebracht werden muss. Ich drückte Wolfs Arm.
»Ich liebe dich«, murmelte ich. »Von jetzt an zählen nur noch du und ich.«

22.

Morgendauw, Wolfs alte Villa, wurde mein neues Zuhause. Deshalb verbrachte ich die ersten Tage am Kap damit, Personal einzustellen, darunter eine Haushälterin, die sehr irische Mrs. Mallory, deren freundliches Wesen ihrer Tüchtigkeit in nichts nachstand. Ich ließ umfangreiche Renovierungsarbeiten vornehmen, sodass die heruntergekommene Villa schon nach drei Wochen ein wenig von ihrem alten Glanz zurückgewonnen hatte.
Mitten an einem geschäftigen Vormittag kam Joy zu mir. »Hallo Nina!«, rief sie und wedelte mit einem Brief. »Ich hab hier eine offizielle Einladung zu einer Gartenparty am nächsten Samstagnachmittag für Sie. Wolf hat bereits für Sie zugesagt, aber ich hielt es für besser, kurz bei Ihnen nachzufragen, ob Sie auch wirklich kommen.«
»Tut mir leid, Joy. Nächstes Mal. Schauen Sie sich dieses Chaos an.«
»Aber ich brauche Sie, Nina. Es ist meine erste Gartenparty im englischen Stil, wie im Buckingham Palace. Wer kennt sich da besser aus als Sie? Bitte, Nina, ich flehe Sie an!« Sie ließ nicht locker.
»Na ja, wenn es Ihnen so wichtig ist ...« Ich stieß einen innerlichen Seufzer aus und gab mich geschlagen.
»Wunderbar! Wissen Sie, alle Gäste sind von Adel.«
»Nicht alle, Joy. Sie und ich sind armselige Bürgerliche.«
»Na gut, nicht alle. Aber fast alle.«
»Und wenn es regnet?«
»Dann machen wir es wie ihr Briten, meine Liebe. Wir beachten es gar nicht und lassen uns nass regnen. Sie müssen unbedingt etwas Elegantes tragen, Nina. Und einen großen Hut. Und Handschuhe. Ich zähle auf Sie.«
Am Freitagabend war ich völlig erschöpft. Ich hatte mich mit

Klempnern, Elektrikern, Bauinspektoren, Innenarchitekten, Landschaftsgärtnern und Zimmerleuten herumgeschlagen, meist mit mehreren gleichzeitig. Und um dem Ganzen die Krone aufzusetzen, hatte ich auch noch losziehen und mir ein neues Kleid für Joys Party kaufen müssen, ein extravagantes zartlila Etwas mit Spitzenbesatz und einem farblich dazu passenden riesigen Hut. Wolf hatte sich die Woche über klugerweise entschuldigt und sich auf eine Geschäftsreise nach Namibia begeben. Als er mich am späten Freitagabend anrief, erregte mich schon der Klang seiner Stimme.

»Komm nach Hause«, sagte ich. »Du fehlst mir, Liebling. Außerdem brauche ich dich hier.«

»Meine Maschine landet morgen Mittag in Kapstadt. Eher kann ich nicht kommen. Ich fahre vom Flughafen sofort zu den Fortunes und treffe dich dort auf der Party. Komm nicht zu spät.«

Am Samstag fuhr Cäsar um Punkt vierzehn Uhr mit Bernies neuem Rolls-Royce bei mir vor.

»Das ist wirklich übertrieben, dass Joy Sie schickt«, sagte ich zu Cäsar. »Ich gehe zu Fuß. Bis zu den Fortunes sind es nur fünf Minuten, und das Wetter ist wie geschaffen für einen kleinen Spaziergang.«

»Sie bringen mich in Schwierigkeiten«, sagte Cäsar bedrückt.

Seufzend stieg ich in den Rolls-Royce.

»Du lieber Himmel!«, entfuhr es mir, und ich brach in schallendes Gelächter aus, als Cäsar die Nobelkarosse die Auffahrt hinauflenkte und ich Joy erblickte, die wie eine spleenige ältliche Brautjungfer angezogen war. O Gott, sagte ich mir. Du hättest ihr helfen sollen, sich für ihre original englische Gartenparty etwas Passendes zu kaufen. In ihrem Aufzug war sie die reinste Lachnummer.

Mir blieb das Lachen allerdings im Hals stecken, als ich von einem Konfettiregen überschüttet wurde, kaum dass ich ausgestiegen war. »Hoch lebe die Braut!«, rief ein Chor von Stimmen. Joy hatte für alles gesorgt: für mein Blumengebinde, meinen Schleier, ein Strumpfband und dergleichen. Wolf, der in Frack

und Zylinder blendend aussah, konnte seine überschwängliche Freude nicht verbergen, aber ich geriet in Panik.
Bernie nahm meinen Arm und führte mich durch den Rosengarten zur Veranda, während der Organist zu spielen begann und der Pfarrer nach vorn trat und die Worte sprach, die bei einer Heirat vor dem Altar gesprochen werden. Als er mich schließlich fragte, ob ich Wolf zu meinem Gatten nehmen und ihn lieben und ehren wolle, bis dass der Tod uns scheide, war ich einen verrückten Augenblick lang geneigt, mit »nein« zu antworten, flüsterte dann aber: »Ja, ich will.« Wolf streifte mir den Trauring über den Finger. Alles ging so schnell, dass ich verheiratet war, bevor ich überhaupt Zeit gehabt hatte, vollends in Panik auszubrechen.
Als ich die Heiratsurkunde unterschrieb, stellte ich fest, dass ich nun Baroness Nina von Schenk-Möller hieß, Gemahlin des Barons Wolfgang von Schenk-Möller. Ich hielt nichts von Titeln, es sei denn, ich hatte sie mir verdient, aber ich konnte meinen vollen Namen ja für mich behalten. Schließlich hatte Wolf es auch die ganze Zeit getan.

Die Feier ging stilvoll vonstatten. Ich warf den jubelnden Brautjungfern das Blumengesteck und Joys Strumpfband zu; anschließend tanzte ich mit Wolf den ersten Walzer, bevor die Hochzeitstorte angeschnitten wurde.
»Tut mir leid, dass kein Fotograf da ist«, sagte Joy zu mir, als wir einen Augenblick unter uns waren. »Aber Wolf hat darauf bestanden, dass keine Fotos gemacht werden.«
»Ach, was soll's, Joy. Alles ist wunderbar. Sie waren einfach großartig. Vielen Dank!« Ich umarmte sie, was uns beide gleichermaßen überraschte. »Meine liebe Joy. Ich darf doch du sagen? Meine liebste Freundin.«
Zu meiner Bestürzung brach Joy in Tränen aus.

Die erste Zeit meiner Ehe mit Wolf war wie ein Märchen. Ich wurde verwöhnt, umsorgt und geliebt, und er scheute kein Geld und keine Mühen, mich glücklich zu machen. Ich sah meine Schwangerschaft nun mit ganz anderen Augen. Als die Monate ins Land zogen, wurde ich immer träger und zufriedener und war von freudiger Erwartung erfüllt. Ich war so glücklich, dass es mir beinahe Schuldgefühle bereitete. Womit hatte ich diese wundervollen, reichen Gaben verdient? War das alles nicht zu schön, um wahr zu sein?

23.

»He, Nina! Wo bist du?«, rief Wolf aus der Küche.
»Hier draußen.«
Ich lag neben dem Pool in der Sonne, in ein Buch über Gartenarbeit vertieft, das ich mir in der Stadt besorgt hatte. An meinen Rosen machten sich irgendwelche Käfer zu schaffen, große, dreieckige Biester, die scheußlich aussahen und noch scheußlicher rochen. Sie saugten die Flüssigkeit aus den Stängeln, bis die Rosenknospen verdorrten und starben. Sämtliche neu gepflanzten Rosen waren von den Käfern befallen.
»Jetzt weiß ich, wer diese Bastarde sind. *Coreidae*, auch Stinkkäfer genannt. Und das beste Mittel gegen diese Biester ist ... radikale Entlaubung. Du lieber Himmel! Was soll das denn heißen? Man sollte doch meinen, dass der modernen Wissenschaft mittlerweile etwas Besseres eingefallen ist, stimmt's?«
»Du erstaunst mich, Nina. Du warst viele Jahre lang Eli Bertrams Wunderkind, eine der besten Anlageberaterinnen, die es gibt, und auf einmal fühlst du dich mit dem häuslichen Leben so glücklich wie ein Schwein in der Suhle.«
Ich seufzte. »Du solltest dir abgewöhnen, dich an englischen Sprichwörtern zu versuchen.«
Wolf kauerte sich neben mich und kitzelte mit einem Grashalm meine Nase.
»He!«, sagte ich. »Ich muss mich konzentrieren. Ich stecke mitten in einem ausgewachsenen Zermürbungskrieg gegen diese *Coreidae*. Du kannst dir nicht vorstellen, wie viele afrikanische Käferarten nur auf die Chance lauern, mir meine saftigen englischen Rosen wegzufressen.«
»Es sind keine englischen Rosen, mein Schatz. Sie stammen aus

Asien. Es sind chinesische Teerosen.« Er blickte mich fragend an. »Langweilst du dich eigentlich nicht?«
»Nein. Sollte ich?« Ich hatte gar nicht die Zeit, mich zu langweilen, weil ich immer noch als Teilzeit-Anlageberaterin für die Bertram's Bank arbeitete. Und die übrige Zeit füllte ich mit Dingen aus, die mir Freude machten. Die unangenehmen körperlichen Symptome meiner Schwangerschaft waren einem Gefühl tiefer Zufriedenheit gewichen. Ich sehnte die Geburt meines Kindes herbei. Der einzige Mensch, um den ich mir Sorgen machte, war der chronisch überarbeitete Wolf. Trotz seiner tiefen Sonnenbräune waren die dunklen Schatten unter seinen Augen und die Müdigkeitsfalten in seinem Gesicht nicht zu übersehen. Er saß die halbe Nacht vor dem Computer oder tagsüber an seinem Notebook und speicherte Daten auf Disketten, die er in seinem verschlossenen Safe aufbewahrte.
Ich war zu dem Schluss gelangt, dass Wolf ein Genie sein musste. Geschäftlich hatte er bereits jede Menge Eisen im Feuer, hatte aber viele weitere Optionen eröffnet, die ihm binnen kurzer Zeit ein Vermögen einbringen konnten und ihm überdies die Möglichkeiten boten, rasch irgendwo ein- oder auszusteigen – und in den meisten Fällen hatte er Erfolg. Weshalb war er dann immer so verschlossen, so geheimnistuerisch? Es war beinahe so, als würde er geschäftliche Balanceakte auf einer Hochspannungsleitung vollführen – ein einziger Ausrutscher hätte eine Katastrophe zur Folge. Wenn ich ihm doch nur ein wenig von seiner Last abnehmen könnte!
»Ich wäre glücklicher, wenn ich dir bei deiner vielen Arbeit helfen könnte.« Ich sah, wie seine Miene sich verdüsterte, und fügte rasch hinzu: »So hatten wir es doch geplant, Wolf. Und du würdest staunen, wie sehr ich dir helfen könnte. Eli hat mich nicht umsonst als Anlageberaterin nach Südafrika geschickt.«
»Ich würde niemals zulassen, dass meine schwangere Frau sich für mich abrackert. Außerdem muss ich die meisten Geschäfte unter dem Siegel der Geheimhaltung machen. Das habe ich dir schon mehr als einmal gesagt.«
Manchmal fragte ich mich, ob diese Erklärung nur ein Vorwand war, mich aus seinen Geschäften herauszuhalten.

»Komm mal her, du werdender Vater. Möchtest du fühlen, wie dein Baby sich bewegt? Vielleicht tritt er – oder sie – gleich noch mal.«

Ich legte mich auf dem Rücken ins Gras, stützte mich auf die Ellbogen und spürte, wie die winzigen Füße des Babys in meinem Leib traten. »Er ist ruhelos. Er kommt ganz auf dich.«

Wolf legte die Hand auf meinen schwangeren Leib. »Ich kann ihn fühlen. Er hat mich getreten. Nicht zu glauben. Ob er uns wohl hören kann? Was meinst du?« Auf Wolfs Gesicht spiegelten sich Stolz und ehrfürchtiges Staunen.

»Der Gedanke gefällt mir.«

»Hör mal, Nicholas, du darfst deine Mutter nicht treten. Sei artig, sonst bekommst du es bald mit mir zu tun. Warts nur ab, mein Junge.«

»Nicholas? Was für ein Name ist das denn? Russisch?«

»So hieß mein Großvater. Ich würde den Kleinen gern Nicholas nennen.«

»Also gut, Nicholas. Aber was ist, wenn ich ein Mädchen bekomme?«

»Dann nennen wir sie Nicola. Doch ich bin sicher, es wird ein Junge.« Wolf drückte die Lippen auf meinen Leib. »Ich liebe euch beide«, sagte er leise. »Und was unser Zusammenarbeiten betrifft, hast du natürlich Recht. Aber das muss noch warten. Ich überlege zur Zeit, ob ich die Armscor-Geschichte nicht aufgeben soll.«

Ich blickte ihn verwundert an.

»Nina, mein Schatz«, fuhr er fort, »ich habe dir etwas gekauft, um dir zu zeigen, wie sehr ich mich auf Nicola oder Nicholas freue. Und weil ich dich bewundere. Ich konnte nichts finden, das kostbar genug gewesen wäre, also habe ich dir etwas anfertigen lassen. Ich hab's schon den ganzen Tag in der Tasche. Ist nichts Besonderes.« Er legte eine kleine Schachtel neben mir ins Gras und erhob sich. »Wir sehen uns beim Mittagessen. Bernie und ich haben noch zu arbeiten.«

Ich beobachtete, wie er davonging – hoch gewachsen und schlank, mit geschmeidigen Schritten. Ich beneidete ihn um seine Figur. Ich war im sechsten Monat und schon ziemlich plump und unbeholfen.

Ich wickelte das Geschenkpapier von der Schachtel, öffnete sie und entdeckte ein wunderschönes, filigranes, mit Smaragden und Saphiren besetztes Goldarmband von 24 Karat. Innen waren die Worte eingraviert: »Ich danke dir für meinen Sohn.«
Allmählich brachte ich es zu einer sehr ansehnlichen Schmucksammlung. Seltsam, ging es mir durch den Kopf. Ich hätte nie gedacht, dass ausgerechnet ich solche Dinge zu schätzen lernte. Aber Wolf hatte mir das Armband mit viel Liebe ausgesucht, und deshalb gefiel es mir sehr.
Die Tage vergingen. Wolf und ich wurden noch immer von Glück und Sonne und Erfolg verwöhnt. Wir wurden sehr reiche Leute, als nach und nach die Geldquellen zu sprudeln begannen, die Wolf durch seine verschiedenen Geschäfte und Investitionen erschlossen hatte, doch manchmal machte ich mir Sorgen darüber, was aus mir geworden war. Ich betrachtete mich mehr und mehr als unbewegliches, unförmiges Fruchtbarkeitssymbol, das praktisch nur noch aus einem geschwollenen Leib bestand.
Dann wurde mein Baby geboren. Wie alles andere in meinem Eheleben war es ein Ereignis, das mir wenig Schmerz, dafür umso mehr Glück und Freude bescherte. Wolf war während der Geburt bei mir, hielt meine Hand und versuchte, seine Kraft und seinen Willen in mich einströmen zu lassen und mich mit seiner Liebe zu umhüllen. Als mein Sohn gewaschen, angezogen und in ein weiches Tuch gewickelt war, hielt ich ihn in den Armen und konnte mich gar nicht satt sehen an seinem zerknitterten kleinen Gesichtchen, den winzigen Fingern und seinem wunderschönen dunkelroten Haar, das für ein Neugeborenes ziemlich lang und voll war. Es war Liebe auf den ersten Blick.

Nach der Geburt meines Sohnes Nicholas entdeckte ich, dass Wolf Talente besaß, die ich gar nicht bei ihm vermutet hatte. Er war der perfekte Vater. Obwohl wir Mavis eingestellt hatten, ein junges Kindermädchen aus Kapstadt, das sich rund um die Uhr um Nicholas kümmerte, war stets einer von uns beiden bei dem Kleinen. Nach wie vor machten wir tagelange Ausflüge ins Buschveld und reisten viel, doch stets war Nicky dabei. Manchmal, wenn wir lange Strecken zu Fuß gehen mussten, saß der

Kleine in seinem Kinderrucksack, den Wolf sich über seine starken Schultern geschnallt hatte.
In diesen wundervollen ersten Monaten seines Lebens, als Nicky die für ihn noch fremde Welt erforschte, entwickelten Wolf und ich ein so enges und inniges Verhältnis, wie zwei Menschen es nur haben können. Beim Sex erlebten wir ungeahnte Höhen der Lust. Es waren wundervolle Zeiten voller Harmonie.
Und Nicky war ein süßes und fröhliches Kind. Im Alter von zehn Monaten sprach er sein erstes Wort, das zu unserer großen Enttäuschung – und zur Freunde unseres Kindermädchens – jedoch »Mavis« lautete. Wenige Monate später wurde daraus »Mavis tu«.
Er konnte wie ein kleiner König nur dadurch »Befehle erteilen«, dass er auf Dinge zeigte, und Mavis, die den Kleinen vergötterte, erfüllte ihm lächelnd jeden Wunsch und legte Nicky gegenüber eine Engelsgeduld an den Tag. Ich erfuhr erst später, dass dies eine typisch afrikanische Eigenart ist. Afrikaner vergöttern ihre Kinder.
Ungefähr zu dieser Zeit schafften wir uns einen jungen Hund an, eine Dänische Dogge, der ich den Namen »Brigit die Zweite« gab. Nicky liebte das Tier innig, und wenngleich er beim gemeinsamen Herumtollen im Garten fast immer den Kürzeren zog, beklagte er sich nie.
Eines Morgens – Nicky war fast zweiundzwanzig Monate alt – fragte er mich, ob er im Swimmingpool spielen dürfe.
»Später, Nicky. Mommy muss erst den Kuchen fertig backen.«
Seine großen braunen Augen blickten mich ernst an. »Später?«
»Natürlich.«
Nicky nahm seinen Spielzeug-Lastwagen und watschelte zum umzäunten Bereich des Gartens unweit der Küchentür. Kurz darauf hörte ich Brigit wild kläffen. Es hörte sich irgendwie verzweifelt an. Ich eilte nach draußen und hielt nach Nicky Ausschau, aber er war nirgends zu sehen. Dann entdeckte ich, dass es ihm irgendwie gelungen war, einen Gartenstuhl zum Zaun des Swimmingpools zu schleifen. War er darauf gestiegen und über den Zaun ins Wasser gesprungen?
»O Gott! O nein! O Gott!« Ich rannte zum Pool, sprang über

den Zaun und sah eine triefend nasse Brigit, die meinen nicht minder nassen, verängstigten Sohn bewachte. Nicky blickte mich zitternd an, als ich näher kam. Das nasse Haar klebte ihm in der Stirn, und in seinen Augen lag das stumme Flehen um Vergebung.

Ich drückte ihn fest an mich und legte auch Brigit einen Arm um den Hals. Später wurde der Hund mit den Resten der gestrigen Mahlzeit belohnt – kaltes Lammfleisch. Aber ich brauchte Stunden, bis ich mein Zittern überwunden hatte.

»Unser Sohn ist stark, unternehmungslustig und einfallsreich«, sagte Wolf stolz, als ich ihm von dem Vorfall erzählte. »Und dass Brigit es geschafft hat, über den Zaun zu springen und Nicky zu retten, ist wirklich erstaunlich. Nun, jedenfalls werde ich von heute an jeden Tag eine Stunde abzweigen, um Nicky das Schwimmen beizubringen. Bis dahin machen wir den Zaun um einen Meter höher. Ich rufe sofort die Handwerker an.«

Ohne es gewollt zu haben, hatten wir seit Nickys Geburt den Lebensstil unserer Nachbarn und Freunde angenommen. Wir beteiligten uns an den laufenden Kosten für Bernies Hubschrauber und besuchten die besten Restaurants auf dreihundert Meilen im Umkreis um Constantia. Zweimal im Jahr machten wir einen langen Urlaub – Europa im Frühjahr und irgendein tropisches Paradies im Winter. Weil wir Nicky nicht zu Hause lassen wollten, wurde er zum meistgereisten Kind in unserem Freundes- und Bekanntenkreis. Wolfs Geschäfte – zum Teil im Auftrag der Regierung – zogen eine Fülle von Einladungen zu halb offiziellen Abendessen und Cocktailpartys in ganz Südafrika nach sich. Wir hatten Dauerlogen an sämtlichen großen Galopprennbahnen des Landes, flogen nach Durban zum Derby und zum Großen Preis von Südafrika nach Johannesburg.

Unser Leben war so wundervoll, so ausgefüllt, dass ich glaubte, unsere Flitterwochen würden niemals enden.

Ich sollte mich irren. Noch heute weiß ich den Tag und die Stunde, als unser Paradies zerbrach. Es war der 2. Oktober 1992, der Tag vor Nickys zweitem Geburtstag.

24.

»Nina, ich bin zu dir gekommen, weil ... nun ja, weil wir Freundinnen sind.«

Mit dem Prädikat »freundschaftlich« hätte ich Joy in diesem Moment allerdings nicht bedacht. In ihren blauen Augen lag Eiseskälte.

»Was für eine nette Überraschung, Joy. Komm rein. Ich habe gerade in der Küche zu tun. Macht es dir etwas aus, dich dort an den Tisch zu setzen?« Als ich Joy zur Küche führte, fragte ich mich unwillkürlich, ob ihr Liebhaber sie wieder hatte sitzen lassen. »Trinken wir doch erst mal einen Schluck. Hier, schau dir das an!«

Ich hatte gerade den Geburtstagskuchen für Nicky fertig gebacken und ihn mit zwei Kerzen und einer bunten Spielzeugeisenbahn aus Bonbons und Zuckerguss verziert. Ich war stolz auf mein Werk.

»Wolf ist nicht da, oder?«, fragte Joy und ließ den Blick nervös im Raum schweifen, ohne meinen Kuchen zu beachten. »Bernie sagte, dass er auf Reisen ist.«

»Er ist in Namibia, kommt aber morgen früh zurück. Schließlich hat Nicky morgen Geburtstag. Das hast du doch nicht etwa vergessen? Wie gefällt dir der Kuchen?«

»Wunderbar«, sagte Joy. »Sehr schön.« Von einem Moment zum anderen sah sie unendlich traurig aus. »Ich muss dich unter vier Augen sprechen, Nina. Theo will beim Betrugsdezernat anrufen! Aber Bernie will es ihm nicht erlauben, weil wir bis zum Hals in diesem Mist mit drinstecken!«

»Bitte, beruhige dich, Joy. Ich weiß gar nicht, wovon du redest.«

»Von Wolfs Container-Unternehmen.«

»Was für ein Container-Unternehmen? Davon weiß ich ja gar nichts.«

»Ich hatte Bernie gesagt, er soll dir nichts davon erzählen, weil du gewisse geschäftliche Dinge ziemlich ... verkniffen siehst.«

Mein Sohn rief aus dem Kinderzimmer nach mir. »Komm erst mal mit, Joy. Wir gehen zu Nicky.«

Joy folgte mir ins Kinderzimmer.

»Der kleine Kerl ist wirklich süß«, sagte sie, als ich Nicky aus seinem Kinderbett hob und an mich drückte, was er mit einem freudigen Quietschen quittierte.
Joy streckte die Arme nach ihm aus, und widerwillig reichte ich ihr den Jungen. Schon wenn jemand anders Nicky in den Armen hielt, wurde ich eifersüchtig.
»Seine Windeln müssen gewechselt werden.« Ich rümpfte die Nase.
Joy lachte und gab ihn mir rasch zurück. »Stimmt. Hast du ihm noch nicht beigebracht, aufs Töpfchen zu gehen?«
»Doch. Aber wenn er schläft, nützt das nichts.«
»Manchmal wünsche ich mir ...« Joy hielt inne und biss sich auf die Unterlippe. »Du und Nicky, ihr macht mich eifersüchtig. Tja, aber es ist zu spät für mich, ein Kind zu bekommen.« Sie blickte traurig und wehmütig, als hätte sie wieder eine ihrer depressiven Phasen.
Ich nahm Nicky mit in die Küche und setzte ihn in seinen Kinderstuhl; dann gab ich dem Geburtstagskuchen den letzten Schliff.
Plötzlich sprudelte Joy hervor: »Ich brauche deine Hilfe, Nina. Ich habe Angst. In dem Geschäft stecken unsere ganzen Ersparnisse!«
»Was für ein Geschäft? Ich weiß nicht, wovon du redest, Joy. Erzähl von Anfang an.«
»Wolf hat ein computergesteuertes Raketenabwehrsystem oder so was importiert. Damit hat er gegen die Sanktionen verstoßen, die über Südafrika verhängt worden sind. Die Einfuhr solcher Technologie ist verboten, aber Wolf kennt einige politisch rechts gerichtete amerikanische Waffenhersteller, die mit unserer Regierung sympathisieren. Bernie wurde in den Deal hineingezogen, weil Wolf schnellstens einen Überbrückungskredit brauchte. Bernie hat ihm das Geld gegeben, da die Sache einen fetten Gewinn versprach.«
»Ich nehme an, du würdest mir das nicht erzählen, wenn du dir nicht vollkommen sicher wärst. Was ist denn das Problem, Joy?«
»Geld natürlich!« Nervös ging Joy im Zimmer auf und ab. »Vor ungefähr drei Jahren hat Wolf die Mehrheitsanteile an einem

holländischen Unternehmen namens International Container gekauft, mit Sitz in Amsterdam.« Mit einer raschen Bewegung drehte sie sich um, zog einen Stuhl unter dem Tisch hervor und setzte sich. »Wolf sagte zu Bernie, er wolle diese Firma dazu benutzen, sein Geld aus dem Land zu schmuggeln. Eine ziemlich einfache Sache, wenn du Inhaber einer Firma bist, deren Container in alle Welt verschickt werden.« Sie presste die Lippen zusammen. Ihr Gesicht war bleich. »Das Entscheidende an der Sache ist, dass du die Container irgendwann in Übersee verkaufst, aber nur einen Teil des Gewinns nach Südafrika zurückfließen lässt, der Rest wandert auf schwarze Konten. Es ist eine langfristig angelegte Sache.«

Sie hielt kurz inne, fuhr dann fort:

»Alle unsere Freunde schmuggeln mit Hilfe von Wolfs Container-Unternehmen ihr Geld ins Ausland. Bernie und die anderen haben Wolf inzwischen schon mehrere Millionen Rand gegeben. Eigentlich sollten die Container schon vor Monaten verkauft werden. Aber Wolf vertröstet uns immer wieder. Er verspricht jedes Mal, wir würden das Geld bald bekommen, aber bis jetzt hat noch keiner von uns auch nur einen Cent gesehen.«

»Es gibt bestimmt eine plausible Erklärung dafür«, sagte ich und versuchte, meine Stimme ruhig zu halten. »Ich werde Wolf fragen, sobald er zurück ist.«

»Dann frage ihn auch gleich nach dem Geld, das Bernie ihm als Zwischenfinanzierung für das Raketenabwehrsystem vorgeschossen hat. Dein Mann ist mit der Rückzahlung vier Wochen im Verzug. Bernie hat den Verdacht, dass Wolf vor der Pleite steht. Das wäre unser Ruin! Tut mir leid, Nina, dass ich dich in diese Sache hineinziehe, aber du musst mit Wolf reden! Bernie bekommt kein Wort aus ihm heraus. Du weißt ja, wie charmant und überzeugend Wolf sein kann. Er verspricht dir die Sterne vom Himmel, aber er tut einfach nichts!«

Sie stützte die Ellbogen auf die Tischplatte und vergrub das Gesicht in den Händen. Als sie schließlich den Blick hob, sah ich, dass ihre Augen rot geweint waren.

»Und weil es ein Betrugsgeschäft ist, können wir natürlich keinen Anwalt einschalten und erst recht nicht die Polizei. Die einzige

Möglichkeit wäre, sich einen ausländischen Anwalt zu nehmen, aber dann müsste Bernie zu ihm fliegen. Ich glaube, auf lange Sicht wird ihm gar nichts anderes übrig bleiben. Hier in Südafrika werden die verdammten Telefone angezapft, und du weißt ja selbst, wie oft die private Post geöffnet wird.«

Ich nickte.

»Versuch herauszufinden, was da läuft, Nina.«

»Natürlich werde ich mit Wolf reden. Er muss sich mit euch aussprechen, Joy. Aber ich bin sicher, dass alles in Ordnung ist. Dass es sich bloß um eine Verzögerung handelt. Du sagtest ja selbst, es ist ein langfristig angelegtes Projekt.«

»Es gibt da ein Gerücht, dass Wolf in Torrabaai in Namibia ein Betrugsgeschäft mit einer Diamantenmine aufgezogen hat. Sein Investor, ein griechischer Reeder, hat ihn angeblich verklagt und verlangt mehrere Millionen Schadensersatz. Hat Wolf dir schon davon erzählt?«

Ich schüttelte den Kopf. Plötzlich war mir übel.

»Ich habe dich vor dem Mann gewarnt, Nina. Keiner von uns kannte seine Vorgeschichte. Er war immer schon undurchsichtig. Sei vorsichtig, Nina – aber versuch herauszufinden, was mit unserem Geld passiert ist!«

»Wie könnt ihr Wolf nur so sehr misstrauen? Wir sind doch Freunde, oder nicht? Und Wolf hat sich mehr als einmal als vertrauenswürdig erwiesen. Du lieber Himmel, Joy, bleib doch auf dem Boden der Tatsachen.«

Joy lächelte bloß und verabschiedete sich. Sie sah so alt und abgezehrt aus wie nie zuvor.

Ich hatte nie Gewissensbisse, meinen Universalschlüssel zu benutzen und hin und wieder Wolfs Arbeitsstudio im Garten zu betreten, zumal er nicht von der Existenz dieses Schlüssels wusste. Nicht dass ich meinem Mann jemals nachspionieren wollte; den zweiten Schlüssel gab es nur deshalb, weil die Versicherung darauf bestanden hatte, ein Duplikat anfertigen zu lassen, das im Fall eines Einbruchs oder Feuers verfügbar sein musste.

Aber Wolfs Computer einzuschalten, war praktisch ein Eingeständnis meinerseits, dass ich ihm *doch* misstraute. Ich schämte mich vor mir selbst und hatte ein furchtbar schlechtes Gewissen. »Lieber Gott«, murmelte ich, »lass es gute Gründe geben für das, was Wolf tut.«

Wie nicht anders zu erwarten war, hatte Wolf ein Passwort eingegeben, das mir den Zugriff auf seine Dateien unmöglich machte. Ich seufzte und machte mich an die Arbeit, wobei ich jene Fähigkeiten einsetzte, die ich erworben hatte, als das Computerhacken mein Hobby gewesen war. Ich brauchte eine halbe Stunde, um die Festplatte aus Wolfs Computer auszubauen und sie durch Umstecken der Pins in ein externes Diskettenlaufwerk meines Laptops zu verwandeln. Als ich fertig war, lehnte ich mich zurück und schaltete den Laptop ein.

Buchstabe um Buchstabe machte ich mich auf die langwierige Suche nach Wolfs Passwort. Beginnend mit dem Buchstaben A, ging ich das gesamte Alphabet durch. Nach einer halben Stunde hatte ich den gesuchten Begriff: Bosbok, das südafrikanische Wort für Buschbock. Beinahe hätte ich geweint bei der Erinnerung an Namaqualand und das unerschrockene alte Motorflugzeug, mit dem Wolf und ich in den darauf folgenden neun Monaten die Küste hinauf- und hinuntergeflogen waren, bis Wolf die Maschine für einen Spottpreis verkauft hatte. Was ist aus uns geworden? sagte ich mir nun. Jetzt sitzt du hier und schnüffelst in Wolfs Dateien herum.

Mit einem Mal machte ich mir Vorwürfe, auf Joy gehört zu haben. Wie konnte ich den eigenen Mann ausspionieren? Dennoch arbeitete ich weiter. Ich musste *Gewissheit* haben. Joys Worte hatten Hunderte von Fragen in mir wachgerufen, die ich seit Monaten verdrängt hatte.

Schließlich bekam ich Zugang zu Wolfs Geschäftsdateien. Doch ich wusste nicht, wo ich anfangen sollte: Es gab ungefähr einhundert elektronische »Schubladen«, und in jeder befanden sich eine Hand voll Dokumente. Überdies waren Wolfs Geschäftsinteressen einerseits weit gestreut, andererseits auf komplizierte Weise miteinander verflochten. Soweit ich sehen konnte, stand er ganz und gar nicht vor der Pleite, sondern schien ein Vermögen zu scheffeln. Jedenfalls ging das aus jenen Dateien hervor, die ich mir genauer anschaute.

Der Deal mit der Torrabaai-Diamantenmine, den Joy als Schwindel bezeichnet hatte, war von Wolf unter der übergeordneten Datei »Transafrikanische Entwicklungsgesellschaft« – kurz TAE – gespeichert worden, einer Treuhandgesellschaft. Seltsam, ging es mir durch den Kopf. Unter dieser Dachorganisation waren eine Reihe weiterer Diamantengeschäfte Wolfs in Angola aufgelistet.
Es war kurz vor drei Uhr am Nachmittag, als ich schließlich Wolfs Container-Frachtunternehmen entdeckte, das unter »Lübeck« gespeichert war – aus Gründen, die ich zuerst nicht verstand, bis ich entdeckte, dass sich der Firmensitz sowie das Firmenkonto des Container-Unternehmens in dieser norddeutschen Stadt befanden und nicht in Amsterdam. Aus den Unterlagen ging weiter hervor, dass Wolf das gesamte außer Landes geschmuggelte Geld auf dieses Konto überwiesen hatte, auch das Geld Bernies und der anderen. Außerdem waren die Ladepapiere jeder einzelnen Fracht gespeichert, die in den vergangenen drei Jahren verschifft worden war, sowie die Anzahl der Container, die zwischen Afrika, Europa und Asien hin und her transportiert wurden, die Besitzer der Container, deren Inhalt und die Bestimmungsorte. Jede Einzelheit war sorgfältig aufgeführt. Die exportierten Waren stellten einen Querschnitt durch einige der wichtigsten Exportgüter Südafrikas dar: Mineralien, Früchte und Weine. Importiert wurden technisches Zubehör und Geräte für die Industrie.
Alles schien völlig in Ordnung zu sein; dennoch kam mir die Sache suspekt vor. Seit drei Jahren hatte es nicht die *kleinste* Störung gegeben? Keine Verzögerungen wegen schlechten Wetters oder Streiks? Keine Konventionalstrafen wegen Terminüberschreitung? Keine Verluste durch Beschädigungen oder Diebstahl? Nach Wolfs Unterlagen liefen die Geschäfte seit drei Jahren perfekt, störungsfrei und genau nach Plan.
Ist so etwas möglich? fragte ich mich. Gibt es nicht bei jedem Geschäft – wie überhaupt im ganzen Leben, wo wir gerade dabei sind – Komplikationen, Unvorhersehbares? Pläne gehen schief, Unfälle passieren, und dann verbringt man einige Zeit mit dem Versuch, die Dinge wieder einzurenken. Diese Container-Geschäfte jedoch gingen völlig reibungslos vonstatten. So etwas konnte nicht sein. Was aber steckte dahinter?

Lange Zeit saß ich vor meinem Laptop und dachte fieberhaft nach. Als ich bemerkte, dass die Dämmerung hereinbrach, installierte ich die Festplatte wieder in Wolfs Computer und verwischte meine Spuren. Als ich mir den Laptop über die Schulter hängte und zum Haus zurückkehrte, war ich so steif vor Müdigkeit und Anspannung, dass ich meine Beine kaum noch bewegen konnte.

25.

Wolf kam gegen sechs Uhr früh nach Hause und brachte ein Geschenk für Nicky mit, das dieser aber erst auf seiner Geburtstagsparty bekommen sollte. Der Kleine schlief ohnehin noch.
»Du siehst schlecht aus«, sagte Wolf und drückte mich an sich. »Was ist los? Fühlst du dich nicht wohl? Weshalb bist du so blass?«
»Ich habe nicht geschlafen«, erwiderte ich und erzählte Wolf von Joys Besuch und der Drohung Theos, beim Betrugsdezernat anzurufen.
Wolf setzte sich und schaute mich mit schmalen Augen an. »Das kommt dabei heraus, wenn man anderen einen Gefallen tut«, murmelte er. »Dabei wollte ich sie gar nicht mit im Geschäft haben. Aber sie haben darauf bestanden.«
Er erzählte mir weitere Einzelheiten, versuchte mich zu beruhigen und meine Ängste zu zerstreuen.
»Du bist blass geworden«, sagte ich, als er geendet hatte. »Wieso?«
»Weil es eine ziemlich enttäuschende Entdeckung ist, dass die eigenen Freunde einem nicht trauen«, erwiderte er.
»Da hast du vollkommen Recht. Aber wo ist Bernies Geld? Und das der anderen?«
»Auf einem gemeinsamen Konto. Ich habe es in D-Mark getauscht.« Er schaute mich an. »Devisenspekulation, verstehst du? Bernie und die anderen werden einen sehr guten Schnitt dabei machen – sie haben jetzt schon dreißig Prozent Gewinn in der Tasche. Ich weiß, dass Bernie sein Geld zurückhaben will, aber

mit jedem Tag, den er wartet, wird sein Profit größer. Ach, zum Teufel!«, stieß er plötzlich hervor und erhob sich. Seine Miene war sorgenvoll. »Also gut! Ich werde Bernie und die anderen auszahlen. Ich brauche ihr Geld sowieso nicht.«

»Gott sei Dank!« Vor Erleichterung wäre ich beinahe in Tränen ausgebrochen.

»Vertraust du mir nicht, Nina?«, fragte er.

»Doch, natürlich. Aber Bernie sagte, du wärst wegen finanzieller Probleme in Schwierigkeiten geraten. Du solltest ihm und den anderen erklären, wie es wirklich ist, und wie du ihr Geld investiert hast. Nicht mir.«

»Bernie ist nur noch ein Nervenbündel. Oder hast du die Neuigkeit noch nicht gehört?«

»Welche Neuigkeit?«

»Johan ist aus Südafrika verschwunden.«

»Johan?«

»Johan du Toit, Bernies Freund. Du erinnerst dich sicher an ihn. Der Bursche, der dich im Wildpark mit dem rohen Antilopenfleisch füttern wollte.«

»O ja, jetzt fällt es mir wieder ein ...«

»Niemand hat gewusst, dass Johan große finanzielle Probleme hatte. Er hat an der Londoner Börse die Aktien seines angeschlagenen Konzerns verkaufen lassen, hat mehr als hundert Millionen Pfund dafür kassiert und sich dann bei Nacht und Nebel aus dem Staub gemacht. Gerüchten zufolge ist das Geld auf ein Schweizer Nummernkonto geflossen. Johan selbst hat sich angeblich mit Frau und Kind nach Venezuela abgesetzt.«

»Du lieber Himmel. Wann ist das passiert?«

»Die Nachricht wurde gestern Abend verbreitet.«

»Kein Wunder, dass Joy so mit den Nerven runter ist.«

»Würdest du auch bei mir bleiben? Würdest du auch mit mir fliehen, wenn ich so etwas wie Johan tun würde, Nina?«

»Egal, was du tust – ich würde bei dir bleiben, Wolf. Aber ich könnte niemals vom schwer verdienten Geld anderer Menschen in Saus und Braus leben. Dazu würde ich Nein sagen, klipp und klar. Denn wie kann man glücklich leben, indem man andere Menschen ins Unglück stürzt?« Ich blickte ihn lächelnd an.

»Aber vor einer solchen Wahl stehen wir ja nicht. Außerdem würdest du so etwas niemals tun. *Du* nicht!«
»Bist du sicher?«
»Ganz sicher. Wenn du Verluste hättest, würdest du dafür geradestehen und dein Glück anderswo versuchen. Mit mir an deiner Seite, versteht sich.«
»Du würdest notfalls in Armut mit mir leben und ganz von vorn anfangen? Sogar in einem alten einsamen Haus wie in Namaqualand? Erinnerst du dich noch?«
»Natürlich. Ja, selbst dort würde ich mit dir leben.« Ich umarmte ihn. »Das wäre längst nicht so schlimm, wie etwas Ungesetzliches zu tun. Menschen um ihr Geld zu betrügen ist etwas Scheußliches. Vom moralischen Aspekt einmal abgesehen, hätte ich gar nicht den Mut dazu.« Ich blickte ihn mit leisem Vorwurf an. »Und du solltest Verbrechern keinen Vorschub mehr leisten, indem du gegen die Devisenkontrollbestimmungen verstößt, auch wenn du deinen Freunden dadurch Vorteile verschaffen willst.«
»Wenn du meinst, mein Schatz. Ich sterbe vor Hunger. Wann kommt Mrs. Mallory?«
»In ungefähr einer Stunde. Ich mache dir etwas zum Frühstück.«

Vor Erleichterung summte ich vor mich hin, als ich Spiegeleier briet, Schinkenbrötchen machte und Kaffee kochte. Flüchtig musste ich an Wolfs makellose Akten über sein Container-Frachtunternehmen denken – drei Jahre perfekte, fehlerlose Organisation. Nun ja, Wolf war ein äußerst cleverer Bursche. Was mir vor ein paar Stunden noch als kaum denkbar erschienen war, hielt ich nun doch für möglich. Ich beschloss, keinen Gedanken mehr an diese Sache zu verschwenden.
»Riecht gut«, sagte Wolf. »Du lieber Himmel, bin ich müde. Ich bin die ganze Nacht durchgefahren. Konnte gar nicht schnell genug nach Hause kommen. Weißt du, ich mache mir Sorgen, dass du und Nicky so oft allein seid. Deshalb werde ich einen Sicherheitsmann einstellen, der hier Wache hält, wenn ich nachts nicht zu Hause bin.«
Ich beobachtete Wolf beim Essen. »Das ist nicht nötig. Brigit genügt mir vollkommen.«

»Komm mit ins Bett, Schatz«, bettelte er plötzlich. »Ich hab Lust auf dich.«
»Wehe, du machst mir leere Versprechungen.« Ich lächelte ihn an. »Ich sag Mavis Bescheid, dass sie nach Nicky sehen soll. Dann komme ich zu dir.«
Ich weiß noch, dass ich gesungen habe, als ich die Treppe hinaufrannte. Wolf lag nackt auf dem Bett, und in seinen funkelnden Augen lag jene Mischung aus Begierde und Zärtlichkeit, die mich so sehr erregte.
Langsam zog ich meine Sachen aus, Stück für Stück, ohne den Blick von ihm zu nehmen. Ich war von Erleichterung, Leidenschaft, Liebe und Begierde erfüllt. Nachdem ich zu Wolf ins Bett gestiegen war, legte ich beide Hände an seine Wangen, schaute ihn zärtlich an und rieb die Lippen über die seinen. Wolf war für mich so kostbar wie mein kleiner Sohn; er war mir so wichtig wie mein eigenes Leben. Vielleicht noch wichtiger.
Nachdem wir uns leidenschaftlich geliebt hatten, sagte ich in die Stille: »Da ist noch eine Sache, die Joy mir erzählt hat ...«
»Und welche?«
»Sie sagte etwas von einem griechischen Reeder und der Torrabaai-Diamantenmine. Es sei ein Betrugsgeschäft gewesen, sagte sie, und dieser Grieche hat dich angeblich auf Millionen verklagt. Ich weiß, dass du dich niemals auf so etwas einlassen würdest, Wolf, aber schon das Gerede kann uns sehr schaden.«
»Du solltest nicht auf solchen Unsinn hören«, meinte er. »Die Geschichte ist wirklich nicht von Bedeutung. Dieser Grieche ist ein Blödmann. Einer meiner Anwälte kümmert sich um die Sache.«
»Versprich es mir! Versprich mir, dass du kein Risiko eingehst, nur damit wir unseren Lebensstandard halten können. In einer Hütte wäre ich genauso glücklich, solange du und Nicky bei mir seid.«
Wir liebten uns noch einmal, diesmal zärtlicher. Für mich war es so, als wären wir zwei Menschen, die sich nach langer Zeit der Trennung wieder begegneten. Wie verrückt ich gewesen war, an meinem Mann zu zweifeln. Wie dumm ich gewesen war, mir seinetwegen Sorgen zu machen.
Ich war gerade eingeschlafen, als unser Kindermädchen Mavis

mich weckte, indem es an die Tür klopfte. Ich streifte mir mein Nachthemd über und öffnete.
»Was soll Nicky heute zum Frühstück bekommen, Ma'am?«, fragte sie.
»Oh Mavis«, murmelte ich schläfrig und ein wenig verärgert. »Haferbrei, wie immer. Du kannst den Brei schon mal anrühren. Bis du fertig bist, bin ich bei euch. Dann kann ich Nicky selbst füttern.«
Wolf setzte sich im Bett auf und beobachtete aufmerksam, wie ich mich anzog. »Du bist wunderschön, Nina«, bemerkte er. »Ich wünschte, du würdest niemals alt.« Er schaute mich seltsam an.
»Über Nacht wird das schon nicht passieren«, erwiderte ich lachend. »Ich hoffe, mir bleiben noch ein paar Jährchen, bevor es mit mir den Berg runtergeht. Du hast keinen Grund, mich so traurig anzuschauen.«

26.

»Er hat einen gesunden Appetit«, sagte Wolf. »Ist das inzwischen sein normales Frühstück?«
»Ja«, bestätigte ich. »Und seine Lieblingsspeise.« Ich kitzelte den Jungen am Kinn. Nicky packte die Armstützen seines Kinderstuhls, hüpfte auf dem Hosenboden und öffnete den Mund. Er wollte noch mehr Haferbrei.
»Und mittags?«
»Ach, dann isst er alles, was wir gerade im Haus haben«, antwortete ich geistesabwesend.
»Erzähl es mir genauer«, verlangte er. »Es interessiert mich.«
Erstaunt hob ich den Blick. »Findest du, er hat Untergewicht?«
»Ganz und gar nicht. Nicky strotzt vor Gesundheit. Was mag er gern zu Mittag?«
Ich trat einen Schritt zurück, betrachtete Wolf lächelnd und versuchte mir darüber klar zu werden, ob ich sein plötzliches Interesse an Nickys Essgewohnheiten ernst nehmen sollte oder nicht. Wolf verbrachte nicht viel Zeit in der Küche. »Na ja, Nicky isst gern Hackfleisch mit Möhren, gegrillten Fisch mit Kartoffelpüree,

Eintopf mit gekochtem Hammelfleisch ... und alle Arten von Gemüse. Er liebt Obst und Gemüse, ganz besonders Kürbis. Mach dir keine Sorgen. Unser Sohn bekommt alles, was er braucht ... und noch mehr.«

Als Wolf meinen Jungen betrachtete, verspürte ich einen Anflug von reinem, unverfälschtem Glück. Nicky war groß und stark für sein Alter, und Krankheiten kannte er kaum. Ich wusste, dass ich mich glücklich schätzen konnte, ein so gesundes, prächtiges Kind zu haben. Und ich war überzeugt davon, dass er der klügste zweijährige Knirps war, den es je gegeben hatte.

In diesen Augenblicken schickte ich ein stummes Dankgebet zum Himmel. Dann stiegen für einen Moment Schuldgefühle in mir auf, als ich an den gestrigen Abend dachte und an mein Misstrauen Wolf gegenüber. Aber es war ja nichts weiter passiert.

»Was ist mit Vitaminen?«

Ich lachte. »Er bekommt jeden Morgen einen Teelöffel Vitaminsirup.«

»Und dann?«

Ich erhob mich. »Komm!« Ich öffnete die Kühlschranktür und verbeugte mich spöttisch. »Das Menü ist wie folgt, Sir. Der Prinz von Wales bekommt zuerst Bananenbrei oder zerstampfte Papaya, bevor er das weich gekochte Ei mit Toast zu sich nimmt. Wenn er dann immer noch Hunger hat, kriegt er ein paar Plätzchen in warmer Milch.«

»Du bist ein Genie.«

»Nein, bloß eine liebende Mutter. Übrigens gefällt mir dein plötzliches Interesse an den Essgewohnheiten unseres Sohnes.«

Als Nicky sein Frühstück beendet hatte, wischte Mavis ihm mit einem feuchten Waschlappen den Mund ab und stellte ihn auf den Fußboden, wo Brigit ihm so stürmisch übers Gesicht leckte, dass er umgestoßen wurde und auf den Hosenboden plumpste. Mit einiger Mühe kam er wieder auf die Beine, ertrug mit stoischer Ruhe die verwunderten Blicke des Hundes und sagte: »Böse Brigit.« Sie versuchte, ihm Friedensangebote zu unterbreiten, indem sie fiepte und mit dem Schwanz wedelte.

Es war Oktober – Frühsommer in Südafrika – und Morgendauw lag in strahlendem Sonnenschein. Die Blätter der Silberpappeln, noch feucht vom Tau, funkelten im Morgenlicht. Rotkehlchen bauten ihre Nester in den Sträuchern; der Garten war erfüllt von Vogelgesang. Ich öffnete die Verandatür. »Raus!«, rief ich Brigit zu.

Der Hund huschte ins Freie und sprang wie ein unbeholfenes Hengstfohlen über den Rasen, während Nicky hinter ihm herrannte. Es würde noch Monate dauern, bis Brigit die Würde und Haltung einer Hundedame erlangte, doch Nicky bewunderte sie.

Wolf küsste meinen Hals, dass mich ein wohliger Schauer durchrieselte. »Ich muss noch ein paar eilige Briefe zum Flughafen bringen, damit sie mit der nächsten Luftpost abgehen«, sagte er. »Ich nehme Nicky mit, in Ordnung? Es macht ihm einen Heidenspaß, die Flugzeuge zu beobachten.«

Ich erinnerte mich an das vergangene Wochenende, als wir am Flughafen einen Freund verabschiedet hatten und Nicky sich nur widerwillig vom Anblick der großen metallenen Vögel lösen konnte, die sich dröhnend in die Luft erhoben. »Ich würde dir die Fahrt ja gern abnehmen, Wolf, aber ich muss mich um die Vorbereitungen für die Geburtstagsparty kümmern.«

»Schon gut. Es dauert nicht lange. Ich nehme Mavis mit, falls ich warten muss. Gib ihr Nickys Mantel mit. Manchmal ist es da draußen ganz schön windig.«

»Was?« Ich musste lachen. »Seinen Mantel? Mitten in einer Hitzewelle?«

»Du weißt selbst, wie schnell der Wind auffrischen kann.«

»Und du bist ein verdammter Quälgeist.«

»Bis gleich.«

Er lächelte. Es war ein Lächeln voller Zärtlichkeit, und in seinen Augen spiegelte sich alle Liebe dieser Welt.

Ich folgte Vater und Sohn nach draußen. Dann überzeugte ich mich davon, dass Nicky im Landrover, in dem auch Mavis bereits Platz genommen hatte, richtig angeschnallt war.

»Mitfahren, Mommy«, sagte Nicky.

»Ich muss alles für deine Party fertig machen, mein Junge. Bis gleich.«

Ich erklärte Mavis zum hundertsten Mal, dass sie Nicky vor der Rückfahrt sorgfältig anschnallen sollte; dann fuhren die drei los.

Brigit folgte dem Wagen noch ein Stück weit, gab am Ende der Zufahrtsstraße auf und kam mit hängendem Kopf zu mir zurückgetrottet.

Ich kochte Pudding für die Party und hatte anschließend immer noch Zeit, sodass ich mich daranmachte, die Rosen zu gießen und im Garten zu arbeiten – eine meiner Lieblingsbeschäftigungen. Ich merkte gar nicht, wie rasch die Zeit verging. Erst als ich einen Blick auf die Uhr warf, stellte ich fest, dass es beinahe zwölf war. Du liebe Güte! Bald kamen meine Männer zurück. Ich machte Hackbraten und Kartoffelpüree und stellte beides auf die Warmhalteplatte. Dann räumte ich Nickys Spielzeug auf und schaffte Ordnung in der Küche.

Es wurde ein Uhr, und von meinen Männern war noch keine Spur zu sehen. Allmählich machte ich mir Sorgen. War Wolf aufgehalten worden? Warum rief er mich dann nicht an? Außerdem sollte gleich Nickys Geburtstagsparty beginnen, auch wenn nur Joy und ein paar Nachbarinnen mit ihren Kindern daran teilnahmen. Gegen zwei Uhr versuchte ich das schreckliche Gefühl niederzukämpfen, dass irgendetwas Schlimmes passiert war. Zugleich war ich wütend auf Wolf. Er wusste doch, dass ich wartete! So etwas hatte er noch nie getan. Warum zum Teufel rief er nicht an? Er hatte versprochen, um zwölf wieder zu Hause zu sein. Und er wusste doch, welche Sorgen ich mir um Nicky machte. Hatten sie einen Unfall gehabt? Kurz entschlossen rief ich bei der Polizei an, doch auf den Straßen in Richtung Flughafen war kein Unfall passiert.

Gegen halb drei rief Mavis mich aus dem Büro des Flughafendirektors an. »Madam«, sagte sie schluchzend, »ich habe dreieinhalb Stunden im Auto gesessen und gewartet. Ihr Mann und Nicky sind verschwunden.«

27.

Mit quietschenden Reifen hielt ich vor dem Verwaltungsgebäude. Ich musste mich zwingen, nicht loszurennen, als ich mich auf den Weg zum Büro des Flughafendirektors machte. Nachdem ich

mich vorgestellt hatte, flehte ich ihn an: »Helfen Sie mir, meinen Mann und meinen kleinen Sohn zu finden! Bitte! Vielleicht ist den beiden etwas passiert. Lassen Sie meinen Mann ausrufen.«
»Das habe ich bereits getan, Mrs. Möller. Und Ihr Kindermädchen habe ich zur Erste-Hilfe-Station geschickt. Sie war völlig mit den Nerven herunter. Aber keine Sorge, sie müsste gleich wieder hier sein.«
Er war ein freundlicher und hilfsbereiter Mann, doch es war nicht zu übersehen, dass er mich für hysterisch und meine Besorgnis für übertrieben hielt. Vielleicht hatte er Recht. *Hoffentlich* hatte er Recht. Ich versuchte mich zur Ruhe zu zwingen, doch die Anspannung wollte einfach nicht von mir abfallen. Das Herz schlug mir bis zum Hals, und das Blut rauschte mir in den Ohren.
Dennoch versuchte ich mir einzureden, dass alles in Ordnung sei. Wahrscheinlich wartete Wolf auf eine Maschine, die irgendwelche wichtigen Papiere brachte. Vielleicht aß er mit Nicky irgendwo zu Mittag. Aber wie konnte er mich so sehr in Sorge versetzen? Weshalb meldete er sich nicht?
Ich riss mich zusammen und sagte mir, dass diese ganze verdammte Geschichte ja bald zu Ende sei. Heute Abend lag Nicky wieder in seinem Kinderbett, und dieser ganze Spuk war vorüber ...
Mavis, von einer Krankenschwester begleitet, kam ins Büro. Sie weinte immer noch.
»Reiß dich zusammen, Mavis«, sagte ich grob. »Denk genau nach. Was hat Mr. Möller zu dir gesagt, als er dich im Landrover sitzen ließ und mit Nicky weggegangen ist?«
»Der Master sagte ...« Mavis schluckte schwer und blickte mich zu meiner Verwunderung so an, als ob sie vor mir Angst hätte. »›Warte hier‹, hat er gesagt. Aber, Madam ... Der Master hat Nickys Rucksack mitgenommen, und der war seltsam schwer. Und er hatte die Aktentasche aus Leder dabei, die Sie ihm zu Weihnachten geschenkt haben ... und Nickys Decke. Alles war im Kofferraum. Ich sagte zu Ihrem Mann: ›Lassen Sie mich Nicky nehmen ...‹« Sie stockte und brach wieder in Tränen aus.
»Was hat er gesagt, Mavis?«
»›Gib auf den Landrover Acht, Mavis. Hier treiben sich viele

Diebe herum.‹ Aber später ist mir aufgefallen, dass er die Autoschlüssel stecken gelassen hatte.«
Als mir die ganze Tragweite von Mavis' Worten klar wurde, schwankte ich und hätte beinahe das Gleichgewicht verloren, so schwindlig wurde mir plötzlich. Wolf hätte niemals die Schlüssel im Wagen gelassen. Der Rover war sein Hobby, sein Stolz. Und weshalb hatte er einen Mantel für Nicky mitgenommen? Woher rührte sein plötzliches Interesse an Nickys Essgewohnheiten? Und was, wenn Wolf gar nicht das Geld hatte, um Bernie und seine Freunde auszuzahlen? War er *doch* bankrott? Hatte er sich aus Südafrika abgesetzt? Mit Nicky? O Gott! O Gott!
Dann aber schüttelte ich den Kopf. Schon der Gedanke war absurd. Weshalb sollte Wolf etwas so Verrücktes tun? Wir waren doch eine glückliche Familie! Und Wolf war ein liebevoller Ehemann und Vater. Er würde mich niemals verlassen, würde mir niemals den Sohn wegnehmen.
Aber was war mit Nicky? Mein kleiner Junge brauchte mich. Wieder schlug mein Herz vor Angst und Sorge schneller, und mir brach der kalte Schweiß aus.
»Setzen Sie sich, Mrs. Möller, und beruhigen Sie sich bitte. Ich lasse Ihren Mann alle paar Minuten ausrufen.« Der Flughafendirektor schob mir einen Stuhl hin; dann wandte er sich an die Krankenschwester. »Holen Sie bitte ein Glas Wasser.« Er warf einen Blick auf Mavis und fügte hinzu: »Holen Sie zwei Gläser.«
Kurze Zeit später kam ein junger, verschüchtert wirkender Flughafenangestellter ins Büro.
»Ah, sehr gut«, sagte der Flughafendirektor, schaute mich an und wies mit dem Kopf auf den jungen Angestellten. »Das ist Sergeant Blumer. Er wird Sie durch den ganzen Flughafen führen. Es geht Ihnen doch gut genug, dass Sie den Sergeant begleiten können?«
»Ich hoffe es.«
»Schauen Sie in den Geschäften nach. Und in den Bars und Kneipen. Hat Ihr Ehemann getrunken?«
»Nein.«
Ich war fast blind vor Tränen, und meine Beine waren so schwach, dass ich dem Sergeant nur mit Mühe folgen konnte.

Außerdem machte ich mir kaum noch Hoffnungen. Ich wusste, dass wir Wolf und Nicky hier nicht finden würden.
Es schienen Stunden vergangen zu sein, als Sergeant Blumer und ich nach erfolgloser Suche ins Büro des Direktors zurückkehrten, in dem inzwischen ein reges Kommen und Gehen von Flughafenangestellten herrschte. Ununterbrochen klingelte das Telefon, und über die Lautsprecher erging im Abstand von fünf Minuten im gesamten Flughafengebäude der Aufruf an Wolf, sich zu melden. Eine Krankenschwester brachte mir eine Kopfschmerztablette und eine Tasse süßen schwarzen Tee.
»Haben Sie ein Foto von Ihrem Mann oder dem Jungen dabei, Mrs. Möller?«
»Leider nicht.«
Der Flughafendirektor schaute auf und winkte jemandem. »Ah, kommen Sie herein. – Mrs. Möller, das ist Miss Swanepoel. Sie arbeitet am Schalter für die Charterflüge.«
Eine junge Frau in Uniform nickte mir ernst zu.
»Sie wird Ihnen jetzt einen Mann und einen kleinen Jungen beschreiben, die heute Vormittag um Viertel vor zwölf Tickets für einen Charterflug nach Walfischbai in Namibia bei ihr gekauft haben. Bitte, hören Sie Miss Swanepoel genau zu, ob die beiden Ihr Mann und Ihr Sohn gewesen sein könnten.«
Die junge Frau blickte auf ihre Notizen, räusperte sich und las mit hölzerner Stimme: »Der Mann trug einen Safarianzug. Er war Mitte bis Ende dreißig, hoch gewachsen und sonnengebräunt, hatte braunes Haar mit blonden Strähnen und blaue Augen. Er hatte einen Rucksack und einen ledernen Aktenkoffer dabei und trug einen kleinen Jungen auf dem Arm ... ein süßes Kind, an das ich mich ganz genau erinnern kann. Rotes Haar, große braune Augen. Er hatte eine blaue Latzhose und ein grünes Hemd an und ...«
Weiter kam sie nicht. »Nein!«, rief ich verzweifelt und sprang auf. Das ganze Zimmer drehte sich um mich herum. Ich spürte, wie Sergeant Blumer mich auffing und mir in den Sessel half. »Nicky ...«, stieß ich keuchend hervor. »Oh Gott, das ist mein Nicky. Warum hat er ihn mitgenommen? Warum? Warum?«
Die Polizei traf ein. Die Beamten kamen mir jung und unerfah-

ren vor und stellten die verrücktesten Fragen. Ob wir einen handfesten Streit gehabt hätten? Ob unsere Ehe glücklich sei? Ob wir jemals eine Scheidung erwogen hätten? Ob mein Mann in finanziellen Schwierigkeiten stecke? Ob eine andere Frau im Spiel sei? Die Fragen schienen kein Ende zu nehmen. Dumme Fragen. Verrückte, abwegige Fragen. Wolf liebte mich!
Irgendwann konnte ich nicht mehr klar denken. Ich versuchte zwar zu antworten, aber mir fielen nicht mehr die richtigen Worte ein. Außerdem war mein Mund trocken und meine Lippen waren so steif, dass ich keine Silbe mehr sprechen konnte.
»Schockwirkung«, hörte ich jemanden sagen. »Am besten ist, sie unter ärztlicher Beobachtung halten zu lassen.«
Du lieber Himmel, sie wollten mich ins Krankenhaus bringen.
»Nein.« Das Sprechen fiel mir unendlich schwer, aber ich durfte nicht zulassen, tagelang auf einer Krankenstation festgehalten zu werden und zur Untätigkeit verdammt zu sein. »Mein Mann wird mich anrufen. Ganz bestimmt. Deshalb muss ich zu Hause sein. Er wird sich mit mir in Verbindung setzen. Und dann wird er mir sagen, was geschehen ist. Bitte, bringen Sie mich nach Hause.«

Nachdem ein Streifenwagen mich vor unserer alten Villa abgesetzt hatte, tischte ich unserer Haushälterin Mrs. Mallory eine Geschichte von einem Unfall auf und bat die versammelten Geburtstagsgäste, wieder nach Hause zu gehen. Quengelnd und enttäuscht machten sich die Kinder mit ihren bunten Luftballons und den Süßigkeiten auf den Heimweg. Nur Joy blieb, doch ich ließ sie in Gesellschaft Mrs. Mallorys und zog mich auf mein Zimmer zurück, bis auch Joy gegangen war. Dann gab ich sämtlichen Bediensteten den Nachmittag frei, ging unruhig durchs Haus, das mir riesengroß und schrecklich leer erschien, und sammelte ein paar von Nickys Spielsachen ein, achtete aber stets darauf, mich nicht zu weit vom Telefon zu entfernen. Wolf würde anrufen. Ich war nun sicher, dass er davongelaufen war, weil er das Geld unserer Freunde bei irgendwelchen obskuren Geschäften in den Sand gesetzt hatte. Aber er würde mich anrufen und mir sagen, wo er sich aufhielt. Er würde mich bitten, zu ihm zu kommen ... und ich würde zu ihm gehen, schon um Nickys willen. Gemeinsam bekamen wir die Sache vielleicht in den Griff. Ich hatte noch Ersparnisse und konnte überdies das Haus verkaufen.

Doch in der Zwischenzeit musste Nicky, mein armer kleiner Junge, ohne seine Mutter und sein Zuhause auskommen. Wie würde er ohne seinen Teddy schlafen?

Wo bist du, Nicky? Komm nach Hause, Wolf! Es ist mir egal, was du mit dem Geld der anderen gemacht hast. Aber wie kannst du mir gegenüber so grausam sein?

Ich vermisste die beiden schmerzlich. Ich warf mich aufs Bett, lag mit brennenden Augen da und konnte den Kummer und die Kopfschmerzen kaum noch ertragen. Das Kopfkissen erschien mir hart wie ein Betonblock, ich schleuderte es zu Boden und riss Wolfs Kopfkissen zu mir herüber. In diesem Augenblick sah ich das Foto.

Ich schrie auf und brach in Tränen aus. Irgendwann setzte ich mich im Bett auf, am ganzen Leib zitternd, und nahm das Foto. Doch meine Hände bebten so heftig, dass ich es auf den Nachttisch legen musste, um es genauer betrachten zu können.

»Du musst Ruhe bewahren«, sagte ich laut. »Du musst einen klaren Kopf behalten. Dein Junge braucht dich.« Der Klang meiner eigenen Stimme schien mich tatsächlich zu beruhigen, aber das Zittern bekam ich einfach nicht unter Kontrolle. Mein Gott, hatte Wolf das getan? Schaudernd warf ich einen neuerlichen Blick auf das schreckliche Beweisstück. Das Foto, das Nicky in seinem Kinderstuhl zeigte, hatte Wolf vor ungefähr vierzehn Tagen aufgenommen. Ich hatte ihn um eine Vergrößerung gebeten, das Foto seitdem aber nicht mehr zu Gesicht bekommen. Aber hier lag es nun. Nicky sah glücklich aus und lächelte seinen Vater vertrauensvoll an.

Doch derselbe Vater hatte das Gesicht des Jungen auf dem Foto mit roter Kreide grässlich verunstaltet, hatte einen blutroten, tiefen Schnitt um den Hals des Jungen gezeichnet. Und über Nickys weißes T-Shirt hatte er mit roter Tinte geschrieben: »Halt bloß den Mund!« Ein roter Pfeil war auf den scheußlichen Schnitt an Nickys Hals gerichtet.

28.

Es war gespenstisch: Vor Angst und Entsetzen murmelte ich zusammenhanglose Worte vor mich hin, während ein anderer Teil von mir mich aus der Ferne beobachtete, sodass ich meiner eigenen Stimme zu lauschen schien.

»Keiner ist mehr hier ... Ich bin allein ... Nicky, mein süßer kleiner Junge ... verschwunden. Ich muss etwas unternehmen. Aber was ...? Was kann ich tun? Ja, ich muss Wolfs Papiere verbrennen. Kein einziges Dokument über seine Geschäfte darf übrig bleiben. Du musst alles vernichten, Nina. Bis zum letzten Fingerabdruck. Wolf darf keinen Vorwand haben, Nicky etwas anzutun ...!«

Zuerst wischte ich mit einem Tischtuch über sämtliche glatten Oberflächen im Haus, rieb Wolfs Schuhe ab, die Lichtschalter, die Türgriffe, den Badezimmerschrank, den Fernseher, die CDs ... alles, was Wolf möglicherweise berührt hatte. Ich brauchte mehrere Stunden, bis ich mit dieser Arbeit fertig war. Gegen Mitternacht holte ich eine Schachtel Zündhölzer, eine Flasche Petroleum und einen großen verzinkten Eimer, eilte zu Wolfs Gartenstudio, warf sämtliche Briefe, Akten und Computerdisketten in den Eimer, ging hinaus in den Garten und setzte den Inhalt des Eimers in Brand. Dann stürzte ich wieder ins Studio, öffnete den Safe, nahm sämtliche Unterlagen heraus und vernichtete sie ebenfalls. Meine Wut war so grell und heiß wie die Flammen, und binnen kurzer Zeit hatten sich Wolfs Papiere in Asche verwandelt – genauso wie meine Liebe zu ihm. Als ich zum Schluss die Asche im Eimer bedächtig mit einem Schürhaken zerstampfte, fühlte ich mich so elend, dass ich am liebsten sterben wollte.

Ich schaltete Wolfs Computer an und gab das Passwort ein: Bosbok. Wie nicht anders zu erwarten war, hatte er sämtliche Dateien gelöscht, doch Spezialisten konnten selbst gelöschte Dateien rekonstruieren; deshalb baute ich die Festplatte aus und zertrümmerte sie mit einem Hammer.

Ich wusste, dass ich auch das verstümmelte Foto von Nicky hätte vernichten sollen. Niemand durfte entdecken, dass der eigene Vater den Jungen als Geisel genommen hatte. Doch als ich das Foto verbrennen wollte, brachte ich es nicht über mich, Nickys

Bild in die Flammen zu werfen, mochte es noch so entstellt sein. Ich strich das von meinen Tränen fleckige Foto liebevoll glatt und legte es auf den Schreibtisch.
»Ich werde dich finden, Nicky. Das verspreche ich dir. Deine Mom wird dich finden ...« Doch kaum hatte ich die Worte gesagt, fragte ich mich, wie ich das anstellen sollte. Meine Entschlossenheit wich tiefer Verzweiflung und Mutlosigkeit. Wieder brach ich in Tränen aus und nahm kaum Notiz davon, dass Brigit plötzlich zu knurren begann. Ihr Nackenhaar sträubte sich. Sie schien verängstigt zu sein. Den Mann, der plötzlich im Türeingang stand, bemerkte ich gar nicht. Als ich Wolfs Gartenstudio verlassen wollte, prallte ich gegen den Unbekannten und schrie vor Entsetzen auf. Der Mann stieß mich unsanft nach hinten. Dann trat er ins Zimmer, zog die Tür hinter sich zu, schloss ab und steckte sich den Schlüssel in die Tasche. Er ging zum Computer und schaltete ihn ein.
»Verschwinden Sie!«, rief ich. »Raus mit Ihnen, oder ich rufe die Polizei.«
»Ich bin die Polizei, Mrs. Möller. Ich suche nach Ihrem Mann. Können Sie mir sagen, wo er ist?«
»Sie lügen. Sie sind nicht von der Polizei. Wer sind Sie?«, fragte ich mit schriller Stimme und kämpfte eine drohende Panik nieder.
»Das habe ich Ihnen doch gesagt.« Der Mann starrte auf den Monitor. »Oh, wie ich sehe, komme ich zu spät. Sie haben sämtliche Dateien gelöscht. Weshalb?«
Er warf mir einen düsteren Blick zu und machte sich daran, das Arbeitszimmer zu durchsuchen. Ich beobachtete ihn voller Angst und fragte mich, wie ich hinaus in den Garten flüchten konnte. Hinter Wolfs Schreibtisch befand sich ein Schalter für die Alarmanlage, aber der Mann versperrte mir den Weg dorthin. Und es gab nur eine Tür, doch sie war abgeschlossen, und den Schlüssel hatte der Fremde. Der Mann war klein und untersetzt; sein runder Kopf saß auf muskulösen Schultern, in denen gewaltige Kraft zu schlummern schien. Sein blondes Haar war sehr kurz geschnitten, und in seinen blauen Augen lag ein bedrohlicher, Furcht einflößender Ausdruck. Bedächtig und methodisch durchsuchte er das Zimmer, als hätte er alle Zeit der Welt. Ich schauderte.

»Wo ist Ihr Mann, Mrs. Möller?«, fragte er schließlich mit tiefer Stimme und kam auf mich zu. Ich schrie auf, als er plötzlich ausholte und mir einen brutalen Schlag auf die Wange versetzte. Benommen taumelte ich zurück. Ich spürte, wie mein Mund sich mit Blut füllte.

In diesem Augenblick sprang Brigit den Fremden an. Ihr Angriff kam so überraschend, dass der Mann nach hinten gestoßen wurde. Mit zwei, drei schnellen Schritten war ich hinter dem Schreibtisch und drückte den Knopf der Alarmanlage. Sekunden später erbebte das ganze Zimmer, als das durchdringende Heulen der Sirenen erklang. Über den ohrenbetäubenden Lärm hinweg hörte ich das Dröhnen eines Schusses und sah, wie Brigits Körper nach hinten geschleudert wurde; ihr Schädel zerplatzte, und Blut spritzte durchs ganze Zimmer. Das Tier zuckte noch ein paar Mal; dann lag es regungslos in einer Pfütze aus eigenem Blut.

»Sie mieser Dreckskerl!«, rief ich und verlor die Beherrschung, ergriff den erstbesten Stuhl und schleuderte ihn nach dem Eindringling, von greller Wut erfüllt. Doch der Stuhl zersplitterte, und mein Zorn verwandelte sich in panische Angst, als ich plötzlich eine Hand des Mannes an der Kehle spürte. Er drückte zu.

»Wo ist Wolf Möller?«

Ich keuchte und würgte. Der Druck an meiner Kehle löste sich ein wenig, während die Sirenen heulten und heulten. »Ich ... weiß es nicht«, stieß ich hervor. »Er ... ist verschwunden.«

Ein wuchtiger Stoß vor die Brust warf mich zu Boden. Dann umklammerte die Hand des Mannes das Gelenk meiner Rechten; mit eisernem Griff presste er meinen Arm auf den Boden. Ein Klappmesser mit dünner Klinge blitzte auf. Augenblicke später durchraste eine feurige Lohe des Schmerzes meinen Arm und explodierte in meinem Hirn, als der Mann mir die Spitze der Klinge unter einen Daumennagel schob. Ich schrie und wand mich.

»Wo ist Ihr Mann?«

In der Höhle aus Schmerz, in der ich gefangen war, schien die Stimme des Fremden aus weiter Ferne zu kommen. Plötzlich fiel sein Blick auf das Foto von Nicky, das ich auf den Schreibtisch gelegt hatte. Der Mann ließ meine Hand fallen und starrte das Bild an.

»Oh, wie es aussieht, sagen Sie die Wahrheit. Sie wissen wirklich nicht, wo Möller steckt, hm? Denn wüssten Sie es, hätten Sie sich auf die Suche nach dem Jungen gemacht. Dann wären Sie nicht hier. Der Bursche hat Ihren Sohn als Geisel genommen, nicht wahr?«
Der Mann ergriff das Foto und verließ so plötzlich das Zimmer, wie er erschienen war. Ich lag stöhnend am Boden und streichelte die tote Brigit, während das Blut mir vom Daumen über die Hand lief und die Sirenen heulten und heulten.

Irgendjemand schüttelte mich, und meine erste Empfindung nach dem Erwachen war Schmerz. Meine verletzte Hand und die Wange waren geschwollen, und in meinem Kopf hämmerte und pochte es unerträglich. Als ich die Augen aufschlug, sah ich das Blut und die tote Brigit, und die Ereignisse der Nacht stürzten wieder auf mich ein. Ich blickte den Fremden stirnrunzelnd an. Er machte ein besorgtes Gesicht. Wer war der Mann? Ich versuchte, von ihm wegzurücken.
»Polizei, Mrs. Möller.« Er hielt mir seinen Dienstausweis hin. »Sie sind in Sicherheit. Die Alarmanlage in Ihrem Gartenstudio wurde aktiviert. Daraufhin hat der private Sicherheitsdienst uns verständigt. Was ist passiert?«
»Jemand ist bei uns eingebrochen«, sagte ich mit schwacher Stimme.
»Was ist mit Ihrem Hund geschehen?«
»Oh meine arme Brigit. Sie ist auf den Kerl losgegangen ... Er hat sie erschossen. Sie hat mich gerettet.«
»Ihr Hals ist ziemlich übel zugerichtet. Und was ist mit Ihrer Hand passiert? Am besten, ich rufe einen Notarztwagen.«
»Nein! Tun Sie das nicht. Ich muss hier bleiben. Mein Mann ist verschwunden ... hat meinen Sohn mitgenommen.« Es fiel mir schwer, einen klaren Gedanken zu fassen. »Aber mein Mann wird mich bald anrufen ... das muss er. Deshalb ... muss ich hier bleiben.«
Der Polizist schaute mich verständnislos an. »Dann hat Ihr Mann diese schrecklichen Dinge getan?« Er wies auf die tote Brigit, nahm meine Hand und betrachtete meinen blutverkrusteten Daumen.

»Nein ... nein. Ich habe Ihnen doch gesagt, dass jemand eingebrochen ist.«
Der Mann half mir aus dem Gartenstudio ins Haus, wo zwei weitere Beamte in Zivil die Zimmer durchsuchten. Einer von ihnen setzte Kaffee auf und brachte mir eine Tasse. Ein anderer nahm eine Mappe und einen Füller aus seiner Aktentasche, und wir verbrachten eine lange, qualvolle halbe Stunde damit, meine Aussage aufzunehmen. Ich musste alles mehrmals wiederholen. Der Mann war sicher, dass ich ihm nicht die volle Wahrheit sagte – und er hatte Recht. Ich verschwieg ihm, dass der Eindringling nach Wolf gesucht hatte. Als ich überzeugt war, dass aus meiner Aussage kaum etwas Brauchbares hervorging, unterschrieb ich den Bericht.
»Sie brauchen jetzt vor allem Ruhe, Mrs. Möller. Rufen Sie bitte Ihren Arzt an. Er muss sich um Ihre verletzte Hand kümmern. Gibt es einen Nachbarn, der nach Ihnen sehen könnte?«
Ich schüttelte den Kopf.
»Wir haben Haus und Grundstück gründlich durchsucht. Seltsam, aber dieser Mann scheint nichts gestohlen zu haben. Kommen Sie, ich helfe Ihnen auf Ihr Zimmer. Ich werde Sie von einem Polizeibeamten bewachen lassen.«
»Vielen Dank, aber ich werde schon allein fertig.«
Als das erste Licht des neuen Tages durchs Fenster fiel, schlief ich immer wieder kurz ein, wurde aber stets von Schmerz und Übelkeit geweckt. Doch der Albtraum, der einfach nicht von mir weichen wollte, war viel schlimmer.

29.

Mavis kam mit einer Tasse Kaffee ins Zimmer. »Die Polizei ist wieder da. Sie ist schon eine ganze Weile hier und hat das Haus durchsucht.«
Schon wieder? Was versprachen die Beamten sich davon? Mir war inzwischen klar, dass sie Nicky nicht finden würden. Wolf hatte den Jungen gekidnappt – und Wolf war der gerissenste Mann, den ich kannte.

»Sag den Polizisten, dass ich dusche, Mavis, und dass ich in zwanzig Minuten bei ihnen bin.«
Es waren andere Beamte als tags zuvor. Sie waren kühler und cleverer als ihre Kollegen und ließen kein Zeichen von Mitgefühl erkennen. Sie stellten sich als Lieutenant Joubert und Major Barnard vom Betrugsdezernat vor. Joubert, der jüngere der beiden, war blass und dünn und besaß ein markantes Gesicht mit tief liegenden grünen Augen. Major Barnard war ein sehr großer Mann mit gewölbter Stirn und derbem Gesicht, zu dem seine sanften braunen Augen einen seltsamen Kontrast bildeten.
»Sie sind in großen Schwierigkeiten, Mrs. Möller«, begann Barnard mit erstaunlich leiser Stimme. »Wir haben die Spur Ihres Mannes bis nach Namibia verfolgt, bis in den Hafen von Walfischbai. Leider verliert sich dort seine Fährte. Er wurde dort das letzte Mal gesehen. Er könnte mit einem Schiff nach Angola gereist sein oder über Land, mit der Eisenbahn. Haben Sie irgendwelche Verbindungen nach Angola?«
Ich starrte schweigend auf meine Hände.
»Warum hat er Ihren Jungen mitgenommen, Mrs. Möller?«
Ich zuckte mit den Schultern.
»Hat Ihr Mann irgendwelche Andeutungen gemacht, dass er das Land verlassen will?«
»Nein.«
»Wissen Sie, wo Ihr Mann ist?«
»Nein.«
»Uns liegt ein Bericht über Ihr Verhalten am Flughafen vor. Sie standen unter Schock, Mrs. Möller. Anscheinend wussten Sie nichts von den Plänen Ihres Mannes. Und Sie haben sich schreckliche Sorgen um Ihren Sohn gemacht.«
Mein verletzter Daumen pochte schmerzhaft. Je länger ich darauf starrte, desto schlimmer schien es zu werden.
»Irgendjemand hat Sie gestern Abend gefoltert, nicht wahr?«
»Ich habe mit dem Kerl gekämpft, als ich zum Schreibtisch wollte, um die Alarmanlage auszulösen.«
»Das glaube ich nicht. Ihrem zerschnittenen Daumen und den Wunden an Ihrem Hals nach zu urteilen hat der Täter versucht, eine Information aus Ihnen herauszuquetschen. Er wollte wissen,

wo Ihr Mann ist, nicht wahr? Wenn dieser Kerl Ihren Mann eher findet als wir, Mrs. Möller, wird er ihn töten ... und Ihren Sohn wahrscheinlich auch. Sagen Sie uns, was Sie dem Einbrecher erzählt haben, Mrs. Möller.«

»Ich weiß nicht, wo Wolf ist!«

»Wird er sich mit Ihnen in Verbindung setzen?«

Ich starrte den Major an. »Halten Sie das für möglich?«

Offenbar hatte er den Hauch von Hoffnung in meiner Stimme gehört, denn er sagte: »Offen gestanden, nein. Aber wo Ihr Mann auch sein mag – es ist unbedingt erforderlich, dass wir Ihren Sohn schnellstmöglich finden, Mrs. Möller. Arbeiten Sie mit uns zusammen. Es ist das Beste.«

Ich schwieg.

»Weshalb haben Sie die Geschäftspapiere Ihres Mannes vernichtet und die Festplatte seines Computers zerstört?«, fragte Barnard.

Ich zuckte die Achseln; dann beschloss ich, in einer Lüge Zuflucht zu suchen. »Das war nicht ich. Das war der Einbrecher.«

»Jetzt reden Sie dummes Zeug, Mrs. Möller. Weshalb hätte er das tun sollen? Wäre er ein Freund Ihres Mannes, hätte er Sie nicht gefoltert. Nein, dieser Einbrecher ist ein Feind Ihres Mannes. Helfen Sie uns, diesen Kerl aufzuspüren, bevor er Ihrem Jungen etwas antut. Seien Sie vernünftig.« Er legte mir die Hand auf die Schulter. »Der Unbekannte könnte den Jungen als Druckmittel benutzen und Ihren Mann um die Millionen erpressen, die er bei seinen Betrugsgeschäften ergaunert hat. Denken Sie daran, was dieser Einbrecher mit Ihnen angestellt hat. Solche Leute kennen auch Kindern gegenüber keine Skrupel. Ihrem Sohn würde es sehr viel schlimmer ergehen als Ihnen, glauben Sie mir.«

Ich schauderte. »Ich kann Ihnen nicht helfen. Warum lassen Sie mich nicht in Ruhe?«

»Helfen Sie uns, den Eindringling zu identifizieren. Falls Sie sich weigern, ist das eine Behinderung der Justiz. Sie haben diesen Mann gesehen, Mrs. Möller.«

»Also gut. Er war ziemlich klein. Untersetzt und sehr muskulös. Stiernackig. Blonder Bürstenhaarschnitt. Blaue Augen ... stechende Augen ohne jede Wärme. Die Augen eines Killers.«

»Würden Sie versuchen, den Mann anhand von Fotos zu identifizieren?«
»Ja.«
»Dann fahre ich Sie zur Zentrale.«
»Nein. Bitte nicht. Ich muss hier bleiben.«
»Weshalb? Ihr Mann wird sich sowieso nicht bei Ihnen melden, Mrs. Möller. Wenn Ihnen jemand helfen kann, sind wir es.«
Ich presste die Lippen zusammen, doch in meinen Augen loderte heißer Zorn.
»Warum gibt es im ganzen Haus keine Fotos von Ihrem Mann? Haben Sie die Bilder vernichtet?«
Ich schüttelte den Kopf. »Es gab keine Fotos.«
»Aber Sie sind länger als drei Jahre verheiratet!«
»Mein Mann hat sich stets geweigert, sich fotografieren zu lassen.«
»Kam Ihnen das nicht seltsam vor?«
»Bis jetzt nicht.«
»Sind Sie auf irgendeine Weise an der ganzen Angelegenheit beteiligt, Mrs. Möller? An der Entführung des Jungen? Der Vernichtung der Akten und Computerdateien Ihres Mannes?«
»Nein.«
»Aber Sie müssen gewusst haben, dass sich in diesen Computerdateien belastendes Material befand. Warum sonst hätten Sie die Festplatte zerstören sollen?«
»Belastendes Material? Davon weiß ich nichts.«
»Sie wollen Ihren Mann decken, nicht wahr?«
»Nein.«
»Dann nennen Sie mir einen anderen Grund dafür, dass Sie seine Dateien vernichtet haben.«
Für längere Zeit breitete sich Schweigen im Zimmer aus.
»Wir wissen, dass Wolf Möller anderen südafrikanischen Geschäftsleuten geholfen hat, ihr Kapital außer Landes zu schaffen. Pech für diese Leute, dass Ihr Mann sie übers Ohr gehauen hat. Sind Sie an diesem Betrugsgeschäft beteiligt, Mrs. Möller?«
»Sehe ich wie eine Betrügerin aus? Und wäre ich tatsächlich an seinen Machenschaften beteiligt, hätte ich mich dann nicht längst aus Südafrika abgesetzt?«

»Wir haben den Safe Ihres Mannes von einem Schlosser öffnen lassen. Natürlich war der Safe leer, weil Sie, Mrs. Möller, sämtliche Unterlagen beseitigt haben. Durch Ihr Schweigen belasten Sie sich selbst. Ich muss Sie darauf hinweisen, dass auf Betrug bis zu zehn Jahre Haft stehen, Mrs. Möller. Und es könnte zu weiteren, noch schwerwiegenderen Anklagen kommen. Sie sollten lieber mit uns zusammenarbeiten. Anderenfalls könnten wir uns gezwungen sehen, Sie als Mittäterin bei den vielen Betrugsgeschäften Ihres Mannes zu betrachten. Wolf Möller hat seine Opfer um viele Millionen betrogen. Sie, als seine Frau, müssten mit einer langjährigen Haftstrafe rechnen. Also, noch einmal: Haben Sie einen Verdacht, wohin Ihr Mann sich abgesetzt hat?«
Die Fragen der Polizisten nahmen kein Ende. Wahrscheinlich war es Zermürbungstaktik. Aber ich konnte oder wollte ihre Fragen nicht beantworten und hielt den Mund. Stunden später gaben sie wütend auf.
Major Barnards Stimme war eisig, als er sagte: »Ich muss Sie auffordern, Kapstadt nicht zu verlassen, Mrs. Möller.«
Vor Verzweiflung und Hilflosigkeit barg ich das Gesicht in den Händen.

30.

Gegen Mittag erschienen Joy und Bernie. Sie parkten ihren Wagen genau vor der Eingangstreppe und kamen zur Veranda herauf. Auf ihren Gesichtern lagen Feindseligkeit und Furcht.
»Wir sind am Ende. Wir müssen unsere Villa verkaufen«, sagte Joy mit seltsamem Unterton. Zum ersten Mal schien zwischen ihr und Bernie ein freundschaftliches, ja inniges Verhältnis zu herrschen. Bernie hatte sich bei Joy eingehakt.
»Du hast deinen Mann gewarnt, nicht wahr? Du hast ihm bei der Flucht geholfen. Und dir habe ich vertraut!«
»Ich habe ihn bloß gefragt, wo das Geld ist, Joy. Wie du mich gebeten hattest.«
»Sag uns gar nicht erst, welche Ausrede Wolf sich diesmal hat einfallen lassen. Sag uns lieber, wo er ist!«

»Ich wollte, ich wüsste es.«

Erst jetzt bemerkte Joy meinen geschundenen, geschwollenen Hals und meine verbundene Hand. »Hat er dich geschlagen? Was ist mit deiner Wange? Und mit deiner Hand?«

»Gestern Abend ist jemand bei uns eingebrochen.«

»Der Erste von vielen«, sagte Bernie zynisch. »Du solltest dich auf Horden von Einbrechern gefasst machen ... alles Leute, die wissen wollen, wo Wolf steckt. Hast du es diesem Einbrecher gesagt?«

Ich schüttelte den Kopf. »Verdammt noch mal, nein! Weil ich es nicht weiß!«

»Nina, bitte, sag uns, wo er ist«, verlegte Bernie sich aufs Betteln. »Wenn ich ihn in die Finger bekäme, könnte ich vielleicht einen Teil meines Geldes aus ihm herausquetschen.«

»Ich kann dir nicht helfen. Du musst mir glauben. Wolf hat Nicky entführt. Die Polizei sagte, dass er eine Chartermaschine nach Namibia genommen hat, nach Walfischbai, und dass sich dort seine Spur verliert. Joy ... Bernie ... Wie kann ich meinen Jungen finden?« Die mühsam aufrechterhaltene Fassade meiner Selbstbeherrschung bröckelte vollends von mir ab.

Statt mir zu antworten, sagte Bernie mit unangenehm kratziger Stimme: »Wir hatten Besuch vom Betrugsdezernat. Die Beamten sagten mir, du würdest Wolf durch dein Schweigen decken. Aber damit kommst du nicht durch, Nina, glaub mir. Wolf wartet irgendwo auf dich, nicht wahr? Ihr steckt doch unter einer Decke! Jawohl, ihr seid Diebe! Ihr seid Komplizen, und das habe ich den Leuten vom Betrugsdezernat auch gesagt. Damit kommst du niemals durch, Nina! Es steckt mehr hinter dieser Sache, als du ahnst. Wolf hat die Regierung zum Narren gehalten, aber er hat sich aus dem Staub gemacht, und nun wirst du alles ausbaden müssen, Nina. Du wirst für ihn ins Gefängnis wandern. Wenn du Pech hast, für viele Jahre.«

Ich war den Tränen nahe. »Bernie, bitte ... das glaubst du doch nicht wirklich?«

Joy warf ihm einen warnenden Blick zu, und Bernie verstummte, als wäre ihm klar geworden, dass er schon zu viel gesagt hatte. Die Stille, die sich ausbreitete, ließ mich frösteln.

»Kommt rein«, sagte ich schließlich. »Weshalb steht ihr da draußen?«
»Wir werden dein Haus nie mehr betreten, Nina«, sagte Joy. »Und versuch nie wieder, Verbindung mit uns aufzunehmen.« Sie musterte mich verächtlich.
Als Joy und Bernie gegangen waren, erkannte ich plötzlich, wie teuflisch Wolf diese Sache eingefädelt hatte. Ich hätte den Fortunes erzählen können, dass Wolf ihr Geld und das der anderen nach Lübeck überwiesen hatte, auf das Konto seines Container-Frachtunternehmens. Doch hätte Bernie sich dann mit der Lübecker Polizei in Verbindung gesetzt, hätte Wolf womöglich Nicky etwas angetan – und nichts und niemand konnte mich dazu bewegen, das Leben meines Sohnes aufs Spiel zu setzen.
Wolf hatte mich zum Schweigen gebracht, so, wie er es geplant hatte.

Meine Stimmung hellte sich ein wenig auf, als mir klar wurde, dass ich vielleicht doch auf eine Spur gestoßen war, die ich in meinem anfänglichen Schock übersehen hatte. Ich beschloss, sofort nach Lübeck zu fliegen. Vielleicht war es noch früh genug. Seit Wolf und Nicky verschwunden waren, schien eine Ewigkeit vergangen zu sein, doch in Wahrheit waren es nur vierundzwanzig Stunden. Ich setzte mich an den Wohnzimmertisch und schrieb ein paar Stichworte auf, was Wolfs Herkunft und seinen Werdegang betraf. Seine Heimatstadt hieß Beeskow, und er hatte in Dresden Geologie studiert und promoviert ...
Plötzlich fiel mir ein, dass Polizeimajor Barnard mir verboten hatte, Kapstadt zu verlassen. Ich nahm mir vor, bis zum nächsten Abend zu warten und dann durch die Nacht zur namibischen Grenze zu fahren. Damit würde niemand rechnen. Außerdem war übermorgen Sonntag, und der gefürchtete Major Barnard würde seinen freien Tag genießen.
Den Rest des Tages verbrachte ich damit, an meinem Plan zu feilen. Ich beauftragte ein Transportunternehmen, meine persönlichen Gegenstände zu verpacken und per Schiff in meine schottische Heimat zu bringen. Anschließend hob ich alles Geld von meinem Privatkonto ab und zahlte unseren Hausangestellten

ihren letzten Lohn, bevor ich sie entließ. Zu meinem Erstaunen erhielt ich einen Anruf von der Bausparkasse; mir wurde mitgeteilt, dass die Zahlung der letzten Hypothekenrate überfällig sei. Wie war das möglich? Als ich telefonisch nachfragte, stellte sich heraus, dass Wolf wenige Tage zuvor eine Anleihe von achtzig Prozent auf unser Haus aufgenommen hatte.

Das Kinn auf die verschränkten Hände gestützt, ging ich im Kopf noch einmal durch, was ich bislang wusste. Ein Anruf bei Wolfs Bank hatte mir eine weitere Neuigkeit offenbart: Vor zehn Tagen hatte er fünfhunderttausend Rand auf sein Konto eingezahlt, um dann am gleichen Tag per Scheck für dieselbe Summe Goldmünzen zu erwerben. Also hatte er nun 490 Goldmünzen von je einer Unze Gewicht dabei. War das möglich? Natürlich. Das Gesamtgewicht der Münzen betrug knapp fünfzehn Kilo. *Deshalb* hatte er Nickys Rucksack mitgenommen. Er hatte die Münzen darin verstaut.

Das verunstaltete Foto von Nicky, der Kauf der Goldmünzen und die Anleihe auf unser Haus ... das alles ließ erkennen, dass Wolf sein Verschwinden bereits seit längerer Zeit geplant hatte. Wenn ich schnell genug nach Lübeck kam, traf ich ihn vielleicht dort an – oder entdeckte zumindest eine Spur, was die nächste Station des Geldes betraf.

In dieser Nacht ging ich stundenlang unruhig auf und ab, während ich versuchte, Wolfs Absichten zu durchschauen und mir einen Reim darauf zu machen, was die ganze Sache eigentlich zu bedeuten hatte. Was wusste ich *wirklich* über den Mann, den ich geheiratet hatte? Sehr wenig, musste ich mir gestehen. Dieses Ungeheuer hatte meinen Sohn entführt, unsere Freunde beraubt und das Geld gestohlen, das ich in dieses Haus investiert hatte. Das war nicht der Mann, den zu lieben ich geglaubt hatte. Diesen Mann gab es überhaupt nicht. Es war bloß eine Fassade Wolfs gewesen, eine Tarnexistenz, um mich und andere zu täuschen.

Und wer war der untersetzte brutale Schläger, der gestern Nacht bei mir eingebrochen war? Wieso hatte der Kerl es auf Wolf abgesehen? Panik stieg in mir auf, und ich zitterte vor Furcht am

ganzen Körper, sodass ich keinen klaren Gedanken mehr fassen konnte. Ich nahm eine Beruhigungstablette, streifte mir einen Pullover über und riss mich zusammen. Nicky braucht dich, ermahnte ich mich. Du musst stark sein, und du wirst all deine Cleverness brauchen, wenn du deinen Jungen finden willst.
Als der Morgen graute und mich allmählich die Kräfte verließen, weinte ich um den Mann, den ich mehr geliebt hatte als mein Leben. Ich sehnte mich nach seiner Umarmung, nach seinen Zärtlichkeiten und seiner Leidenschaft. Warum liebte ich ihn noch immer so sehr? Wäre er in diesem Augenblick durch die Tür gekommen – ich hätte ihm alles verziehen, hätte jede Entschuldigung von ihm angenommen.
Dann aber musste ich wieder an das schrecklich verstümmelte Foto von Nicky denken, an die klaffende rote Wunde an seinem Hals ... als hätte ihm jemand die Kehle durchgeschnitten. Und als ich dieses Bild vor Augen hatte, erkannte ich die Unsinnigkeit, nach Entschuldigungen zu suchen und auf Erklärungen zu hoffen. Der Schmerz, den Wolf mir zugefügt hatte, sein Verrat, seine Lügen ... das alles war nicht zu verzeihen. Drei Jahre lang hatte ich einen verbrecherischen, skrupellosen Mann geliebt. Und dieser Mann hatte meinen Sohn in seiner Gewalt.

31.

Heftige Windböen rüttelten den Wagen und peitschten mittlere Sandstürme vor sich her, als ich durch die Nacht fuhr. Für die sommerliche Jahreszeit war es bitterkalt, sodass ich aufatmete, als sich am östlichen Horizont das erste graue Licht des neuen Tages zeigte. Ich sehnte mich nach einer Tasse Kaffee, einem warmen Bad und einem Frühstück – in dieser Reihenfolge. Nach ein paar Minuten der Unentschlossenheit entschied ich mich dafür, an einem Rasthaus Halt zu machen. Ich musste ohnehin noch ein wenig Zeit totschlagen, weil die Grenzposten erst um acht Uhr an den Schlagbäumen erschienen.
Als ich wieder aus dem Rasthaus kam und zum Wagen ging, war es heller Tag. Zur Linken erstreckte sich die einsame Küstenlinie,

wo sich gewaltige Wellen an den gezackten schwarzen Felsen brachen. Zu meiner Rechten befand sich eine riesige steinige Ebene, die sich bis tief ins Binnenland erstreckte.
Als ich in den Wagen stieg und den Motor anließ, fühlte ich mich alt und müde. Ich konnte mich nicht erinnern, mich jemals so mies gefühlt zu haben.

Alexander Bay tauchte vor mir auf, eine Ansammlung trister rechteckiger Häuser auf einer unermesslichen wüstenartigen Ebene, auf der nichts Grünes zu wachsen schien. Ich fuhr durch die Ansiedlung, überquerte den Orange River und stellte mich vor dem Grenzübergang an das Ende einer kurzen Schlange aus zehn Autos. Immer noch eine Stunde, bis die Grenzposten erschienen. Ich fragte mich, ob ich das Richtige getan hatte. Wahrscheinlich. In dieser Gegend gab es Diamantenschmuggler und Terroristen, sodass nicht damit zu rechnen war, dass ich allzu große Aufmerksamkeit erregte. Es sei denn, die Polizei in Kapstadt hatte per Computer eine Suchmeldung mit Fahndungsfoto nach Nina Möller ausgegeben. Wenn nicht, saß ich schon bald in einem Flugzeug nach Windhoek, um von dort nach Hamburg zu fliegen und dann mit einem Mietwagen nach Lübeck zu fahren.
Es war die längste Stunde meines Lebens. Endlich winkte ein uniformierter Beamter mich nach vorn. Ich hielt ihm meinen alten Ausweis hin, in dem noch mein Mädchenname stand, Nina Ogilvie, sowie meine Londoner Anschrift und verschiedene Nachsendeadressen. Der Mann gab alles in seinen Computer ein, runzelte die Stirn, schaute mich verwundert an und wandte sich dann wieder seinem Computer zu. Noch einmal tippte er irgendetwas ein. Minuten verstrichen, und seine Miene verdunkelte sich immer mehr.
Eine düstere Vorahnung überkam mich.
»Ach herrje«, sagte ich. »Ich habe meinen Koffer im Hotel vergessen. Tja, da muss ich wohl noch einmal zurückfahren. Könnte ich meinen Ausweis ...«
»Warten Sie bitte hier«, sagte der Grenzbeamte. Einer seiner Kollegen kam in das kleine Büro und stellte sich hinter mich. In diesem Moment wusste ich, dass sie mich hatten. Zu meiner an-

fänglichen Furcht und Verwirrung gesellte sich Scham. Sie hatten mich ertappt. Meine Wangen brannten, und meine Augen wurden feucht. Ich musste mich daran erinnern, dass ich das Opfer in dieser Tragödie war, nicht der Täter.
»Ich muss Sie in den Zellenblock bringen, Mrs. Möller«, sagte der Beamte, der hinter mir stand, und packte mit festem Griff meinen rechten Arm.
»In den Zellenblock? Sie haben nicht das Recht, mich hier festzuhalten«, protestierte ich schwach. »Ich bin britische Staatsbürgerin und darf reisen, wohin ich will.«
»Wir haben nicht nur das Recht, Sie festzuhalten, Mrs. Möller, wir haben die Pflicht«, erklärte der Beamte. »Gegen Sie wurde ein Haftbefehl erlassen. Major Barnard wird in Kürze hierher kommen und Sie nach Kapstadt bringen, wo die förmliche Anklageerhebung gegen Sie stattfinden wird.«

Es war ein demütigender, beängstigender Tag, den ich in Gesellschaft von sechs Ganoven in der viel zu kleinen und überhitzten Zelle der Grenzstation verbrachte. Ich musste sieben Stunden warten und hatte deshalb reichlich Zeit, über meine vielen Fehler nachzudenken und mir schreckliche Sorgen um meinen Sohn zu machen. Dann endlich erschien Major Barnard.
»Das war sehr dumm von Ihnen, Mrs. Möller«, sagte er mit tadelnder Stimme, als er mich zum Wagen führte. »Ich habe Ihnen ausdrücklich verboten, die Stadt zu verlassen. Ich fürchte, jetzt kommen Sie nicht einmal mehr gegen Kaution auf freien Fuß.«
»Was soll das heißen? Ich hatte keine Ahnung, dass ich verhaftet werden sollte.«
»Das glaube ich doch. Kommt hinzu, dass der von Ihnen gewählte Grenzübergang gewisse Rückschlüsse auf Ihr Reiseziel erlaubt. Wollten Sie in Walfischbai jemanden treffen? So, wie zuvor Ihr Mann dort jemanden getroffen hat?« Sein Mund verzog sich zu einem gehässigen Grinsen.
»Was reden Sie denn da?«, erwiderte ich wütend. »Wen soll mein Mann getroffen haben?« Ich verstand überhaupt nichts mehr. Ich kam mir vor wie Alice im Albtraumland.
»Ihre Handlungsweise könnte falsch ausgelegt werden.«

»Was soll das denn schon wieder heißen? Erzählen Sie mir lieber, was hier vor sich geht. Die Grenzbeamten sagten, ich solle in Kapstadt vor Gericht gestellt werden. Was soll ich denn verbrochen haben? Wie lautet die Anklage gegen mich? Ich habe ein Recht, das zu erfahren! Mein Mann hat meinen kleinen Jungen gekidnappt! Was unternehmen Sie denn in dieser Sache? Wo ist mein Sohn? Können Sie mir das sagen? Ich habe nichts verbrochen, verdammt noch mal!«
Barnard schwieg, blickte mich nur mit steinerner Miene an, und ich brachte kein Wort mehr aus ihm heraus.
Ich fragte mich, was seine Anspielungen zu bedeuten hatten. Wolf hatte mich und die meisten unserer Freunde übers Ohr gehauen und meinen kleinen Sohn gekidnappt. Was, um Himmels willen, hatte er denn noch verbrochen? Ich rekapitulierte, was ich bis jetzt alles erfahren hatte, und gelangte zu der Ansicht, dass es um etwas sehr viel Schlimmeres gehen musste als Betrug.

Wir saßen in der Wartehalle des Flughafens. Ich nehme an, wir sahen wie ein normales Paar aus, weil niemand uns sonderlich viel Beachtung schenkte. Vermutlich hielten die Leute uns für ein Ehepaar, das Streit hatte, weil wir kaum ein Wort miteinander wechselten. Erst später, als die Maschine mit dem Flugziel Kapstadt gestartet war und Barnard sich ein paar Whiskys hinter die Binde gegossen hatte, taute er ein bisschen auf.
»Ich vertraue Ihnen, Mrs. Möller«, sagte er. »Das mag Sie vielleicht überraschen, aber ich bin ziemlich sicher, dass Sie von Ihrem Mann erpresst werden. Wahrscheinlich hat er Ihren Jungen als Geisel genommen.«
Man brauchte wahrlich kein Genie zu sein, um darauf zu kommen.
»Ich verstehe allerdings nicht, weshalb Möller Sie am Leben gelassen hat«, fuhr Barnard fort. »Sie sind die größte potentielle Gefahr für ihn. Aber die Erklärung dafür, dass Sie noch leben, ist wahrscheinlich ganz einfach. Als es für Möller Zeit wurde, aus Südafrika zu verschwinden, hat er es einfach nicht fertig gebracht, Sie zu ermorden, obwohl er es vorhatte. Sie sind eine sehr gut aussehende Frau, Mrs. Möller. Vielleicht liebt er Sie wirklich.«

Er blickte mich abwartend an, doch ich schwieg.
»Außerdem glaube ich«, fuhr Barnard fort, »dass Möller Sie deshalb geheiratet hat, weil Sie genau die richtige Frau waren, um ihm den sozialen Status zu verschaffen, den er für seine Arbeit brauchte.«
Barnard hatte seine Hausaufgaben gemacht, das musste man ihm lassen.
»Für Sie, Mrs. Möller, wäre es am sichersten, uns voll und ganz zu vertrauen. Treten Sie als Kronzeugin gegen Möller auf. Die Polizei der halben westlichen Welt ist hinter ihm her. Irgendwann wird man ihn erwischen ... und Ihren Sohn.«
»Sie sind nicht sehr überzeugend, Major Barnard. Sie versuchen mir Angst zu machen, aber dieser Mann, den ich geheiratet habe ... den ich nie richtig gekannt habe, jagt mir tausendmal mehr Angst ein. Glauben Sie etwa, er liest keine Zeitung? Er wird wissen ... Er wird ...« Ich erstickte beinahe an den Worten. Ich hatte zu viel gesagt. Ich starrte auf meine Hände, um Barnards prüfendem Blick zu entgehen und meine Furcht zu verbergen.
»Sie haben gar keine andere Wahl. Glauben Sie mir, Mrs. Möller. In Kapstadt erwartet Sie eine förmliche Anklage. Sie werden ins Gefängnis wandern.« Er ließ einen Moment verstreichen, seufzte und fuhr fort: »Es gibt sehr viele Dinge, die Sie noch nicht über Ihren Mann wissen, Mrs. Möller. Unsere Informanten beim Geheimdienst haben uns mitgeteilt, dass Wolf Möller als russischer Spion tätig ist, seit er in Südafrika lebt. Er hat Armscor, den südafrikanischen Waffenhersteller, als Mittel zum Zweck benutzt, um den Russen geheime amerikanische Forschungsergebnisse zu übermitteln. Wie ich schon sagte, haben wir die Fährte Ihres Mannes bis nach Walfischbai verfolgen können. Dort verliert sich seine Spur und die Ihres Sohnes. Niemand mehr hat die beiden zu Gesicht bekommen. Möller hätte seine Flucht auf einem Schiff fortsetzen können, allerdings lagen zu der Zeit keine Passagierschiffe im Hafen. Das einzige Boot, das in der fraglichen Zeit aus Walfischbai ausgelaufen ist, war ein russisches Forschungsschiff, das Fanggründe und Fischschwärme erkundet, aber auch in geheimdienstliche Tätigkeiten verstrickt ist, wie allgemein bekannt, aber nicht zu beweisen ist. Wir sind sicher, dass Möller an Bord

dieses Schiffes gegangen ist. Wahrscheinlich wurde er an der Küste von Angola an Land gesetzt, weil er von dort nonstop nach Russland fliegen kann.«
Ich saß fassungslos da, wie vom Donner gerührt. Schweißtropfen liefen mir über den Rücken und hinterließen große feuchte Flecken auf meinem Kleid. Meine Hände zitterten, und ich konnte kaum einen klaren Gedanken fassen. War Wolf tatsächlich ein Spion? War Nicky etwa schon in Russland? Wenn das der Fall war, wie sollte ich ihn dann jemals finden?

32.

Ich riss mich zusammen und versuchte, mir einen Reim darauf zu machen, was Barnard mir an Informationen gegeben hatte. Mir fiel ein, dass ich in Chobe gehört hatte, wie Wolf sich nachts mit irgendjemandem in einer fremden Sprache unterhielt, die sich wie Russisch angehört hatte. Aber was, um Himmels willen, hatten Wolfs Betrugsgeschäfte mit *Spionage* zu tun? Wie konnte jemand zugleich Betrüger, Schmuggler und Spion sein? Ich entdeckte keine Ähnlichkeiten zwischen dem Mann, den Wolf mir vorgespielt und den ich geheiratet hatte, und dieser anderen, düsteren und gefährlichen Person, die, wie es schien, ebenfalls in dem Körper wohnte, den ich so sehr geliebt hatte.
Hatten die Russen tatsächlich ein Schiff nach Walfischbai geschickt, um Wolf dort abzuholen? War er ein *so wichtiger* Mann für sie?
»Mrs. Möller«, wiederholte Barnard, »ich möchte Sie noch einmal warnen. Falls Sie nicht mit den Behörden zusammenarbeiten, werden Sie als Komplizin Ihres Mannes behandelt. Das Strafmaß wird bei Ihnen genauso hoch liegen wie bei Wolf Möller. Nur dass *Sie* hinter Gitter wandern, während Möller *in absentia* verurteilt wird und in Freiheit bleibt.«
Mir brummte der Schädel. Eine Million Dinge schwirrten mir gleichzeitig durch den Kopf, doch zum Schluss kam immer das Gleiche heraus: Ich saß in der Falle. Ich versuchte, meine Angst im Zaum zu halten und Barnard zuzuhören, denn ich spürte, dass dieser Mann auf meiner Seite stand.

»Wenn ich nur wüsste, was da wirklich vor sich geht!«, sagte ich. »Dann könnte ich vielleicht irgendeine Entscheidung treffen.«
Er dachte eine Zeit lang darüber nach. Dann sagte er: »Interpol und der CIA suchen Möller schon seit langer Zeit. Aber keiner wusste, dass er sich in Südafrika aufhielt. Es gibt sogar Gerüchte, dass er sein Gesicht von einem plastischen Chirurgen verändern ließ. Wie dem auch sei, ich bezweifle, dass Ihre Ehe jemals rechtmäßig war. Möller ist ein Falschname – von den Adelstiteln ganz zu schweigen. Niemand weiß, wer dieser Mann wirklich ist.«
»Wenn ich nicht rechtmäßig mit ihm verheiratet bin, hat er keinerlei Rechte auf meinen Sohn.«
»Ganz recht.«
»Major Barnard, falls man mich zu einer langen Haftstrafe verurteilt ... werden Sie dann die Klage auf Kidnapping weiter verfolgen und für mich aussagen, sodass ich das Vormundschaftsrecht für Nicky bekomme?«
»Natürlich, Mrs. Möller. Ich will Ihnen sagen, was ich weiß ... inoffiziell ... weil es Ihnen möglicherweise hilft. Ihr Sohn wird als Geisel gehalten, um Ihr Schweigen zu erpressen, und wenn Sie es noch so sehr leugnen. Habe ich Recht?«
Er wartete auf eine Antwort, aber ich schwieg.
»Möller hat Politiker und hohe Beamte übertölpelt, indem er vorgab, Südafrika dadurch zu helfen, dass er Waren ins Land schaffte, die unter die Bestimmungen des internationalen Wirtschaftsembargos fielen. Er wurde als Spion entlarvt, nachdem CIA-Agenten beim südafrikanischen Waffenproduzenten Armscor eingeschleust wurden. Diese Agenten sollten ermitteln, auf welche Weise computergesteuerte Raketenabwehrsysteme nach Südafrika gelangt sind, obwohl sie für Russland bestimmt waren. Die Agenten fanden heraus, dass Südafrika beim Schmuggel amerikanischer Waffensysteme und bei der Weitergabe militärischer Geheimnisse als wichtige Zwischenstation diente.«
»Und was hat mein Mann damit zu tun?«
»Er ist ein hervorragender Computerfachmann und Spezialist auf dem Gebiet der modernen Militärtechnologie. Mit sowjetischem Geld und Armscors Hilfe konnte er sich durch Bestechung oder Erpressung alles beschaffen, was er wollte. Die meisten Leute

schrecken davor zurück, Schmiergelder zu kassieren, wenn es darum geht, den Russen illegal Hochtechnologie zu liefern. Aber wenn diese Technologie *offiziell* nach Südafrika geliefert wird, halten sie viel bereitwilliger die Hand auf. Es war ein genialer Trick Möllers, der es ihm sogar ermöglicht hat, den Russen das amerikanische Computerabwehrsystem für Interkontinentalraketen zu beschaffen. Das hat den Westen mindestens vier Jahre Entwicklungsvorsprung gegenüber den Sowjets gekostet. Der CIA hat sich geschworen, Möller zu töten, wenn er ihn erwischt.« Er schaute mich eindringlich an. »Begreifen Sie jetzt, in welcher Lage Sie sich befinden, Mrs. Möller? Indem Sie die Dokumente Ihres Mannes vernichtet haben, sind Sie zu seiner Mittäterin geworden.«

»Sie reden immer von den Sowjets. Aber die Sowjetunion ist vor ziemlich genau einem Jahr zerfallen.«

»Richtig. Deshalb stand Möller plötzlich mit fast leeren Taschen da und musste seine finanziellen Einbußen durch Betrugsgeschäfte wettmachen, indem er sich an südafrikanische Industrielle und Banker gewandt hat und ihnen den Vorschlag machte, ihr Geld illegal außer Landes zu schaffen. Und was Ihren Jungen betrifft, Mrs. Möller ... er wird bereits von den amerikanischen, britischen, deutschen, südafrikanischen und israelischen Geheimdiensten gesucht. Außerdem von Interpol. Bis jetzt leider ohne Erfolg. Aber das ist kein Wunder. Ihr Mann hat seine Geschäfte jahrelang praktisch vor unserer Nase betrieben, und wir kannten nicht einmal seinen Namen oder seine Identität. Aber solange wir Ihren Mann nicht finden, bleibt auch Ihr Sohn verschwunden.«

»Also muss ich dennoch darauf vertrauen, dass Sie meinen Sohn finden?«

Barnard nickte. »Allerdings haben wir große Schwierigkeiten mit den Amerikanern. Schließlich hat Ihr Mann sie gewaltig übers Ohr gehauen, und nun ist er ihnen obendrein noch durch die Lappen gegangen. Deshalb werden die Amerikaner sich jetzt an Sie halten, Mrs. Möller.«

Panische Angst stieg in mir auf.

»Möller hat uns alle zum Narren gehalten«, sagte Barnard. »Ich wünschte, ich könnte Ihnen helfen.« Er schaute mich an. »Wie ich schon sagte, ich vertraue Ihnen. Aber Sie müssen auch uns vertrauen. Wenn Sie mir alles erzählen, was Ihr Mann Ihnen gesagt hat …«

Ich seufzte. »Ihnen ist doch klar, dass ein so gerissener Bursche wie mein Mann mir nie irgendetwas erzählt hat? Ich habe in einer Traumwelt gelebt. Ich habe mir eingebildet, geliebt zu werden und glücklich verheiratet zu sein.« Es gelang mir nicht, die Bitterkeit aus meiner Stimme herauszuhalten. »Und was Sie betrifft: Ich weiß nicht, ob ich Ihnen auch nur ein Wort glauben soll. Ich weiß bis jetzt nur, dass mein Mann ein Dieb ist. Aber glauben Sie mir – die Russen hat er gehaßt.«

»Ihr Mann *ist* Russe, Mrs. Möller.«

Ich war völlig entgeistert. »*Was* sagen Sie da?«

Doch Barnard lehnte sich zurück, schloss die Augen und sagte kein Wort mehr.

Als ich mich wieder einigermaßen in der Gewalt hatte und sicher war, dass Barnard schlief, schrieb ich einen kurzen Brief an meinen Vater und erklärte ihm mit knappen Worten, dass ich unschuldig sei und dass Wolf Nicky gekidnappt habe. Außerdem schilderte ich ihm in kurzer Form, was ich von Barnard erfahren hatte. Dad musste eine Privatdetektei mit der Suche nach Nicky beauftragen. Vielleicht fanden sich in Dresden, Beeskow oder Lübeck Anhaltspunkte, was Wolfs wahre Identität betraf. Während ich schrieb, zitterten meine Hände so sehr, dass meine Schrift kaum noch zu entziffern war.

Ich hatte Glück und traf auf der Toilette des Flughafens auf eine Frau, die sich für einen Hundertrandschein bereit erklärte, den Brief per Luftpost nach Schottland zu schicken.

Während ich mit Barnard in die Innenstadt fuhr, überdachte ich noch einmal mein Dilemma. Wahrscheinlich wurde ich wegen Betrugs, vielleicht sogar wegen Spionage vor Gericht gestellt und wanderte für Jahre hinter Gitter. Was konnte ich tun? Ich versuchte mir einen Plan zurechtzulegen, doch meine Gedanken wirbelten durcheinander wie ein Vogel in einer Falle, der verzweifelt nach einem Ausweg sucht. Ich beruhigte mich erst ein wenig, als ich einsah, dass es keinen Ausweg für mich gab. Ich konnte nichts unternehmen, und es war sinnlos, irgendwelche

Pläne zu schmieden. Die Wahl, vor der ich stand, hieß schlicht und einfach: meine Freiheit oder das Leben meines Sohnes. Barnard hatte Recht. Für mich bestand die einzige Möglichkeit davonzukommen darin, mich als Kronzeugin zur Verfügung zu stellen. Aber genau das war Wolfs schlimmste Befürchtung – und genau deshalb hatte er Nicky entführt, um den Jungen als Druckmittel gegen mich zu benutzen.
Welche Frau würde sich mit dem Leben ihres Kindes die Freiheit erkaufen? Plötzlich sah ich Nicky ganz deutlich vor meinem inneren Auge. Auf seinem Gesicht spiegelten sich Trauer und Schmerz. Er brauchte meine Liebe, meine Nähe, meinen Trost. Ob er auch jetzt nach dir weint? fragte ich mich. Ist er mit Wolf zusammen? Oder hat Wolf ihn irgendwo zurückgelassen?
Oh Nicky! Wo bist du? Ich werde dich nicht im Stich lassen, mein Schatz. Und wenn sie mich für Jahre ins Gefängnis stecken! Eines Tages werde ich dich finden ...

Zweiter Teil

33.

Pollsmoor-Gefängnis, 16. Mai 1994

Als die Zellentür hinter mir ins Schloss fiel, hatte ich alle Hoffnung aufgegeben. Dann aber kam Hilfe aus meinem Inneren in Gestalt eines Traumes. Ich erkannte, dass ein Teil von mir so stark war, dass ich es kaum fassen konnte. Dieser Teil meines Selbst war sogar zu *töten* imstande. Ich wusste, dass ich diese grausame, tödliche Seite in meinem Inneren hegen und pflegen musste. Ich nannte sie meinen *tokoloshe.*

Ich bin jetzt seit anderthalb Jahren im Gefängnis, doch mein *tokoloshe* wird mit jedem Tag stärker und tödlicher. Ich halte ihn in den tiefsten und düstersten Verliesen meines Verstandes gefangen. Er wurde im Glutofen meines Zorns gebrannt, von meinen schlimmsten Ängsten durchtränkt, von den endlosen Monaten des Wartens gefoltert und von meinen eigenen Händen zu einem tödlichen Werkzeug geformt. Und er ist gerissen, mein *tokoloshe.* Er wird mich zu Wolf und meinem Sohn führen. Er wird mir den Mut geben zu tun, was ich tun muss. Er ist meine Kraft und meine Klugheit. Er ist die dunkle Seite meiner Seele.

34.

Unsere Gefängniszelle hatte die Maße eines großen Schlafzimmers, doch es waren vierundzwanzig Frauen darin zusammengepfercht, die in Etagenbetten schliefen. Wir kamen aus den kahlen Hügeln der Transkei im Osten des Landes und von den Zuckerrohrfeldern in Natal, von den trockenen Ebenen an der Westküste und von illegalen Siedlerstätten am Kap. Wir hatten gestohlen und gehurt und Raubüberfälle verübt, und zwei von uns hatten sogar gemordet. Aber wir waren Frauen, und wir alle

litten unter dem Schmerz, von unseren Familien und vor allem von unseren Kindern getrennt zu sein.
Im Spätsommer hatte eine Hitzeperiode das überfüllte Gefängnis in eine glühende Hölle verwandelt. Die Farbe an den Wänden warf Blasen vor Hitze, während wir in unserer Sträflingskleidung auf den Etagenbetten lagen und kaum zu atmen wagten, denn der Teufel allein mochte wissen, welche Krankheitserreger in der zum Schneiden dicken, feuchten Luft lagen. Man hatte uns gesagt, wir brauchten an diesem Tag nicht in der Gefängniswäscherei zu schuften oder den Knast zu putzen. Den Grund dafür kannten wir nicht. Aber für mich war es schlimmer, untätig auf dem Bett zu liegen, als zu arbeiten, denn dabei fand ich wenigstens ein wenig Ablenkung.
Aber nun lag ich auf meiner Pritsche, schweißnass und benommen von der Hitze, und lauschte den Stimmen der Kinder, die draußen spielten – die Kinder der Wärterinnen. Ihre Rufe und ihr Lachen waren für mich wie eine Verbindung zur äußeren, normalen Welt.
Plötzlich rief eine Wärterin meinen Namen und riss mich aus meiner Apathie.
»Komm mit«, sagte sie schroff. »Los, Beeilung!«
Eisige Furcht durchrieselte mich, und plötzlich hatte ich einen widerlichen Geschmack im Mund, als ich an die schrecklichen Monate denken mußte, die ich in Untersuchungshaft verbracht hatte. Ich sah wieder den Stuhl vor mir, die schimmernden eisernen Klemmen und die Elektrokabel, die hinauf zur Wand führten; ich musste an den stechenden Geruch des Desinfektionsmittels denken, der aber nie den Gestank nach Urin und Erbrochenem, Schweiß und Blut hatte überdecken können, der von den Menschen stammte, die vor mir in dem Raum mit dem Stuhl gewesen waren. O Gott! Plötzlich spürte ich wieder, wie die Wärterin mir die gallertartige Masse auf die Schläfen und in die Kniekehlen strich und dann die Elektroden darauf befestigte, sie mit Lederriemen festzurrte, und ich konnte meine furchtbaren Schreie hören, als ich mich aus dem Stuhl loszureißen versuchte.
»Beeilung! Der Direktor wartet schon«, riss eine Stimme mich in die Wirklichkeit zurück.

Plötzlich spürte ich Nässe zwischen meinen Oberschenkeln und schämte mich so sehr vor mir selbst, dass ich all meinen Mut zusammennahm. Was sie auch mit dir anstellen, du kannst es ertragen! schwor ich mir. Schließlich hatte ich es mir selbst und den Verhörspezialisten mehr als einmal bewiesen, als sie versucht hatten, Informationen über Wolf und dessen Spionagetätigkeit aus mir herauszufoltern. Ich warf einen letzten, traurigen Blick auf meine Mitgefangenen und folgte der Wärterin aus der Zelle.

Mit müden, schleppenden Schritten ging ich über die langen Gänge und durch Gittertore, die entriegelt und hinter mir wieder verschlossen wurden. Schließlich gelangten wir in den Verwaltungstrakt des Gefängnisgebäudes, und die Wärterin führte mich in das Büro des Direktors.

Captain Hendrik Vermeulen machte wie immer einen ungepflegten Eindruck. Sein Hemd war fleckig, seine Fingernägel schmutzig, sein Haar schuppig. Das Leben meinte es nicht gut mit Captain Vermeulen. Ich hatte mich oft gefragt, was einen Menschen dazu brachte, Aufseher im Knast oder gar Direktor eines Gefängnisses zu werden. Das war nun wirklich kein Beruf, von dem man als Mädchen oder Junge träumte. Lokführer, ja. Gefängnisdirektor, nein.

Der Captain blätterte eine Zeit lang meine Akte durch, während ich vor ihm stand, mir wie ein Dummkopf vorkam und mich ärgerte, dass ich als Frau stehen musste, während er saß.

Schließlich räusperte sich Captain Vermeulen und richtete seine blauen Augen auf mich. Ich las Zorn und Bitterkeit darin.

»Präsident Mandela«, sagte er, »hat in seiner unendlichen Weisheit beschlossen, zur Feier der Ausrufung seines neuen Südafrikas eine Reihe von Gefängnisinsassen zu begnadigen. Sie sind eine der Glücklichen.«

Was meinte er damit? Dass mein Strafmaß verringert wurde? Oder dass ich auf freien Fuß kam? Ich hielt den Atem an.

Der Captain holte tief Luft. Er versuchte, seinen Zorn im Zaum zu halten, doch es gelang ihm nicht. Beinahe hasserfüllt spie er hervor: »Das ist ja auch kein Wunder, nicht wahr? Ihr Mann war kommunistischer Spion. Wahrscheinlich werden Sie bald bei ihm in Moskau sein und zur Feier des Tages Wodka trinken. Habe ich Recht?«

Er verstummte und starrte mich düster an, während ich mich fragte, was das »neue Afrika« für die weiße Arbeiterschicht bedeutete. Einen allmählichen sozialen Abstieg, weil die farbigen Südafrikaner, die an Macht gewonnen hatten, den Weißen die Jobs wegnahmen? War es das, was Captain Vermeulen fürchtete?

Plötzlich sagte er: »Sie sind ab sofort aus der Haft entlassen.«

Ich starrte ihn fassungslos an, brachte kein Wort hervor und begann heftig zu zittern. Die Knie wurden mir weich, sodass ich befürchtete, jeden Moment einzuknicken.

Der Captain fuhr fort: »Ich bin verpflichtet, Sie zu fragen, ob Sie die Hilfe eines Sozialarbeiters in Anspruch nehmen möchten. Aber wenn Sie meine Meinung hören wollen ...« Er verstummte; dann fuhr er mit hasserfüllter Stimme fort: »Menschen wie Sie und Ihr Mann haben dieses Land zerstört. Hätte ich das Sagen, würden Sie und alle diese Verräter baumeln. Alle, die an der Macht sind ...«

Wieder verstummte er und starrte mich durchdringend an. Oh, ich wusste, wie es ihm ging! Ich wusste, wie sehr es schmerzte, verraten zu werden. Beinahe hatte ich Mitleid mit diesem Mann.

»Darf ich mich von den Frauen in meiner Zelle verabschieden?« stammelte ich. Er antwortete mir zornentbrannt, aus seinen Augen sprach Verachtung: »Das ist nicht möglich.«

Kurze Zeit später ging ich mit den anderen amnestierten Häftlingen einen Gang hinunter. Alle jubelten, lachten und fielen sich in die Arme. Jeder dieser Gefangenen hatte auf die eine oder andere Weise für die Freiheit gekämpft. Ich nicht. Deshalb blieb ich stumm und hielt mich im Hintergrund. Erst als ich allein unter der Dusche stand, ließ auch ich meiner Freude freien Lauf, schlug mit den Händen gegen die Kacheln, bis mir die Finger schmerzten, und rief immer wieder: »Frei! Frei! Ich bin frei!«, und ließ mir vom heißen Wasser die Freudentränen aus dem Gesicht spülen.

Eine halbe Stunde später war ich fertig angezogen. Die Sachen, die ich trug, waren mir viel zu weit geworden (hatte ich wirklich einmal so gut im Futter gestanden?). Ich war immer noch benommen und von einem Gefühl der Unwirklichkeit erfüllt, als ich mit unsicheren Schritten durch das Gefängnistor in die Freiheit ging. Zu meinem Erstaunen wartete Joy auf mich und fiel mir um den Hals.

»Joy!«, rief ich. »Wie ich mich freue, dich zu sehen.« Ich drückte sie an mich. Unsere einstigen Feindseligkeiten waren für den Augenblick vergessen.

»Oh Nina«, sagte Joy. »Gott sei Dank, dass du endlich frei bist.« Schließlich löste sie sich von mir, trat einen Schritt zurück und musterte mich von oben bis unten. »Du hast doch keine Läuse, oder?« Sie errötete und ergriff meinen Arm, als ich den Kopf schüttelte. »Entschuldige. Du liebe Güte, wie dünn du geworden bist! Es muss die Hölle für dich gewesen sein, armes Mädchen.« Sie hakte sich bei mir ein. »Komm, verschwinden wir von hier. Die Gegend ist mir unsympathisch. Und bevor du mich fragst – keiner von uns wusste, ob du zu denen gehörst, die auf freien Fuß gesetzt werden. Wir haben versucht, es herauszufinden, bekamen aber keine klare Auskunft. Immer hieß es nur ›kann sein‹ oder ›es besteht die Möglichkeit‹. Ich bin auf gut Glück zum Gefängnis gekommen. Schon seit einer Woche habe ich jeden Morgen gewartet. Ich habe dich vermisst, Nina. Aber jetzt haben wir dich ja wieder. Gehen wir.«

»Und wohin?«

»Du kommst erst einmal mit zu Bernie und mir. Unser neues Haus ist zwar nicht so luxuriös wie damals unsere Villa, aber wir sind glücklich. Übrigens, ich habe dir für heute Abend einen Flug nach London gebucht, mit Anschluss nach Inverness. Dein Vater hat darauf bestanden, dass du Südafrika sofort verlässt.«

»Mein Vater?«, fragte ich erstaunt. »Ich dachte, der hätte mich längst abgeschrieben.«

»Ganz und gar nicht«, sagte Joy. »Du kannst dir nicht vorstellen, wie sehr er sich dafür eingesetzt hat, dir diese Amnestie zu verschaffen. Wenn man seine Briefe an die Regierung liest, könnte man glauben, du wärst eine führende britische Kommunistin, die hier in Südafrika für die Freiheit gekämpft hat.«

»*Was*? Das hört sich aber gar nicht nach meinem Vater an.«
»Du bist seine Tochter, Nina.«
Plötzlich hatte ich einen Kloß im Hals – so groß, dass ich ihn kaum hinunterschlucken konnte.

35.

Inverness, 18. Mai 1994

Ich schaute aus dem Seitenfenster des Taxis und versuchte mich innerlich auf den Augenblick vorzubereiten, vor dem ich mich fürchtete: meinem Vater von Angesicht zu Angesicht gegenüberzutreten. Ich kam mir wie eine Versagerin vor – nicht so sehr wegen meiner Gefängnisstrafe und der negativen Publicity; vielmehr deshalb, weil ich meinen Sohn verloren hatte. Ich hätte auf meine Intuition hören sollen – und auf Vaters Warnung, dass Wolf irgendetwas zu verbergen habe. Und ich hätte besser auf Nicky aufpassen müssen. Ich hatte so viele Dummheiten begangen, dass ich überzeugt war, dass Dad mich verachtete. Vielleicht wäre es besser gewesen, gar nicht erst nach Hause zu kommen, aber mir war keine andere Wahl geblieben. Ich brauchte Dads Hilfe.
Es war ungewöhnlich kalt für einen Tag Mitte Mai. Die Knospen an den Zweigen der Bäume hatten sich noch nicht zu voller Pracht geöffnet, sondern besaßen noch immer jene unberührte winterliche Schönheit, die ich schon als Kind so geliebt hatte. Der See schimmerte wie polierter Stahl, und der schneegekrönte Gipfel des Liathach hob sich düster und abweisend vor dem grauen Himmel ab.
Die weite Reise war erstaunlich schnell vorüber gewesen. Es waren kaum vierundzwanzig Stunden vergangen, seit ich so unerwartet aus der Haft entlassen worden war, und ich konnte meine plötzliche Freiheit immer noch nicht fassen. Ich brauchte Zeit, das alles zu verdauen. Ich zitterte noch immer – und nicht nur wegen der Kälte.
»Wir sind gleich da«, sagte ich leise zum Taxifahrer.
Niemand erwartete mich, was mich nach dem Hochgefühl über

meine plötzliche Freiheit mit umso größerer Trauer und Melancholie erfüllte. Ich bezahlte das Taxi, nahm meinen Koffer und öffnete die Eingangstür.
Nichts hatte sich verändert. Da war immer noch die Standuhr, in der ich mich als kleines Mädchen versteckt hatte, und da lag noch immer der zerfranste alte Perserteppich, an dem unsere erste Brigit so gern herumgekaut hatte, und da hing noch das Foto von Großmutter an der Wand, und im Haus roch es wie früher nach Bohnerwachs. Alles war mir auf geradezu erschreckende Weise vertraut.
Eine Frau kam aus einer Tür und näherte sich mir. Mollig und matronenhaft, mit eisengrauem Haar und rosigen Wangen, war sie offenbar Dads Haushälterin. Sie hatte schöne graue Augen und strahlte Wärme und Freundlichkeit aus, konnte ihr Unbehagen über mein Erscheinen aber nicht verbergen. Wahrscheinlich befürchtete sie, ich könnte ihren gewohnten häuslichen Ablauf im Ogilvie Lodge durcheinander bringen oder gar ihren Platz einnehmen.
»Guten Morgen«, sagte die Frau. »Sie sind bestimmt Miss Nina Ogilvie. Ich bin Rosemary Peters, die Haushälterin.« Sie war eine Hiesige; man konnte es an der Aussprache hören. »Ihr Vater freut sich sehr über Ihren Besuch, Miss Ogilvie.«
Ogilvie? Nicht Möller? Zog Dad meinen Mädchennamen vor?
»Commander Ogilvie erwartet Sie schon in seinem Atelier«, fuhr Mrs. Peters fort. »Er hat dort ein gemütliches Kaminfeuer angezündet. Möchten Sie vor dem Mittagessen eine Tasse Kaffee?«
»Ja, gern. Ein Kaffee würde mir gut tun.«
Ich betrat das Atelier und sah Vater in einem Sessel sitzen, den er nahe ans Fenster gerückt hatte, um möglichst viel Licht zu haben. Er blätterte in einem Skizzenbuch. Als er aufschaute, bemerkte ich schockiert, wie sehr er gealtert war. Sein Haar war weiß geworden, und sein Gesicht war schmaler und hagerer als je zuvor. Doch seine Augen strahlten die alte Kraft und Energie aus, und sein Blick war so fest und durchdringend wie eh und je. Zögernd trat ich auf ihn zu und brachte sogar ein Lächeln zustande.
»Danke, dass du dich so sehr für meine Freilassung aus dem Gefängnis eingesetzt hast, Vater.«

Er zuckte die Achseln und erhob sich unsicher, wobei er die Kraft beider Arme einsetzte, um sich auf seinen Krücken in die Höhe zu stemmen.
»Und danke, dass du Geld auf mein Konto eingezahlt hast. Ich habe es erst in Heathrow festgestellt.«
»Nun lass aber gut sein, Nina.« Vater lächelte. »Nachher bedankst du dich noch dafür, dass ich dich gezeugt habe.«
»Wenn ich daran denke, was ich hinter mir habe ... nein, bestimmt nicht.«
»War es so schlimm?«
»Das Gefängnis war die Hölle. Aber noch schlimmer ist der Gedanke, dass ich meinen Sohn verlieren könnte ... oder eher andersherum. Der Gedanke, dass Nicky vielleicht *mich* verloren hat. Dass er sich nach mir sehnt. Dass er Angst um mich hat.«
Ich holte tief Luft, um nicht die Kontrolle über mich zu verlieren, und wechselte rasch das Thema.
»Es ist sehr kalt. Dabei haben wir schon Mai. Ich bin gar nicht mehr an diese Kälte gewöhnt. Mein Blut ist dünn geworden.«
Dad lachte gezwungen. »Das alles hast du deinem Mann zu verdanken. Er ist ein Mistkerl. Ich hatte dich gewarnt.« Er stützte sich auf seine linke Krücke; die andere lehnte er an den Tisch. Dann schüttelte er mir die Hand.
»Setz dich, Nina. Du stehst da wie ein Soldat auf dem Paradeplatz.«
Es tat mir weh, Vater zu beobachten, wie er sich auf seinen Krücken unbeholfen durchs Zimmer bewegte und sich dann langsam in den Sessel sinken ließ. Doch er wollte sich nicht von mir helfen lassen. Ich setzte mich ihm gegenüber und rückte, so nahe ich konnte, an das prasselnde, wärmende Kaminfeuer heran.
»Du bist sehr dünn, Nina. Und du hast eine hässliche Narbe am Arm. Eine Erinnerung an die Zeit im Gefängnis? Oh, ich weiß, die schlimmsten Narben sind in deinem Inneren, aber du hast es durchgestanden. Das ist die Hauptsache.« Er versuchte, seiner Stimme einen freudigen Beiklang zu geben, doch ich sah, wie betroffen er war.
»Das alles tut mir schrecklich Leid, Dad.«

»Mir auch. Du bist von deinem Mann hereingelegt und verraten und dann von der Regierung verhaftet worden, weil sie ihn aus der Reserve locken wollte. Aber er hat dich im Stich gelassen, und du hast an seiner Stelle leiden müssen. Ich wünschte, ich hätte dir schon eher helfen können. Aber jetzt bist du ja wieder zu Hause, Gott sei Dank. Ich hatte schon Angst, dass irgendwelche rechtsradikalen Fanatiker dich in letzter Minute am Flughafen erschießen, weil sie dich für die Frau eines kommunistischen Spions halten.«

»Jetzt übertreibst du aber, Dad.«

»Da bin ich anderer Meinung. Wolf hat die südafrikanische Regierung als Mittel zum Zweck benutzt, um für die Russen zu spionieren. Deshalb hast du, als seine Frau und vermeintliche Komplizin, ja ein so hohes Strafmaß bekommen. Die Begnadigung durch den Präsidenten könnte von manchen Leuten so verstanden werden, dass auch du für die Russen spioniert hast. Die Ironie an der Geschichte ist, dass Wolf mit dem Kommunismus gar nichts am Hut hat. Er arbeitet nur in die eigene Tasche – ein Mann, der seine Informationen an den Meistbietenden verkauft. Clive Wattling, ein ehemaliger Kollege beim Geheimdienst, ist ebenfalls dieser Ansicht. Du erinnerst dich an Clive, nicht wahr?«

»Vage.«

»Seine Recherchen haben ergeben, dass Wolf Möller Spezialist auf den Gebieten der Mineralogie und der militärischen Hardware ist. Wie ich schon sagte, hat er Waren und Know-how an den Meistbietenden verkauft ... Erdöl an die Südafrikaner zum Beispiel oder Raketenabwehrsysteme an die Russen. Es war ein Geniestreich Möllers, dass er den südafrikanischen Waffenproduzenten Armscor benutzt hat, um sich der Hilfe rechts gerichteter amerikanischer Unternehmer zu versichern und auf diese Weise die Wirtschaftssanktionen gegen Südafrika zu umgehen.«

Es war eine lange Rede für meinen sonst ziemlich wortkargen Vater, und schon daran erkannte ich, wie groß seine Angst war. Er machte sich Sorgen um mich, und diese Erkenntnis erfüllte mich mit einem plötzlichen Gefühl der Wärme und Zuneigung. Ich

nahm zärtlich seine Hand, was ich noch nie zuvor getan hatte, doch er entzog sie mir.
Ich lehnte mich zurück und stellte ihm die Frage, die mir schon lange auf der Zunge lag: »Du hast als Einziger bemerkt, dass mit Wolf irgendetwas nicht in Ordnung war. Woher wusstest du das eigentlich? Damals, als ich mit Wolf zu Besuch bei dir war, hast du mir sehr wehgetan, weil du ihn deine Abneigung so deutlich hast spüren lassen. Alle hielten große Stücke auf Wolf – auch ich. Aber als du ihn zum ersten Mal gesehen hast, hast du nur gesagt: ›Der Mann hat irgendetwas zu verbergen.‹ Ich kann mich noch sehr gut daran erinnern.«
Vater erwiderte nichts, schaute mich nur schweigend an, mit seinem seltsam durchdringenden und zugleich nachdenklichen Blick. Er verstand sich hervorragend darauf, in den Gesichtern anderer Menschen zu lesen, doch seiner eigenen Miene war nichts zu entnehmen. Niemand hätte hinter diese Fassade schauen können. Gibt es einen Menschen auf der Welt, der meinen Vater wirklich kennt? fragte ich mich. Meine Mutter hatte ihn ganz bestimmt nicht richtig gekannt.
Meine Mutter war gestorben, als ich im Gefängnis saß. Ich wusste, dass ich dieses Thema nicht anschneiden durfte; sonst würde ich völlig die Fassung verlieren.
»Möchtest du wissen, wie ich Wolf durchschaut habe?«, murmelte Vater schließlich. »Das war gar nicht so schwer, weißt du. In meinem einstigen Job habe ich einen sechsten Sinn für so etwas entwickelt. Die meisten Menschen versuchen, ihre Schwächen zu verbergen. Andere wiederum versuchen, ihre Stärken nicht zu zeigen. Es gibt kluge Menschen, die den Eindruck von Dummheit zu erwecken versuchen, und umgekehrt. Bei Wolf habe ich mich damals gefragt, weshalb er allen Leuten gegenüber so liebenswert erscheinen wollte. Nun, jetzt wissen wir die Antwort. Dieser Mistkerl hat den netten, aufmerksamen jungen Mann gespielt, weil er jeden als mögliches Opfer seiner Betrügereien betrachtet hat.«
Obgleich ich Wolf inzwischen hasste, schmerzte es mich immer noch, wenn andere Menschen so abschätzig über ihn redeten.
»So viel zu diesem Thema«, sagte Vater, als könnte er meine

Empfindungen spüren. Die Tür wurde geöffnet, und die Haushälterin kam ins Zimmer. »Ah, der Kaffee. Danke, Mrs. Peters.« Dad wartete, bis die Frau uns eingeschenkt und das Zimmer wieder verlassen hatte.

»Du musst Wolf vergessen«, sagte er dann. »Und benutze niemals deinen Ehenamen. Möller ist ein Deckname. Weiß der Himmel, wie der Bursche wirklich heißt.« Er lachte freudlos. »Hierzulande hat noch niemand die Jetset-Spionin Barnoness von Möller mit Nina Ogilvie in Verbindung gebracht. Und so soll es auch bleiben, nicht wahr?«

Ich musste an meine Hochzeit denken und daran, wie geschickt Wolf und Joy ihren Überraschungscoup geplant und vor mir verborgen gehalten hatten. Und wie erstaunt ich gewesen war, als ich die Heiratsurkunde unterschrieben hatte. Wie sehr musste Wolf sich über meine Verwunderung lustig gemacht haben. Baroness Nina von Möller! Als ich daran dachte, schlugen Flammen des Zorns in mir hoch.

»Nina«, sagte Dad eindringlich. »Lass das alles hinter dir, und fang ein neues Leben an.«

Ich schaute Vater an und schüttelte den Kopf. »Niemals!«, sagte ich lauter und leidenschaftlicher, als ich beabsichtigt hatte. »Soll ich meinen Sohn einfach vergessen? Welche Frau könnte so etwas? Wolf ist verlogen, verderbt und rücksichtslos. Umso schneller muss ich Nicky finden und den Jungen zu mir holen. So schnell es geht! Wenn ich nur wüsste, wo ich mit der Suche anfangen soll ...«

Vater schaute mich nachdenklich an. »Wenn du einen Anhaltspunkt hättest, würdest du dich sofort auf die Reise machen, nicht wahr? Nun, am Geld soll es nicht scheitern. Ich würde dir geben, was du brauchst. Ich nage nicht am Hungertuch, wie du weißt. Aber dir ist doch klar, dass du praktisch auf der ganzen Welt nach dem Jungen suchen müsstest? Es wäre wie die Suche nach der sprichwörtlichen Nadel im Heuhaufen.«

Eine eisige Decke der Verzweiflung senkte sich plötzlich auf mich nieder, und ich schauderte. Vater hatte Recht. Ich hatte nur eine sehr vage Idee, wo ich mit der Suche nach Nicky beginnen könnte.

»Aber ganz untätig war ich nicht«, sagte Vater zu meinem Erstaunen. »Nach dem Essen werde ich dir mehr darüber erzählen. Kannst du so lange warten?«
»Wenn es sein muss«, stimmte ich zu und zwang mich trotz meiner Anspannung und Neugier zu einem Lächeln.

36.

Beim Mittagessen sprachen Vater und ich nur über Dinge, die nichts mit meinen Problemen zu tun hatten – die voraussichtliche Ernte, den Mangel an Regen in diesem Jahr, die Rinderzucht –, und wir vermieden es, über unsere Gefühle zu sprechen. Vater aß eine ziemlich große Portion, was mich angesichts seiner Hagerkeit erstaunte; ich dagegen war viel zu nervös und hatte keinen Appetit auf die gedünstete Forelle mit Spinat, Vaters Leibgericht. Nach dem Essen bat er mich, um fünfzehn Uhr in sein Atelier zu kommen. Um die Zeit totzuschlagen, verbrachte ich eine Stunde damit, mir die Schränke anzuschauen, in denen Mrs. Peters meine alten Sachen verstaut hatte. In Anbetracht meiner langen Gefängnisstrafe war es sicher richtig gewesen, Mottenkugeln in die Schränke zu legen; ich bezweifelte allerdings, dass die Sachen jemals wieder den muffigen Geruch loswurden.
Die Koffer und die fünfzehn Kartons, die das Frachtunternehmen mit dem Schiff aus Kapstadt nach Schottland transportiert hatte, standen inzwischen auf dem Dachboden. Ich ließ die Kartons verschlossen, schaute mir nur das Inventarverzeichnis an: Fotoalben, Bücher, Geschirr, Besteck, Kleidungsstücke, Spielzeug von Nicky.
Tränen liefen mir über die Wangen. Ich brachte es nicht über mich, die Kartons auszupacken. Vielleicht hatte ich eines Tages die Kraft ...

Vater stand mit dem Rücken zum Kamin, die Hände auf seine Krücken gestützt, und wartete auf mich.
»Also dann, Nina«, sagte er ohne Vorrede, nachdem ich ins Zimmer gekommen war. »Mach bitte die Tür zu, und hör mir jetzt

gut zu. Während du fort warst, haben die besten privaten Ermittler und Detekteien der westlichen Welt in drei Kontinenten nach Wolf Möller und Nicholas gesucht.«
Offenbar spiegelte sich Hoffnung in meinen Augen, denn Dad fügte rasch hinzu: »Leider hatten sie keinen Erfolg. Tut mir Leid, Nina. Aber sie haben viel interessantes Material zusammengetragen.«
Er wies auf einen Stapel dicker Mappen, die auf seinem Schreibtisch lagen.
»Von dem Augenblick an, als Wolf in Walfischbai aus dem Flugzeug gestiegen ist, verliert sich seine Spur. Es gibt keine weiteren Informationen über ihn und Nicky. Die beiden wurden nicht mehr gesehen. Es finden sich auch nirgendwo Unterlagen, aus denen hervorgeht, dass ein Erwachsener und ein kleiner Junge Namibia verlassen haben. Ich bin sicher, Wolf und Nicky wurden von einem Fischerboot an Bord genommen und außer Landes geschmuggelt, wie es auch schon Major Barnard aus Kapstadt vermutet hat.« Er hielt kurz inne; dann fuhr er fort: »Du weißt ja, was ich dir auf den Brief geantwortet habe, den du mir heimlich geschickt hast, als Barnard dich nach deiner Festnahme zurück nach Kapstadt brachte. Das Konto in Lübeck, das du erwähnt hast, war aufgelöst worden – wahrscheinlich schon bevor du diesen Brief an mich geschrieben hattest. Und es gibt keinen Hinweis darauf, dass Möller an der Universität Dresden studiert hat, auch keine sonstigen Unterlagen. Deshalb sind wir sicher, dass Wolf Möller nicht der richtige Name dieses Mannes ist.«
Ich schämte mich beinahe, als ich an die vielen intimen Stunden dachte, die Wolf und ich miteinander verbracht hatten, ohne dass ich ahnte, bloß von ihm benutzt zu werden. Vergeblich versuchte ich, gegen diese Erinnerungen anzukämpfen. Ich sah mich mit Wolf im Bett liegen, glücklich und entspannt, den Kopf an seiner Schulter, nachdem wir uns voller Leidenschaft geliebt hatten.
»Meine liebste Nina«, hatte er gemurmelt, »eines Tages haben wir genug gespart, um den alten Gutshof meiner Familie in Deutschland wieder aufbauen zu können, und dann wirst du weit und breit als die wunderschöne Baroness Nina von Möller berühmt sein – und ich allein weiß, was für ein scharfes Luder du im Bett bist.«

Ich verzog vor Schmerz und Abscheu das Gesicht. »Nur dass Wolf kein Phantom ist, sondern ein sehr intelligenter und gut aussehender Mann aus Fleisch und Blut, den ich geliebt habe. Was spielt es da für eine Rolle, wie er mit richtigem Namen heißt?«
Ich spürte, dass ich errötete. Weshalb nahm ich Wolf in Schutz?
Statt mir zu antworten, schlug Vater eine der Aktenmappen auf. »Aus diesen Unterlagen geht hervor«, sagte er, »dass in den frühen achtziger Jahren ein Mann mit dem Decknamen Günther Mannheim in den Vereinigten Staaten aktenkundig war. Er hat Betrugsgeschäfte großen Stils aufgezogen und einige sehr reiche Leute um Millionen Dollar erleichtert. Mannheim hat damals ebenfalls behauptet, aus Ostdeutschland zu stammen. Außerdem gibt es bei Mannheim und Wolf Möller Ähnlichkeiten, was ihre Vorgehensweisen betrifft. Leider haben wir nur eine sehr ungenaue Beschreibung von Günther Mannheim. Es kommt hinzu, dass seitdem gut zehn Jahre vergangen sind.«
Er nahm eine andere Mappe und blätterte sie durch. »Anfang der achtziger Jahre wurden Interpol hundertsechzehn Betrugsfälle gemeldet, die Ähnlichkeiten mit Wolf Möllers Schwindelgeschäften aufwiesen. Es ging dabei um Schürfstellen mit angeblich wertvollen Mineralien oder Erzen. Ich habe sämtliche Fälle überprüfen lassen. Mir scheint, dass einige dieser Betrügereien Wolf Möllers Handschrift tragen ... Möglicherweise waren es die ersten erfolgreichen Versuche eines flügge gewordenen Betrügers. Aber Wolf Möller hat stets ein Schlupfloch besessen, in das er sich bei Gefahr blitzschnell zurückziehen konnte. Niemand weiß, wo dieses Versteck ist. Genauso wenig, wie jemand die wahre Identität Möllers zu kennen scheint. Da liegt das größte Problem, Nina.«
Er nahm eine weitere Mappe und warf mir einen raschen, besorgten Blick zu. »Um diese Akte zu bekommen, musste ich ein paar alte Verbindungen spielen lassen. Es sind Kopien der Informationen, die der amerikanische Geheimdienst über Wolf Möller gesammelt hat. Der CIA ist hinter ihm her wie der Teufel hinter der Seele. Aber du hast Recht – Möller ist durchtrieben, wagemutig und hochintelligent. Nicht einmal der mächtige CIA konnte seine wahre Identität ermitteln, geschweige denn ihn aufspüren.« Er schaute mich fest an. »Ich rate dir dringend, Nina,

die Suche nach Möller und deinem Sohn aufzugeben, und mag es dir noch so wehtun. Aber wenn Profis ihn nicht finden können, wie willst du es dann schaffen? Willst du den Rest deines Leben damit verbringen?«

Wieder loderte Zorn in mir empor. »Ich gebe *nicht* auf! Auf wessen Seite stehst du eigentlich?« Es war wie ein Aufschrei, der aus meinem tiefsten Inneren kam.

Vater seufzte und schob mir die Mappe zu. »Lies die Unterlagen, Nina. Glaub mir, es ist besser für dich, ein neues Leben anzufangen, eine neue Familie zu gründen. Natürlich kannst du nach deiner Gefängnisstrafe nicht mehr als Anlageberaterin arbeiten, mag das Urteil noch so ungerecht gewesen sein. Aber du hast sehr viele andere Möglichkeiten. Du könntest bei mir bleiben und die Leitung meiner Farm übernehmen oder dir etwas Eigenes aufbauen. Du bist noch jung. Das Leben liegt noch vor dir. Sei vernünftig, Nina!«

»Ich kann nicht fassen, was du da von mir verlangst, Vater«, erwiderte ich und versuchte, Ruhe zu bewahren, als mein Temperament mit mir durchgehen wollte. »Was bist du für ein Mann, dass du deinen Enkel im Stich lässt?«

»Ich habe meinen Enkel nie zu sehen bekommen.«

Plötzlich sah ich den Schmerz auf Vaters Gesicht, und Schuldgefühle verdrängten meinen Zorn. In gewisser Weise musste ich Verständnis für Dad aufbringen. Warum war ich mit Nicky niemals in Ogilvie Lodge gewesen? Wegen Wolf natürlich. Er hatte stets tausend Gründe anführen können, weshalb eine Reise nach Schottland nicht infrage kam, sobald ich dieses Thema zur Sprache brachte. Ich hätte darauf *bestehen* sollen, mit meiner Familie nach Schottland zu reisen. Aber ich hatte es deshalb nicht getan, weil ich eine Auseinandersetzung zwischen Wolf und meinem Vater befürchtet hatte.

»Ich habe dich deshalb nicht besucht, weil du so gegen Wolf eingenommen warst«, rechtfertigte ich mich und fügte kleinlaut hinzu: »Womit du natürlich Recht hattest.«

Er zuckte die Achseln. »Schon gut. Schnee von gestern.«

Ich klemmte mir Dads Aktenmappen unter den Arm und wandte mich zum Gehen.

»Nina ...«, sagte Vater, »ich würde gern wissen, wie du dich entscheidest, sobald du die Akten durchgesehen hast. Ob du weitersuchen oder auf mich hören willst. Sagst du mir Bescheid?«
»Natürlich, Dad.«
Als wenn ich mich noch groß entscheiden müsste! Trotzdem verbrachte ich einen langen und bedrückenden Abend damit, mir die Akten anzuschauen. Dad hatte keine Kosten und Mühen gescheut. Eine Vielzahl erfahrener Experten hatte nach Wolf und Nicky gesucht, doch herausgekommen war dabei so gut wie nichts.

Mitternacht. Als ich hörte, wie Vater sich in der Küche eine heiße Schokolade machte, eilte ich die Treppe hinunter und platzte ins Zimmer, ohne dass ich mir vorher überlegt hatte, wie ich ihm meine Entscheidung beibringen sollte.
»Und?«, fragte er bloß.
»Ich werde Nicky suchen, Dad. Ich kann und will nicht aufgeben. Er ist mein Sohn. Mag sein, dass du mit meiner Entscheidung nicht einverstanden bist, aber vielleicht kannst du wenigstens nachvollziehen, was eine Mutter für ihr Kind empfindet. Falls nötig, werde ich Nicky für den Rest meines Lebens suchen. Ich werde niemals aufgeben. Niemals!«
»Möchtest du rasch eine Tasse heiße Schokolade, bevor du dich auf die Suche machst, Nina?« Wider Willen musste ich lächeln. Dad verstand sich gut darauf, andere Menschen auf den Boden der Tatsachen zurückzuholen.
»Ja, gern.« Ich setzte mich an den Küchentisch und schob Vater die Aktenmappen zu. »Ich habe noch nie so viele wertlose Informationen auf einem Haufen gesehen.«
»Ganz meine Meinung. Aber reden wir einmal über dich. Hast du schon einen Plan, wie du mit deiner Suche beginnen möchtest?«
»Mehr als einen. Ich hatte anderthalb Jahre Zeit, mir Gedanken darüber zu machen.«
Vater blickte mich fragend an, doch es widerstrebte mir, ihm von meinen Plänen zu erzählen. Er würde sie als Träumereien bezeichnen – und Träume haben die Eigenschaft, sich in nichts auf-

zulösen, wenn die kühle Vernunft ins Spiel kommt. Und Vater war die Verkörperung der kühlen Vernunft. Was also sollte ich ihm sagen?

»Hör zu, Dad«, brach ich schließlich die bedrückende Stille. »Wolf hat zwei Schwachpunkte. Der eine ist der Mangel an Zeit. Egal, welches Betrugsgeschäft er macht – er muss immer schnell verschwinden, bevor sein Opfer oder die Behörden ihm auf die Schliche kommen. Sein zweites Problem besteht darin, das erbeutete Geld zu waschen, und zwar so gründlich, dass seine Verfolger nicht mehr feststellen können, aus welcher Quelle es stammt. Heutzutage werden große finanzielle Transaktionen von Banken und Regierungen sehr genau im Auge behalten. Schmutziges Geld zu waschen, indem man es um den Globus herum von einem Konto auf das andere überweist, um die Spuren zu verwischen, wird immer riskanter, und man benötigt Zeit und Fachwissen.«

Ich hielt inne und schaute ihn an. »Vielleicht kann ich einen Teil meiner Suche über das Internet vornehmen. Du hast mehr als hundert betrügerische Geschäfte ermittelt, Dad, die mit Schürfstellen oder Waffen zu tun haben. Ich werde jedem dieser Fälle nachgehen und ihn darauf überprüfen, ob er Wolfs Handschrift trägt – zum Beispiel, ob gegen Sanktionen oder Einfuhrbestimmungen verstoßen wurde. Bei seinen Geschäften muss Wolf Täuschungsmanöver anwenden. Vielleicht gelingt es mir, irgendein Muster zu erkennen und einen seiner nächsten Coups vorherzusehen, sodass wir ihn auf frischer Tat ertappen können.«

Vater nahm einen Schluck heiße Schokolade.

»Außerdem könnten wir übers Internet verfolgen, über welche Kanäle er das erbeutete Geld auf seine Konten schleust ... wie damals auf das Konto in Lübeck. Dann finden wir vielleicht heraus, wo sein Schlupfloch ist.«

Wir? fragte ich mich mit einer Mischung aus Erstaunen und aufkeimender Hoffnung. Wollte Dad mir helfen?

Ehe ich ihn fragen konnte, kam er mir zuvor. »Da du so fest entschlossen bist, weiterzumachen«, sagte er mit seiner knappen und sachlichen Stimme, der keinerlei Emotionen zu entnehmen waren, »biete ich dir meine uneingeschränkte Hilfe, meine Erfahrung und meine beträchtlichen finanziellen Ressourcen an. Außerdem habe ich Verbindungen zum Geheimdienst, auch wenn sie ein bisschen eingerostet sind. Die Laufarbeit allerdings musst du aus offensichtlichen Gründen allein erledigen.« Er blickte auf seine Krücken; dann starrte er düster auf die Aktenmappen. »Da ich über mehr Erfahrung verfüge, werde ich die Koordination bei unserer gemeinsamen Suche übernehmen. Wir werden als Team arbeiten. Mach dich darauf gefasst, dass anstrengende Tage vor uns liegen.«

Er hielt kurz inne; dann fuhr er mit ungewohnt sanfter Stimme fort: »Wir haben noch einen weiteren Vorteil, Nina – eine weitere Schwäche Wolfs, um genau zu sein. Er hat dich und deinen Sohn geliebt. Ich glaube, er ist nur deshalb mit dem Jungen geflüchtet, weil er nicht von ihm getrennt sein wollte.«

Ich lachte bitter auf. »Da irrst du dich gewaltig. Er hat mir meinen Sohn *geraubt*, und er hat mich für seine Verbrechen im Gefängnis büßen lassen, obwohl er sich der Polizei hätte stellen können. Nennst du das Liebe?«

»Du lebst noch, Nina, obwohl Wolf genau wusste, dass du irgendwann zur gefährlichsten Bedrohung für ihn werden könntest. Deshalb hat er dich mit Nicky erpresst, obwohl ich ganz sicher bin, dass er den Jungen liebt und ihm niemals etwas antun würde. Wahrscheinlich weißt du als einziger Mensch der westlichen Welt, wer Wolf Möller wirklich ist, und *was* er ist – nur ist es dir bis jetzt noch nicht bewusst geworden.«

»Wie meinst du das? Woher soll ich wissen, wer Wolf *wirklich* ist? Obwohl ich manchmal ...« Ich hielt inne, als ich daran denken musste, dass Major Barnard mir dasselbe gesagt hatte. »Ja, natürlich ...«

Vater nahm meine Hand. »Jetzt nicht, Nina. Wir werden professionell vorgehen und alles filmen und auf Band aufnehmen. Wir wollen doch nicht, dass uns auch nur die kleinste Kleinigkeit entgeht, nicht wahr? In den nächsten Wochen, vielleicht schon Tagen, werden wir herausfinden, was du wirklich weißt. Du wirst mir *alles* erzählen. Außerdem werde ich dir Fragen stellen. Es wird dir manchmal wie ein Verhör erscheinen, aber lass dich dadurch nicht einschüchtern. Alles Wissen ist tief in deinem Inne-

ren verborgen, und ich werde versuchen, diese Informationen hervorzuholen. Vielleicht können wir dann irgendwann das wahre Bild dieses Mannes hinter seiner freundlichen Maske zusammenfügen.« Er musterte mich. »Wenn du dich dann auf die Suche nach ihm machst, müssen wir dir eine neue Identität beschaffen. Deine Narbe müsste von einem plastischen Chirurgen entfernt werden. Wie ist das eigentlich passiert?«
Ich erzählte es ihm mit stockender Stimme. »Es war an dem Tag, als ich verurteilt worden war. Ich ... ich stand noch unter Schock. Ich konnte nur an die fünf schrecklichen Jahre denken, die mich im Gefängnis erwarteten, und dass ich ... dass ich Nicky erst würde suchen können, wenn diese Jahre vorüber wären. Ich wurde zum Pollsmoor-Gefängnis gebracht. Dort wurde mir befohlen, mich auszuziehen und zu duschen. Ich gehorchte ... wie in Trance. Plötzlich packte mich jemand ... ich habe mich gewehrt ... oh Gott, ich habe gekämpft ... und diese Schnittwunde abbekommen. Aber es hat mich vor Schlimmerem bewahrt. Überall war Blut. Die Aufseherin musste einen Arzt kommen lassen. Weißt du, Dad, eigentlich wollte ich nie mehr über das Gefängnis reden.«
Und das war noch nicht einmal die ganze Wahrheit. Hier, in der stillen, friedlichen Umgebung meines Elternhauses, konnte ich mir die Duschen im Gefängnis gar nicht mehr vorstellen – und auch nicht die brutalen, bestialischen Frauen mit ihren krankhaften und ins Perverse verzerrten sexuellen Begierden. Oder die Aufseherin, die Spaß am Zuschauen gehabt hatte. Die Bilder dieses Nachmittags würden mich mein Leben lang verfolgen. Und es gab noch weitere, ähnliche Erinnerungen an meinen Gefängnisaufenthalt.
»Du musst die Zeit im Gefängnis endlich vergessen, Nina. Jetzt geht es nur noch um Wolf und Nicky. Morgen früh um sechs fangen wir an. Übrigens – solange wir zusammenarbeiten, erwarte ich absolute Pünktlichkeit. Ich habe dir einen Wecker ins Zimmer gestellt, damit du nicht der Verlockung erliegst, dich im Bett noch einmal auf die andere Seite zu drehen.«
In dieser Nacht lag ich stundenlang wach und fragte mich, wie ein verkrüppelter alter Mann wie Dad und eine Amateurin wie

ich, die noch dazu schreckliche Angst um ihren Sohn hatte, einen Mann wie Wolf finden wollten – eine Aufgabe, an der die besten Ermittler der Welt gescheitert waren.

37.

Auf der einen Seite war ich meinem Vater dankbar für seine Hilfe; andererseits schmerzte mich seine emotionale Kälte, wie damals schon, in meiner Kindheit, nachdem Mutter ihn verlassen hatte. Außerdem machte es mich wütend, dass Dad mir offenbar immer noch nicht allzu viel zutraute. Hatte ich ihm in der Vergangenheit, schon durch meine berufliche Karriere, nicht das Gegenteil bewiesen? Hatte sich denn gar nichts geändert?

Vater wartete in seinem Arbeitszimmer und trommelte mit den Fingern nervös auf die Schreibtischplatte. Der altbekannte Duft seines Rasierwassers, der würzige Rauch der Holzscheite im Kamin, der Geruch nach staubigen Papieren und Tabak versetzten mich zwei Jahrzehnte in der Zeit zurück – wie auch der vertraute tadelnde Ausdruck auf Vaters Gesicht. Weshalb schaute er mich so strafend an? Ein kurzer Blick auf die Uhr ließ mich erkennen, dass ich zwei Minuten zu spät gekommen war.

»Entschuldige«, murmelte ich und fragte mich, wann Vater eigentlich aufstand, denn trotz der frühen Stunde hatte er bereits das Feuer im Kamin entfacht, eine Thermoskanne Kaffee gekocht und ein paar Brötchen geschmiert. Wie schaffte er das bloß?

»Schalte den Scheinwerfer und die Kamera ein«, sagte er. »Und den Kassettenrecorder. Gut. Und jetzt setz dich da hin.« Er wies auf einen Stuhl, der von den Scheinwerfern voll angestrahlt wurde. »Fangen wir ganz von vorn an. Wie und wann hast du Wolf kennen gelernt?«

Ich musste mich zwingen, an den ersten Abend in Bernies Villa zurückzudenken, den ich mit so viel Mühe aus dem Gedächtnis verbannt hatte, und an den Ausflug in den Wildpark und an die Wochen und Monate danach. Anfangs glaubte ich es nicht zu schaffen. Meine Stimme schwankte, wenn die Erinnerungen zu schmerzlich wurden, doch mit der Zeit wurde ich sicherer, meine Erinnerungen wurden deutlicher, meine Stimme wurde fester. Ich erzählte von Joys Dinnerparty und den ausgeraubten Unfallopfern, die ich auf der Straße vor Joys Villa gesehen hatte, und von dem Plünderer, der mich mit dem Messer bedroht und meine Brüste befummelt hatte, und von Wolfs rechtzeitigem Erscheinen, worauf der Kerl die Flucht ergriffen hatte. Ich erzählte von meiner Wanderung zum Fluss und den drei Löwen, die mich beobachtet hatten, ohne dass ich es bemerkte, bis Wolf erschienen war und mich auf die Tiere aufmerksam gemacht hatte. Ich erzählte von seiner Bemerkung: ›Die Löwen fürchten den *Homo stupido* genauso wie den *Homo sapiens*‹ und musste unwillkürlich lachen. Es bereitete mir beinahe körperliche Schmerzen, als ich Dad davon berichtete, wie wir im Wildpark das erste Mal miteinander geschlafen hatten. Und später in Namaqualand an der Atlantikküste.

Und während ich erzählte, konnte ich das Meer riechen, den nassen rauen Sand im Rücken spüren, das Rauschen der Brandung hören. Es war wundervoll gewesen, mit Wolf zu schlafen. Ich konnte ihn hören, fühlen, schmecken, riechen. Alles erschien mir unglaublich real.

»Und du liebst diesen Lügner und Betrüger immer noch?«, riss Vaters Stimme mich aus meinen Gedanken.

»Ich habe ihn mehr geliebt als mein Leben. Er kam mir so aufrichtig vor, so ehrlich, während die anderen fremdartig waren, unnahbar, irgendwie ... künstlich. Ja, die Erinnerung an Wolf tut weh. Mehr aber auch nicht. Jetzt, wo ich weiß, was er ist ... was er getan hat, kann ich ihn nur noch hassen. Einmal sagte er zu mir, ich könne mich glücklich schätzen, weil ich nie zu hassen gelernt hätte. Tja, jetzt habe ich's gelernt ...« Ich hielt inne, denn ich wollte mir nicht anmerken lassen, wie heiß der Wunsch nach Rache in mir brannte.

Es war ein langer Morgen, und ich war froh, als Mrs. Peters uns frischen Kaffee und aufgebackene Brötchen brachte. Der Rücken tat mir weh, mir brannten die Augen, und meine Kehle war ausgedörrt vom vielen Reden.

»Ich bin keine politische Gefangene, Vater. Und ich bin keine Spionin. Ich bin deine Tochter! Müssen diese verdammten Scheinwerfer unbedingt sein? Willst du in Erinnerungen an alte Zeiten schwelgen, als ihr deutsche Kriegsgefangene verhört habt?«
Vaters seltsam unbeteiligter Blick blieb so gelassen wie zuvor auf meinem Gesicht ruhen.
»Wenn du erzählst, Nina«, sagte er schließlich, »kann ich deine Empfindungen erkennen. Wann du glücklich bist und zufrieden oder zornig, verletzt, erstaunt, verwirrt. Ich erkenne es an einem kurzen Zögern oder an einem Hauch von Zweifel, Schmerz oder Freude in deiner Stimme. Ich werde mir die Filme, die wir bei unseren Gesprächen aufnehmen, jeden Abend anschauen. Auf diese Weise bekomme ich ein noch besseres Gespür für deine Gefühle und Empfindungen. Dann fällt mir bestimmt noch etwas auf, was wir bis jetzt übersehen haben. Hab Geduld. Und nun lass uns weitermachen. Nachdem du Wolf besser kennen gelernt und mit ihm zusammengelebt hast – was hat dich am meisten an ihm überrascht?«
Wieder musste ich mich in die Vergangenheit zurückversetzen – eine Vergangenheit, in der wir sehr glücklich gewesen waren, glücklicher als viele andere Menschen. Vielleicht hätte mich *das* schon misstrauisch machen müssen.
»Wir ... wir waren fast ständig im siebenten Himmel. Das Glücklichsein war für mich beinahe eine Selbstverständlichkeit. Wir haben uns kaum gestritten, haben einander nur selten wehgetan. Wenn ich heute darüber nachdenke, kommt es mir unnatürlich vor. Nur manchmal, wenn Wolf sich über irgendetwas geärgert hat, ist er wütend geworden. Ich kann es nur schwer erklären ...«
»Versuch es.«
»Wolfs Augen waren ... außergewöhnlich, voller Liebe und Zärtlichkeit. In seinen Augen konnte ich alles lesen, was eine Frau sich nur wünschen kann. Wenn er bei mir war, hat für mich auch an den dunkelsten Tagen die Sonne geschienen. Aber er konnte den Ausdruck der Liebe in den Augen ... wie soll ich sagen? Er konnte diesen Ausdruck verschwinden lassen, wie man ein Licht ausknipst, von einem Moment zum anderen. Es war seltsam, beinahe unheimlich. Dann war nur noch Kälte in seinen Augen, und

das war schmerzhaft für mich.« Ich zögerte, fügte dann hinzu: »Genauer gesagt, hat es mich nicht so sehr geschmerzt, *wenn* er es getan hat ... wenn die Kälte die Liebe aus seinen Augen verdrängte. Mir hat viel mehr wehgetan, dass Wolf es konnte, wann immer er *wollte.*«

»Und war das oft der Fall?«

»Nein. Nur dann, wenn er jemanden verletzen wollte.«

»Und was hat ihn so sehr geärgert, dass diese Verwandlung mit ihm vor sich ging?«

»Die harmlosesten Dinge. Wenn er *wirklich* Grund gehabt hätte, sich zu ärgern, blieb er völlig gelassen. Ich erinnere mich an einen Vorfall an einem Strand in Namibia. Ich bin ausgerutscht und habe einen sehr kostbaren Brillantring verloren. Und was hat Wolf getan? Er hat sich halb totgelacht. Aber Kleinigkeiten konnten ihn auf die Palme bringen. Dann war er manchmal tagelang unausstehlich und hat mich links liegen lassen. Ich habe dann immer versucht, meinen Schmerz nicht zu zeigen. Manchmal hat er sich in sein Büro eingeschlossen und seine Lieblingsmusik gespielt. Es war seltsam.«

»Erzähl mir von einem solchen Vorfall.«

»Das erste Mal hat er im Wildpark so seltsam reagiert. Wir saßen mit den anderen im *boma* und haben am Lagerfeuer zu Abend gegessen, als etwas Eigenartiges passierte. Johan musste einen verkrüppelten Pavian erschießen, weil unsere eingeborenen Träger und Bediensteten das Tier für einen *tokoloshe* hielten, eine Art bösen Geist. Als David erklärte, dass afrikanische Medizinmänner solche *tokoloshe* – Wesen von vollkommener Bosheit – erschaffen könnten, indem sie kleine Kinder ständigen Entbehrungen und Grausamkeiten aussetzten, sodass sie als Erwachsene zu Bestien würden, hat Wolf sich fürchterlich darüber aufgeregt. Er schien es irgendwie persönlich zu nehmen, aber ich hatte keine Erklärung dafür.« Ich lachte gequält. »Ich kann mich nicht mal an seine genauen Worte erinnern. Jedenfalls träumte ich in der Nacht darauf von einem *tokoloshe*, der Wolfs Augen besaß. Es war schrecklich.«

Genauso scheußlich wie das verrottete Vogelnest, das in derselben Nacht von der Decke der Hütte auf mein Bett gefallen war.

Aber ich hatte nicht vor, meinen Vater mit dieser Geschichte zu langweilen, zumal er mit seinen Fragen noch einige Zeit bei meinem Traum verweilte.

»Ist es möglich, dass dein Unterbewusstsein dich davor warnen wollte, dass auch Wolf verunstaltet war? Auf psychischer Ebene, meine ich. Dass das Böse in seinen Kinderjahren Besitz von ihm ergriff, weil es ihm gewissermaßen eingeimpft wurde?«

Ich zuckte die Achsel. »Ich weiß es nicht.«

»Weil du der Stimme deines Unterbewusstseins nicht zugehört hast, stimmt's?«

»Kann sein. Weshalb interessierst du dich so sehr für dieses Thema?«

»Ich war beim Geheimdienst, Nina. Und seit meinem Unfall habe ich mich eingehend mit Psychologie beschäftigt«, erwiderte Dad zu meinem Erstaunen. Er war wirklich ein Mann voller Überraschungen. »Aber du hast Recht. Wir kommen vom Thema ab. Erzähl mir, wann Wolf das nächste Mal so heftig reagiert hat.«

Ich dachte kurz nach; dann schnippte ich triumphierend mit den Fingern und erzählte Dad von einem Vorfall in Botswana, der mir wichtig erschien. »Wolf und ich fuhren durch eine Wüstenlandschaft. Weit und breit war kein Lebewesen zu sehen. Es war glühend heiß und völlig windstill. Die Hitze hat uns schrecklich zu schaffen gemacht, und wir waren beide schlechter Laune. Plötzlich sahen wir mehrere Vögel, die Jagd auf Beute machten. Es waren Turmfalken. Wolfs Laune wurde sofort besser. Er erzählte mir, er habe als Kind in seiner ostdeutschen Heimat ebenfalls Turmfalken beobachtet. Sie hätten Mäuse und kleine Vögel gefangen, sagte er und wies auf ihre roten Krallen. Dann ...«, ich schüttelte den Kopf, »kam es aus heiterem Himmel zum Streit zwischen uns. Ich sagte Wolf, ich hätte irgendwo gelesen, dass diese Vögel aus Sibirien kämen und nicht aus Deutschland, und dass er sich irren müsse. Wolf war stundenlang sauer auf mich und beschuldigte mich, ich würde ihn ausspionieren. Es war verrückt! Später hat er sich entschuldigt. Es gab noch eine Reihe ähnlicher Vorfälle, und jedes Mal hat er mich beschuldigt, ich würde ihm nachschnüffeln.«

»Dann dürfte dir wohl klar sein, Nina«, sagte Dad, »dass Wolf dich warnen wollte. Du solltest dich auf keinen Fall mit seiner Vergangenheit beschäftigen und niemals anzweifeln, was er sagte, sonst hätte er dich bestraft, indem er dir eine Zeit lang seine Liebe entzog ... und wie wir beide nun wissen, war das deine Achillesferse, nicht wahr? Wolfs Tarnexistenz durfte keinen Kratzer abbekommen. Und du hast dich daran gehalten, weil du Angst hattest, seine Liebe zu verlieren.«

»Ja. Du hast Recht. Ich habe meine Zweifel für mich behalten. Ich hielt den Mund, wenn mich irgendetwas verwundert hat oder stutzig machte. Was war ich für ein Dummkopf!«

Dad grinste. »Einen Seehund dressiert man, indem man ihn mit einem Fisch belohnt, wenn er tut, was man von ihm verlangt. Wolf hat dich in gewisser Weise genauso abgerichtet, indem er dich mit Liebe belohnte ... beziehungsweise mit der Drohung gefügig gemacht, dir diese Liebe zu entziehen, wenn du ihm nicht gehorchtest.« Er hielt kurz inne. »Vielleicht sind wir jetzt so weit«, fuhr er dann fort, »dass wir die ersten vorsichtigen Schlüsse ziehen können. Nehmen wir die Geschichte mit diesem *tokoloshe* ... Es ist möglich, dass Wolf zum Waisenkind wurde und in einem Umfeld aufwuchs, in dem er grausam behandelt wurde. Es könnte auch sein ... nein, es ist *wahrscheinlich,* dass Wolf in einem Umerziehungslager in Sibirien gewesen ist und später in einem Ausbildungslager für Militärkadetten. Eine Geschichte, wie sie nach dem Krieg in Osteuropa leider sehr häufig passiert ist. Ich glaube, wir kommen dem wirklichen Wolf Möller allmählich auf die Spur, Nina.«

Vaters Lächeln war wie Mondlicht, das sich auf der Oberfläche eines dunklen Sees spiegelt.

»Aber wir alle«, fuhr er fort, »selbst die brutalsten Mörder, haben Menschlichkeit in unserem tiefsten Inneren. Unsere Seele ist ein Taufstein der Güte und Integrität, und wir hassen uns selbst – und andere Menschen noch viel mehr –, wenn wir spüren, dass wir die Verbindung zu dem Guten und Reinen in unserem Herzen verloren haben.«

Ich blickte Vater erstaunt an. Hinter seinem vertrauten hageren Gesicht war ein Fremder zum Vorschein gekommen – ein einsamer Philosoph voller Gedanken und Ideen, über die ich Dad nie zuvor hatte reden hören. Mich überkam das seltsame Gefühl, zum ersten Mal im Leben in Vaters Welt einzutreten und dort vielleicht den Mann kennen zu lernen, der er wirklich war. Ich nahm mir vor, mich vorsichtig und leise durch diese unbekannte Welt zu bewegen.

Gegen Mittag schaltete Vater den Scheinwerfer aus. Ich blinzelte und reckte mich. Das Licht war so grell gewesen, dass ich eine Zeit lang kaum etwas sehen konnte.
»Das ist verflixt anstrengend, Dad. Der Scheinwerfer blendet mich, und ich bin steif vom stundenlangen Sitzen. Außerdem können Erinnerungen sehr wehtun.« Ich seufzte. »Dabei haben wir gerade erst angefangen.«
»Wir reden während der Mittagspause kein Wort über Wolf und deinen Sohn, in Ordnung?« Dad warf einen Blick auf die Uhr; dann schaute er mich an und sah die Müdigkeit in meinen Augen. »Sollen wir bis morgen Pause machen? Es wäre vielleicht besser.«
Ich bedachte ihn mit einem zornigen Blick. »Nein. Oder haben wir bis jetzt irgendwelche tief schürfenden Erkenntnisse gewonnen?«
»Wie ich schon sagte – ich glaube, wir kommen dem wirklichen Wolf Möller allmählich näher. Wir werden sehen. Wenn du mich jetzt entschuldigen würdest.« Dad stemmte sich auf seinen Krücken aus dem Sessel, ging in sein privates Bad, das an sein Atelier angrenzte, und machte die Tür hinter sich zu.

38.

Es war wie eine archäologische Ausgrabung. Wir förderten Bruchstücke aus Wolfs Vergangenheit zutage und fügten sie nach und nach zu einem ungefähren Bild jenes Mannes zusammen, der er wirklich war. Zwei Wochen waren vergangen, seit Vater und ich unsere »Verhöre« aufgenommen hatten, aber mir kam es so vor, als wären zwei Jahre verstrichen. Die Tage und Nächte der Befragungen und die Notwendigkeit, tief in mein Inneres schauen und Erinnerungen hervorholen zu müssen, hatten mich körperlich völlig erschöpft. Indem ich die Vergangenheit wachrief, war das Trauma, das Wolfs Grausamkeit hervorgerufen hatte, wieder so lebendig geworden wie die Erinnerungen an Nicky und mein sehnlicher Wunsch, ihn endlich wieder in die Arme schließen zu können. Doch in gewisser Weise war es auch heilsam, sich alles von der Seele zu reden.

Nun aber war es an der Zeit, eine mehrtägige Unterbrechung einzulegen. Vater hatte mich überredet, die fachliche Hilfe des besten plastischen Chirurgen weit und breit in Anspruch zu nehmen und meine Narbe am Arm beseitigen zu lassen. »Du wirst es mir später danken, Nina«, sagte er, »wenn du den Hass auf dich selbst überwunden hast.«

Seine Worte erstaunten mich.

Anfang Juni begab ich mich für zwei Tage in eine Privatklinik in Edinburgh; dann reiste ich zurück nach Hause, den operierten Arm in der Schlinge. Obwohl es auf neun Uhr abends zuging, war mein Vater noch nicht aus seinem Atelier zum Vorschein gekommen; also setzte ich mich allein in unser schmuckloses, düsteres Esszimmer, während ich Mrs. Peters in der Küche leise darüber schimpfen hörte, dass das Fleisch zäh wurde, das sie Vater zum Abendessen zubereitet hatte. Dad schaute sich wieder einmal die Videoaufzeichnung eines unserer morgendlichen »Verhöre« an. Wie hielt er das bloß durch?

Ich schreckte aus meinen Gedanken auf, als in der Ulme draußen vor dem Fenster plötzlich der Gesang einer Amsel erklang. Ich schaute hinaus. Der Sommer war mit Macht ins Land gekommen, und im sattgrünen Gras an den baumbewachsenen Hügelhängen wuchsen leuchtend gelbe Butterblumen, Schlüsselblumen und Schöllkraut. Am Ufer des Sees sah ich rosa und purpurne Flecken: blühende Disteln, Kuckucksnelken und Wasserminze.

»Mrs. Peters«, rief ich in die Küche, »sagen Sie Vater bitte Bescheid, dass ich einen Spaziergang mache! Ich bin ziemlich abgespannt.«

»Das wundert mich nicht«, erwiderte Dads Haushälterin. »Sie sollten lieber ins Bett gehen.«

Ich zuckte die Achseln und trat hinaus.

Die Luft roch frisch und würzig, und über dem See, den Bergen und Wäldern lag eine heitere, friedliche Atmosphäre. In diesem Jahr war der Sommer spät gekommen, doch jetzt war es angenehm warm, und der Garten war erfüllt vom Gesang der Vögel. Ich ging zum Seeufer und setzte mich auf den Stamm einer umgestürzten Eiche, um den Sonnenuntergang über den Berggipfeln zu beobachten. Trotz der wunderschönen Natur überkam mich eine melancholische Stimmung. Ob Wolf jemals an mich dachte? Ob Nicky jemals nach seiner Mutter fragte? Ob er wohl glücklich war? Wo mochten er und Wolf jetzt sein?

Ich wurde aus meinen Grübeleien gerissen, als ich mehrere große Tiere sah – Hirsche vermutlich –, die sich langsam durch das Gras am Waldrand bewegten und sich dem Seeufer näherten. Ich staunte, denn das Fell der Tiere schimmerte wie poliertes Silber im Dämmerlicht. Sie wirkten wie Erscheinungen aus einer anderen, friedlicheren Welt. Ich sah, wie sie die Umgebung misstrauisch nach möglichen Gefahren absuchten. Schließlich senkten sie die Köpfe und begannen zu trinken, tauchten ihre weichen Mäuler in die unbewegte Wasseroberfläche, die von winzigen, sich kreisförmig ausbreitenden Wellen gekräuselt wurde.

Während ich die Tiere beobachtete, überkam mich das sonderbare Gefühl des *déjà vu* – bis ich mich an die Hündin erinnerte, die damals irgendwie in den Garten unseres Hauses in Kapstadt eingedrungen war, um am Pool ihren Durst zu löschen. Sie war groß gewesen, mit stumpfem silbergrauem Fell, und bis zum Skelett abgemagert. Ich hatte ihr ein paar Stücke Fleisch und Wurst zugeworfen. Das Tier hatte sie gierig hinuntergeschlungen und war dann in den Schutz einer Hecke geflüchtet.

Einige Tage geduldiges Füttern und besänftigende Worte hatten eine grundlegende Veränderung im Verhalten der Hündin bewirkt. Als sie sich schließlich zu mir in die Küche gewagt hatte, wenn auch zögernd und ängstlich, war ich überglücklich gewesen. Dann aber war Wolf von einer Geschäftsreise zurückgekommen, und seine Verärgerung hatte mir die Freude gründlich verdorben.

»Bring den Köter ins Tierheim!«, hatte er mir schroff befohlen.

»Auf gar keinen Fall.«

»O doch.«
»Nein. Ich werde ihr ein neues Zuhause suchen. Vielleicht behalte ich sie auch.« Ich war damals schwanger gewesen, und meine aufkeimenden mütterlichen Gefühle hatten meine Zuneigung zu dem Tier noch verstärkt.
Wolf hatte sich schließlich beruhigt und sich aufs Bitten verlegt. »Der Hund ist ein Mischling. Wer weiß, wo er sich herumgetrieben hat. Wenn wir uns mal einen Hund anschaffen, muss es ein Tier mit Stammbaum sein. Sieh dir an, wie ungepflegt der Köter ist. Denk an das Baby, und gib diesen Kläffer ins Tierheim. Er stört mich.«
»Erst muss er wieder bei Kräften sein.«
Joy hatte eine Freundin, deren Hund überfahren worden war, sodass meine noch immer verängstigte Hündin in der Woche darauf ein neues Zuhause fand. Kurz danach schafften wir uns Brigit an, eine sechs Wochen alte Dänische Dogge mit ellenlangem Stammbaum. Der Hund war ein Geschenk von Wolf.

Allmählich wurde es dunkel. Als ich aufstand, hörten mich die Hirsche und liefen davon, während ich zurück zum Haus eilte, denn die Zeit drängte. Vater saß am Esszimmertisch und wartete auf mich.
»Es war so schön draußen, dass ich nicht auf die Uhr geschaut habe, Dad. Tut mir leid«, entschuldigte ich mich.
»Schon gut, Nina. Die frische Luft hat dir bestimmt gut getan. Wie fühlst du dich?«
»Ein bisschen müde. Und wie geht es dir?«
»Ich fühle mich ausgezeichnet«, sagte Dad und lächelte.
In letzter Zeit hatte er seine Besessenheit abgelegt, was Pünktlichkeit und Disziplin betraf. Er war entspannter und umgänglicher, und er schien körperlich kräftiger zu werden.
»Ich habe etwas gesehen, was vielleicht von Wichtigkeit ist, Dad. Aus irgendwelchen Gründen hatte ich das Gefühl, dass ich es sehen *sollte.* Und dann fiel mir tatsächlich eine Geschichte ein, die ich ganz vergessen hatte. Hört sich das verrückt an?«
»Nein.«
»Ich habe am Seeufer Hirsche beobachtet.« Ich schüttelte den Kopf. »Aber es war seltsam. Sie sahen wie Rentiere aus.«

»Es *waren* Rentiere. Wie du weißt, waren sie einst in Schottland beheimatet. In der Nähe von Aviemore hat man eine große Herde in der freien Wildbahn ausgesetzt. Die Tiere leben inzwischen in den Bergen von Cairngorm, kommen manchmal aber auch in diese Gegend. – Was ist mit der Geschichte, an die du dich erinnert hast?« Er nahm den Wasserkrug und schenkte mein Glas voll.

»Ich habe vergessen, dir von einer weiteren Eigenart Wolfs zu erzählen. Er ist besessen, was Herkunft und Abstammung betrifft. Und er ist beinahe verrückt auf Adelstitel. Ich weiß gar nicht, wie ich das vergessen konnte.«

»Du warst drei Jahre mit Wolf zusammen und dann anderthalb Jahre im Gefängnis. Das ist eine lange Zeit.« Vater beschäftigte sich damit, ein Stück Fleisch zu zerschneiden, und schien mir nur mit halbem Ohr zuzuhören. »Da vergisst man so manches.«

»Jedenfalls, als ich einen streunenden Hund bei uns aufnehmen wollte, damals in Kapstadt, hat Wolf sich dagegen gewehrt. Der Hund war ein braves Tier, aber ein Mischling. Weißt du, was Wolf gesagt hat? Dass man Mischlinge gleich nach der Geburt einschläfern sollte. Für ihn waren Menschen und Tiere in zwei Kategorien eingeteilt: auf der einen Seite die mit langem Stammbaum und möglichst einem Adelstitel, auf der anderen Seite die breite Masse, die Wolf verachtet hat. Als er mir sagte, man müsse Mischlinge einschläfern, habe ich ihn als Neonazi bezeichnet und ihn gefragt, warum er sich überhaupt mit mir eingelassen habe, wo ich doch auch zur breiten namenlosen Masse zählte. Du kannst dir sicher vorstellen, wie erstaunt ich war, als er mir sagte, dass ich väterlicherseits von den Earls of Angus abstamme. Ob dus glaubst oder nicht, Wolf hat den Stammbaum der Ogilvies erforscht.«

»Das liegt vielleicht daran, dass er sich schon früher mit Ahnenforschung beschäftigt hat, um seine eigene Herkunft zu ermitteln«, meinte Vater. »Und falls sein Adelstitel echt ist, würde das unsere Suche erleichtern. In dem Teil Europas, in dem er aufgewachsen ist, gab es zwar Barone und Grafen wie Sand am Meer, aber das dürfte kein Problem sein, weil jede dieser Adelsfamilien gut dokumentiert ist. Ich werde die entsprechenden

Nachforschungen selbst vornehmen. Man kann sie am Computer anstellen, übers Internet.«
»Du meinst, Wolfs Adelstitel ist echt?«
»Kann sein. Während du in Edinburgh warst, Nina, war ich nicht untätig. Ich habe versucht, mir ein Bild von dem jungen Wolf Möller zu machen. Aus seinen Äußerungen kann man schließen, dass er als Spross einer alten Grund besitzenden Familie irgendwo in Osteuropa geboren wurde. Wahrscheinlich hat sein Vater im Zweiten Weltkrieg gekämpft, ist nach Kriegsende in die Heimat zurückgekehrt und hat dort einige Jahre später geheiratet. Sein Sohn Wolf wurde um 1954 geboren, zu einer Zeit, als die Sowjets noch immer ihre schrecklichen Säuberungsaktionen vornahmen und den letzten Rest von Widerstand in den entlegenen Teil- und Satellitenstaaten des damaligen Sowjetimperiums erstickten. Ich bin ziemlich sicher, dass Wolfs gesamte Familie nach Sibirien deportiert wurde, wo sein Vater starb oder ermordet wurde. Das würde Wolfs Rücksichtslosigkeit und seine Menschenverachtung erklären. Jedenfalls war er von dieser Zeit an fasziniert von Geschichten über die einstige Macht, den Reichtum und die Größe seiner Familie – über den Grundbesitz, den Gutshof, den kostbaren Schmuck und die Gemälde, die sie vielleicht besessen hat. Wie ich schon sagte, wurde Wolf wahrscheinlich als kleiner Junge deportiert und später in einem Militärlager ausgebildet. Seine Sprachbegabung, sein gutes Aussehen und sein freundliches Wesen haben seine Vorgesetzten auf ihn aufmerksam gemacht, und seine hohe Intelligenz hat ihm schließlich das Tor zu einem Hochschulstudium geöffnet. Vermutlich ist der KGB während des Studiums an ihn herangetreten und hat ihn zum Agenten ausbilden lassen. Später lernte er, die Spionagetätigkeit mit privaten Betrugsgeschäften zu verknüpfen ... wie in Südafrika zum Beispiel.« Vater hielt kurz inne und schaute mich an. »Das alles sind bloß Vermutungen, ich weiß«, fuhr er dann fort, »aber dieses Bild passt viel besser zu Wolf als das eines deutschen Barons, der er zu sein behauptet. Es passt zu *allem,* was du über ihn erfahren hast.«
»Tja, dann brauchen wir jetzt nur noch die halbe Welt nach ihm abzusuchen«, meinte ich trocken.

»Komm, iss erst mal was, Nina. Du bist immer noch viel zu dünn.« Nachdem ich mir widerwillig meinen Teller gefüllt hatte, fuhr Vater fort: »Also, nehmen wir einmal an, dass der junge Wolf Möller, der mitsamt seiner ganzen Familie nach Sibirien verschleppt wurde, tatsächlich einen Adelstitel getragen hat. Vielleicht ist das der Grund dafür, dass er seinem Decknamen den Titel eines Barons hinzugefügt hat. Nun, die meisten Familien, die von den Sowjets enteignet und deportiert wurden, sind spurlos verschwunden. Aber Wolf hat erst ums Überleben gekämpft, dann um seinen Aufstieg – mit allen Mitteln, auch mit schmutzigen Tricks. Es gibt keinen Zweifel, dass er in seiner Entschlossenheit bestärkt wurde, weil er überzeugt war, die Welt schulde ihm ein Vermögen. Du kennst Wolf viel besser als ich. Ergibt diese Theorie einen Sinn für dich?«

»Ja. Absolut. Das würde zu ihm passen.« Ich lächelte, streckte instinktiv den Arm über den Tisch aus und nahm die Hand meines Vaters, bevor mir bewusst wurde, wie er es hasste, Gefühle zu zeigen. Ich wollte die Hand zurückziehen, doch Vater hielt sie fest.

»Gemeinsam werden wir siegen, Nina. Nur Mut. Ich habe größtes Vertrauen in dich.« Er räusperte sich bewegt. »So, und jetzt iss erst mal.«

Ein Gefühl der Wärme durchströmte mich. Es begann in den Zehenspitzen und kroch den ganzen Körper hinauf. »Und ich in dich, Dad«, sagte ich. Ich schaute auf, und unsere Blicke trafen sich, als wir uns stumm unserer gegenseitigen Achtung und unseres Vertrauens versicherten.

39.

Die Tage zogen vorüber, reihten sich monoton aneinander, bis sie verschmolzen, sodass ich beinahe das Zeitgefühl verlor. Manchmal kam es mir vor, als hätte ich schon seit Ewigkeiten vor den Scheinwerfern und Mikrofonen gesessen. Meine Augen waren vor Müdigkeit und von dem grellen Licht gerötet; meine Kehle wurde von Mal zu Mal trockener, und meine Stimme verwandelte sich in ein Krächzen. Aber Dad machte unerbittlich weiter. Und er kannte Mittel und Wege, seiner manchmal resignierten, manchmal aufsässigen Tochter Mut zu machen. »Du musst Geduld haben, Nina«, sagte er immer wieder. »Ich bin ziemlich sicher, dass du Wolf Möller im Unterbewusstsein schon durchschaut hattest, als ihr verheiratet wart, aber du hast deinem Bewusstsein nicht erlaubt, die Wahrheit zu akzeptieren, weil du glücklich mit Wolf warst und dieses Glück nicht zerstören wolltest. Deshalb hast du die Wahrheit verdrängt, hast die Beweise vor dir selbst versteckt. Aber es gibt sie noch. Wir müssen nur versuchen, sie aus dem Dunkel der Vergangenheit hervorzuholen.«

Am 15. Juni reiste ich noch einmal nach Edinburgh, um die Fäden aus der Operationsnarbe an meinem Arm ziehen zu lassen. Ich brauchte nicht lange zu warten. Ich wurde in ein Behandlungszimmer geführt, wo eine Krankenschwester die Aufgabe übernahm. Nach fünf Minuten waren die Fäden gezogen, und die Schwester rieb meine Haut mit einer desinfizierenden Flüssigkeit ab. »Der Doktor kommt gleich zu Ihnen. Warten Sie bitte hier«, sagte sie.

»Die Wunde ist sehr gut verheilt.« Der Arzt fuhr mit dem Zeigefinger über meinen Arm. »Ganz hervorragend. In einem Jahr wird von der Narbe fast nichts mehr zu sehen sein. Aber lassen Sie sich nicht mehr auf gewalttätige Auseinandersetzungen ein, ja?«

Als ich nach Hause kam, hatte Dad Besuch, was sehr selten der Fall war. Ich war enttäuscht, denn ich hätte gern sofort gehört, was er zu meinem Arm sagen würde.

»Die Herren haben gesagt, Sie könnten sofort zu ihnen hinein«, ließ Mrs. Peters mich wissen.

Als Erstes fiel mir die freundschaftliche Vertrautheit zwischen den beiden Männern auf, sodass ich vermutete, dass unser Gast vom britischen Geheimdienst kam und ein ehemaliger Mitarbeiter meines Vaters war. Der Mann war klein und stämmig und hielt den Kopf auf seltsame Weise nach vorn gereckt, sodass er ihn wie ein Papagei in einem grotesken Winkel verdrehen musste, wenn er sich umschaute. Aber damit erschöpften sich die Ähnlichkeiten nicht: Die gekrümmte Nase des Mannes erinnerte an einen Schnabel, und seinen aufmerksamen braunen Knopfaugen schien nichts zu entgehen. Kaum hatte ich das Zimmer betreten, schweifte der Blick des Mannes für einen kurzen Moment zu meinem Arm. Also hatte ich Recht, was das anscheinend enge Vertrauensverhältnis der beiden Männer betraf: Offenbar hatte Dad seinem Besucher von dem kleinen chirurgischen Eingriff erzählt. Seltsam. Vater war nie der Typ gewesen, der sich einem anderen Menschen anvertraute.

Der Mann erhob sich und schüttelte mir die Hand, als Dad uns einander vorstellte. »Als ich Sie das letzte Mal gesehen habe, Nina«, sagte Dads Besucher lächelnd, »haben Sie mir gerade bis zur Brust gereicht. Aber Sie können sich bestimmt nicht mehr daran erinnern.«

»Commander Clive Wattling ist Chef meiner alten Abteilung, Nina. Früher war er meine rechte Hand. Wie du weißt, habe ich noch gute Verbindungen zum Geheimdienst. Vor allem deshalb, weil die Jungs immer noch mein Know-how brauchen.« Er zwinkerte seinem Besucher zu.

Clive Wattling nickte. »Ich bin beeindruckt, wie viele Informationen du über Wolf Möller zutage gefördert hast«, sagte er. »Und ich pflichte deiner Einschätzung bei, was Möllers Jugendjahre betrifft. Wahrscheinlich wurde er von den Russen militärisch ausgebildet und hat später als Industriespion für den Meistbietenden gearbeitet. Hin und wieder auch für die Russen, wenn sie ihm eine entsprechende Summe hingeblättert haben. Möller kennt sich ausgezeichnet mit militärischer Hardware aus und besitzt einen Hochschulabschluss in Geologie. Er ist ein hochintelligenter, eiskalter und vor allem gerissener Mann, fürchte ich. Es dürfte sehr schwierig sein, ihn aufzuspüren. Wie er sich die Wirtschaftssanktionen gegen Südafrika zunutze gemacht hat, um militärische Geheimnisse der Vereinigten Staaten an Russland und China zu verkaufen, war fast schon genial. Zweifellos haben gewisse Kreise in Südafrika ihn dabei unterstützt, weil sie ebenfalls von ihm profitierten. Doch als die Sowjetunion zerfiel, stand Möller plötzlich ohne seinen Hauptabnehmer und ohne den Schutz der

Südafrikaner da, worauf er das Land schnellstmöglich verlassen hat.«

Wattling hielt kurz inne und schaute mich an.

»Und der Mann, der in Ihr Haus in Kapstadt eingebrochen ist und Sie so übel zugerichtet hat, müsste nach unseren Erkenntnissen Boris Borowoi sein, ein langjähriger KGB-Mitarbeiter und Wolf Möllers einstiger Agentenführer. Nach unseren Informationen ist Borowoi nach dem Zerfall der Sowjetunion in die russische Staatspolizei eingetreten, für die er möglicherweise immer noch arbeitet. Aber Näheres ist über Borowoi leider nicht bekannt. Könnten Sie den Mann identifizieren?« Wattling nahm ein Foto aus einer Aktenmappe und zeigte es mir.

»Ja! Das ist der Kerl, der mich gefoltert und meinen Hund erschossen hat.«

Wattling nickte und legte das Foto in die Mappe zurück. »Wir wollen Möller unbedingt hinter Gitter bringen, Nina. Natürlich auch unsere amerikanischen Kollegen vom CIA. Deshalb möchten wir Ihnen bei Ihrer Suche helfen – mit aller gebotenen Unauffälligkeit und Zurückhaltung, versteht sich. Bei unserer Zusammenarbeit werden unsere Kontakte sich auf das Notwendigste beschränken. Doch was Sie an Informationen, Spezialwissen und politischen oder geheimdienstlichen Verbindungen brauchen, stellen wir Ihnen zur Verfügung.«

»Ich habe es ihr noch gar nicht gesagt, Clive«, meldete Vater sich zu Wort. »Nina, man hat dir Zutritt zum heiligen Boden des britischen Geheimdienstes gewährt. Du bist meine inoffizielle Informantin.«

»Eine Agentin? Du lieber Himmel.«

»Willkommen an Bord«, fuhr mein Vater fort. »Unsere Zusammenarbeit beruht auf dem Grundsatz *quid pro quo* – wir geben dem Geheimdienst dies, und er gibt uns im Gegenzug das. Alles was wir über Wolf Möller herausfinden, leiten wir an den Geheimdienst weiter. Als Gegenleistung wird er uns halb offiziell unterstützen, insbesondere, indem er Nachforschungen für uns anstellt, falls wir bestimmte Informationen benötigen.«

»Vor allem«, meldete Clive Wattling sich mit seiner tiefen, heiseren Stimme zu Wort, »werden wir Ihnen eine neue Identität verschaffen. Sie können schließlich nicht als Nina Ogilvie durch die Weltgeschichte reisen. Jemand könnte sich an Ihren Ehenamen erinnern oder Sie mit Ihrem Vater in Verbindung bringen, der in Geheimdienstkreisen immer noch ein sehr bekannter Mann ist. Und noch etwas, Nina – ein Gehalt oder irgendeine Vergütung bekommen Sie nicht. Und sollten Sie gegen ein Gesetz verstoßen, werden wir leugnen, Sie zu kennen. Dieser Job kann also sehr gefährlich für Sie werden.«

Ich holte tief Luft. In letzter Zeit war es mir gelungen, bei meiner Suche nach Wolf und Nicky jeden Gedanken an Gefahr zu verdrängen. Nun aber wollten Wattling und mein Vater mich in eine Sache einspannen, von der ich nicht das Geringste verstand. Aber ich konnte und wollte keinen Rückzieher machen. Mein Sohn brauchte mich.

»Schauen Sie sich das einmal an, Nina.« Wattling reichte mir eine dünne Mappe.

Ich schlug sie auf. Zuoberst lag ein Ausweis, ausgestellt auf den Namen Naomi Hunter. Neugierig schlug ich ihn auf. Naomi Hunter war einunddreißig Jahre alt, zwei Jahre jünger als ich, und von Beruf Bilanzprüferin. Sie war einen Meter siebzig groß – so wie ich –, hatte blaugrüne Augen, braunes Haar und keine besonderen Merkmale. Ich blickte lange und eingehend auf das Foto. Naomi Hunter hatte nicht die geringste Ähnlichkeit mit mir.

»Machen Sie sich wegen des Fotos keine Sorgen«, sagte Wattling, als hätte er meine Gedanken gelesen. »Natürlich kommt ein Bild von Ihnen in den Ausweis. Lassen Sie Passfotos von sich machen; dann sorge ich dafür, dass Sie binnen vierundzwanzig Stunden den fertigen Ausweis haben.« Er musterte mich. »Sie sollten Ihr Haar ein bisschen dunkler färben, um der Beschreibung besser zu entsprechen.«

Mrs. Peters brachte uns Kaffee und Plätzchen, was mir einen Augenblick Zeit verschaffte, mir die Akte genauer anzuschauen.

Die echte Naomi Hunter war Sachbearbeiterin bei einer Bausparkasse gewesen. Im Juni 1988 war sie wegen Unterschlagung zu einer fünfjährigen Haftstrafe verurteilt worden, beging im Gefängnis jedoch Selbstmord. Sie hatte keine nahen Verwandten. Naomis Verbrechen war von der Bausparkasse, für die sie gearbeitet hatte, so gut es ging, verheimlicht worden, sodass nur sehr wenige Menschen von der Unterschlagung wussten.

Die arme Frau, dachte ich und betrachtete wieder das Foto. Inzwischen hätte sie ihre Schuld an der Gesellschaft beglichen und ein neues Leben anfangen können.

»Noch Kaffee, Nina?«, riss Vaters Stimme mich aus meinen Gedanken.

»Ja, bitte.« Ich schob ihm die Tasse hin.

»Kommen wir jetzt zu etwas anderem, Nina«, sagte Wattling und suchte in seiner Aktentasche. »Der CIA, das FBI, Interpol und Goldbrick – eine Organisation, die gegründet wurde, um gegen die zunehmenden Betrügereien mit angeblichen Erzlagerstätten in den USA zu kämpfen – haben uns eine Liste mit Betrugsfällen geschickt, die in den letzten anderthalb Jahren in verschiedenen Teilen der Erde begangen wurden.« Er zog eine dicke Mappe aus seiner Aktentasche und legte sie auf den Schreibtisch. »Studieren Sie diese Unterlagen, Nina. Vielleicht entdecken Sie etwas, was bei Ihnen die Alarmglocken läuten lässt, weil Sie den Eindruck haben, dass die Sache Wolf Möllers Handschrift trägt.«

»Wenn es sein muss, schlage ich mir die ganze Nacht um die Ohren«, sagte ich, wobei ich die dicke Mappe in der Hand wog.

»Gut. Aber jetzt haben wir genug geredet.« Vater stand auf. »Würdest du uns nachher über die Weiden fahren, Nina? Ich würde Clive gern unsere Kälber zeigen. Unglaublich, was die moderne Wissenschaft für die Zucht leisten kann. Wie wär's, wenn du in einer halben Stunde mit dem Wagen vor dem Haus auf uns wartetest? Bis dahin muss ich meinem Freund noch ein paar weitere Zugeständnisse abringen.«

40.

Nachdem Clive Wattling sich verabschiedet hatte, verbrachten Dad und ich die halbe Nacht damit, die Akten durchzusehen. Ich war erstaunt, wie leichtgläubig manche Investoren waren.

»Geschickte Betrüger fangen ihre Opfer für gewöhnlich, indem

sie sich deren Geldgier zunutze machen«, sagte Vater. »Dein Wolf allerdings zeigt einen gewissen Hang zum Unerwarteten.«
»O ja. Was das betrifft, ist er beinahe ein Genie.«
»Ein verbrecherisches Genie«, meinte Vater.
Gegen zwei Uhr morgens gelangten Dad und ich zu dem gleichen Schluss: Der Deal mit der FDU, den »Freunden der Unita«, trug genau Wolfs Handschrift.
Laut las ich den Bericht des britischen Geheimdienstes vor: »Ein Mann, der von sich behauptet, Dr. Andrés Anselmo zu sein, ein bekannter portugiesischer Chirurg und ehemaliger Krankenhausarzt in Angola, hat eine Gesellschaft zur Unterstützung der Unita gegründet, deren Ziel die Einführung der demokratischen Staatsform in Angola ist. In den Vereinigten Staaten hat Anselmo einen Werbefeldzug für die ›Freunde der Unita‹ initiiert, um Spendengelder für den Kauf medizinischer Ausrüstung und Panzerfahrzeuge für die Unita zu beschaffen. Nachdem Spenden in Höhe von vier Millionen Dollar eingegangen waren, verschwand der vermeintliche Dr. Anselmo mitsamt dem Geld.«
Der britische Geheimdienst hatte eine Notiz beigefügt, dass der wirkliche Dr. Anselmo nach Angola zurückgekehrt sei und eine Mission für Kriegsverwundete gegründet habe; inzwischen sei er in einer abgelegenen Missionsstation in Angola an einer neuen, gefährlichen Art der Malaria gestorben.
»Diese Rolle ist wie geschaffen für Wolf«, sagte ich nachdenklich. »Er war oft in Angola, um dort illegal geschürfte Diamanten zu kaufen. Bei einer dieser Reisen könnte er von der Erkrankung Anselmos erfahren haben und in dessen Rolle geschlüpft sein.«
»Genau.«
»Hier, das ist auch interessant: David Bernstein, der Direktor der Handelsbank, über welche die Geschäfte der ›Freunde der Unita‹ abgewickelt wurden, weigerte sich, die Liste mit den Namen der Spender auszuhändigen.« Ich blickte Dad an. »Eine solche Liste ist für einen Betrüger von unschätzbarem Wert, nicht wahr? Er könnte sie für zukünftige Betrugsgeschäfte benutzen. Denn die Leute, die er schon einmal übers Ohr gehauen hat, sind anfällig für Betrügereien und beißen möglicherweise noch einmal an.«

Vater schaute mich an und nickte. »Deshalb brauchen wir diese Liste, Nina. David Bernstein kann sie uns nicht aushändigen, weil er sonst gegen das strenge amerikanische Bankgeheimnis verstoßen würde. Also musst du in die Vereinigten Staaten reisen und versuchen, die Liste irgendwie an dich zu bringen. Wenn wir die Namen der Betrugsopfer kennen, werden wir uns mit den Leuten in Verbindung setzen und sie bitten, sich sofort bei uns zu melden, falls wieder jemand an sie herantritt und an ihren Wohltätigkeitssinn appelliert. Wer immer der Betrüger gewesen ist – er muss sehr schnell vorgegangen sein, weil er damit rechnen musste, dass die Nachricht von der Erkrankung oder dem Tod des richtigen Dr. Anselmo an die amerikanische Presse gelangte. Ich werde dir für Montag einen Flug in die Vereinigten Staaten buchen. Dann hast du noch Zeit genug, Clive Wattling die Passfotos für deinen Ausweis zu bringen und dich ein wenig auf deine Rolle als Naomi Hunter vorzubereiten. Außerdem kannst du dir übers Internet bereits Informationen über David Bernstein beschaffen. Sieh zu, dass du so viel wie möglich herausfindest. Ich lasse mir inzwischen irgendeinen Vorwand einfallen, unter dem du Bernstein aufsuchen kannst.«
Wie ich später an diesem Tag erfuhr, war David Bernsteins Karriere beeindruckend. Er hatte an der Yale-Universität ein Prädikatsexamen abgelegt, war dann aber nicht ins Bankgeschäft, sondern in die israelische Armee eingetreten und bereits nach einem Jahr im Rang eines Captains zum Mossad versetzt worden, dem militärischen Geheimdienst der Israelis. Erst nach fünf Jahren war er als letzter überlebender Erbe in die väterliche Bank eingetreten. Bernstein war vierunddreißig Jahre alt und vielfacher Millionär; im vergangenen Jahr hatten die Leserinnen einer Frauenzeitschrift ihn an die vierte Stelle der Rangliste der »begehrtesten Junggesellen der Vereinigten Staaten« gewählt. Und diesen Mann sollte ich austricksen? Na dann viel Glück, Nina, sagte ich mir.

Als das Wochenende vorüber war, hatte ich gepackt und war reisefertig. Ich würde als Naomi Hunter unterwegs sein, eine in Australien gebürtige Bilanzprüferin, die seit kurzem als Versicherungsdetektivin arbeitete und deren Aufgabe darin bestand, die Ansprüche unter die Lupe zu nehmen, die von den größten Waffenherstellern des Landes erhoben wurden. Der falsche Dr. Anselmo hatte diesen Waffenproduzenten den Auftrag zum Bau mehrerer Panzerfahrzeuge erteilt. Es war eine hervorragende Tarnung, die Dad sich für mich ausgedacht hatte, und ich war ihm dankbar dafür. Außerdem kannte ich solche Geschäfte und auch das Land gut genug, um glaubwürdig in meine Rolle schlüpfen zu können.

»Wir bleiben in Verbindung«, sagte Vater, als ich am Montagmorgen meine Reise antrat. »Übrigens, dein dunkleres Haar steht dir. Viel Glück.«

Als ich mit einem Taxi zum Flughafen fuhr, dachte ich über Vater nach und darüber, wie er sich verändert hatte. In seinen Augen lag ein listiges Funkeln, seine Stimme besaß einen ungewohnt fröhlichen Beiklang, und er lächelte viel öfter als früher und redete mich mit verschiedenen Kosenamen aus meiner Kinderzeit an, die ich längst vergessen geglaubt hatte. »Ninja die Schreckliche« war einer davon.

Ich musste gestehen, dass ich ein falsches Bild von ihm gehabt hatte. Er war nicht der strenge, mitunter schroffe Gutsherr und auch nicht der tollkühne Geheimdienstagent, sondern ein Philosoph, ein Denker. Geliebt hatte ich Dad immer schon; nun aber entwickelte er sich zu einem Mann, den ich auch schätzen und achten konnte.

In London hatte ich fünf Stunden Wartezeit bis zum Anschlussflug, und so beschloss ich, Eli Bertram zu besuchen, was ich seit meiner Rückkehr nach England ohnehin vorgehabt hatte. Ich ging zur Bertram's Bank und bat am Empfang, mit Eli sprechen zu dürfen. Natürlich hätte er sich weigern können, aber er ließ mich sofort zu sich kommen.

Es war wie eine Reise in die Vergangenheit. Ich spürte einen Kloß im Hals, als ich auf dem Weg zu Elis Büro an Mary vorüberging, seiner Sekretärin. Nichts hatte sich verändert, auch Eli nicht. Vielleicht trug er sein weißes Haar ein bisschen länger als früher, und seine Kleidung war nicht mehr ganz so steif. Doch seine leb-

haften, jugendlichen braunen Augen hatten sich kein bisschen verändert.
»Sie haben Schlimmes durchgemacht, Nina«, sagte er nach einer herzlichen Begrüßung. »Ich hatte gehofft, dass Sie mich besuchen. Ich habe Sie vermisst. Aber setzen Sie sich erst einmal, und erzählen Sie mir die ganze Geschichte.«
Eli nahm meine Hand und drückte sie so fest, als wollte er sie nie wieder loslassen. Eine Woge freundschaftlicher Zuneigung stieg in mir auf, und eine Flut von Erinnerungen spülte über mich hinweg. Ich schloss den alten Mann in die Arme.
»Ich freue mich von Herzen, Sie zu sehen, Nina«, sagte er gerührt.
»Wenn Sie meine ganze Geschichte hören wollen, Eli, wird das ziemlich viel Zeit in Anspruch nehmen. *Ich* habe Zeit, aber wie sieht es bei Ihnen aus?«
»Ich nehme mir die Zeit«, sagte er und rief über die Gegensprechanlage seine Sekretärin an. »Ich möchte nicht gestört werden, Mary. Keine Anrufe, keine Besuche. Und lassen Sie uns bitte zwei Kännchen Kaffee bringen. Und Gebäck.« Er schaute mich an. »Sie sind viel zu dünn, Nina. Und warum haben Sie Ihr Haar gefärbt? Ich finde, Ihre Naturfarbe steht Ihnen besser. Aber erzählen Sie, was mit Ihnen geschehen ist. Von Anfang an.«
Ich war erstaunt, dass ich die viereinhalb bewegtesten Jahre meines Lebens in nur einer Stunde schildern konnte. Ich war immer ehrlich zu Eli gewesen und ließ auch jetzt nichts aus. Als ich ihm von meiner Zeit im Gefängnis erzählte, kam es mir so vor, als fiele ein wenig von der Last der Erinnerungen von mir ab. Zum Schluss zeigte ich Eli eines meiner kostbarsten Besitztümer: ein Foto von Nicky, das von der schrecklichen Zeit im Gefängnis ein wenig verblasst und zerknittert war.
»Das ist mein Sohn Nicholas«, sagte ich stolz. »Ich will ... ich muss ihn finden und zu mir holen. Aus diesem Grund habe ich mich als Naomi Hunter getarnt. Deshalb auch meine gefärbten Haare. Um ehrlich zu sein, habe ich ein bisschen Angst vor der bevorstehenden Begegnung mit David Bernstein. Könnten Sie mir ein paar Tipps über ihn geben, Eli ... Informationen, die mir helfen könnten?« Ich brachte es nicht fertig, das Foto von Nicky

wieder in der Tasche verschwinden zu lassen, sondern strich es behutsam mit den Fingern glatt.

»Ich könnte Ihnen sehr viel über diesen Mann erzählen, nur würde es Ihnen nicht helfen, Nina. David ist einer der fähigsten und cleversten Banker, die ich je kennen gelernt habe. Bevor er in die väterliche Bank eingestiegen ist, hat er mit großem Erfolg beim israelischen Geheimdienst gearbeitet. David selbst wurde von diesem falschen Dr. Anselmo bestimmt nicht aufs Kreuz gelegt. Ich glaube eher, dass er die Verantwortung für seinen Vater auf sich nimmt. Der alte Bernstein wollte sich ohnehin seit Jahren zur Ruhe setzen. Es war eines der Steckenpferde des alten Herrn, Demokratiebewegungen in Staaten der Dritten Welt zu fördern. Er hat vor anderthalb Jahren dieses spezielle Projekt der ›Freunde der Unita‹ unterstützt. Woher ich das weiß? Weil er es mir selbst erzählt hat. David leitet die väterliche Bank erst seit einem Jahr.«

»Sind Sie mit den Bernsteins befreundet?«

»Wir sind angeheiratete Verwandte. Leider sehen wir uns nicht oft.«

»Eli, ich möchte mich auf keinen Fall in Ihre Familienangelegenheiten ...«

Er hob Schweigen gebietend die Hand. »Ich werde Ihnen helfen, so gut ich kann, Nina. Also, ich habe gehört, dass David nur sehr ungern aus dem israelischen Geheimdienst ausgeschieden ist, aber sein Vater hat Druck auf ihn ausgeübt, die Leitung der Bank zu übernehmen. David vertritt liberale politische Ansichten, sein Vater dagegen ist ein Ultrarechter. Die beiden sind sich schon oft in die Haare geraten.«

Eli erzählte weiter, bis es Zeit wurde, mich von ihm zu verabschieden, wollte ich mein Flugzeug nicht verpassen. »Unterschätzen Sie nicht die Gefahr, Nina«, sagte er, als wir uns die Hände schüttelten. »Sie werden es mit Geheimdienstagenten und dem organisierten Verbrechen zu tun bekommen. Mit grausamen, rücksichtslosen Menschen, die mit allen Wassern gewaschen sind. Das dürfen Sie nie vergessen.«

Trotz Elis Warnung war ich optimistisch.

41.

»Ich schlage vor, wir treffen uns zum Lunch. Wie wäre es um halb eins im Four Seasons?« David Bernstein hatte sich erfreulich unkompliziert und freundlich angehört, als ich ihn aus meinem New Yorker Hotel anrief. Seine bescheidene Art hatte mich regelrecht entwaffnet.

Ein paar Stunden zuvor hatte mein Vater ihm das Fax einer Versicherungsgesellschaft geschickt, die gar nicht existierte – komplett mit Briefkopf und allem Drum und Dran –, und für die er sich einen Namen ausgedacht hatte, der ganz ähnlich klang wie der eines großen Versicherungsunternehmens, das es tatsächlich gab. In dem Fax hatte er David Bernstein mitgeteilt, die Versicherung brauche Beweise dafür, dass die Aufträge für die Panzerfahrzeuge tatsächlich vergeben worden seien, und dass ich überdies nach Hinweisen über den Verbleib des falschen Dr. Anselmo suchte.

Nun aber, als ich schneller ausschritt, um dem Ober zum Tisch im Four Seasons zu folgen, fragte ich mich, ob ich meine Rolle tatsächlich glaubhaft spielen konnte.

Ein hoch gewachsener Mann erhob sich am Tisch, als ich näher kam. Ich blieb wie angewurzelt stehen, als ich ihn sah, und hoffte wider alle Vernunft, dass dieser Mann nicht David Bernstein sein möge. Aber natürlich war er es. Ich spürte instinktiv, dass ich diesen Mann niemals würde täuschen können. Weshalb ich dieses Gefühl hatte, konnte ich nicht ergründen. Vielleicht lag es an der Aura, die ihn umgab: Wachsamkeit, gepaart mit Entschlusskraft und Selbstdisziplin.

Bernstein schien sich gar nicht bewusst zu sein, wie gut er aussah; er war ein sehr männlicher Typ. Meine Vermutung ging dahin, dass er Amerikaner in der dritten oder vierten Generation war und dass seine Ahnen aus Osteuropa stammten. Er besaß mandelförmige braune Augen, hohe Wangenknochen, einen sinnlichen Mund und dunkle Haut. Außerdem war er erstaunlich leger gekleidet: khakifarbene Hose, dunkelbrauner Blazer, weißes Hemd ohne Krawatte. Er verzichtete auf all das schmückende Beiwerk, das manche Männer benutzten und

das ich so verabscheute. Mir fiel auf, dass er keinen Ehering trug. Als er mir die Hand schüttelte, spürte ich, wie ein kleiner Funke der Erregung in mir aufloderte. Wie lange war es her, dass ich die Hand eines so gut aussehenden Mannes berührt hatte? Oder dass ich einen solchen Mann zum Lunch getroffen hatte? Oder dass ich mit einem solchen Mann auch nur *geredet* hatte?
Erst jetzt wurde mir klar, dass ich mich bei David Bernstein in große Gefahr begab. Mir waren die Geschliffenheit und die Selbstsicherheit im Umgang mit Unternehmern, Managern und Bankern abhanden gekommen. Ich hätte mehr Zeit gebraucht, um mich von dem langen Gefängnisaufenthalt zu erholen. Wie sollte ich angesichts eines so gut aussehenden und intelligenten Burschen kühlen Kopf bewahren?
»Wie geht es Ihnen, Miss Hunter? Willkommen in New York.« Er besaß eine tiefe, angenehme Stimme.
»Äh ... gut, danke sehr«, erwiderte ich unbeholfen. »Nett von Ihnen, dass Sie sich die Zeit nehmen ...« Der Ober schob mir den Stuhl hin. Ich setzte mich und hatte mit einem Mal den Wunsch, David Bernstein nicht beschwindeln zu müssen. Plötzlich verspürte ich Gewissensbisse.
Der Weinkellner kam an den Tisch. Bernstein blickte mich an und fragte: »Möchten Sie Wein zum Essen, Miss Hunter?«
»Nein, vielen Dank.«
»Wie wäre es mit frisch gepresstem Orangensaft?«
»Sehr gern.«
Bernstein bestellte Saft für uns beide. Dann versuchte er – allerdings ohne Erfolg –, seine Neugier im Zaum zu halten, während er sich nach meinem Flug und meinem Hotel erkundigte. Small Talk war nicht seine Stärke. Kurz darauf brachte der Ober uns den Fruchtsaft, und mit ernster Miene hob Bernstein sein Glas und prostete mir zu. »Auf unseren Erfolg, Miss Hunter. Denn wie mir scheint, haben Sie und ich ein gemeinsames Ziel. Ich möchte diesen Anselmo, wer immer der Kerl sein mag, hinter Gittern sehen und biete Ihnen meine uneingeschränkte Zusammenarbeit an. Übrigens, hier sind die Kopien der Unterlagen, die Sie benötigen.« Er schob mir über den Tisch einen Umschlag zu.
»Danke.«

Ich spielte mit meinem Glas und beschloss nach kurzem Nachdenken, ohne Umschweife zur Sache zu kommen. David Bernstein gehörte nicht zu den Männern, bei denen man um den heißen Brei herumredete.
»Ich hätte gern die Liste mit den Namen der Personen, die von dem falschen Dr. Anselmo betrogen wurden.«
Bernstein runzelte die Stirn. »Alle Welt ist hinter dieser Liste her.«
»Ich weiß.«
»Weshalb möchten *Sie* die Liste, Miss Hunter?«
»Aus dem gleichen Grund wie alle anderen. Die Leute, die aufs Kreuz gelegt wurden, haben sich als anfällig gegenüber dieser Art von Schwindel erwiesen. Der falsche Anselmo könnte versuchen, sie unter anderem Namen mit einer ähnlichen Masche noch einmal hereinzulegen. Sobald er sich mit den Leuten in Verbindung setzt, schnappen wir ihn.«
»Wir?«
»Meine Kollegen und ich.«
»Sie wissen, dass wir Banker – ganz abgesehen von den gesetzlichen Bestimmungen – uns an gewisse moralische Spielregeln halten müssen, die es mir verbieten, Ihnen diese Liste zu geben, Miss Hunter. Es ist eine Sache von Treu und Glauben zwischen dem Bankier und seinem Kunden. Also vergessen wir die Liste, in Ordnung? Wie könnte ich Ihnen sonst helfen? Was genau ist Ihr Auftrag? Sollen Sie lediglich die Echtheit der Versicherungsansprüche feststellen? Oder suchen Sie in Wahrheit nach diesem Betrüger?«
»Natürlich suche ich nach dem Mann, der sich als Anselmo ausgegeben hat. Wenn ich seinen Aufenthaltsort ermitteln könnte, würden meine Auftraggeber die erforderlichen Schritte unternehmen, diesen Schwindler vor Gericht zu bringen.«
»Erzählen Sie mir mehr darüber, Miss Hunter. Wie weit wollen Sie gehen, um diesen Mann aufzuspüren? Es könnte gefährlich für Sie sein, aber ich nehme an, das wissen Sie selbst. Wie sind Sie an diese Aufgabe gekommen? Und warum ist die Sache so wichtig für Sie?«
»Es ist mein Job.« Ich zuckte die Achseln und beschloss, mir weitere Kommentare zu ersparen.

Bernstein, dem offenbar nichts entging, bemerkte meine plötzliche Zurückhaltung. Während der Ober meine Bestellung aufnahm – Suppe und einen Salatteller –, nahm Bernstein keine Sekunde den Blick von mir und fragte schließlich: »Und was wissen Sie bisher über Anselmo?«
»Nur sehr wenig. Sie dagegen wissen zumindest, wie dieser Mann auf geschäftlicher Ebene vorgegangen ist. Ich nehme an, Ihnen ist bereits bekannt, dass der richtige Dr. Anselmo vor kurzem in Angola an Malaria gestorben ist. Warum haben Sie nicht genauer überprüft, ob es tatsächlich Anselmo war, der mit Ihrer Bank Geschäfte machte?«
Ich lehnte mich zurück und sah zu meiner Freude, wie schockiert Bernstein war.
»Anselmo ... ist tot? Sind Sie ganz sicher? Mein Gott, diese Geschichte wird ja immer verrückter! Natürlich habe ich den Mann überprüfen lassen. Mir wurde gesagt, dass er ein unermüdlicher Kämpfer gegen den Kommunismus sei. Außerdem hat er mehrere erfolgreiche Projekte initiiert, um den Opfern von Landminen zu helfen, und er hat die Unita und damit die Demokratiebewegung in Angola unterstützt.«
»Vielleicht könnten Sie mir erzählen, auf welche Weise Sie an dieser Sache beteiligt waren. Wieso haben Sie einem Mann, dem Sie niemals begegnet sind, vier Millionen Dollar gezahlt?« Ich hoffte, mich inzwischen als eine Frau erwiesen zu haben, die sich nicht von Bernsteins unbestreitbarem Sexappeal beeinflussen ließ.
»Nicht vier Millionen, Miss Hunter, sondern zwei Millionen. Die andere Hälfte stammte von den Spendern. Außerdem war Anselmo nie unser Kunde.«
Bernstein war verärgert und zeigte es auch.
»Der Kunde«, fuhr er düster fort, »war stattdessen eine Organisation, die ›Freunde der Unita‹. Sie können mir glauben, dass die FDU mir als vertrauenswürdige, seriöse Organisation erschienen ist. Sie wurde in den Vereinigten Staaten gegründet. Der FDU geht es nicht um Profit, sondern allein darum, Spendengelder zur Unterstützung der Demokratiebewegungen in Afrika aufzutreiben.« Er zuckte die Achseln und bedachte mich mit einem verlegenen Lächeln. »Aber nun ist dieser An-

selmo verschwunden und mit ihm das Geld. Ich habs vermasselt.«
»Das sehe ich anders. Schließlich wurden Sie vor vollendete Tatsachen gestellt. Sie leiten die Bank erst seit einem Jahr. Nicht Sie, sondern Ihr Vater hat sich von dem falschen Anselmo täuschen lassen. Es war das Steckenpferd Ihres alten Herrn, Demokratiebewegungen in der Dritten Welt zu unterstützen, nicht wahr?«
Bernstein blickte mich verwundert an. »Woher wissen Sie das?«
»Ich ... äh, habe mal irgendwo davon gehört.« Verdammt! Ich hatte einen schweren Fehler begangen. Hoffentlich überprüfte Bernstein jetzt nicht, ob ich mit seinem Verwandten Eli Bertram in Verbindung stand. »Sie haben diesen Anselmo also nie zu Gesicht bekommen?«, fuhr ich fort. »Und auch kein Mitarbeiter Ihrer Bank?«
»So ist es.« Jetzt war er auf der Hut.
»Wir stehen auf der gleichen Seite, Mr. Bernstein. Deshalb müssen wir unsere Informationen in einen Topf werfen.«
»In Ordnung. Ich werde mein Bestes tun. Dr. Anselmo sollte in die Vereinigten Staaten kommen und eine Reihe von Diavorträgen über die katastrophalen Lebensverhältnisse in Angola halten. Stattdessen hat er eine Gruppe Querschnittsgelähmte in die Vereinigten Staaten geschickt, die von einem Vertreter der Unita begleitet wurden. Anselmo hat diese armen Menschen benutzt, um Spendengelder zu ködern.« Er hielt kurz inne, als der Ober unser Essen brachte. »Wie Sie bereits sagten, hat mein Vater es als moralische Pflicht betrachtet, die Demokratiebewegungen in Entwicklungsländern zu unterstützen, und deshalb ist er diesem Kerl auf den Leim gegangen. Als ich die Verantwortung für die Bank übernahm, war es bereits zu spät. Nun haben mein Vater und auch ich das Gesicht verloren – und obendrein zwei Millionen Dollar. Und deshalb«, er rieb sich mit einer müden Bewegung über die Stirn, »muss ich diesen Dreckskerl finden.« Er lachte freudlos und schüttelte den Kopf.
Ich konnte ihm nachfühlen, dass seine Wunde tief und sein Zorn sehr bitter war und dass er erst wieder Ruhe finden würde, wenn man den Betrüger, der in Anselmos Rolle geschlüpft war – moch-

te es Wolf oder jemand anders sein –, enttarnt und vor Gericht gestellt hätte.
»Ich nehme an, ich langweile Sie, Miss ...« Er zögerte kurz. »Ach, was sollen diese Förmlichkeiten? Darf ich Naomi zu Ihnen sagen? Ich heiße David.« Er lächelte entwaffnend. »Wissen Sie, Naomi, ich habe begründete Hoffnung auf einen raschen Erfolg. Denn wie gerissen solche Schwindler und Betrüger auch sein mögen, sie alle haben ein gemeinsames Problem. Sie können mit dem erbeuteten Geld erst etwas anfangen, wenn es gewaschen ist. Auf diese Weise werde ich unseren angeblichen Dr. Anselmo erwischen.«
Ich hörte David Bernstein zu, als er mir erklärte, wie die Geldwäsche üblicherweise vonstatten ging, obwohl er sich dabei ziemlich schulmeisterlich gab. Woher sollte er auch wissen, dass ich mindestens genauso viel davon verstand wie er? Irgendwann aber verlor ich die Geduld. Es war an der Zeit, Bernstein eine kleine Lektion zu erteilen und ihm zu zeigen, dass ich eine mächtige Verbündete sein konnte.
»Anselmo – wer dieser Mann auch sein mag – ist inzwischen ein Experte auf dem Gebiet der Geldwäsche«, sagte ich. »Vielleicht lässt er das Geld über Briefkastenfirmen waschen. Vielleicht lässt er auf dem Papier irgendwelche Waren um die halbe Welt transportieren. Vielleicht investiert er das Geld in den illegalen Handel mit Diamanten oder Gold. Sie sagten vorhin, dass rund um den Globus wahrscheinlich hundert Milliarden Dollar gewaschenes Geld in Umlauf sind. Aber es könnten ebenso gut dreihundert Milliarden sein. Oder glauben Sie etwa, Sie könnten lediglich anhand der Geschäfte, die über Ihre Bank abgewickelt werden, globale Trends hochrechnen und internationale finanzielle Transaktionen verfolgen?«
Schweigen breitete sich aus, während Bernstein mir verdutzt ins Gesicht schaute. Ich lauschte dem Plätschern des Wassers an einem kleinen Brunnen in der Nähe unseres Tisches und wünschte mir, eine andere Frau verkörpern zu können – einen sanften, humorvollen und femininen Typ. Aber das entsprach nicht dem Bild von Naomi Hunter.
»Entschuldigen Sie, Naomi, dass ich Sie so schulmeisterlich be-

handelt habe«, sagte er schließlich. »Ich denke, es ist besser, wenn wir unser Gespräch in meinem Büro fortführen. Außerdem habe ich eine Überraschung für Sie, Naomi. Sie werden staunen, an welche Fülle von Informationen ich herankomme. Gehen wir.«
Wir verließen das Restaurant, ohne dass David für das Essen und die Getränke bezahlte. Offensichtlich war er Stammgast im Four Seasons. Als wir hinaus in den Sonnenschein traten, sah ich, dass sein schwarzes Haar einen tiefblauen Schimmer besaß. In seinen dunklen Augen lagen Durchsetzungsvermögen und energische Entschlossenheit, und er bewegte sich mit der geschmeidigen Kraft eines durchtrainierten Sportlers.
Zu einer anderen Zeit, an einem anderen Ort und unter anderen Umständen hätte ich mich in diesen Mann verlieben können, dachte ich mit einem Anflug des Bedauerns, als ich ins Taxi stieg. Und David Bernstein war ein Mann, den ich nicht zum Feind haben wollte.

42.

Auf der kurzen Taxifahrt zur Bernstein's Bank waren alle meine Sinne geschärft, denn eine Mischung aus Furcht und Erregung sorgte dafür, dass Adrenalin in meine Adern gepumpt wurde. Ich konnte die Energie des Mannes, der neben mir saß, förmlich mit den Händen greifen, und meine Gefühle verwirrten mich und machten mich unsicher. Ich spürte, dass auch David sich als Mann für mich interessierte – bis mir klar wurde, dass seine Empfindungen ja Naomi Hunter galten und nicht Nina Ogilvie. Paradoxerweise war ich eifersüchtig auf die Frau, die ich verkörperte. Dann gesellte sich eine weitere Emotion hinzu: Angst. Ich durfte auf keinen Fall zulassen, dass David und ich uns näher kamen. Das hätte fatale Folgen.
Als wir aus dem Taxi stiegen, nahm David meinen Arm und führte mich durch die Eingangshalle der Bank. Seine Berührung war wie ein leichter elektrischer Schlag, beängstigend und prickelnd zugleich, und ich spürte die erregende Wärme seines Körpers. Ich fragte mich, wie ich mich in einer solchen Situation

und einer solchen Umgebung derartigen Empfindungen hingeben konnte. Hatte ich den Verstand verloren?
Als wir das Vorzimmer seines Büros betraten, löste David sich von mir und lächelte einer sehr gepflegten Frau mittleren Alters zu. Sie war ein wenig pummelig, mit rundem Gesicht und vorstehender Nase. Die Frau wäre ziemlich unscheinbar gewesen, hätte sie nicht wunderschöne blaue Augen besessen.
»Naomi, ich möchte Ihnen meine Sekretärin vorstellen, Taube Bach«, sagte David. »Taube, das ist Naomi Hunter. Miss Hunter und ich werden jetzt einen langen Flug in die unergründlichen Weiten des Cyberspace unternehmen. Drücken Sie uns die Daumen, Taube, und bringen Sie uns bitte Kaffee und Plätzchen in mein Büro.«
»Sehr gern, Mr. Bernstein«, erwiderte die Frau und lächelte sanftmütig. »Aber vorher«, fügte sie dann mit Nachdruck hinzu, »müssen Sie noch die Post und die Anrufe erledigen. Es dauert nicht lange.«
»Miss Bach hat nicht nur dieses Büro im Griff, sondern auch mich«, kleidete David das Offensichtliche in Worte.
Taube Bach lachte und strich sich mit den beringten Fingern behutsam über ihr graues, kunstvoll frisiertes Haar, nachdem David sich an den Schreibtisch gesetzt und irgendeine scherzhafte Bemerkung gemacht hatte, die aber zu leise war, als dass ich sie hätte verstehen können. Es musste eine Freude sein, für einen Mann wie David zu arbeiten. Warst du damals, bei Elis Bank, auch eine angenehme Chefin? fragte ich mich. Als Frau genügte es nicht, fachlich die Beste zu sein; außerdem konnte man seine Machtstellung schnell wieder verlieren. Jeden Tag musste man seine Fähigkeiten aufs Neue beweisen. Nur ein Moment der Unachtsamkeit, und einer meiner männlichen Untergebenen hätte versucht, mir zu zeigen, wie ich meinen Job richtig zu erledigen hatte. Vielleicht war das der Grund dafür, dass ich Weiblichkeit lange Zeit als Zeichen von Schwäche betrachtet hatte. Ein dummer Irrtum.
Ich beobachtete, wie David seiner Sekretärin ein paar Anweisungen erteilte. Dann kam er zu mir, öffnete die Tür zu seinem Büro und winkte mich hinein. Es war ein großes, geschmackvoll ein-

gerichtetes Zimmer mit Blick auf den Park. Auf dem Schreibtisch, der ein wenig zur Seite geschoben war, damit man besser nach draußen schauen konnte, standen ein Computer und eine leere Ablage für eingehende Post. Ansonsten sah das Büro eher wie ein Wohnzimmer aus: Sofas und Sessel, mit geblümtem grünem und blauem Chintz bespannt; ein moosgrüner Teppich, der nagelneu aussah, und eine grüne Vase mit Schwertlilien. Zwei Wände wurden vom Fußboden bis zur Decke von Bücherregalen eingenommen, in denen Bände in Russisch, Französisch, Hebräisch und Englisch standen; es waren Bücher über Rechtswissenschaften und Wirtschaft, Archäologie und Philosophie.

»Naomi!«, hörte ich plötzlich Davids scharfe Stimme und wandte mich ihm rasch zu. »Sagen Sie mal, ist das gar nicht Ihr richtiger Name?«

»Entschuldigung. Ich war in Gedanken.« Verdammt, Nina, reiß dich zusammen! Ich wechselte das Thema. »Erzählen Sie mir die Geschichte über Anselmos Betrug, David. Ich kann mir beim besten Willen nicht vorstellen, dass jemand Sie oder Ihren Vater übers Ohr gehauen hat.«

Er setzte sich in einen der Sessel und trommelte mit den Fingern nervös auf die Armlehne. »Na ja, es kann wohl nichts schaden, wenn Sie es erfahren. Kommen Sie, setzen Sie sich zu mir. Also, vor elf Monaten trat eine Dame aus der Bostoner Gesellschaft an mich heran, eine Frau namens Martha. Sie hatte die Spendensammlung der Freunde der Unita hier in den USA organisiert.«

»Martha – und weiter?«

»Tut mir leid. Ich darf Ihnen den Namen nicht sagen. Nur so viel: Martha stammt aus einer der ältesten amerikanischen Familien aus der Zeit der Pilgerväter. Vor etwas über einem Jahr hat sie meinen Vater aufgesucht und ihm erzählt, welche Ziele sie und die FDU verfolgten. Martha hat ihm die Pläne der Organisation dargelegt und ihm von den Spendengeldern erzählt, die Anselmo beschaffen wollte, um medizinische Ausrüstung und Panzerfahrzeuge zu kaufen. Außerdem hat Martha die Seriosität der FDU mit Zahlen und Fakten untermauert. Vater war beeindruckt. Er hat den Verwaltungsrat der Bank dazu gebracht, der Unterstützung der FDU zuzustimmen. Es war das erste Projekt des Entwicklungshilfefonds, den mein Vater ins Leben gerufen hat. Dass er bei dieser Geschichte so schändlich hereingelegt wurde, hat er nicht verdient, weiß Gott. Jedenfalls, der Verwaltungsrat erklärte sich einverstanden, ein Überbrückungsdarlehen von zwei Millionen Dollar zu zahlen, damit die FDU ihre Werbe- und Verwaltungsausgaben decken konnte, solange die Spendengelder auf das Konto flossen. Diese Gelder und das Darlehen der Bank wurden auf Dr. Anselmos Bitte hin auf ein Konto der FDU in London überwiesen und sollten, wie gesagt, zum Kauf von Panzerfahrzeugen und medizinischem Gerät verwendet werden.«

»Weshalb gerade London?«

»Anselmo behauptete, die strengen Deviseneinfuhrbestimmungen in Angola würden den Zufluss ausländischer Gelder endlos lange verzögern, sodass es besser sei, die Geschäfte von London aus abzuwickeln.«

»Hört sich vernünftig an.«

»Ja. Aber zwölf Stunden nachdem die Summe nach London überwiesen wurde, war Dr. Anselmo verschwunden – und mit ihm das Geld.«

Ich versuchte, nach außen gelassen zu bleiben, wenngleich in meinem Inneren heißer Zorn aufloderte.

43.

»Spurlos verschwunden«, murmelte ich voller Bitterkeit. Die ganze Geschichte schien immer deutlicher Wolfs Handschrift zu tragen. War auch ich für ihn bloß ein Teil dieses »Projekts« gewesen?

»Kommen Sie, und setzen Sie sich zu mir.« David zog einen zweiten Stuhl heran, schaltete seinen Computer ein und ging ins Internet. Binnen Sekunden erschien eine Weltkarte auf dem Monitor, auf der drei blaue und eine rote Linie eingezeichnet waren.

»Schauen Sie mal hier«, sagte David. »Ich habe versucht, den Weg der Spendengelder von London aus zu verfolgen.« Er zeigte auf den Monitor. »So weit bin ich bis jetzt gekommen. Die drei blauen Linien stehen für getürkte Schecks, die auf Firmen in Belgien, Kanada und Südafrika ausgestellt waren – Hersteller von Munition und Panzerfahrzeugen. Aber entscheidend ist die rote Linie.«

Ich betrachtete diese Linie auf der Weltkarte. Von London aus war das Geld auf die Genfer Niederlassung der Bank von Hongkong überwiesen worden; drei Tage später wurden hunderttausend Dollar nach Maun in Botswana überwiesen und in bar abgehoben. Einen Tag darauf hatte ein Unternehmer, der Safaris und Großwildjagden ausrüstete, fünfzigtausend Dollar erhalten, um einen umgebauten Landrover zu kaufen, der über Trinkwasserbehälter und einen speziellen Benzintank verfügte, der das Dreifache der normalen Treibstoffmenge aufnehmen konnte. Der Wagen wurde in Mukwe, Botswana, über die Grenze nach Angola überführt; dann verlor sich die Spur des Fahrzeugs.

»Einen Monat nachdem das Geld in Genf deponiert worden war, wurden von demselben Konto zwei Millionen Dollar abgehoben und erst nach Prag und von dort nach Moskau überwiesen.«

War der rätselhafte Anselmo *tatsächlich* mit Wolf identisch? Und lebte er in Moskau? Ich versuchte, mir meine Erregung nicht anmerken zu lassen.

»Der Rest der Summe blieb auf einer Schweizer Bank. Zur Zeit kann ich den Weg des Geldes wegen des Bankgeheimnisses nicht weiter verfolgen, aber ich habe gewisse Beziehungen. Es wird nicht lange dauern, bis ich die nächsten Stationen des Geldes herausgefunden habe.«

Ich war verwirrt und besorgt zugleich. Wie war David mit seinen Nachforschungen in so relativ kurzer Zeit so weit gekommen? Würde er Wolf eher aufspüren als ich? Falls es David gelang, würde er die Angelegenheit dem CIA übergeben – und der CIA würde erst einmal einen Auslieferungsantrag stellen, sodass Wolf Zeit genug blieb, unterzutauchen oder Nicky irgendwo zu verstecken, wo ich ihn niemals finden konnte. Und was war, wenn Wolf herausfand, dass ich nicht mehr im Gefängnis saß? Würde er dann davon ausgehen, dass ich seine Identität preisgab? Oder würde er mich dafür verantwortlich machen, *falls* er identifiziert wurde, und Nicky aus Rache etwas antun? Ich zitterte vor Angst.

»Früher oder später werde ich diesen Dreckskerl erwischen, das verspreche ich Ihnen«, murmelte David. »Ich habe bereits eine Fahndungsmeldung nach dem Landrover herausgeben lassen.«

Ich schüttelte den Kopf. »Er wird das Geld noch monatelang von einem Konto zum anderen schieben, rund um den Globus«, sagte ich. »Da können Sie noch eine halbe Ewigkeit suchen.«

»He, Sie könnten ruhig ein bisschen mehr Vertrauen in meine Fähigkeiten haben«, erwiderte er. »Ich bin Banker, vergessen Sie das nicht. Und wenn Sie wollen, können wir zusammenarbeiten.«

»Von mir aus gern, wenn ich von Ihnen die Liste mit den Namen der Spender bekomme.«

David schüttelte den Kopf.

»Sie sind offenbar wild entschlossen, die Sache auf Ihre eigene Weise zu regeln und diesen ganzen Schmutz unter den Teppich zu kehren, aber Sie spielen diesem Betrüger in die Hände«, sagte ich. »Der Kerl war Ihnen die ganze Zeit über. Sehen Sie denn nicht, dass die Heimlichkeit *seine* Verbündete ist, nicht unsere? Jemand muss sich mit den Spendern in Verbindung setzen und sie warnen, dass Anselmo noch einmal versuchen könnte, ihnen Geld aus der Tasche zu ziehen. Diese Martha, von der Sie vorhin sprachen, könnte uns bestimmt Hinweise geben, was die Identität Anselmos betrifft. Geben Sie mir die Liste, David. Sagen Sie mir, wie Martha heißt und wo sie wohnt, sodass ich Kontakt zu der Frau aufnehmen kann. Bei der Suche am Computer verschwenden wir nur Zeit. Wir müssen die ganze schmutzige Geschichte an die Öffentlichkeit bringen.«

Er blickte mich vorwurfsvoll an. »Naomi, ich muss an den guten Ruf der Bank und an die Reputation meines Vaters denken. Und ich darf die Privatsphäre meiner Kunden nicht verletzen«, sagte er im ernsten Tonfall eines zukünftigen Aufsichtsratsvorsitzenden. »Und was Martha betrifft – ich werde nicht zulassen, dass eine arme alte Frau in diesen Schlamassel hineingezogen wird.«

»Demnach ist das alles für Sie bloß ein kleines buchhalterisches

Problem, das Sie dadurch bereinigen können, dass Sie in der Jahresbilanz ein paar Stellen hinter dem Komma verändern?«
»Wenn Sie es so sehen wollen – von mir aus«, erwiderte David gelassen. Seltsamerweise wurde seine Stimme umso ruhiger, je zorniger er war.
Er hielt inne, als Miss Bach ins Büro kam und ihn bat, sich um eine dringende geschäftliche Angelegenheit zu kümmern.
In einer abwehrenden Geste hob David die Hände. »Ich habe Ihnen doch gesagt, dass ich nicht zu sprechen bin.«
»Aber es ist die Nachricht, auf die Sie warten. Sie wissen schon ...«
»Oh. In Ordnung. Entschuldigen Sie mich, Naomi. Machen Sie es sich bequem. Ich bin gleich zurück.«
Als David die Tür hinter sich geschlossen hatte, blickte ich auf seinen Computer. Der Zufall hatte mir eine günstige Gelegenheit verschafft. Während David im Vorzimmer vom Telefon seiner Sekretärin aus mit einem Anrufer sprach, setzte ich mich an die Tastatur. Meine Hände zitterten so heftig, dass ich mich einige Male vertippte; dennoch brauchte ich nur dreißig Sekunden, um sämtliche Informationen über die »Freunde der Unita« in einer E-Mail zu speichern, die ich dann über Davids Computer sofort an meinen Vater nach Schottland schickte.
Mach schnell, Nina, mach schnell! Meine Finger huschten über die Tastatur, als ich Davids Datei über die FDU öffnete und die Unterverzeichnisse durchging. Nach weiteren dreißig Sekunden hatte ich Marthas Namen und ihre Anschrift gefunden und prägte sie mir ein. Anschließend löschte ich sämtliche Dateien, die mit Bernsteins Nachforschungen über Anselmo zu tun hatten – auch die Sicherheitskopien und alle Spuren, die ich auf dem Computer hinterlassen hatte. Ein Gefühl des Triumphs stieg in mir auf.
Am ganzen Körper zitternd, erhob ich mich und trat ans Fenster. David saß immer noch im Vorzimmer und telefonierte. Ich holte mehrere Male tief Luft; vor Aufregung war ich so außer Atem, dass ich einen ganzen Tank voll Sauerstoff hätte brauchen können.
Dann wurde die Tür geöffnet, und Davids Sekretärin kam mit

einem Stapel Post ins Zimmer. Augenblicke später beendete David sein Gespräch und kehrte in sein Büro zurück. Ich tat so, als würde ich die Aussicht genießen.

Schließlich drehte ich mich um und reichte ihm die Hand. »Es hat mich gefreut, Sie kennen zu lernen, David«, sagte ich, »und ich danke Ihnen für Ihre Bemühungen. Aber letztendlich ist es für uns beide Zeitverschwendung, solange Sie mir Ihre Informationen und die Liste vorenthalten. Und was Ihren verrückten Plan betrifft, der Spur des gestohlenen Geldes am Computer nachzugehen ... Sie könnten Ihr ganzes Leben mit dem Versuch verbringen, die betrügerischen Tricks Anselmos zu verfolgen, und hätten immer noch keinen Erfolg. Es hätte in etwa die gleiche Wirkung wie Autoscheinwerfer, die nach hinten leuchten und Ihnen lediglich zeigen, wo Sie bereits gewesen sind, und nicht, was sich vor Ihnen befindet. So viel Zeit habe ich nicht. Danke für das Essen. War nett, Sie kennen zu lernen.«

Ich verschwand, bevor David sich von meinem ziemlich rüden Abgang erholen konnte.

Ich fuhr zum Hotel, packte meine Koffer, bestellte mir ein Taxi, bezahlte die Hotelrechnung und ließ mich zum Flughafen bringen. Erst als ich dort war, in relativer Sicherheit, brachte ich die nötige Ruhe und Entschlusskraft auf, die geheimnisvolle Martha anzurufen – Martha Newton-Thomas in Boston, mit der ich mich für den nächsten Tag verabredete.

Als ich in der First-Class-Lounge auf den Abflug wartete, versuchte ich, ein Gefühl des Bedauerns zu unterdrücken. Eigentlich bin ich nicht der Typ, der in Kategorien wie *wäre doch nur* oder *könnte doch bloß* denkt; aber diesmal verspürte ich einen Anflug von Bedauern: Ich durfte David Bernstein nie mehr wiedersehen. Er würde schnell genug herausfinden, dass die Ergebnisse all seiner bisherigen Nachforschungen über Anselmo auf seinem Computer gelöscht waren.

44.

Jede größere Stadt hat ihre Martha Newton-Thomas, die Spendenaktionen veranstaltet, für Wohltätigkeitsorganisationen tätig ist und an die öffentliche Moral appelliert, den Armen und Notleidenden zu helfen. Natürlich wohnte sie im ältesten und vornehmsten Viertel Bostons, in einer hohen, schmalen Villa mit Blick auf den Bostoner Hafen, versteckt zwischen Bankgebäuden und den Büros von Maklerfirmen. Die Frau, die mir öffnete, besaß eine üppige Figur und ein herrisches Gesicht, zu dem ihr rosafarbenes Chiffonkleid nicht recht passen wollte.

Mrs. Newton-Thomas reichte mir die Hand und bat mich herein. Dann erzählte sie mir, dass sie von jeder Spende an die FDU zwanzig Prozent als Bearbeitungsgebühr kassierte; weitere fünf Prozent wurden für Sitzungen des Verwaltungsrats einbehalten. Ihre Brille und ihre Ringe strahlten so hell wie ihre Augen, und ihr Doppelkinn schwabbelte, als Mrs. Newton-Thomas mir stolz erzählte, in wie vielen Verwaltungsräten welcher Wohltätigkeitsorganisationen sie den Vorsitz führte.

»Hieraus können Sie entnehmen, wie und wo meine Spendensammlungen veranstaltet und finanziert werden.« Sie zeigte mir Anzeigen und Werbebroschüren und erzählte mir von ihrem hervorragenden Computersystem, das bei der Verwaltung der Spendengelder eingesetzt werde.

»Und jetzt sagen Sie mir bitte noch einmal, Miss Hunter, was genau Sie von mir wollen. Am Telefon habe ich es nicht richtig verstanden.«

»Ich fürchte«, sagte ich, »Dr. Anselmo ist an Malaria erkrankt. Er hat einen Kollegen von der Missionsstation gebeten, bei der Bernstein's Bank nachzufragen, ob dort schon Geld eingegangen ist, das er Ihnen geschickt hat, um davon eine neue Spendensammlung zu finanzieren. Bei unserer Bank ist das Geld noch nicht eingegangen, aber vielleicht wurde es ja direkt an Sie überwiesen. Oder haben Sie irgendetwas über den Verbleib des Geldes gehört?«

»Nein. Und auch nichts von Dr. Anselmo.«

»Nun, jedenfalls müssen wir jetzt feststellen, wo das Geld geblieben ist. Dr. Anselmo ist leider so schwer erkrankt, dass wir ihn nicht fragen können. Deshalb hat Mr. Bernstein mich gebeten, Sie aufzusuchen. Er muss gewisse Einzelheiten erfahren, bevor er etwas unternehmen kann.«

»Tut mir Leid, dass es Dr. Anselmo gesundheitlich so schlecht geht. Aber weshalb schickt er Geld für eine neue Spendensammlung, wo wir doch so viel auf der Bank haben? Anselmos letzte Spendenaktion hat vier Millionen Dollar erbracht, wenn ich recht informiert bin.«

»Nun ja, Mrs. Newton-Thomas – die Gelder, die Anselmo bekommen hat, wurden nach London überwiesen, um von dort aus medizinische Ausrüstung und Panzerfahrzeuge für die Unita zu kaufen. Haben Sie irgendwelche schriftlichen Belege für Ihre Kontakte zu Dr. Anselmo, sei es in Form von Briefen, Faxmitteilungen, Telegrammen oder Schecks? Und wie hat er Ihre erste Spendensammlung für die Freunde der Unita finanziert? Bestimmt ist Dr. Anselmos letzte Überweisung auf dieselbe Art erfolgt, sodass wir von daher feststellen könnten, wo sich das Geld befindet.«

In Anbetracht ihres massigen Körpers war Mrs. Newton-Thomas erstaunlich beweglich. Sie erhob sich schwungvoll, setzte sich vor ihren Computer und machte sich daran, die entsprechende Datei durchzusehen.

»Beim ersten Mal habe ich zwei Schecks von ihm bekommen. Ah, da haben wirs ja. Das war vor anderthalb Jahren, um genau zu sein. Natürlich waren es nicht Anselmos Schecks. Sie stammten von einer dieser vielen Hilfsorganisationen, bei denen man aber nie sicher sein kann, ob sie von kirchlicher oder kommunistischer Seite getragen werden. Ah, da haben wir sie ja. Die Schecks kamen von der Transafrikanischen Entwicklungsgesellschaft mit Sitz in ... o Gott, ausgerechnet in Sarajewo. Offenbar lebt Dr. Anselmo gern gefährlich. Jedenfalls, die beiden Schecks damals waren für die Gründung und den ersten Werbefeldzug der Freunde der Unita bestimmt.« Mrs. Newton-Thomas schaute mich an. »Schließlich muss man den Leuten karitative Organisationen erst einmal vorstellen und sie mit deren Zielen vertraut machen. Für nichts bekommt man nichts, meine Liebe, nicht wahr?«

Ich konnte meine Aufregung kaum verbergen. Ich erhob mich und beugte mich über Mrs. Newton-Thomas' Schulter, um mir die Kontonummer einzuprägen. Ich hätte laut jubeln können: Das letzte Mal hatte ich diese Nummer auf Wolfs Computer gesehen – an dem Abend, als ich sein Büro durchsucht hatte und Brigit von dem Eindringling getötet worden war. Damals war das Konto in Lübeck gewesen.

»Welche Bank hat die Schecks ausgestellt?«

Ich dankte Mrs. Newton-Thomas im Stillen, als ich hörte, wie schnell ihre Finger über die Tasten huschten. »Die Bosnaskandia, eine Privatbank mit Hauptsitz in Sarajewo und Nebenstellen in Österreich, Ungarn und Bulgarien.«

Ich hoffte, dass die Frau meinen wilden Triumph nicht bemerkte.

»Ich weiß noch genau«, fuhr Mrs. Newton-Thomas fort, »wie verwundert ich damals war. Für eine katholische Mission ist das eine ziemlich eigenartige Wahl des Bankhauses, nicht wahr? Ach ja, auf den Schecks waren ein aufgedruckter Name und eine Unterschrift. Ich habe es irgendwo im Computer gespeichert ... ah, da haben wirs ja. Günther Mannheim.«

Mannheim! Es verschlug mir den Atem, dass ich einen solchen Volltreffer gelandet hatte. Günther Mannheim war der Name des Betrügers, den mein Vater erwähnt hatte – der Mann, der ganz ähnlich wie Wolf vorgegangen war und zu Beginn der achtziger Jahre sein Unwesen in den Vereinigten Staaten getrieben hatte. Vermutlich waren Wolf und Günther Mannheim ein und dieselbe Person. Wie viele Millionen hatte Wolf überall auf der Welt durch Lug und Trug zusammengerafft? War Sarajewo das letzte Depot für seine Beute? Lebte er in dieser Stadt? War auch Nicky in Sarajewo? Ich sprach ein stummes Dankgebet, während ich mir ein Lächeln abrang.

Doch meine Freude währte nur kurz, als mir klar wurde, dass David Bernstein der guten Martha sehr bald die gleichen Fragen stellen würde. Und sie würde ihm die gleichen Antworten geben.

»Könnten Sie mir Dr. Anselmo beschreiben, Mrs. Newton-Thomas?«

»Nein, ich habe ihn nie gesehen. Ich habe nur am Telefon mit ihm

gesprochen. Er schien mir ein sehr netter Mann zu sein. Und blitzgescheit. Ich hatte mich sehr darauf gefreut, ihn einmal kennen zu lernen.«
»Aber sicherlich können Sie seine Stimme beschreiben.«
»Tief, aber weich. Mit starkem Akzent, aber amerikanisch gefärbt. Wie ein Ausländer, der längere Zeit in den USA verbracht hat. Vielleicht hat er in den Vereinigten Staaten studiert.«
Sie hatte haargenau Wolfs Stimme beschrieben, aber diese Beschreibung passte wahrscheinlich auf Millionen von Männern. Mit dieser Information konnte David Bernstein nichts anfangen.
»Dann hat niemand Dr. Anselmo je zu Gesicht bekommen?«
»Hier nicht. Aber in Afrika müssen ihn Tausende von Menschen kennen. Unmittelbar hatte ich ohnehin nicht mit Dr. Anselmo zu tun. Die Freunde der Unita sind mit der Bitte an mich herangetreten, ihre Spendensammlung zu organisieren. Ich war ihnen verpflichtet, nicht Dr. Anselmo. Aber warum stellen Sie mir eigentlich all diese Fragen, Miss Hunter? Irgendetwas stimmt nicht, habe ich Recht?«
»Nein, nein. Es ist alles in Ordnung, von der ernsten Erkrankung Anselmos abgesehen. Er hat sich mit einem dieser heimtückischen Viren infiziert, die gegen alle herkömmlichen Antibiotika immun sind.«
Mrs. Newton-Thomas' Augen wurden schmal, und sie bedachte mich mit einem zutiefst mißtrauischen Blick. »Aber das hätte David Bernstein mir längst schon mitgeteilt«, erwiderte sie.
Es wurde Zeit, dass ich mich aus dem Staub machte.
»Sie waren mir eine große Hilfe, Mrs. Newton-Thomas. Herzlichen Dank«, sagte ich und meinte es ehrlich. »Aber jetzt möchte ich Ihre Zeit nicht länger in Anspruch nehmen.« Ich erhob mich.
Mrs. Newton-Thomas schaute auf die Uhr.
»Oh meine Liebe, bleiben Sie noch ein bisschen. Gleich wird der Kaffee serviert. Sie müssen mir noch ein wenig Gesellschaft leisten.« Wieder ein Blick auf die Uhr. »Wo bleibt denn das Hausmädchen? Warten Sie hier, Miss Hunter. Ich bin gleich zurück.«
Sie verließ das Zimmer und machte die Tür hinter sich zu. Panik stieg in mir auf. Mrs. Newton-Thomas gehörte nicht zu den

Frauen, die ihre Zeit mit unbedeutenden Gestalten wie mir verschwendeten. Bestimmt rief sie jetzt David Bernstein an. Und dann? Ich musste hier raus, doch bevor ich verschwinden konnte, erschien eine resolute Frau mit Kaffee und Kuchen.

»Nehmen Sie Platz!«, befahl Mrs. Newton-Thomas' Haushälterin.

Ich stand auf und schüttelte den Kopf. »Richten Sie Mrs. Newton-Thomas meinen Dank aus. Sagen Sie ihr, dass ich mich beeilen musste, mein Flugzeug zu bekommen. Also ... auf Wiedersehen.«

»Wie kommen Sie denn zum Flughafen, meine Liebe? Warten Sie bitte. Wir rufen Ihnen ein Taxi.«

»Draußen wartet schon eins auf mich«, log ich.

Ich hörte die Haushälterin nach Mrs. Newton-Thomas rufen, als ich die Flucht ergriff.

45.

Es war kurz vor Mitternacht, als ich wieder zu Hause in Inverness eintraf. Vaters Gesicht hellte sich auf, als ich das Wohnzimmer betrat, was mich mit einem Gefühl der Wärme erfüllte.

»Tut mir Leid, dass ich so spät komme. Ich war noch einkaufen und mit einer alten Freundin zu Abend essen.«

»Ich habe deine Nachricht bekommen.«

Ich zog meinen Regenmantel aus und hängte ihn innen an die Tür. »Fühl mal meine Hände. Sie sind halb erfroren.« Ich hielt sie Dad hin, und zu meinem Erstaunen ergriff er meine Finger und rieb sie kräftig, bis die Blutzirkulation wieder in Schwung kam.

»Es ist schön, zu Hause zu sein.«

»Und ich bin froh, dass du wohlauf bist.«

»Ich könnte einen Drink brauchen. Es war ein abscheulicher Tag.« Ich schauderte.

»Bring mir auch einen Drink. Ich habe auf dich gewartet. Erzähl mir die ganze Geschichte. Ich weiß, es ist spät, aber die Sache ist wichtig.«

Punkt für Punkt berichtete ich Dad von den letzten zwei

Tagen. »Um ehrlich zu sein, fühle ich mich wie eine Versagerin.«
»Dazu besteht kein Grund. Bei jeder Nachforschung dieser Art kann man allenfalls damit rechnen, eine Spur zu finden. Mehr solltest du nicht erhoffen, Nina. Stell dir eine Reihe hintereinander aufgestellter Dominosteine vor. Wenn ein Stein umfällt, stößt er den nächsten um und so weiter. Genauso ist es bei der geheimdienstlichen Arbeit. Du gehst von Dominostein zu Dominostein, bis du ans Ende der Reihe kommst. – Also weiter. Was ist bei dir der nächste Stein?«
»Das weißt du so gut wie ich. Sarajewo.«
»Ja.« Er seufzte. »Das hatte ich befürchtet.«
»Möglicherweise stammt Wolf aus dem ehemaligen Jugoslawien. Vielleicht kennen die Banker ihn. Ich darf diese Spur nicht ignorieren.«
Vater runzelte die Stirn. »Eine Reise nach Sarajewo ist äußerst gefährlich. Außerdem bezweifle ich, dass du ein Visum bekommst. Zur Zeit herrscht in Sarajewo ein sehr unsicherer Waffenstillstand. Zwei internationale Friedenspläne sind bereits gescheitert, und die verfeindeten Parteien terrorisieren die von der Regierung kontrollierten Gebiete. Erst im Februar wurden beim Einschlag einer Granate auf dem Marktplatz von Sarajewo achtundsechzig Menschen getötet. Inzwischen sind russische Truppen einmarschiert und erhalten gemeinsam mit amerikanischen Verbänden den Frieden aufrecht. Aber die Lage ist sehr unsicher. Die Serben brauchen so dringend Geld, dass sie bei einem Darlehen mit zweijähriger Laufzeit fünfzehn Prozent Zinsen im Monat zahlen.«
»So viel? Das ist unglaublich!«
»Um Waffen und Munition kaufen zu können, brauchen die Serben westliche Währung. Aber moderne Waffen sind teuer. Deshalb investieren sie das geliehene Geld in gewinnträchtige Drogengeschäfte. Das Geld wird dann über ausländische Händler gewaschen. Diese Händler kaufen die Munition, die Gewehre und andere Waffen offiziell in eigenem Auftrag in Ungarn und Bulgarien, tätigen diese Geschäfte in Wahrheit aber für die Serben. Nach außen hin sind diese Waffenkäufe also völlig legal. Einzelheiten erfährt man nicht, weil die Geschäfte überdies durch das

Bankgeheimnis geschützt werden. Und Leute, die Fragen über diese Transaktionen stellen, können die beteiligten Banker am allerwenigsten brauchen, wie du dir sicher vorstellen kannst.«

»Trotzdem muss ich dorthin. Clive Wattling könnte uns helfen. Ich rufe ihn morgen früh an.«

»Das wird sich nicht umgehen lassen. Aber jetzt habe ich erst einmal Neuigkeiten für dich, Nina. Du hast einen ziemlichen Wirbel verursacht, deshalb musst du dir die wichtigste Regel bei diesem Spiel genau merken: Lass die Dinge immer so, wie du sie vorfindest! Du hättest Bernsteins Computerdateien über seine Nachforschungen nicht löschen dürfen.«

»Ich weiß. Aber der Mann ist sehr scharfsinnig. Du musst verstehen, dass ich ihm immer einen Schritt voraus bleiben muss, wenn ich die Chance wahren möchte, Nicky zu finden, bevor Bernstein Wolf aufspürt. Denn was würde es uns helfen, wenn man Wolf vor Gericht stellte? Oder wenn er gar den Verdacht hätte, ich wäre für seine Verhaftung mitverantwortlich? Das könnte Nicky in Lebensgefahr bringen. Auch David ist jetzt mein Gegner, und ich muss mich danach richten.«

»Du machst dir zu viele Sorgen, Nina. Was kann Bernstein schon herausfinden? Sogar der CIA, Interpol und die Südafrikaner waren hinter Wolf her, und das ohne jeden Erfolg. Sie haben seinen Unterschlupf nicht entdecken können. Sie konnten nicht mal seine Nationalität ermitteln.«

»Ich glaube, du unterschätzt David Bernstein«, murmelte ich.

Vater musterte mich nachdenklich. »Presse und Fernsehen haben bereits von deinem Verschwinden berichtet. Martha Newton-Thomas hat die Polizei angerufen, und die Medien haben Wind davon bekommen. Heute Nachmittag hat Newton-Thomas beim Nachrichtensender CCN eine Erklärung abgegeben. Sie hat von den verschwundenen Spendengeldern berichtet und dargelegt, eine gewisse Miss Hunter habe ihr einen Blitzbesuch abgestattet, um herauszufinden, was sie, Martha, über Dr. Anselmo wisse. Sie hat es beinahe so hingestellt, als hättest du gemeinsam mit dem falschen Anselmo den ganzen Schwindel aufgezogen und Bernstein und die amerikanischen Geldgeber um die vier Millionen Dollar betrogen. Selbstverständlich hat die Presse nicht lange gebraucht, um herauszufinden, dass der wirkliche Dr. Anselmo tot ist. Natürlich wollte Mrs. Newton-Thomas bei dieser Gelegenheit auch dafür sorgen, dass niemand ihr eine Mitverantwortung geben kann, dass die vier Millionen verschwunden sind. Sie hat der Bernstein's Bank die Schuld zugeschoben, weil die Bank die Summe nach London überwiesen hat, ohne vorher genaue Nachforschungen über Anselmo und die ganze Spendenaktion anzustellen. Sie hat Bernstein ganz schön dumm dastehen lassen. Aber er hat schnell reagiert, eine Pressekonferenz einberufen und den Geldgebern versprochen, dass es nur eine Frage von Tagen sei, bis man die verschwundenen vier Millionen aufgetrieben und ihrem eigentlichen Zweck zugeführt habe. Bis dahin übernimmt die Bernstein's Bank die Haftung. Wahrscheinlich kannst du das alles morgen in der Zeitung lesen.«

»O Gott. Das ist kein guter Anfang.«

»Kommt darauf an, wie man es betrachtet, Nina. Einige Leute dürften inzwischen der Meinung sein, dass Naomi Hunter eine Expertin ist, was betrügerische Geschäfte und das Waschen von schmutzigem Geld betrifft. Und das wollten wir mit unserem ursprünglichen Plan ja erreichen, nicht wahr? Vielleicht ist diese traurige Berühmtheit genau das, was Naomi Hunter braucht.«

Am Sonntag fuhr Mrs. Peters in die Stadt, um frische Croissants und ein halbes Dutzend Zeitungen zu kaufen. Als sie zurückkam, machte Dad es sich gemütlich, um die Croissants und die Zeitungen genüsslich zu verschlingen. Plötzlich funkelten seine Augen.

»Hör dir das an, Nina! David Bernstein hat eine weitere Pressekonferenz veranstaltet und behauptet, einige seiner Kunden seien von einer gewissen Naomi Hunter und einem bislang unbekannten Komplizen betrogen worden. Bernstein hat mögliche Geldgeber vor dir gewarnt. Ich lese dir den Artikel mal vor: ›Naomi Hunter steht in einer neuen Ära des Verbrechens an vorderster Front. Was in früheren Zeiten der Gangster mit der Waffe in der Hand war, ist heute die Frau mit der modernsten Computertechnologie. Betrachtet man ihre Jugend, ihre Schönheit und ihren Charme, kann man leicht verstehen, dass einer

Frau wie Naomi Hunter heutzutage die Welt zu Füßen liegt. Sie ist hochintelligent, sehr gebildet und eine Expertin auf dem Gebiet modernster Hightech. Und sie benutzt ihren scharfen Verstand, um aus den Schwächen unseres Finanzsystems verbrecherisches Kapital zu schlagen und sich die Leichtgläubigkeit der Öffentlichkeit und deren beklagenswerten Mangel an wirtschaftlichem Fachwissen zunutze zu machen, wobei sie stets kalkulierte Risiken eingeht.‹«

Ich runzelte die Stirn. Fand David mich wirklich gut aussehend und intelligent? Plötzlich ging mir der Gedanke, dass er mich für Naomi Hunter hielt, noch mehr gegen den Strich.

»David Bernstein ist ein scharfsinniger Bursche.« Vater lachte in sich hinein. »Hattest du auch den Eindruck?«

»Ich fand ihn arrogant und großkotzig.«

»Du kannst ihn nicht leiden?«

Ich zuckte die Achseln. »Ich weiß nicht. Er hat ja auch gar nicht mich gemeint. Er hält mich für Naomi Hunter. Für eine Verbrecherin.«

In Dads Augen funkelte es belustigt; aber ich sah auch ein wenig Furcht darin, und plötzlich tat er mir Leid. »Warte einen Augenblick, Dad. Ich muss dir etwas zeigen.«

Ich eilte die Treppe zum Dachboden hinauf, wo die Kisten standen, in denen meine Habseligkeiten verstaut waren. Ich wusste noch genau, in welcher Kiste mein Fotoalbum lag, und holte es hervor, denn ich hatte das Bedürfnis, meinen Sohn endlich mit meinem Vater zu teilen.

»Schau mal, Dad«, sagte ich, als ich wieder bei ihm saß. »Das ist Nicky an dem Tag, als Wolf uns aus dem Krankenhaus nach Hause geholt hat. Und hier macht Nicky seinen ersten Ausflug im Kinderwagen. Und hier«, ich blätterte weiter, »liegt er in seiner Wiege. Und auf diesem Foto ... Nicky in seinem Kinderstuhl. Ich habe das Bild deshalb aufgenommen, weil er seine typische Schnute macht, wenn er traurig oder wütend ist. Er sieht wie ein kleines Äffchen aus, nicht wahr? Und dieses Foto hier habe ich an einem Morgen aufgenommen, nachdem ich ihn aus dem Bettchen genommen hatte. Sieh nur, wie seine Augen strahlen, weil er mich sieht, und wie glücklich er ausschaut. Und hier siehst du

Nicky mit Brigit, unserer Dänischen Dogge, seiner besten Freundin ...«

Wir blätterten weiter. Vater sagte nur wenig, aber ich sah, dass seine Augen feucht schimmerten. Nachdem wir uns das ganze Album angeschaut hatten, legte ich es auf den Tisch. »Das war das erste Mal seit langer Zeit, dass ich den Mut hatte, die Bilder zu betrachten. Denn jetzt habe ich endlich das Gefühl, wir machen bei unserer Suche Fortschritte.«

»Aber es wird gefährlich, Nina. Wahrscheinlich viel schlimmer, als du glaubst.«

»Lass uns nicht an die Gefahr denken, Dad. Sie könnte mich sowieso nicht aufhalten.«

Ich wusste, dass meine Liebe und mein Hass mir Kraft geben würden – und ich würde mich mit gleicher Kraft an diese beiden Empfindungen klammern.

46.

»Clive ist ein tüchtiger Bursche. Und zuverlässig. Ein Glück, dass er auf unserer Seite steht.« Vater schob mir über den Tisch einige Papiere zu.

Ich betrachtete das begehrte Visum sowie die Sondererlaubnis, als Beobachter des Oxfam – der britischen karitativen Vereinigung zur Hungerhilfe – nach Sarajewo zu reisen. Clive Wattling hatte mir diese Sondergenehmigung besorgt.

»Wie ist Wattling an den Ausweis des Oxfam gekommen?«

»Indem er der Organisation zugesagt hat, dass du für sie arbeiten wirst, Nina. Vor allem wirst du Nachforschungen anstellen. Der Großteil der Arbeit wird von ehrenamtlichen Helfern geleistet. Du gehörst jetzt zu ihnen. Du wirst mehrere Waisenhäuser in größeren Städten des ehemaligen Jugoslawien besuchen und dem Oxfam berichten – wie hoch der Etat der Waisenhäuser ist, welche Subventionen sie erhalten und von wem, in welchem Maß sie auf in- und ausländische Wohltätigkeitsorganisationen angewiesen sind, wie die Kinder untergebracht und verpflegt werden, wie ihr Gesundheitszustand ist und so weiter.

Man wird dir entsprechende Fragebogen schicken. Das Oxfam ist mit Clives Arrangement sehr zufrieden.«

»Was ist, wenn ich Nicky ... Stehst du immer noch mit den Waisenhäusern in Verbindung, Dad? Du hast mir mal gesagt, dass du den Geheimdienst vor längerer Zeit gebeten hast ...«

»Ja, natürlich. Wir haben vor zwei Jahren mit der Suche angefangen. Unsere Vermisstenabteilung gibt jeden Monat eine Personenbeschreibung Nickys heraus. Übrigens könnten wir ein neueres Foto von dem Jungen brauchen. Aber die Suche nach Nicky ist nur eine von vielen. – Wenn ich mich recht entsinne, warst du schon mal in Sarajewo, nicht wahr?«

»Ja. Vor Jahren habe ich mit der Ski-Auswahlmannschaft der Universität eine Reise durch Jugoslawien gemacht.«

»Ich war fast auf dem gesamten Balkan, aber in Sarajewo bin ich nie gewesen.«

»Es ist eine seltsame Stadt. Zum einen Teil osmanisch geprägt, zum anderen Teil von der alten österreichisch-ungarischen Monarchie. Es gibt ein wundervolles österreichisches Stadtviertel. Aber nur ein paar Straßen weiter findet man eine der ödesten Trabantenstädte, die man sich nur vorstellen kann. Hässliche riesige Wohnblocks.«

»Ich bezweifle sehr, dass die Stadt nach den Bombenangriffen noch so aussieht wie damals«, murmelte Dad. »Jedenfalls darfst du keine Zeit vergeuden, Nina. Wie ich schon sagte, benötigen die Serben dringend ausländische Währung, um sich Waffen und Munition zu beschaffen. Deshalb bewahren sie strengstes Stillschweigen über jeden Geldgeber und jede finanzielle Transaktion. Sie würden dir kein Sterbenswörtchen sagen, wenn Wolf dort irgendwelche Konten hätte.«

»Da hast du wahrscheinlich Recht, aber ich habe einen Plan. Wir müssen uns nur noch um ein paar Einzelheiten kümmern, bevor ich abreise. Ich fliege übermorgen, falls ich eine Maschine bekomme.«

Zu den »Einzelheiten«, die ich erwähnt hatte, gehörte die Eröffnung eines Kontos in der Schweiz auf den Namen der Transafrikanischen Entwicklungsgesellschaft. Auf dieses Konto überwiesen wir fünfzigtausend Pfund von meinem Treuhandkonto.

Zwei Tage später waren die Vorbereitungen abgeschlossen.

Nach der Landung auf dem Flughafen von Sarajewo fuhr ich mit einem Taxi ins Stadtzentrum. Es war ein ungewöhnlich kalter Junitag; die wenigen Menschen, die auf den Straßen unterwegs waren, wirkten eigenartig teilnahmslos und trugen wegen der Kälte Mäntel und Schals.
Sarajewo liegt inmitten einer riesigen kreisförmigen Ebene, die von fernen Bergen umrahmt wird und an ein gigantisches Amphitheater erinnert. Bei meinem letzten Besuch waren die Ebene und die Berge tief verschneit gewesen; diesmal sah ich bunte Wildblumen auf grünen Feldern und Wiesen, auf denen einige wenige Kühe und Ziegen weideten. Kurz darauf gelangten wir in die scheußliche Trabantenstadt mit ihren tristen Wohnsilos, die zu beiden Seiten der Straße aufragten. Ich sah, dass die Fassaden der Häuser die schrecklichen Narben von Granattreffern trugen; viele Fenster waren zersplittert oder mit Brettern vernagelt, und einige Gebäude waren völlig zerstört. Der lebhafte architektonische Kontrast der Stadt, an den ich mich von meinem ersten Besuch erinnerte, war einer deprimierenden Eintönigkeit aus Schutt und Trümmern, schmutzigen Straßen und rußgeschwärzten Fassaden gewichen.
Ob Nicky hier irgendwo lebte? Allein der Gedanke jagte mir Angst ein.
Das Holiday Inn hatte den Bombenhagel überstanden, trug aber ebenfalls Narben des Krieges. Ich nahm mir ein Zimmer, stellte meinen Koffer ab und fuhr mit einem Taxi zur Bosnaskandia Bank, die in einem einst prachtvollen Art-déco-Gebäude in der Nähe des Krankenhauses untergebracht war; nun aber waren die Fenster vernagelt oder die Läden geschlossen. Nachdem ich am Informationsschalter meinen Oxfam-Ausweis vorgelegt hatte, wurde ich eine Treppe hinunter zu den Tresorräumen geführt, die fast jedem Bombardement standhalten konnten und vorübergehend in Büros umgewandelt worden waren.
Der Bankdirektor, Michel Banski – ein untersetzter Mann mittleren Alters mit blasser Haut und schütterem Haar –, kam an den Tisch, an dem ich Platz genommen hatte. Er schüttelte mir herzlich die Hand und lächelte breit, wobei er mir einen Blick auf seine schadhaften Zähne gewährte. Doch in seinen Augen spie-

gelten sich Wärme und Freundlichkeit, die mir diesen Mann auf Anhieb sympathisch machten.
»*Dobrodosli!* Willkommen! Willkommen in Sarajewo«, sagte er und setzte sich. »Wir haben nicht oft Besucher aus London, Miss Hunter. Ich würde Ihnen herzlich gern einen ordentlichen Drink zur Erfrischung anbieten, aber die Zeiten, als so etwas möglich war, gehören leider der Vergangenheit an. Jedenfalls bin ich überaus erfreut, dass das Oxfam uns eine Beobachterin schickt. Die Menschen hier müssen noch immer schreckliches Leid ertragen.«
Mir schien jetzt der passende Augenblick gekommen zu sein, Mr. Banski mein Geschenk zu überreichen: sechs 500-Gramm-Packungen Kaffee. Ich hoffte, ihn damit nicht zu beleidigen, doch zu meiner Erleichterung zeigte er sich hocherfreut.
»Nun, Mr. Banski«, kam ich dann auf mein Anliegen zu sprechen, »ich benötige Informationen über eines Ihrer Konten. Es handelt sich um das Konto der Transafrikanischen Entwicklungsgesellschaft ...«
Banski schnitt mir das Wort ab, indem er sich abrupt erhob. Sein freundliches Lächeln war mit einem Mal verschwunden.
»Ich fürchte, Sie verschwenden Ihre Zeit. Der Name dieser Organisation ist mir völlig unbekannt.«
»Bitte, lassen Sie mich ausreden, Mr. Banski.« Ich blieb stur sitzen und nahm eine Einzahlungsquittung aus meiner Handtasche. »Vor fünf Tagen habe ich aus London fünfzigtausend Pfund auf dieses Konto überwiesen, an die Transafrikanische Entwicklungsgesellschaft in Sarajewo. Mit der Überweisung habe ich Schulden beim Kontoinhaber beglichen. Würden Sie so freundlich sein und überprüfen, ob die fünfzigtausend Pfund bereits eingegangen sind?«
Auf Banskis Gesicht spiegelte sich Misstrauen, als er sich an seinen Computer setzte und irgendetwas eintippte.
»Tut mir leid, Miss Hunter, aber aus London wurde kein Cent überwiesen. Würden Sie mir bitte die Einzahlungsquittung geben? Ich brauche irgendeinen Beleg.«
Ich reichte ihm die Quittung.
Er blickte darauf und runzelte die Stirn. »Das ist ja eine völlig falsche Kontonummer. Das Geld wurde nicht einmal an unsere

Bank überwiesen! Allerdings stimmt der Name des Empfängers. Da muss Ihnen irgendein Fehler unterlaufen sein. Warten Sie bitte hier. Ich werde das überprüfen. Es dauert nicht lange.«
»Ich brauche nur fünf Minuten, Michel Banski«, murmelte ich, nachdem der Mann verschwunden war. Dann setzte ich mich an seinen Computer und tippte die Nummer von Wolfs Konto ein, die ich mir beim Besuch bei Mrs. Martha Newton-Thomas eingeprägt hatte.
Sekunden später erlebte ich eine herbe Enttäuschung. Das Konto war von einem ausländischen Unternehmen mit Sitz auf den Niederländischen Antillen eröffnet worden, offensichtlich eine Briefkastenfirma. Ich prägte mir die Anschrift ein, bezweifelte jedoch, dass ich irgendwelche Namen finden würde, selbst wenn ich dorthin reiste. Sämtliche Anweisungen des Unternehmens an die Bosnaskandia Bank wurden per Fax erteilt. Seit Eröffnung des Kontos war erst eine einzige Abhebung vorgenommen worden; das Geld war an die Freunde der Unita überwiesen worden. Das Konto war jederzeit kündbar; die Zinsen wurden monatlich gutgeschrieben. Der Bankdirektor hatte irgendeine Notiz gemacht, jedoch in Serbokroatisch. Ich kritzelte sie hastig in mein Notizbuch.
Es gab nur eine einzige Einzahlung auf das Konto, die sich allerdings auf eine Million Dollar belief. Die Überweisung war von einer Bank auf Sardinien getätigt worden; das Unternehmen, das die Million überwiesen hatte, hieß International Trading. Ich notierte mir die Kontonummer.
Als ich Schritte hörte, schaltete ich den Computer aus und flitzte zurück an den Tisch.
In Banskis Augen spiegelte sich Argwohn. »Weshalb sind Sie hier, Miss Hunter? Wer hat Sie geschickt?«
Er legte meine Einzahlungsquittung auf den Tisch, hielt aber die Hand darauf. »Wenn Sie mir nicht antworten, bin ich gezwungen, die Polizei zu rufen.«
»Ich habe Ihnen doch gesagt, weshalb ich zu Ihnen gekommen bin. Haben Sie feststellen können, wo das Geld geblieben ist, das ich aus London überwiesen habe?«
»Ja. Es wurde auf ein Konto in der Schweiz eingezahlt, das erst

vor kurzem eröffnet wurde.« Banskis Blick schweifte zum Computer – und plötzlich fiel mir ein, dass er ihn gar nicht ausgeschaltet hatte. Verdammt!
Er nahm den Hörer vom Telefon und tippte eine Nummer ein.
»Bevor Sie die Polizei anrufen«, sagte ich rasch, »sollten Sie mir gut zuhören, Mr. Banski. Ich könnte dafür sorgen, dass Interpol, der CIA und mindestens drei weitere Geheimdienste Ihre Bankgeschäfte ganz genau unter die Lupe nehmen, Ihnen sehr peinliche Fragen stellen und sich Zugang zu den Konten Ihrer Kunden verschaffen – und zwar binnen wenigen Stunden. Anscheinend wissen Sie nicht, dass ein hochbezahlter Spion, der seit Jahren von den Amerikanern gesucht wird, ein Kunde Ihrer Bank ist.« Ich hielt kurz inne, um meine Worte wirken zu lassen. »Glauben Sie mir, Mr. Banski – wenn diese Information in die Schlagzeilen kommt und Ihre Bank das Interesse von Geheimdienstagenten aus aller Welt erregt, werden die Drogenbosse, die zu Ihren Kunden zählen, ihre Konten unverzüglich auflösen und ihr Geld woanders anlegen. Das würde Ihre Bank in den Ruin treiben. Habe ich mich klar genug ausgedrückt?«
Banski starrte mich finster an, als ich mich erhob.
»Es ist mein Job, Miss Hunter«, sagte er, »alles Geld zu nehmen, das dieser Bank angeboten wird, den Kunden ihre Zinsen zu zahlen und im Übrigen Augen und Mund geschlossen zu halten. Und genau das tue ich. Sie sind eine sehr wagemutige Frau, Miss Hunter, aber ich will keinen Ärger. Ich werde Ihre Einzahlungsquittung einbehalten.«
»Von mir aus.« Ich nahm meine Handtasche und ging.

47.

Es war zwei Uhr nachmittags, als ich in mein Hotel zurückkehrte, ziemlich optimistisch und ein bisschen hungrig. Zuerst schickte ich meinem Vater eine E-Mail, berichtete ihm, was ich herausgefunden hatte, und bat ihn, das Konto der International Trading bei der Bank auf Sardinien zu überprüfen und die Notiz Banskis

so schnell wie möglich aus dem Serbokroatischen übersetzen zu lassen.
Anschließend ging ich hinunter in den Speisesaal. Ich hatte das Gefühl, kurz vor einem Durchbruch zu stehen. Tief in Gedanken, achtete ich kaum auf die anderen Hotelgäste, als ich mit meinem Tablett die Theke entlangging. Ich ließ mir ein Sandwich, eine Schale Salat und eine Tasse Kaffee geben und bezahlte.
Als ich mich an einen Tisch am Fenster setzte und einen Bissen von dem Sandwich nahm, hatte ich auf einmal keinen Hunger mehr. Ob Nicky genug zu essen bekommt? fragte ich mich besorgt. Ich konnte den Gedanken kaum ertragen, dass mein Sohn sich möglicherweise seit langer Zeit in irgendeinem Waisenhaus befand. Würde ich ihn überhaupt wiedererkennen? Schließlich waren zwei Jahre vergangen, seit Wolf und Nicky spurlos verschwunden waren.
Plötzlich musste ich an unsere gemeinsame Zeit in Constantia denken und sah den kleinen Nicky vor mir, wie er aus seinem Kinderstuhl kletterte, während ich zu ihm rannte. Er hatte sein Frühstück nie schnell genug essen können, um draußen im Garten zu spielen. Seine sanften braunen Augen schauten mich voller Liebe und Vertrauen an. Er wusste, ich würde immer da sein, um ihn aufzufangen, wenn er voller Ungeduld versuchte, aus seinem Kinderstuhl zu klettern. Und ich war immer für ihn da gewesen, hatte ihn in die Arme genommen, hatte ihn übermütig im Kreis durch die Luft geschwenkt. Und wenn er nach draußen rannte, hatte ich sein rotes Haar beobachtet, das in der Morgensonne strahlte, und ich hörte – und liebte – sein Lachen, wenn er mit Brigit begeistert über den Rasen tollte.
Das Bild vor meinem inneren Auge verschwand abrupt, als ich bemerkte, dass jemand an meinem Tisch stand. Als ich den Kopf hob, blickte ich verdutzt in David Bernsteins feindselige Augen und ärgerte mich über den Anflug von Freude, den sein unerwartetes Erscheinen bei mir auslöste.
»Hier sind Sie also. Ich hätte wissen müssen, dass man immer und überall mit Ihrem Auftauchen rechnen muss, wie bei dem sprichwörtlichen falschen Fünfziger.«
»Solche Bemerkungen können Sie sich sparen, David.«

Er wandte den Blick ab, doch ich sah, wie Zorn und Schmerz in seinen Augen funkelten.
»Das Leben ist hart, David. Träume zerplatzen, Wünsche bleiben unerfüllt, und niemand erweist sich als der Mensch, der er zu sein scheint. Oder mussten Sie diese Erfahrungen noch nicht machen?«
»Ich muss mit Ihnen reden.« Er zog sich einen Stuhl heran und setzte sich neben mich.
»Worüber?«
»Weshalb Sie mich belogen haben. Weshalb Sie die Dateien mit den Ergebnissen meiner Nachforschungen über Anselmo gelöscht und die Liste mit den Namen der Geldgeber gestohlen haben. Sie können ohnehin nichts damit anfangen. Ich habe Kopien der Liste und überdies ein fotografisches Gedächtnis. Aber *Sie* haben ein Verbrechen begangen, und ich möchte den Grund dafür wissen.«
»Sie können mir gar nichts beweisen.«
»Leugnen Sie etwa?«
Ich gab keine Antwort, denn ich wollte ihm keine weiteren Lügen auftischen.
Er seufzte. »Verflixt, Naomi. Warum lügen Sie nicht?«
»Würden Sie sich dann besser fühlen?«
»Sie sind wirklich nicht leicht aus der Ruhe zu bringen, das muss man Ihnen lassen. Ich wollte Sie dem FBI ausliefern, habe aber Nachforschungen über Sie anstellen lassen und erfahren, dass Sie im Juni 1988 zu fünf Jahren Haft verurteilt wurden, weil Sie Gelder Ihres damaligen Arbeitgebers unterschlagen hatten, einer Bausparkasse in Perth, Australien. Dass Sie eine sehr sympathische und anziehende Frau sind, ändert nichts daran, dass Sie ein Verbrechen begangen haben. Dass Sie eine vorbestrafte Betrügerin sind, die man auf frischer Tat beim Griff in die Kasse ertappt hat und die in Australien mehrere Jahre im Gefängnis saß. Du meine Güte, Sie haben mich wirklich ganz schön hereingelegt. Sie sind erst seit einem Jahr aus der Haft entlassen. Ist es so schwer, wieder auf den rechten Weg zu finden? Oder wollen Sie Ihr Leben endgültig kaputtmachen? Hat Ihr Freund, der falsche Dr. Anselmo, Sie geschickt, damit Sie seine Fährte verwischen? Ihnen

ist doch klar, dass Sie sich als Mittäterin der gleichen Verbrechen schuldig machen, die dieser Mann begangen hat? Hätte ich Sie der Polizei ausgeliefert, wären Sie nicht unter zehn Jahren davongekommen.«

»Sie können mich immer noch ausliefern, David.«

»Ja. Das Problem ist nur, dass Sie mir Leid tun. Ich glaube eher, dass Sie Hilfe brauchen. Mir scheint, dieser Betrüger, dieser falsche Dr. Anselmo, hat irgendwie Macht über Sie, denn Sie kommen mir nicht wie eine Verbrecherin vor. Hören Sie, Naomi, ich habe eine halbe Million Dollar Belohnung für Hinweise ausgesetzt, die zur Ergreifung des falschen Dr. Anselmo führen. Das Geld gehört Ihnen, wenn Sie mir sagen, wer dieser Mann ist. Außerdem werde ich vergessen, was Sie getan haben, wenn Sie mir alles erzählen, was Sie über diesen Kerl wissen. Andernfalls ...«

»Wollen Sie mich erpressen? Das ist unter Ihrer Würde, David.«

Er wurde rot. »Was bedeutet dieser Mann Ihnen eigentlich? Ist Ihnen denn nicht klar, was der Kerl Ihnen antut?«

»Sie sehen das vollkommen falsch, David. Auch *ich* will diesen Mann vor Gericht bringen. Aber dazu muss ich erst einmal herausfinden, wer er wirklich ist und wo er sich aufhält. Glauben Sie mir, ich wollte Sie nicht täuschen. Aber ich würde alles tun, würde gegen jedes Gesetz verstoßen, um diesen Mann zu finden. Und jetzt stellen Sie mir keine Fragen mehr, denn ich werde Ihnen kein Wort mehr sagen.«

Davids Miene zeigte erst Fassungslosigkeit, dann Zorn. Jeder Muskel in seinem Gesicht schien zu arbeiten: Seine Lider wurden schmal, er zog die Augenbrauen zusammen, reckte das Kinn vor und presste die Lippen so fest aufeinander, dass die Wangenmuskeln zuckten. Er wirkte wie ein Hamlet-Darsteller, der sich bemühte, eine besonders düstere Miene aufzusetzen. Doch ich konnte seine Wut einfach nicht ernst nehmen und lächelte ihn an.

»Sie kennen diesen Mann«, sagte er.

Es war keine Frage; deshalb hielt ich den Mund.

»Waren Sie seine Partnerin?«

»Bei einem Verbrechen, meinen Sie? Nein. Niemals.«

»Dann hat er Ihnen irgendetwas gestohlen.«

»Volltreffer, David. Er hat mir etwas sehr Kostbares gestohlen.« Ich hörte die Bitterkeit in meiner Stimme.
»Und Sie würden alles tun, um es zurückzubekommen?«
»Ja. Alles.«
»Ist Geld Ihnen so wichtig?«
Ich starrte in meine Tasse. »Es geht nicht um Geld.«
»Um was dann? Vertrauen Sie mir, Naomi. Ich will Ihnen helfen.«
»Sie können mir nicht helfen. Allenfalls dadurch, dass Sie sich von mir fernhalten.«
»Reden Sie keinen Unsinn. Wissen Sie, wo der Mann sich aufhält?«
»Nein, das sagte ich doch schon. Wenn ich es wüsste, wäre ich längst dort.«
»Lieben Sie diesen Mann?«
Ich schüttelte den Kopf und schwieg.
»Haben Sie für ihn den Kopf hingehalten?«
»Ja. Und jetzt lassen Sie mich in Ruhe, David.«
»Naomi, ich möchte doch nur ...«
Ich schob den Stuhl zurück und erhob mich. »Bitte entschuldigen Sie mich. Ich habe eine Verabredung.«
Er sprang auf und hielt mich am Handgelenk fest. Ich spürte die gewaltige Kraft seiner Finger. Sein Griff war so fest wie ein Schraubstock.
»Sie können mir keine Angst machen, David. Lassen Sie mich los. Sie tun mir weh!«
»Wie kann jemand wie Sie so hart werden? So unnahbar und misstrauisch. Seien Sie vorsichtig, Naomi. Auch wenn ich mich zum Narren mache – ich sage es Ihnen noch einmal: Ich möchte Ihnen helfen. Sollten Sie in eine Sache hineingeraten, mit der Sie nicht fertig werden, wissen Sie, wo Sie mich finden.«
Er ließ mein Handgelenk los, blieb aber noch über den Tisch gebeugt stehen. Sein Gesicht war dem meinen ganz nahe, und er blickte mir fest in die Augen.
»Warum tun Sie das alles, David?«
»Ich möchte Sie davor bewahren, dass Sie wieder ins Gefängnis wandern. Ich möchte, dass Sie Ihre Probleme aus der Welt schaffen und wieder ein normales Leben führen können.«

Ich schloss die Augen und stemmte mich gegen den Wunsch, ihm meine Geschichte zu erzählen und mich seiner Hilfe zu versichern. Wie gern hätte ich sein Angebot angenommen! Aber das durfte ich nicht. Wenn ich Nicky finden wollte, bevor sich auch die letzte Spur von ihm und Wolf verlor, musste ich David Bernstein auch in Zukunft stets einen Schritt voraus bleiben.
»Es ist besser, Sie vergessen mich, David. Leben Sie wohl.«

Es wurde Zeit, dem örtlichen Waisenhaus meinen Besuch abzustatten. Am Empfangsschalter des Hotels erfuhr ich die Adresse. Dann kehrte ich auf mein Zimmer zurück, um meinen Mantel zu holen. Als ich meinen Laptop einschaltete und nachschaute, ob eine E-Mail eingegangen war, stellte ich fest, dass Vater sich bereits gemeldet hatte.

Gut gemacht, Nina. Aber sei vorsichtig! Ich habe herausgefunden, dass die Bosnaskandia Bank einem Konsortium gehört, zu dem einige Gangsterbosse aus dem Osten und dem Westen zählen. Ich rate dir dringend, in ein anderes Hotel zu ziehen und Sarajewo so schnell wie möglich zu verlassen.
Hier die Übersetzung der Notiz des Bankdirektors: »Sämtliche Anweisungen, die bis dato per Fax eingegangen sind, wurden anonym geschickt und beziehen sich auf baldige Überweisungen auf dieses Konto. Die Faxmitteilungen wurden aus Postämtern in Wien, Prag, Paris, Rom und Istanbul geschickt. Das letzte Fax, eingegangen im Oktober 94, war die Nachricht eines Kunden, dass er sein Konto am 1. Oktober 95 auflöst. Er wird später schriftliche Anweisungen schicken, was den Transfer seines Geldes betrifft.«
Die von dir erwähnte »International Trading« ist eine der vielen Briefkastenfirmen, auf deren Konten das gewaschene Geld aus den Drogengeschäften Vittorio Cassellaris fließt. Cassellari ist einer der gefährlichsten Drogenbosse der Welt. Sei vorsichtig, Nina!
Dein Vater

Ich löschte die Nachricht, rief bei der Rezeption an und bestellte mir ein Taxi für die Fahrt zum Waisenhaus.

Es war ein altes, verschachteltes, heruntergekommenes Bauwerk im »österreichischen Viertel« Sarajewos. Auf dem Rasen vor dem Eingang stand ein Baum, von dessen Ästen Seile hingen, an denen alte Autoreifen baumelten – ein Anblick, der mich ein wenig aufheiterte.

Ich bat den Taxifahrer zu warten, betrat das Gebäude und machte mich auf die Suche nach der Oberin. Doch die Frau war nicht aufzufinden, sodass mich schließlich eine junge Schwester herumführte.

Ich weiß nicht, was ich zu sehen erwartet hatte. Jedenfalls nicht die langen Reihen schmuddeliger Kinderbetten, auf denen apathische kleine Mädchen und Jungen saßen, stumm und regungslos. Sie hatten kein Spielzeug, kein Malzeug, keine Bücher, nichts. Ich sah stumpfe, traurige Augen, triefende Nasen und grindige Haut, und es roch durchdringend nach Urin.

»Wann dürfen die Kinder draußen spielen?«, fragte ich.

Die Schwester sprach kaum ein Wort Englisch. »Bitte ...?«

»Wann spielen die Kinder? Sie müssen doch irgendwann nach draußen und an der frischen Luft spielen.«

Die Schwester zuckte die Achseln.

Ich spürte, wie Zorn in mir aufstieg, der meine Wangen rötete und meine Augen brennen ließ.

Ein kleiner rothaariger Junge schaute mich an. Ich beugte mich über sein Kinderbett, nahm ihn in die Arme und drückte ihn an mich. Er roch schrecklich nach Erbrochenem und Urin und fing an zu weinen, sodass ich den kleinen Kerl wieder aufs Bett setzte.

»Entschuldigen Sie mich.«

Die Schwester eilte davon, während ich von Bett zu Bett ging und mich fragte, ob sich eigentlich jemand die Zeit nahm, mit diesen armen Würmchen zu reden. Gab es jemanden, der mit ihnen spielte, mit ihnen lachte, ihnen ein bisschen Zeit und Liebe schenkte?

Schließlich kam die Schwester in Begleitung der Oberin zurück, die mich beim Arm nahm und durch die Schlafsäle führte. Sie blickte mich traurig an, als sie mir die Situation zu erklären versuchte. »Wir haben hier zweihundert Kinder. Aber das Geld reicht nicht für ihr Essen; deshalb sind zwei Schwestern ständig in der Stadt unterwegs, um Spenden zu sammeln. Dabei haben wir ohnehin nicht genug Personal, um uns vernünftig um die Kinder zu kümmern. Wir können jeweils nur eine Spielstunde für einige von ihnen veranstalten, wobei eine der Schwestern die Aufsicht führt. Die übrigen müssen sich um andere Dinge kümmern – die medizinische Versorgung, das Waschen, Kochen, die Essensausgabe. Aber Sie sehen ja, es reicht bei weitem nicht, und dabei sind wir alle hier zu Tode erschöpft. Wir haben nicht einmal die Zeit, den Kindern irgendwelchen Unterricht zu erteilen – geschweige denn, sie individuell zu betreuen.«

»Dabei könnte schon eine einzige Lehrerin so viel bewirken«, sagte ich leise.

»Warum schicken Sie uns keine Hilfe?«, fragte die Oberin. »Wir brauchen dringend Freiwillige. Wir haben nicht die Möglichkeiten, zusätzliches Personal einzustellen.«

»Ich werde in meinem Bericht an das Oxfam einen entsprechenden Vorschlag machen.«

Während wir an den Betten vorübergingen, setzte ich meine Suche nach einem anderen kleinen, rothaarigen, stillen Jungen fort. Als wir durch sämtliche Säle gegangen waren, wusste ich, dass Nicky nicht hier war. Ich sprach ein stummes Dankgebet an den Schutzheiligen der Kinder, wer immer er sein mochte, und verließ das Waisenhaus.

Draußen wartete noch immer mein Taxi. »Irgendjemand hat Sie bis hierher verfolgt«, sagte der Fahrer in holprigem Englisch. »Ich will keinen Ärger.«

Mit düsterem Gesicht wies er auf einen Wagen, der auf der anderen Straßenseite parkte. Durch die Seitenscheibe sah ich David Bernsteins Profil.

»Machen Sie sich keine Sorgen. Das ist bloß ein neugieriger Freund von mir. Fahren Sie mich jetzt bitte zurück zum Hotel.«

Wie konnte David es wagen, mir nachzuspionieren! Vielleicht hatte er den Verdacht, dass ich gar nicht Naomi Hunter war. Ich musste es unbedingt herausfinden.

48.

Ich fing David in der Hotelhalle ab. »Warum verfolgen Sie mich, David? Glauben Sie immer noch, ich hätte das Geld gestohlen, das den Freunden der Unita gespendet wurde? Oder hoffen Sie, ich würde Sie zu Dr. Anselmo führen?«
»Ich will wissen, wer Sie sind.«
»Das wissen Sie doch schon. Eine vorbestrafte Betrügerin, die man beim Griff in die Kasse erwischt hat. Das waren Ihre Worte. Es stimmt, ich habe wegen Betrugs und anderer Verbrechen im Gefängnis gesessen. Ich weiß aber nicht, was Sie sonst noch über mich erfahren wollen.«
»Zum Beispiel, weshalb Sie den Nachmittag damit verbracht haben, das Waisenhaus zu besuchen. Sie waren bestürzt und erleichtert zugleich, als Sie es verließen, nicht wahr? Ich möchte gern mehr über Sie erfahren, Naomi. Wir können sowieso frühestens morgen Nachmittag abreisen. Eher startet keine Maschine. Vergessen wir unsere Meinungsverschiedenheiten, einverstanden? Gehen Sie heute Abend mit mir essen. Bitte.«
Warum nicht? sagte ich mir. Ich hatte nichts anderes vor.
»Also gut. Wo?«
»Im Daire's, im osmanischen Teil der Stadt. Das Essen dort soll ausgezeichnet sein. Wir treffen uns um acht hier im Foyer.«

Das Restaurant mit angeschlossenem Nachtclub befand sich im Kellergeschoss eines umgebauten ehemaligen Getreidespeichers. Als wir Platz nahmen, beobachtete ich die Tänzer auf der Bühne, bei denen es sich offenbar um Zigeuner handelte.
David wusste sehr viel über Jugoslawien und die Hintergründe des Bürgerkriegs, und ich hörte ihm beim Essen zu. Es gab ein exotisches Dinner: *skamplignje*, ein würziges Gericht mit Tintenfisch; *begova corbar*, eine Suppe, und *bakalava*, leichtes Gebäck mit Konfitüre.
Schließlich erkundigte sich David: »Was wollten Sie eigentlich von Michel Banski erfahren, wenn ich fragen darf?«
Ich zuckte die Achseln, starrte auf meine Hände. »Ich habe nicht vor, mit Ihnen darüber zu reden, David.«

»Ich möchte aber wissen, warum Sie hier sind. Ich habe mir die Dateien auf Martha Newton-Thomas' Computer angeschaut, nachdem Sie aus ihrer Wohnung geflüchtet waren. Es gab nur einen interessanten Eintrag, und zwar über die Transafrikanische Entwicklungsgesellschaft. Das Geld, mit dem die FDU gegründet wurde, stammt vom Konto dieser Gesellschaft und wurde aus Sarajewo überwiesen. Aber wegen einer so dürftigen Information sind Sie bestimmt nicht hierher gereist. Irgendwie habe ich das Gefühl, dass Ihnen der Name dieser Organisation nicht unbekannt ist. Die Transafrikanische Entwicklungsgesellschaft ist gewissermaßen das Bindeglied zwischen dem falschen Dr. Anselmo und dem Mann, den Sie suchen. Habe ich Recht?«

»David, haben Sie sich mit mir zum Abendessen verabredet, um mich auszufragen? Hätten Sie mir diese Fragen nicht schon heute Morgen im Foyer des Hotels stellen können?«

»Natürlich.«

»Warum haben Sie es dann nicht getan?«

»Weil ich Sie wirklich zum Abendessen einladen wollte.«

»Offenbar nicht ohne Hintergedanken.«

»Das müssen *Sie* gerade sagen. – Naomi, wir müssen endlich über diese Sache reden, und das können wir ebenso gut hier und jetzt tun. Ich habe Nachforschungen über Sie anstellen lassen. Man fand keinerlei Hinweise darauf, dass eine weitere Person in Ihr ... Missgeschick bei der Bausparkasse verwickelt war. Und ich kann mir nicht vorstellen, dass dieser Schwindler, dieser Anselmo, jemals in Australien gewesen ist.«

»Nennen Sie die Dinge ruhig beim Namen, David. Es war kein Missgeschick, es war Unterschlagung.«

»Das Seltsame bei Ihnen ist, Naomi, dass Ihre Vergangenheit und Ihre Persönlichkeit überhaupt nicht zueinander passen. Ich glaube nicht, dass Sie Naomi Hunter sind. Ich glaube ebenso wenig, dass Sie jemals ein australisches Gefängnis von innen gesehen haben. Wer sind Sie wirklich, und wonach suchen Sie? Warum wollen Sie mir das nicht endlich sagen?«

Ich schwieg, schaute mich um und fragte mich, ob ich aufstehen und gehen sollte.

»Wer dieser Anselmo auch sein mag – Sie sagten, er hätte Ihnen

etwas Kostbares gestohlen und Sie im Stich gelassen, und Sie hätten den Kopf für ihn hinhalten müssen.«
»Nein. Ich habe gesagt, dass er mein Geld gestohlen hat.«
»Ich habe ein sehr gutes Gedächtnis, Naomi.«
Meine Wangen brannten, und ich war nervös. Worauf wollte David hinaus? Was wollte er erfahren? Warum wühlte er immer wieder in der Vergangenheit herum?
»Ich war heute Nachmittag sehr fleißig, Naomi. Michel Banski hat mir gesagt, dass Sie als Beobachterin des Oxfam in Sarajewo sind und nach England berichten, wie es den Kindern im Waisenhaus geht. Ich frage mich, wie eine ehemalige Verbrecherin an eine solche Aufgabe gekommen ist.«
»Entweder hören Sie jetzt davon auf, David, oder ich gehe. Es liegt ganz bei Ihnen.«
»Vielleicht möchten Sie lieber tanzen statt reden?«
»Warum nicht?«
»Vergessen Sie niemals, dass ich auf Ihrer Seite stehe, Naomi. Vor mir brauchen Sie sich nicht zu fürchten. Aber bei Michel Banski wäre ich an Ihrer Stelle vorsichtig. Falls dieser Mann zu der Ansicht gelangt, dass Sie auf irgendwelche gefährlichen Fährten gestoßen sind, könnte er die betreffenden Leute warnen.«
Als ich mit David tanzte, vergaß ich beinahe, dass ich die Rolle einer anderen Frau spielte. Er war ein ausgezeichneter Tänzer, und seine körperliche Nähe ließ erneut Erregung in mir aufsteigen.
»Sie tanzen hervorragend, Naomi«, flüsterte er mir gegen Mitternacht zu, wobei seine Lippen mein Ohr berührten, und ein wohliger Schauder rieselte mir über den Rücken. Es kostete mich alle Mühe, mir nichts anmerken zu lassen, und es erfüllte mich mit Bitterkeit und Trauer, dass dieser Mann tabu für mich war, wollte ich nicht alles aufs Spiel setzen. Ich sehnte mich danach, wieder Nina Ogilvie zu sein; denn ich spürte, dass David mich genauso sehr begehrte wie ich ihn.
Er schien es zu bemerken, denn plötzlich sagte er: »Sie können Ihre Gefühle für mich nicht leugnen, Naomi. Und Sie wissen, was ich für Sie empfinde. Trotz aller Unterschiede passen wir sehr gut zueinander. Lassen Sie uns wenigstens Freunde sein.«

»Unsere Unterschiede, wie Sie die Kluft zwischen uns bezeichnen, sind so groß, dass wir ebenso gut verschiedenen Spezies angehören könnten. Außerdem haben Sie mir heute nachspioniert, und das ist wohl kaum die richtige Basis für eine Freundschaft. Oder wäre es *Ihnen* egal, wenn jemand Ihnen hinterherschnüffelte? Wie können Sie da von Freundschaft reden?«
Er verharrte, blieb mitten auf der Tanzfläche stehen und blickte mich zornig an. »Sie haben vollkommen Recht. Ich gebe zu, dass ich mich geirrt habe. Ich war so dumm zu glauben, wir könnten die Begleitumstände unserer Bekanntschaft vergessen und uns privat näher kommen. Setzen wir uns wieder.«
Als wir zum Tisch zurückgingen, hörten wir plötzlich ein fernes, gedämpftes Pfeifen, das unheimlich schnell lauter und schriller wurde. Die Musik verstummte, als die Bandmitglieder entsetzt an ihren Instrumenten verharrten, während das schreckliche kreischende Geräusch immer näher kam. Dann, von einem Moment zum anderen, verstummte das Kreischen, und für Sekundenbruchteile herrschte Totenstille.
Davids Gesicht war eine Maske des Entsetzens. Er schleuderte mich in Richtung Treppe; ich prallte heftig gegen die Wand und war im Schock unfähig zu denken, als David sich auf mich warf und mir die Hände auf die Ohren presste.
Ich hatte nie etwas Vergleichbares erlebt wie das Dröhnen der Explosion. Es traf mich wie die Schläge riesiger Fäuste am Kopf und in der Magengrube. Dann folgten in Wellen die Erschütterungen, und mir wurde schwarz vor Augen.
Sekunden später rang ich nach Atem, als eine dichte Staubwolke durch den Raum schoss. Beißender Rauch breitete sich aus. Es war stockdunkel. Ich lag mit dem Gesicht nach unten am Boden und spürte das tote Gewicht des schweren, regungslosen Körpers auf mir. Ich konnte mich nicht rühren. Panik stieg in mir auf. Ich versuchte mich zu bewegen, presste die Hände auf den Boden, um mich aufzustützen und mich von der schrecklichen Last zu befreien, die mir die Luft raubte. Erst in diesem Moment wurde mir klar, dass David sich schützend auf mich geworfen hatte.
»David?«, rief ich, doch meine Stimme klang schwach und er-

stickt, wie aus weiter Ferne. Der fürchterliche Donnerschlag der Explosion hatte mich halb taub gemacht. Und David reagierte nicht, rührte sich nicht. »David ...« Ich schluchzte.
Dann, allmählich, fiel der Schock von mir ab, und mein Gehör kehrte wieder. Ich nahm alle Kraft zusammen, verlagerte das Körpergewicht auf die Ellbogen, kroch unter Davids Körper hervor und tastete nach seinem Kopf. Ich spürte etwas Warmes, Klebriges an den Fingern. Blut. Mein Gott, wie schlimm war er verletzt? Ich kroch vollends unter ihm hervor, tastete in der Dunkelheit noch einmal nach seinem Gesicht. »David!«, rief ich. »David! Kannst du mich hören?«
Keine Reaktion.
»David, sag doch was!«, rief ich verzweifelt.
Ich hörte ein leises Stöhnen. Dann flüsterte er mit schwacher Stimme: »Du musst ... hier raus, Naomi ... Notausgang ...«
Ich rappelte mich auf, schwankte, würgte, hustete. Um mich herum rieselte Putz von Decken und Wänden, und in der Ferne hörte ich das Splittern von Glas. Erst jetzt vernahm ich das Stöhnen und die Hilferufe um mich herum, doch immer noch war es so dunkel, dass man die Hand kaum vor Augen sehen konnte, und die Luft war von dichtem Staub und Rauch erfüllt. Ich versuchte mich zu erinnern, wo sich der Eingang befand. Irgendwo auf der rechten Seite ...?
Plötzlich wurde der Raum in schummriges, flackerndes rotes Licht getaucht, das rasch heller wurde. Feuer! Mein Blick huschte zur Treppe, wo ich die Flammen züngeln sah. Nicht mehr lange, dann war jeder Fluchtweg versperrt, und wir würden bei lebendigem Leib verbrennen. Vor dem grellen Hintergrund der Flammen sah ich die schwarzen Schemen von Menschen, die auf der Suche nach dem Ausgang ziellos umherirrten, hörte ihre Schreie, ihr Husten und Keuchen.
»Notausgang«, hatte David gesagt. Ich hatte keine Tür mit einer solchen Aufschrift oder einem Schild darüber gesehen. Dann aber sagte ich mir, dass ein solcher Ausgang sich möglicherweise auf dem Flur hinter den Toiletten befand. Und die Toiletten waren neben der Bar. Und die Bar war ...? Endlich erlangte ich die Orientierung wieder. Wenn wir uns an der Wand entlang bis zur

Ecke bewegten und von da aus auf den Flur kamen, konnten wir es vielleicht schaffen.
Ich ging zu David, beugte mich zu ihm hinunter und rüttelte ihn behutsam an der Schulter. Ich sah, dass neben seinem Kopf Trümmerstücke lagen, Holz und Beton; außerdem war ein Deckenbalken durchgebrochen und presste Davids Beine am Fußboden fest. Ich stemmte die Schulter unter den Balken und hob ihn keuchend und schwitzend zur Seite.
»David!«, rief ich.
Der Raum wurde von immer dichteren, beißenden Rauchschwaden erfüllt; meine Augen brannten so heftig, dass ich kaum noch etwas sehen konnte.
»Wir müssen raus – schnell!«
Ich legte ihm die Arme um die Schultern und versuchte, ihn in die Höhe zu ziehen, doch es war unmöglich. David war zu schwer. Ich stemmte seinen Oberkörper in die Höhe, bis er mit dem Rücken zur Wand saß; dann packte ich seine Arme und versuchte, ihn mir auf die Schultern zu wuchten. Doch ich schaffte es nicht, mich aus der knienden Haltung aufzurichten; deshalb bewegte ich mich kriechend an der Wand entlang und zog David mit mir, wobei ich immer wieder panikerfüllten Überlebenden ausweichen musste.
»Laß mich liegen, Naomi«, sagte David, der wieder aus der Bewusstlosigkeit erwacht war. »Sieh zu, dass du hier rauskommst.«
»Sei ruhig. Versuch lieber, mir zu helfen. Wenn du dich an meinen Schultern festhältst, habe ich die Arme frei. Versuch es mal.«
»Wir schaffen es nur, wenn ich gehe«, stieß er hervor.
Ich half ihm auf und legte seinen rechten Arm über meine Schultern. Mit schwankenden Schritten bewegten wir uns voran, während die Flammen immer höher schlugen und ihr Prasseln sich mit den panischen Schreien der Menschen vermischte. Der Rauch war nun so dicht, dass ich kaum noch Luft bekam. Um uns herum regnete Putz zu Boden, und die Hitze nahm rasch zu. Schließlich bogen wir um die Ecke des Gangs, doch zu meinem Entsetzen war der Flur vor uns mit Menschen verstopft, die vergeblich versuchten, die verschlossene Feuertür zu öffnen. Der Haupteingang war eine Flammenhölle; dort gab es kein Durch-

kommen mehr. In beiden Richtungen war uns und den anderen der Ausgang versperrt. David und ich ließen uns auf den Fußboden sinken und lehnten uns mit dem Rücken an die Wand.
»Ich bewundere dich, David«, sagte ich mit heiserer Stimme. »Seit wir uns kennen, habe ich dich bewundert. Ich weiß nicht, warum ich dir das jetzt sage ... wahrscheinlich, weil wir hier nicht mehr lebend rauskommen. Ich wünschte, es wäre mit uns beiden anders gelaufen, aber ...«
Ich hörte Sirenen. Kurz darauf flogen die Türen mit lautem Krachen auf, und aus einem Dutzend Schläuchen spritzte Wasser in den großen Raum. In ihren Schutzanzügen kamen mir die Feuerwehrleute wie außerirdische Wesen vor, als sie sich durch die Rauchschwaden bewegten.
Die anderen rissen mich mit, als sie durch die plötzlich geöffnete Feuertür ins Freie drängten. Draußen ließ ich mich auf den Rasen fallen und atmete gierig die herrlich frische Luft. Dann wurde David von zwei Männern, die ihn unter den Achseln gepackt hielten, nach draußen getragen; er hatte wieder das Bewusstsein verloren und hing schlaff in ihren Armen. Krankenschwestern und Rettungssanitäter bewegten sich im Licht hastig aufgestellter Bogenlampen zwischen den Überlebenden. Eine der Schwestern kam zu David, warf einen kurzen Blick auf ihn und rief zwei Rettungssanitäter mit einer Trage zu sich. »Bringt den Mann ins Krankenhaus«, sagte die Schwester auf Englisch.

Das Krankenhaus war modern und funktionell. Die Pflegerinnen beruhigten mich, während ich besorgt vor der Röntgenstation wartete. Schließlich wurde David auf einer Rollbahre auf den Gang hinausgefahren. Immer noch hustend, eilte ich den Pflegern hinterher, als sie ihn auf ein Zimmer in der Unfallstation brachten und ins Bett legten.
Eine junge Frau in Weiß kam ins Zimmer. »Es sieht schlimmer aus, als es ist«, sagte sie zu mir. »Machen Sie sich keine Sorgen. Ich bin Anna Babic, die behandelnde Ärztin. Wie Sie sehen, mussten wir ziemlich viele Wunden nähen, und er hat schwere Prellungen erlitten. Aber die Röntgenfotos zeigen, dass er keine inneren Verletzungen hat. Allerdings hat er eine schlimme

Schnittwunde am Kopf, die offenbar von herabgefallenen Trümmern stammt, und eine Gehirnerschütterung. Er müsste bald wieder das Bewusstsein erlangen. Wahrscheinlich kann er das Krankenhaus in wenigen Tagen verlassen.«
»Im Nachtclub war er eine Zeit lang bei Bewusstsein.«
»Oh, das ist sehr gut.« Die Ärztin notierte sich irgendetwas; dann musterte sie mich. »Jetzt sollten Sie aber auch einmal an sich denken. Sie sehen schlecht aus. Sie können hier duschen und sich ein bisschen hinlegen. Hier bei ihm, auf diesem Zimmer.«

»Du versetzt mich immer wieder in Erstaunen, Naomi«, sagte David zu mir, als ich Stunden später erwachte und ihn im Bett neben mir sah. »Danke, dass du mich aus dem brennenden Schuppen herausgeholt hast.«
»Wenn jemand sich bedanken muss, dann ich«, erwiderte ich verlegen. »Du hast dich auf mich geworfen, als die Granate eingeschlagen hat. Weißt du das nicht mehr? Deshalb haben die Betonstücke *dich* getroffen. Ich weiß gar nicht, wie ich dir danken soll.«
Ich setzte mich auf und strich mir das Haar nach hinten. »Ich muss schrecklich aussehen.«
»Das stimmt, aber es ist immer noch ein schöner Anblick.«
Ich schaute ihn verlegen an und blickte dann auf die Uhr. »Ich freue mich, dass es dir schon wieder besser geht, David.« Ich hielt kurz inne. »Heute Nachmittag verlasse ich die Stadt.«
Er streckte den Arm aus und nahm meine Hand.
»Wo kann ich dich finden?«
»Nirgendwo, David. Es ist ein Abschied für immer. Es gibt keine Zukunft für uns beide. Es ist besser, wir hören auf, bevor wir überhaupt angefangen haben.«
Ich erhob mich, ging zu ihm und küsste ihn auf den Mund.
»Du weißt, dass ich dich liebe, Naomi. Und eines Tages werde ich herausfinden, wer du wirklich bist.«
»Ich werde lieber so tun«, erwiderte ich, »als hättest du das nie gesagt.«
Erst als ich später im Flugzeug saß und unseren Abschied noch einmal Revue passieren ließ, wurde mir klar, wie sehr ich mich danach sehnte, David wiederzusehen.

49.

»Als Naomi Hunter«, sagte Vater, »die international tätige Betrügerin und Geldwäscherin, der nichts nachzuweisen ist, wird man dir trauen. Es verschafft dir den geeigneten Background, um in die Welt Vittorio Cassellaris vorzudringen.«
»Hoffen wirs«, erwiderte ich.
Es war schön, zu Hause zu sein, auch wenn es nur kurz war. Meine nächste Aufgabe bestand nun darin, ein Treffen mit Cassellari zu arrangieren. Er war der Mann, der die eine Million Dollar auf das Konto von Wolfs Transafrikanischer Entwicklungsgesellschaft eingezahlt hatte; also musste er Wolf entweder kennen oder zumindest von ihm wissen. Mir entging nicht, wie besorgt Vater war, als er mich nun wieder in meine Rolle als Naomi Hunter einwies – die reiche, skrupellose Frau, die amerikanische Investoren betrogen hatte und sich nun als Geldwäscherin für die meistgesuchten Verbrecher Europas etablieren wollte.
»Du musst auf großem Fuß leben und den Eindruck einer schwerreichen Frau erwecken, um die Unterweltbosse erst einmal davon zu überzeugen, dass du eine sehr erfolgreiche Betrügerin bist.«
»Du meinst, ich soll abwarten? Hältst du das für die richtige Methode, an Cassellari heranzukommen? Ich weiß nicht. Ich hatte an einen direkteren Weg gedacht.«
Dad schüttelte den Kopf. »Warte, bis er an dich herantritt. Das ist sicherer. An dem Abend, als du aus Südafrika zurückgekommen bist, hast du mir gesagt, dass Wolfs größtes Problem darin besteht, sein Geld so zu waschen, dass er keine Spuren hinterlässt, die zu ihm führen. Vittorio Cassellari hat das gleiche Problem. Mehrere seiner Finanzberater sitzen derzeit langjährige Haftstrafen ab, weil man sie dabei erwischt hat, als sie Cassellaris Geld zu waschen versuchten. In letzter Zeit ziehen viele Regierungen und Banken die Zügel straffer, was die Überwachung finanzieller Transaktionen betrifft. Es wird ein immer gefährlicheres Spiel, Schwarzgeld um den Globus herum zu schleusen, um die Spuren zu verwischen. Man braucht Zeit und Fachwissen, und es werden immer mehr Spezialisten benötigt. An wen sollen Leute

wie Cassellari sich wenden? Sie können niemandem trauen, und es gibt ohnehin nur wenige Menschen, die sich auf dieses komplizierte Spiel verstehen – Menschen wie dich. Außerdem bist du eine Frau, sodass diese Leute mit Sicherheit glauben werden, sie könnten dich eher einschüchtern als einen Mann. Und sie werden nicht befürchten, dass du sie bestiehlst. Du füllst sozusagen eine Marktlücke.«

»Hoffentlich hast du Recht.«

»Hör gut zu, Nina. Clive Wattling und ich haben Nachforschungen über Vittorio Cassellari anstellen lassen, denn du musst wissen, auf was du dich bei dieser Sache einlässt. Cassellari hat seine Karriere als bettelarmer halbwüchsiger Schmalspurganove begonnen. Später hat er Lagerhäuser am Panamakanal ausgeraubt und wurde mit der Zeit zu einem der mächtigsten Bosse in der Verbrecherwelt. Aber den Weg nach ganz oben hat er erst geschafft, als er in den Drogenhandel eingestiegen ist. Das erste Mal wurde er 1968 wegen Kokainbesitz festgenommen und vor Gericht gestellt. Einer der Polizeibeamten, die Cassellari verhaftet haben, wurde kurze Zeit später ermordet. Die anderen Beamten bei Polizei und Justiz wurden bestochen oder unter Druck gesetzt, bis sämtliche Anklagen fallen gelassen wurden. An dieses Muster hat Cassellari sich seit damals stets gehalten. Wann immer er verhaftet wurde, ließ man die Anklagen gegen ihn kurze Zeit darauf fallen. Als in den späten achtziger Jahren ein besonders hartnäckiger italienischer Staatsanwalt nicht lockerließ, hat man den Mann erschossen. Von da an wurde jeder getötet, der sich Cassellari in den Weg stellte oder ihm auf irgendeine Weise drohte. Cassellari ist für fast einhundert Morde verantwortlich. Sei also vorsichtig! Wenn seine Organisation herausfindet, dass du mit dem britischen Geheimdienst zu tun hast – oder mit mir –, wird man dich töten, ohne mit der Wimper zu zucken. Und man wird dich in die Zange nehmen, besonders was deine Pläne angeht, Cassellaris Geld zu waschen. Informiere mich sofort, wenn man Verbindung mit dir aufnimmt. Du musst allerdings Geduld haben. Aber selbst wenn du einen Monat wartest, ist es die Sache wert.«

Er hielt kurz inne; dann fuhr er fort:

»Da wäre noch eine Sache, die mir Sorgen macht, Nina. Es besteht die Möglichkeit, dass Michel Banski, der Bankdirektor, Cassellari gewarnt und ihm mitgeteilt hat, dass du von der Million weißt, die er auf Wolfs Konto eingezahlt hat.«
Ich schüttelte den Kopf. »Ich bin sicher, Banski hält den Mund. Schließlich war es sein Fehler, dass er den Computer nicht ausgeschaltet hat. Warum sollte er das Risiko eingehen und Cassellari diesen Fehler gestehen? Und Banski weiß, dass *ich* sowieso nichts davon erzählen werde.«
»Hoffentlich hast du Recht. – Also gut, du musst jetzt versuchen, die Rolle der Naomi Hunter zu *leben*. Du bist eine wohlhabende, erfolgreiche Betrügerin, die viel riskiert und alles gewonnen hat. Du bist clever, gerissen und vollkommen skrupellos. Vergiss das nie! Besorg dir schicke Kleider und schlüpf wieder in deine Rolle. Aber pass um Himmels willen auf! Vergiss niemals, wer du angeblich bist. Du wirst dich mit einigen sehr rauen Burschen gut stellen müssen – Männer, die über Leichen gehen, aber nach außen hin so ehrbar sind wie ihre Geschäfte. Je reicher die Leute, denen du begegnest, desto größer sollte dein Misstrauen sein – es sei denn, sie besitzen Ölquellen oder riesigen Grundbesitz oder haben ihr Vermögen sonstwie geerbt. Sobald du mir die Beschreibungen der jeweiligen Personen geschickt hast, lasse ich sie überprüfen. Noch etwas. Du solltest hin und wieder die Bemerkung fallen lassen, dass du für jedes Betrugsgeschäft zu haben bist, wenn du schnelles Geld damit machen kannst, dass dein Spezialgebiet aber das Geldwaschen ist.«
Plötzlich durchzuckte mich ein Gedanke, der mir Furcht einjagte. »Und wie willst *du* erfahren, wo ich mich gerade aufhalte?«
»Indem wir ständig in Verbindung bleiben. Du wirst mir jeden Abend eine E-Mail schicken, egal, wo du bist. Wenn ich nichts von dir höre, weiß ich, dass irgendetwas passiert ist. Und jetzt hör gut zu. Du wirst auf den Namen Naomi Hunter ein Konto eröffnen. Bei einer Bank in Monaco. Dort wird auch dein offizieller Wohnsitz sein.«
»In Ordnung.«
»Also brauchst du eine passende Wohnung in Monte Carlo. Außerdem ein standesgemäßes Auto.«

»Mit Vergnügen«, sagte ich.
Vater lächelte knapp. »Weil allgemein bekannt ist, dass du Millionen Dollar gewaschen hast, ohne dass man dir etwas nachweisen konnte, werden alle möglichen Leute dir die verschiedensten Vorschläge unterbreiten, mit ihrer Hilfe schnelles Geld zu machen. Meist wird es sich um irgendwelche illegalen Geschäfte handeln. Aber du behältst dein Geld für dich und bleibst Kapitän auf deinem eigenen Schiff, verstanden?« Ich nickte. »Gut. Dann werde ich dir jetzt ein paar wichtige Namen nennen. Beginnen wir mit der Aiglon-Immobilienagentur. Du – beziehungsweise Naomi Hunter – hast dort angerufen. Die Agentur wird dir drei Objekte in Monaco zeigen, die für dich als Wohnung infrage kommen.«
»Wann hast du das denn in die Wege geleitet?«, fragte ich erstaunt.
»Als du in Sarajewo warst. Kauf dir das luxuriöseste Objekt, das man dir anbietet. Die Immobilie wird von deiner Treuhandgesellschaft erworben. Sie heißt Thornton Fidelity Trust. Die Initialen, TFT, werden auf die Schecks des Treuhandkontos gedruckt. Das Konto bleibt in London.«
»Kannst du überhaupt so viel Geld aufbringen, Dad?«
»Lass mich nur machen. Geh in die teuersten Boutiquen und besorg dir auffällige und exklusive Kleidung. Geh zu den besten Friseuren. Spiel im Casino, sooft es nur geht, damit man dich dort immer wieder zu sehen bekommt. Außerdem bist du als Mitglied in den Monaco Sports Club aufgenommen. Deine Monatsbeiträge werden im Voraus bezahlt. Der Club eignet sich hervorragend, um Kontakte zu knüpfen. Übrigens habe ich dort einen Informanten. Bei der Mercedes-Niederlassung in Monaco wartet man bereits auf die Lieferung eines nagelneuen weißen Kabrios, das du von New York aus bestellt hast. Hast du so weit alles begriffen?«
»Ja.«
Warum war Vaters Stimme plötzlich so heiser? »Was ist los, Dad?«, fragte ich. »Stimmt was nicht?«
»Um ehrlich zu sein – ich mache mir große Sorgen um dich. Sei um Gottes willen vorsichtig. Trau keinem Menschen. Weißt du,

normalerweise würde ich bei einer solchen Sache nicht mitspielen, aber diesmal bleibt mir nichts anderes übrig. Und du bist bestens dafür gerüstet, mit allem fertig zu werden. Wenn ich daran denke, wie du diesen Banski ausgetrickst hast – das war clever! Allerdings weiß ich, wie sehr es dir gegen den Strich geht, Geld zum Fenster hinauszuwerfen. Doch als Naomi Hunter *musst* du auf großem Fuß leben. Du darfst nie aus den Augen verlieren, was für eine Frau du angeblich bist.«

»Mach dir keine Sorgen, Dad.« Ich kniete mich neben seinen Sessel und legte ihm den Arm um die Schultern.

Zum ersten Mal spürte ich die ganze Einsamkeit dieses traurigen, klugen und beherrschten Mannes, der inzwischen eine so entscheidende Rolle bei der Suche nach meinem Sohn spielte. Bei der Suche nach seinem Enkel, verbesserte ich mich. Ich musste daran denken, wie aufopferungsvoll mein Vater die Rolle des Ratgebers, Lehrers und Seelentrösters übernommen hatte, und wie er alte Freunde vom Geheimdienst eingespannt und jeden Tag viele Stunden am Computer verbracht hatte, um mir bei meiner Suche zu helfen, ohne sich auch nur ein einziges Mal über die viele Arbeit oder seine Behinderung zu beklagen. Zum ersten Mal erkannte ich die Tragödie im Leben dieses Mannes, der so tief und innig lieben konnte, aber nicht fähig war, diese Liebe zu zeigen.

»Ich liebe dich, Dad«, sagte ich.

»Natürlich«, erwiderte er knapp, beinahe unwirsch.

»Weißt du, ich muss oft an die schrecklichen Tage und Nächte denken, als ich um meinen Jungen getrauert habe. Ich habe diese Zeit durchgestanden, indem ich mich wider alle Vernunft an die Hoffnung klammerte – eine Hoffnung, die ich mir gar nicht machen durfte. Und plötzlich scheint diese Hoffnung doch berechtigt zu sein, und ich habe wieder ein Ziel vor Augen. Und das habe ich dir zu verdanken, Dad.«

»Wir werden dieses Ziel erreichen, Nina. Das verspreche ich dir.«

50.

In einem schwarzen, paillettenbesetzten Cocktailkleid von Valentino betrat ich das Spielcasino von Monte Carlo. Wie üblich führte mein erster Weg mich an die Kasse, um mir Spielgeld zu beschaffen; anschließend ging ich an die Bar. Inzwischen war ein Monat vergangen, seit ich jeden Abend abwechselnd im Casino und im Monaco Sports Club verbrachte und darauf wartete, »entdeckt« zu werden. Ich war sicher, früher oder später Cassellari und anderen Männern seines Kalibers zu begegnen; denn ich wusste, dass riesige Summen schmutzigen Geldes regelmäßig beim Glücksspiel gewaschen wurden.

Offiziell behauptete die Geschäftsführung, dass strenge Überwachungen es der Mafia unmöglich machten, ihr Geld in das Fürstentum und ins Casino einzuschleusen, doch die Wahrheit sah anders aus: Der Zwergstaat Monaco grenzt unmittelbar an Italien, was ihn besonders verletzlich macht. Mit ein bisschen »Glück« würde ich bald ins organisierte Verbrechen hineingezogen.

Mit einem Glas Mineralwasser in der Hand betrat ich schließlich die heiligen Quellen, aus denen Monacos Reichtum sprudelt, und staunte einmal mehr, auf welch eindrucksvolle Weise das gesamte Ambiente – die holzvertäfelten Wände, die schweren Samtvorhänge, die funkelnden Kronleuchter – für eine Atmosphäre exklusiver und vornehmer Eleganz sorgte. Die Geräusche waren leise und gedämpft, während die elegant gekleideten Besucher ihre Einsätze an den Spieltischen machten. Ich blieb am größten der Roulettetische stehen, an dem ein dunkelgesichtiger, falkenäugiger Mann mit gespannter Miene auf die winzige Kugel starrte, die klickernd von einem Zahlenfeld zum anderen hüpfte, während das Rad sich lautlos drehte; der Mann starrte dermaßen gebannt darauf, als wäre irgendein mystisches Geheimnis in dem Roulettetisch verborgen, das sich ihm irgendwann enthüllen musste, wenn er nur lange und genau genug hinschaute.

In meinen Augen ist das Glücksspiel etwas für Dummköpfe. Roulette, Baccarat oder *chemin de fer* hatten mich nie interessiert. Wenn ich gewinne, bekomme ich Schuldgefühle, und wenn ich

verliere, fühle ich mich noch mieser; deshalb bringt das Glücksspiel mir so oder so nichts. Dennoch musste ich auch diesen Abend wieder im Casino verbringen und warten, warten, warten. Ich schlenderte umher, setzte hier und da eine kleine Summe an einem der Tische, beobachtete die Gewinner mit gespielter Bewunderung und versuchte, keinen allzu gelangweilten Eindruck zu machen.
Vor allem erinnerte ich mich ständig daran, dass ich Naomi Hunter war. Naomi hätte es wahrscheinlich als Nervenkitzel empfunden, ihr Glück an den Spieltischen zu versuchen. Für mich aber war das Casino todlangweilig.
Ich blieb eine halbe Stunde am Roulettetisch stehen und beobachtete, wie der Mann mit dem dunklen Gesicht zunehmend wütend und verzweifelt wurde, als er ein anderes System spielte und seinen Einsatz erfolglos verdoppelte. Chronische Spieler unterliegen häufig dem Trugschluss, dass jeder ihrer Wetteinsätze bei einem bestimmten Glücksspiel auf irgendeine geheimnisvolle Weise ihre anderen Einsätze beeinflusst (die so genannte Monte-Carlo-Doktrin), dass zum Beispiel eine Aufeinanderfolge ungerader Zahlen beim Roulette auf lange Sicht durch eine entsprechende Aufeinanderfolge gerader Zahlen ausgeglichen würde. Die meisten Wettsysteme der Glücksspieler basieren auf dieser fälschlichen Annahme, und ich wusste, dass die Betreiber von Casinos die Spieler nur zu gern ermutigten, an diesem Irrglauben festzuhalten.
Ich schaute auf die Uhr. Halb elf. Es lag noch eine lange Nacht vor mir. Um mir die Zeit zu vertreiben, beschloss ich, an dem Black-Jack-Tisch zu spielen, an dem die höchsten Einsätze getätigt wurden. Schließlich war ich Naomi Hunter. Außerdem konnte ich mir beim Black Jack wenigstens die Karten merken, die von den Spielern nach jeder Runde aufgeblättert wurden, und meine Gewinnchance auf diese Weise ein bisschen erhöhen.
Als drei Viertel des Kartenstapels ausgeteilt waren – wobei ich mir sämtliche bislang aufgeblätterten Karten eingeprägt hatte –, bekam ich endlich ein Ass. Aha! Ich setzte zehntausend Franc und wartete auf meine zweite Karte. Es war ein Bube. Der Kartengeber hatte keine Chance mehr, mich zu übertrumpfen,

und warf sein Blatt auf den Tisch, während ich meinen Gewinn einstrich. Ich gewann noch dreimal; dann legte ich eine Pause ein. Natürlich gehörte die Summe, die ich gewonnen hatte, meinem Vater; schließlich spielte ich mit seinem Geld. Hätte ich verloren – was früher oder später der Fall gewesen wäre, hätte ich weitergespielt –, hätte ich mich aus demselben Grund verpflichtet gefühlt, ihm seine Verluste zu ersetzen. Mit anderen Worten: Für mich sprang so oder so nichts dabei heraus. Wie langweilig.

Als ich mich vom Spieltisch abwandte, stieß ich mit einem der Zuschauer zusammen und verschüttete mein Mineralwasser.

»Oh, entschuldigen Sie vielmals. Ich habe Ihnen im Weg gestanden«, sagte der Mann und rieb sich den feuchten Ärmel. »Ich besorge Ihnen ein neues Glas.«

Was war das für ein Akzent? Russisch?

»Nein, es war meine Schuld«, sagte ich. »Sie brauchen sich wirklich nicht die Mühe zu machen ...«

»Ich bestehe darauf, Miss Hunter. Wir treffen uns auf der Terrasse, einverstanden? Heute Abend scheint es dort angenehm ruhig zu sein.«

Miss Hunter? Woher kannte der Mann meinen Tarnnamen? Er war hoch gewachsen und dunkelhäutig, mit durchdringenden, lebhaften braunen Augen, flacher Boxernase, breitem Mund mit vollen Lippen und hohen Wangenknochen. Er war ein dunkler Typ – Ukrainer oder Georgier, vermutete ich – und strahlte eine exotische Sinnlichkeit aus. Obwohl er höchstens vierzig war, vermittelte er den Eindruck eines älteren, erfahrenen Mannes. Als er zur Bar ging, bemerkte ich, dass er sich kraftvoll und geschmeidig zugleich bewegte. Er war durchtrainiert und sehr muskulös und erinnerte mich an einen Panther, der sich an seine Beute anschleicht.

Als ich hinaus auf die Veranda trat, schauderte ich in der feuchten, kühlen Luft. Ich spähte über das Geländer auf die Brandung hinunter, die sich unter einem dünnen Dunstschleier an der felsigen Küste brach. In der aufsprühenden Gischt erzeugten die Lichter des Casinos flüchtige Regenbogen. Ich beobachtete dieses wundervolle Bild so fasziniert, dass ich gar nicht hörte, wie der

Mann zu mir kam, doch plötzlich stand er neben mir – viel zu nahe, sodass ich das Gefühl hatte, durch seine einschüchternde, kraftvolle Präsenz beinahe erdrückt zu werden.
»Sie haben vorhin Mineralwasser getrunken, aber ich weiß, dass Sie gern einen trockenen Martini mögen. Mag sein, dass Sie heute einen klaren Kopf behalten wollten, aber ein Drink kann ja wohl nichts schaden. Außerdem können Sie in meiner Gegenwart völlig entspannt sein, Naomi. Ich möchte gern Ihr Freund sein.«
Offenbar war er ein Mann, der nicht lange um den heißen Brei herumredete. Seine Stimme war tief, beinahe bedrohlich. Und ungeheuer sexy. Doch als er mir den Martini mit Olive reichte, verdrängte ich rasch den Gedanken an sein anziehendes Äußeres. War dieser Mann einer der Unterweltbosse, die in letzter Zeit aus Russland nach Westeuropa strömten?
»Sie haben mich neugierig gemacht«, sagte ich. »Wer sind Sie? Woher kennen Sie meinen Namen?«
Sein Lächeln war außergewöhnlich: Zuerst erschien ein warmes Licht in seinen Augen; dann furchten markante Falten seine Mundwinkel, und schließlich schimmerten schneeweiße Zähne zwischen seinen vollen Lippen.
»Ich heiße Sergei Romanowitsch und bin von Beruf Schmuckdesigner. Aber in letzter Zeit habe ich nur noch selten die Möglichkeit, meinem Job nachzugehen. Ich möchte Ihnen ein Geschäft vorschlagen. Natürlich muss man gewisse ... wie soll ich sagen? ... Nachforschungen anstellen, bevor man jemandem eine Partnerschaft anbietet. Deshalb weiß ich, dass Sie Naomi Hunter sind. Übrigens tragen Sie eine wunderschöne Halskette, Naomi. Woher haben Sie das Stück?«
»Die Kette ist ein Geschenk von jemandem, der mir einmal sehr nahe stand.« Beinahe wäre ich an diesen Worten erstickt.
»Dieser Jemand hat einen ausgezeichneten Geschmack, was Frauen und Schmuck angeht. Es sind lupenreine Brillanten und ein außergewöhnlich dunkler Saphir. Ein kostbares und wunderschönes Geschenk. Begleiten Sie mich, Naomi? Ich möchte meinen Vorschlag gern ungestört mit Ihnen besprechen. Mein Haus ist ganz in der Nähe.«

»Könnten wir irgendwo ungestörter sein als hier draußen? Bei der Kälte kommt bestimmt niemand auf die Veranda. Kann man den Leuten nicht verdenken, stimmts? Kaum zu glauben, dass wir August haben.«
Sergei zog seinen Blazer aus – der einen angenehmen, moschusartigen Geruch verströmte, vermischt mit dem Duft nach Zitronenstrauch – und legte ihn mir um die Schultern. Darunter trug er ein eng sitzendes, kurzärmliges schwarzes T-Shirt; unter dem dünnen Stoff konnte ich seine gewaltigen Arme, die breiten Schultern und stählerne Muskeln sehen, wie nur jahrelanges hartes Training sie hervorbringt.
»Das ist zu kalt für Sie«, sagte ich.
Er lachte. »Ich bin in Sibirien aufgewachsen. Und nun kommen Sie, Naomi. Hier kann ich nicht über unser Projekt reden. Außerdem muss ich Ihnen ein paar kostbare Stücke zeigen.«
»Morgen Abend vielleicht. Ja, warum nicht? Es wäre mir ein Vergnügen. Aber heute bin ich zu müde.« Ich wollte diesen Mann erst überprüfen lassen.
»Tut mir leid, Naomi, aber es muss heute Abend sein. Trinken Sie aus, dann gehen wir.«
Ich zuckte die Achseln und lächelte. »Also gut.« Sergei nahm meinen Arm und führte mich durchs Casino zum Parkplatz, wo er mir die Tür eines schwarzen Maserati-Sportwagens öffnete. Augenblicke später fuhren wir durch das Zentrum zur Landstraße. Nachdem wir deren höchsten Punkt erreicht und einen Blick auf ganz Monte Carlo hatten, bog Sergei ein Stück weiter, in der Nähe des Monaco Sports Club, in eine Sackgasse ein. Ein schmiedeeisernes Tor glitt zur Seite; dann fuhren wir auf eine Villa zu, deren Anblick mir den Atem raubte. Die Villa stand auf einem riesigen Felsen, sodass es aussah, als wären die granitenen Steilhänge Teil des Gebäudes. Vom tiefer gelegenen Zufahrtsweg aus, im Licht der Autoscheinwerfer, sahen der Fels und das Haus wie übereinander geschichtete vorspringende Felssimse aus, die von Spalten und Rissen durchzogen waren; sie besaßen einen tiefroten Ockerton, der mich an die Farbe der Felsen auf Korsika erinnerte. Schließlich öffneten sich die Garagentore, und wir fuhren hindurch. Als die Tore sich lautlos hinter uns schlossen, über-

kam mich ein Gefühl des Fatalismus. Ich hatte mich völlig in die Hände eines Fremden begeben und keinen Einfluss mehr darauf, was nun geschah.

51.

Als ich Sergei durchs Erdgeschoss folgte, erkannte ich, dass dieses Haus so außergewöhnlich war wie sein Besitzer. Alles war weiträumig und großzügig. Die Zimmer waren winklig angeordnet und befanden sich auf unterschiedlichen Ebenen. Decken, Wände und Einrichtung waren in Weiß gehalten, was die farbliche Wirkung der eindrucksvollen Sammlung russischer Ikonen an den Wänden hervorhob. Auch die Perserteppiche auf den weißen Bodenfliesen wirkten alt und kostbar.

»Das Sammeln von Ikonen ist mein Hobby, Naomi«, sagte Sergei. »Das Stück, das Sie sich gerade anschauen, stammt aus Konstantinopel. Dreizehntes Jahrhundert. Und das da ist aus Sibirien. Ich habe die Ikone in einer uralten Kirche entdeckt, die nicht mehr benutzt wurde. Das größte Problem bestand für mich darin, den Besitzer der Ikone zu ermitteln. Aber es fand sich niemand, der Anspruch darauf erhoben hätte.«

»Und was haben Sie getan?«

»Ich habe die Ikone gestohlen, was denn sonst? Woche für Woche verlassen ganze Schiffsladungen mit Russlands historischem Erbe ihre Heimat. Der Großteil wird durch die Ukraine nach Odessa geschmuggelt oder über Ungarn in den Westen. Mit der Ikone habe ich mir bloß den mir zustehenden Anteil gesichert, zumal es immer schwieriger wird, in Russland echte Kunstwerke zu finden.« Er schaute mich an. »Aber kommen wir zurück zum Geschäft. Ich habe Sie mit hierher genommen, weil ich Ihnen etwas zeigen wollte. Möchten Sie vorher einen Drink?«

»Ja, gern. Einen Martini.« Das Glas in der Hand, folgte ich Sergei kurz darauf durchs Haus und bewunderte seine fantastische Ikonensammlung, doch als wir zum Schlafzimmer gelangten und Sergei mich hineinführte, kamen mir für einen Moment Beden-

ken. Mir fiel auf, dass der Raum spartanisch möbliert war, typisch für das Schlafzimmer eines Mannes.
Sergei ging durchs Zimmer und schob einen großen, auf unsichtbaren Schienen laufenden Spiegel zur Seite, hinter dem eine Stahltür zum Vorschein kam, die offenbar in eine Art Tresorraum führte. Sergei öffnete die Tür, und ich folgte ihm durch einen kleinen, fensterlosen Vorraum. Auf beiden Seiten standen Vitrinen, auf deren samtbespannten Unterlagen ich sechs erlesene Schmuckstücke sah, bei deren Anblick es mir den Atem verschlug. Sergei öffnete eine der Glastüren und reichte mir beinahe ehrfürchtig jedes einzelne Stück, wobei er mir dessen Geschichte erzählte.
»Handeln Sie mit antiken russischen Schmuckstücken?«
»Ja. Das hier ist allerdings kein russisches Stück.«
Er nahm eine dreireihige, mit Brillanten und Rubinen besetzte Halskette von einer Unterlage aus schwarzem Samt. Doch er behandelte die Kette so sorglos, dass mir der Verdacht kam, es könnte sich um eine relativ wertlose Fälschung handeln; dennoch war ich fasziniert von der Schönheit des Designs und der makellosen, filigranen Arbeit.
»Und wo ist das Original?«
Er lachte tief und kehlig. »Offensichtlich erkennen Sie eine Fälschung, wenn Sie eine sehen.«
»Eigentlich nicht. Ich fürchte, da muss ich Sie enttäuschen. Dass es eine Fälschung sein könnte, habe ich nur daraus geschlossen, wie ... na ja, wie gleichgültig Sie mit dem Stück umgegangen sind.«
»Ich habe mich nicht in Ihnen getäuscht, Naomi. Sie sind eine sehr kluge Frau. Kommen wir zum Geschäft. Ich möchte, dass Sie nach Prag reisen und dort das Original dieser Halskette erwerben. Bezahlen Sie in bar, mit dem Geld des Kunden. Dann fliegen Sie nach London. Nachdem das Stück dort versteigert wurde, werden Sie dem Kunden einen Scheck zukommen lassen, der von einem renommierten Londoner Auktionshaus ausgestellt ist. Zum Schluss teilen wir den Gewinn zwischen uns auf. Zusätzlich bekommen Sie eine Prämie für die Geldwäsche. Einverstanden?«
Ich wandte mich von Sergei ab und gab vor, die Halskette zu be-

wundern, doch in Wahrheit wollte ich mir mein Erschrecken nicht anmerken lassen.

»Wie kommen Sie darauf, dass ich ...?«

»Weil ich Sie seit einem Monat im Casino oder im Monaco Sports Club beobachte. Sie sind auf der Suche nach Geschäftspartnern, nicht wahr? Sie haben bereits ein paar kleinere Angebote bekommen, aber nicht das, was Ihnen vorschwebt. Ich nehme an, Sie warten auf die großen Bosse, um deren Geld zu waschen. Tja, Naomi, ich brauche das schmutzige Geld dieser Bosse ebenfalls, wenn auch aus einem anderen Grund. Ich benötige es als Kapital, das ich vorübergehend investieren muss. Ich bin abgebrannt und muss von vorn anfangen. Aber ich habe bereits ein lukratives Geschäft in Aussicht, Naomi. Ich könnte Sie auf geschäftlicher Ebene mit einer sehr bedeutenden Person zusammenbringen.«

»Das ist ja alles gut und schön, Sergei, nur weiß ich leider nicht, wovon Sie reden.«

»Zum Beispiel«, fuhr er fort, ohne auf meine Bemerkung einzugehen, »bin ich ein guter Freund von Carla Maria Lo Bello. Sie ist seit langer Zeit die Geliebte von Vittorio Cassellari. Ich habe gesehen, dass Sie des Öfteren mit Carla gesprochen haben, und weiß, dass Sie darauf aus waren, ihre nähere Bekanntschaft zu machen.«

»Warum spionieren Sie mir nach?«

»Stellen Sie sich nicht so dumm, Naomi. Es ist allgemein bekannt, dass Sie die amerikanische Öffentlichkeit um Millionen Dollar betrogen haben und ungeschoren davongekommen sind, weil man Ihnen nichts nachweisen kann. Nie hat man auch nur eine Spur des Geldes gefunden. Und jetzt sind Sie hier in Monaco, auf der Suche nach neuen Geschäften. Es geht das Gerücht, dass Sie Expertin auf dem Gebiet der Geldwäsche sind. Ich brauche Ihre Hilfe und kann im Gegenzug Ihnen helfen, wichtige Leute kennen zu lernen. Nun, was halten Sie von diesem Handel?«

Also hatte Vater Recht gehabt, als er sagte, die Bosse aus der Verbrecherwelt würden an mich herantreten, wenn ich nur lange genug wartete. Nun war es so weit. Ich spürte, wie mich vor Angst und Aufregung eine Gänsehaut überlief.

»Sie können mir vertrauen, schöne Naomi«, fuhr Sergei fort. »Und wenn ich mich für Sie einsetze, wird auch Carla Ihnen vertrauen und Ihr Können auf die Probe stellen. Vielleicht, indem sie Ihnen eine Million Dollar anvertraut – die Summe, die wir benötigen, um die echte Halskette zu erwerben. Ein Händler in Prag will sie mir verkaufen.«

»Warum sollte ich mich geschäftlich mit Ihnen zusammentun, Sergei?«

»Weil Sie auch Ihr *eigenes* schmutziges Geld waschen müssen, und ich kann Ihnen diese Möglichkeit verschaffen. Und es gibt einen weiteren Grund – die immensen Gewinne, von denen ich Ihnen einen Anteil zahle. Nehmen wir zum Beispiel diese Halskette. Sie wird uns das Doppelte von dem einbringen, was wir dafür hinblättern. Ich gebe Ihnen zehn Prozent vom Gewinn.«

»Aber ich bekomme schon Aufträge, Sergei. Wozu brauche ich da Sie? Ich kann die Geschäfte selbst machen.«

Er lachte. »Mit wem denn? Sie kennen die wichtigen Leute nicht. Sie wissen nicht, was gewünscht wird. Sie wissen nicht, was zu bekommen ist. Und Sie wissen nicht, was man bieten kann.«

Sein Vorschlag war einleuchtend. Und es war eine sichere Methode, Geld zu waschen, weil unsere Kunden die Schecks eines angesehenen Londoner Auktionshauses bekamen.

»Also gut, Sergei. Ich werde versuchen, so oft wie möglich mit Ihnen zusammenzuarbeiten. Aber es wird nicht *immer* möglich sein, weil ich ständig meinen Geldstrom ändern muss. Und es gibt noch ein weiteres Problem. Die Händler könnten mich betrügen. Wie gesagt kann ich echten Schmuck nicht von guten Fälschungen unterscheiden.«

»Das werde ich Ihnen beibringen, Naomi. Vertrauen Sie mir. Am besten, wir fangen gleich damit an.«

Sergei erzählte mir von den vielen kostbaren antiken Schmuckstücken, die zur Zeit in Europa angeboten wurden, beschrieb mir ihr Aussehen, erzählte mir ihre Geschichte und sagte mir, wer ihre einstigen und jetzigen Besitzer waren. Es wurde drei Uhr morgens. Ich lehnte mich auf dem großen Sofa zurück, auf dem ich Platz genommen hatte, und für einen Moment fielen mir die Augen zu. Sergei schüttelte mich sanft am Arm.

»Kommen Sie. Ich fahre Sie zurück zum Casino.«
Plötzlich spürte ich seine Lippen auf den meinen. Sofort war ich hellwach, stieß ihn von mir und funkelte ihn zornig an.
»Ich habe bloß unser Geschäft besiegelt«, sagte er lächelnd. »Von jetzt an bin ich artig, ich verspreche es. Außerdem wundert es mich nicht, dass Sie vor Langeweile sterben. Kommen Sie, ich bringe Sie zu Ihrem Wagen zurück.«
Ich musste lachen. »Ich habe mich nicht gelangweilt, Sergei, ich war bloß müde.«
Während er mich zum Casino fuhr, wo ich mein Kabrio geparkt hatte, staunte ich über meine wieder erwachende Libido. Ich musste gestehen, dass Sergei ein faszinierender Mann war, dessen Berührungen mich nicht kalt ließen.

52.

Wieder war ich auf heiligem Boden. Diesmal machte ich, wie jeden zweiten Abend, im exklusiven Monaco Sports Club meine Runden, einem der begehrtesten Tummelplätze der Superreichen Europas: Ölscheichs, Filmstars, Unternehmer und Mitglieder des Hochadels sah man hier Schulter an Schulter mit Ganoven und Aasgeiern. Von den Mitgliedsbeiträgen des Sports Club hätte eine Durchschnittsfamilie jahrelang ihre Ausgaben bestreiten können, aber wen interessierte das hier? Solche Gedanken waren in diesen Kreisen so abwegig wie die Vorstellung, Hot Dogs zu Abend zu essen, und ganz gewiss passten sie nicht zur abgebrühten, nur auf ihren Vorteil bedachten Naomi Hunter.
Ich gab mir alle Mühe, diese Frau so glaubwürdig wie möglich zu verkörpern, als ich umherschlenderte und die Düfte der teuren Parfüms und die Gerüche der edlen Weine, der alten Cognacs und der teuren Havannazigarren in mich aufnahm, die eine Gruppe von Männern rauchte, während sie neben dem Pool in ein angeregtes Gespräch vertieft waren. An der Bar herrschte das reinste Chaos; jeder schien den anderen an Lautstärke übertreffen zu wollen. Der Lärm ging mir schließlich so sehr auf die Nerven, dass ich hinaus auf die Terrasse schlenderte.

Auch ich zählte zu den Aasgeiern. Schließlich war ich bloß eine vorbestrafte Betrügerin und vermeintliche Expertin für Geldwäsche auf der Suche nach neuen Kunden. An diesem Abend jedoch war ich zuversichtlich: Sergei hatte mit seiner Freundin gesprochen.

Meine Tarnung war inzwischen perfekt. Ich besaß ein luxuriöses Apartment mit Blick auf den Jachthafen und den Princess-Grace-Rosengarten, ein nagelneues Mercedes-Kabrio und eine sündhaft teure Garderobe, die ich bei den exklusivsten Modeschöpfern gekauft hatte.

Auch an diesem Abend sah ich in meinem mitternachtsblauen, tief ausgeschnittenen Seidenkleid von Dior wie eine wohlhabende und erfolgreiche Geschäftsfrau aus. Das Kleid stand mir und hob die Schönheit der Saphirkette hervor, die Wolf mir einmal zum Geburtstag geschenkt hatte.

Eine Zeit lang betrachtete ich die Lichter Monacos, welche die Bucht wie ein funkelndes Band aus Juwelen umrahmten. Im Hafen schwankten die Marslichter der Luxusjachten sanft im leichten Wellengang.

Als ich schließlich in den überfüllten Salon zurückkehrte, entdeckte ich neben einem Fenster eine freie Couch und setzte mich dorthin. Der schwarz gekleidete Ober warf mir einen fragenden Blick zu, worauf ich mir einen Martini bestellte.

Ein hoch gewachsener Farbiger kam in den Salon. Sein Gesicht war so tiefschwarz, dass man seine Züge im gedämpften Licht kaum erkennen konnte. Der Mann war Minister in Zaire – ein Multimillionär, dessen Reichtum allerdings aus dubiosen Quellen stammte. Er wurde von zwei gut aussehenden spanischen Edelprostituierten begleitet, die reichen Gästen in einem exklusiven Hotel am Strand zu Diensten standen. Sie trugen beide die gleichen gelben Modellkleider und sahen wie Zwillinge aus; das Gelb hob ihre tiefbraune Haut und ihr schwarzes Haar hervor. Die Geschäfte im Strandhotel laufen offenbar schlecht, ging es mir durch den Kopf, als ich die verkrampften Bemühungen der beiden Frauen beobachtete, ihren sichtlich gelangweilten Freier aufzumuntern.

In der Mitte des Salons standen mehrere saudiarabische Ölbosse und führten ein lautstarkes Gespräch. Ein paar Meter weiter erkannte ich einen amerikanischen Popstar, einen Schauspieler, einen britischen Bankier, einen französischen Baulöwen und einen italienischen Mafioso. Die anderen Gäste kannte ich nicht. Hätte ich Zeit genug gehabt, hätte ich die meisten von ihnen wahrscheinlich kennen gelernt, aber Zeit war so ziemlich das Einzige, was mir nur begrenzt zur Verfügung stand.

Ich bemerkte, wie eine sehr gepflegte, gut aussehende ältere Dame auf mich zukam. Ich kannte sie flüchtig; ich hatte des Öfteren ein paar Worte mit ihr gewechselt. Sie trug ein schwarzes, nach der neuesten Mode geschnittenes Seidenkleid, das ihre schlanke Figur betonte; ihr dichtes weißes Haar hatte sie zu einem kunstvollen Knoten aufgesteckt. Aufmerksam ließ sie den Blick in die Runde schweifen; dann blieb sie vor mir stehen und schaute mich an. In ihren durchdringenden schwarzbraunen Augen lag ein prüfender Ausdruck.

»Darf ich mich zu Ihnen setzen?«, fragte sie schließlich und nahm anmutig neben mir Platz, ohne meine Antwort abzuwarten. Nylon flüsterte, als sie ihre wohlgeformten Beine übereinander schlug, und der Duft ihres teuren Parfüms stieg mir in die Nase. Ich schätzte die Frau auf Ende sechzig; umso erstaunlicher war ihre fantastische Figur. Ihrem Äußeren und dem Akzent nach zu urteilen, war sie Italienerin.

»Aber gern«, sagte ich und lächelte leicht.

Sie legte mir die Hand auf den Arm und schaute mich an. »Verzeihen Sie bitte ... Ich möchte nicht unverschämt erscheinen, aber mir ist aufgefallen, dass Sie immer allein in den Club und ins Casino kommen. Sie müssen fremd in Monaco sein. Eine junge Frau mit Ihrem Aussehen bleibt hier nicht lange allein. Vielleicht sollte ich Sie einigen meiner Freunde vorstellen. Wie heißen Sie eigentlich, meine Liebe?«

»Naomi.«

»Naomi Hunter? Ah, das dachte ich mir. Ich habe in den Zeitungen von Ihnen gelesen. Ich hatte gehofft, dass Sie es sind, weil ich ... nun ja, es mag sich ein bisschen seltsam anhören, aber ich brauche Ihre Hilfe in einer finanziellen Angelegenheit, bei der es um sehr viel Geld geht.«

Danke, Sergei. Ich versuchte, mir meine Aufregung nicht anmerken zu lassen.

Die Frau nickte dem Ober zu. »Was trinken Sie, Miss Hunter?«

»Einen trockenen Martini. Und sagen Sie bitte Naomi zu mir.«

»Nur wenn Sie Carla zu mir sagen.« Sie lächelte. »Ich mag euren angelsächsischen Brauch, sich mit Vornamen anzureden. So unkompliziert. Ich heiße Carla Maria Lo Bello. Wenn ich nicht gerade auf Reisen bin, lebe ich in Rom. Aber ich bin viel unterwegs. Ich bin ein ruheloser Mensch.«

Als sie lächelte, strahlten ihre Augen, und sie wirkte viel jünger. Während sie redete, gestikulierte sie mit beiden Händen – schön geformte Hände mit langen, schlanken Fingern, an denen kostbare Ringe funkelten. »Ich habe beschlossen, mich Ihnen auf Gnade und Ungnade auszuliefern, meine Liebe. Um die Wahrheit zu sagen – ich bin in eine schwierige Lage geraten. Wissen Sie, Naomi«, wieder legte sie mir ihre schmale Hand auf den Arm, »ich habe einen Geliebten. Ein wundervoller Mann. Wir leben wie ein Ehepaar zusammen ... das heißt von Montag bis Freitag. An den Wochenenden reist er immer nach Sardinien. Er hat dort eine wunderschöne Villa, in der auch seine zwei Söhne und drei Töchter leben.« Sie verzog das Gesicht. »Die Töchter sind schrecklich ... Sie hassen mich. Jedenfalls, mein Geliebter hat vor drei Monaten einen Herzanfall erlitten. Seitdem kann er die Villa nicht mehr verlassen und muss in Sardinien bleiben.« Sie blickte mich mit ihren schönen Augen an und gab ihr Bestes, eine leidvolle Miene aufzusetzen. Es gelang ihr nicht. »Aber er ist ein ehrenhafter Mann. Deshalb legt er natürlich Wert darauf, dass ich finanziell abgesichert bin.«

»Natürlich.«

»Er schickt mir Geld, wissen Sie. Viel Geld. Aber jetzt ist er durch seine Krankheit behindert. Vielleicht«, sie rieb sich die Augen, »muss er sogar sterben, und seine Söhne und Töchter übernehmen die Geschäfte. Deshalb befürchtet er, die Kinder könnten herausfinden, dass er mir Geld zukommen lässt, und die Zahlungen einstellen. Womöglich fordern sie nach seinem Tod sogar das Geld von mir zurück. Deshalb möchte mein Geliebter, dass ich mir eine Möglichkeit überlege, die Zahlungen

zu verschleiern, indem ich das Geld ... wie soll ich sagen ...?«
»Waschen lasse?«
»Genau. Sie sind eine Frau, die nicht lange um den heißen Brei herumredet, Naomi. Ich habe Vertrauen zu Ihnen. Würden Sie das für mich übernehmen? Gegen ein kleines Honorar, versteht sich.«
»Mein kleines Honorar beträgt fünf Prozent.«
Ich hörte sie leise seufzen – aus Erleichterung oder Bedauern?
»Um welche Summe geht es denn, Carla?«
»Bei der ersten Zahlung um eine Million Dollar.«
»Und wie wird diese Zahlung vorgenommen?«
»In bar. Später erfolgen weitere Zahlungen.«
»Ich bin sicher, ich kann Ihnen helfen, Carla. Es ist kein allzu großes Problem, Bargeld in einen Scheck in beliebiger Währung umzuwandeln. Viel wichtiger ist eine andere Sache. Wir müssen es so aussehen lassen, als hätten Sie die Summe selbst aufgebracht.«
»Genau das sagt mein Geliebter auch.«
»Gut. Ich werde mir etwas einfallen lassen. Wann soll die Sache über die Bühne gehen?«
»So schnell wie möglich.«
»Eine letzte Frage. In welcher Branche arbeitet Ihr Geliebter?«
»Ist das wichtig?«
»Es würde mir bei meinen Planungen helfen.«
»Er ist in vielen Branchen tätig – als Transportunternehmer, Großhändler und Verkäufer verschiedenster Erzeugnisse.« Sie machte mit beiden Armen eine umfassende Bewegung. »Ich werde Ihnen das Bargeld schicken lassen, Naomi. Geben Sie mir Ihre Anschrift, bevor Sie gehen. Aber jetzt kommen Sie erst einmal, ich werde Sie einigen meiner Freunde vorstellen.«
Ich gab Carla meine Karte, als sie mich aus dem Salon zu der Gruppe von Männern führte, die am Pool standen und Havannas rauchten. Die Herren gaben sich keine allzu große Mühe, höflich zu sein. Nach kurzer Begrüßung redeten sie über Währungsspekulation, ein Thema, zu dem auch ich einiges beitragen konnte. Während ich ein paar Bemerkungen einwarf, studierte ich die Männer eingehend und versuchte, mir ihre Namen

zu merken und mir die Gesichter, die Akzente und ihre Eigenarten einzuprägen; das alles konnte meinem Vater helfen, die Identität dieser Männer zu ermitteln. Vielleicht konnte sein Informant – einer der Ober des Clubs, wie ich erfahren hatte – sogar die Fingerabdrücke beisteuern.
Jeder der Männer sah wie die Karikatur eines Gangsters aus. Es war seltsam. Wieso galt das auch für Polizisten? Und für Beerdigungsunternehmer? Wirklich unheimlich. Aber was bewirkte, dass diese Männer wie Gangster aussahen? Ihre raubtierhaften Augen? Ihre für ihr Alter viel zu harten, zerfurchten Gesichter? Und wenn sie nun gar keine Mafiosi waren, sondern meine hiesigen Banker? In diesem unwahrscheinlichen Fall wirst du dein Geld auf ein anderes Konto überweisen, sagte ich mir und verkniff mir ein Lächeln. Ich blieb bis gegen ein Uhr früh im Club und fuhr dann nach Hause.
Egal, wie spät es war – am Ende eines jedes Tages erstattete ich Vater per E-Mail Bericht. In letzter Zeit hatte ich in meinen Briefen des Öfteren die Befürchtung geäußert, dass unser Plan nicht funktionierte. Stets gab Vater mir dieselbe Antwort: »Hab Geduld. Bald beißt jemand an.« Und er schien Recht zu behalten, denn in dieser Nacht konnte ich ihm von einem großen Durchbruch berichten. Ich sollte Geld für Vittorio Cassellari waschen – den Mann, der eine Million Dollar auf Wolfs Konto in Sarajewo überwiesen hatte. Endlich kam Bewegung in die Sache.

53.

Es war nach Mitternacht. Ich machte im Casino wieder meine übliche Runde und versuchte dabei den Eindruck zu erwecken, als ob ich mich für das Glücksspiel interessierte. Ich steckte mir gerade ein paar Chips in die Handtasche, als ein Ober zu mir kam und mir auf einem Tablett einen Martini reichte.
»Ich habe nichts bestellt.«
»Der Drink ist von dem Herrn dort drüben. Er lässt Ihnen eine Nachricht überbringen.«
Ich schaute in die Richtung, in die der Ober gewiesen hatte, und

sah David. Er zwinkerte mir zu und schaute dann weg, doch dieser winzige Augenblick genügte, überwältigende Freude und heftige Erregung in mir aufsteigen zu lassen. Meine Hände zitterten, als ich den Drink und den kleinen Brief vom Tablett nahm. Ich öffnete den Umschlag und las: »Ich muss dich sehen. Komm zum Jachthafen. Am Kai gleich unterhalb der Bushaltestelle liegt eine Jacht mit Namen *La Belle* vor Anker. Ich erwarte dich dort.«
Ich kritzelte in großen Buchstaben »JA!« auf den Zettel, schob ihn in den Umschlag zurück und bat den Ober, ihn David zu bringen.
Ich wartete, bis David gegangen war; dann machte auch ich mich auf den Weg zum Jachthafen, fuhr über die hell erleuchteten, immer noch belebten Straßen und genoss den frischen Geruch des Meeres. Unter dem mitternächtlichen Himmel funkelte Monaco wie ein riesiger Brillant; nur die Berge lagen im Dunkeln.
Ich konnte es kaum erwarten, David wiederzusehen, denn ich hatte die einsamen Nächte satt, diese Nächte voller Sehnsucht und lustvoller Träume. Ich war es leid, ohne Liebe zu sein, denn ohne Liebe war jede Freude trist und fade. Auch wenn es gefährlich war, sich mit David zu treffen – ich wollte ihn sehen, *musste* ihn sehen.
David hockte auf den Planken seiner Jacht und stand sofort auf, als er mich sah. Er kam schnell auf mich zu und drückte mich fest an sich. »Du kannst dir nicht vorstellen, wie sehr ich dich vermisst habe, Naomi.«
Sein vertrauter Anblick, seine körperliche Nähe, seine Stimme, seine Berührungen und seine spürbare Begierde ließen die Dämme in meinem Inneren brechen. Eine Flut von Gefühlen durchströmte mich, und ich erwiderte seinen Kuss voller Leidenschaft. Schließlich löste er sich von mir. »Komm!«, sagte er, nahm meine Hand, führte mich die Gangway hinauf an Bord der Jacht und in eine der Kabinen. Wir zerrten uns die Kleidung vom Leib, ließen uns eng umschlungen aufs Bett fallen und liebten uns mit hemmungsloser Gier.
Erst nachher, als wir schwitzend und schwer atmend nebeneinander lagen, dachte ich voller Gewissensbisse an die vielen Lügen, die ich David schon erzählt hatte und noch erzählen musste,

und an die unüberbrückbare Kluft zwischen uns beiden. Und eine Stimme in meinem Inneren warnte mich, dass in meinem Leben – im Leben der Nina Ogilvie – kein Platz für die Liebe sei.

Wir liebten uns noch mehrere Male in dieser Nacht, doch mit der Dämmerung kam auch meine Ernüchterung. Ich fühlte mich schmutzig und besudelt und war wütend auf mich selbst. Du musst verrückt geworden sein, sagte ich mir. Du musst völlig den Verstand verloren haben!

Als ich mich im Bett aufsetzte, erwachte auch David, räkelte sich und lächelte mich auffordernd an. Ich schüttelte den Kopf.

»Nein, David«, sagte ich. »Lass uns vergessen, was diese Nacht zwischen uns gewesen ist.«

»Nein, niemals!«

»Es war bloß sexuelle Begierde. Du kennst mich doch gar nicht, und ich kenne dich nicht. Lass uns diesen Fehler nicht noch einmal machen.«

Er blickte mich verwirrt an. Immer wieder fuhr er sich nervös mit der Hand durch sein kurzes Haar.

»Willst du das wirklich, Naomi? Bist du sicher? Wie lange kannst du dich selbst belügen? Wie lange kannst du dir vormachen, dass du nichts für mich empfindest?«

»Ich gehe jetzt duschen. Wo ist das Bad?«

David wies auf eine Tür, die mit rosafarbenem gepolstertem Stoff bespannt war, über dem eine Flut von Goldfäden hing.

Ich musste unwillkürlich lachen. »Das sieht ja grässlich aus!«, rief ich und ließ zum ersten Mal den Blick in die Runde schweifen. Die Kabine war so riesig wie das Bett, doch das Dekor war abscheulich – eine kitschige Glitzerwelt aus Rosa und Gold. Doch ich sah auch, dass die *La Belle* eine hochseetüchtige Luxusjacht war, für die der Besitzer ein paar Millionen hingeblättert haben musste.

»Wem gehört diese Jacht?«

»Einem syrischen Kaufmann. Er vermietet sie hin und wieder.«

»Wie hast du mich gefunden?«

»Das war kein Problem. Ich habe gute Verbindungen zu anderen Bankern, wie du weißt. Ich bin über den Einzahlungsscheck bei einem New Yorker Autohändler auf deine Fährte gestoßen. Du hast vor einiger Zeit ein Kabrio bei ihm bestellt, das hierher nach Monaco geliefert wurde. Und dann habe ich mich gefragt, wo in Monaco ich nach Ganoven Ausschau halten muss, die ihr Geld waschen wollen. Im Casino natürlich. Ich wollte eine Woche lang jeden Abend auf dich warten. Heute ist der zweite Abend.«

»Gute Arbeit«, sagte ich trocken.

Im Bad überdachte ich meine Situation. Etwas Dümmeres, als mit David ins Bett zu gehen, hätte ich gar nicht tun können. So etwas würde mir nicht noch einmal passieren. Zornig starrte ich mich im Spiegel an. Blöde Ziege! Was ist dir wichtiger? Das Leben deines Sohnes oder eine Liebesaffäre? Plötzlich traten mir Tränen in die Augen, bis ich mein Gesicht im Spiegel nicht mehr erkennen konnte.

Zuerst duschte ich mit so heißem Wasser, dass ich es gerade noch aushalten konnte; dann drehte ich den Kaltwasserhahn voll auf, sodass ich beinahe einen Herzschlag bekam. Doch ich wollte alle emotionalen Schwächen vertreiben. Mir ging es jetzt nur noch um Nicky. Und Naomi Hunter ging es nur noch ums Geschäft.

Als ich das Bad verließ, fand ich die Kabine leer vor. Ich war gerade angezogen, als David mit zwei Tassen Kaffee erschien.

»Danke. Genau das, was ich jetzt brauche.« Ich nahm die Tasse, die er mir reichte, und kam sofort zur Sache. »Hör zu, David, ich glaube, ich bin auf eine interessante Spur gestoßen. Zumindest kommt endlich Bewegung in die Sache. Eine Frau namens Carla hat mich gefragt, ob ich eine Million Dollar für sie waschen könne. Heute Abend gibt sie mir das Geld. Und vorgestern habe ich im Casino einen gewissen Sergei Romanowitsch kennen gelernt. Auch er möchte geschäftlich mit mir zusammenarbeiten. Ich soll Geld für ihn waschen – Carlas Geld, von dem Sergei antike russische Schmuckstücke kaufen und bei englischen Auktionshäusern versteigern lassen will. Auf diese Weise bekommt Carla für ihre schmutzigen Dollars einen sauberen Scheck von einem angesehenen Auktionshaus, und Sergei und ich bekommen einen Anteil vom Gewinn.«

»Wie heißt diese Carla mit vollem Namen?«, fragte David mit angespannter Stimme.

»Carla Maria Lo Bello. Sergei sagt, er selbst habe nicht genug Geld, um die echten Schmuckstücke zu kaufen, die derzeit auf dem Markt sind. Außerdem würden die Händler ihre Preise heraufsetzen, wenn er selbst mit ihnen Verbindung aufnähme.«

»Und was ist, wenn sie dich mit Fälschungen hereinlegen wollen, Naomi? Die Verkäufer könnten mit diesem Sergei unter einer Decke stecken. Und Carla Maria Lo Bello wird mit einem der größten Drogendealer Europas in Verbindung gebracht. Ich brauche dir wohl nicht zu sagen, was dieser Mann mit dir anstellt, wenn du sein Geld in den Sand setzt. Die ganze Geschichte stinkt zum Himmel, Naomi. Die wollen dich reinlegen. Tus nicht.«

»Ich muss es tun.«

»Manchmal bist du starrköpfig und dumm.« Er schüttelte den Kopf. »Und wenn ich dich darum bitte, die Finger von der Sache zu lassen?«

»Nützt das gar nichts, David. Denn früher oder später werde ich jemandem begegnen, der mich zu dem Mann führen wird, der uns beide hereingelegt hat.«

»Anselmo?«

Ich nickte.

»Aber du selbst bist nicht viel besser als dieser Kerl, Naomi! Bei jedem deiner so genannten Geschäfte verstößt du gegen das Gesetz, redest dir aber ein, dass es in deinem Fall zu entschuldigen sei.« Er starrte mich an. »Du siehst wie ein Engel aus, bist in Wahrheit aber das genaue Gegenteil. Du arbeitest für die schlimmsten Verbrecher und kassierst fette Gewinnanteile von ihnen.«

»In diesem besonderen Fall heiligt der Zweck die Mittel«, erwiderte ich stur.

»Der Zweck heiligt niemals die Mittel«, konterte David. »Wie viel springt bei dem Deal mit Carla und Sergei für dich selbst heraus?«

»Das ist meine Sache.«

»Aha. Dann darfst du dich nicht wundern, wenn ich kein Vertrauen mehr zu dir habe, Naomi. So viele Lügen, so viele Heim-

lichkeiten – und so viel Gewinn für dich selbst auf eine so schmutzige Tour!«
»Hör auf, den Moralapostel zu spielen, David. Du weißt ja gar nicht ... Ich habe dir doch gesagt, dass für mich nur eines wichtig ist: Ich will unbedingt herausfinden, wer sich hinter diesem angeblichen Dr. Anselmo verbirgt, hinter dem wir beide her sind.«
»Aus Rache?«
»Ja, das auch.«
»Und um deine Verluste wettzumachen?«
»So könnte man sagen.«
Er schüttelte den Kopf. »Du kannst es drehen und wenden, wie du willst, Naomi. Es gibt keine Rechtfertigung für deine Betrügereien und deine Zusammenarbeit mit diesen Dreckskerlen.«
Einer von diesen Dreckskerlen hat meinen Sohn in der Gewalt, David. Ich muss den Jungen retten. Ich will ihn bei mir haben, so schnell es geht. Alles andere zählt für mich nicht. Für mich ist das Rechtfertigung genug.
»Doch, David, ich glaube schon, dass es eine Rechtfertigung gibt.«
»Brennst du so auf Rache?«
Ich zögerte. »Ja«, erwiderte ich dann und war für einen Moment versucht, ihm die ganze Wahrheit zu erzählen und ihn um Hilfe zu bitten; dann aber siegte die Vernunft. »David ...«, begann ich zaghaft, »angenommen, du wüsstest, dass ich nur deshalb gegen das Gesetz verstoße, weil mir etwas Schreckliches passiert ist ... würdest du mir dann helfen?«
»Nein. Denn es würde so oder so darauf hinauslaufen, dass ich letztendlich diesen *Verbrechern* helfe, ihr schmutziges Geld zu waschen.«
»Du sagst, du liebst mich. Ist deine Liebe an irgendwelche Bedingungen gebunden? Würdest du nicht einmal aus Liebe gegen das Gesetz verstoßen, wenn du mir dadurch hilfst? Bei einer Sache, die mir wichtiger ist als mein Leben?«
»Nein. Ich würde dir nicht helfen.«
»Stell dir vor, David, du hättest ein Kind, und dieses Kind würde bedroht. Würdest du nicht *alles* tun, um das Kind zu retten?«
»Hör jetzt auf mit dem Unsinn, Naomi. Nichts und niemand

könnte mich dazu bringen, verbrecherischen Forderungen nachzugeben.«
»Du musst noch viel lernen, David«, sagte ich leise, und Traurigkeit stieg in mir auf.
David sah meine niedergeschlagene Miene, deutete sie falsch und reagierte wütend. »Versuch gar nicht erst, mir irgendetwas vorzumachen. Für dich gibt es nur eins – die Gier nach Geld. Den Wunsch, dich an Anselmo zu rächen und dir zurückzuholen, was er dir schuldet. Nun, was Anselmo betrifft, *werde* ich dir helfen. Ich habe dir gesagt, dass ich diesen Mann für dich finde. Und wenn du Rache willst, verspreche ich dir, dass er für den Rest seines Lebens hinter Gitter wandert. Überlass die Sache mir, Naomi. Natürlich können wir zusammenarbeiten, wenn du willst ...«
»Nein, David. Du hättest nicht nach mir suchen sollen. Und halte dich aus meinen Angelegenheiten heraus.«
Er beharrte darauf, mich bis zu meinem Wagen zu begleiten. Als ich losfuhr, tobten in meinem Inneren die unterschiedlichsten Empfindungen: Scham und Schuldgefühle, Angst und Mitleid. Zu gern hätte ich mich David anvertraut. Zu gern hätte ich ihm die Wahrheit erzählt. Aber wenn wir auch den gleichen Mann suchten, verfolgten wir doch ganz unterschiedliche Ziele.

Davids Befürchtungen, was Sergei betraf, erwiesen sich als unbegründet, wenngleich mir nicht ganz wohl in meiner Haut war, als ich die eine Million Dollar, die Carla mir gegeben hatte, an den Schmuckhändler in Prag zahlte, der sich auf antike Juwelen spezialisiert hatte, und von dem Geld die Halskette und andere ausgesuchte Stücke erwarb. Alles war genauso, wie Sergei mir gesagt hatte, und das Geschäft ging reibungslos vonstatten. Als ich mit der nächsten Maschine von Prag nach London flog, trug ich einen wunderschön geschliffenen Brillanten, eine Rubinkette und anderen Schmuck, der einst im Besitz der Prinzessin Maria von Hessen gewesen war.
Während des Fluges kaute ich vor Nervosität undamenhaft an den Fingernägeln. Was war, wenn man mir eine Fälschung angedreht hatte und Sergei und der Händler sich mit dem Geld meines Kunden aus dem Staub machten? Für meine »Kunden«

zählte ein Menschenleben nichts. Und überhaupt – bei meinem Arrangement mit Sergei kassierte ich viel Geld für eine sehr geringe Gegenleistung. Ich trank einen Scotch, aber der Alkohol konnte meine Ängste nicht vertreiben.

Doch als die Juwelen in London versteigert wurden, brachten sie vier Millionen Dollar. Ich bekam meine fünf Prozent Honorar, fast fünfzigtausend Pfund. Nicht schlecht für zwei Tage Arbeit. Ich zahlte das Geld auf mein Konto in Monaco ein; wenn die ganze Sache vorüber war, wollte ich damit die Schulden bei meinem Vater begleichen.

Als ich Carla am Abend den Scheck des Londoner Auktionshauses reichte, zeigte sie sich mehr als zufrieden und trat mit einem neuen Angebot an mich heran.

»Mein Geliebter lässt Sie fragen, ob Sie ihn auf Sardinien besuchen und auch für ihn eine solche Transaktion vornehmen können«, flüsterte sie, wobei sie sich so nahe zu mir beugte, dass ihr Haar mich an der Wange kitzelte und der Duft ihres teuren Parfüms mir in die Nase stieg. »Diesmal geht es um zehn Millionen Dollar. Trauen Sie sich das zu?« In ihren Augen lag ein gieriges, erwartungsvolles Funkeln.

»Ein Kinderspiel, Carla«, sagte ich.

Sie schaute mich besorgt an, doch ich fragte mich, ob ihre Besorgnis nicht bloß gespielt war.

»Aber denken Sie bitte immer daran, Naomi, dass mein Geliebter ein sehr resoluter und penibler Mann ist. Man könnte ihn als Perfektionisten bezeichnen. Wenn jemand ihn enttäuscht oder versagt oder ihn gar hereinlegen will, kann es für den Betreffenden sehr schlimme Folgen haben. Sie verstehen, Naomi? Deshalb sollten Sie nur zu ihm fliegen, wenn Sie sich Ihrer Sache vollkommen sicher sind.«

Sergei hatte Recht gehabt. Carlas Geliebter *war* Vittorio Cassellari – und ich sollte das nächste Wochenende in seiner sardischen Festung verbringen.

54.

Ein plötzliches Ziehen im Magen weckte mich aus einem leichten Schlaf, als die Boeing der Air France den Landeanflug auf Cagliari, Sardinien, begann. Ich beobachtete, wie die smaragdgrüne Insel sich aus dem Dunst des späten Nachmittags schälte und wie der dunkelblaue Schimmer des tiefen Wassers sich in Türkis verwandelte, als die Maschine über den seichteren Gewässern vor der Küste tiefer ging. Bald darauf überflogen wir die Strände im Westen mit ihren exklusiven Hotels, den prachtvollen Villen der Reichen und den blau strahlenden Rechtecken der Swimmingpools. Dann schwebten wir über den dunkelgrünen Bergen im Binnenland. Ich beobachtete, wie die tief stehende Sonne die gewundenen Läufe der Flüsse und Bäche in goldenem Licht erstrahlen ließ. Als die Maschine schließlich in Cagliari landete, lagen purpurne Schatten über dem Land, denn die Sonne war hinter den Bergen versunken.

»Ich wünsche Ihnen einen angenehmen Aufenthalt, Signora«, sagte der Zollbeamte mit einem Lächeln und winkte mich durch. Ich hatte nur Handgepäck bei mir und ging direkt zu der Absperrung, hinter der eine kleine Menschenmenge die Passagiere erwartete. Ein untersetzter Mann in einer Chauffeursuniform hielt ein Schild mit der Aufschrift »Naomi Hunter« in die Höhe. Auf dem faltigen, ledrigen Gesicht des Mannes lag ein gespannter Ausdruck.

»Hallo«, sagte ich. »Ich bin Naomi Hunter.«

»Herzlich willkommen«, erwiderte der Mann, »mein Name ist Alberto.« Er nahm meine Hand in seine schwielige Pranke. Sein Händedruck war so fest, dass ich zusammenzuckte. Er bestand so beharrlich darauf, meine Reisetasche zu tragen, dass ich sie ihm schließlich reichte und ihm erlaubte, meinen Arm zu nehmen und mich durch die Menge zum Ausgang zu führen. Der Wagen, ein schwarzer Mercedes 600 SL mit getönten Scheiben, war im Halteverbot geparkt und wurde von einem Flughafenangestellten bewacht, der uns mit einem militärischen Gruß willkommen hieß.

Als wir über die von Hibiskus gesäumte Küstenstraße nach Norden fuhren, lehnte ich mich zurück und versuchte, meine Ängste zu verdrängen und stattdessen die Schönheit der Insel in mich aufzunehmen. Bewundernd betrachtete ich die Villen, an denen wir vorbeifuhren. Dann brach die Dunkelheit herein, und in den prachtvollen Anwesen erstrahlten die Lichter, doch die Luft war immer noch mild und voller Düfte.

Alberto erzählte mir währenddessen ausführlich von den alten Zeiten auf der Insel. »Als ich ein Junge war, gab es hier noch keine Villen und Swimmingpools. Hätte man damals eine Hütte in Strandnähe aufgestellt, hätte man ein abgeschiedenes und glückliches Leben führen können, so einsam war es. Hier hat sich alles sehr verändert und nicht nur zum Guten. Aber die neuen Zeiten haben auch ihre Vorteile.«

Alberto war offenbar in der Stimmung, philosophische Betrachtungen anzustellen, denn er redete – mit schwerem Akzent – fast ununterbrochen.

Eine dreiviertel Stunde später bogen wir um eine Haarnadelkurve und fuhren eine steile, schmale Zufahrtsstraße hinauf, die durch ein dichtes Waldstück führte, in dem fast undurchdringliche Dunkelheit herrschte. Schließlich gelangten wir auf ein weites Plateau mit Blick auf die Wälder und das Meer. Wir kamen an ein Tor in einem hohen Zaun, der mit Stacheldraht gesichert war. Ein bewaffneter Posten, der einen Rottweiler an der Leine hielt, warf einen Blick ins Innere unseres Wagens. Augenblicke später schwang das Tor auf. Die Düfte von Geißblatt und Zitronenkraut stiegen mir in die Nase, als wir zwischen Blumen und Sträuchern hindurch über einen schmalen asphaltierten Weg fuhren und uns hell strahlenden Lichtern näherten. Wir kamen an einem türkisfarben schimmernden Swimmingpool von olympiareifen Ausmaßen und einem flutlichterhellten Tennisplatz vorüber, wo eine Gruppe junger Leute den Spielern zuschaute.

Die Außenwände der Cassellari-Villa waren in verschiedenen Rottönen gestrichen, was dem Gebäude eine fröhliche, lebhafte Ausstrahlung verlieh – ein Eindruck, der von den Balkons und den vielen Nischen und Winkeln, in denen Putten standen und Blumen wuchsen, noch hervorgehoben wurde. Ich sah leuchtend rote Dachziegel, tiefrote Sonnenblenden, blutrote Rosen und rosafarbene Bougainvillea. Die Verandatüren standen auf; jemand im Inneren der Villa spielte ausgezeichnet Klavier – eine heitere Sonate von Mozart.

Ich war kaum aus dem Auto gestiegen, als ich von einer schwarz gekleideten Haushälterin mit ausgesuchter Höflichkeit begrüßt wurde. Sie führte mich durch Flure, an deren Wänden kostbare Gemälde hingen, in ein Zimmer mit Blick auf den Pool.

»Das ist Ihr Zimmer, gnädige Frau. Am Morgen haben Sie eine wunderschöne Aussicht auf das Meer und die Wälder«, sagte die Haushälterin mit schwerem sardischem Akzent. »Ich darf Sie jetzt allein lassen, damit Sie sich umkleiden können. Oder soll ich Ihnen ein Bad einlassen?«

»Nein, danke. Ich gehe unter die Dusche.«

»Soll ich Ihre Sachen auspacken?« Die Frau bedachte meine eine Reisetasche mit einem missbilligenden Blick.

»Danke, das mache ich selbst.«

»Darf ich Ihnen einen Drink einschenken? Einen Gin mit Zitrone vielleicht? Oder einen Cocktail?«

»Vielen Dank, ich habe wirklich alles, was ich brauche.«

Mit einem Seufzer gab sie auf. »Das Dinner ist um acht. Signor Cassellari legt Wert auf Pünktlichkeit, gnädige Frau. Das Esszimmer ist die Treppe hinunter auf der linken Seite.« Sie machte einen altmodischen kleinen Knicks und verschwand.

Ich nahm eine frische Zitrone aus einer Obstschüssel, presste den Saft in ein Glas Tonic, setzte mich auf den Balkon und blickte über den Swimmingpool. Der Mond war aufgegangen und hing wie eine riesige goldene Münze über dem Meer und seinem eigenen blassen Spiegelbild.

»Du bist Naomi Hunter«, sprach ich mir leise Mut zu. »Du bist unnachgiebig, entschlossen, habgierig und sehr, sehr gut in deinem Job. Gleich wirst du das innere Heiligtum eines der mächtigsten Drogenbosse der Welt betreten – na und? Dir muss es vor allem darum gehen, einen möglichst hohen Anteil bei Cassellari herauszuschlagen, falls du mit ihm ins Geschäft kommst.«

Als ich mich bereit fühlte, meine Rolle als Naomi Hunter zu spielen, duschte ich, zog mich um und ging kurz vor acht hinunter.

Vittorio Cassellari erwartete mich an der Tür zum Esszimmer. Er war ein kleiner, ziemlich hässlicher Mann mit dichtem schwarzem Haar; Haarbüschel wuchsen ihm aus den Ohren und den Nasenlöchern; seine dunklen buschigen Brauen trafen sich über der Nasenwurzel; seine Stirn war ledrig und faltig, und der untere Teil seines Gesichts wurde von einem gestutzten schwarzen Bart bedeckt. Das Erstaunlichste an ihm waren seine Augen, in denen sich Energie und stählerne Härte spiegelten. Das Weiß in den Augen war ungewöhnlich hell und klar, die Pupillen dagegen dunkelbraun, fast schwarz. Es waren Augen, die gar nicht zum Gesicht dieses Mannes zu gehören schienen.

»Ah, Miss Hunter«, sagte er. »Es ist mir ein Vergnügen, Sie kennen zu lernen, meine Liebe.« Seine tiefe Stimme besaß einen kaum wahrnehmbaren italienischen Akzent. Er nahm meine Hand und führte mich in ein Zimmer, das ebenso geschmackvoll wie erlesen eingerichtet war.

»Sie sind eine äußerst attraktive und zugleich sehr kluge Frau«, fuhr Cassellari fort. »Carla hat mir erzählt, wie geschickt Sie ihr geholfen haben – und auch mir, denn Sie haben mir dadurch große Umstände erspart. Aber ich weiß meine Dankbarkeit zu zeigen, wie Sie noch sehen werden, Miss Hunter. Ich kann Ihnen sehr lukrative Aufträge zukommen lassen. Aber darüber reden wir später.«

Bis auf einen Mann, der auf der anderen Seite des Esszimmers stand und sich aus einer kristallenen Karaffe einen Sherry einschenkte, hatten die Gäste sich alle auf der Terrasse versammelt. Cassellari führte mich zu dem Mann, der mit dem Rücken zu uns stand, und sagte: »Ich möchte Ihnen Miss Naomi Hunter vorstellen, Boris.«

Der Mann drehte sich abrupt um, und ich blickte in die stählernen Augen des Einbrechers, der mich in meinem Haus in Constantia überfallen und Brigit erschossen hatte. Seit diesem schrecklichen Abend schien ein ganzes Menschenleben vergangen zu sein.

»Naomi, das ist Boris Borowoi, ein Bankier aus Russland.«

Mein Gesicht war eine starre Maske, und meine Beine waren schwer wie Blei, als ich einen Schritt nach vorn trat und dem

Mann die Hand schüttelte. Seine Augen wurden schmal, und der Hauch eines Lächelns legte sich auf seine Lippen.
Würde Borowoi sich daran erinnern, wie ich vor fast zwei Jahren ausgesehen hatte? Unsere Begegnung hatte nur ein paar Minuten gedauert, doch ich hatte nicht eine einzige Sekunde vergessen – und auch nicht das Gesicht des Mannes, obwohl es damals dunkel und das Zimmer nur spärlich beleuchtet gewesen war. Erkannte auch Borowoi mich wieder?
»Angenehm, Mr. Borowoi«, sagte ich.
Lag Spott in seinen Augen? Nein, das bildete ich mir wohl nur ein. Würde er mich verraten, wenn er mich erkannt hatte? Natürlich würde er.
»Wir sind uns schon einmal begegnet, Miss Hunter. Erinnern Sie sich?«
»Ich ... ich weiß nicht«, hörte ich mich stammeln. »Schon möglich.«
Jetzt wird er Cassellari verraten, wer du wirklich bist, schoss es mir durch den Kopf. Und dann ...?
»Wo habt ihr euch denn kennen gelernt?« Cassellari hörte sich wie ein freundlicher alter Onkel an, aber ich wusste es besser. Ich schauderte.
»Im Casino in Monte Carlo, vor ein paar Tagen. Ich muss Ihnen noch zu Ihrer Glückssträhne gratulieren, Miss Hunter.«
Damit wandte Borowoi sich um, und ich stellte mir verwundert die Frage, weshalb er mich geschützt hatte – und wie lange er mich noch schützen wollte.

55.

»Hier entlang, Naomi. Die anderen sind auf der Terrasse. Zu dieser Abendstunde ist es draußen wundervoll.« Cassellari führte mich bis zur Verandatür; dann kehrte er in den Salon zurück.
Ich zögerte, zu den anderen Gästen zu gehen. Die Gerüche von edlem Sherry und altem Malt-Whisky und das verschwenderisch-luxuriöse Ambiente ließen mit einem Mal Zorn und Übelkeit in mir aufsteigen. Es war so völlig *falsch*. Diese Leute waren

der Bodensatz der menschlichen Gesellschaft. Ich wandte den Blick ab und schaute auf das geisterhaft schimmernde Spiegelbild des Mondes auf dem Meer. Ein paar Jachten fuhren mit blinkenden Lichtern an der Küste vorüber. Blumen und Sträucher erfüllten die milde Luft mit ihren süßen, schweren Düften. Es gibt keine Gerechtigkeit auf der Welt, sagte ich mir voller Bitterkeit, als ich an das Elend der Waisenkinder in Sarajewo dachte.

Carla lächelte erfreut, als sie mich entdeckte, und winkte mich zu sich. Ich war erstaunt, sie hier zu sehen, fragte mich dann aber, weshalb ich mich eigentlich darüber wunderte. Hatte ich nicht von Anfang an gewusst, dass ihre ganze Geschichte von dem armen kranken Geliebten ein Schwindel gewesen war?

»Naomi!«, begrüßte Carla mich. »Wie schön, Sie zu sehen. Kommen Sie, ich stelle Ihnen die anderen Gäste vor.«

Wie in Trance ging ich mit Carla über die Terrasse und schüttelte Hände, als ich sämtlichen Anwesenden vorgestellt wurde. Doch ich war nicht bei der Sache, als ich dem Small Talk lauschte. Was diese Leute über Partys und Premieren, Mode und Reisen erzählten, interessierte mich nicht. Ich hatte ganz andere Sorgen. Außerdem hatte die Begegnung mit Borowoi sehr lebendige Erinnerungen an die schreckliche Nacht vor zwei Jahren in mir wachgerufen. Ich bekam das Bild der toten Brigit, die in einer Pfütze aus ihrem eigenen Blut lag, einfach nicht aus dem Kopf.

Clive Wattling hatte Borowoi als ehemaligen KGB-Spion bezeichnet, der nach dem Zerfall der Sowjetunion für die russische Staatspolizei gearbeitet hatte und vielleicht immer noch für sie tätig war. Cassellari jedoch hatte erklärt, Borowoi besäße eine Privatbank in Moskau. Es hörte sich unwahrscheinlich an, doch diese Möglichkeit bestand durchaus. In Russland und den anderen ehemaligen Sowjetstaaten waren Hunderte von Privatbanken entstanden. Andererseits wusste Cassellari sicher nicht, dass Borowoi möglicherweise ein Mitarbeiter der russischen Staatspolizei war. Deshalb war er ja hinter Wolf her gewesen. Jagte Borowoi ihn vielleicht *immer noch*? Spielte auch er Cassellari bloß etwas vor? Machte uns das sogar zu Verbündeten?

Auf jeden Fall war mir jetzt klar, weshalb Borowoi mich schützte: Ich hatte ihn genauso in der Hand wie er mich. Ein Wort über

Borowois Vergangenheit und seine angeblichen Polizeikontakte, und er war ein toter Mann.
»Sie zittern ja.« Plötzlich stand Borowoi neben mir und berührte meinen Arm. »Ist Ihnen kalt, Miss Hunter? Nun, wir sind in den Bergen, und da ist es abends immer kühler. Außerdem seid ihr Australier ganz andere Temperaturen gewöhnt, nicht wahr? Kommen Sie, gehen wir hinein. Mit Ihrer Erlaubnis, Signor Cassellari ...« Er nahm meinen Arm und führte mich ins Haus.
»Sie sehen verängstigt aus«, murmelte er dicht an meinem Ohr. »Dazu besteht aber kein Grund. Sie haben mich in der Hand, Mrs. *Möller* – und ich Sie.«
»Wer sind Sie wirklich, Mr. Borowoi?«, fragte ich. »Cassellari hat Sie als Bankier bezeichnet.«
»Damit hat er Recht. Und ich versuche gerade, ihm die Hälfte meiner Bank zu verkaufen – auch wenn diese Bank erst auf dem Papier existiert. Ich werde Ihnen Näheres erzählen, falls Sie sich mit Cassellari einig werden. Ich will unbedingt mit ihm ins Geschäft kommen. Und wenn jemand mir dabei helfen kann, sind Sie es. Ich könnte Cassellari natürlich auch sagen, wer Sie wirklich sind ...« Er verstummte für einen Moment, um seinen Worten Nachdruck zu verleihen. »Aber Sie wissen, welch unangenehme Folgen das für Sie hätte, nicht wahr?«
Ich warf einen Blick über die Schulter. Die anderen waren auf der Terrasse außer Hörweite und schienen Borowoi und mich nicht zu beobachten. »Sie wissen, wer Wolf Möller ist, Mr. Borowoi«, sagte ich, »und Sie wissen auch, weshalb ich ihn suche. Wenn ich Ihnen helfen soll, müssen Sie mir ebenfalls helfen.«
»Und wie?«
»Sie sagen mir, wer Wolf Möller wirklich ist.«
»Einverstanden. Falls Sie sich dafür einsetzen, dass Cassellari fünfzig Prozent meiner Bank kauft und sein Geld dort deponiert. Abgemacht?«
»Abgemacht.«
Er lächelte mich zufrieden an, bevor er sich wieder zu Cassellari und den anderen gesellte.
Also war die Geschichte mit der Bank kein Täuschungsmanöver Borowois. Er wollte tatsächlich in großem Stil ins Geldwäsche-

geschäft einsteigen. Das aber würde bedeuten, dass er nichts mit der russischen Staatspolizei zu tun haben konnte. Aber weshalb war er dann hinter Wolf her gewesen – und war es vielleicht immer noch?
Ich schüttelte hilflos den Kopf. Nichts passte zusammen.

Auch die anderen Gäste folgten uns nach drinnen, wo wir an einem antiken Tisch aus Ebenholz Platz nahmen. Ich saß bei Carla, Cassellari und seinem Sohn, der den ziemlich unpassenden Namen Angelo trug. Er war ein Mann um die Vierzig mit stechenden braunen Augen, buschigem Schnurrbart und pomadisiertem gewelltem Haar. Zu seinem Pech besaß Angelo die wenig attraktiven Gesichtszüge seines Vaters.
Ein weiterer Gast war Frans Aquitton aus Panama. Ich musterte ihn verstohlen und prägte mir den Namen und das Gesicht ein: blaue, eng zusammenstehende Augen; dichtes hellblondes Haar und ein verkniffener Mund. Neben ihm saß Paolo, Carlas Sohn, der die Schönheit seiner Mutter geerbt hatte, aber eine angenehmere, freundlichere Ausstrahlung besaß. Neben Paolo hatte Cesare de Sica Platz genommen, ein Italiener in Cassellaris Alter, der Vertraute und Finanzberater des Drogenbosses. De Sica war ein Bursche, vor dem man sich in Acht nehmen musste – ein Mann mit dunklem, hagerem Gesicht und grauen Augen, in denen ein verschlagener Ausdruck lag und denen nichts entging; er lächelte häufig, sprach aber nur wenig. Neben de Sica schließlich saß Boris Borowoi.
Es dauerte nicht lange, bis mir klar wurde, dass ich auf die Probe gestellt werden sollte. Falls ich den Test bestand, würden die anderen mich in ihren Kreis aufnehmen. Doch Gnade mir Gott, wenn ich durchfiel.
Cassellari schaute mich an, hob sein Glas und brachte einen Trinkspruch auf mich aus. »Ich glaube«, wandte er sich dann an die anderen, »ihr alle habt schon von Miss Hunter gehört, die unter den Augen des FBI und mehrerer Banken mit vier Millionen Dollar Spendengeldern abgezogen ist, ohne dass man ihr etwas nachweisen konnte. Wahrscheinlich fragt ihr euch, wie sie das angestellt hat. Nun, ich auch. Erzählen Sie uns, Miss Hunter – wie

haben Sie das gemacht? Weshalb wurden Sie nicht vor Gericht gestellt, nicht einmal angeklagt?«

Es war eine Frage, mit der ich gerechnet hatte. »Keine langen Erklärungen«, war mein Motto. Cassellari und seine Gäste warteten auf meine Antwort. Als ich sie gab, war mein Lächeln viel zuversichtlicher, als ich mich tatsächlich dabei fühlte. »Ehrlich gesagt«, erwiderte ich, »gab es gar kein solches Verbrechen. Die Presse hat diese Geschichte erfunden. Das FBI hat das rasch erkannt und mich in Ruhe gelassen.« Auf Unschuld zu plädieren, war eine gute Vorgehensweise. Hatten nicht auch im Pollsmoor-Gefängnis sämtliche Häftlinge immer wieder lautstark darüber geklagt, sie säßen zu Unrecht hinter Gittern? »Die ganze Sache war ein Irrtum.«

»Ein Irrtum, der viele spendierfreudige Amerikaner vier Millionen Dollar gekostet hat, Miss Hunter. *Deshalb* hat das FBI ja seine Nachforschungen aufgenommen, oder sehe ich das falsch?«

Es kostete Cassellari sichtlich Mühe, weiterhin die Rolle des gütigen Onkels zu spielen.

»Sie können ganz offen reden, Miss Hunter«, fügte er hinzu, als ich nichts erwiderte, denn ich dachte fieberhaft nach. »Sie sind hier unter Freunden.«

Verdammt, warum ließ er nicht locker? »Wissen Sie«, sagte ich schließlich, »die Polizei konnte nie eine Verbindung zwischen mir und dem Schwindel mit den Freunden der Unita herstellen.« Wie nicht anders zu erwarten, schien meine dürftige Antwort die Anwesenden nicht zufrieden zu stellen, also schmückte ich sie ein wenig aus. »Das Hauptproblem für die Polizei bestand darin, dass sie mir nicht nachweisen konnte, etwas mit den vier Millionen Dollar zu tun zu haben. Es gab keine Fährte, der man folgen konnte. Polizei und FBI wussten nicht, wer der letztendliche Empfänger der vier Millionen war und wer die Konten rund um den Globus eingerichtet hatte, zwischen denen das Geld immer wieder hin und her geschoben wurde, bis die Spur sich schließlich verlor.«

Cassellari schwieg und blickte mich argwöhnisch an – bis ich von unerwarteter Seite Hilfe bekam.

»Es ist doch wohl verständlich, dass Miss Hunter nichts davon erzählen will, wie sie auf ihrem Spezialgebiet arbeitet«, sagte Borowoi. »Ich bin sicher, sie hat sich sorgfältig überlegt, welchen Weg das Geld nahm und auf welcher Bank es schließlich deponiert wurde. Vielleicht hat Miss Hunter sich für eine der Privatbanken in Russland entschieden. Dann nämlich hätten die Behörden nicht ermitteln können, wer das Konto eröffnet hat und wie hoch die eingezahlte Summe war. – Ah, wenn ich mir Ihr Gesicht anschaue, Miss Hunter, liege ich mit meiner Vermutung gar nicht so verkehrt, stimmts?«
Ich nickte und versuchte, verärgert dreinzuschauen. Borowoi hatte mich schon wieder gerettet. Jetzt war ich am Zug.

Das Abendessen war ausgezeichnet – Hummersuppe, gebratenes Rebhuhn mit Beilagen, Cremeröllchen zum Dessert –, doch meine Nerven waren so gespannt, dass ich keinen Appetit hatte. Ich stocherte in meinem Essen und wünschte mir, Angelo und dessen plumpen Annäherungsversuchen entkommen zu können, die darin gipfelten, dass er unter der Tischplatte meine Oberschenkel begrapschte.
Während Borowoi die Vorzüge der russischen Banken anpries, nutzte Angelo die Gelegenheit, mir ins Ohr zu säuseln: »Sie sind wunderschön, Naomi. Sie machen mich an. Ich würde mich später gern mit Ihnen treffen.«
»So spät kann es gar nicht werden«, erteilte ich ihm eine deutliche Abfuhr.
Er ließ sich nicht beeindrucken und streichelte mit dem Fuß meinen Unterschenkel.
Das Gespräch wurde lauter, als der Wein floss, drehte sich aber nach wie vor nur um das liebe Geld und um die wachsenden Kosten und Gefahren der Geldwäsche. Die Gäste löcherten mich mit Fragen. Ich spürte, dass sie mir immer noch nicht trauten.
»Unser Problem ist«, erklärte Cassellari und schaute mich an, »dass die Regeln dieses Spiels sich ständig ändern. Die Geldwäsche wird von Tag zu Tag schwieriger. Einige unserer besten Mitarbeiter sitzen im Gefängnis – Leute, die sehr wichtigen legitimen Geschäften nachgegangen sind, Miss Hunter. Darunter so-

gar einige New Yorker Börsenmakler. Erst vor kurzem wurden vier von ihnen zu Haftstrafen zwischen zwanzig und vierzig Jahren verurteilt.«

»Ein sehr wirksames Abschreckungsmittel«, musste de Sica einräumen. »Ein solches Risiko will verständlicherweise niemand eingehen. In letzter Zeit verfolgt das FBI in den Vereinigten Staaten bei größeren finanziellen Transaktionen den Weg des Geldes bis nach Europa. Sogar die Telefongespräche der Mitarbeiter wichtiger Institutionen werden abgehört.«

Cassellari nickte. »Nehmen wir zum Beispiel René Laurent, einen unserer Partner«, sagte er zu mir. »Er hat sein Geld über mehrere Monate hinweg mehrmals um den Globus geschickt, indem er es auf immer neue Konten überwiesen hat, aber er konnte das FBI einfach nicht abschütteln und ist schließlich im Knast gelandet.« Cassellari hielt inne und musterte mich wieder misstrauisch.

»Aber *Sie*, Miss Hunter, haben das FBI ausgetrickst«, murmelte Angelo.

Das war das Stichwort für mich, erneut meine überragenden Qualifikationen unter Beweis zu stellen.

»Wenn man das finanztechnische Know-how besitzt, ist es gar nicht so schwer«, sagte ich. »Die Gefahr liegt vor allem darin, dass *alles* verfolgt werden kann, was irgendwie dokumentiert ist. Man könnte es mit einer Fuchsjagd vergleichen. Wenn ein Fuchs die erforderliche Ausdauer hätte, könnte er in ein paar Jahren mehrmals den Erdball umrunden – nur nützt es ihm gar nichts, solange er eine Fährte hinterläßt, die seine Jäger verfolgen können. So muss es bei Ihrem Partner gewesen sein, diesem René. Was also muss unser Fuchs tun? Er muss seine Fährte unterbrechen, sooft es nur geht, indem er jede Gelegenheit nützt, seine Spuren zu verwischen und seinen Geruch zu beseitigen.«

»Das sagt sich so leicht«, meinte Paolo mit spöttischem Unterton.

»Was verstehst du schon davon!«, fuhr Angelo ihn wütend an.

Ich hatte längst bemerkt, dass die beiden sich nicht ausstehen konnten, und fragte mich, ob ich mir ihre Feindschaft zunutze machen konnte.

»Jede Dienstleistung einer Bank, eines Börsenmaklers, eines

Finanz- oder Anlageberaters hinterlässt eine Fährte aus Papier oder Computerdateien«, fuhr ich fort. »Aber ich möchte Ihnen nur eine von mehreren Möglichkeiten nennen, wie man diese Fährte unterbrechen kann. Nehmen wir einmal an, jemand will ein paar Millionen Dollar Bargeld waschen. In Südafrika, zum Beispiel, könnte er seine Millionen in einer offiziellen Goldwechselstube in Goldmünzen umtauschen, ohne dass man ihm irgendwelche unangenehmen Fragen stellte.«

»Aber dann brauchte er jemand, der ihm beim Tragen hilft«, sagte Paolo. Ich rang mir ein Lächeln ab. »Schon möglich. Aber kein Computer auf Erden kann feststellen, wohin Sie gehen, sobald Sie mit einer Tasche voller Goldmünzen die Wechselstube verlassen. Sie haben die Fährte des Geldes unterbrochen. Und wie ich schon sagte, genau darauf kommt es an. Man muss die Fährte *so oft wie möglich* verwischen oder ihr eine andere Richtung geben - zum Beispiel, indem man die Währung, den Betrag oder das Zahlungsmittel ändert. Auf diese Weise kann man die Verfolger in heillose Verwirrung stürzen.«

Offenbar befand ich mich endlich auf der Siegerstraße, denn de Sica nickte beifällig und Cassellari tat es ihm gleich, nachdem er seinen Berater einen Moment lang gemustert hatte.

»Eine andere relativ sichere Methode der Geldwäsche«, erläuterte ich, »besteht darin, die Dienste einer der vielen privaten Banken in Anspruch zu nehmen, die in Russland und den angrenzenden ehemals kommunistischen Staaten wie Pilze aus dem Boden geschossen sind. Allein in Tschechien sind hundertfünfzig neue Banken entstanden. Auch in Asien bieten sich gute Möglichkeiten. In Pakistan, zum Beispiel, hat man vor kurzem ein Gesetz erlassen, das Auskünfte über ausländische Geldeinlagen untersagt.«

Mit erregter Stimme schaltete sich Borowoi ein: »Liebe Freunde, ganz Osteuropa ist eine große Geldwaschanlage - warum versucht ihr dann immer noch, euer Geld in Amerika zu waschen? Das ist sicherlich der gefährlichste Platz in der ganzen Welt für derartige Geschäfte.«

Ich musste Borowoi Rückendeckung geben. Mir blieb keine andere Wahl.

»Auch ich selbst, Signor Cassellari, wickle meine Geschäfte vor allem in Russland ab. Nach dem Zerfall der Sowjetunion sind dort mehr als tausend Privatbanken entstanden, bei denen man nur zu gern bereit wäre, Ihr Geld zu waschen, ohne dass Fragen gestellt würden. Völliger Schutz der Privatsphäre ist garantiert. Die Russen brauchen dringend westliche Währungen.«

»Aber es ist sehr gefährlich, Bargeld nach Russland zu bringen«, erwiderte Cassellari und warf mir einen missbilligenden Blick zu. »Vor allem der Transport des Geldes ist riskant, denn bewaffnete Raubüberfälle sind in Russland an der Tagesordnung. Außerdem besteht die Gefahr, dass die Bank, mit der man Geschäfte macht, Pleite geht. Hinzu kommt, dass die russische Polizei erhebliche Machtmittel hat, gegen das organisierte Verbrechen vorzugehen, insbesondere gegen Geldwäsche. Außerdem ist die russische *mafiya* sehr gefährlich.«

»Deshalb ist es die beste Lösung, man kauft sich in eine russische Bank ein und lässt sein Geld von eigenen Kurieren zu dieser Bank transportieren. Sie könnten Ihr Geld mit Ihren eigenen Schiffen zum Beispiel nach Odessa und von dort relativ gefahrlos nach Moskau bringen lassen, Signor Cassellari. Aber es würde Sie zweihunderttausend Dollar kosten, in Moskau eine eigene Bank zu eröffnen und eintragen zu lassen. Schon deshalb würde ich Ihnen die Partnerschaft mit Mr. Borowoi empfehlen. Außerdem ist er russischer Staatsbürger und kann vielleicht ein paar Beziehungen spielen lassen, was die juristischen Formalitäten Ihrer Teilhaberschaft betrifft.«

Cassellari grinste. »Sie sind ganz schön hartnäckig, Miss Hunter.«

»Natürlich ist dieses Geschäft immer mit Risiken verbunden, Signor Cassellari. Aber in Russland sind sie längst nicht so hoch wie etwa in den Vereinigten Staaten.« Ich schaute ihn eindringlich an. »Sämtliche Gewinne aus Ihren Geschäften müssen gewaschen werden. Mit anderen Worten, Ihr Geschäft *besteht* zu fünfzig Prozent aus Geldwäsche. Ich bin bereit, die Sache zu übernehmen, wenn Sie mich mit zehn Prozent an Ihren Gewinnen beteiligen, das Doppelte meines üblichen Anteils – und unter der Voraussetzung, dass Sie sich an Mr. Borowois Bank beteiligen.«

Sogar Angelos Fuß, der immer noch meinen Unterschenkel strei-

chelte, verharrte abrupt, als er ängstlich das Gesicht seines Vaters musterte.
Cassellari brach in schallendes Gelächter aus. »Sie sind wirklich eine hartnäckige junge Frau, Naomi«, sagte er schließlich und redete mich zum ersten Mal mit Vornamen an. »Also gut. Wir sprechen morgen über weitere Einzelheiten.«
Ich war auf der Siegerstraße, doch als ich in Cassellaris stechende dunkelbraune Augen blickte, stieg Furcht in mir auf. Falls er mich durchschaute, würde er mich töten lassen, ohne mit der Wimper zu zucken. Er streckte den Arm aus, lächelte mich an und drückte meine Hand. Nach kurzem Zögern erwiderte ich die Geste, und er bedachte mich mit einem Blick, in dem sich Bewunderung und Argwohn mischten. Der Argwohn war sehr viel größer.

Als ich am nächsten Morgen zum Frühstück erschien, war Borowoi bereits abgereist. Ich schwamm ein paar Bahnen im Pool und spielte mit Angelo Tennis, was mir den Burschen wenigstens vom Leib hielt. Den größten Teil des Wochenendes jedoch verbrachten Cassellari, de Sica und ich damit, die Einzelheiten unseres Vorhabens zu besprechen. Wir einigten uns darauf, dass ich zehn Millionen Dollar Bargeld über Odessa nach Moskau bringen und auf Borowois »Bucharin-Bank« einzahlen sollte. Falls alles reibungslos vonstatten ging, sollten weitere Millionen folgen. Außerdem sollte ich als Cassellaris Bevollmächtigte die Verhandlungen über eine fünfzigprozentige Beteiligung an der Bucharin-Bank aufnehmen. Hatte ich Erfolg, sollte ich fünf Prozent von Cassellaris Gesamteinlagen bei der Bank kassieren. Doch er ließ auch keinen Zweifel daran, was mit mir geschehen würde, falls ich versagte.
Als ich nach Monaco zurückflog, war ich zufrieden, dass ich mich zumindest auf mein Ziel zubewegte. Doch bis zum Beginn meiner Reise vergingen noch ein paar Tage – und erzwungene Untätigkeit hatte ich stets zu vermeiden versucht, denn immer dann schweiften meine Gedanken unwillkürlich zu Nicky und dem Tag zurück, als ich ihn das letzte Mal gesehen hatte: ein kleiner Junge, der sich auf die Fahrt zum Flughafen und auf seine Geburtstagsparty freute.

»Bald ist Mom unterwegs, Nicky«, flüsterte ich. »Und so Gott will, werde ich dich irgendwo in Russland finden.«

56.

An meinem ersten Abend in Odessa erkundete ich diese wunderschöne alte Stadt, die zu einem Großteil in venezianischer Zeit erbaut worden war. Als ich auf der berühmten Potemkin-Treppe stand und auf den Hafen hinunterblickte, in dem Schiffe aus fast aller Herren Länder vor Anker lagen, fragte ich mich, ob Nicky irgendwo in der Ukraine lebte. Bei dem Gedanken, dass ich mich vielleicht in dem gleichen Land aufhielt wie mein Sohn, klopfte mir vor Erregung das Herz bis zum Hals; zugleich erfüllte mich das altbekannte Gefühl der Hilflosigkeit. Denn selbst wenn Nicky in der Ukraine war oder in Russland – wo hätte ich mit der Suche nach ihm anfangen sollen?

Kurz darauf war ich zurück im Hotel. Ich durfte wegen meiner Besichtigungstour auf keinen Fall den Anruf verpassen, auf den ich wartete. Aber dieser Anruf kam und kam nicht. Ich verbrachte mehrere Tage untätig auf meinem Hotelzimmer, ohne dass sich etwas tat, bis ich nachts kein Auge mehr zubekam, erneut in Grübeleien verfiel und mir das Hirn zermarterte, wie groß meine Chance sein mochte, Nicky jemals wiederzusehen. Nur in den frühen Morgenstunden fand ich ein wenig Schlaf; dann aber begann das endlose Warten, Bangen und Hoffen wieder von vorn. Jeden Tag ließ ich mir das Essen aufs Zimmer bringen, las und sah fern. Die einzige Abwechslung im tristen Einerlei waren die abendlichen Berichte, die ich Dad per Laptop schickte, und seine E-Mails, in denen er mir seine neuesten Informationen zukommen ließ.

Am sechsten Tag wurde ich frühmorgens vom schrillen Klingeln des Telefons aus dem Schlaf gerissen. Ich war so benommen, dass ich ein paar schreckliche Sekunden lang nicht wusste, wo ich war, bis ich meine Schlaftrunkenheit abschüttelte. Ich nahm den Hörer ab.

»Hallo?«

»Naomi Hunter?«, fragte eine Frauenstimme.
»Ja.«
»Die Anschrift ist Petrowkastraße sechzehn. Fragen Sie nach Michail Wojnakrijna. Kommen Sie sofort.«
Ich wollte die Anruferin bitten, mir den Namen zu buchstabieren, doch ein unpersönliches leises Klicken beendete das Gespräch. Ich zuckte die Achseln und notierte mir den Namen so, wie er sich angehört hatte.
Endlich! Aber warum war der Anruf ausgerechnet an einem Samstag gekommen? Das gefiel mir schon deshalb nicht, weil ich Cassellaris zehn Millionen Dollar Bargeld noch bis Montag bei mir behalten musste. Aber wenigstens kam jetzt Bewegung in die Sache.

Es war ein schöner Augustmorgen. Nebelbänke lagen auf dem Schwarzen Meer, und zu dieser frühen Stunde war es noch ziemlich frisch. In der lässigen Kleidung einer Urlauberin – Jeans, T-Shirt und Sandalen – verließ ich das Hotel und winkte ein Taxi heran. Es war himmlisch, nach sechs Tagen endlich das Hotelzimmer verlassen zu können und durch die Stadt zu fahren. Unterwegs überlegte ich mir, dass es besser sei, den Fahrer nicht bis zu meiner Rückkehr aus der Petrowkastraße warten zu lassen: Es konnte seinen Verdacht erregen, wenn ich mich ohne jedes Gepäck zu einem Haus im Hafenviertel bringen ließ und kurz darauf mit zwei großen Koffern zurückkam. Also ließ ich den Fahrer eine Querstraße vor meinem Ziel halten und bezahlte ihn. Dann eilte ich in der schäbigen Hafengegend die Petrowkastraße entlang, bis ich Haus Nummer sechzehn fand – ein schmuddeliges Gebäude, in dessen Türeingang ein Mann auf mich wartete. Er war untersetzt, mit wettergegerbtem Gesicht und wachen blauen Augen, fleischigen Lippen und strohblondem Haar.
»Ich bin Michail. Kommen Sie herein. Rasch!« Er nahm meinen Arm, zog mich durch den Türeingang und blickte nervös die Straße hinauf und hinunter. Dann schloss er die Tür und schüttelte mir die Hand, wobei er mich eingehend musterte.
»Und Sie sind ...?«, fragte er.
»Naomi Hunter.«

»Gut, Miss Hunter. Kommen Sie, wir müssen uns beeilen.«
Michail führte mich in eine unordentliche Wohnung. Eine nervöse dunkelhäutige Frau – vermutlich seine Gattin – beobachtete, wie er mir zwei abgewetzte alte Koffer reichte. Ich bestand darauf, einen Blick hineinzuwerfen, und schloss sie erst wieder, als ich mich davon überzeugt hatte, dass jeder der beiden Koffer fünf Millionen Dollar in Hundertern enthielt.
»In Ordnung«, sagte ich. »Gut gemacht. Würden Sie mir bitte ein Taxi rufen, Michail?«
»Wir haben kein Telefon.«
»Und Ihre Nachbarn?«
Er schüttelte den Kopf. »Ich habe meine Aufgabe erfüllt. Jetzt sind Sie an der Reihe.« Verdutzt musste ich mit ansehen, wie er ohne ein weiteres Wort aus dem Zimmer ging und mich mit seiner Frau allein ließ.
Ich schaute sie an. »Wo ist das nächste Telefon, bitte?«
Sie runzelte die Stirn. »Ich nix Englisch.«
Es war eine Lüge. Sie war die Frau, die mich vorhin angerufen hatte; ich erkannte sie an ihrer Stimme.
Sie öffnete die Eingangstür, gab mir mit einer Geste zu verstehen, dass ich gehen sollte, und schlug eilig die Tür hinter mir zu. Offensichtlich wollte die Frau mich so schnell wie möglich loswerden.
Was hatte das alles zu bedeuten?
Ich war nervös, als ich mich auf den Weg machte, um die nächste Bushaltestelle zu suchen, denn ich hatte gehört, dass bewaffnete Banden durch diese Gegend streiften und Schutzgebühren forderten, sodass die Taxifahrer nie ohne eine Stange Zigaretten, eine Flasche Wodka oder ein paar Dollar unterwegs waren, um ihre »Beschützer« bezahlen zu können.
Nirgends war eine Bushaltestelle oder ein Taxi zu sehen. Es war inzwischen nach elf Uhr, und die Augustsonne brannte so heiß vom Himmel, dass ich heftig schwitzte, als ich eine steile kopfsteingepflasterte Straße hinaufging, die in Richtung Innenstadt führte. Ich hatte gerade eine Pause eingelegt und die Koffer abgestellt, als ein Streifenwagen neben mir am Straßenrand hielt.

Ein Polizeibeamter stieg aus und kam zu mir. »Sind Sie Touristin?«, fragte er in passablem Englisch.
Ich zwang mich, Ruhe zu bewahren. »Ja. Können Sie mir sagen, wo ich hier ein Taxi bekomme?«
»Wohin wollen Sie denn?«
»Zu meinem Hotel.«
»Welches Hotel?«
»Das Cosmopolitan.«
»Zeigen Sie mir bitte Ihren Ausweis und Ihr Visum.« Mit beängstigendem Interesse schaute er sich meine Papiere an und richtete den Blick dann auf mein Gesicht. »Sie sind seit sechs Tagen in Odessa und haben kein bisschen Sonnenbräune. Darf ich fragen, was Sie die ganze Zeit getan haben?«
»Ich ... war krank. Eine Lebensmittelvergiftung.«
»Steigen Sie bitte in den Streifenwagen. Sie werden mich zur Zentrale begleiten und mir ein paar Fragen beantworten. Wenn alles in Ordnung ist, bringe ich Sie anschließend zu Ihrem Hotel.«
Ich wusste, dass es aus und vorbei war, wenn nicht ein Wunder geschah. Wie in Trance nahm ich in dem Streifenwagen Platz, während der Polizeibeamte mein brisantes Gepäck im Kofferraum verstaute.
»Ich muss Ihnen etwas sagen«, raunte ich ihm zu, nachdem er eingestiegen war. »Ist das Funkgerät eingeschaltet?«
Er schüttelte den Kopf.
»Wie Sie wissen«, fuhr ich fort, »ist es gesetzlich erlaubt, westliche Währung in die Ukraine oder nach Russland zu bringen. Die ehemaligen Staaten der Sowjetunion brauchen dringend ausländisches Kapital. In den Koffern sind zehn Millionen Dollar. Ich habe den Auftrag, dieses Geld so schnell wie möglich zur Moskauer Zentrale der Bucharin-Bank zu bringen. Ich bin sicher, die Bank wäre Ihnen sehr dankbar, wenn Sie mich und das Geld beschützen würden.«
»Sind Sie Geldkurier?«
»Ja.«
Er schüttelte den Kopf. »Und da sind Sie zu Fuß in dieser Gegend unterwegs? Eine unbewaffnete Frau, die sich nicht verteidigen kann? Und Sie haben *zehn Millionen Dollar* dabei?«

Ich nickte nur. Was sollte ich auch sagen?
»Dann hoffe ich für Sie, dass es kein schmutziges Geld ist, das in Moskau gewaschen werden soll. Sie werden beweisen müssen, dass Ihre zehn Millionen kein Drogengeld sind.« Er überlegte kurz. »Also gut, ich fahre Sie zu Ihrem Hotel. Dort werde ich mir den Inhalt Ihrer Koffer anschauen. Anschließend rufe ich den Direktor der Bucharin-Bank in Moskau an.«
Sein plötzlicher Sinneswandel erstaunte und verängstigte mich. Weshalb wollte er mit einem Mal nicht mehr zum Revier? Wahrscheinlich, um für sein Schweigen einen Anteil vom Geld zu kassieren; korrupte Polizisten gab es überall. Aber was war, wenn der Mann mir das Geld raubte? Dann würde Cassellari mich töten lassen – oder dieser angebliche Inspektor würde dem Mafiaboss diese Arbeit abnehmen, nachdem er sich die zehn Millionen unter den Nagel gerissen hatte.
Zitternd lehnte ich mich im Sitz zurück. Michails Weigerung, mir ein Taxi zu bestellen, erschien mir plötzlich in einem ganz anderen Licht. Wahrscheinlich hatte er diesem Inspektor den Tipp gegeben, dass ich mit zwei Koffern zu Fuß in der Hafengegend unterwegs war. Aber weshalb? Auch Michail war Geldkurier. Welchen Vorteil konnte es ihm bringen, mich bei der Polizei zu verpfeifen? Er musste doch wissen, dass er damit sein Leben aufs Spiel setzte.
Zehn Minuten später, als Inspektor Anatoli Zhoglo – so hieß der Mann – sich auf meinem Hotelzimmer davon überzeugt hatte, dass sich tatsächlich zehn Millionen Dollar Bargeld in den Koffern befand, rief er den Direktor der Bucharin-Bank in Moskau an: Boris Borowoi.
Das Gespräch zwischen Zhoglo und Borowoi war kurz. Sie unterhielten sich auf Russisch, sodass ich leider nichts verstehen konnte. Doch als Zhoglo den Hörer auflegte, war er plötzlich ein ganz anderer. »Miss Hunter«, sagte er höflich, »ich werde Ihnen helfen, so gut ich kann.«
»Mir helfen?«, fragte ich verwirrt und beobachtete, wie er erst einmal sich selbst half, denn er nahm mehrere Bündel Dollarnoten aus einem der Koffer und ließ sie in der Innentasche seiner Jacke verschwinden.

»Das ist mein Honorar«, sagte Zhoglo ohne einen Anflug von Scham. »Der Bankdirektor zahlt mir zehntausend Dollar für meine Hilfe. Fünftausend sofort und noch einmal fünftausend, wenn ich Sie nach Moskau gebracht habe. Ab jetzt bin ich Ihr Bodyguard, Miss Hunter. Die russische *mafiya* hat von dem Transport Wind bekommen. Sie sind in großer Gefahr. Packen Sie Ihre Sachen. Sie müssen das Hotel sofort verlassen. Ich warte unten auf Sie.« Er verbeugte sich auf steife, altmodische Art und Weise, doch ich sah das zufriedene Funkeln in seinen Augen.
Ich wartete, bis er das Zimmer verlassen hatte; dann rief ich bei der Bucharin-Bank in Moskau an und ließ mich mit Borowoi verbinden.
Er bestätigte mir, was Zhoglo gesagt hatte. »Der Mann ist tatsächlich Inspektor bei der Polizei von Odessa«, sagte er. »Ich habe es gerade eben überprüfen lassen. Er hat offenbar einen Tipp bekommen, dass Sie mit dem Geld in der Hafengegend unterwegs seien, denn als Inspektor würde er niemals Streife fahren. Er hat gedroht, Sie wegen versuchter Geldwäsche festzunehmen, deshalb blieb mir keine andere Wahl, als ihm zehntausend Dollar zu zahlen – für seinen Schutz, wie er es nennt. Tja, dieses Geschäft ist immer und überall mit Gefahren verbunden.«
Ich verbrachte das Wochenende bei Zhoglo, der in einem kleinen Häuschen in einem Vorort Odessas wohnte, in unmittelbarer Nähe der Schwarzmeerküste. Theresa, seine Frau, verwöhnte mich mit köstlichen Mahlzeiten, und ihre zwei Kinder – ein Junge von zwölf und ein Mädchen von zehn Jahren – gingen am Sonntag in einer abgelegenen, geschützten Bucht mit mir schwimmen. Es wunderte mich nicht, als am Abend »Onkel Michail« bei den Zhoglos erschien, um mit dem Herrn des Hauses ein paar Drinks zu nehmen und vermutlich für seinen Tipp einen Anteil von den zehntausend Dollar zu kassieren. Mir konnte es egal sein. Hauptsache, Cassellaris Geld gelangte sicher an seinen Bestimmungsort. Ich konnte es kaum erwarten, nach Moskau zu kommen. Es wurde Zeit, dass Boris Borowoi seinen Teil der Abmachung erfüllte und mir alles erzählte, was er über Wolf Möller wusste.

57.

Die Zentrale der Bucharin-Bank in Moskau befand sich in einem vierstöckigen Gebäude an der Pjatnitskaja-Straße.
Der Aufzug wurde zur Zeit repariert; deshalb stiegen wir die Treppen bis in die oberste Etage hinauf, wo wir vor den Eingangstüren von schwer bewaffneten Sicherheitsmännern überprüft wurden – finstere, bedrohlich aussehende Burschen. Sie schauten sich sogar meine Ausweispapiere an.
Kurz darauf wurde die Eingangstür geöffnet, und ein junger Mann mit frischem, rosigem Gesicht kam zu uns und schüttelte zuerst mir und dann Zhoglo die Hand.
»Haben Sie das Geld?«, fragte er mich in nahezu akzentfreiem Englisch.
Ich nickte. »Ich bin Naomi Hunter. Ich muss mit Mr. Borowoi sprechen.«
»Ich weiß, Miss Hunter, ich weiß. Kommen Sie erst einmal herein. Mr. Borowoi wird gleich zu Ihnen kommen.« Der junge Mann wollte die Koffer nehmen, doch Zhoglo schüttelte den Kopf.
»Meine Anweisungen lauten, Borowoi die Koffer persönlich zu übergeben«, sagte er.
Wir durchquerten ein provisorisch eingerichtetes Büro mit billigen neuen Schreibtischen aus Resopal, ebenso neuen Teppichböden und scheußlichen Reproduktionen moderner Gemälde an den Wänden. An den Sitzflächen und Lehnen der Bürostühle waren noch Reste der Plastikfolien zu sehen, in die sie verpackt gewesen waren. Doch eine große Skulptur aus Metall, Sitzecken mit Sofas und Glastischen, Perserteppiche sowie die moderne Deckenbeleuchtung ließen erkennen, dass die Bank in einigen Tagen, wenn sie fertig eingerichtet war, ziemlich eindrucksvoll aussehen würde. Außerdem hätten die Computer sowie die Telefon- und Kommunikationseinrichtungen jeder mittelgroßen Bankfiliale im Westen zur Ehre gereicht. Die Mitarbeiter waren junge Leute, die schicke Kleidung und Schuhe westlicher Machart trugen, die sie vermutlich in den Moskauer Filialen europäischer und amerikanischer Modehäuser gekauft hatten.

Cassellari würde zufrieden sein, wenn er hierher kam – falls er kam.

Dann erschien ein freudestrahlender Borowoi. »Meine liebe Miss Hunter!«, rief er und umarmte mich wie eine gute alte Freundin. »Herzlich willkommen. Meinen Glückwunsch, dass Sie es geschafft haben.«

»Das ist Inspektor Anatoli Zhoglo«, stellte ich Borowoi meinen Begleiter vor. »Mein Schutzengel. Sie haben sicher Verständnis dafür, dass er so schnell wie möglich nach Odessa zurückkehren möchte, um seinen Dienst wieder aufzunehmen.«

Zhoglo bekam seine fünftausend Dollar; dann klopfte Borowoi ihm anerkennend auf die Schulter und verabschiedete ihn mit dem Versprechen, ihm bald weitere Aufträge zukommen zu lassen.

»Ein interessanter junger Mann. Ich glaube, wir sollten ihn fragen, ob er uns beim Aufbau unseres Kurierdienstes hilft. Er hat die nötigen Verbindungen, die Erfahrung und vor allem den Mut. Aber kommen wir jetzt zum Geschäft, Nina. Hätten Sie mir Bescheid gesagt, dass Sie schon heute hierher kommen, wären wir mit allem fertig.«

Ich lachte. »Hauptsache, Sie sind fertig, wenn Cassellari kommt. Haben Sie schon die Zulassung für Ihre Bank?«

»Ja. Der bürokratische Kram ist so gut wie erledigt, Nina.«

Ich atmetet erleichtert auf. Jetzt mussten nur noch die Verhandlungen über Cassellaris Fünfzigprozentbeteiligung an der Bank geführt werden, und die Sache konnte anlaufen. Doch diese Verhandlungen erwiesen sich als schwieriger als erwartet. Borowoi verlangte eine zu hohe Summe, und meine Verhandlungsposition wurde dadurch geschwächt, dass Borowoi mich und meine wahre Identität schützte, was er auch immer wieder betonte. Auf der anderen Seite war auch Borowois Position geschwächt – schließlich hatte er es mir zu verdanken, dass Cassellari sich für seine Bank entschieden hatte. Außerdem wusste ich, dass Borowoi die Bank binnen weniger Wochen für zweihunderttausend Dollar – die Kosten für die Lizenz und die erforderlichen Einlagen – aus dem Boden gestampft hatte. Hinzu kamen die Miete, die Kosten für Renovierungsarbeiten, die Einrichtung, die Computer, die

Kommunikationsanlagen und die Angestellten. Außerdem mussten Bestechungsgelder gezahlt werden, damit die bürokratischen Mühlen schneller mahlten.
Wir einigten uns schließlich auf eine Million Dollar für die Fünfzigprozentbeteiligung. Die restlichen neun Millionen waren Cassellaris erste Einlage bei der Bucharin-Bank.
Ich füllte den Einzahlungsschein aus, der unterschrieben und abgestempelt wurde. Aber das genügte mir bei weitem nicht. Ich wusste, dass die gefährlichsten kriminellen Aktivitäten im nachsowjetischen Russland sich innerhalb der neu gegründeten Privatbanken abspielten, von denen es Tausende gab. Sie waren unzureichend kapitalisiert und konnten dem Kunden kaum Schutz für sein Geld bieten. Außerdem waren viele dieser Banken nur eine Fassade für schmutzige Geschäfte aller Art.
Ich schrieb meine Forderungen auf ein Blatt Papier. »Erstens muss der Einzahlungsschein von Ihnen persönlich unterzeichnet werden, als Direktor dieser Bank«, sagte ich, während ich schrieb. »Zweitens möchte ich ein persönliches Schreiben von Ihnen, in dem Sie den Eingang des Geldes auf Ihrer Bank bestätigen. Drittens brauche ich Cassellaris Anteilsurkunde, aus der hervorgeht, dass er nun zu fünfzig Prozent an der Holdinggesellschaft beteiligt ist. Haben Sie die Holding bereits eintragen lassen, Mr. Borowoi?«
»Immer schön langsam, Nina. Aber Sie können beruhigt sein. Wenn Sie nach Hause fliegen, wird alles seine Ordnung haben. Cassellaris größte Sicherheit ist sein Ruf, dass er jeden beseitigen lässt, der ihn aufs Kreuz legen will.«
»Eben«, erwiderte ich trocken. »Deshalb würde ich an Ihrer Stelle schleunigst dafür sorgen, dass alles seine Richtigkeit hat.«
Ich schob ihm meine handgeschriebene Liste hin.
»So, Mr. Borowoi, jetzt zu etwas anderem. Ich bin sicher, Sie erinnern sich an einen bestimmten Abend auf Sardinien. An diesem Abend haben wir ein Abkommen getroffen. Ich habe meinen Teil eingehalten. Jetzt sind Sie an der Reihe.«
»Tja, ich muss Sie leider enttäuschen, Nina. Ich habe keine Ahnung, wer oder wo Wolf Möller ist.«
Es traf mich wie ein Schlag ins Gesicht. »Was sagen Sie da?«
»Wie Sie wissen«, fuhr Borowoi fort, »war Möller ein hervorra-

gender Industriespion. Als ich noch dem KGB angehörte, war ich sein Agentenführer, habe ihn aber nie zu sehen bekommen. Jedenfalls hat Möller damals die Kontakte geknüpft, die wir, die Sowjets, brauchten, um an amerikanische Hochtechnologie heranzukommen. Aber Möller hat sich ausschließlich per Telefon mit mir und den anderen Agenten verständigt, später per Fax und E-Mail. Anfangs hatte er außerdem eine Reihe von Mittelsmännern. Aus diesem Grund sind wir nie mit dem richtigen Wolf Möller zusammengetroffen. Er sprach perfekt Russisch. Deshalb nehme ich an, er hat zumindest einen Teil seiner Kindheit und Jugend in Russland verbracht, möglicherweise in Sibirien.«

»Aber wenn Sie beim Geheimdienst waren, Mr. Borowoi, und Wolf für Sie gearbeitet hat, warum wussten Sie dann nicht, wo er zu finden war, nachdem er verschwunden war?«

»Als die Sowjetunion auseinander brach, zerfiel auch Möllers Netzwerk. Wir wussten nicht mehr, wo er sich aufhielt, und konnten ihm deshalb kein Geld schicken, um unseren Verpflichtungen nachzukommen. Aus diesem Grund hat er die letzte Lieferung umgelenkt – zu den Chinesen. Ich nehme an, sie haben ihn sehr gut bezahlt. Ich wollte es um jeden Preis verhindern, aber es war zu spät.« Er hielt inne, musterte mein Gesicht. »Es tut mir sehr leid, dass ich Sie damals verletzt habe, aber ich hielt Sie für Möllers Komplizin – bis ich das Foto von Ihrem kleinen Sohn sah. Ich hoffe, Sie können mir verzeihen, was in Ihrem Haus geschehen ist, aber die Lieferung, die Möller damals an die Chinesen geleitet hatte, war sehr wichtig für uns.«

Ich ignorierte seine Entschuldigung.

»Major Barnard sagte mir, Wolf sei in Walfischbai von einem russischen Schiff an Bord genommen worden.«

»Das stimmt nicht, Nina. Möller hätte sich nach dieser Sache niemals bei irgendwelchen Russen blicken lassen. Außerdem hat er immer nur für den Meistbietenden gearbeitet und nie jemandem getraut. Wir vermuten, dass er sich damals auf dem Landweg nach Kairo abgesetzt hat.«

Mit Nicky? fragte ich mich. Hätte mein kleiner Sohn eine so strapaziöse Reise überstehen können? Enttäuschung und Zorn breiteten sich in mir aus. Ich stand auf und zwang mich, Borowoi die

Hand zu schütteln. »Wenn man bedenkt, was ich für Sie geleistet habe, sind das sehr dürftige Informationen, Mr. Borowoi. Sie stehen in meiner Schuld.«

»Das gebe ich zu.« Er küsste mir die Hand. »Bitte, sagen Sie Boris zu mir. Wir sind schließlich Freunde, nicht wahr?«

Wir waren keine Freunde und würden es niemals sein. Aber ich hielt den Mund und wies mit der Hand auf den Zettel, den ich Borowoi hingeschoben hatte.

»Ich brauche diese Unterlagen für Cassellari, denken Sie bitte daran. Bis Sie die Papiere besorgt haben, bleibe ich in Moskau.«

»Oh, das freut mich, Nina. Ich würde Ihnen gern ein paar Attraktionen dieser Stadt zeigen. Wie wärs?«

Ich wollte ihm eine deutliche Abfuhr erteilen, doch untätig im Hotelzimmer zu sitzen, brachte mich bei meiner Suche nach Wolf auch nicht weiter. So ließ ich mich während der zehn Tage, die Borowoi brauchte, um die gewünschten Papiere zu besorgen, ins Ballett, in die Oper und in die besten Restaurants der Stadt ausführen.

Bevor ich Moskau verließ, setzte ich mich mit Inspektor Zhoglo in Verbindung. Er war bereits eifrig damit beschäftigt, einen Geldkurierdienst von Odessa nach Moskau einzurichten. Zhoglo und Borowoi passen zueinander, sagte ich mir bei der Abreise und überließ es diesen beiden Ganoven, Cassellaris Kurierdienst aufzubauen.

Ich wusste, dass ich gute Arbeit für Cassellari geleistet hatte, als ich zurück nach Sardinien flog; deshalb wunderte es mich nicht, dass er und seine Vertrauten mir einen überschwänglichen Empfang bereiteten.

»Sie haben Ihre Sache hervorragend gemacht, Naomi, und sich als zuverlässig erwiesen.« Cassellari reichte mir mit einer schwungvollen Geste meinen Scheck. »Aber ich werde nicht mein ganzes Geld in Moskau deponieren, deshalb habe ich noch andere lukrative Aufträge für Sie.«

Ich beschloss, meinen ganzen Mut zusammenzunehmen und auf ein paar Antworten zu drängen, die ich dringend brauchte, um bei meiner Suche nach Wolf weiterzukommen.

»Haben Sie schon mal daran gedacht, sich geschäftlich in Sarajewo zu betätigen?«
Cassellari blickte mich verwundert an. »Im ehemaligen Jugoslawien herrscht Bürgerkrieg, Naomi.«
»Eben. Und der Bürgerkrieg wird größtenteils mit Drogengeldern finanziert. Für westliche Währung zahlt man dort unglaublich hohe Zinsen. Allerdings muss man sein Geld mindestens zwei Jahre lang investieren, und ...«
»Vergessen Sies. Ich will jederzeit an mein Geld heran können.«
Cassellari schüttelte entschieden den Kopf, doch ich ließ nicht locker.
»Sagt Ihnen der Name Transafrikanische Entwicklungsgesellschaft etwas?«
»Nein. Wieso?«
Ich bemerkte, wie de Sica mir einen seltsamen Blick zuwarf, in dem sich Misstrauen und Verärgerung mischten.
»Kennen Sie Wolf Möller?«
»Was soll das sein? Ein Quiz?«, erwiderte Cassellari mit einem Anflug von Zorn. »Kommen wir zum Geschäft, Naomi. Lassen Sie uns über eine andere Möglichkeit der Geldwäsche sprechen. Wie ich schon sagte, will ich nicht mein ganzes Vermögen nach Russland bringen. Ich möchte, dass Sie fünf Millionen Dollar auf andere Weise waschen. Was schlagen Sie vor? Wie sollen wir diesmal verfahren?«
Ich seufzte innerlich. Ich hasste diese Arbeit. Sie war illegal und gefährlich, aber mir blieb keine Wahl. Ich musste meine Rolle als Naomi Hunter weiterspielen und Cassellari vorerst noch bei seinen schmutzigen Geschäften unterstützen. Dieser Mann war meine einzige Verbindung zu Wolf.
»Ich werde mir etwas anderes überlegen und melde mich mit dem neuen Vorschlag dann bei Ihnen. Einverstanden?«

Es war wundervoll, in meine Wohnung in Monaco zurückzukehren, in der ich mich in letzter Zeit immer mehr zu Hause fühlte. Ich schaltete den Computer ein und las eine E-Mail, die inzwischen eingegangen war. Es war eine Nachricht von Vater.

Liebe Nina,
ein amerikanischer Privatdetektiv hat bei uns in der Gegend Nachforschungen über Dich angestellt und im Archiv unserer Lokalzeitung Fotos von Dir aufgestöbert, darunter das Bild, auf dem Du als Siegerin des Kanu-Marathons zu sehen bist. Bis jetzt hatte der Mann noch nicht den Mut, zu mir zu kommen. Aber mit Clive Wattlings Hilfe habe ich seinen Auftraggeber ermittelt – es ist David Bernstein. Außerdem stellt der Mossad über offizielle Kanäle Nachforschungen über Dich an. Ich habe Clive gebeten, bestimmte Informationen freizugeben, aus denen Deine Verbindungen zum britischen Geheimdienst hervorgehen. Im Hinblick auf Deine Freundschaft mit DB ist es sicher einfacher für Dich, ihm gegenüber nicht die Rolle einer Betrügerin, sondern die einer Agentin zu spielen. DB hat offensichtlich den Verdacht, dass Du nicht NH bist. Bleibt zu hoffen, dass DB nichts von dem Fiasko in Südafrika erfährt, wenn man ihm von Deiner Verbindung zum Geheimdienst berichtet. Sei vorsichtig.
In Liebe, Dein Vater.

Ich schaltete den Computer aus, blieb am Schreibtisch sitzen und dachte an David. Ich wusste, dass ich ihn liebte, doch meine Liebe war von Scham und Schuldgefühlen getrübt. Ich hatte Angst, dass David nichts mehr mit mir zu tun haben wollte, wenn er von meiner Vergangenheit erfuhr. Wahrscheinlich würde ich ihn verlieren, wenn er herausfand, dass ich Wolf Möllers Frau gewesen war und ihn seit dem ersten Tag unserer Bekanntschaft systematisch getäuscht hatte.

58.

Viel schlimmer als die Gefahren der Geldwäsche waren für mich die Tage und Wochen, da ich die erfolgreiche Ganovin spielen musste. Wollte ich mich nicht verdächtig machen, musste ich in der Öffentlichkeit meinen angeblichen Reichtum in vollen Zügen genießen. Deshalb verbrachte ich meine Mußestunden beim Sonnenbaden auf Sardinien oder in der Karibik, oder ich nahm in

Monaco an den Partys der Reichen und Schönen teil und verspielte Unsummen im Casino.
Jede vergeudete Stunde schmerzte mich, aber ich musste meine Rolle weiterspielen. Denn es *gab* irgendeine Verbindung zwischen Wolf und Cassellari; da war ich sicher. Also war ich die meiste Zeit mit seinen Freunden zusammen, einer schwerreichen Clique, die begierig auf Vergnügungen jeder Art war – wie man es auch von Naomi Hunter erwartete. Diese Leute kosteten jeden Tag so aus, als wäre es ihr letzter. Ich bekam eine Flut von Einladungen zu Abendessen, privaten Kinovorführungen – denen ich aus dem Weg ging, denn sie waren gleichermaßen obszön wie langweilig – und Partys rund um die Uhr. Die meisten Superreichen und Blaublüter Europas besaßen Villen am Mittelmeer; für sie war es eine Art abendliches Ritual, Partys zu geben oder zu besuchen. Sehen und gesehen werden, lautete das Motto, das auch für mich galt. Und ständig hielt ich dabei nach Wolf Ausschau, jedoch vergeblich. Mit der Zeit wurde ich zu einem Nachtschwärmer, blieb aber höchstens eine Stunde auf jeder Party und zog dann zur nächsten weiter, bis der Morgen graute.
Auf einer dieser Partys in Monaco kam eine füllige dunkelhaarige Frau zu mir und lächelte strahlend. »Meine liebste Naomi!« begrüßte sie mich überschwänglich. Ich überlegte fieberhaft. Wer war die Frau? Auf welcher Party war ich? Panik stieg in mir auf; ich konnte mich beim besten Willen nicht erinnern.
Ich warf einen verstohlenen Blick in mein Notizbuch, das aufgeschlagen in meiner Handtasche lag, und stellte fest, dass ich mich in der Villa von Prinzessin Nabila befand, der Erbin eines Ölmilliardärs aus dem Vorderen Orient. Sie schüttelte mir die Hand, legte mir ihren fleischigen Arm um die Schultern und führte mich zu ihren Gästen, die von uniformierten Obern mit Roastbeef, Truthahn, Kaviar, Austern, Flusskrebs und einer reichhaltigen Auswahl an Beilagen und Salaten bedient wurden. Unter den Gästen war niemand, der mich interessiert hätte; also machte ich ein bisschen Small Talk und aß nur einen kleinen Happen. Bereits nach einer Viertelstunde war ich zur nächsten Tortur unterwegs. Der Trick bestand darin, möglichst von allen Anwesenden gesehen zu werden und dann unauffällig zu verschwinden.

Um drei Uhr früh parkte ich meinen Wagen vor der Villa meines letzten Gastgebers in dieser Nacht, als ich im Halbdunkel, ein paar Meter von mir entfernt, jemanden zu einem Sportwagen gehen sah. Plötzlich blieb der Mann stehen, machte kehrt und kam auf mich zu. Es war Sergei Romanowitsch.
»Naomi!«, rief er. »Ich hatte schon die Hoffnung aufgegeben, Sie zu finden. Sie müssen unbedingt mit mir kommen. Ich habe eine wichtige Aufgabe für Sie.«
Ich stieß einen innerlichen Seufzer der Erleichterung aus, als ich in Sergeis Sportwagen stieg.

Eine halbe Stunde später ließ ich mich in Sergeis Wohnzimmer in einen Sessel sinken.
»Möchten Sie einen Martini, bevor wir uns an die Arbeit machen?«, fragte er.
»Um vier Uhr morgens?« Ich lachte. »Vielen Dank. Irgendetwas Alkoholfreies, bitte. Schlafen Sie eigentlich nie?«
»Kaum. Ich brauche nicht viel Schlaf. Aber *Sie* werden mir doch nicht wieder einschlafen wie beim letzten Mal?«
»Nicht, wenn Sies kurz machen.«
Lächelnd reichte er mir ein Glas Orangensaft. »Ich habe ein sehr kuscheliges Bett.«
»Nein, danke. Sagen Sie mir lieber, was Sie von mir wollen.«
»In Ordnung. Kommen Sie.«
Er führte mich in sein Büro und wies auf drei Ikonen, die an der gegenüberliegenden Wand des Zimmers hingen. »Sind sie nicht wundervoll, Naomi? Ich schaue sie mir gern bei der Arbeit an, wenn ich hier am Schreibtisch sitze.«
Ich sah, dass ursprünglich vier Ikonen an der Wand gehangen hatten, doch die zweite von rechts war verschwunden. Die Kunstwerke, die hochformatig und größer als gewöhnliche Ikonen waren, behandelten die Geburt Jesu. Sie waren wunderschön, wenngleich die Farben angedunkelt und rissig vom Alter waren. Auf der ersten Ikone baten Maria und Josef in der Herberge um Obdach. Die zweite zeigte das neugeborene Jesuskind in der Krippe, dem die Heiligen Drei Könige ihre Geschenke überbringen. Die dritte Ikone fehlte. Auf der vierten

war zu sehen, wie römische Legionäre Säuglinge abschlachteten.

»Wie Sie sehen, fehlt eine Ikone, Naomi. Was meinen Sie, welches Motiv sie zeigt?«

»Die Flucht nach Ägypten, nehme ich an.«

»So ist es. Die Ikonen stammen aus Konstantinopel. Frühes vierzehntes Jahrhundert. Die Kirche, in der sie einst hingen, ist längst verschwunden. Wenn ich an die fehlende Ikone herankäme, besäße ich eine fast unbezahlbare Kostbarkeit. Das ist einer der Gründe, dass ich Sie heute Nacht gebeten habe, mich zu begleiten. Ich habe gehört, dass die fehlende Ikone in der Türkei entdeckt wurde – ausgerechnet. Ein Moskauer Händler hat sie erworben. Ich möchte, dass Sie nach Moskau reisen, die Ikone in meinem Auftrag kaufen und sie hierher bringen, nach Monaco.«

»Warum reisen Sie nicht selbst nach Moskau?«

»Weil ich zur Zeit nicht nach Russland kann. Ich werde dort polizeilich gesucht. Das ist der eine Grund, warum ich Sie bitte, die Reise zu machen.«

»Und der andere?«

»Der Händler kennt mich. Er würde den Preis in astronomische Höhen treiben, weil er weiß, wie versessen ich auf die vierte Ikone bin und wie kostbar die komplette Sammlung wäre, würde ich das fehlende Stück besitzen.«

»Warum soll ausgerechnet ich die Reise machen? Es gibt sicher Dutzende von Leuten, die das ebenso gut könnten. Außerdem spreche ich kein Russisch. Und ich verstehe nichts von Ikonen.«

»Aber Ihnen vertraue ich. Sie haben für Cassellari hervorragende Arbeit geleistet. Also, Naomi. Einer meiner Kunden ist Direktor einer großen amerikanischen Gemäldegalerie. Er würde eine sehr hohe Summe für die Ikonen zahlen – besonders wenn ich alle vier besäße. Und was könnten Sie besser brauchen als den Scheck dieser Galerie? Also, können wir jetzt zum Geschäft kommen?«

»In welcher Beziehung stehen Sie eigentlich zu Cassellari?«, fragte ich.

»Das ist vertraulich. Hören Sie, Naomi.« Er legte mir eine Hand auf die Schulter, hielt mich auf Armeslänge von sich weg und

blickte mir fest in die Augen. »Sie sind zu neugierig. Eigentlich müssten Sie wissen, dass man in unserem Geschäft nur dann Fragen stellt, wenn es unbedingt nötig ist. Nur bei sehr, sehr wichtigen Dingen.«
»Für mich ist es sehr, sehr wichtig, am Leben zu bleiben.«
»Setzen wir uns, Naomi, und reden wir in Ruhe.«
Ich hatte erwartet, dass er irgendwann einen Annäherungsversuch machen würde, doch mit einem so plötzlichen Angriff hatte ich nicht gerechnet – und auch nicht mit meiner eigenen Reaktion darauf. Mit einem Ruck zerrte er mich an sich und nahm mich fest in die Arme, während seine Lippen die meinen auseinander zwangen und seine freie Hand mein rechtes Bein über seine Knie zog. Ich wehrte mich, doch seine Kraft war viel zu groß, als dass ich ihn hätte von mir stoßen können. Zugleich spürte ich eine heftige sexuelle Erregung.
Die Hand auf meiner Schulter packte einen Träger meines Kleides und zerrte ihn herunter, sodass meine linke Brust entblößt wurde. Sergei drückte mich nach hinten und küsste meine Brustwarze – ein Gefühl, das zugleich schmerzliche Erinnerungen in mir weckte und wilde Lust entfachte. Doch ich schlug ihn zornig ins Gesicht. Sofort ließ er von mir ab und setzte sich auf.
»Wie können Sie es wagen!«, fuhr ich ihn an und zog mein Kleid hoch.
Er lächelte. »Sie haben wunderschöne Brüste, Naomi, mit denen sie sicherlich schon ein Kind gestillt haben. Sie sind eine sehr reizvolle und erregende Frau. Ich würde Sie gern malen, und ...«
»Tun Sie das nie wieder! Für mich sind Sex und Geschäft zwei verschiedene Paar Schuhe.«
»Welches Paar möchten Sie bei mir denn gern anziehen?«
»Haben Sie das immer noch nicht begriffen?«
Er nickte und zog einen Umschlag aus der Tasche. »Hier ist Ihr Flugticket. Außerdem finden Sie den Namen und die Anschrift des Händlers, Ihre Hotelbuchung und Travellerschecks in diesem Umschlag. Fahren Sie mit dem Taxi zum Händler. Gehen Sie in der Gegend keinen Schritt zu Fuß, schon gar nicht allein und erst recht nicht, wenn Sie die Ikone transportieren. Im Übrigen gelten unsere üblichen Abmachungen. Sind Sie damit einverstanden?«

Ich nickte.
Sergei zog eine Schreibtischschublade auf und nahm eine farbige Zeichnung heraus. Er reichte sie mir. »So sieht die fehlende Ikone aus. Schauen Sie sich die Zeichnung genau an, damit der Händler Ihnen nicht ein verkehrtes Stück andrehen kann. Möchten Sie die Zeichnung mitnehmen, oder können Sie sich einprägen, wie die Ikone aussieht?«
»Ich kann es mir merken, wenn Sie mir ein paar Minuten Zeit lassen. Ist die Zeichnung von Ihnen?« Ich betrachtete sie im Licht einer Stehlampe.
»Ja.«
»Sie ist sehr schön. Sind Sie sicher, dass die Farben stimmen? Und das Motiv?«
»Ja. Sie können sich darauf verlassen.« Er zögerte kurz. »Hören Sie, Naomi ... es tut mir Leid, was vorhin geschehen ist. Ich hatte geglaubt, Sie würden ... Ich habe Ihre Zeichen falsch gedeutet. Verzeihen Sie mir?«
Ich blickte ihn an und sah, wie seine Lippen sich zu einem spöttischen Lächeln verzogen, während ein belustigtes Funkeln in seinen Augen lag.
»Wenn Sie in Zukunft daran denken, dass in meinem Leben kein Platz für solche Dinge ist.«
»Kein Platz für einen Mann? Das ist eine der traurigsten Nachrichten meines Lebens, Naomi.«
Schweigend fuhr er mich nach Hause. Als er angehalten hatte, kam er zur Beifahrerseite, öffnete die Tür, legte mir den Arm um die Taille und half mir aus dem flachen Sportflitzer.
»Ich werde heute Nacht von Ihnen träumen, Naomi«, sagte er.
Ich fühlte, wie er mich übertrieben fest umfasste, und stieß ihn zornig weg. Denn ich wusste, dass er gespürt hatte, wie sehr seine Berührung mich erregte.

59.

Erschöpft lehnte ich mich an die Wand der Aufzugkabine. Ich war froh, zu Hause zu sein, denn ich hatte rasende Kopfschmer-

zen. Ich blickte auf mein Spiegelbild und sah eine müde, verhärmte Frau. Du wirst alt, Nina, sagte ich mir.
Die Lifttüren öffneten sich, und ich eilte zu meinem Apartment und nahm meinen Schlüssel heraus. Ich wollte nichts als schlafen, die Welt für mindestens acht Stunden aus meinem Bewusstsein aussperren. Doch als ich meine Wohnung betrat, erlebte ich eine Überraschung: Ich sah Kleidungsstücke über einer Stuhllehne hängen. Vorsichtig schaute ich ins Schlafzimmer und sah David Bernstein, der sich in meinem Bett aufgesetzt hatte und meine verwunderten Blicke grinsend erwiderte. Ich beugte mich über ihn, küsste ihn auf den Mund und überzog ihn dann mit Küssen.
»David!«, sagte ich lächelnd. »Schön, dass du gekommen bist.«
Er stützte sich auf die Ellbogen. »Wo zum Teufel hast du gesteckt?«
»Sag du mir lieber, wie du herausgefunden hast, wo ich wohne.«
Müde richtete ich mich auf und nahm meinen Schmuck ab, legte ein Stück nach dem anderen auf den Schminktisch. Dann zog ich mir die Schuhe aus.
»Ich habe dich damals von der Jacht zu deinem Wagen gebracht, weißt du noch? Und jeder kann anhand deines Autokennzeichens deine Anschrift feststellen.«
»Oh je. Manchmal stelle ich mich ganz schön blöd an.«
»Du hast kein Talent für Täuschungsmanöver. Das trifft es wohl eher.«
Nackt stieg er aus dem Bett, kam zu mir, drehte mich an der Schulter zu sich herum und zog mich an sich. Trotz meiner Verärgerung stieg Verlangen in mir auf. David schaute auf mein Kleid, nahm einen der Träger zwischen Daumen und Zeigefinger und sah die roten Flecken, die Sergeis kräftige Hand auf meiner Schulter hinterlassen hatte. Bestürzt schaute er mich an.
»Wer war das?«, fragte er mit heiserer Stimme. »Wer zum Teufel, war dieser Kerl?«
»Beruhige dich, David. Was soll diese Eifersuchtsszene? Wir sind nicht verheiratet. Außerdem war überhaupt nichts.«
»Du wirst ja rot. Wer war der Bursche?«
»Sergei. Er ... na ja, er wollte sich an mich heranmachen, aber ich habe ihm eine Abfuhr erteilt.«

»Du lügst.« Mit dem Daumen drückte er mein Kinn hoch, sodass ich ihm in die Augen blicken musste. »Sag mir die Wahrheit.«

»Du lieber Himmel, es war nichts zwischen uns. Sergei glaubte, mich haben zu können. Wahrscheinlich, weil er ein sehr gut aussehender Mann ist, dem die Frauen zu Füßen liegen. Aber bei mir hat er Pech gehabt.«

»Warum kann ich dir nicht glauben?«

David versuchte, mir das Kleid herunterzuziehen, wobei der dünne Stoff zerriss. Ich hörte, wie die winzigen Perlen des Besatzes auf den Schminktisch prasselten, und spürte, wie mein Kleid zu Boden rutschte. Ich gab meinem Verlangen nach, zog David an mich und küsste ihn voller Leidenschaft. Begierde stieg in mir auf. Ich fuhr David mit der Hand durchs Haar, als er meine Küsse erwiderte und meine Brüste liebkoste. Dann nahm er mich in die Arme, trug mich zum Bett und legte mich darauf. Ich gab mich vollends meiner Lust hin und wollte alles von diesem Mann, den ich liebte, seinen Körper, seinen Sex, seinen Geist und seine Liebe. Alle Ängste und Ungewissheiten waren für den Augenblick vergessen.

Ich hatte geglaubt, nie mehr einen Mann lieben zu können, doch in dieser wundervollen Stunde – oder waren es zwei? – hörte ich mich mehr als einmal zu David sagen: »Ich liebe dich.«

Ob er inzwischen weiß, wer du in Wahrheit bist? fragte ich mich später, als ich neben David im Bett lag, den Kopf an seiner Schulter. Ich war mir sicher, dass er es zumindest ahnte. Was aber würde er tun, wenn er die Wahrheit *erfuhr*? Beinahe wünschte ich es mir. Es war zu einer schier unerträglichen Belastung geworden, die Rolle der ausgekochten, egoistischen, geldgierigen Naomi Hunter zu spielen – eine Frau, für die Männer bloß Mittel zum Zweck waren, ihre ehrgeizigen Ziele zu erreichen.

»Naomi?«, riss Davids Stimme mich aus meinen Gedanken.

»Ich dachte, du schläfst.«

Er lachte leise. »Und ich dachte, *du* schläfst, bis ich dich seufzen hörte. Weißt du, in letzter Zeit bekomme ich kaum ein Auge zu, weil ich mir ständig Sorgen um dich mache.«

»Schlimm für dich.«
»Du brauchst mir nicht mehr die Hartgesottene vorzuspielen. So bist du in Wahrheit gar nicht. Du kannst mich nicht täuschen, Naomi.«
Im fahlen Licht des anbrechenden Morgens betrachtete ich sein Gesicht. Jetzt erst fielen mir die Veränderungen auf. Ich sah die tiefen Falten um seinen Mund und wie sich in seinen Augen Zuneigung und aufrichtige Sorge spiegelten. Er hatte sich in eine Frau verliebt, die gar nicht existierte. Doch ich durfte ihm die Wahrheit noch nicht sagen.
»Und du brauchst mich auch nicht mehr zu täuschen«, fuhr er fort. »Hör zu, Naomi. Ich bin fast am Ziel. Nicht mehr lange, und ich habe deinen Feind gestellt ... In drei, vier Wochen vielleicht. Ich habe immer noch gute Verbindungen zum israelischen Geheimdienst. Und ich bin nur nach Monaco gekommen für den Fall, dass du mich brauchst. Sieh endlich ein, dass ich auf deiner Seite stehe! Arbeite mit mir zusammen. Sag mir, wer du wirklich bist. Hab Vertrauen zu mir.«
»Du kannst sehr überzeugend sein, David. Nur nützt das bei mir nichts, denn ich traue keinem Menschen.«
David blickte mich hilflos, beinahe verzweifelt an und fuhr sich mit der Hand durch sein kurzes schwarzes Haar. Er tat mir Leid, aber ich durfte mich ihm nicht anvertrauen, so gern ich es getan hätte, denn damit hätte ich Nicky in Gefahr gebracht. Und das Leben meines Sohnes war mir unendlich viel wichtiger als der Wunsch, Wolf aufzuspüren und vor Gericht zu bringen.
»Ich traue keinem Menschen«, wiederholte ich und sah, wie Zorn in seinen Augen aufloderte. Schweigend stieg er aus dem Bett und zog sich an.
Er nahm seine Autoschlüssel, warf mir einen kurzen Blick zu und wandte sich zur Tür, blieb aber noch einmal stehen.
»Wahrscheinlich ist es normal, dass du so überspannt reagierst, wenn man bedenkt, was du durchgemacht hast. Trotzdem solltest du wissen, wer deine Freunde sind. Sei nicht so ein verdammter Dummkopf, Nina.«
Ich war traurig und erleichtert zugleich, als er die Tür hinter sich schloss. Es war ein Fehler gewesen, mit ihm ins Bett zu gehen.

Ich musste kühlen Kopf bewahren und durfte mir keine Gefühle erlauben; wollte ich Nicky jemals wiedersehen – und alles andere zählte nicht.
Es dauerte ein paar Minuten, bevor mir bewusst wurde, dass David mich mit Nina angeredet hatte.

60.

Die Abenddämmerung brach an, als meine Maschine auf dem Moskauer Sheremetewo-Flughafen landete. Die Luft war frisch, aber nicht kalt, und auf den Birken und Fichten der umliegenden Wälder lag ein schimmerndes silbernes Licht. Es war still und friedlich; nicht einmal das Flüstern einer Brise in den Zweigen der Bäume störte die Ruhe. Ich spürte förmlich die unermessliche Weite Russlands um mich herum. Kein Flugzeug startete oder landete, als ich durch die fast menschenleere Abfertigungshalle ging. Die Stille und die Abgeschiedenheit der riesigen Ebene weit draußen vor der Stadt vermittelten den Eindruck, fernab jeder Zivilisation zu sein.
Ich hatte längst bemerkt, dass die meisten Russen nur selten lächelten oder lachten – schon gar nicht aus Höflichkeit. Doch diese eigentümliche, mitunter verdrießliche Gleichgültigkeit der Menschen bedrückte mich immer noch. Die Beamten stempelten meine Papiere ab, ohne einen Blick darauf zu werfen; meine Taschen schienen sie ebenso wenig zu interessieren, was mir aber nur recht sein konnte. Ich war sicher, dass diesmal ein leichter Job vor mir lag.
Zum ersten Mal erkannte ich, dass Moskau – genau wie Johannesburg – im abendlichen Lichterglanz einen ganz besonderen Zauber besaß. Die ferne Skyline wirkte wie ein Gebirge aus purem Gold. Doch das Licht wurde blasser und verflüchtigte sich schließlich, je näher das Taxi der Stadt kam, und mit einem Anflug von Enttäuschung beobachtete ich bald darauf, wie draußen Kilometer um Kilometer trister, hässlicher Wohnblocks vorüberzogen.
Sergei hatte mir ein Zimmer im National-Hotel gebucht, das mit

den altmodischen Laternenpfählen vor dem Eingang und seiner schnörkeligen Fassade eine beinahe viktorianische Ausstrahlung besaß, wenngleich der Taxifahrer mir erklärte, dass es zu Beginn des Jahrhunderts erbaut worden sei.
Er führte mich an der Rezeption vorbei und in ein Zimmer, das nur für ausländische Touristen vorgesehen war. Ich nahm vor einem Schreibtisch Platz, hinter dem eine nachlässig gekleidete, aber sehr hübsche Frau saß. Sie hatte kastanienbraunes Haar, einen blassen Teint, strahlende goldbraune Augen und schön geschwungene Brauen. Feierlich reichte sie mir den Zimmerschlüssel, nachdem sie mir erklärte hatte, wie der Betrieb des Hotels ablief und welche Vorschriften zu beachten waren. Dann führte sie mich zu einem altersschwachen Aufzug; der Gepäckträger folgte uns mit meinen Taschen.
Mein Zimmer war riesig und erinnerte mich an die Räume in Sergeis Villa. Die Decke kam mir höher vor als in jedem anderen Hotelzimmer, in dem ich bisher abgestiegen war. Vor den Fenstern hingen spitzenbesetzte Gardinen und schwere dunkle Samtvorhänge, und auf sämtlichen Tischen, Schränken, Vitrinen und Regalen lagen gehäkelte Decken, was mich erneut an das viktorianische England erinnerte. Aber die Hauptsache war, ich hatte ein gemütliches Bett und ein kleines, aber sauberes Bad. Einige Zeit später stellte ich fest, dass auch das Essen in diesem Hotel vorzüglich war. Sergei hatte eine gute Wahl getroffen.

Um elf Uhr am nächsten Vormittag fuhr ich mit einem Taxi zu der Adresse, die Sergei mir gegeben hatte. Wir kamen am Museum der Revolution vorbei, am Puschkin-Museum, an der Operette und der Tschaikowski-Konzerthalle, bis wir schließlich die Galerie von Maximow Gurow erreichten, unweit des Hotels Metropol.
Der Ärger begann, als Gurow mir eine Ikone nach der anderen zeigte, doch keine ähnelte der auf Sergeis Zeichnung.
Nach einer Stunde verlor ich die Geduld.
»Das ist nicht das, wonach ich suche. Ich habe Ihnen doch genau erklärt, wie die Ikone aussehen muss, wenn sie zur Einrichtung des Zimmers passen soll.«

Maximow Gurow, der Kunsthändler, seufzte. Mit seinen blutunterlaufenen braunen Augen, den dicken Tränensäcken, dem langen, traurigen Gesicht und der schlaffen, faltigen Haut erinnerte er an einen Setter.
»Aber es ist doch ein wunderschönes Stück, Madam«, sagte er und wies auf die Ikone, die er zuletzt geholt hatte. »Dieses Kunstwerk war einst im Besitz der Zarenfamilie, und ...«
Gurows Enthusiasmus ähnelte dem eines gelangweilten Fremdenführers, als er mir die Geschichte der Ikone erzählte – die vierundzwanzigste, die er mir zeigte. Jedes dieser Stücke hatte er aus einem Raum im hinteren Teil der Galerie geholt, hatte es so liebevoll und behutsam behandelt wie ein neugeborenes Kind und ehrfürchtig auf einen Ständer gestellt, damit ich es betrachten konnte.
»Ich glaube Ihnen gern, Mr. Gurow, dass es ein seltenes Stück ist, aber darauf kommt es mir nicht an.« Ich blickte mit gespielter Geringschätzung auf das wundervolle Bild einer Madonna, die so geheimnisvoll lächelte wie die Mona Lisa. »Wie ich schon sagte, suche ich eine wertvolle Ikone, die farblich zu meiner Einrichtung passt – flaschengrün und purpurn.«
In den Augen des Händlers zeigte sich Verärgerung, doch seine Stimme blieb ruhig. »Vielleicht brauchten Sie etwas, was Ihre Wohnung ein wenig aufhellt«, schlug er vor.
»Nein«, erwiderte ich. »Ich möchte etwas, was dazu *passt.*«
»Tja, dann tut es mir Leid. Ich fürchte, eine solche Ikone habe ich nicht«, sagte er, doch ich konnte sehen, wie viel Überwindung es ihn kostete, mich mit den verlockenden Travellerschecks in der Handtasche ziehen zu lassen.
»Sie wissen, dass ich ein wertvolles Stück suche, und dass ich Ihnen einen sehr guten Preis dafür zahlen kann, Mr. Gurow.« So schnell wollte ich mich nicht geschlagen geben; schließlich hatte ich den Ruf Naomi Hunters zu verteidigen. »Falls Ihnen also noch etwas einfällt, erreichen Sie mich bis heute Mittag im National-Hotel.« Ich warf einen Blick auf die Uhr. »Du meine Güte, es ist spät geworden. Ich muss mich sofort auf den Weg machen. Zu schade, dass wir nicht ins Geschäft gekommen sind. Es hat mich gefreut, Sie kennen zu lernen, Mr. Gurow.«

Ich wandte mich zum Gehen.
»Warten Sie, Miss Hunter. Lassen Sie mich nachdenken. Vielleicht finde ich doch noch etwas, was zu Ihrem ... bemerkenswerten Dekor passt.«
Ich blickte ihn an, doch auf seinem Gesicht war keine Ironie zu erkennen.
»Walja«, rief Gurow zu seinem Assistenten hinüber, »bringen Sie der gnädigen Frau ein Kännchen Kaffee!« Und an mich gewandt, fügte er hinzu: »Es wird eine Weile dauern. Aber ich glaube, ich habe das Richtige für Sie, was die Farbkombination angeht.«
Ich dankte Sergei im Stillen, dass er eine so detailgenaue Zeichnung der Ikone angefertigt hatte.

Eine halbe Stunde später kam Gurow zurück. Er wirkte nervös und zerfahren.
»Miss Hunter«, sagte er, »wenn Sie mich bitte nach hinten begleiten würden ...«
Ich hielt den Atem an und versuchte, einen gelassenen Eindruck zu wahren, als Gurow mir die Ikone zeigte, die Sergei gemalt hatte – ein wundervolles Stück in gedämpftem Flaschengrün vor einem purpurnen Hintergrund; hier und da waren zarte goldene Tupfer zu sehen. Wenngleich Sergei auf seiner Zeichnung die Farben und die Szenerie sehr gut getroffen hatte – auf eine so überwältigende Schönheit war ich nicht vorbereitet gewesen. Die Ikone zeigte die Jungfrau Maria, die auf dem Rücken des Esels saß, den kleinen Jesus in den Armen; aus der Körpersprache des heiligen Josef waren Furcht und die Hast ihrer Flucht abzulesen. Ich achtete genau auf die Details, die Sergei mir genannt hatte: auf das goldene Glöckchen, das um den Hals des Esels hing, auf die Goldfäden im Schleier der Madonna, auf den Abendstern und die Mondsichel, die beide strahlend am mitternachtsblauen Himmel standen.
Es war ein atemberaubendes Meisterwerk, in das ich mich an Ort und Stelle verliebte. Ich zuckte zusammen, als mir bewusst wurde, wie gebannt ich auf die Ikone starrte: Wenn Gurow bemerkte, wie fasziniert ich war, konnte das den Preis gewaltig in die Höhe treiben.

Doch wir wurden uns rasch handelseinig. Das Geschäft wurde in US-Dollar abgewickelt. Ich blieb zehntausend Dollar unter meinem Maximalangebot und schaute zufrieden zu, wie Gurow die kostbare Ikone einwickelte und sie genau in die Mitte meines Koffers legte, der mit einem Kissen und weichen Pullovern gepolstert war, die ich speziell zu diesem Zweck mitgebracht hatte.

Ich fuhr zum Hotel zurück und gab den Koffer an der Rezeption zur Aufbewahrung. Mir blieb noch Zeit für einen Einkaufsbummel, wenngleich es mich ein bisschen wehmütig stimmte, dass es in meinem Leben außer meinem Vater niemanden mehr gab, den ich mit einem Geschenk beglücken konnte. Als ich ins Schaufenster eines Spielzeuggeschäfts blickte, sah ich einen pummeligen grinsenden Grizzlybären. In genau drei Wochen wurde Nicky vier Jahre alt. Ob er immer noch mit Teddybären spielte? Spielte er überhaupt noch?

»Lieber Gott«, murmelte ich, »lass mich meinen Jungen finden.« Und während ich den Bären betrachtete, liefen mir Tränen über die Wangen. Die Trauer um Nicky, um mich selbst, um die verlorenen Jahre im Gefängnis überwältigte mich wieder einmal. Würde ich meinen Jungen jemals wiedersehen? Mit einem Mal wurde mir schrecklich kalt. Es war ein seltsames Gefühl, so als hätte sich ein großes nasses Tuch um meinen Leib gewickelt und würde straffer gezogen – immer fester und fester, bis es schmerzte.

Ich wischte mir die Tränen ab, betrat den Spielzeugladen und kaufte kurz entschlossen den großen pummeligen Bären mit den hellen, klugen Augen und dem dicken, derben Fell. Echtes Bärenfell, sagte mir die Verkäuferin. Ein Grund mehr, ihn nicht zu kaufen; dennoch hörte ich mich sagen: »Packen Sie ihn bitte ein. Er ist ein Geburtstagsgeschenk für meinen Sohn.« Flüsternd fügte ich hinzu: »Eines Tages bekommst du ihn, Nicky, das verspreche ich dir. Selbst wenn du dann zu alt dafür bist, eines Tages wirst du diesen Bären in den Armen halten.«

Ich weinte wieder, als ich das Geschäft verließ, um mit einem Taxi zum Hotel zurückzufahren.

Zwanzig Uhr. Ich traf früh genug am Sheremetewo-Flughafen ein, dass ich in Ruhe die Formalitäten erledigen und vor dem Abflug einen Bissen zu mir nehmen konnte. Ein Stück Pastete und ein Glas Bier wären jetzt genau das Richtige, sagte ich mir. Besser noch zwei Stück Pastete.
Ich fror und war innerlich angespannt, als ich mich an das Ende der Warteschlange stellte, um meinen Koffer durch den Zoll und zur Gepäckaufgabe zu bringen.
Die Schalterbeamtin schob mir ein Formular hin. »Lesen Sie das bitte«, sagte sie und wandte sich wieder ihrem Computer zu.
Es war ein Formular, auf dem Waren verzeichnet waren, die nicht aus Russland ausgeführt werden durften, darunter auch Kunstobjekte. Nachdem ich es überflogen hatte, steckte ich es mir in die Tasche. Natürlich wusste ich, dass ich gegen das Gesetz verstieß. Aber wie anders sollte ich die Ikone aus Russland herausbekommen? Und wenn die Zollbeamten meinem Gepäck und mir selbst so wenig Beachtung schenkten wie bei meiner Einreise, hatte ich keine Probleme zu erwarten.
Glaubte ich jedenfalls.
Als ich den Zoll passiert hatte, atmete ich erleichtert auf und beobachtete, wie mein Koffer und der Bär, den ich für Nicky gekauft hatte, auf dem Laufband zum Flugzeug transportiert wurden. Jetzt brauchte ich nur noch bis zum Aufruf meines Fluges zu warten. Ich machte mich auf den Weg zu einem Kiosk, um mir eine englische Zeitung zu kaufen, und ging anschließend ins Flughafenrestaurant.
Es war kurz vor einundzwanzig Uhr, als ich durch die Passkontrolle ging. Ich war schläfrig vom Bier und von der Wärme im Restaurant und deshalb froh, dass es endlich losging. Doch der Mann hinter dem Schalter ließ sich Zeit, als er sich meine Papiere anschaute.
»Weshalb dauert das so lange?«, fragte ich ungeduldig.
Der Mann erwiderte nichts, zuckte nur die Achseln.
Plötzlich kam ein Zollbeamter zu mir und packte mit festem Griff meinen Arm. »Kommen Sie mit, Miss Hunter.«
Ich war dermaßen überrascht, dass ich gar nicht wusste, wie mir geschah, als der Beamte mich in ein Büro hinter dem Schalter der

Ausweiskontrolle führte. An der Tür stand in fünf Sprachen: ERMITTLUNGEN.

»Warten Sie hier«, sagte der Beamte, nachdem er mich in das Büro geführt hatte.

Mir blieb keine Wahl, denn an der Ausweiskontrolle hatte man meinen Pass einbehalten. Gott sei Dank hatte ich noch mein Handgepäck bei mir; in der Reisetasche befand sich mein Laptop. Rasch schloss ich ihn an der Telefonbuchse an und schickte Dad eine E-Mail, in der ich ihm von meiner Festnahme und meinen Befürchtungen berichtete.

Eine halbe Stunde später kam ein anderer Beamter ins Büro.

»Was soll das?«, fragte ich ihn mit scharfer Stimme. »Weshalb halten Sie mich hier fest? Ich verpasse meinen Flug.«

Der Beamte ging gar nicht darauf ein. »Bitte folgen Sie mir, Madam«, sagte er.

Er führte mich in ein Zimmer, in dem mich drei Männer erwarteten. Vermutlich Zollbeamte. War es eine Stichprobe? Dann sah ich meinen Koffer, der geöffnet auf einem Tisch lag. Die Ikone war ausgewickelt und lag auf meinen Kleidungsstücken.

»Ein sehr schönes Stück, nicht wahr?«, sagte eine Stimme.

»Ja. Sie ist wunderschön«, erwiderte ich und drehte mich um, denn der Mann, der gesprochen hatte, war eben erst ins Zimmer gekommen. Es war ein kleiner Kerl mit kantigem Gesicht, breiter, hoher Stirn, dichtem schwarzem Haar und hellbraunen Augen, die mir aus irgendeinem Grund Angst einjagten.

»Ich bin Oberst Andrej Trenzin«, stellte er sich vor. »Guten Abend, Miss Hunter.«

»Gibt es irgendein Problem?«, erwiderte ich statt einer Begrüßung. »Können Sie mir sagen, was das soll? Ich möchte nur ungern mein Flugzeug verpassen, wie Sie sicher verstehen.«

»Ob es ein Problem gibt, möchten Sie wissen? O ja. Die Ikone. Sie wurde gestohlen. Ein wunderschönes Stück. Einzigartig. So einzigartig, dass sie Mütterchen Russland nicht verlassen darf, um genau zu sein. Deshalb haben Sie, Miss Hunter, gegen zwei Gesetze verstoßen. Erstens haben Sie Diebesgut erworben. Zweitens haben Sie versucht, dieses Diebesgut aus Russland herauszuschmuggeln.«

»Ich habe die Ikone erst heute gekauft. Ich bin in einer Galerie gewesen und habe sie dort gesehen, und sie hat mir gefallen. Dass sie gestohlen war, wusste ich nicht – noch weiß ich sonst etwas über das Stück.«

»Aber Sie haben die Ikone nicht beim Zoll angemeldet.«

»Weil ich nicht wusste, dass das Vorschrift ist.«

»Dann haben Sie das Formular, das Sie bekommen haben, offenbar nicht gründlich gelesen. Es steht ausdrücklich darin, dass Sie jedes Kunstwerk angeben müssen, das Sie in Russland erworben haben.«

»Es tut mir Leid, dass ich das Formular nicht gelesen habe«, erwiderte ich kleinlaut. »Aber ich bin Touristin. Die Ikone stand zum Verkauf. Und ich habe sie gekauft – für teures Geld. Der Händler hätte mich warnen müssen.«

»Bei welchem Händler waren Sie, Miss Hunter?«

Ich zögerte. »Ich habe den Namen vergessen. Es war eine Galerie in der Nähe meines Hotels. Die Quittung ist in meiner Handtasche. Ich habe die Ikone dort gesehen. Und weil sie zu meiner Wohnungseinrichtung passt, habe ich sie gekauft. Mehr kann ich nicht dazu sagen. Und jetzt geben Sie mir bitte meinen Pass zurück. Ich muss mein Flugzeug erwischen. Behalten Sie die verflixte Ikone; aber es wird Sie eine hübsche Summe kosten, denn ich werde auf Rückerstattung meines Geldes klagen.«

»Wohl kaum. Sie sind verhaftet, Miss Hunter. Man wird Sie durchsuchen und Ihre Fingerabdrücke nehmen. Sie werden verhört und angeklagt, denn Sie haben sich schwerer Vergehen schuldig gemacht. Darüber müssen Sie sich im Klaren sein.«

»Ich will mit dem britischen Konsul sprechen.«

»Aber Sie sind Australierin.«

Verdammt! Sei vorsichtig, Nina! »Trotzdem ... Ich habe Beziehungen beim britischen Konsulat. Bis dahin werde ich Ihnen keine Frage mehr beantworten. Ich glaube, man hat mich hereingelegt.«

»Zum jetzigen Zeitpunkt kann ich noch gar nicht sagen, ob ausländische Botschaften in dieser Sache überhaupt hinzugezogen werden dürfen, Miss Hunter. Kommen Sie jetzt bitte. Hier entlang. Ich glaube nicht, dass es erforderlich ist, Ihnen Handschel-

len anzulegen. Schließlich gibt es hier keinen Ort, an dem Sie sich verstecken könnten.«
Vor meinen Augen drehte sich alles, und das Herz schlug mir bis zum Hals, doch ich riss mich zusammen, als ich zu einem Streifenwagen geführt wurde, der draußen wartete.

61.

Meine Zelle war kahl, aber sauber, und in dem kleinen vergitterten Fenster hoch oben an der Wand konnte ich den neuen Tag heraufdämmern sehen. Nach einer Nacht voller Angst und Ungewissheit waren meine Fingernägel abgekaut, und ich war erschöpft vor Anspannung. Ich hatte keine Ahnung, wann ich angeklagt wurde oder was man mit mir vorhatte. Deshalb klammerte ich mich an das Wissen, dass Dad und Clive Wattling alles unternehmen würden, um herauszufinden, wo ich mich befand, und dass sie alle Hebel für meine Freilassung in Bewegung setzen würden.
Niemand kam zu mir oder ging auch nur an der Zelle vorbei. Im ganzen Gebäude war es gespenstisch still. Wo blieben das Schlagen der Türen, die nächtlichen Schreie und das irre Gelächter, die ich im Pollsmoor-Gefängnis gehört hatte? Ich musste daran denken, dass in Russland Verurteilte manchmal für Jahrzehnte verschwanden. Wenn ich Pech hatte, wurde ich nach Sibirien geschickt, und die Russen leugneten, je von mir gehört zu haben. Bis jetzt hatte ich nur eine Wärterin zu sehen bekommen, die mir das karge Essen brachte und mich zu einer lauwarmen Dusche führte. Es hatte keinen Sinn, auch nur zu versuchen, mit der Frau zu reden; sie sprach kein Wort Englisch.

Gegen vierzehn Uhr wurde die Zellentür geöffnet, und die Wärterin winkte mich zu sich. Ich kämmte mir rasch das Haar, nahm meine Tasche und folgte ihr über den Gang bis zu einer Tür, an der ein Wärter Posten stand. Stumm wies er auf eine Bank an der Wand, und wir setzten uns, während der Wärter die Tür öffnete und im Zimmer dahinter verschwand.

Eine Stunde verging. Die Wärterin war es offensichtlich gewöhnt, so lange zu warten, denn sie hatte den Kopf in den Nacken gelegt, die Hände im Schoß verschränkt, die Augen geschlossen und schlummerte. Ich dagegen war unruhig, schlug immer wieder die Beine übereinander, strich mir mit den Fingern das Haar glatt, schauderte und zog mir den Mantel enger um den Körper. Währenddessen überlegte ich, welche Fragen man mir stellen könnte und was ich darauf antworten sollte, doch ich war zu nervös und konnte mich nicht konzentrieren.
Endlich wurde die Tür geöffnet. Der Wärter winkte mich zu sich, und ich betrat einen großen Raum, dessen Fußboden mit einem Perserteppich ausgelegt war. An einer Seite des Zimmers stand ein langer Holztisch, an dem zwei Männer saßen: Oberst Trenzin, der mich am Flughafen festgenommen hatte, und einer der anderen Uniformierten, die bei ihm gewesen waren. Der Offizier erhob sich, kam um den Tisch herum und schob mir einen Stuhl hin, doch ich blieb stehen.
»Wie können Sie es wagen, mich hier festzuhalten, Oberst Trenzin!«, fuhr ich ihn an. »Ohne Anklage! Ohne dass ich einen Anwalt hinzuziehen oder die Botschaft verständigen ...«
Ich verstummte abrupt. Ich traute meinen Augen nicht, als Boris Borowoi ins Zimmer kam. Er trug die Uniform eines Polizeiobersten. Borowoi nickte mir zu und nahm am Ende des Tisches Platz.
»Oberst Boris Borowoi kennen Sie ja bereits, Mrs. Möller«, sagte Trenzin.
»Bitte setzen Sie sich, Nina«, forderte Borowoi mich auf. »Ich habe eine gute Nachricht für Sie: Sie kommen auf freien Fuß und benötigen die Hilfe der Botschaft gar nicht. Tut mir Leid, dass es so lange gedauert hat, bis ich hier eingetroffen bin, und dass Sie eine Nacht in der Zelle verbringen mussten. Aber ich war in Europa, wissen Sie. Ich wurde nur deshalb nach Moskau zurückgerufen, um Sie nach Ihrer Festnahme zu identifizieren.« Er nickte Trenzin zu. »Ja. Diese Frau ist Nina Möller, geborene Ogilvie. Irrtum ausgeschlossen.«
Sprachlos starrte ich Borowoi an.
»Jetzt kennen Sie mein Geheimnis, Nina«, sagte er. »Ich bin

Oberst der russischen Polizei. Meine Aufgabe besteht darin, das organisierte Verbrechen zu unterwandern, indem ich mich als Geldwäscher ausgebe – mein Spezialgebiet. Deshalb habe ich zum Schein die Bucharin-Bank gegründet. Wir haben Cassellari mit Ihrer Hilfe dazu gebracht, einen Teil seines Geldes bei uns einzuzahlen. Von nun an können wir seine Aktivitäten in Sachen Geldwäsche genauestens beobachten, ohne dass er die leiseste Ahnung hat. Cassellari versucht, das organisierte Verbrechen in Westeuropa mit dem in Russland zu vereinen. Deshalb hoffen wir, über Cassellari besser an die Geldwäscherbanden und Rauschgiftringe hier bei uns in Russland heranzukommen. Ich weiß, dass ich Ihnen diese Information geben kann – sie ist bei Ihnen in sicheren Händen. Schließlich sind Sie in einer genauso gefährlichen Lage wie ich.«
»Ich komme auf freien Fuß?«, fragte ich und versuchte, mir meine Erleichterung nicht anmerken zu lassen. »Weshalb wurde ich dann überhaupt verhaftet?«
»Wegen Ihrer eigenen Dummheit, Nina. Regel Nummer eins bei diesem Spiel lautet: ›Glaube nichts und traue niemandem.‹ Oberst Trenzin bekam aus einer israelischen Quelle einen Hinweis, dass Nina Möller in Moskau sei, um für Sergei Romanowitsch eine kostbare Ikone zu kaufen, dass es ihr aber nicht um die Ikone gehe, sondern um eine Million Dollar, die sie für einen sizilianischen Gangster waschen solle – Vittorio Cassellari. Möchten Sie Kaffee, Nina?«
Israelische Quelle? Als mir die ganze Tragweite dieser Worte bewusst wurde, konnte ich für einen Moment keinen klaren Gedanken fassen. Das Blut hämmerte mir im Kopf, und mir brach der Schweiß aus. Drei Personen hatten von meiner Reise nach Russland gewußt: Sergei, mein Vater und David. Würde Sergei ...? Nein. Er war viel zu versessen auf die Ikone. Außerdem wusste er nicht, wo ich mich tatsächlich aufhielt. Blieb nur David ...
»Ein bisschen Beeilung mit dem Kaffee!«, befahl Borowoi. Trenzin sagte ein paar rasche Worte zu seinem Adjutanten, der daraufhin sofort das Zimmer verließ.
»Ich habe volles Verständnis für Sie, Nina, und ich kann Ihre Mo-

tive nachvollziehen. Würde ich meinen eigenen Sohn suchen, würde ich an Ihrer Stelle nicht anders handeln. Aber das ändert nichts daran, dass Sie für einen der mächtigsten Unterweltbosse schmutziges Geld gewaschen und damit gegen das Gesetz verstoßen haben.«

Davids Worte. Ich lehnte mich zurück und schloss die Augen.

»Oberst Trenzin hat den Kunsthändler überwachen lassen.« Borowoi seufzte. »Und ich habe meine Kollegen informiert, dass Sie Verbrecherbanden unterwandern, weil Sie hoffen, auf diese Weise die Identität Wolf Möllers zu ermitteln, der Ihren Sohn gekidnappt hat, und dass Sie außerdem verdeckt für den britischen Geheimdienst und auch für mich arbeiten ...«

Borowoi verstummte, als eine Frau mit dem Kaffee ins Zimmer kam.

»Trinken Sie eine Tasse, Nina«, sagte Borowoi. »Sie sehen müde aus.«

Während ich vom Kaffee nippte, saßen wir ein paar Minuten schweigend im Zimmer. Borowoi beobachtete mich stumm. Vermutlich wusste er, dass er soeben meine Welt auf den Kopf gestellt hatte. Oder hatte David mir das angetan? Ich konnte es mir nicht vorstellen. Aber Wolf hatte mich schließlich auch belogen und betrogen ...

»Ich hoffe, Nina, Sie sind sich im Klaren darüber, welche Risiken Sie eingegangen sind, besonders bei Bernstein und Cassellari. David Bernstein war Agent des israelischen Geheimdienstes. Ich könnte mir gut vorstellen, dass er immer noch Verbindungen zum Mossad besitzt – genauso wie Ihr Vater zum britischen Geheimdienst. Bernstein würde es niemals hinnehmen, dass jemand gegen die Spielregeln verstößt. Sie haben sich auf eine gefährliche Liaison mit ihm eingelassen, Nina. Und sollte Cassellari dahinterkommen, dass Sie die Tochter eines ehemaligen britischen Geheimdienstoffiziers sind, würde er Sie auf der Stelle ermorden lassen. Deshalb sollten Sie Sergei Romanowitsch aus Gründen der Sicherheit nicht erzählen, wer Sie wirklich sind. Vertrauen Sie niemandem außer mir.«

Ich war erstaunt, dass Borowoi so viel wusste – und je länger ich darüber nachdachte, umso weniger gefiel es mir.

»Ich möchte, dass Sie mich auf dem Laufenden halten, Nina. Arbeiten Sie mit mir zusammen, nicht mit Bernstein. Dieser Mann hat andere Prioritäten als Sie. Ich werde ständig mit Ihnen in Verbindung bleiben. Was die Geldwäsche betrifft, würde ich Ihnen vorschlagen, aus Sicherheitsgründen erst einmal so weiterzumachen wie bisher. Lassen Sie Cassellaris Geld auf die Bucharin-Bank einzahlen. Um alles andere kümmern wir uns. Außerdem sorge ich für Ihren Schutz.«
Ich stieß leise den Atem aus. *Aber dir gehört die Bank, Borowoi, deshalb zählst auch du zu den Verdächtigen, zumal du dir auf Kosten des Staates die eigene Tasche füllst.*
Es gab so viele unbeantwortete Fragen. So vieles, was nicht zusammenpasste, was keinen Sinn ergab ...
»Da ist noch eine wichtige Sache, die Sie wissen müssen, Nina. Möller hat Sergei Romanowitsch sehr viel Geld gestohlen und Sergeis Ruf ruiniert. Sollte er Möller finden, wird er ihn töten – was aber nicht in unserem Sinn wäre. Wir wollen Möller hier in Russland vor Gericht stellen. Deshalb müssen Sie dafür sorgen, dass wir, die russische Polizei, ihn zuerst finden. Sobald wir Möller haben, bekommen Sie Ihren Sohn wohlbehalten zurück, darauf gebe ich Ihnen mein Wort. Heute am späten Nachmittag sind Sie wieder in Monaco, mitsamt Ihrem Koffer und dem Spielzeugbären. Ist er für Ihren Sohn?«
Ich nickte.
»Das haben wir bereits vermutet. Einige von uns waren sehr gerührt, als sie den Bären sahen. Auch Polizisten haben ein Herz, Nina.«
Ich glaubte ihm nicht, doch ich versuchte, meinen Schmerz und meine Furcht zu unterdücken und die Gedanken auf meinen Triumph zu richten: Sergei hatte mit Wolf zusammengearbeitet. Er kannte ihn! Wenigstens war ich auf der richtigen Spur.

62.

Nach der Landung am Flughafen Nizza schickte ich David ein Fax: »Bin zurück. Sei um neun Uhr abends in meiner Wohnung.«

Dann holte ich meinen Wagen aus der Tiefgarage, fuhr nach Monaco und parkte an der Uferstraße über dem Jachthafen.
Ein Blick auf die Uhr zeigte mir, dass es fast neun war. Inzwischen war David bestimmt schon auf dem Weg zu meiner Wohnung, sodass ich mindestens eine halbe Stunde Zeit hatte, seine Computerdateien zu durchsuchen. Auf einer Jacht in der Nähe hatte eine Party begonnen; die Autos der eintreffenden Gäste hatten einen kleineren Stau verursacht, und Sicherheitsmänner versuchten, das Chaos zu beheben. Während die Gäste die Gangway hinauf an Bord der Jacht gingen, lachten und scherzten sie, was meinen Schmerz und das Gefühl der Einsamkeit verstärkte. Hatte David mich verraten? Ich zuckte die Achseln. Bald würde ich es wissen.
An Bord von Davids Jacht war keine Spur von einem Sicherheitsmann zu sehen. Vielleicht hatte er sich zur Party auf dem Nachbarschiff davongemacht. Unbehelligt stieg ich die Gangway hinauf und schlich in Davids Kabine, die er sich zu einem Büro umgebaut hatte. Ich schaltete den Computer ein und ging die Dateien durch, bis ich folgenden Eintrag fand:

Drei neue Entwicklungen lassen darauf schließen, dass Möller in Lettland lebt. Erstens: Der Landrover, der an dem gleichen Tag in Maun, Botswana, gekauft wurde, als Möller mit den Millionen der Freunde der Unita (FDU) verschwand, ist in Tel Aviv aufgetaucht. Mehrere Studenten, die von einer gemeinsamen Reise in die baltischen Staaten nach Israel zurückgekehrt sind, haben ihren Geländewagen an einen örtlichen Händler verkauft; das Fahrzeug wurde eindeutig als der Landrover identifiziert, der von Dr. Anselmo in Maun gekauft wurde. Die Studenten erklärten, sie hätten den Wagen in Riga erworben, nachdem ihr eigenes Fahrzeug mit irreparablem Motorschaden liegen geblieben sei. Der Händler in Riga behauptet, den Landrover vor einigen Monaten gegen Barzahlung von einem unbekannten deutschen Touristen gekauft zu haben.
Zweitens: In einem Frachtflugzeug, das in Schweden keine Starterlaubnis erhielt, da erst Reparaturen vorgenommen werden mussten, wurde eine Lieferung Diamanten und Smaragde gefunden, die ver-

mutlich aus Zentralafrika stammen. Niemand hat Anspruch auf diese Edelsteine erhoben, doch sie waren per Luftfracht aus Riga gekommen und an einen Edelsteingroßhändler in Amsterdam adressiert. Der Händler behauptet jedoch, nichts von einer solchen Lieferung gewusst zu haben. Die Edelsteine wurden vom Zoll einbehalten.
Drittens: In Lettland sind seit kurzem Krügerrand aufgetaucht (Goldmünzen von einer Unze Gewicht, die in Südafrika geprägt und in vielen Staaten der Erde gehandelt werden) und niemand scheint zu wissen, aus welcher Quelle diese Münzen stammen.

Lettland ...? Das war gut möglich. Es würde vieles erklären, was Wolfs Herkunft und seine Einstellung zum Leben betraf. Erregung stieg in mir auf, als mir klar wurde, wie bedeutsam die Ergebnisse von Davids Nachforschungen waren.
Es verwunderte mich nicht, dass ich eine Datei entdeckte, die unter meinem Namen gespeichert war. Sie enthielt einen Bericht des Privatdetektivs, den David auf mich angesetzt hatte, sowie eine Kurzfassung meines Lebenslaufs bis zu meiner Verurteilung in Südafrika. Der Bericht endete mit den Worten:

Am 10. Oktober 1990 wurde im Kingsley-Krankenhaus ein Sohn mit Namen Nicholas geboren. Später berichtete Nina Möller, ihr Sohn sei von ihrem Mann gekidnappt worden. Vater und Sohn wurden das letzte Mal vor etwa zwei Jahren in Walfischbai in Namibia gesehen; seitdem sind beide spurlos verschwunden. Später hieß es, dass Nina Möllers Ehemann, der sich Baron Wolfgang von Möller nennt, in Betrügereien großen Stils und Industriespionage für die ehemalige UdSSR verwickelt gewesen sei.
Da die südafrikanischen Behörden die wahre Identität Wolf Möllers nicht ermitteln konnten, wurde Nina als vermeintliche Mittäterin zu einer Haftstrafe von sechs Jahren verurteilt, musste aber nur achtzehn Monate absitzen. Während Nina im Gefängnis war, versuchte ihr Vater, Commander Ogilvie vom britischen Marinegeheimdienst, die Ehe mit Wolf Möller annullieren zu lassen – mit der Begründung, Möller habe einen Decknamen und eine falsche Identität benutzt. Commander Ogilvie hatte mit seiner Klage Erfolg. Der Ständige

Schiedshof in Den Haag sprach Nina Ogilvie die alleinige Vormundschaft für ihren leiblichen Sohn Nicholas Ogilvie zu.
Seither suchen Vater und Tochter nach dem Jungen. Es wird vermutet, dass Nina einen Decknamen und eine Tarnexistenz benutzt, die ihr vom britischen Geheimdienst oder vom Marinegeheimdienst beschafft wurden; Letzterer hat bestätigt, dass tatsächlich Verbindungen zu Nina bestehen, doch nähere Informationen kann ich in der Sache nicht bekommen.
NB: Unter den gegebenen Umständen ist es wahrscheinlich, dass es sich bei dem Betrüger, der sich als Dr. Anselmo ausgibt, um Wolf Möller handelt, Ninas Ehemann.

Ich blätterte auf die nächste Bildschirmseite und las:

Bisherige Schritte betr. Auslieferung Nina Ogilvie:
9. Oktober. Kollegen vom Mossad haben ein förmliches Auslieferungsersuchen erstellt. Naomi Hunter soll sich für folgende Verbrechen verantworten ...

Die Jacht schwankte leicht, und draußen waren plötzlich Schritte zu hören. Jemand kam die Gangway herauf. Ich schaltete den Computer aus, flitzte aus der Kabine und versteckte mich in einem Lagerraum. Augenblicke später hörte ich, wie jemand das Büro betrat und die Tür hinter sich schloss.

63.

Auf der Fahrt zu Sergei versuchte ich, meinen Zorn und meine Unruhe im Zaum zu halten. Von nun an war ich auf mich allein gestellt und durfte niemandem trauen - wenngleich ich so tun würde, als arbeitete ich mit Sergei und der russischen Polizei zusammen.
Ich klingelte an der Tür der Villa und wartete.
Augenblicke später öffnete Sergei, umarmte mich freudestrahlend, wirbelte mich im Kreis herum, nahm mich auf die Arme und trug mich ins Haus. Er benahm sich wie ein übermütiges Kind. Galt

seine Begeisterung der Ikone oder mir, seinem Kurier? Der Ikone, erkannte ich, als ich beobachtete, wie liebevoll Sergei sie auspackte.

Ich wusste nicht, welcher Anblick mich kurz darauf stärker faszinierte. War es das Bild der vier Ikonen, die endlich wieder vereint waren – was an sich schon ein Wunder war, denn jede hatte eine gefährliche und einsame Reise durch fünf Jahrhunderte voller Kriege und Unruhen überstanden. Oder war es der Anblick des Mannes, der wie gebannt auf die vier Kunstwerke starrte, verzaubert von ihrer Schönheit und Ausdruckskraft? Sergeis Augen strahlten vor Freude.

»Was Sie für mich getan haben, Naomi, ist mit Geld nicht zu bezahlen«, sagte er, als er mir einen Scheck über den Kaufpreis plus zehn Prozent reichte.

»Aber die Ikonen werden doch versteigert, oder?«

»Diesmal nicht, Naomi. Für mich sind diese Werke so etwas wie ein Sinnbild für die ewige Suche des Menschen nach dem heiligen Brunnen in seinem Inneren, die sich in dem Verlangen ausdrückt, Schönheit zu erschaffen und zu begehren. Haben Sie jemals etwas so sehr begehrt wie ich diese Ikonen?«

»Nein«, log ich. »Allenfalls Geld.«

Er kam zu mir und lachte leise. »Ich glaube, Sie schwindeln«, sagte er und streichelte meine Brüste. »Bleib heute Nacht bei mir, Naomi. Wir werden uns lieben, und dann machen wir weitere Pläne. Sag ja. Bitte.«

Ich schauderte vor Wonne und wehrte mich diesmal nicht gegen seine Berührungen, denn ich sehnte mich nach Liebe und Trost. Von den drei Männern in meinem Leben hatte Sergei mich als Einziger nicht belogen. Bei ihm brauchte ich nicht ständig auf der Hut zu sein wie bei Wolf oder David.

»Ja«, sagte ich leise, »ich bleibe.«

Sergei war ein erfahrener und leidenschaftlicher Liebhaber, wie ich es nicht anders erwartet hatte. Erst nachher überkam mich ein Gefühl der Scham; denn ich wusste, dass ich mich bloß an die körperliche Liebe geklammert hatte, um für kurze Zeit vergessen zu können, etwas unendlich Kostbares verloren zu haben.

Oh David, dachte ich. *Du* hättest heute Nacht bei mir sein sollen.

Es war Mitternacht, als ich von Sergei geweckt wurde, der sich aus dem Bett schwang. Er schenkte sich einen Drink ein und kam wieder zu mir.

»Du bist wach, Nina?«

Nina?

Und dann erzählte Sergei mir alles über meinen Schmuck; er kannte jedes einzelne Stück und wusste sogar, aus welchem Anlass ich es bekommen hatte.

»So habe ich dich gefunden, Nina. Du hast den Schmuck im Casino und im Monaco Sports Club getragen – und da wusste ich, dass du Wolf Möllers Frau bist und nicht Naomi Hunter.«

Ich stieg aus dem Bett, denn ich wollte das Entsetzen verbergen, das in meinem Inneren aufkeimte. Wie betäubt starrte ich aus dem Fenster und beobachtete die Lichter vorüberfahrender Jachten und die phosphoreszierenden Algenteppiche, die das Wasser geisterhaft schimmern ließen. Ich fühlte mich plötzlich seltsam leer. Alles, was Borowoi mir gesagt hatte, war gelogen. Er kannte Sergei, so wie Sergei ihn kannte – und deshalb wusste Borowoi, dass auch Sergei meine wahre Identität kannte.

Was ging hier vor? Wer hatte mich verraten und weshalb?

»Warum hast du dich so lange in Moskau aufgehalten, Nina?«

»Weil ich zum ersten Mal in der Stadt war. Ich habe mich in Moskau verliebt. Ich habe mir die Sehenswürdigkeiten angeschaut ... einen Einkaufsbummel gemacht ...«

»Du bist eine sehr verschwiegene Frau, Ninitschka.« Sergei kam zu mir ans Fenster, legte mir den Arm um die Schultern. »So geheimnisvoll und tief wie das Meer. Und in gewisser Weise auch so ruhelos ... nur getrieben von dem Wunsch, deinen Sohn zurückzubekommen, um wieder deine Rolle als Mutter ausfüllen zu können.«

»Du ... *weißt* es?«

»Ja. Ich wusste, dass du mit Wolf Möller einen Sohn hast. Denn ich habe das Armband aus Smaragden und Saphiren angefertigt, das er dir zur Geburt des Jungen schenkte. Aber es war Borowoi, der mir gesagt hat, dass du deinen Sohn suchst. Wir werden ihn finden, Nina, wir zwei, indem wir zusammenarbeiten.« Seine Stimme wurde zu einem Flüstern. »Ich verspreche es dir.

Wir sind das ideale Team. Ich weiß, wie Wolf Möller arbeitet, und du weißt, wie er aussieht. Du hast mir die Ikone beschafft, Nina. Jetzt werde ich dir helfen, deinen Sohn zu suchen.«

»Ich kann nicht glauben, dass du Wolf nie zu Gesicht bekommen hast«, sagte ich.

»Ich habe ihn einmal gut gekannt. Aber das ist lange her. Wir waren in demselben Jugendgefängnis in Sibirien, obwohl wir noch Kinder waren. Die anderen Jungen und ich kannten ihn immer nur als Wolf, weil er so zäh und ausdauernd, so schnell und klug wie ein Wolf war. Außerdem wollte er keinem seinen richtigen Namen verraten. Nur einmal hat er mir anvertraut, seine Eltern seien wegen ihres Adelstitels erschossen worden. Wahrscheinlich hatte er Angst, ihm könnte das Gleiche passieren.« Sergei hielt kurz inne; dann fuhr er fort: »Jahre später hat er sich mit mir in Verbindung gesetzt. Er bot mir angolanische Diamanten zum Kauf an. Wieder hat er den Namen Wolf benutzt ... Wolf Möller nannte er sich diesmal. Aber wir haben uns nie getroffen. Er hat sich nur telefonisch, per Fax oder durch einen Mittelsmann mit mir in Verbindung gesetzt.«

»Aber du hast das Armband für ihn angefertigt. Also musst du gewusst haben, wo er wohnte.«

»Nein, das wusste ich nicht. Ich glaubte damals, er wäre in Angola oder in einem der Nachbarländer zu Hause.«

Ich blickte Sergei in die Augen und erkannte, dass er die Wahrheit sagte. Aber bis jetzt hatte er nicht verraten, aus welchem Grund er hinter Wolf her war.

»Du bist nicht ehrlich zu mir, Sergei«, begann ich. »Warum willst du Wolf Möller unbedingt aufspüren? Oberst Borowoi sagte mir, Wolf habe dir mehrere Millionen Dollar gestohlen. Ist das der Grund?«

»Er hat mir kein Geld gestohlen, Nina«, erwiderte Sergei, »sondern Diamanten im Wert von fünfhundert Millionen Dollar. Das heißt, er hat sie nicht mir gestohlen, sondern dem russischen Staat. Aber der Diebstahl bedeutete für mich den Ruin. Es ist eine sehr komplizierte Geschichte.«

»Wenn du mit mir zusammenarbeiten willst, musst du mir alles erzählen.«

Er seufzte. »Ziehen wir uns an. Ich erzähle dir die Geschichte beim Frühstück.«

Ich duschte ausgiebig, zog mich an und ging zu Sergei in die Küche. Er stellte Obst, Käse und Schwarzbrot auf den Tisch, von dem er behauptete, es selbst gebacken zu haben. Er war ein Mann voller Überraschungen.

»Iss und hör gut zu, Ninitschka. Mein Leben lang habe ich Edelsteine und kostbare Schmuckstücke geliebt – vielleicht auch zu sehr. Jedenfalls wurde ich ein anerkannter Gemmologe.«

»Hier in Westeuropa?«

»Nein, in Russland. Aber später habe ich diese Kunst in Deutschland und Holland studiert. Nach einigen Jahren als Angestellter bei einer Edelsteinschleiferei hatte ich genug gespart, um meine eigene Werkstatt zu eröffnen. Ich habe Schmuck entworfen und angefertigt und ihn in meinem eigenen Juweliergeschäft verkauft. Wolf Möller hat mich mit geschmuggelten Diamanten und anderen Edelsteinen aus Afrika versorgt. Er hat mir so viele Steine angeboten, dass ich sie gar nicht alle kaufen konnte. Doch es war ein Arrangement, mit dem wir beide zufrieden waren. Aber wie gesagt, habe ich Wolf Möller nie getroffen. Er war immer sehr vorsichtig.«

»Und was ist schief gegangen?«

»Eins nach dem anderen, Nina. Du weißt nicht, wie es in meinem Heimatland ist. Für alles und jedes gibt es Komitees, Ausschüsse und so weiter – eine öde, langweilige Sache. Aber ich bin Russe und kann meine Herkunft nicht verleugnen. Deshalb bin ich dem Kromdragmet beigetreten, als ich dazu aufgefordert wurde – ein Komitee, das für den Export russischer Edelsteine verantwortlich ist. Später wurde ich zum stellvertretenden Direktor des Kromdragmet ernannt.« Er schaute mich prüfend an; dann fuhr er fort: »Und nun hör gut zu, Ninitschka, denn jetzt kommts. Auch wir Russen müssen uns nach den Vorgaben von De Beers richten. Wie du weißt, beherrscht dieses Unternehmen den gesamten Welthandel mit Diamanten. Russland darf nur fünf Prozent seiner Diamanten auf dem freien Markt verkaufen. Aber das ist viel zu wenig für uns, denn wir benötigen dringend ausländische Währung.«

»Ich weiß.«
»Jedenfalls – wir sind auf eine großartige Idee gekommen. Anfang dieses Jahres haben wir Diamanten im Wert von einer halben Milliarde Dollar außer Landes geschmuggelt, in fünf Lieferungen zu je hundert Millionen, um die Steine zu schleifen und zu polieren, bevor wir sie auf den Markt bringen wollten. Ich habe in San Francisco eine Diamantschleiferei eröffnet und für die Geräte und Maschinen gebürgt. Wir wollten den Diebstahl der Steine vortäuschen und sie anschließend auf dem freien Markt anbieten. Auf diese Weise hätten wir die doppelte Menge Diamanten verkaufen können.«
»Klingt bombensicher.«
»Ja, wir waren überzeugt, dass es klappt. Ich habe dann den Vorschlag gemacht, dass Wolf Möller den Diebstahl vortäuschen solle. Oberst Borowoi von der russischen Staatspolizei steckte ebenfalls in der Sache mit drin, denn er hat in alten KGB-Zeiten mit Wolf Möller zusammengearbeitet. Möller war jahrelang als freiberuflicher Agent für den KGB tätig. Damals war Borowoi sein Agentenführer.«
»Hast du Borowoi bei dieser Gelegenheit das erste Mal gesehen?«, fragte ich.
»Ja. Borowoi hat sich mit Wolf in Verbindung gesetzt und den Diebstahl arrangiert. Wolf sollte die Edelsteine in mein Hotel in San Francisco liefern, aber er ist nie dort erschienen. Stattdessen ist er mit den Rohdiamanten verschwunden – Steine im Wert von fünfhundert Millionen Dollar.« Er hielt kurz inne und blickte mich an. »Ich wurde vom Komdragmet entlassen, doch man wollte mir das Geld nicht zurückerstatten, das ich für die Geräte und die Einrichtung der Diamantschleiferei bezahlt hatte. Natürlich konnte meine Firma eine solche Einbuße nicht verkraften. Ich ging Pleite. Zum Glück muss ich nicht persönlich für die Verluste haften, sodass ich wenigstens noch mein Zuhause habe. Tja, und nun fange ich wieder von vorn an, indem ich alten Schmuck kaufe und verkaufe, um mir Kapital zu beschaffen. Verstehst du jetzt, weshalb ich Wolf Möller finden möchte? Er muss für meine Verluste geradestehen.«
»Aber Borowoi ist ebenfalls hinter Wolf her. Du hast gesagt, vor

dem fingierten Diebstahl hat er sich mit ihm in Verbindung gesetzt. Also muss Borowoi gewusst haben, wo Wolf sich aufhielt. Warum kann er ihn diesmal nicht finden?«
»Weil Wolf geflüchtet ist. Verständlich, nicht wahr? Aber es gibt vielleicht eine Möglichkeit, ihn zu erwischen. Er hat seine Diamanten stets an der Brüsseler Diamantenbörse verkauft. Ich habe dir dort einen Job besorgt. Am Montag fängst du an. Wenn Wolf erscheint, verständigst du mich sofort. Ich werde in der Nähe sein.«
Als Sergei in sein Büro ging, um einen Anruf entgegenzunehmen, hinterließ ich ihm eine Notiz, in der ich ihm für das Honorar dankte, und fügte hinzu: »Ich muss für ein paar Tage nach Hause. Wir sehen uns nächste Woche.«

64.

Ich flog nach London, wo ich ein paar Einkäufe machen und Bankgeschäfte erledigen musste; dann stieg ich in die Abendmaschine nach Inverness. Gegen zweiundzwanzig Uhr traf ich zu Hause ein. Vater saß vor einem lodernden Kaminfeuer und schaute mich erleichtert an.
»Gott sei Dank, dass du wieder da bist, Nina. Ich habe mir verdammte Sorgen um dich gemacht.«
»Alles in Ordnung, Dad. So schlimm war es gar nicht.«
Ich hängte meinen Regenmantel innen an die Tür und wärmte mir am Feuer die Hände. Außer Dad hat sich nichts verändert, dachte ich mit einem Anflug von Nostalgie. Ich beugte mich zu ihm hinunter, küsste ihn auf die Wange und ließ den Blick durchs Zimmer schweifen. Da waren noch immer der alte Perserteppich, das dicke schwarze Schaffell, der kupferne Behälter, in dem Zangen und Schürhaken und langstielige Schaufeln steckten, das große alte Sofa und die vielen Bücher, die überall im Zimmer lagen. Hätte ich lange und genau genug hingeschaut, hätte ich sicher meine alten Ausgaben von *Ivanhoe* und *Entführt* entdeckt. Ich musste daran denken, wie ich mich mit Brigit und Otto auf das Schaffell vor dem Kamin gekuschelt und den beiden aus die-

sen Romanen vorgelesen hatte. Es schien eine halbe Ewigkeit her zu sein.

»Du hast sicher Hunger, Nina. Mrs. Peters hat Steaks und Bratkartoffeln gemacht. Ist beides im Kühlschrank. Du kannst es in die Mikrowelle stellen.«

»Danke, Dad, ich hab keinen Hunger. Aber ein Drink wäre nicht schlecht.«

»Gute Idee. Ich könnte auch einen brauchen.« Vater wollte sich aus dem Sessel stemmen.

»Bleib sitzen, Dad. Ich mach das schon.«

Ich schenkte uns Whisky ein und zog mir einen Stuhl an den Kamin, sodass ich neben Vater sitzen konnte.

»Ich bin froh, dass du wieder da bist.« Er streckte den Arm aus und drückte meine Hand. »Ich konnte meine Gefühle nie gut zeigen. Aber ich hatte große Angst um dich. Bei Gott, ich hätte verhindern müssen, dass du dich auf diese Suche machst.«

Ich blickte Dad erstaunt an. Er starrte ins Feuer; das Rot der Flammen spiegelte sich auf seinen Wangen.

»Wieso, Dad? Was ist passiert?«

»Nun, dein David Bernstein hat mich ganz schön beeindruckt, das muss ich schon sagen.«

»Du hast mit ihm gesprochen?«

»Er war hier.«

»Wann?«

»Als du in Russland warst. David hat mir von den Ergebnissen seiner Nachforschungen erzählt und mir Einzelheiten über deine Festnahme berichtet. Aber darüber können wie uns morgen früh genauer unterhalten. Jedenfalls hat David seine ehemaligen Kameraden vom israelischen Geheimdienst überredet, deine Auslieferung zu verlangen – die Auslieferung Naomi Hunters, genauer gesagt. Angeblich solltest du in der Betrugsgeschichte mit Anselmo und den Freunden der Unita vernommen werden. Dabei erfuhren wir, dass die russische Polizei dich verhaftet hatte. Außerdem entdeckten Davids Freunde vom Mossad, dass Borowoi dich in ein altes, aufgegebenes Gefängnis schaffen ließ, das heute als Lagerhaus benutzt wird. David wollte ursprünglich nach Moskau reisen und dich aus diesem Bau

herausholen, aber dann hat Borowoi dich ja auf freien Fuß gesetzt.«
Ich stöhnte innerlich auf. Wieso hatte ich mich in Sergeis Arme geflüchtet und Trost bei ihm gesucht? Ich hatte David völlig falsch eingeschätzt. Doch seltsamerweise empfand ich nur Trauer, keine Schuldgefühle.
»Aber warum das alles?«, fragte ich. »Warum, um Himmels willen?«
»Denk mal genau darüber nach, Nina. Was möchten die Russen von dir?«
»Ich soll ihnen helfen, Wolf zu identifizieren. Offensichtlich hat die russische Polizei – genauer gesagt, Oberst Borowoi – keine Ahnung, wie er aussieht.«
»Und hast du den Russen versprochen, mit ihnen zusammenzuarbeiten?«
»Ja. Dafür haben sie mir versprochen, für Nickys Sicherheit zu sorgen, und dass der Junge mir sofort übergeben wird, wenn sie Wolf festnehmen.«
»Hättest du auch einer Verbrecherbande genug Vertrauen entgegengebracht, um mit ihr zusammenzuarbeiten?«
»Nein. Was soll diese Frage? Borowoi ist Oberst bei der russischen Polizei.«
»Wenn man Clive Wattlings letztem Bericht glauben darf, arbeitet Borowoi für beide Seiten, so wie viele andere ehemalige KGB-Leute und Polizeioffiziere nach dem Zerfall der Sowjetunion. Und da hast du deine Antwort, Nina. Borowoi und die anderen wollten dich glauben machen, dass du mit der Polizei zusammenarbeitest. Deshalb haben sie dir Nicky versprochen.«
»Ja, natürlich.«
»Ich würde mich nicht darauf verlassen, dass diese Leute ihr Versprechen einhalten.«
»Ich weiß. Doch was sollte ich tun? Ich komme keinen Schritt weiter, Dad. Irgendwo ist mir ein Fehler unterlaufen, sodass ich jetzt in einer Sackgasse stecke. Aber ich komme nicht dahinter, was ich verkehrt gemacht habe.«
»Ich schlage vor, wir halten uns an Davids Pläne. Der Junge gefällt mir, Nina.«

»Das dachte ich mir schon.«
»David und ich haben vieles gemeinsam. Ich wäre stolz, wenn er mein Schwiegersohn würde.«
»Was redest du da?« Ich schüttelte den Kopf. »Dad, ich möchte kein Wort mehr darüber hören. Wir haben wirklich andere Sorgen. Außerdem habe ich mir geschworen, keinem Menschen zu trauen, bis Nicky wohlbehalten zu Hause ist. Für Gefühle ist zur Zeit kein Platz in meinem Leben ...«
Ich hielt inne, starrte in die Flammen und versuchte mir darüber klar zu werden, weshalb ich Borowoi so bereitwillig geglaubt hatte. »Um ehrlich zu sein, Dad, es ist mehr als das. Ich könnte David nie verzeihen, dass er sich in eine Frau wie Naomi Hunter verliebt hat. Er weiß ja gar nicht, wie ich wirklich bin.«
»Jetzt schmeichelst du dir selbst, Nina. Eine so gute Schauspielerin bist du nicht. David hat schon vor Wochen geahnt, wer du in Wahrheit bist. Er wollte dir Zeit geben, bis du ihm so weit vertraust, dass du ihm aus freien Stücken die Wahrheit erzählst. Aber irgendwie ist dir ein schreckliches Missverständnis unterlaufen.«
»Bitte, Dad, ich möchte jetzt nicht mehr über David reden.« Ich spürte, dass mir Tränen kamen. »Das verstehst du doch, nicht wahr?«
»Jetzt werd mir bloß nicht sentimental. Ich konnte es noch nie ertragen, eine Frau weinen zu sehen. Deine Mutter hat zu Anfang unserer Ehe so oft geweint, dass es mir fürs ganze Leben reicht.«
»Warum hat Mom so oft geweint?«
»Ich habe es damals nicht verstanden. Heute weiß ich es natürlich. Ich hatte ja reichlich Zeit, hier im Haus zu sitzen und darüber nachzudenken.«
»Mutter hat sich nach Menschen gesehnt, nach Abwechslung, nicht wahr?«, sagte ich. »Hier war es ihr zu einsam. Sie war in der Stadt geboren und aufgewachsen.«
»Ich habe sie ja nicht eingesperrt. Sie konnte nach London reisen, wann immer sie wollte. Aber ich glaube, das war so ziemlich das Einzige, was ich in unserer Ehe richtig gemacht habe.«
»Wie meinst du das?«
»Ich habe Rebecca nie richtig verstanden. Das war unser größtes Problem. Weißt du, ich habe die Frauen nie besonders gut ken-

nen gelernt. Meine Mutter starb, als ich vierzehn war. Ich hatte keine Schwestern und habe eine Jungenschule besucht. Ich war nicht auf das Zusammenleben mit einer Frau vorbereitet, schon gar nicht auf eine Ehe.« Er lächelte mich an. »Und dann kamst du, und ich hatte es sogar mit zwei Frauen zu tun. Das alles sollen keine Entschuldigungen sein. Nur Erklärungen.«

»Da gibt es nichts zu erklären. Das alles ist lange her. Es spielt keine Rolle mehr.«

»Das glaube ich aber doch. Du warst ein einsames Kind, Nina, das sich immer nach Liebe und Zuneigung gesehnt hat. Ich habe dich ganz und gar Rebecca überlassen. Das war mein Fehler. Ich habe dich vernachlässigt, und nichts in meinem Leben bedaure ich so sehr. Wie gern hätte ich eine zweite Chance. Aber nun ist es zu spät.«

Ich erhob mich und schenkte mir eine Tasse Kaffee ein, damit Dad nicht die Tränen in meinen Augen sah. Die Tasse in der Hand, ging ich zum Kamin zurück und stellte mich mit dem Rücken zum Feuer. Ich spürte, dass Vater mir noch mehr sagen wollte, aber nicht wusste, wie er beginnen sollte.

Nach einer Weile ergriff ich die Initiative: »Ich wollte, ich wäre bei Mutter gewesen, als sie starb. Ich habe ihr immer die Schuld an meiner unglücklichen Jugend gegeben. Ich konnte ihr nie verzeihen, dass sie dich verlassen hat, und dass ich ihretwegen von hier fortmusste. Als ich von der Schule abging, war ich überzeugt, alle gefühlsmäßigen Bindungen zu Mutter durchtrennt zu haben. Aber das war ein Irrtum. Zwischen Mutter und Tochter besteht irgendein unsichtbares Band. Es ist wie eine Verbindung, die direkt in die Seele führt und einem ständig alle Schuldgefühle, allen Zorn und alle Liebe übermittelt. Ich war nicht die Tochter, die Mom sich gewünscht hat.«

»Rebecca trifft überhaupt keine Schuld. Ich allein bin dafür verantwortlich, Nina. Deine Mutter stammte aus einer jüdisch-orthodoxen Familie. Sie hatte sich Hals über Kopf in mich verliebt und ist von zu Hause fortgelaufen, um mich zu heiraten. Ich hatte keine Erfahrungen mit dem Judentum oder mit Frauen; deshalb habe ich nicht begriffen, was Rebecca alles für mich aufgegeben hat. Nach unserer Heirat war sie nie mehr bei ihren

Eltern, weil die ihr niemals verziehen haben. Als ich sie kennen lernte, hat sie Politikwissenschaft studiert. Ich habe an der Uni einen Vortrag über die britische Außenpolitik gehalten. Ich kann mich noch erinnern, wie schlimm sie mir mit ihren Zwischenrufen und Fragen zugesetzt hat. So was hat damals kaum eine Studentin gewagt.«

»Großer Gott! Mutter als provokante Studentin?«

»Ja, sie hat mir mächtig imponiert. – Sie war eine wunderbare Frau«, sagte Dad. »Ich glaube, es geschah mir ganz recht, dass mein Körper durch den Unfall halb zerstört wurde, denn das Leben deiner Mutter habe ich *völlig* zerstört.«

»Nein ... bitte, Dad!«, stieß ich hervor. »So darfst du nicht denken. Niemand verdient eine solche Strafe. Das ist keine Gerechtigkeit.«

»Einmal hat sie mich gefragt, ob ich zum jüdischen Glauben übertreten möchte. Mich, einen Ogilvie! Ich weiß noch, wie ich sie ausgelacht habe, ich Dummkopf. Ich bin mit ihr in die Bibliothek gegangen und habe ihr den Stammbaum der Ogilvies erklärt. Das uralte Erbe von Königen und Kriegern, in schmuckes marineblaues Leder gebunden. Heute weiß ich, dass es nichts bedeutet. Die Geschichte hat keinen Sinn, wenn man sie nicht verwenden kann. Wenn man nicht aus der Vergangenheit lernt, um die Gegenwart zu verbessern.«

Er hielt inne, wischte sich über die Augen.

»Deine Mutter wollte dich im jüdischen Glauben erziehen, Nina. Sie sagte, du seist Jüdin. Wusstest du das schon? Bedauerlicherweise habe ich Nein gesagt. Nur was deinen Namen betrifft, habe ich nachgegeben. Aber nach meiner Weigerung war Rebecca eine andere. Sie war voller Schmerz und Trauer. Man hätte meinen können, sie hätte sich nur für Partys, Mode, Reisen und später auch für Liebhaber interessiert, nicht wahr? Aber das stimmt nicht. Sie hat sich vor der wirklichen Welt in Trivialitäten geflüchtet ... Dinge, die ihr nichts bedeutet haben.« Er schaute mich an. »Vielleicht wirst du dich eines Tages mit deinen jüdischen Wurzeln beschäftigen, Nina. Ich würde mich sehr darüber freuen, besonders, da jetzt David Bernstein in unser beider Leben getreten ist. Ich hoffe sehr, dass du und David irgendwann zueinander findet.«

Auf die für ihn typische Art und Weise wurde Dad von einem Moment zum anderen schweigsam und verschlossen. Ich wusste, warum. An diesem Abend hatte er so viele Gefühle preisgegeben, wie er nur konnte.
Bei mir war es nicht anders.

Später, als ich im Bett lag, dachte ich an die alten Zeiten zurück – an die Winterwochenenden, als Dad an den Jagdgesellschaften in der Gegend teilgenommen hatte, und daran, wie seine Augen vor Freude funkelten, wenn er auf seinem schweißgebadeten, schnaubenden Pferd abends nach Hause geritten kam, oft in Gesellschaft der anderen Jäger und ihrer Frauen, die sich dann zu einem deftigen Essen, zu Bier und Wein in unserem Haus versammelten. Noch immer konnte ich ihre fröhlichen Stimmen und ihr Lachen hören und das Wild riechen, das in der Küche briet.
Manchmal hatte ich mir eine Wolldecke über die Schultern geschlungen und mich im Schrank oben am Treppenabsatz versteckt, war dann von dort bis zum Geländer gekrochen und hatte hinuntergespäht zu Dad und seinen Gästen, stets bereit, mich schleunigst in mein Versteck zu flüchten, wenn ich Schritte hörte. Dad hatte in seinem Kilt großartig ausgesehen, und Mutter war immer nach der neuesten Mode gekleidet gewesen; ihre Schönheit und ihre Kleider hatten die anderen Frauen zu Statistinnen degradiert, die sich hinter Mutters Rücken die Mäuler über ihre häufigen und kostspieligen Reisen nach London zerrissen. Ich hatte den geflüsterten Bemerkungen der Frauen angestrengt gelauscht, doch zu meiner Verärgerung wurden sie meist von den lauten Stimmen und dem dröhnenden Lachen der Männer übertönt. Doch wenn Dad zu vorgerückter Stunde mit seiner wundervollen Bassstimme gesungen hatte, war mein Glück wieder vollkommen gewesen. Wie sehr ich ihn geliebt hatte – doch immer nur aus der Ferne.
Ob er heute weiß, fragte ich mich, wie sehr seine einsame kleine Tochter ihn verehrt und bewundert hat? Dass ich ihn immer noch verehre und bewundere? Ob er weiß, wie schrecklich ich darunter gelitten habe, als er nach seinem Unfall zum Krüppel wurde?

Damals, als Dad aus dem Krankenhaus heimkam, war das Licht in seinen Augen schwächer und schwächer geworden. Ich hatte bemerkt, wie tapfer er kämpfte, trotz seiner Behinderung ein vitaler und lebensfroher Mann zu bleiben; ich hatte versucht, ihm durch die bloße Kraft meines Willens Stärke einzuflößen und ihn mit Geschichten über meine alltäglichen Erlebnisse aufzumuntern, jedoch vergebens. Schließlich kam der Tag, als Mutter ihm sagte, wir würden ihn verlassen. An diesem Tag war der letzte Funke in Dads Augen erloschen.

Ich hatte meiner Mutter diese Grausamkeit niemals verziehen; mein Hass auf sie war ein genauso fester Bestandteil meines Lebens gewesen wie die beständige Sehnsucht nach Vaters Liebe und Zuneigung. Doch in dieser Nacht verstand ich Mutter zum ersten Mal, und ich machte mir bittere Vorwürfe, dass ich nie versucht hatte, die Mauern niederzureißen, die sie um sich errichtet hatte.

Schließlich verdrängte ich diese Erinnerungen. Ich versuchte, meine Gedanken zu ordnen, und fragte mich, welche Fortschritte ich bei meiner Suche nach Nicky eigentlich gemacht hatte. Ich musste mir gestehen, dass sie praktisch gleich null waren.

Sicher, dass ich David Bernstein kennen gelernt hatte, war ein Durchbruch gewesen. Davids Nachforschungen in Sachen Geldwäsche hatten unter anderem bewiesen, dass Wolf in den Schwindel mit den »Freunden der Unita« verwickelt war, dass er sich vermutlich sogar als Dr. Anselmo ausgegeben hatte. Dies wiederum hatte mich zu Martha Newton-Thomas geführt, bei der ich entdeckt hatte, dass das Konto von Wolfs »Transafrikanischer Entwicklungsgesellschaft« nach Sarajewo verlegt worden war. Meine Nachforschungen in Sarajewo wiederum hatten mich zu Vittorio Cassellari geführt. Doch seitdem hatte ich keine nennenswerten Fortschritte mehr erzielt. Ich war tatsächlich in einer Sackgasse. Ich hatte gehofft, die Zusammenarbeit mit Cassellari würde mich letztendlich zu Wolf führen, doch ich hatte keine direkte Verbindung zwischen den beiden Männern entdecken können – jedenfalls bis jetzt nicht, und die Zeit drängte.

Ich musste noch einmal zu Cassellari, um herauszufinden, weshalb er eine Million Dollar auf Wolfs Konto eingezahlt hatte. Ich *musste* herausfinden, welche Verbindung zwischen Cassellari und Wolf bestand.

65.

Eine Kaltfront hatte sich über die Insel geschoben, doch im höher gelegenen Hügelland Sardiniens schien immer noch die Sonne und ließ die lang gezogenen Wolkenbänke, die sich nach Norden, Süden und Osten erstreckten, golden, kirschrot und weiß unter einem azurblauen Himmel erstrahlen. Ich saß auf der Veranda von Cassellaris Villa und genoss diesen wunderschönen Anblick; man konnte den Eindruck gewinnen, im Himmel zu sein. Kein Wunder, dass Cassellari sich der Illusion hingab, beinahe gottähnliche Macht zu besitzen. Wenn ich lang genug hier wohnte, würde es mir vielleicht genauso ergehen.
Ich schauderte und zog den Mantel straffer, denn ich spürte, dass ich mir eine schlimme Erkältung geholt hatte. Meine Kehle war trocken, meine Stimme heiser, und ich fühlte mich schwach und zerschlagen. Und wo blieb Cassellari? Wir hatten uns auf der Veranda zu einem Gespräch verabredet, doch er war schon mehr als eine Stunde überfällig.
Erzwungenes Warten ist eine Qual, vor allem, wenn man dabei seine Angst und Nervosität im Zaum zu halten versucht. Bei mir kam noch die verflixte Erkältung hinzu, vor allem aber die Sorgen um Nicky. Zum ersten Mal kamen mir Zweifel, ob ich meinen Sohn jemals wiedersehen würde. Wieder schauderte ich, nieste und verfluchte Cassellari wegen seiner Verspätung.
Reiß dich zusammen, Nina! Ich ging ins Haus, nahm mein Notizbuch hervor und machte mich daran, mögliche Gründe dafür aufzulisten, dass Cassellari eine Million Dollar auf das Konto von Wolfs Transafrikanischer Entwicklungsgesellschaft überwiesen hatte. Die nächstliegende Erklärung war, dass es sich um die Bezahlung für Drogenlieferungen handelte, aber der Gedanke, dass Wolf mit Drogen zu tun hatte, erschien mir absurd. Das war nicht sein Metier. Hatte Cassellari die eine Million Dollar für Waf-

fen bezahlt? Für Diamanten? Beides war nicht sehr wahrscheinlich. Schließlich lehnte ich mich zurück und gab mich meinem liebsten Tagtraum hin ...

Wolf sitzt an seinem Schreibtisch, mit dem Rücken zu mir. Er merkt nicht, wie ich mich langsam nähere, meine Pistole ziehe und die Waffe auf ihn richte. Erst in diesem Moment dreht er sich zu mir um. Er zuckt zusammen, wird leichenblass. »Ich habe dich geliebt, Wolf«, sage ich zu ihm, »aber du hast mich verraten und im Stich gelassen. Du hast meinen Jungen entführt, der mir das Liebste auf der Welt ist, und hast gedroht, ihm etwas anzutun. Du hast mich unschuldig im Gefängnis schmoren lassen. Ich wurde gefoltert und in Einzelhaft gesteckt. Wusstest du das schon? Interessiert es dich überhaupt? Du hast mich betrogen und belogen. Unsere Ehe war eine einzige große Lüge. Und doch habe ich dich sehr geliebt.« Und dann ziele ich genau zwischen seine Augen und betätige den Abzug, langsam und bedächtig, mit ruhiger Hand.

Um ein Uhr erschien Cassellaris Haushälterin und sagte mir, das Mittagessen sei aufgetragen. Cassellari war nicht sonderlich erfreut, als ich erschien. Doch er bemühte sich, höflich zu sein, entschuldigte sich, dass er wegen »dringender Geschäfte« keine Zeit für mich gehabt habe, und plauderte über Belanglosigkeiten, als wir bei Räucherlachs, Kaviar und einem ausgezeichneten Salat beisammensaßen.

»Also, Naomi, weshalb wollten Sie mich sprechen? Sie sehen blass aus. Stimmt etwas nicht?« Cassellaris Stimme wurde frostig, und er starrte mich argwöhnisch an.

»Ich fühle mich nicht besonders«, erwiderte ich. »Hab mich erkältet. Eigentlich gehöre ich ins Bett, aber ich wollte Sie unbedingt sprechen. Es ist sehr wichtig.«

Würde Cassellari mir meine Geschichte abkaufen? Und würde er mir helfen? Ich zählte auf seine Überheblichkeit.

»Ich mache mir Sorgen wegen de Sica, Signor Cassellari. Sie wissen, wie gewissenhaft ich bei meiner Arbeit bin.« Ich warf ihm einen besorgten Blick zu.

Er runzelte die Stirn. »Worauf wollen Sie hinaus?«

»Ich weiß, dass de Sica für Sie die Geldwäsche erledigt ... aber

Sie hätten mich fragen sollen. Er hat einen schrecklichen Fehler gemacht. Sie könnten sehr schlecht dabei wegkommen.«
»Immer langsam, Naomi. Wovon reden Sie eigentlich?«
»Von Ihrem Scheck über eine Million Dollar, die Sie auf das Konto der Transafrikanischen Entwicklungsgesellschaft überwiesen haben. Ich weiß, dass Sie nirgends so hohe Zinsen bekommen wie in Sarajewo, aber Sie sind in eine Falle gegangen. Die Gesellschaft wird von einem Schwindler geleitet, der seine Kunden um ihr Geld erleichtert. Eines seiner Pseudonyme ist Günther Mannheim. Er hat von leichtgläubigen Geschäftsleuten in Südafrika Millionen ergaunert. Der größte Teil dieses Geldes befindet sich ebenfalls auf dem Konto der Transafrikanischen Entwicklungsgesellschaft. Ich will nicht, dass Sie Ihre Million verlieren. Deshalb bin ich hergekommen. Ich wollte Sie warnen. Und ich kann Ihnen möglicherweise helfen.«
»Wie rührend, Naomi. Aber woher wissen Sie das alles?«
»Es gehört zu meinem Job, so etwas zu wissen. Dafür bezahlen Sie mich.«
In Cassellaris stechenden braunen Augen lag Misstrauen – aber auch noch etwas anderes. Erheiterung?
»Sie hätten *mich* damit beauftragen sollen, die Million für Sie zu waschen, Signor Cassellari. Sie wissen, dass Sie mir vertrauen können.«
»Keine Bange.« Er tätschelte meine Hand. »De Sica und ich kennen uns seit langer Zeit. Ich lasse ihn herkommen.«
Auch das noch! Ich versuchte, mir meine Besorgnis nicht anmerken zu lassen, und starrte auf meinen Teller.
Kurz darauf kam de Sica ins Zimmer. Er sah wütend aus. Er setzte sich, schenkte sich ein Glas Wein ein und musterte mich verächtlich.
»Es ging dabei um ein ganz anderes Geschäft, Naomi«, sagte er, als ich ihm von meinen »Sorgen« erzählt hatte. »Einem alten russischen Grundbesitzer war es irgendwie gelungen, einen Teil seines Landes vom Staat zurückzubekommen. Er hat uns seinen Hof zum Kauf angeboten, und wir haben ihn gekauft. Ende der Geschichte.«
»Ein alter Mann, sagen Sie?«

»Ja. Ein verschrumpelter, zahnloser, fast schon seniler, aber gerissener Bursche.«
»Was wollten Sie denn mit einem Bauernhof in Russland anfangen? Das verstehe ich nicht. Um ehrlich zu sein – ich *glaube* Ihnen nicht.«
De Sica sprang auf. »Wollen Sie mich als Lügner bezeichnen?«, rief er.
»Setz dich, Cesare, und reg dich ab. Ich werde es Naomi erklären«, sagte Cassellari und bedachte mich mit einem Lächeln, dass es mir eiskalt den Rücken hinunterlief. »Dieser Russe hatte auf seinem Land Mohn angebaut, Naomi. Natürlich ging es uns nicht um sein Land, sondern um das Opium. Dafür haben wir den Alten bezahlt. Wir haben den Deal lediglich als Grundstückskauf *getarnt*. Das ganze Geschäft wurde völlig korrekt abgewickelt, und wir haben den Mann mit einem Scheck bezahlt.«
»Den Sie auf die Transafrikanische Entwicklungsgesellschaft ausgestellt haben?«
»Nein. Es war ein Barscheck, ausgestellt auf Pjotr Gregow.«
»Ist das der Name des Grundbesitzers?«
»Was denn sonst?«
»Wieso ein Barscheck?«
»Weil der Mann kein Konto hatte«, erwiderte de Sica. »Ich sagte doch schon, er war ein Bauer. Er wollte sich das Geld auszahlen lassen und sich neuen Landbesitz außerhalb Russlands kaufen.«
»Wissen Sie, wo?«
»Nein.«
Ich seufzte. »Wo ist dieser Bauernhof, den Sie von dem alten Mann gekauft haben?«
»In einem Ort namens Birjuschek am Kaspischen Meer. Ideal für den Transport des Opiums. Aber warum stellen Sie all diese Fragen? Trauen Sie uns nicht mehr?«
»O doch. Selbstverständlich. Und ich bin sehr erleichtert. Ich hatte Angst, Sie wären einem Betrüger auf den Leim gegangen.«
»Ich glaube eher, dass Ihnen das Geld knapp geworden ist, Naomi. Habe ich Recht? Sie wollen einen neuen Auftrag von mir, nicht wahr? Also gut. Sie wissen, wie sehr ich Ihre Arbeit schätze. In ein paar Tagen werde ich mich bei Ihnen melden.«

»Danke. Ich könnte einen neuen Auftrag gut brauchen.«
De Sica blickte verwundert von mir zu Cassellari. Wahrscheinlich würde er jetzt fragen, woher ich von dem Scheck wusste, doch ich wechselte rasch das Thema und berichtete von den wachsenden Problemen bei der Geldwäsche, da in sämtlichen Staaten der Welt die gesetzlichen Bestimmungen immer weiter verschärft würden. Sogar die Russen erteilten ihrer Polizei größere Machtbefugnisse, mit drakonischen Maßnahmen gegen die Geldwäscher vorzugehen. Es sei nur eine Frage der Zeit, bis restriktive Gesetze erlassen würden. Ich riet den beiden Männern, sich eine Ausweichroute zu Borowois Bank einfallen zu lassen, und verabschiedete mich, so schnell ich konnte.

Wieder saß ich im Flugzeug, nippte an einem Glas Scotch und dachte über meinen nächsten Schritt nach, obwohl ich Kopfschmerzen hatte und Fieberschauer meinen Körper durchrieselten. Ich beschloss, keine eigenen Nachforschungen über den Kauf der sechzigtausend Hektar großen Mohn-Anbaufläche in Birjuschek anzustellen. Es konnte sein, dass Wolf dort lebte oder in dieser Gegend irgendwelche Verbindungen besaß und herausfand, wer sich für ihn interessierte. Deshalb war es sicherer, einer Detektivagentur den Auftrag zu erteilen, den derzeitigen Aufenthaltsort von Pjotr Gregow zu ermitteln.
Vom Flughafen Nizza fuhr ich mit dem Taxi nach Monaco. Ich nahm mir vor, mich bei Dad nach einer guten Detektivagentur zu erkundigen. Trotz meiner Kopfschmerzen und des Fiebers war ich guter Dinge – nach langer Zeit sah ich endlich wieder einen Silberstreif am Horizont. War es möglich, dass Wolf einen schwerwiegenden Fehler begangen hatte, indem er eine Fährte hinterließ, die eine Verbindung zwischen seinen verschiedenen Tarnnamen und seiner wahren Identität darstellte? War er diesmal so unvorsichtig gewesen? Ich wagte es kaum zu hoffen.

Als ich nach Hause kam, war ich dermaßen erschöpft, dass ich ein warmes Bad nahm, sofort zu Bett ging und augenblicklich einschlief. Gegen ein Uhr früh wurde ich vom Klingeln des Telefons geweckt.

»Ja?«, fragte ich mit heiserer Stimme.
»Wer ist am Apparat, bitte?«
»Sergei! Ich bins, Nina; ich habe nur gerade meine Stimme verloren.«
»Wo hast du die ganze Zeit gesteckt?«
»Ich war zu Hause. Was ist denn los? Weshalb rufst du um diese Zeit an?«
»Du sollst morgen früh bei der Diamantenbörse anfangen und ...«
»Das geht nicht. Ich habe mir eine böse Erkältung eingefangen. Sag den Leuten, dass ich noch einen Tag warten möchte. Übermorgen fange ich an. Du kannst dich darauf verlassen. Bis dahin geht es mir wieder besser.«
»Na, dann hoffe ich nur, dass wir Wolf nicht verpassen.«
»Das hoffe ich auch. Gute Nacht, Sergei«, sagte ich und legte auf. Ich hielt es für sehr unwahrscheinlich, dass Wolf sich an einem seiner alten Jagdgründe blicken ließ, denn er wusste mit Sicherheit, dass Sergei nach ihm suchte. Aber einen Versuch war es wert.

66.

Als ich an der Diamantenbörse in Brüssel arbeitete, zogen die Tage träge und ereignislos vorüber. Es tat sich nichts; ich trat auf der Stelle. Außerdem machte mir immer noch die Erkältung zu schaffen. Ich saß in der Zentrale, als endlich der Anruf für mich kam. Es war die deutsche Detektivagentur, die mein Vater mir empfohlen hatte.
»Haape hier, Miss Ogilvie. Tut mir leid, wir konnten den derzeitigen Aufenthaltsort von Pjotr Gregow nicht ermitteln. Aber der Mann hat sein Anwesen tatsächlich an eine der Firmen Vittorio Cassellaris verkauft – an die International Trading mit Sitz auf Sardinien. Doch Gregow ist mitsamt dem Geld verschwunden. Er hat niemandem gesagt, welches Ziel er hat, und niemand hat mehr von ihm gehört. Wir haben einen Mitarbeiter in Gregows Heimatstadt geschickt, einen Mann, der Russisch spricht, um mit Gregows Freunden und Nachbarn zu reden, aber es brachte uns

keinen Schritt weiter. Es hat den Anschein, als wollte Gregow sich den Staub von Mütterchen Russland für immer von den Schuhen treten.«

Ich bedankte mich bei Haape und legte auf. »Mist!« Ich nieste in mein Papiertaschentuch und fluchte noch einmal. Dabei hatte alles so viel versprechend ausgesehen! Umso größer war meine Enttäuschung.

Dann kam mir eine andere Idee. Was, wenn David mit seiner Vermutung Recht hatte, dass Wolf aus Lettland stammte? Was, wenn mein Vater Recht hatte, dass Wolf einen Adelstitel besaß? Es war einen Versuch wert. Ich rief noch einmal die Detektivagentur an.

»Ich habe einen weiteren Auftrag für Sie. Schicken Sie einen Ihrer Mitarbeiter nach Lettland. Er soll dort bei sämtlichen zuständigen Ämtern nachforschen, welche Grundstücke oder Gebäude in den letzten sechs Monaten veräußert wurden. Suchen Sie nach jemandem, der Pjotr Gregow ein solches Objekt verkauft hat, und zwar für eine Million Dollar.«

»Das ist ziemlich viel verlangt, Miss Ogilvie. Könnten Sie das nicht ein bisschen eingrenzen?«

»In Ordnung. Beginnen Sie mit den lettischen Adelsfamilien. Würde das die Sache vereinfachen?«

»Ehrlich gesagt, glaube ich nicht ...«

»Versuchen Sie es! Rufen Sie mich wieder an, sobald Sie irgendetwas herausgefunden haben.« Ich legte auf.

Kurz vor vier öffnete ein uniformierter Bote die Tür. Der plötzliche kühle Luftzug schien durch meinen Körper hindurchzuwehen und ließ mich schaudern. Ich versuchte zu schlucken, doch meine Kehle war zu rau und trocken. Zögernd kam der Bote mit einem Brief an meinen Schreibtisch. »Entschuldigung, ich suche Miss Naomi Hunter.«

»Die bin ich.«

Der Bote reichte mir den Brief, und ich unterschrieb in seinem Quittungsbuch. Dann riss ich den Umschlag auf.

Davids Handschrift. Plötzlich schlug mir das Herz bis zum Hals. »Komm heute zwischen Mitternacht und ein Uhr zum De Witt

Diamantencenter. Wir treffen uns vor dem Eingang. Es ist dringend.« Unter der Nachricht sah ich eine von Hand gezeichnete Wegskizze.
Ich prägte mir die Skizze ein. Dann vernichtete ich Davids Nachricht im Schredder und machte mich wieder an die Arbeit.

Weshalb will David mich hier treffen? fragte ich mich und schaute auf die Uhr. Punkt Mitternacht. Es war diesig und nieselte; die Sichtweite betrug vielleicht vierzig Meter, doch am Ende der Straße konnte ich schemenhaft ein schmuckloses sechsstöckiges Gebäude erkennen. Als ich näher heranfuhr, las ich die Aufschrift *De Witt Diamantencenter* auf einer Messingplatte neben dem Haupteingang. Ein Stück entfernt stand ein Auto unter einem kahlen Baum. Weit und breit war niemand zu sehen.
Ich parkte am Straßenrand und wartete. Plötzlich sah ich, wie die Fahrertür des geparkten Wagens geöffnet wurde. Jemand stieg aus, beugte sich ins Innere des Autos, nahm einen Plastiksack vom Rücksitz, schlug die Tür zu und schloss ab. Das Licht einer Straßenlaterne fiel auf die Gestalt, und ich sah erleichtert, dass es David war. Als er mit schnellen und geschmeidigen Schritten zu mir kam, erkannte ich, wie sehr ich ihn vermisst hatte, und meine Verdächtigungen taten mir Leid.
O David, dachte ich, wenn ich dir doch nur sagen könnte, was ich für dich empfinde!
Ich stieg aus und zuckte zusammen, als der Wind mir den kalten Nieselregen ins Gesicht wehte.
»Gehen wir«, sagte David statt einer Begrüßung. Er nahm mich beim Arm und führte mich rasch um eine Gebäudeecke und die Nebenstraße bis zur ersten Querstraße hinunter; dort bogen wir wieder rechts ab, bis wir zum Eingangstor eines großen Parkplatzes gelangten, der sich genau hinter dem De Witt Diamantencenter befand. David nahm einen Schlüssel aus der Tasche und versuchte, das Vorhängeschloss zu öffnen. Schließlich schwang das Tor knarrend auf, und wir betraten den Hof.
Der Nieselregen drang durch meine Kleidung, doch viel mehr als die Feuchtigkeit und Kälte machte mir zu schaffen, dass David sich wie ein Fremder benahm.

Vorsichtig bewegten wir uns über den dunklen Parkplatz, auf dem nur wenige Autos standen, bis wir zu einem mannshohen Drahtzaun gelangten, der an einer Reihe von Tannen entlangführte und den Parkplatz vom De-Witt-Gebäude trennte.

»Runter auf den Boden«, raunte David.

»Wieso?«

»Nun mach schon, verdammt!«, fluchte er leise, also kniete ich mich unmittelbar am Zaun zu Boden. Dann beobachtete ich, wie David sich neben mich kauerte und mit einer Drahtschere ein Loch in den Zaun schnitt, das gerade groß genug war, dass wir hindurchkriechen konnten. Er hätte mich wenigstens vorwarnen können! Als ich ihm durch das Loch im Zaun folgte, konnte ich meinen neuen italienischen Schuhen und meinen Nylonstrümpfen Lebewohl sagen.

»Okay«, sagte er, als ich mich auf der anderen Seite des Zaunes erhob. »Halt das.« Er reichte mir seinen Regenmantel. Ich sah, dass er darunter schwarze Jeans und einen schwarzen Pullover trug. Er nahm eine Strickleiter aus dem Plastiksack. An einem Ende der Leiter waren zwei Haken befestigt.

»Oh nein, David. Lass das sein. Du wirst dich verletzen.«

»Pssst ... Warte hier, und verhalte dich ruhig.«

Die Haken an der Leiter waren kaum länger als meine ausgestreckte Hand, doch David warf sie mit traumwandlerischer Sicherheit, sodass sie sich am Geländer des umlaufenden Balkons im ersten Stock verhakten. Mit einem kräftigen Ruck an der Strickleiter überzeugte er sich, dass sie fest saß, dann stieg er hinauf, schwang sich über das Balkongeländer, löste die Haken und warf sie zielsicher zum Balkon des zweiten Stocks hinauf.

Ich beobachtete David fassungslos. Was er da tat, hätte jedem Profieinbrecher zur Ehre gereicht. Binnen weniger Minuten hatte er das letzte Stockwerk erklettert. Ich sah, wie er über den Rand des Flachdachs verschwand. Der Nieselregen wurde zu einem heftigen Schauer, während ich fröstelnd und zitternd wartete.

Fünf Minuten später wurde die Hintertür geöffnet, und David winkte mich zu sich. »Tut mir leid«, sagte er, »aber wir können es nicht riskieren, das Licht im Gebäude einzuschalten.« Er knipste

seine Taschenlampe an. »Bleib dicht bei mir. Hier entlang.« Er setzte sich in Bewegung, und ich folgte ihm dichtauf. »Diese alten Gebäude warten förmlich darauf, dass man sie ausraubt. War kein großes Problem, die Alarmanlange außer Betrieb zu setzen, weil sie auf dem Dach ist. Ich hab mir die Baupläne besorgt.«
»Ganz schön riskant.«
»Halb so wild. Ich bin gestern schon hier gewesen und habe mich als Kunde ausgegeben. Bei der Gelegenheit habe ich mir die Örtlichkeiten genauer angeschaut.«
»Und weshalb sind wir heute Nacht hier?«
»Weil angeblich ein Teil der Diamanten, die den Russen gestohlen wurden, hier bei De Witt ist. Die Steine sollen für einen unbekannten Kunden geschliffen und poliert werden. Ich habe es von Freunden erfahren. Komm jetzt, Nina.«
Also brauchten David und ich uns nichts mehr vorzumachen. Mir fiel ein Stein vom Herzen.
»Bitte, sei mir nicht böse, David. Ich habe dich nur deshalb getäuscht, weil ...«
»Schon gut. Vergessen und vergeben. Denk nicht mehr daran. Versuch lieber, mit mir Schritt zu halten. Wir dürfen keine Zeit verlieren.« David verschwand um eine Ecke, und das Licht der Lampe erlosch beinahe.
»Nicht so schnell. Ich kann die Hand nicht vor Augen sehen, David. Im Dunkeln bin ich blind wie ein Maulwurf.«
David kam zurück und leuchtete ein paar Sekunden lang den Flur vor mir aus. »Da lang, Nina. Los, beeil dich!«
Das Licht der Lampe verschwand wieder. Vorsichtig bewegte ich mich in der Dunkelheit voran. »Mist!«, fluchte ich, als ich mit dem Schienbein gegen einen Stuhl stieß.
»Pssst, sei leise.«
»Tut mir leid.«
Ich folgte dem schwachen auf und ab tanzenden Licht, bis wir schließlich in einen Büroraum gelangten, in dem zehn Aktenschränke mit jeweils vier großen Schubladen standen.
»Halt die Taschenlampe, Nina«, sagte David, »und leuchte mir. Ich muss die Akten durchsehen.«
»Alle?«

»Wenn wir Pech haben.«
Zwei Stunden später, als David beim letzten Aktenschrank angelangt war, schmerzte mir der Rücken, ich zitterte vor Schwäche, meine Arme waren schwer wie Blei, und die Erkältung bescherte mir Schweißausbrüche und Schüttelfrost.
Plötzlich stieß David einen leisen Pfiff aus.
»Na endlich, da haben wirs! B.B. Investments. Was meinst du, wofür die Abkürzung steht?«
»Keine Ahnung.«
»Für Boris Borowoi, wofür denn sonst? Er und seine Frau sind die Direktoren dieser Gesellschaft ... dem Briefkopf nach die einzigen, siehst du? Aber das wusste ich schon vorher. Der B.B. Investments gehören Immobilien und Grundstücke außerhalb Russlands, einige andere Vermögenswerte und – als Partner Cassellaris – fünfzig Prozent der Bucharin-Bank. Wie du siehst, habe *ich* meine Hausaufgaben gemacht, während du an deinem Schreibtisch an der Diamantenbörse gesessen und deine Zeit sinnlos vergeudet hast.«
»Ja, bis jetzt war es Zeitverschwendung. Aber Sergei glaubt immer noch, dass Wolf dort aufkreuzen wird.«
»Ein kluger Kopf ist er nicht gerade, dein Sergei Romanowitsch. Glaubt er immer noch, Wolf hätte die Diamanten gestohlen? Nein, das war nicht Wolf Möller, sondern Borowoi. Und für den guten Boris war es kein Problem, Möller den Diebstahl in die Schuhe zu schieben. Wolf ist der ideale Sündenbock.«
»Bist du sicher?«
»Jetzt ja. Vorher war es bloß eine Theorie. Aber wie du dieser Quittung entnehmen kannst, gehört der B.B. Investments eine große Lieferung Diamanten, die hier geschliffen und poliert werden sollen – eine Lieferung im Wert von hundert Millionen Dollar. Und das ist nur eine der gestohlenen Diamantenlieferungen. Hier ist eine Kopie der Bescheinigung von De Witt über den Erhalt der Edelsteine, und hier ist ein Angebot für den Auftrag, die Steine zu schleifen und zu polieren. Und hier«, David hielt ein weiteres Papier in die Höhe, »ist eine Einverständniserklärung von De Witt, dass sie die Bezahlung für das Schleifen und Polieren in Form von Diamanten akzeptieren.«

Ich sah im trüben Licht der Lampe, wie David mich anschaute. »Ich möchte, dass du diese Papiere zu Romanowitsch bringst. Du musst ihm erklären, was das alles zu bedeuten hat. Mag sein, dass der Bursche romantisch ist, und dass du ihn sexy findest, aber wie ich schon sagte – eine Geistesleuchte ist er nicht. Dafür hat er andere Qualitäten, nicht wahr?«
Also ahnte David, dass ich mit Sergei ins Bett gegangen war. Sollte ich mich dafür entschuldigen? Sollte ich mich rechtfertigen? Schweigen ist Gold, sagte ich mir schließlich und erwiderte nichts.
»Nina, ich bin sicher, dass Borowoi sich als Wolf Möller ausgab, als er die Diamanten für Romanowitsch gestohlen hat. Das war ja kein großes Problem für ihn, denn Wolf hat sich bekanntlich immer nur per Telefon, Fax oder E-Mail gemeldet. Außerdem hat Borowoi in der Vergangenheit mit Wolf zusammengearbeitet. Also kannte er Wolfs Stil und seine Eigenheiten – genauso, wie Romanowitsch sie kannte.«
»Warum bist du eigentlich so bedacht darauf, dass Sergei die Wahrheit weiß?«
»Weil ich Romanowitsch und Borowoi gegeneinander ausspielen will. Du kannst nicht gleichzeitig gegen diese beiden Kerle kämpfen, Nina. Sollen die sich gegenseitig fertig machen.«
»David, du kennst das Geschäft wirklich gut ... aber lass uns jetzt bitte von hier verschwinden. Ich fühle mich hundeelend.«
Während ich dem auf und ab tanzenden Licht der Taschenlampe folgte, konnte ich Davids Enttäuschung deutlich spüren. Er hatte viel mehr Begeisterung von mir erwartet, aber ich fühlte mich mies und war mit meinen Kräften völlig am Ende.

Als wir in meinem Wagen saßen, erläuterte David mir seinen Plan. Er hatte allen Grund zur Zufriedenheit. Warum empfand ich nicht genauso? Was ist los mit dir, Nina? fragte ich mich. Bist du so überheblich – oder so stolz –, dass du deinen Sohn unbedingt ohne fremde Hilfe finden wolltest? Nein, natürlich nicht. Es war irgendetwas anderes, aber ich konnte nicht genau sagen, was es war.
»Hör zu, Nina«, drang Davids Stimme in meine Gedanken.

»Auf meine Anregung hin haben die Bernstein's Bank und einige andere Banker eine Organisation gebildet, deren Ziel darin besteht, in den ehemaligen sowjetischen Satellitenstaaten die Demokratie zu unterstützen, und zwar durch erhebliche Geldspritzen und zinsgünstige Darlehen. Wir werden in den baltischen Staaten unsere Arbeit aufnehmen. Wir haben den Weltwährungsfonds dazu gebracht, dass er finanzielle Mittel zur Verfügung stellt und Delegierte schickt, sodass wir zu Recht behaupten können, es handle sich um ein gemeinsames Unternehmen des Weltwährungsfonds und privater Geldgeber. Außerdem werden Banker, Finanzexperten, Volkswirtschaftler und Politiker Vorträge halten. Es geht uns zunächst einmal um die Grundbesitzer und Unternehmer aus den baltischen Staaten, die ihr Land oder ihren Betrieb nach dem Zerfall des kommunistischen Systems zurückerhalten haben. Wir wollen sie ermutigen, zinsgünstige Darlehen zum Wiederaufbau oder Ausbau ihrer Betriebe aufzunehmen und sie in gewinnträchtige Unternehmen zu verwandeln, wodurch neue Arbeitsplätze geschaffen werden. Die Konferenz findet in Riga statt. Was hältst du davon?«

»Das ist eine ausgezeichnete Idee, David. Aber lässt sich das alles verwirklichen? Ich meine, werden die Leute die Darlehen auch tatsächlich bekommen?«

»Natürlich. Genau das hatten wir ja schon einmal vor, als uns dieser Betrug mit den Freunden der Unita dazwischenkam.«

»Du lässt dich wirklich nicht so schnell entmutigen, David. Und du meinst, dass Wolf ...«

»Ja. Ich bin sicher, dass er in Riga auftaucht. Und dann wird es mir ein Vergnügen sein, den Mistkerl festnehmen zu lassen. Ich kann es gar nicht abwarten. Inzwischen sind Polizeibehörden aus sechs Ländern hinter ihm her.« Er schaute mich an. »Mein Plan sieht vor, dass du dir aus einem Versteck die Leute anschaust, die zur Konferenz erscheinen. Du bist die Einzige, die Wolf Möller identifizieren kann. Die eigentliche Konferenz beginnt mit einer Cocktailparty in einem der besten Hotels in Riga. Sobald Möller dort aufkreuzt und das Anmeldeformular ausfüllt, erfahren wir seine wahre Identität und seine Anschrift.«

»Hm, vielleicht. Aber Wolf wird kein Darlehen brauchen. Er besitzt genug Eigenkapital. Schließlich hat er sein halbes Leben damit verbracht, sich Geld zusammenzustehlen.«

»Stimmt, das ist ein Schwachpunkt in meinem Plan. Andererseits kann ich mir nicht vorstellen, dass er sich die Chance entgehen lässt, ein Darlehen zu extrem niedrigen Zinsen zu bekommen.«

»Ja. Du hast Recht. Es könnte funktionieren. Einen Versuch ist es jedenfalls wert.«

»Ich bin überwältigt von deiner Begeisterung.«

»Tut mir leid, David. Ich fühle mich hundeelend. Ich werde meine Erkältung einfach nicht los.«

»Dann solltest du im Bett bleiben, damit du so schnell wie möglich gesund wirst. An der Diamantenbörse verschwendest du sowieso nur deine Zeit. Ich brauche dich in Riga.« Er legte mir die Hand auf die Schulter, blickte mir in die Augen. »Das ist *die* Chance, Möller zu erwischen. Ich bin gestern aus Riga zurückgekehrt, Nina, wo ich bereits eine Reihe von Vorbesprechungen geführt habe. Es haben sich schon jede Menge Interessenten gemeldet. Und jeder von ihnen könnte Wolf Möller gewesen sein.«

»In Ordnung, ich bin dabei.«

»Sehr gut, Nina. Wenn Möller erst hinter Gittern ist, werden wir Nicky holen und mit ihm nach Schottland fliegen. Bring die Unterlagen mit, dass dir das alleinige Sorgerecht für den Jungen zugesprochen wurde. Du hast doch die entsprechenden Papiere?«

»Ja.«

»Sehr gut.«

»Was wird mit Wolf geschehen, David?«

»Interpol, der CIA, der Mossad, die Russen und die Südafrikaner werden sich um ihn streiten, nehme ich an. Wahrscheinlich wird man ihn in den Vereinigten Staaten vor Gericht stellen – falls er lange genug überlebt. Hör zu, Nina. Geh nicht mehr zur Diamantenbörse. Verschwinde von der Bildfläche. Bis zum Beginn der Konferenz in Riga werde ich dir eine sichere Bleibe beschaffen und mich um dich kümmern. Du brauchst einen neuen Namen und ein neues Heimatland. Wie wärs mit Mrs. Bernstein?«

Ich lachte, wünschte mir dann aber, ich hätte es nicht getan, denn meine Kehle war staubtrocken. Ich zog mir meinen Schal enger um den Hals und erwiderte heiser: »Ein toller Grund zum Hei-

raten. Bist du wirklich so unromantisch? Ich will ein Dinner bei Kerzenlicht und einen Ring und so weiter.«
»Keine Ausflüchte, Nina.«
»Hör zu, David. Solltest du mich immer noch heiraten wollen, wenn ich Nicky gefunden und wieder bei mir habe, sage ich Ja. Ich liebe dich und wünsche mir nichts sehnlicher, als dass wir Mann und Frau werden, aber ich bin mir nicht sicher, ob auch du noch so empfindest, wenn alles vorbei ist. Für einen Heiratsantrag ist es noch zu früh.« Ich streckte den Arm aus und drückte seine Hand.
Wir waren gemeinsam sehr weit gekommen, aber ich wusste, dass ich das letzte Stück des Weges allein gehen musste. Ich selbst würde die Entscheidung treffen, was das Beste für meinen Sohn war. Das war mein gottgegebenes Recht.

67.

Drei Tage später kam der Anruf von Heinrich Haape, dem Chef des deutschen Detektivbüros – eher, als ich erwartet hatte.
»Wir haben die Information, die Sie gewünscht haben«, sagte Haape mit sachlicher, ausdrucksloser Stimme. »Wir werden sie Ihnen wie besprochen zukommen lassen, aber es wird Sie ein bisschen mehr kosten, als ich angenommen hatte. Zahlen Sie bar bei Lieferung. Wenn möglich, in Dollar. Unser Mitarbeiter erwartet Sie im Café Vienna in der Nähe der Brüsseler Diamantenbörse. Wie wäre es mit elf Uhr heute Vormittag? Wäre Ihnen das recht?«
Ich versuchte, mir meine Erregung nicht anmerken zu lassen. »Einverstanden. Danke für den Anruf. Ich werde dort sein.«
Kurz vor elf schlenderte ich ins Café Vienna und hielt vergeblich nach einem freien Tisch Ausschau; das Café war bis zum letzten Platz besetzt. Doch kurz darauf wurde einer der Tische frei, und ich setzte mich, bestellte mir einen Kaffee und bat die Kellnerin, meinen Gast an den Tisch zu schicken.
Bald darauf näherte sich ein hoch gewachsener, nachlässig gekleideter Mann mit schütterem rötlichem Haar, bleicher Haut, Som-

mersprossen und blassgrauen Augen, die hinter dicken Brillengläsern kurzsichtig blinzelten. Er schlug die Hacken zusammen, als er meinen Tisch erreicht hatte, verbeugte sich und hielt mir die Hand hin.

»Guten Tag, Miss Ogilvie. Freut mich, Sie endlich persönlich kennen zu lernen.« Seine Stimme kam mir bekannt vor – und mit einem Mal wurde mir klar, dass ich denselben Mann vor mir hatte, von dem ich hierher bestellt worden war. Offenbar war Haapes Detektivbüro ein Ein-Mann-Unternehmen.

»Sind Sie Heinrich Haape?«, fragte ich und schüttelte die dargebotene Hand.

»Allerdings. Freut mich, dass Sie so pünktlich gekommen sind.« Er wandte sich an die Kellnerin, die mit dem Servierwagen am Tisch wartete, und suchte sich ein Stück Schwarzwälder Kirschtorte aus.

Ich ließ mir ebenfalls ein Stück Kuchen reichen, bestellte dazu eine weitere Tasse Kaffee und versuchte höflich zu sein, als Haape dann geschlagene fünf Minuten über das Wetter, die Verspätungen von Bussen und Bahnen und die globale Erwärmung redete.

»Sie haben Informationen für mich«, unterbrach ich ihn, sobald sich die Möglichkeit ergab. Ich konnte den Blick kaum von seinem Aktenkoffer nehmen.

»Eine Frage der Bezahlung, wie ich Ihnen schon am Telefon sagte«, erwiderte Haape. »Sie haben zugesagt, bei Lieferung bar und in Dollar zu zahlen.«

»Ja.«

»Haben Sie das Geld dabei?«

»Allerdings.«

»Nun, dann ...« Seine blauen Augen hinter den Brillengläsern funkelten vor Ungeduld.

»Sie haben mir die Information noch nicht gegeben. Aber weil Sie mir ausdrücklich empfohlen wurden, zahle ich Ihnen schon mal die Hälfte im Voraus.« Ich reichte ihm einen Umschlag. Als Haape bedächtig die Scheine zählte, hielt ich es vor Anspannung kaum noch aus.

»Tut mir Leid, dass die Sache Sie ein bisschen mehr kostet, als ich ursprünglich veranschlagt hatte.«

»Das macht nichts.«
»Wissen Sie, ich habe mir gedacht, Sie könnten Fotos brauchen, um die Person zu identifizieren. Nun, ich habe zwei Fotos dabei. Außerdem konnte ich ein paar Einzelheiten in Erfahrung bringen, was familiäre Dinge angeht, und ...«
»Würden Sie *endlich* zur Sache kommen!«, drängte ich ihn.
Haape öffnete seine Aktenmappe und reichte mir die Unterlagen, in denen ausführlich über den Verkauf von sechzigtausend Hektar Land an Pjotr Gregow berichtet wurde. Der Verkäufer war Baron Marius Wolfgang Tyler. Und da stand auch seine Adresse – in Lettisch, Deutsch und Englisch. In allen drei Sprachen erkannte ich das Wort »Morgendauw«.
Endlich! Gott sei Dank! *Endlich!* Das Herz schlug mir vor Aufregung bis zum Hals, und meine Brust hob und senkte sich unter schweren Atemzügen.
Dann reichte Haape mir zwei Fotos. Eines zeigte Wolf und Nicky, wie sie über ein Feld in Richtung eines Sees spazierten; sie hatten Angelruten und einen Eimer dabei. Das zweite Foto zeigte Nicky, der auf Wolfs Schultern saß und die Arme um den Hals seines Vaters geschlungen hatte. Im Hintergrund war wieder der See zu sehen. Wolf hielt beide Angelruten und den Eimer, der nun voller Fische war.
»Fehlt Ihnen etwas, Miss Ogilvie?«, fragte Haape.
»Mir geht es gut«, sagte ich, immer noch schwer atmend. »So gut wie lange nicht.«
Nicky hatte die zwei Jahre nicht in einem Waisenhaus verbringen müssen. Wolf hatte ihn bei sich behalten und offensichtlich sehr gut behandelt – wie einen Sohn eben. Nicky sah kerngesund und glücklich aus. In diesem Moment zählte nichts anderes für mich. Und mit einem Mal sah ich Wolf wieder mit ganz anderen Augen. Was Nicky betraf, hatte ich ihm Unrecht getan. Wolf schien ein Vater zu sein, wie ein kleiner Junge ihn sich nur wünschen konnte.
»Äh ... und die andere Hälfte meines Honorars?«, riss Haapes Stimme mich aus meinen Gedanken.
Vor lauter Glück hätte ich ihm jede Summe bezahlt.
»Hier, bitte. Behalten Sie alles.« Ich schob ihm ein Bündel Dollar-

noten zu. Es war das Doppelte der Summe, die Haape verlangt hatte, denn ich hatte mit weiteren Forderungen seinerseits gerechnet.
»Ich habe mich umgehört, Miss Ogilvie, und erfahren, dass Baron Marius ein hoch angesehener Bürger Rigas ist. Er gehört dem Stadtrat an und ist Vorsitzender mehrerer Wohltätigkeitsorganisationen. Außerdem ist er als hingebungsvoller Vater seines kleinen Jungen bekannt – er heißt Nicholas. Man erzählt sich, er habe seine Frau auf einer Reise in Westeuropa verloren, als Nicholas erst zwei Jahre alt war.«
Plötzlich streckte Haape den Arm aus und legte seine Hand auf die meine. Dann sagte er: »Auch ich habe Nicky seit zwei Jahren gesucht. Ich leite den privaten Ermittlungsdienst, den Ihr Vater beauftragt hat, seinen Enkel zu finden. Tut mir Leid, dass ich jetzt erst Erfolg hatte. Ich kann mir vorstellen, was Sie durchgemacht haben.«
Ich kämpfte gegen die Tränen an. »Danke«, sagte ich mit schwankender Stimme. »Ich danke Ihnen sehr.« Ich nahm meine Handtasche und ging in die Damentoilette.
Bisher hatte ich nur wenige Tränen vergossen. Ich war sehr stark gewesen. Ich hatte nicht einmal geweint, als Nicky entführt worden war, oder als man mich ins Gefängnis gesteckt hatte. Sogar die Elektroschocks, mit denen ich gefoltert worden war, hatten mir nur Schreie, aber keine Tränen entlockt. Jetzt aber brachen die Dämme in meinem Inneren, und ich setzte mich auf einen Stuhl, schlug die Hände vors Gesicht und weinte wie ein Kind.
Einige Zeit später merkte ich, dass eine Frau sich über mich beugte und beruhigend auf mich einredete. Ich hob den Blick, schaute sie aus verweinten Augen an. Ich hatte die Frau nie zuvor gesehen. Sie verließ die Toilette; kurz darauf kam die Kellnerin und reichte mir eine Tasse Kaffee und zwei Aspirin, doch ich wies beides zurück und bat sie, mich allein zu lassen.
Zu spät ermahnte ich mich, dass eine Ogilvie niemals weinte, und wusch mir das Gesicht.
»Das sind keine Tränen«, sagte ich leise. »Keine richtigen Tränen. Wie könnte ich weinen, wo ich so glücklich bin? Es ist bloß Salzwasser, um meine Wunden auszuwaschen.«

Und was nun? Ich bestellte mir ein Taxi und fuhr zum Hotel. Von dort schickte ich Dad eine E-Mail, kehrte an die Diamantenbörse zurück und machte mich wieder an die Arbeit, als wäre nichts geschehen. Sergei sollte nicht bemerken, dass ich mich verändert hatte.

68.

Am Abend vor meiner Abreise nach Riga lud ich Sergei zum Essen ein. Ich wählte ein Restaurant, das auf die Küche der Zigeuner spezialisiert war.

»Du hast mir einen Charakterzug offenbart, den ich noch gar nicht bei dir kannte. Ich hätte nie gedacht, dass unter deiner kühlen, geschäftsmäßigen Oberfläche ein romantisches Herz schlägt«, sagte Sergei und ließ den Blick durchs Restaurant schweifen. »Ein Abendessen bei Kerzenlicht und Zigeunermusik!«

Er nahm meine Hand, und bei der Berührung seiner kräftigen schlanken Finger durchrieselte mich ein wohliger Schauer, obwohl ich mich dagegen wehrte. Ich wusste jetzt, dass ich David aufrichtig liebte – was aber nichts daran änderte, dass Sergei der bestaussehende Mann war, dem ich je begegnet war. Natürlich würde ich nie wieder mit ihm schlafen, aber vielleicht war es gerade dieses Wissen, das Sergei umso begehrenswerter erscheinen ließ. Oder waren wir im Lauf der letzten Monate einfach nur gute Freunde geworden?

Erst nach dem Essen, als wir beide einen Likör tranken, brachte ich das Gespräch in die gewünschte Richtung.

»Ich werde niemals unsere gemeinsame Nacht vergessen, Sergei.«

»Unsere erste und letzte gemeinsame Nacht.« Er lächelte. »Bis jetzt.«

»Ich weiß noch, wie du mir erzählt hast, dass du und Wolf als Kinder in einem Erziehungslager gewesen seid. Weißt du, ich kann mir beim besten Willen nicht vorstellen, Sergei, dass Wolf einen Freund aus Kindertagen bestiehlt und in den Ruin treibt.«

»Tja, so kann man sich irren, Ninitschka.«
»Aber es will mir einfach nicht in den Kopf, Sergei. Wolf ist nicht der Typ, der so etwas tut. Er hätte dir niemals die Diamanten gestohlen, da bin ich ganz sicher.«
Mit einem Mal wurde Sergei wachsam und misstrauisch, und der Ausdruck der Zuneigung verschwand aus seinem Gesicht.
»Was ist los, Nina? Hast du Wolf gesehen?«
»Nein. Es ist nur ... Ich kenne ihn viel zu gut. Wolf würde eine Regierung bestehlen oder eine Behörde. Aber einen Freund wie dich?«
»Aber dich hat er doch auch bestohlen, oder?«
Ich seufzte. »Ja.«
Als ich in Sergeis Augen schaute, zuckte ich zusammen. Alle Wärme, aller Humor und alle Freundlichkeit waren daraus verschwunden. Sie blickten kalt und unversöhnlich.
»Bitte, Sergei, schau mich nicht so an. Hab Vertrauen zu mir. De Witt hat eine Lieferung Rohdiamanten bekommen, im Wert von einhundert Millionen Dollar.« Ich nahm Kopien der Unterlagen aus meiner Handtasche und reichte sie ihm. »Hier ist die Empfangsbestätigung für die Steine, die Urkunde über ihren geschätzten Wert, Unterlagen über den ausgehandelten Preis für das Schleifen und Polieren und so weiter. Wie du siehst, muss der Besitzer der Steine diese Arbeiten mit einem Teil der Diamanten bezahlen.«
»Worauf willst du hinaus? Wer ist der Eigentümer?«, flüsterte Sergei und griff nach den restlichen Papieren.
»Die B. B. Investments, eine Gesellschaft mit Sitz in Prag. Sie hat nur zwei Direktoren: Oberst Boris Borowoi – daher die Initialen – und seine Frau Zelda. In habe diese Unterlagen in den Büros ihrer Gesellschaft kopiert. Du kannst sie behalten. Es ist leicht, in das Gebäude hineinzukommen. Überzeuge dich selbst, dass ich Recht habe. Ich wollte dich bloß warnen, dass du in Gefahr bist, weil auch du mich gewarnt hast.«
»Was für eine Gefahr?«
»*Borowoi* hat dich hereingelegt, Sergei. Er hat dich bestohlen, hat dich um dein Vermögen gebracht, hat deinen Ruf ruiniert und dich in den Konkurs getrieben. Was sollte ihn daran hindern, dich

jetzt auch noch zu töten? Wenn er befürchtet, du könntest herausfinden, was er getan hat, wird er nicht zögern, dich umzubringen.«
»Warum erzählst du mir das alles, Nina?«
»Weil du mir immer noch etwas bedeutest. Das weißt du doch.«
Er runzelte die Stirn und erhob sich so plötzlich, als könnte er nicht mehr still sitzen.
»Nein, das ist nicht der Grund. Versuchst du mich hereinzulegen, Nina? Aber das kann ich mir nicht vorstellen. Du musst irgendeinen anderen Grund haben. Welchen, weiß ich zwar nicht, aber ich glaube dir, dass diese Papiere echt sind. Trotzdem werde ich die Sache selbst überprüfen und dann wieder zu dir kommen. Vielleicht, um noch einmal mit dir zu schlafen ... Wir werden sehen.«
Mit schnellen Schritten verließ er das Restaurant. Ich trank meinen Likör, bezahlte die Rechnung und fuhr nach Hause.

In meinem Apartment schrieb ich zuerst meinen neuesten Bericht für Dad; dann schickte ich eine E-Mail an Oberst Boris Borowoi.

Gute Neuigkeiten, Boris. David Bernstein wird gemeinsam mit führenden amerikanischen Bankern und Delegierten des Weltwährungsfonds eine Konferenz in Riga, Lettland, veranstalten, die am 1. November 1994 beginnt. Zu dieser Konferenz werden Unternehmer und Grundbesitzer aus den baltischen Staaten eingeladen, die bereit sind, sehr zinsgünstigte Dollarkredite aufzunehmen und das Kapital in ihre Firmen zu investieren. Bernstein, seine Kollegen und der Weltwährungsfonds wollen dadurch die wirtschaftlichen Bindungen zwischen den baltischen Staaten und dem Westen verstärken, um die Demokratie zu fördern und zu festigen. Ich werde ebenfalls in Riga sein, denn wenn wir Glück haben, wird auch Wolf Möller dort erscheinen – und ich bin die Einzige, die ihn identifizieren kann. Dann wird es uns endlich möglich sein, Wolf Möllers wahre Identität zu ermitteln. Es ist unbedingt erforderlich, dass wir in Verbindung bleiben, damit Möller an Russland ausgeliefert und dort vor Gericht gestellt werden kann. Denn ich fürchte, dass man ihn im Westen zu nachsichtig behandelt und dass mein Sohn mir durch die Finger gehen könnte, wenn Möller Zeit genug bleibt, den Jungen fortzuschaffen. Lassen Sie mich wissen, wo Sie in Riga absteigen werden, damit ich dafür sorgen kann, dass auch Ihnen die Teilnahme an der Konferenz ermöglicht wird.

Ich schickte die E-Mail ab und schaltete den Laptop aus, starrte aber noch lange Zeit auf den dunklen Bildschirm und überlegte so fieberhaft wie ein Schachspieler beim Endspiel, der mehrere Züge vorauszudenken versucht, wobei er sämtliche möglichen Züge des Gegners berücksichtigen muss. Hätte ich nur meinen Vater um Rat fragen können! Aber das war unmöglich. Dieses Spiel musste ich allein zu Ende spielen.

69.

Als ich in Riga eintraf und zum Hotel fuhr, hatte David bereits eine Suite für mich gebucht, die auch ein Extraschlafzimmer für Nicky enthielt. Er war offenbar sehr zuversichtlich, dass sein Plan Erfolg hatte.

Der Veranstaltungsort der Konferenz war das Hotel de Rome an der Kalku-Straße. David hielt sich bereits seit zwei Wochen in Riga auf und kümmerte sich um die Organisation der Konferenz. Er hatte auch schon Handwerker kommen lassen, die hinter dem Empfangsschalter des Hotels eine winzige Kabine errichtet hatten, die aus verspiegeltem Glas bestand, sodass ich – von außen unsichtbar – die baltischen Konferenzteilnehmer beobachten konnte, wenn sie die Fragebogen und Papiere ausfüllten, um einen Kredit zu beantragen.

Zu Davids Team gehörten zwölf Männer und Frauen. Punkt neun Uhr wurden die Eingangstüren geöffnet, und ein unablässiger Strom von Besuchern und Antragstellern strömte ins Hotel und an den Schalter. Davids Mitarbeiter waren vollauf damit beschäftigt, Fragen zu beantworten, zu dolmetschen und den Besuchern zu helfen, die Anmeldungen für die Konferenz oder die Formulare für ein Darlehen auszufüllen.

Gegen Mittag setzte Regen ein; düstere Wolken zogen auf, sodass es im Inneren der winzigen gläsernen Kabine, in der ich seit dem Morgen saß, kalt und dunkel wurde. Ich fröstelte. Bis jetzt hatten siebenundzwanzig Personen die Unterlagen ausgefüllt und sich zur Teilnahme an der Konferenz angemeldet oder Darlehen beantragt, doch von Wolf war weit und breit nichts zu sehen gewesen.

Ich kritzelte müßig in meinem Notizblock herum und dachte an Nicky und die Fotos, die der Privatdetektiv mir gegeben hatte, als mich plötzlich das seltsame, ja gespenstische Gefühl überkam, dass Wolf in der Nähe war. Neugierig hob ich den Blick. Zur Zeit hielten sich nur wenige Leute im Foyer auf, die ich allesamt nicht kannte – doch Augenblicke später kam er herein. *Wolf.* Die regennassen Gummisohlen seiner Schuhe quietschten, als er über den Marmorfußboden zum Schalter ging.

Die erste Empfindung, die ich bei seinem Anblick verspürte, war Liebe – ein Gefühl, das ganz plötzlich in meinem Inneren emporstieg, so unerwartet und gefährlich wie eine Flutwelle, die mein Leben bedrohte. Ich konzentrierte mich, wehrte mich gegen diese Empfindung. Nein, ich liebte diesen Mann nicht mehr, mochte er Nicky ein noch so guter Vater gewesen sein. Doch er hatte mir und anderen Menschen zu viel Schlimmes angetan. Es waren bloß die Erinnerungen gewesen, die bei Wolfs plötzlichem Anblick aufgewirbelt worden waren.

Während ich ihn unbemerkt beobachtete, hätte ich beinahe all die Fragen hinausgeschrien, die mir seit mehr als zwei Jahren zu schaffen machten: Warum, Wolf? Wie konntest du mir Nicky wegnehmen? Wie konntest du mich verlassen?

Obwohl mir eiskalt war, brach mir der Schweiß aus. Ich fuhr mit der Zunge über meine trockenen Lippen, umkrampfte mit den Händen die Armstützen und biss die Zähne zusammen. Kein Laut durfte mir über die Lippen kommen; ich durfte nicht die geringste Reaktion zeigen, denn David stand direkt neben mir.

Ich kritzelte scheinbar gelangweilt in meinem Notizblock herum, während ich Wolf unauffällig, aber aufmerksam beobachtete. Ich sah, wie er sich eines der Anmeldeformulare für die Konferenz

sowie Unterlagen über die Kredite aushändigen ließ. Doch statt die Formulare auszufüllen und seinen Namen einzutragen, überflog er sie nur; dann ging er zum Informationsschalter in einem angrenzenden Zimmer, wo er längere Zeit mit einem Bankangestellten redete, wie ich auf einem Monitor beobachten konnte, der in meiner Glaskabine aufgestellt war. In der Zwischenzeit kamen drei weitere Antragsteller und füllten ihre Formulare aus. Schließlich verließ Wolf das Hotel, nachdem er dem Mann an der Rezeption auf Englisch erklärt hatte, morgen mit den ausgefüllten Formularen wiederzukommen.
Wolf ist hier. Und es gibt kaum ein Entkommen für ihn.
Zweifellos würde er an der Cocktailparty teilnehmen – und dann hatten sie ihn. Was sollte ich tun? Meine Unentschlossenheit war die Hölle für mich.

David lud mich in einen Nachtclub in Riga ein. Er wünschte sich einen romantischen Abend, doch bei mir wollte keine romantische Stimmung aufkommen. Ich machte mir viel zu große Sorgen. Ich versuchte es David zu erklären, und ich glaube, er verstand.
Immer wieder sah ich eine Szene vor meinem inneren Auge: *Nicky steht allein da und wartet auf seinen Vater, der aber nie wieder zu ihm zurückkehren wird. Ein Vater, der ihn aufrichtig liebt, und dessen Liebe Nicky erwidert. Stattdessen kommen zwei Fremde zu ihm und gehen mit ihm fort. Und auch wenn eine der beiden Personen seine Mutter ist – sie ist trotzdem eine Fremde für ihn.*
»Wolf kann von Glück sagen, wenn er mit dem Leben davonkommt«, meinte David.
Ich nickte nur, in Gedanken versunken.
Was ist, wenn Wolf mit Nicky zu der Cocktailparty erscheint? Würde er zu fliehen versuchen? Würde der kleine Junge miterleben müssen, wie man seinen Vater verhaftete?
Und was sollte ich Nicky über seinen Vater erzählen, wenn der Junge älter wurde? Wie sollte ich ihm beibringen, dass Wolf eine lebenslange Freiheitsstrafe absaß? Nicky liebte seinen Vater; das hatte ich auf den Fotos sehen können. Und Wolf hatte den Jungen nicht im Stich gelassen, ganz im Gegenteil. Er liebte Nicky,

wie ein Vater seinen Sohn nur lieben kann. Zählte das nicht mehr als alles andere?
»Wann wirst du mich heiraten, Nina?«, fragte David.
»Falls du mich immer noch haben möchtest, wenn Nicky wieder bei mir ist, reden wir darüber«, erwiderte ich, streckte den Arm über den Tisch und drückte seine Hand. »Unsere Zeit wird kommen, David. Da bin ich sicher.«

Der Mann, vor dessen Erscheinen ich mich am meisten gefürchtet hatte, traf am nächsten Morgen in Riga ein. Natürlich stieg er in dem Hotel ab, das David als Kongresszentrum diente, und er kam bei der ersten Gelegenheit zu mir in die verglaste Kabine, um mir zu drohen.
»Ganz hübsch«, sagte Oberst Borowoi und schaute durch die verspiegelten Glaswände. »Sie können das gesamte Foyer und die Rezeption im Auge behalten. Haben Sie Möller schon gesehen?«
»Ja, er war hier. Er hat seine Identität zwar noch nicht preisgegeben, aber er kommt wieder her. Und dann erfahren wir, wer er ist.«
»Ihr Freund David Bernstein hat fast das gesamte Erdgeschoss des Hotels gemietet. Das muss ganz schön ins Geld gehen. Wann ist eigentlich der offizielle Beginn der Konferenz?«
»Sie wird übermorgen mit einer Cocktailparty eröffnet. Dann werden wir uns Möller schnappen.«
»Sagen Sie mal, Nina, was weiß Ihr Freund Bernstein eigentlich über mich?«
»Die Wahrheit. Er weiß, dass Sie der Mann sind, der Wolf Möller aufspüren, verhaften und vor Gericht bringen soll.«
»Hm! Aber ich nehme an, Bernstein will dafür sorgen, dass Möller von den Amerikanern vor Gericht gestellt wird, nicht von uns Russen.«
»Schon möglich. Aber darüber hat er nicht mit mir gesprochen.«
»Ich möchte Sie an Ihr Versprechen und unsere Abmachung erinnern, Nina.«
»Ich habe es nicht vergessen.« Ich zwang mich, ihn freundlich anzulächeln, und sah, wie er das Lächeln erwiderte, doch in seinen Augen lag eisige Kälte.

»Ich traue Ihnen nicht mehr, Nina.«
»Warum nicht? Es ist doch ein sehr guter Plan, Möllers wahre Identität zu ermitteln.«
»Was macht Bernstein eigentlich so sicher, dass Wolf Möller aus Lettland stammt?«
»Er hat die Fährte des gestohlenen Geldes verfolgt. Sie endet hier in Riga. Wenn Sie mich jetzt bitte entschuldigen, ich habe noch zu tun.«
»Was haben Sie Sergei darüber erzählt, Nina?«
Ich runzelte die Stirn. »Worüber? Über diese Konferenz?«
»Über die Diamanten bei De Witt.«
»Ich weiß überhaupt nicht, wovon Sie reden.« Verdammt, Borowoi hatte mich überrumpelt! Mein Magen verkrampfte sich, und meine Hände zitterten. Hoffentlich fiel es dem Kerl nicht auf.
»Das glaube ich aber doch.« Seine Hand schoss vor und packte meinen Arm. Ich versuchte, die Hand abzuschütteln, doch seine Finger gruben sich in mein Fleisch. Sollte ich schreien, um Hilfe rufen? Dann würde ich das halbe Hotel alarmieren. Und David würde vermutlich mit den Fäusten auf Borowoi losgehen.
»Jemand ist bei De Witt eingebrochen. Er hat die Alarmanlage stillgelegt und sämtliche Unterlagen über die Diamantenlieferung kopiert. Seltsamerweise genau an dem Abend, als Sie angeblich wegen einer Erkältung im Bett lagen. Und Sergei war in der Nacht, als der Einbruch bei De Witt verübt wurde, bei mir. Aber gestern besaß er die Dokumente über die Diamantenlieferung. Ist das nicht komisch?«
»Hat Sergei Ihnen die Unterlagen gegeben?«
»Ja.« Borowoi grinste teuflisch. »Wenn auch nicht ganz freiwillig.«
Eisiges Entsetzen stieg in mir auf, als ich meinen schrecklichen Fehler erkannte.
»Ich glaube, Nina, Sie sind zusammen mit Bernstein bei De Witt eingebrochen.«
»Unsinn. Sie sagten selbst, dass ich eine verdammte Erkältung hatte. Und jetzt lassen Sie meinen Arm los, oder ich schreie um Hilfe. – Wo ist Sergei?«
»Dort, wo auch Sie bald sein werden, falls Sie versuchen, mich hereinzulegen.«

Die Angst um Sergei schwemmte all meine anderen Empfindungen fort. »Was ist mit ihm passiert?«, fragte ich, und meine Stimme war schrill vor Angst.
»Ich habe ihn verhaften und nach Moskau bringen lassen, wo er vor Gericht gestellt werden sollte. Leider war er so dumm, einen Fluchtversuch zu unternehmen. Er wurde erschossen.«
Es fiel mir unendlich schwer, nicht die Beherrschung zu verlieren. Ich drückte mir die Finger auf die Schläfen und schloss die Augen. Bastard! *Bastard!* schrie es in meinem Inneren.
Für einen Augenblick wühlte der Schmerz so tief in mir, dass ich keinen klaren Gedanken fassen konnte; dann aber gewann die kühle Vernunft wieder die Oberhand – und plötzlich kam mir die Idee, nach der ich verzweifelt gesucht hatte.
»Ich habe Sergei gern gehabt«, sagte ich. »Es tut mir Leid um ihn, aber ich bin sicher, Sie haben das Richtige getan. Kommen wir jetzt zu meinem Plan, Boris. Am besten, Sie nehmen als Gast an der Cocktailparty teil. Sobald ich Wolf Möller entdeckt habe, werde ich es Ihnen sagen – nur Ihnen, niemandem sonst. Und dann tun Sie, was getan werden muss. Haben Sie verstanden? Aber Sie müssen Möller zwingen, Ihnen zu sagen, wo mein Sohn versteckt ist, und dafür sorgen, dass Nicky zu mir gebracht wird. Anschließend lassen Sie Wolf nach Russland bringen und vor Gericht stellen. Nur dann kann ich in Frieden mit mir selbst leben. Denn nur in Russland wird Möller die Strafe bekommen, die er verdient hat.«
Auf Borowois Gesicht zeigte sich Erleichterung. »Wir verstehen uns, Nina. Ich habe Sie immer schon bewundert. Sie sind hart und skrupellos. Sie können auf meine Unterstützung zählen.«
»Noch etwas. Sie müssen als einer der Konferenzteilnehmer zur Cocktailparty kommen, ja nicht als Polizeibeamter! Sonst geht der Plan nicht auf. Wolf und die anderen Polizeibehörden wären gewarnt. Wegen David Bernstein brauchen Sie sich keine Sorgen zu machen. Ich glaube nicht, dass er weiß, wie Sie aussehen. Kommen Sie erst wieder hierher, wenn ich Ihnen einen Decknamen verschafft habe. Ich werde Ihnen für die Cocktailparty ein entsprechendes Namensschild, eine passende Anschrift und dergleichen besorgen. Bleiben Sie auf Ihrem Zimmer. Ich schicke

Ihnen jemand, der Ihnen die Einzelheiten mitteilt. Die Party beginnt übermorgen Abend um acht in der Cocktail Lounge im zweiten Stock dieses Hotels. Seien Sie pünktlich. Wir werden nicht viel Zeit haben.«

»Versuchen Sie ja nicht, mich aufs Kreuz zu legen, Nina«, flüsterte Borowoi. Ich spürte, wie unsicher er war. Er wusste nicht, ob er mir trauen konnte. Aber er würde kommen, da war ich sicher. Er *musste* kommen, wollte er die Chance wahrnehmen, Wolf zu erwischen.

Er warf mir einen letzten drohenden Blick zu; dann wandte er sich abrupt um und ging.

»Um dich zu trauern, Sergei, habe ich noch alle Zeit der Welt«, flüsterte ich. »Jetzt geht es mir erst einmal um Rache.«

70.

Eine meiner schlimmsten Befürchtungen war, dass mein eigener Sohn sich nicht an mich erinnerte, wenn ich ihm gegenübertrat. *Was ist, fragte ich mich ängstlich, wenn unser Wiedersehen für Nicky so bedeutungslos ist, als würde er bei einem Spaziergang mit Wolf einer wildfremden Frau begegnen? Und was wirst du selbst empfinden? Ob wir uns fremd geworden sind?*

Der gesunde Menschenverstand sagte mir, dass es genau so sein würde, doch ich hoffte inständig, dass unser beider Liebe sich als stärker erwies als die Zeit.

Nicky war zwei Jahre alt gewesen, als Wolf ihn gekidnappt hatte. Inzwischen war der Junge über vier Jahre alt. Kein Kind in diesem Alter konnte sich so weit zurückerinnern. Oder doch? Diese Frage quälte mich, als ich an der Straße nach Baldone an einer Kreuzung wartete.

Meine verschwitzten Hände umkrampften das Lenkrad, und das Herz schlug mir bis zum Hals, als ich schließlich weiterfuhr und draußen Felder, Waldstücke und kleine aus Stein errichtete Häuser an mir vorüberglitten. Ich gelangte nach Lecava und bog nach links in Richtung Vecumnieki ab. Bald hatte ich die letzten Häuser hinter mir gelassen und fuhr durch einen einsamen Landstrich. Inzwischen war es dunkel geworden, doch der Vollmond kam mir ungewöhnlich hell vor. Falls die Karte und die Richtungsangaben stimmten, musste ich meinem Ziel schon sehr nahe sein. Ich verlangsamte die Geschwindigkeit und suchte die rechte, von Wald gesäumte Straßenseite nach einem Tor ab, doch weit und breit war keins zu sehen. Aber hier musste es sein! Ich fuhr im Schneckentempo über die einsame Straße und spähte in die Dunkelheit.

Plötzlich sah ich Licht zwischen den Bäumen – lange bevor ich das Tor erblickte. Am Ende eines Zufahrtsweges sah ich ein großes verschachteltes Haus im Art-déco-Stil. Auf der Veranda brannte eine helle Lampe. War es ein Privathaus? Ich hielt, stellte den Motor ab und ließ den Blick über die beiden hohen steinernen Säulen und das verschnörkelte schmiedeeiserne Tor schweifen, das offen stand.

Als ich das Schild »Morgendauw« sah, wusste ich, dass ich am Ziel war. Wie konnte Wolf so etwas tun? Dieser Name gehörte uns beiden, nicht ihm allein. Aber das galt auch für Nicky ...

Nachdem ich mich kräftig geschneuzt und mir durchs Haar gekämmt hatte, fühlte ich mich besser. Ich ließ den Motor wieder an und fuhr über den Kiesweg zum Haus, an gepflegten Sträuchern und Rasenflächen vorbei. Wolf hatte immer schon einen guten Geschmack gehabt.

Schließlich stellte ich den Wagen ab. Es war acht Uhr abends, keine ungewöhnliche Zeit für einen Besuch. Nur war der Anlass so außergewöhnlich, dass ich am ganzen Leib zitterte.

Was würde ich vorfinden? Eine Geliebte und weitere Kinder? Eine neue Ehefrau, die ihren Stiefsohn ins Herz geschlossen hatte? Ich hatte Angst, die Türglocke zu betätigen, nahm dann aber meinen ganzen Mut zusammen, ging zur Tür und klingelte. Eine Kinderstimme rief irgendetwas; eine andere Stimme antwortete. Dann hörte ich Schritte. Jemand kam zur Tür gerannt, hatte aber offenbar Mühe, an die Klinke zu kommen, denn es dauerte ein paar Sekunden, bis die Tür langsam aufschwang.

Und da stand Nicky. Mein kleiner, süßer Nicky. Er trug einen gestreiften Schlafanzug und Hausschuhe und hatte sich eine große rote Spielzeuglokomotive unter den Arm geklemmt. Mein Sohn hatte sich in den vergangenen zwei Jahren kaum verändert. Er war groß für sein Alter und besaß die vollen, sinnlichen Lippen seines Vaters, das dunkelrote Haar seiner Mutter und das engelhafte Lächeln, an das ich in den letzten zwei Jahren so oft gedacht hatte. Nicky sah glücklich aus, und in seinen großen braunen Augen funkelte es vor Freude ... oh Gott, ich liebte ihn so sehr, aber ich musste die Ruhe bewahren.

»Das ist eine schöne Lokomotive, Nicky.«

»Du bist aus England, nich'?« fragte er schüchtern.

»Ja, das stimmt. Du sprichst aber auch sehr gut Englisch.«

»Ja.«

»Hat dein Daddy es dir beigebracht?«

»Ja. Wir sprechen die ganze Zeit Englisch. Nur mein Kindermädchen spricht Deutsch.«

»Darf ich hereinkommen?«

Er beachtete die Frage gar nicht, sondern nahm meine Hand.

Ich kniete nieder und umarmte ihn. Es schien ihm nichts auszumachen. »Oh Nicky, ich bin ja so froh, dass ich dich endlich gefunden habe, mein Schatz. Ich suche dich schon sehr lange Zeit. Weißt du, wer ich bin?«

»Du siehst aus wie meine Mommy«, erwiderte er und machte sich aus meiner Umarmung frei. »Ich hab ein Foto von ihr neben meinem Bett stehen. Du siehst ganz genauso aus.«

»Weil ich deine Mommy *bin.* Oh Nicky, mein Schatz, komm wieder in Mommys Arme.«

»Ich kann mich noch an dich erinnern«, sagte er höflich, doch ich sah, dass er mir etwas vorschwindelte. Trotzdem umarmte er mich, und dabei schien irgendetwas von mir zu ihm überzufließen, denn ich spürte, wie seine anfänglich zögernde Umarmung inniger wurde; er streichelte mir mit seinen Händchen durchs Haar, wie er es damals oft getan hatte.

Keine Erinnerung geht für immer verloren. Sie alle werden sorgfältig in unserem Unterbewusstsein gespeichert und können von den verschiedensten Reizen innerer und äußerer Natur wachgerufen werden – durch irgendeinen Anblick, einen Geruch, die Berührung eines anderen Körpers. So war es auch bei Nicky: Er

ließ seine Spielzeuglok fallen und umfing mich fest mit beiden Armen, schmiegte den Kopf an meine Schulter.
»Nicht weinen, Mommy«, sagte er. »Ich kann mich an dich erinnern. Ganz ehrlich. Nur deine Haare sind anders. Ich weiß sogar, warum du gekommen bist. Weil ich nämlich zum lieben Gott gebetet habe, er soll dich zu mir schicken. Und jetzt bist du da.«
»Ja, jetzt bist du da«, erklang in meinem Rücken eine vertraute Stimme, die ich einst so geliebt hatte wie den Menschen, dem sie gehörte. »Mein einziger großer Fehler in Person.«
»Nicky erinnert sich an mich.«
»Glaubst du wirklich? Er hat Frauen gern. Vielleicht liegt es daran, dass er die Berührungen einer Frau vermisst hat, einer Mutter. Aber komm erst mal rein und setz dich an den Kamin. Sonst holt Nicky sich in dem zugigen Flur noch eine Erkältung. Er hat gerade erst gebadet.«
Wolf führte mich in ein geschmackvoll eingerichtetes Zimmer mit großen Fenstern, vor denen grüne, halb zugezogene Vorhänge aus Seide hingen. Auf einem der breiten Fenstersimse stand eine Kristallschüssel mit Hyazinthen.
Ich setzte mich aufs Sofa, und Nicky kletterte auf meinen Schoß und blickte mir fest und forschend in die Augen. Schließlich wandte er sich seinem Vater zu und sagte etwas auf Deutsch.
»Er sagt, du bist wunderschön. Okay, Nicky, jetzt wirds aber Zeit, dass du ins Bett kommst«, sagte Wolf zu dem Jungen, nahm ihn in die Arme, trug ihn in die Eingangshalle und rief irgendetwas auf Deutsch. Eine Frauenstimme antwortete.
Ich wünschte mir nichts sehnlicher, als dass der Junge noch bei mir bliebe, doch ich wollte Wolf nicht darum bitten. Bald war Nicky ja wieder ganz bei mir.
Wolf kam aus der Eingangshalle zurück und setzte sich in einen Sessel mir gegenüber. »Und nun? Was geschieht als Nächstes?«
»Ich habe mir diesen Augenblick jahrelang vorgestellt, Wolf – wie du mir unbewaffnet gegenübersitzt, so wie jetzt, und wie ich meine Pistole hervorhole und auf dich ziele – so wie jetzt.« Ich zog meine Waffe aus der Tasche, richtete sie auf Wolf. »Und ich habe mir vorgestellt, wie ich dann zu dir sage: ›Ich habe dich geliebt, Wolf, aber du hast mich verraten und im Stich gelassen. Du hast

meinen Jungen entführt, der mir das Liebste auf der Welt ist. Du hast mich im Gefängnis schmoren lassen. Man hat mich dort gefoltert, wusstest du das schon? Elektroschocks und Einzelhaft. Aber das hat dich nie gekümmert.‹« Ich hielt kurz inne, schaute ihn an. »Mir diese Szene vorzustellen«, fuhr ich dann fort, »hat mir die Kraft zum Weitermachen gegeben. Ich habe mir versprochen, dass diese Szene eines Tages Wirklichkeit wird.« Ich steckte die Pistole wieder in die Tasche. »Sie ist nicht geladen, keine Bange.«

»Das wusste ich. Du fürchtest dich vor Waffen.«

»Die *alte* Nina hat sich vor Waffen gefürchtet. Aber ich habe mich verändert. Ich hätte dich töten können, aber ich wollte meinen Sohn nicht zur Halbwaise machen.«

Doch es war mehr als das, viel mehr – aber ich hatte nicht die Zeit, Wolf von meinen ganz persönlichen Entdeckungen zu erzählen: dass man allein für die Liebe leben soll, und dass Rache nur etwas für Verlierer ist.

»Und noch etwas«, fuhr ich fort. »Mir gefällt der Gedanke nicht, Nicky erklären zu müssen, weshalb sein Vater eine lebenslange Haftstrafe absitzt. Deshalb möchte ich dir einen Handel vorschlagen, Wolf. Gib mir Nicky freiwillig. Hilf ihm, dass er wieder zu mir findet. Sag ihm, du möchtest, dass er von nun an bei mir bleibt. Sag ihm, du kommst ihn besuchen, sooft du kannst – und das sollst du auch. Wenn du tust, was ich verlange, werde ich dir helfen, aus dem Schlamassel herauszukommen.«

»Wie kommst du auf die Idee, dass ich in Schwierigkeiten stecke? Ich wüsste nicht, dass mir irgendeine Gefahr droht.«

»Ich bin hier, Wolf. Und deine Lage ist hoffnungslos. Der Ring deiner Verfolger zieht sich immer enger um dich zusammen. Sie brauchen nur noch eins – deine wahre Identität. Und die haben wir herausgefunden.«

»Wir?«

»Mein Vater, David Bernstein und ich. Eine echte Gemeinschaftsarbeit.«

»Wer außer euch dreien weiß noch von meiner wahren Identität, Nina?«

»Vater hat die Beweise. Aber keine Bange. Niemand kommt an

das Material heran. Es sei denn, einem von uns dreien passiert etwas.«
»Glaubst du wirklich, ich würde dich töten? Du kennst mich offenbar immer noch nicht, Nina. Ich habe noch nie einen Menschen umgebracht – und das wird auch niemals geschehen.«
»Du sagst, dass ich dich immer noch nicht kenne, Wolf. Nun, das ist auch gar nicht nötig. Die Vergangenheit ist abgeschlossen. Unsere Ehe war niemals rechtmäßig, und vor dem Gesetz hast du nicht den geringsten Anspruch auf Nicky. Sein richtiger Name ist Nicholas Ogilvie, und ich allein habe das Sorgerecht für ihn.«
Wolf zuckte zusammen. Diesmal hatte ich einen Treffer gelandet.
»Nicky ist der Erbe eines bedeutenden Adelstitels und eines großen Vermögens«, erwiderte er.
»Eines *gestohlenen* Vermögens.«
»Ja! Aber dieses Vermögen wurde zuvor *meiner* Familie gestohlen! Es war meine Pflicht, dafür zu sorgen, dass unsere Linie nicht ausstirbt, damit unser Landbesitz weiter in den Händen der Familie bleibt, wie schon seit vielen Generationen. Du mit deinen verdammten moralischen Grundsätzen! Wo waren denn die Moralapostel aus dem Westen, als wir hier im Osten beraubt wurden? Als mein Vater erschossen wurde und meine Mutter verhungert ist?« Er seufzte. »Mir, Nina, ist die Aufgabe zugefallen, den Schaden zu beheben, den die Nazis und später die Sowjets uns angetan haben. Das musst du verstehen!«
Wieder war das Leuchten in seinen Augen, an das ich mich so gut erinnerte. Aber jetzt wusste ich, um was es Wolf ging und welche *Mission* er erfüllen wollte. Mein Vater hatte in jeder Hinsicht Recht gehabt.
»Wer ist David Bernstein? Bist du mit ihm verheiratet?« Zu meinem Erstaunen blickte Wolf mich zornig und, wie ich glaubte, mit einem Anflug von Eifersucht an.
»Noch nicht, aber wahrscheinlich werden wir bald heiraten. Er ist der Mann, den du mit deinen ›Freunden der Unita‹ hereingelegt hast.«
»*Der* Bernstein.«
»Ja. Ein Mann, mit dem man sich lieber nicht anlegen sollte.«
»Liebt er dich?«

»Ja.«
»Und Nicky?«
»Er will mir helfen, Nicky großzuziehen. Hör zu, Wolf. Du weißt, wie viele rachsüchtige Menschen es auf dich abgesehen haben. Ich brauche sie dir nicht zu nennen, denn du weißt, welche Leute ich meine. Ich brauche ihnen nur zu sagen, wer du wirklich bist, und es wäre das Ende für dich. Du würdest nicht einmal lange genug überleben, dass man dich vor Gericht stellen kann.«
»Du selbst hast uns gefunden, nicht wahr, Nina? Wie hast du uns aufgespürt?«
»Du hast einen Fehler gemacht. Du hast dein wahres Ich mit deinen betrügerischen Falschnamen verknüpft.«
»Sarajewo«, flüsterte er. »Ich hätte niemals die Zähigkeit einer Frau unterschätzen dürfen, die um ihr Kind kämpft.«
»Ja, Wolf. Außerdem habe ich dich heute im Hotel gesehen. Ich saß an der Rezeption hinter einer verspiegelten Glasscheibe, denn ich wusste, dass du kommen würdest.«
»Also bin ich erledigt?«
»Nein. Du liebst Nicky aufrichtig. Du warst ihm ein guter Vater. Ich kann dich nicht an die Polizei ausliefern. Ich bringe es nicht fertig. Hör zu, Wolf. Ich habe einen Plan.«
Er schaute mich an. »Ich höre.«
»Wir müssen uns beeilen. David sucht bestimmt schon nach mir. Ich habe nicht viel Zeit.«

71.

Es war ein wunderschöner Winterabend – frisch und klar und nicht zu kalt. Von einem der Balkons im zweiten Stock des Hotels, in dem die Cocktailparty inzwischen begonnen hatte, ließ ich den Blick über die wundervollen Häuser und die schlanken Kirchtürme der malerischen Altstadt Rigas schweifen, die im Mondlicht schimmerten. Im Saal spielte ein Streichorchester klassische Musik.
Ob Wolf kommt? fragte ich mich. Wird er seinen Teil der Abmachung einhalten? Auch Borowoi hatte bei der Scharade an

diesem Abend eine Rolle zu spielen – würde er versuchen, das Drehbuch umzuschreiben? Und schließlich war da David, der es mit Recht und Gerechtigkeit sehr genau nahm.

War seine Liebe zu mir stark genug, dass er für mich und Nicky ein Auge zudrückte?

Ich beobachtete vom Balkon aus, wie Unmengen von Autos, deren Fahrer nach Parkplätzen suchten, sich in einem unablässigen Strom um das Hotel herumbewegten. Offenbar wollte alles, was in Lettland Rang und Namen hatte, an der Cocktailparty teilnehmen, ob mit oder ohne Einladung. Vielleicht, sagte ich mir, solltest du David Bescheid sagen. Ich machte mich auf die Suche nach ihm und entdeckte ihn in dem kleinen Raum hinter der Bar, den er in ein behelfsmäßiges Büro umgewandelt hatte. Als ich seine sorgenvolle Miene und die hoch gezogenen Schultern sah, die seine Anspannung verrieten, überspülte mich eine Woge der Liebe zu diesem Mann, und mit der Liebe kam die Furcht. Was würde er tun?

»Wie es aussieht«, sagte ich, »kommen die Konferenzteilnehmer in hellen Scharen, und jeder scheint seine ganze Familie mitgebracht zu haben. Die Leute überschwemmen uns.«

»Verflixt. Wie sollen wir Möller entdecken, wenn es hier überfüllt ist?«

»Keine Sorge. Wenn Wolf hier ist, werde ich ihn finden. Aber wo sind deine Leute, David? Ich meine, woran kann ich sie erkennen?«

»Das brauchst du gar nicht«, erwiderte er. »Sie werden dich im Auge behalten. Du musst nur Möller identifizieren. Alles andere kannst du mir überlassen.«

»Dir? So hatten wirs aber nicht abgemacht. Was ist, wenn Wolf mit einer Waffe auf dich losgeht?«

»Dann werde ich ihn erschießen.«

Ich schüttelte den Kopf. »Sind dir meine Gefühle plötzlich egal? Wie könntest du damit leben, wenn du Wolf erschossen hättest? Ich möchte dich heiraten, und dann wirst du Nickys Stiefvater. Kannst du dir vorstellen, was es bedeuten würde, wenn du Wolf vor den Augen des Jungen töten würdest?«

David fluchte vor sich hin. Eine halbe Minute lang starrte er

nachdenklich auf die Schreibtischplatte; dann sagte er: »Ja, du hast natürlich Recht«, und akzeptierte seine Niederlage ohne Groll – eine der Eigenschaften, die ich an ihm mochte.
Er nahm das Mikrofon seines Funkgeräts und gab irgendeine Anweisung auf Hebräisch durch. Erst jetzt bemerkte ich, dass er einen Ohrstöpsel trug.
»Wie viele Leute hast du eigentlich aufgeboten, David?«
»Genug«, sagte er knapp.
Verärgert verließ ich den kleinen Raum und mischte mich wieder unter die Gäste. Wolf – falls er überhaupt kam – sollte in der Nähe der Bar auf mich warten. Bei dem bloßen Gedanken daran brach mir der Schweiß aus. Es durfte nicht der kleinste Fehler passieren!
Plötzlich sah ich Wolf auf dem Balkon stehen. Er lehnte an der Brüstung und ließ den Blick über das abendliche Riga schweifen. Ich bewegte mich zwischen den Gästen hindurch und blieb neben ihm stehen.
»Im Mondlicht sieht die Altstadt sehr malerisch aus«, sagte ich.
»Unsinn. Es ist nicht das Mondlicht. Es ist die Stadt selbst.«
»Natürlich. Du musstest ja immer das letzte Wort haben, hast schon immer alles besser gewusst«, sagte ich spöttisch. »Und ich habe dir geglaubt. Aber jetzt bist du vom Sockel gefallen, mein Lieber, also gib dir keine Mühe mehr.«
»Ich glaube, für einen häuslichen Streit ist der Zeitpunkt denkbar ungünstig, Nina.«
»Ja. Deshalb sag mir lieber, wo Nicky ist.«
»Im Auto. Das Kindermädchen ist bei ihm. Da unten steht der Wagen, siehst du? Gleich neben dem Brunnen. Ich habe seine Sachen im Kofferraum verstaut, wie vereinbart. Du hast gewonnen, Nina.«
»Nein, Wolf. Auf diese Weise gewinnen wir beide.«
»Du hältst dein Versprechen?«
»Im Unterschied zu dir, ja.«
Ich warf ihm einen scharfen Blick zu, ging zurück in den Saal und versuchte zu erkennen, welche Gäste Polizisten oder Sicherheitskräfte waren. Doch konnte ich niemanden sehen, der auf mich den Eindruck eines Polizisten machte – bis auf eine maskulin wir-

kende Frau mit Bürstenhaarschnitt, die aber kräftig dem Champagner zusprach. Ich schlenderte betont lässig durch den Saal, mein Glas in der Hand, und kehrte an die Bar zurück.
Von David war weit und breit nichts mehr zu sehen. Wolf unterhielt sich mit einigen Geschäftsleuten, die er offensichtlich gut kannte. Die Männer sahen wohlhabend aus und schienen leicht angeheitert zu sein. Plötzlich kamen mir die Musik und die Stimmen lauter vor, das Lachen schriller, und ein Gefühl von Platzangst überfiel mich. Wo war David?
Schließlich löste er sich aus einer Gruppe von Gästen, kam zu mir und drückte beruhigend meine Hand.
Bleib bei mir, David, flehte ich stumm.

Ich glaube, David und ich sahen ihn im gleichen Augenblick: einen kleinen Jungen mit zerzaustem rotem Haar und verängstigten Augen. Nicky.
Es war deutlich zu sehen, dass er sich mit aller Kraft dagegen wehrte, zu weinen oder zu schreien. Aber ich sah auch, dass Borowoi ihm Schmerzen zufügte, so fest hielt er die Hand des Jungen gepackt, und an seiner Körperhaltung war zu erkennen, dass er Nicky die Mündung einer Pistole in den Rücken drückte. Woher hatte Borowoi gewusst, wo er den Jungen finden konnte? Und wo war das Kindermädchen? Was war schief gegangen, um Himmels willen? Das gehörte ganz und gar nicht zu meinem Drehbuch.
So unglaublich es sich anhört – bis zu diesem Moment hatten nur David und ich Borowoi und Nicky bemerkt. Dann sah Nicky mich. Seine Lippen bewegten sich, formten lautlos das Wort »Hilfe«. Was für ein tapferer kleiner Kerl er war.
Fassungslos beobachtete ich den Mann und den Jungen. Das hätte Borowoi niemals tun dürfen! Meine Knie zitterten, als ich mich den beiden näherte.
»Wo ist Wolf?«, zischte Borowoi, als er mich sah. »Bringen Sie ihn her, oder ich töte den Jungen.«
Ich wollte etwas erwidern, brachte aber kein Wort hervor und wies stumm zur Bar. Borowois Blick folgte gespannt meinem ausgestreckten Arm; schließlich hatte er Wolf noch nie gesehen.

In diesem winzigen Moment der Unachtsamkeit sprang ich nach vorn, warf mich zwischen Nicky und die Waffe und drückte Borowois Arm mit aller Kraft nach oben, sodass die Kugel in die Decke schlug, als er abdrückte. Einen Sekundenbruchteil später lag ich auf Nicky und deckte ihn mit meinem Körper. Ich fühlte sein rasend schnell pochendes Herz an der linken Hand, die zwischen seiner Brust und dem Fußboden steckte.
Ich blickte über die Schulter und rechnete damit, die Mündung von Borowois Waffe auf mich gerichtet zu sehen. Und so war es auch ...
Die Gäste schrien, stießen einander zur Seite und wichen zurück; einige drängten zur Tür. Dann hörte ich den Schuss und sah, wie Borowois Gesicht explodierte – genauso, wie damals Brigits Kopf explodiert war, als Borowoi sie getötet hatte.
David stürmte auf ihn zu, beide Arme vorgestreckt, die Waffe im Anschlag. Er feuerte noch dreimal auf Borowoi, der von den Kugeln um die eigene Achse gewirbelt und rücklings gegen die Wand geschleudert wurde. Dann kippte er langsam nach vorn und schlug dicht vor mir zu Boden, wobei ich mit seinem Blut bespritzt wurde. Ich nahm Nicky in beide Arme und kroch von dem zuckenden Körper weg. David beugte sich mit bleichem Gesicht über uns.
»Der Dreckskerl hat seinen *eigenen* Sohn als lebenden Schutzschild benutzt, um zu fliehen!«
Ich saß auf dem Fußboden, mit dem Rücken zu dem Toten, wiegte Nicky in den Armen und drückte ihn an mich, sodass meinem kleinen Jungen der Anblick der Leiche und des vielen Blutes erspart blieb. Leise murmelte ich immer wieder vor mich hin: »Ich wollte nicht, dass er getötet wird. Das wollte ich nicht. Ich schwöre es. Ich schwöre es.«
Schließlich streichelte ich Nicky übers Haar. »Es ist alles gut, mein Schatz. Es ist alles in Ordnung. Du brauchst keine Angst mehr zu haben.« Wieder drückte ich ihn an mich, wiegte ihn sanft, als ich wie in Trance auf dem Fußboden saß. »Jetzt kann dir nichts mehr passieren. Jetzt bist du bei Mommy.«
Nicky drückte sein Gesicht an meine Brust und hielt sich an mir fest, als wollte er mich nie wieder loslassen. Er gab keinen Laut

von sich. Er weinte nicht einmal. Vermutlich hatte er einen Schock erlitten.
Ein Mann mit einer Waffe in der Hand beugte sich über Borowoi, fühlte nach dem Puls, richtete sich dann auf und rief einem der Ober zu, er solle ein Tischtuch bringen, um den Toten zu bedecken.
Dann kam er zu mir. »Sind Sie Nina Ogilvie, die Mutter dieses Jungen?«, fragte er.« Der Mann hatte einen starken amerikanischen Akzent.
»Ja«, flüsterte ich.
»Und ist dieser Mann«, er wies auf den toten Borowoi, »der Vater Ihres Kindes?«
»Ja.«
»Ist er der Mann, den Sie als Wolf Möller kannten?«
»Ja!«
»Könnten Sie ihn offiziell für uns identifizieren?«
»Wer ist ›uns‹?«
»CIA.«
»Ich kenne den Mann nur als Wolf Möller. Natürlich ist das nicht sein richtiger Name. Aber er ist der Mann, der meinen Sohn gekidnappt hatte.« Wieder streichelte ich Nicky übers Haar. »Gott sei Dank ist dem Jungen nichts passiert.«
Der CIA-Agent half, die Leiche mit dem Tuch zu bedecken und die anderen Gäste aus dem Saal zu führen.
»Ich wünsche dir alles Gute«, hörte ich eine vertraute Stimme sagen. »Du hast Nicky vorhin das Leben gerettet, und dafür werde ich dir immer dankbar sein.«
Nicky hob den Blick. »Daddy!«, rief er.
»Lauf!«, schrie ich Wolf zu. »Um Gottes willen, mach, dass du wegkommst!«
Wo war David? Gehetzt ließ ich den Blick durch den Saal schweifen; erst dann bemerkte ich, dass er unmittelbar hinter mir aufgetaucht war. Seine Augen und Wangen waren gerötet, und seine Augen schimmerten feucht.
»Ist das deine offizielle Erklärung, Nina?«, fragte er mit rauer Stimme. »Dass der Mann, den ich erschossen habe, Wolf Möller ist, der Vater deines Kindes?«

»Ja.«
David kniete sich neben den Leichnam und schlug das Tuch zur Seite, warf es dann aber rasch wieder über den Toten.
»Wir müssen Nicky von hier wegschaffen«, sagte er und blickte mich zornig an. »Er hat einen Schock erlitten. Kein Wunder. Bring ihn aus dem Saal, Nina. Ich rufe einen Arzt. Geh schon voraus. Ich komme gleich nach.« Doch ich blieb, hielt Nicky an mich gedrückt. Ich musste wissen, was David sonst noch sagte.
Er rief einen seiner Mitarbeiter zu sich. »Schaff die Leute hier raus, Hank, und bring sie hinunter in den Ballsall. Jeden, hörst du? Und dann trommle die örtliche Polizei zusammen. Die Leute müssen irgendwo hier in der Nähe sein, und sie müssten die Schüsse gehört haben. Sag ihnen, wir haben den Mistkerl geschnappt. Er ist uns in die Falle gegangen.«
Er seufzte, beugte sich noch einmal über den Toten und blickte auf dessen Namensschild. »Baron Peter Podnieks ... war er einer der baltischen Konferenzteilnehmer?« Er hob den Blick und sah, dass ich noch immer mit Nicky in der Nähe auf dem Fußboden saß. »Was meinst du, Nina?«
David starrte mich mit einem kalten Blick an. Er sah sehr verletzt aus und tat mir Leid, aber jetzt war nicht die Zeit, auch nur die kleinste Schwäche zu zeigen.
»Das fragst du mich? Du hast diese Falle aufgebaut.«
»Wirklich? Es kommt mir eher so vor, als wäre ich ein ziemlicher Amateur.«
»Du hast Wolf Möller eine Falle gestellt und ihn erwischt, David. Möller hat seine gerechte Strafe bekommen, und ich habe meinen Sohn wieder. Und jetzt lass die Sache endlich auf sich beruhen, David«, sagte ich, rappelte mich auf, nahm Nicky in die Arme und brachte ihn nach oben auf unsere Zimmer.
Der Bär saß auf den Kissen.
»Dieser Bär gehört dir, Nicky«, sagte ich. »Ich habe ihn an deinem letzten Geburtstag in Moskau gekauft. Damals war ich noch auf der Suche nach dir. Ich liebe dich, Nicky. Ich hoffe, du bist noch nicht zu groß für den Teddy.«
Nicky zitterte am ganzen Körper.

»Wo ist Daddy? Ich will zu Daddy«, sagte er mit kläglicher Stimme.
»Pssst, Nicky. Daddy kommt bald. Wir fahren alle nach Schottland und machen dort Ferien, und Daddy wird uns dort besuchen. Hat er es dir nicht versprochen?«
»Doch.«
»Und er wird dich oft besuchen, Nicky. Das hat er dir auch versprochen, nicht wahr? Aber das ist unser Geheimnis.«
Ich legte mich ins Bett und drückte Nicky an mich, und er erwiderte die Geste und hielt mich ganz fest, so, wie er es damals immer getan hatte, wenn er schlecht träumte. Allmählich ließ sein Zittern nach. Als schließlich der Arzt kam, schien es Nicky wieder viel besser zu gehen, sodass er nur ein leichtes Beruhigungsmittel bekam. Als der Arzt mir ein Rezept für das Mittel ausstellte, falls wir es noch einmal benötigen sollten, sagte er: »Die Geschichte von dem Vorfall hier im Hotel hat die Runde gemacht. Sie sind eine mutige Frau, Miss Ogilvie. Aber was diesen Baron Peter Podnieks angeht – niemand scheint ihn zu kennen. Offenbar hat er den größten Teil seiner Zeit in der Schweiz verbracht. Er war ein kranker Mann, soviel ich gehört habe. Nun, wie sehen Ihre weiteren Pläne aus?«
»Wir fliegen morgen früh nach Schottland und werden ein paar Wochen bei meinem Vater verbringen. Anschließend ... mal sehen. Das werde ich erst dann entscheiden.«
Plötzlich erschien David und hielt dem Arzt ostentativ die Tür auf. Der Mann begriff und verabschiedete sich rasch.
»Du hast Möller entkommen lassen«, sagte David mit eisiger Stimme. »Du hast das alles im Voraus geplant, nicht wahr? Du hast Borowoi sogar das Namensschild beschafft. Aber man wird dir auf die Schliche kommen, wenn die Polizei mit dem wirklichen Podnieks spricht.«
»Nein, David. Der wirkliche Podnieks ist vor mehr als zwanzig Jahren bei einem Autounfall in der Schweiz ums Leben gekommen. Und es gibt keine Verwandten mehr. Wie sollte man mir da etwas nachweisen können?«
»Warum das alles, Nina? Wir arbeiten seit Monaten zusammen, um Wolf hinter Gitter zu bringen.«
»Dir ging es vielleicht darum. Mir ging es nur um meinen Sohn.«

»Sag mir jetzt die Wahrheit, Nina. Liebst du Wolf Möller immer noch?«
»Nein. Aber ich hasse ihn auch nicht mehr, David. Und weißt du, weshalb nicht? Weil ich dankbar dafür bin, wie er Nicky in diesen zwei Jahren großgezogen hat. Es gab wenigstens diesen einen Menschen, den Wolf Möller wirklich geliebt hat. Sieh dir an, wie friedlich Nicky schläft. Es ist seltsam, David, aber jahrelang war ich überzeugt davon, dass ich nur Rache nehmen wollte. Ich habe davon geträumt, habe es mir in allen Farben ausgemalt ... aber dann lernte ich dich kennen und habe mich in dich verliebt, und der Hass in mir verschwand allmählich. Ich konnte wieder lieben. Gibt es für uns immer noch eine gemeinsame Zukunft, David?«
»Möchtest du es denn?«
»Mehr, als du dir vorstellen kannst«, erwiderte ich und rieb mir die Augen. »Du lieber Himmel, bin ich plötzlich müde. Ich könnte im Stehen einschlafen.«
»Ich liebe dich, Nina«, sagte David, »aber die Sache ist nicht so einfach, wie du vielleicht glaubst. Da gibt es noch etwas, was du wissen musst. Nachdem du in Richtung Namibia geflüchtet und an der Grenze verhaftet worden warst, ist der CIA in das Haus eingebrochen, das du mit Wolf in Constantia bewohnt hast, und hat Fingerabdrücke gefunden, vor allem in Wolfs Büro. Die Abdrücke werden nicht zusammenpassen. Das könnte ein Problem für uns werden.«
Uns! Mit diesem einen schlichten Wort hatte David alle meine Fragen beantwortet.
Ich blickte auf meinen Daumen, der für immer die Narben tragen würde, die Borowoi mir zugefügt hatte, und ich musste daran denken, wie Brigit gestorben war, und an Borowois Hände, wie sie um meinen Hals lagen, und wie er brutal zugedrückt hatte und mich beinahe erwürgt hätte. Und er hatte das Büro durchsucht, hatte alle möglichen Gegenstände berührt und seine Fingerabdrücke hinterlassen. »Er war für diese Rolle bestimmt, David.«
Ich lächelte. Aus dem Lächeln wurde ein Kichern, und aus dem Kichern ein Lachen. Ich konnte gar nicht mehr aufhören.
»Der Schock«, hörte ich David murmeln.
Er hatte den Scherz nicht verstanden, aber ich.